폭스 밸리

Im Tal des Fuchses

폭스 밸리

Im Tal des Fuchses

Charlotte Link

샤를로테 링크 장편소설 | **강명순** 옮김

밝은세상

폭스 밸리

초판 1쇄 인쇄일 2014년 5월 26일 | **초판 3쇄 발행일** 2014년 8월 22일
지은이 샤를로테 링크 | **옮긴이** 강명순 | **펴낸이** 김석원
펴낸곳 도서출판 밝은세상 | **출판등록** 1990. 10. 5 (제 10 - 427호)
주 소 (413-120) 경기도 파주시 문발로 119, 202호
전 화 031-955-8101 | **팩 스** 031-955-8110
인터넷 홈페이지 www.baleun.co.kr | **전자우편** wsesang@korea.com

ISBN 978-89-8437-141-5 03850 | **값** 14,500원
잘못된 책은 구입한 곳에서 교환해 드립니다.

폭스 밸리 Im Tal des Fuchses

CONTENTS

1987년 10월

소년은 방금 눈앞을 휙 스쳐 지나간 게 여우였는지 아니면 다른 들짐승이었는지 정확하게 가늠할 수 없었다. 다만 여우일 거라 생각했다. 여우의 그림자는 계곡의 수풀과 바위들 사이를 유유히 옮겨 다니다가 완만한 경사를 이루는 초원이 끝나고 가파른 암벽과 맞닿아 있는 계곡 끝에 다다른 순간 눈 깜짝할 사이에 바위틈으로 사라졌다.

암벽 어딘가에 여우가 드나들만한 동굴이 있는 게 분명했다. 소년은 기필코 비밀을 밝혀내기로 결심하고 자전거를 풀밭에 팽개쳐두고 재빨리 언덕을 뛰어 내려갔다. 소년은 이 근처 지리를 속속들이 꿰고 있었다. 사람들의 발길이 뜸한 곳으로 자전거를 타고 5마일 넘게 달려야 올 수 있는 곳이었다.

소년은 틈만 나면 계곡을 찾아왔다. 이곳에서는 어느 누구의 방해를 받지 않아도 되기 때문이었다. 마음껏 햇볕을 쬐며 바위 위에 누워 있을 수도 있었고, 하늘을 바라보며 혼자만의 공상에 잠길 수도 있었다.

소년은 마침내 여우가 모습을 감춘 암벽 근처에 다다랐다. 더 어렸을 때에도 종종 오르내렸던 암벽이었다. 처음 암벽을 오르내릴 때만해도 마치 에베레스트를 정복한 듯 기뻤지만 이제는 열 살이나 되어그런 유치한 놀이에는 흥미를 잃었다.

암벽을 타다가 여우가 드나들만한 동굴을 본 적은 없었다. 소년은어젯밤 내린 비로 아직 물방울이 뚝뚝 떨어지고 있는 양치식물들 사이로 여우가 드나들만한 동굴입구를 발견했을 때 별안간 심장박동이빨라졌다. 여우는 그 동굴 속으로 사라진 게 분명했다. 발로 동굴입구에 쌓인 돌무더기를 건드려보았다. 서너 개의 돌이 양치식물들 위로굴러 떨어졌다.

동굴입구를 발견한 소년은 어찌나 흥분되는지 숨이 멎을 지경이었다. 소년은 계속해서 동굴입구에 쌓인 돌무더기에 발길질을 가했다.돌들이 우르르 무너져 내렸다. 그중에는 더러 꽤 큰 돌도 섞여 있었다.돌무더기가 무너지면서 동굴입구가 보다 더 분명하게 드러났다.

혹시 누군가 동굴입구에 돌무더기를 일부러 쌓아놓은 건 아닐까?

소년은 고개를 들어 암벽 위쪽을 쳐다보았다. 오래 전, 산사태가 나는 바람에 위에서 굴러 떨어진 돌들이 동굴입구를 자연적으로 막아버린 듯했다. 돌들을 옆으로 치우고 나자 사람 하나는 족히 드나들 수 있는 동굴입구가 나타났다.

돌을 옆으로 치우느라 힘을 쓴 소년은 잠시 심호흡을 했다. 쌀쌀하고 눅눅한 날씨였지만 어느새 온몸에 땀이 흥건했다. 소년은 긴장감으로 몸을 부르르 떨며 동굴 안으로 들어갔다. 동굴입구를 지나자 아무리 키가 큰 어른이라도 머리만 조금 숙이면 선 채로 걸을 수 있는 통로가 나왔다. 아직 소년의 머리 위로 꽤 많은 공간이 남아 있었다.

동굴 안쪽으로 들어가자 금세 널찍한 공간이 나왔다. 햇빛이 스며들지 않아 알아보긴 힘들었지만 동굴을 이루고 있는 벽면들이 희미하게 보였다. 동굴 천장에서 떨어진 물방울들이 자갈과 점토로 이루어진 바닥으로 스며들고 있었다.

소년은 몹시 긴장하고 흥분한 나머지 숨조차 쉬기 힘들었다. 그는 아무도 모르는 동굴을 발견했고, 오래도록 그 은밀한 즐거움을 혼자서 누릴 생각을 하니 절로 웃음이 나올 지경이었다. 암벽 사이에 감춰져 있는 동굴, 그만이 아는 비밀통로를 거쳐야만 안으로 들어갈 수 있는 동굴…….

소년은 통로를 지나 다시 동굴입구로 나왔다. 비록 동굴 안에서 여우의 자취를 발견하지는 못했다. 아마도 너무 어두웠기 때문일 수도 있었다.

소년은 당장 자전거를 타고 집으로 돌아가 손전등을 가져올 생각이었다. 손전등으로 동굴 안을 샅샅이 살펴보고 싶었다. 몇 가지 물건-색연필, 우표, 플라스틱 컵 따위-도 가져와 동굴 안에 놓아두기로 했다. 날마다 동굴을 찾아와 그 물건들이 제대로 있는지 확인해볼 생각이었다. 만약 그 물건들이 그대로 남아 있다면 이 동굴의 존재를 아는 사람이 없다는 증거일 테니까.

소년은 동굴 밖으로 나와 당장 자전거를 향해 달려가려다가 문득 그대로 멈춰 서서 들뜬 마음을 가라앉혔다. 동굴입구를 은폐해두는 게 좋겠다고 생각한 소년은 옆으로 치워놓았던 돌들을 다시 쌓아올리기 시작했다. 돌무더기가 사람들의 눈에 띄지 않도록 진흙을 가져다가 틈새를 메우기도 했다. 쓰러져 있는 양치식물들도 최대한 일으켜 세웠다.

소년은 동굴을 영원히 혼자만 아는 비밀장소로 간직하고 싶었다. 엄마와 새 아빠, 학교 친구들에게도 절대로 말해주지 않을 작정이었다. 지금껏 이 계곡에 대해서도 말한 적이 없었다. 이제 동굴을 발견한 만큼 소년에게 이 계곡은 더없이 중요한 곳이 되었다.

내 계곡과 동굴을 갖게 되었어.

여우 덕분에 동굴이 있다는 걸 알게 되었다. 문득 계곡의 이름을 무엇으로 붙여야 할지 떠올랐다.

폭스 밸리.

이름 자체가 비밀을 잔뜩 간직한 곳이라는 느낌을 주었다.

폭스 밸리.

소년은 뿌듯한 마음으로 자신이 애써 쌓아올린 돌무더기를 쳐다보았다. 세상에서 여기에 동굴이 있다는 걸 아는 사람은 없었다. 소년은 앞으로 더욱 많은 시간을 이 계곡에서 보내기로 마음먹었다. 동굴의 출입구도 넓히고, 요새화시켜 언제든지 찾아와 놀 수 있는 놀이터이자 비밀아지트로 삼을 작정이었다.

소년은 자전거를 향해 달려가며 작은 소리로 속삭였다.

"금방 다시 돌아올게!"

2009년 8월

1

북웨일즈에서 남쪽 길을 따라 달려오는 동안 매튜와 바네사는 끊임
없이 말다툼을 벌였다. 지난 몇 주 동안 그들 부부는 신경쇠약에 걸리
지 않은 게 이상할 만큼 지루한 논쟁을 계속해오고 있었다. 펨브로크
셔해안국립공원을 떠나 피시가드에 다와 갈 때쯤에는 말다툼을 넘어
서로를 심하게 할퀴어대는 악담 수준으로 변모했다.

매튜는 스완지에 있는 컴퓨터 소프트웨어 회사에 다니고 있었다.
회사는 지난 수년 동안 불황을 모를 만큼 빠른 속도로 성장을 거듭했
지만 최근에 갑자기 상황이 악화되었다. 경쟁사들이 대거 성장하면서
수익구조가 악화되자 회사에서는 공공연히 구조조정 이야기가 나돌
기 시작했다. 경쟁사에서 젊고 유능한 인재들을 스카우트해 오는 대
신 경쟁력 없는 직원들을 내보내기로 결정했다는 소문이 파다하게 퍼
져 있었다.

매튜는 자신도 해고자 명단에 포함될지도 모른다고 생각했다. 한참 불안감이 팽배해 있을 때 런던에 있는 어느 회사에서 현재보다 더 좋은 대우를 해주겠다는 약속과 함께 스카우트 제의를 해왔다.

매튜는 당장 사표를 던지고 런던으로 가야 한다고 생각했다.

"그렇게 빨리 회사를 정리하면 보너스를 받을 수 없게 되잖아."

매튜가 런던으로 옮기고 싶다는 결심을 밝히자 바네사가 단번에 이의를 제기했다.

"보너스를 받을 때까지 기다렸다가는 스카우트 제의가 없었던 일이 될 수도 있으니까 문제지. 보너스를 받고 떠나려다가 실업자 신세가 되면 어쩌려고?"

"그때 가서 다른 일자리를 찾아보면 되지 뭐가 걱정이야?"

"그러다가 끝내 일자리를 찾지 못하면?"

바네사는 스완지대학에서 문학을 가르치고 있었다. 매튜가 런던으로 회사를 옮기게 되면 그녀는 졸지에 지금껏 다져온 모든 인간관계와 학교의 두터운 신뢰를 포기해야만 할 형편이었다.

바네사의 입장으로는 런던 행을 도저히 받아들일 수 없었다.

"난 런던에는 가지 않을래. 당신이 지금 19세기 터키의 파샤(옛날 터키에서 장군이나 총독, 사령관 등 신분이 높은 사람에게 주던 영예의 칭호 : 옮긴이)처럼 굴고 있다는 거 알아? 당신이 결정하면 나는 무조건 따라야 하는 거야? 이제 그런 시대는 지났어. 아무튼 난 런던에는 못가."

"스완지에서 15년이나 살았어. 우리의 생을 활기차게 변화시킬 수 있는 기회야. 런던으로 가면 당신에게도 큰 자극이 될 거야."

"당신은 자극을 받을 필요가 있는지 모르지만 난 지금 이 상태로 만족해. 지금 이대로도 충분히 즐겁고 활기차니까."

자동차 뒷좌석에 누워 있던 맥스가 고개를 들고 낑낑거렸다. 그들 부부가 키우는 애완견이었다.

매튜가 백미러를 힐끔 쳐다보았다.

"맥스가 오줌이 마려운가봐. 집에 도착하려면 아직 멀었으니까 휴게소에 들렀다 가야겠어."

바네사는 입술을 꽉 깨물고 그 말에 대꾸하지 않았다. 단단히 토라진 그녀의 입술이 하얀 일직선이 되었다.

매튜는 다음번 교차로에서 옆길로 꺾어졌다. 펨브로크셔해안국립공원으로 이어지는 지방도로였다. 어느덧 해가 지고 있었다. 따뜻하고 화창하고 아름다운 8월의 저녁이었다. 황금빛 노을이 들판을 서서히 물들여가고 있었다. 목초지 울타리를 막 넘어서고 있는 고독한 도보여행자 한 사람이 보였다. 그 여행자를 빼면 아무리 주위를 둘러봐도 사람 그림자라고는 보이지 않았다.

수 마일에 걸친 해안과 내륙의 일부를 포함하고 있는 펨브로크셔해안국립공원은 여름철만 되면 관광객들로 북적거렸다. 도보여행자들, 말을 타고 다니는 사람들, 산악자전거를 타고 해안도로를 질주하는 사람들…… 바닷가에는 언제나 사람들이 많았지만 해안과 다소 멀리 떨어진 내륙에서는 몇 시간을 걸어도 사람구경을 못하는 경우도 많았다.

마침내 간이휴게소 주차장에 도착했다. 큰길에서 안쪽으로 약간 들어간 곳으로 전망이 근사했다. 휴게소에는 기다란 벤치가 양쪽에 놓여 있는 피크닉테이블과 철제 쓰레기통이 비치돼 있었다. 쓰레기통이 텅 비어 있는 걸 보면 사람들의 왕래가 그만큼 뜸했다는 의미였다.

"맥스를 데리고 바람 좀 쐬고 오는 게 어때?"

"당신이나 다녀와. 난 차에서 생각을 정리해봐야겠어."

차문을 열자 따뜻한 공기가 훅 끼쳐 들어 왔다. 에어컨을 20도에 맞춰놓았는데, 바깥기온은 적어도 24도쯤 되는 듯했다. 파란 하늘에는 구름 한 점 보이지 않았다. 8월의 멋진 일요일이었다. 주차장은 고요와 열기 말고는 아무것도 없었다.

매튜는 주차장에 차를 세우자마자 맥스를 데리고 산책을 떠났다. 바네사는 산책할 기분이 아니어서 차에 그대로 남아 있었다.

사람들이 자주 다녀 저절로 형성된 작은 오솔길이 있었다. 언덕을 끼고 왼쪽으로 돌아가는 쪽에 있는 길이라 주차장에서는 잘 보이지 않았다. 바네사는 남편과 맥스가 모퉁이를 돌아 사라질 때까지 차 옆에 우두커니 서 있었다. 왠지 불안한 표정으로 몇 번이나 고개를 돌려 바네사를 살피던 맥스가 마침내 껑충껑충 뛰어오르며 내달리기 시작했다. 맥스를 뒤따르는 매튜의 등은 여전히 화가 풀리지 않은 듯 단단히 굳어 있었다. 아직 아내에 대해 야속한 감정을 삭이지 못한 게 분명했다.

바네사는 천천히 피크닉테이블 쪽으로 걸어갔다. 나무벤치는 햇살을 받아 따뜻했다. 바네사는 무심코 계곡 쪽을 바라보았다. 폭이 제법 넓은 계곡이었다. 굽이진 골짜기들마다 초록색 물결이 일렁였다. 계곡 북쪽은 높다란 암벽에 둘러싸여 있었고, 나무 몇 그루 말고는 키 작은 금작화 덤불밖에 보이지 않았다. 금작화가 만개하는 4월이 되면 아마 이 주변은 온통 노란색 물결을 이룰 거란 생각이 들었다.

4월이 되면 정말 아름답겠어.

바네사는 자주 이 지역을 방문해야겠다고 생각했다. 펨브로크셔해 안국립공원은 사실 스완지에서 그리 멀지 않았지만 겨우 서너 번쯤 와봤을 뿐이었다. 올가을에는 주말 도보여행이라도 와야겠다고 생각했다.

매튜도 산책을 즐기니까 좋아할 거야. 어쩌면 런던으로 옮길 준비를 하느라 정신이 없을지도 모르지만……

런던.

바네사와 연결된 끈은 모두 스완지에 있었다. 스완지에 그대로 남아 주말부부로 사는 건 싫었다.

서른일곱 살이나 된 여자가 익숙한 환경과 결별하길 두려워하는 태도가 과연 옳은가? 이제는 스완지를 벗어나 좀 더 활동무대를 넓혀야 하는 건 아닐까? 좀 더 유연한 태도로 새로운 사회경험을 쌓아야 하는 건 아닐까? 세상에 대해 좀 더 진취적인 생각을 가져야 하는 건 아닐까?

바네사는 생각에 골몰하느라 시간의 흐름을 깨닫지 못했다. 두세 번쯤 국도를 지나가는 차 소리가 들렸을 뿐 사방은 쥐 죽은 듯 고요했다. 손목시계를 보니 매튜가 산책을 떠난 지 20분이나 지나 있었다.

바로 그때 차 한 대가 다가오는 소리가 들려왔다. 차가 주차장 가까이 왔을 때 속도가 느려지다가 갑자기 속도를 높이더니 잠시 후 브레이크를 밟는 소리가 났다. 힐끔 뒤돌아보았지만 차는 보이지 않았다. 덤불숲에 뒤덮인 자그마한 언덕이 주차장과 도로 사이를 가로막고 있는 탓이었다. 자동차가 언덕을 돌아 나와야 볼 수 있을 듯했다. 그 순간 갑자기 차가 나타났다. 옆면에 뭔가 글씨가 적혀 있는 흰색 탑차였다. 거리가 멀어 글씨를 알아볼 수 없었다. 탑차가 도로 한가운데서 갑자기 유턴을 하더니 왔던 길로 되돌아가며 다시 시야에서 사라졌다. 여전히 차 소리가 들리는 걸 보면 주차장 옆길로 조용히 지나갈 생각인 듯했다. 차가 다시 속도를 높였다가 브레이크를 밟았다.

바네사는 이맛살을 찌푸렸다.

다시 차를 돌린 건가? 왜 차를 세우지 않고 계속 왔다 갔다 하지?

다시 차가 가까이 다가오는 소리가 들려왔다. 속도가 더 느려지긴 했지만 이번에는 분명 주차장 쪽으로 꺾어지는 소리였다. 바네사는 다시 뒤돌아보았지만 차는 보이지 않았다. 그 대신, 차 문을 닫는 소리가 들려왔다. 주차장 입구 어딘가에 차를 세운 듯, 실제로 주차장 안으로 들어온 차는 없었다.

용변이 급한 남자가 피크닉테이블 벤치에 앉아 있는 나를 발견한 건가?

바네사는 불안감이 증폭되었지만 애써 무시하며 다시 한 번 계곡을 내려다보았다. 사람의 왕래가 전혀 없다시피 한 곳이었고, 매튜가 언제 돌아올지 몰라 마음이 점점 더 불안해지고 있었다.

바로 지금 맥스가 컹컹 짖어대며 모퉁이 길을 돌아 쏜살같이 달려온다면 얼마나 좋을까?

바네사는 신경이 너무 예민해진 탓이라 생각하며 마음을 추슬렀다.

고작 차 한 대가 왔을 뿐인데 어린애처럼 겁을 집어먹다니?

그 순간 바네사는 섬뜩한 느낌이 들어 몸을 움찔하며 뒤를 돌아보았다. 낯선 남자가 바로 뒤에 서 있었다. 두서너 걸음밖에 떨어지지 않은 거리였다.

남자가 다가올 때까지 왜 아무런 소리도 듣지 못했을까?

바네사는 벤치에서 벌떡 일어섰다.

남자는 날씨가 따뜻한데도 검정색 야구 모자를 이마까지 푹 눌러쓰고 있었다. 게다가 눈이 전혀 보이지 않는 시커먼 선글라스에 검정색 스카프로 입을 가리고 있어 얼굴에서 보이는 부분이라고는 코밖에 없었다. 검정색 트레이닝복 바지에 풀오버를 입었고, 손에는 장갑까지 착용하고 있어 보통사람의 행색과는 거리가 멀었다.

바네사는 마른침을 꿀꺽 삼켰다.

"무슨 일……."

가까스로 입을 떼는 순간 남자가 번개처럼 달려들었다. 동작이 어찌나 날래던지 반항하거나 도망칠 기회가 없었다. 축축한 천이 입을 가렸고, 역한 냄새가 밀려들었다. 기관지에서는 발작적인 기침이 터져 나왔다. 곧이어 구토가 치밀었고, 다음 순간 모든 감각이 완전히 마비되어 버리며 정신을 잃었다.

바네사는 곧 암흑의 세계로 깊숙이 빠져들었다.

끝없는 어둠 속으로.

2

온몸이 땀으로 흥건하게 젖어들었다. 풀오버와 모자, 스카프, 장갑 따위를 벗어 뒷좌석으로 던져버렸지만 소용없었다. 이제 몸에 걸치고 있는 거라고는 트레이닝복바지에 흰 러닝셔츠가 전부였다.

등줄기를 타고 땀이 줄줄 흘러내렸다. 문득 차를 너무 빨리 운전하고 있다는 걸 깨닫고 액셀에서 발을 뗐다. 다행히 경찰 순찰차는 보이지 않았다. 경찰이 이 늦은 시간에 서부해안도로를 따라 스완지로 가는 차를 보게 될 경우 수상하게 여길 수도 있었다.

긴장을 풀어!

라이언은 마음을 차분하게 가라앉히기 위해 애썼다.

바닷가에서 일요일을 보내고, 집으로 돌아가는 길이라고 하면 조금도 이상하게 생각하지 않을 거야.

차의 속도를 늦추고, 마음을 차분하게 가라앉히려고 애썼지만 땀이 비 오듯 쏟아졌고, 가슴이 두방망이질 쳤다. 이제껏 저지른 자잘한 범죄와 납치는 차원이 달랐다. 자주 경찰서를 들락거리며 살아왔지만 가택침입죄와 상해죄로 집행유예를 선고받은 적이 두 번 있을 뿐 중범죄를 저지른 적은 없었다. 남들처럼 성실하게 일한 대가로 살아가겠다는 생각을 했고, 실제로 일자리를 구해 일을 한 적도 있었지만 그때마다 번번이 실패로 끝났다. 오랫동안 자유분방하게 살아온 탓에 아침 일찍 출근한다는 게 그리 쉽지 않았다. 다반사로 지각을 하는 직원을 곱게 봐줄 회사는 없었다. 잦은 결근과 지각은 결국 해고로 이어지기 일쑤였고, 또다시 불량배 생활로 돌아갈 수밖에 없었다. 전자제품 매장에서 노트북컴퓨터를 훔쳐 팔거나 자동차 문을 따고 귀중품을 훔치거나 노파의 지갑을 날치기하거나 술집에서 시비를 벌이다 사람을 두들겨 패는 게 그의 일상이나 다름없었다.

라이언은 사람들이 이상하게 여길 만큼 차를 천천히 운전하고 있다는 걸 깨닫고 조금 속도를 높였다. 동굴에 가둬둔 여자의 이름은 바네사 월라드로 스완지대학 강사였다. 모든 걸 체념한 듯 여자는 순순히 이름과 직업을 털어놓았다. 남편의 이름과 스완지 교외 멈블스에 위치한 집주소와 전화번호도 알려주었다. 마취를 위해 사용했던 클로르포름 냄새 때문에 여자는 깨어나자마자 심하게 구역질을 했다.

라이언은 여자를 차에 태우고, 주차장에서 몇 마일쯤 떨어진 동굴로 데려갔다. 사흘 전, 술집에서 격렬하게 주먹질을 하는 바람에 오른팔이 몹시 욱신거려 여자를 동굴로 옮기는 동안 비지땀을 흘려야만 했다. 날이 저물자 동굴 안까지 빛이 스며들지 않았다. 손전등이 있었지만 여자를 들쳐 메고 걷느라 남는 손이 없었다. 광부들이 쓰는 밴드 플래시를 준비해오지 않은 게 실수였다.

클로르포름에 마취된 여자는 무의식중에 남편과 개의 이름을 번갈아 불렀다. 여자를 납치할 당시 주차장 근처에 여자의 남편과 개가 있었다는 뜻이었다. 여자의 남편은 개를 데리고 산책을 간 듯했다. 그 사실을 알게 된 순간 어찌나 놀랐던지 온몸이 후끈 달아오르며 전율이 일었다.

라이언은 정처 없이 차를 몰고 다니다가 주차장에 혼자 있는 여자를 발견했다. 그는 주변도로를 오가며 근처에 사람이 있는지 미리 체크했다. 여자가 타고 온 BMW와 외모에서 풍기는 이미지로 보아 일단 목표에 부합돼 보였다. 청바지에 티셔츠 차림이었지만 지적이고 세련된 이미지를 풍기는 여자였다. 십만 파운드를 목표로 하는 입장이라 굳이 돈이 어마어마하게 많은 타깃은 필요 없었다.

하마터면 현장에서 여자의 남편과 개에게 발각당할 뻔했다. 그 사실을 알게 된 순간 머리가 쭈뼛해지며 식은땀이 났다.

앞으로는 각별히 조심해야 돼.

라이언은 계속 혼잣말을 중얼거렸다.

여자는 헛구역질을 계속하며 몸을 잔뜩 웅크리고 있었다. 라이언이 여자의 입과 코를 가리고 있던 스카프를 벗겨주었다. 여자는 자신이 어디에 끌려와 있는지 비로소 알아차린 듯했다. 관처럼 생긴 기다란 나무상자가 옆에 놓여있는 걸 본 여자가 기겁하듯 놀라며 비명을 질렀다. 여자는 필사적으로 동굴입구를 향해 엉금엉금 기어가기 시작했다.

라이언이 오른쪽 다리를 붙잡자 여자는 마치 덫에 걸린 살쾡이처럼 몸을 버둥거리며 앓는 소리를 했다. 사람들의 발길이 닿지 않는 곳이라 여자의 비명소리를 듣고 달려올 사람은 없었지만 몹시 신경이 거슬렸다. 다리를 붙잡힌 여자는 사력을 다해 달려들었다. 사지를 버둥거리며 연신 주먹을 휘두르고 손톱을 들어 할퀴려 들었다.

라이언은 얼굴에 상처가 나지 않도록 조심하며 여자를 제지하느라 곤욕을 치러야 했다. 주먹 한 방이면 간단하게 여자를 제압할 수 있었지만 가능한 한 폭력을 사용하고 싶지는 않았다. 솔직히 여자가 불쌍했고, 한시바삐 일이 잘 마무리돼 무사히 집으로 돌아갈 수 있게 되길 바랐다.

여자가 더 이상 옴짝달싹 못하게 손목을 단단히 움켜쥐었다. 동그랗게 뜬 여자의 눈빛에 공포와 근심이 가득했다.

"당신 남편이 돈을 지불하는 즉시 풀어줄 테니까 너무 걱정하지 마."

마치 두꺼운 수건을 입에 대고 말하는 것처럼 목소리가 낯설게 들렸다.

남편이 있어 다행이었다. 협상창구를 남편으로 일원화시킬 수 있다는 뜻이었다. 만약 독신여성일 경우 협상창구가 아예 부재할 수도 있으니까.

"남편 이름은?"

"매튜 월라드."

여자가 기침을 두어 번 하고 나서 대답했다. 방금 전, 심한 비명을 질러댄 탓에 목이 잠겨 있었다.

"당신 이름은?"

"바네사 월라드."

"직업은?"

"스완지대학에서 학생들을 가르치고 있어요."

"집 주소와 전화번호를 말해봐."

여자가 집 주소와 전화번호를 말했고, 라이언은 머릿속에 단단히 새겨두었다. 볼펜으로 어딘가에 적어두는 건 위험했다.

"당신은 인질을 잘못 선택했어요. 우린 부자가 아니거든요."

"십만 파운드면 충분해. 당신 남편이 그 정도쯤은 마련할 수 있을 거야."

여자는 적어도 수백만 파운드를 요구할 거라 예상했었는지 다소 놀란 표정을 지었다.

"자, 이제 나무상자 안으로 들어가 있어. 당신이 나무상자 안으로 들어가면 내가 뚜껑을 닫고 자물쇠를 채울 거야."

여자는 기침을 심하게 하기 시작했다. 마치 천식발작을 일으킨 사람처럼 호흡이 거칠었다.

"제발 이러지 말아요. 나무상자 안에 들어가 있다가는 금세 숨이 막혀 죽을 거예요."

"숨을 쉬게 하는 공기구멍을 뚫어놓았어. 손전등과 잡지도 넣어줄 거야. 물과 음식물도 넉넉하게 준비해 두었으니까 엉뚱한 생각하지 말고 어서 들어가. 당신 남편이 돈을 건네는 즉시 풀어줄 테니까."

"동굴 안에 가두어두는 것만으로도 충분하잖아요? 왜 꼭 이렇게까지 해야 하죠?"

"동굴입구를 돌무더기로 막아두긴 하겠지만 마음만 먹으면 그깟 돌쯤은 얼마든지 치울 수 있을 거야. 당신이 돌을 치우고 탈출하게 내버려둘 수는 없잖아. 내가 매일 당신을 보러 들를 테니까 안심해."

사실 매일 들르겠다는 말은 거짓이었다. 자주 왕래하다 만약 사람들 눈에 띄면 그야말로 낭패가 아닐 수 없었다.

비로소 나무상자 안으로 들어가 누운 여자가 울음을 터뜨리며 사시나무처럼 몸을 떨었다. 상자뚜껑에 미리 뚫어놓은 여섯 개의 구멍에 나사를 넣고 조이는 동안 여자의 흐느낌은 더욱 거세졌다. 라이언 역시 손이 떨릴 만큼 겁이 났다. 여자에게 떠는 모습을 들키지 않은 게 그나마 다행이었다.

라이언은 스완지로 빠지는 첫 번째 갈림길에서 기어를 1단으로 변속했다. 그가 운전하는 탑차는 세탁공장의 업무용 차량이었다. 어렵사리 일자리를 구했지만 일은 고되고 월급은 보잘것없었다. 스완지 일대의 여러 호텔과 레스토랑을 돌며 세탁물을 수거해오고, 빨아서 되돌려주는 게 일이었다. 회사에서는 차의 옆면에 '클린!'이라는 문구가 적힌 흰색 탑차를 배정해주었다. 마음대로 사용할 수 있는 차가 생겼다는 게 그나마 마음에 들었다. 회사 규정상 차를 개인적인 용도로 사용하는 게 금지되어 있었지만 기름을 다시 채워 넣어두기만 하면 따질 사람은 없었다.

일요일 저녁 9시 반, 스완지로 진입하는 도로에는 오가는 차량이 드물었다. 그는 현재 데비 돕슨의 집에 얹혀살고 있었다. 한때는 연인사이였지만 그가 자꾸만 경찰서에 들락거리자 데비는 결별을 선언했다. 연인관계를 청산했지만 데비는 오갈 데 없는 그를 내쫓지는 않았다.

데비는 주말에 극장과 패스트푸드점이 들어선 대형 쇼핑센터 청소를 맡게 돼 집을 비웠다. 라이언은 집에 들어가는 즉시 샤워를 하고, 긴장과 불안을 누그러뜨리기 위해 맥주를 조금 마실 생각이었다. 그 다음에는 근처의 공중전화부스에서 매튜 윌라드에게 전화를 걸 생각이었다. 그가 이미 경찰에 신고했을 가능성도 배제할 수 없었다. 실종신고를 했더라도 경찰이 당장 수사에 착수하는 건 아니었다. 실종사건의 경우 경찰은 통상 24시간이 지나야 수사에 착수하는 게 보통이었다. 가까스로 진정시켰던 심장이 다시 콩닥거리며 뛰기 시작했다.

경찰이 매튜 윌라드의 집에 진을 치고 있을 수도 있어.

그렇다면 통화를 최대한 간단하게 끝낼 필요가 있었다. 공중전화부스의 위치를 추적당할 가능성이 크니까.

면밀하게 따져볼 시간도 없이 일에 착수하게 된 건 악명 높은 고리대금업자 데몬 때문이었다. 데몬은 두 번씩이나 부하들을 보내 2만 파운드를 당장 갚으라며 압박을 가했다. 데몬의 부하들에게 얼마나 맞았던지 몸을 꼼짝할 수 없어 열흘 동안 병가를 내고 쉬어야만 했었다.

데몬의 사전에 포기란 없었다. 빚을 갚지 못할 경우 바닷물에 얼굴을 처박은 시신으로 떠오르게 되리라는 건 교회에서 찬송가 소리를 듣는 것만큼이나 분명한 일이었다. 그는 무자비하고 냉혹한 악당이라 눈 한번 깜박이지 않고 무시무시한 범죄를 저질러왔다. 그가 수많은 악행을 저지르고도 법의 심판을 단 한 번도 받은 적이 없다는 건 그야말로 대단한 아이러니였다. 세상이 가장 야비하고 악랄한 사람들에게 장악 당했다는 뜻이었다.

데몬의 집요한 마수에서 벗어날 수 있는 방법은 돈을 갚는 것밖에 없었다. 라이언이 갑자기 납치계획을 세우게 된 배경이었다.

라이언은 납치계획을 세우며 폭스 밸리의 동굴을 떠올렸다. 그는 20년 만에 동굴을 찾아가보았다. 여전히 동굴의 존재를 아는 사람은 없어 보였다. 돌무더기를 쌓아올려 동굴입구를 은폐해놓은 게 주효한 듯했다. 어린 시절에는 물론 여자를 납치해 가두어둘 생각 따위는 없었다. 단지 세상에서 오로지 자신만이 아는 비밀아지트가 생겨 마음이 뿌듯했을 따름이었다. 절체절명의 궁지에 몰린 지금은 물불을 가릴 처지가 아니었다. 일이 조금이라도 어긋날 경우 몇 년은 족히 감옥에서 썩어야 한다는 각오가 필요한 일이었다.

라이언은 감옥에 대해 끔찍한 공포를 갖고 있었다. 계속 이런 식으로 살아가다가는 평생 감옥을 들락거리다가 생을 마치게 될 수도 있다는 걸 잘 알고 있었다. 몸값으로 10만 파운드를 책정한 이유였다. 2만 파운드는 데몬에게 진 빚을 갚을 생각이었고, 나머지 8만 파운드는 새 출발을 위해 쓸 작정이었다.

8만 파운드만 있으면 당장 무슨 일이든 시도해볼 수 있을 듯했다. 어떤 일을 하며 살아갈지는 나중에 다시 생각해보기로 했다. 지금은 무엇보다 정신을 집중해 일을 성공적으로 마무리하는 게 중요했다.

데비의 아파트 앞에는 차를 주차할 자리가 마땅치 않아 팩스턴 가쪽으로 방향을 꺾었다. 라이언은 직감적으로 뭔가 이상한 낌새를 느꼈다. 딱히 왜 그런지 이유를 알 수 없어 그냥 망상이려니 치부하고 말았다. 지금은 신경이 극도로 날카로워져 있으니까.

눈앞 도로가 지나치게 어두컴컴했다. 아직 불 켜진 집이 서너 채 되었지만 사람들의 발길이 끊긴 탓인지 동네일대는 쥐 죽은 듯 고요했다.

날씨도 포근한데 다들 일찍 집으로 들어간 건가?

라이언은 마치 야생동물이 냄새를 추적해 먹잇감을 찾아 나설 때처럼 고개를 치켜들고 앞쪽을 주시했다.

침착해, 라이언.

라이언은 자꾸만 불안해지는 마음을 다독거렸다.

지난 며칠 동안 너무나 긴장된 나날을 보낸 탓이야. 자꾸만 정신 줄을 놓다가는 일을 망쳐버릴 수도 있어!

라이언은 데비의 아파트를 향해 걸어갔다.

항상 법을 어기며 살아오다보니 경찰의 낌새를 알아차리는 능력이 극도로 발달했다. 근처에 잠복경찰이 있을 경우 절대로 놓치지 않았다. 낌새가 이상했지만 애써 아닐 거라며 마음을 다독였다. 경찰이 벌써 눈치를 채고 체포하러 온다는 건 불가능했다. 매튜 윌라드가 실종 신고를 해 당장 수사가 개시되었다고 해도 아직 납치사건이라고 단정 지을 근거는 없었다. 경찰은 바네사 윌라드가 자진해서 남편 곁을 떠난 거라고 생각할 수도 있었다. 새로 사귄 애인과 사랑의 도피행각을 벌일 수도 있으니까.

생각하고 싶지도 않은 가능성이 한 가지 있긴 했다.

목격자가 있었다면? 만약 누군가 의식을 잃은 여자를 들쳐 메고 가는 장면을 목격했다면?

그 당시 계속 주위를 살폈고, 주변도로와 주차장 인근 상황을 아주 사소한 것까지 체크했다. 분명 사람의 자취는 없었고, 납치과정은 신속하게 진행됐다.

얼마나 운이 좋았으면 근처로 산책을 떠난 남편과 개를 피하지 않았던가?

라이언은 계속 앞으로 걸어갔다. 노숙자쉼터가 있는 빌딩 맞은편에 낯선 차량이 한 대 서 있는 게 보였지만 무시하고 지나쳤다. 문득 생각해보니 그곳은 주차금지구역이었다. 갑자기 불안감이 엄습해와 뒤를 돌아보았다. 그 수상한 차량에 남자 두 명이 타고 있었다. 한눈에 경찰이라는 걸 알 수 있었다. 라이언은 갑자기 방향을 바꿔 달리기 시작했다.

"정지! 경찰이다."

뒤쪽에서 경찰이 외치는 소리가 들려왔다.

라이언은 아랑곳하지 않고 계속 달렸다. 멀지 않은 곳에서 뒤따르는 발자국 소리가 들려왔다.

흥! 누가 이 지역 지리를 속속들이 알고 있는지 두고 보라지.

라이언은 도로 끝에서 왼쪽 오이스터마우스 로드 쪽으로 방향을 틀었다. 그 근처에도 몸을 숨기기에 적당한 장소가 없었지만 반대쪽은 더욱 위험했다. 그쪽은 마리나(스포츠, 또는 레크리에이션 용 요트나 모터보트 등의 선박을 위한 항구 : 옮긴이)로 연결되는 주차장이 들어서 있었고, 개방형 난간이 항구까지 쭉 이어져 있었다. 해안 쪽보다는 주택가 쪽으로 도주하는 게 유리했다. 도주라면 자신이 있었다. 벌써 몇 번이나 경찰의 추격을 보기 좋게 따돌린 경험도 있었다. 스완지 지리를 손금 들여다보듯 꿰고 있기 때문이었다. 이번에는 경찰의 실력도 만만치 않았다. 차에서 내리느라 제법 시간이 지체되었을 텐데도 어찌된 영문인지 거리가 점점 더 좁혀지고 있었다. 숨이 가빠왔지만 아직은 견딜 만했다. 싸우다 다친 팔이 욱신거렸지만 지금은 오로지 도망치는 데 집중할 필요가 있었다.

지금 대체 무슨 일이 벌어지고 있는 거지? 왜 이런 일이 생겼을까?

라이언은 추격해오는 경찰과 거리를 더 이상 벌리지 못했다. 오히려 경찰의 추격 속도는 점점 더 빨라지고 있었다.

어디서 괴물 같은 스프린터를 찾아냈을까? 다른 한 명은 어디에 숨어 있는 거야?

분명 차 안에 두 명이 타고 있었다. 짐작컨대 그들은 꽤 오랜 시간 그곳에 잠복해 있었던 게 분명했다. 라이언은 추격자를 혼란스럽게 하기 위해 지그재그로 달리다가 돌연 왼쪽 방향으로 꺾어진 다음 중앙분리대를 뛰어넘어 리코더 가로 접어들었다. 오이스터마우스 로드와 함께 데비의 아파트 뒤쪽에 위치한 작은 공원들과 건물들을 사각형 모양으로 둘러싸고 있는 도로였다. 분명 바람직한 선택은 아니었다. 다른 길이 있었다면 절대로 선택하지 않았을 길이었다. 오른쪽 웨스트웨이 건너편에 테스코의 대형주차장이 있었지만 일요일 저녁 시간에는 텅텅 비어 있어 몸을 숨기기에 적합하지 않았다.

라이언은 그 지점에서 재빨리 아파트 뒤뜰로 뛰어들 생각이었다. 그런 다음 담장들과 창고 지붕들을 민첩하게 뛰어넘어야 했다. 추격해오는 경찰을 따돌릴 수 있는 유일한 기회였다. 일단 경찰을 따돌리고 나서 몸을 숨길 장소를 물색해볼 생각이었다.

라이언은 달리는 중에도 쉴 새 없이 머리를 굴렸다. 경찰이 눈치를 챘다면 당장 계획을 중단하고 최대한 빨리 동굴에 가두어둔 인질을 풀어줄 필요가 있었다.

바로 그때 그림자 하나가 불쑥 눈앞에 나타났다. 라이언은 도주를 멈출 수도 없었고, 옆으로 피할 수도 없는 처지에 놓여 있었다. 빌딩 사이 좁은 통로에서 튀어나온 그림자가 재빨리 태클을 걸어 그를 쓰러뜨렸기 때문이었다.

"경찰이다!"

라이언은 그제야 경찰을 과소평가했다는 사실을 깨달았다. 멍청한 실수였다. 한 명은 달리기가 빨랐고, 다른 한 명은 이 지역 지리를 속속들이 꿰고 있었다. 경찰은 데비의 아파트 뒤쪽 작은 공원들을 지나면 곧장 리코더 가로 나갈 수 있다는 것까지 훤히 꿰고 있었던 셈이었다. 경찰 입장으로는 그야말로 작전의 승리였다. 경찰이 팔을 등 뒤로 돌리게 하고 천천히 일으켜 세우며 손목에 수갑을 채웠다.

"라이언 리, 너를 폭행상해 혐의로 체포한다."

폭행상해 혐의? 이게 무슨 뚱딴지같은 소리지?

대체 왜 이렇게 뜬금없는 일들이 자꾸만 벌어지는 걸까?

3

라이언은 경찰서에서 조사받는 동안 왜 잡혀왔는지 이유를 알게 되었다.

지난 목요일, 술집에서 벌어진 싸움이 발단이었다. 처음 본 애송이 녀석이 자꾸만 깐죽거리며 그를 자극했고, 결국 화를 참지 못하고 손을 봐줬던 기억이 떠올랐다. 그때 녀석이 심각한 부상을 입었다는 걸 미처 몰랐다. 그날 저녁 벌어진 일들이 머릿속에 희미한 기억으로 남아 있었다. 필름이 끊길 정도로 많이 마신 날이었다. 녀석을 두들겨 패고 나서 비틀거리며 집으로 돌아왔고, 너무 많이 마신 탓에 정신을 잃다시피 곯아떨어졌다.

그날, 내가 경찰에 체포될 정도로 녀석을 팼나?

"피해자의 부상이 어느 정도인데요?"

라이언이 도저히 믿을 수 없다는 듯 눈살을 찌푸리며 물었다.

"이빨이 몇 대 나가고, 코뼈가 부러진 건 아무것도 아니야. 피해자는 뇌진탕에 이은 두개골 골절상을 입었어. 그 정도면 정말 심각한 부상이지."

"두개골 골절상이라니요?"

"피해자가 넘어지다가 테이블 모서리에 머리를 부딪쳤나 봐. 자네 주먹을 맞고 쓰러지다가 머리를 다쳤으니 자네가 가해자일 수밖에."

"사소한 시비 끝에 주먹다짐을 벌였을 뿐이에요. 술집에서 그 정도는 흔하게 벌어지는 일이잖아요. 저 역시 녀석에게 몇 대 맞았다고요."

라이언이 시퍼렇게 멍든 팔을 보여주었지만 두개골 골절상과 맞서기에는 턱없이 부족해보였다.

"그날 밤, 녀석이 얼마나 깐죽댔는지 형사님도 직접 봤어야 해요."

라이언이 볼멘소리로 한 마디 덧붙였다.

경찰서에 있는 어느 누구도 라이언의 말에 쉽게 동조해주지 않았다. 사람을 병원에 입원시킬 만큼 폭력을 사용한 자에게 관용을 베풀어주는 법은 없었다. 피해자는 미래가 어떻게 될지 알 수 없는 상황이었다. 그날 술집에는 손님들이 꽉 차 있어 목격자들도 많았다.

경찰은 술집에 있었던 사람들을 조사한 결과 라이언의 신원을 알아냈고, 과거의 여자 친구 데비의 집에 얹혀산다는 것까지 알게 되었다. 경찰의 정지요청에 불응하고 도주한 사실이 그를 더욱 불리하게 만들었다. 그는 이제야 겨우 자신이 엄청난 궁지에 몰렸다는 걸 깨달았다.

경찰이 피의자의 권리를 말해주었다. 피의자가 경찰에 체포된 사실을 가족에게 알릴 수 있는 권리였지만 라이언은 포기했다. 어머니와는 꽤 오랫동안 연락두절 상태였고, 그렇다고 데비에게 알릴 수도 없었다. 데비가 연인관계를 끝내자고 한 이유도 그가 범법 행위를 근절하지 못한 탓이었다. 데비가 알면 노골적으로 화를 낼 게 뻔했다.

피의자에게는 즉시 변호사를 선임할 수 있는 권리가 부여되었다. 아론 크레이그 변호사는 오후 느지막이 경찰서에 나타났다. 막바지에 다다른 주말을 망치게 된 게 영 못마땅한 표정이었다. 아론 변호사는 현재 쉰여섯 살이었다. 그는 13년 전만 해도 불우한 환경에서 자라 범죄의 유혹을 뿌리치지 못하고 범법 행위를 저지른 젊은이들을 무료로 변호해주었다. 법률가로서의 사명감이 투철한 사람이었다. 그는 법정에서 도움을 주는 것에 그치지 않고, 범죄를 저지른 젊은이들의 친구이자 멘토, 삶의 길잡이가 되어주었다.

세월이 흐르면서 아론 변호사의 이상주의는 차츰 깃발을 내렸다. 그도 그럴 것이 수많은 젊은이들에게 법률적인 지원을 아끼지 않으며 정상적으로 사회활동을 할 수 있도록 힘써주었지만 돌아오는 건 언제나 씁쓸한 실망감뿐이었다. 한때 세상을 변화시키고자 했던 그는 어느새 지독한 냉소주의자가 되어가고 있었다.

라이언은 열일곱 살 때 구멍가게를 털어 절도죄로 체포되었을 때 아론 변호사를 처음 만났다. 아론 변호사도 이제는 라이언이 성실한 시민으로 살아갈 거라는 믿음을 버렸다. 그럼에도 라이언이 범죄에 연루되었다는 소식을 들을 때마다 가장 먼저 달려와 도움을 주었다.

경찰의 짧은 조사가 끝나고 아론 변호사와 라이언은 대화를 나눴다. 아론 변호사는 라이언이 지금 어떤 상황에 처해 있는지 설명해주었다.

"한 마디로 최악의 상황이야. 이제 겨우 열아홉 살인 피해자가 큰 부상을 당했어. 그 애송이를 병원에 입원시켜야 할 만큼 심하게 두들겨 팬 사람이 바로 자네야. 아무리 무례하게 굴었더라도 사람을 그토록 심하게 패면 안 된다는 걸 몰랐나?"

"녀석이 먼저 나를 모욕했어요."

"그날 술집에 있던 사람들은 죄다 자네처럼 모욕감을 느꼈어. 그들은 모두들 일치된 증언을 했지. 만취한 피해자가 비틀거리는 걸음걸이로 돌아다니며 테이블을 툭툭 치거나 욕설을 내뱉었다더군. 그렇지만 아무도 상관하지 않았어. 오로지 자네만이 피해자를 두들겨 팰 만큼 흥분했던 거야."

라이언은 입을 굳게 다물었다. 구구절절이 옳은 말이라 뭐라 반박할 수 없었다.

"이번에는 징역형을 피할 수 없을 거야. 나로서도 뾰족한 대책이 없으니까."

아론 변호사가 한숨을 푹 내쉬며 말했다.

"폭행상해 혐의가 적용될 거라던데 그 결정에 대해 이의를 제기할 생각은 없나요?"

라이언이 간절한 눈빛으로 아론 변호사를 쳐다보며 물었다.

"피해자는 피범벅이 된 채 의식을 잃고 술집 구석에 쓰러져 있었어. 병원에서 검진을 받은 결과 뇌진탕에 이은 두개골 골절상 진단을 받았지. 피해자가 앞으로 어떤 후유증을 앓게 될지 알 수 없다더군. 내가 보기에도 폭행상해 혐의를 적용하는데 전혀 문제가 없어 보였어. 나는 형법 제20조를 내세워 자네를 변호할 생각이야. 그 조항의 핵심을 적용하면 자네가 폭력을 사용한 건 틀림없지만 의도적이거나 특별한 악감정이 없었다는 걸 인정받는데 유리하지. 나는 당시 자네가 만취 상태였고, 피해자가 먼저 시비를 걸어왔다는 걸 강조할 생각이야. 피해자가 테이블 모서리에 머리를 부딪쳐 중상을 입게 될 거라는 사실을 전혀 예측하지 못했다는 점도 강조해야겠지. 아무튼 최선을 다해 형량을 줄여보겠지만 이번에는 징역형을 면할 수 없을 거야."

"만약 제20조항을 적용받지 못하면 어떡하죠?"

낙담한 라이언이 물었다.

"그럼 형법 제18조항을 적용받게 되겠지. 의도적으로 피해자에게 상해를 입혔다는 혐의가 적용될 경우 최대 25년 형을 선고받게 될 거야."

"25년 형이라고요? 흉기를 소지하지도 않았고, 일방적으로 때린 게 아니라 서로 주먹다짐을 벌이다가 실수로 다치게 했을 뿐인데요?"

"자네 주장이 받아들여지길 바라지만 결과를 낙관할 수만은 없어."

라이언은 끈으로 목을 졸리는 듯 침이 제대로 넘어가지 않았다.

"만약 법정에서 피해자에게 고의적으로 상해를 입히려고 한 의도가 없었다는 결론이 날 경우 형량이 몇 년쯤 나올까요?"

"내가 예상하기로는 5년 형이 떨어질 거야. 자네는 두 번이나 집행유예를 받은 전력이 있잖은가? 자네가 저지른 범법행위 자료들을 모으면 경찰서 서류철 하나쯤은 너끈히 채우고도 남아. 자네는 청소년 시절부터 경찰서를 밥 먹듯 드나들었으니까. 판사도 이제는 더 이상 자네를 호의적으로 봐줄 수는 없을 거야. 싹수가 노란 녀석이니 인생의 쓴 맛을 제대로 보여줘야겠다고 생각할 수도 있어."

라이언은 가슴이 철렁 내려앉았다. 순간적으로 욱하는 감정을 다스렸다면 별 문제 없이 넘어갔을 수도 있는 일이었다. 아론 변호사는 오래 전부터 가령 누군가 먼저 도발을 해올 경우라도 폭력사용은 절대 금물이라고 강조해왔다. 그날, 목격자들의 진술은 대체로 일치했다. 만취상태의 청년이 혀 꼬부라진 소리로 사람들에게 시비를 걸며 돌아다녔는데 단 한 사람만이 분노를 참지 못하고 폭력을 가했다.

그날, 라이언의 분노제어장치는 제대로 작동하지 않았다.

"예전에 내가 분노조절훈련을 받아보라고 권한 적이 있을 거야. 그 때 자네는 훈련을 받겠다고 약속해놓고 결국 지키지 않았지."

라이언은 할 말이 없어 고개를 푹 숙였다. 지나치게 흥분해 주먹부터 내지르는 습관을 고쳐야 한다는 걸 잘 알고 있었지만 결국 이번에도 감정조절에 실패해 큰 사고를 저지르고 말았다.

"그 약속을 지키지 않는 바람에 자네는 결국 인생의 쓴맛을 보게 된 건지도 몰라. 이젠 나도 어쩔 수가 없어. 감옥에서 나올 때쯤이면 자네도 인생을 어떻게 살아가야 하는지 알게 되겠지."

"형량을 다 채워야 출소할 수 있겠죠?"

"수감생활을 성실하게 할 경우 약간의 감형을 받을 수는 있겠지. 그러니까 고분고분 말을 잘 듣고, 깊이 반성하는 태도를 보여줘야겠지. 감형을 받게 되더라도 적어도 2년 정도는 형기를 채워야 할 거야."

2년, 그 시간은 라이언에게 영원이나 마찬가지였다.

"재판이 끝날 때까지 인신구속은 하지 않겠지요?"

지난번에 기소된 두 건의 경우 불구속 상태에서 수사가 진행되었다. 아론 변호사가 구속을 막아준 덕분이었다. 아론 변호사도 이번에는 고개를 저었다.

"이번에는 힘들 거야. 경찰은 자네를 구속 상태에서 수사할 방침을 갖고 있으니까."

긍정적인 대답을 기대했던 라이언은 고개를 푹 숙였다.

"하지만……."

"내가 정상 참작을 요청해보긴 하겠지만 경찰이 구속수사를 필요로 하는 이유들이 너무 많아. 자네는 현재 확실한 주거지가 없어. 체포 당시 도주를 시도했던 것도 불리하게 작용할 거야. 유감스러운 일이지만 우리에게는 구속수사를 뒤집을 만한 카드가 없어."

"그때는 도망칠 수밖에 없었어요."

다시 등줄기에서 식은땀이 나며 동굴 속 나무상자에 가두어둔 여자가 떠올랐다. 음식을 넣어두었으니 일주일 정도는 근근이 버틸 수 있겠지만 그 다음은 어두컴컴한 동굴의 나무상자 안에서 공포와 기아에 떨다가 죽음을 맞이하게 될 게 뻔했다.

바네사 윌라드를 풀어줘야 해. 감옥에 갇히기 전에 반드시 여자를 풀어줘야만 해!

"아론 변호사님, 신원보증을 서주세요. 제가 절대로 도망치지 않을 거라는 신원보증 말입니다. 반드시 법정에 출두할 테니 제발 부탁드립니다."

"최선을 다하겠지만 지금으로서는 아무것도 약속해줄 형편이 못돼."

"구속적부심 심사는 언제 하죠?"

"24시간 이내에 하게 될 거야."

"밖에 나가서 긴급히 처리해야 할 일이 있어요."

아론 변호사가 탁자 위로 몸을 숙이며 라이언의 눈을 똑바로 쳐다보았다.

"라이언, 자네에게는 아무런 결정권이 없어. 지금 자네가 취할 수 있는 최선의 방법은 깊이 반성하는 태도로 근신하며 법원의 결정을 기다리는 것뿐이야. 자네를 위해 다시 한 번 충고하지만 법원의 처분이 내려질 때까지 제발 차분하게 기다리게. 괜히 상황을 바꿔보겠다고 나섰다가는 상태를 더욱 악화시킬 뿐이니까. 지난 14년 동안 영국 정부는 자네에게 충분한 기회를 주었어. 이번에는 구속수사를 피할 수 없을 거야. 기회를 놓친 사람은 바로 자네야. 자네 자신이 그렇게 만들었으니까 어느 누구를 탓할 수도 없어."

"아론 변호사님! 딱 하루만 시간을 내줄 수는 없을까요?"

"무슨 특별한 이유라도 있나?"

"이유요? 저, 그러니까……."

라이언은 갑자기 말문이 막혔다.

아론 변호사에게 다 털어놓으면 무슨 일이 벌어질까?

가능성은 낮은 편이었지만 아론 변호사가 구속적부심 심사에서 구속수사를 막아주길 기대할 수밖에 없었다. 하루 정도면 충분히 동굴로 가서 바네사 월라드를 풀어줄 수 있을 테니까. 다른 방법이 있다면 아론 변호사가 그 일을 대신해주는 것이었다. 그 경우에도 방법은 두 가지가 있었다. 아론 변호사가 직접 폭스 밸리로 가 바네사를 풀어줄 경우 신분을 숨길 수 없다는 게 문제였다. 나무상자 뚜껑을 조이고 있는 나사만 풀어주고 여자 스스로 탈출하게 내버려두는 건 자칫 책임을 추궁당할 우려가 있었다. 나무상자 안에 방치돼 있는 동안 여자가 심각한 부상을 당했거나 쇼크 상태에 빠져 있을 가능성이 있으니까. 그 경우 직접 병원에 데려가거나 응급구조대를 부르는 수밖에 없을 것이다.

경찰은 바네사를 납치해 동굴 속에 가둔 범인이 누군지 실토하라며 아론 변호사를 압박할 것이다. 설령 아론 변호사가 끝까지 비밀을 지키기 위해 입을 꾹 다물더라도 경찰은 그가 비호하는 의뢰인이 누군지 알아내려 할 테고, 결과적으로 꼬리를 잡히는 건 시간문제였다.

다른 한 가지 방법은 아론 변호사가 익명으로 신고전화를 걸어 경찰을 폭스 밸리로 보내는 것이었다. 문제는 바네사가 범인의 인상착의를 얼마나 기억하고 있는지 알 수 없다는 점이었다. 납치 당일 주차장 옆길을 몇 번이나 오간 만큼 바네사가 '클린!'이라는 문구가 적힌 흰색 탑차를 보았을 수도 있었다. '클린!'은 영국 전역에 체인점을 두고 있는 프랜차이즈 세탁회사 상호였다. 경찰은 당장 펨브로크셔해안 국립공원과 스완지 일대를 오가는 '클린'의 차량들을 대상으로 수사에 착수하게 될 것이다. 라이언은 그럴 경우에 대비해 차를 완벽하게 세차해둘 계획이었지만 경찰에 체포되면서 미처 손을 쓰지 못했다. 과학수사대가 탑차에서 여자의 머리카락, 섬유, 피부 따위에서 떨어진 증거물들을 찾아낼 것이다. 게다가 납치 당시 착용했던 풀오버, 장갑, 야구모자도 탑차에 그대로 방치돼 있었다. 바네사는 납치범이 착용했던 물건들을 기억해낼 테고, 경찰이 범인을 찾아내는 건 시간문제였다. 그 정도면 확실한 증거물들이 될 수 있을 테니까.

과연 아론 변호사가 나를 위해 그런 일을 해줄 수 있을까?

아무리 생각해도 탑차 안에 있는 증거물들을 없애달라는 부탁을 들어주기는 어려울 듯했다.

"시급히 처리해야 할 일이 있긴 하지만 무슨 일인지 말씀드리기는 곤란합니다."

"내가 그 일을 대신해주면 안될까?"

"그 일은 제가 직접 처리할 수밖에 없어요."

라이언은 그렇게 대답하며 아론 변호사의 시선을 피했다. 어쩌면 방금 전 그는 바네사에게 사형선고를 내린 것이나 다름없었다.

이제 방법은 한 가지밖에 없었다.

구속적부심 심사 때 판사가 불구속수사 명령을 내리는 것이었다.

4

24시간이 지난 월요일 오후에 라이언은 구속적부심 심사를 받기 위해 지방법원에 출두했다. 판사는 라이언의 구속수사 여부를 신중하고 면밀하게 따졌다. 경찰의 정지 명령을 무시하고 도주했던 게 가장 불리하게 작용했다. 몇 달 전부터 확실한 거처도 없이 지인들의 신세를 지거나 지난날 연인 집에 얹혀살고 있다는 것도 감점요인이었다.

아론 변호사는 라이언이 지난 반 년 동안 세탁업체에 취업해 배달 업무를 충실하게 수행해 왔다는 점을 상기시키며 불구속수사를 요청 했다. 의뢰인이 스완지를 벗어나지 않을 것이며 정확한 시간에 법정에 출두하겠다는 약속을 보증한다는 말도 덧붙였다. 아론 변호사는 그밖에도 몇 가지 카드를 더 써봤지만 결국 실패했다. 판사는 지난날 라이언이 저지른 숱한 일탈행위로 비춰볼 때 구속수사가 불가피하다는 결정을 내렸다.

판사는 미결구금(범죄혐의를 받고 있는 자를 재판이 확정될 때까지 구금하는 것 : 옮긴이) 판정을 내렸고, 라이언은 즉시 스완지교도소로 이송되었다. 기소는 단시일 내에 이루어질 예정이었다.

이제는 무조건 아론 변호사에게 모든 진실을 털어놓아야 할 입장이었다. 바네사의 목숨이 달린 문제였지만 라이언은 공포와 불안감에 사로잡혀 선뜻 말을 꺼내지 못했다. 시간이 흐를수록 공포와 불안감은 점점 더 증폭되었다. 아론 변호사에게 바네사를 납치감금한 사실을 고백할 경우 폭행상해죄 5년에 형량이 최소한 10년 정도는 더 추가될 가능성이 컸다. 어쩌면 추가 형량이 12년 혹은 그 이상으로 길어질 수도 있었다. 납치감금은 결코 선처를 기대할 수 없는 악질 범죄였으니까.

라이언은 스완지교도소에서 일주일을 보냈다. 밤마다 바네사 윌라드가 나오는 악몽을 꾸었다. 감옥은 예상대로 생지옥이나 다름없었다. 미결구금 상태는 징역형이 선고된 이후 실형을 살아야 하는 감방보다 훨씬 특혜가 많이 주어졌음에도 라이언에게는 하루하루가 마치 일 년처럼 길게 느껴졌다. 바네사에 대한 생각이 한시도 떠나지 않고 그를 괴롭혔다. 그는 충동적이고 참을성이 없는 불량배로 살아왔지만 납치감금을 예사로 저지를 만큼 흉악범은 아니었다. 그는 일주일 내내 바네사를 생각하며 마음을 졸였다. 마치 그녀와 한 몸이 된 것처럼 끔찍한 악몽이 계속되었고, 어디선가 살려달라고 외치는 소리가 들려오는 듯했다.

얼마나 간절하게 살려달라고 소리를 지르고 있을까?

바네사가 사력을 다해 나무상자 뚜껑을 열어젖히고 빠져나오는 모습이 눈앞에 아른거렸고, 상자 뚜껑을 얼마나 긁어댔던지 손톱이 뭉개지고 피부 살점이 떨어져 나가는 장면이 실제로 눈으로 보듯 선명하게 그려졌다. 바네사가 애써 마음을 진정시키고 용기와 힘을 모아 다시 한 번 뚜껑을 열려고 안간힘을 쓰는 모습도 떠올랐다. 그러다가 절망감에 휩싸여 비명을 지르고, 비좁은 상자 안에서 몸부림을 치고, 머리를 사방에 부딪치며 짐승처럼 울부짖다가 서서히 죽음의 공포에 사로잡혀 미쳐가는 모습도 떠올랐다.

라이언은 일주일 사이에 몸무게가 3킬로그램이나 빠졌고, 밤마다 비명소리와 함께 잠을 깼다. 그러다가 마침내 토요일이 되었다. 계산대로라면 먹을 음식이 고갈되었을 날이었다. 일요일이 되었다. 이제는 적어도 24시간 전부터 물 한 방울 마시지 못했을 가능성이 컸다.

라이언은 주말에 아론 변호사를 감옥으로 불러 납치감금 사실을 고백하면 몹시 화를 낼 테니 월요일에 진실을 털어놓기로 결심했다.

라이언은 월요일 아침식사를 먹을 수 없었다. 밤새 한숨도 못 자고 꼬박 새운 탓에 몸이 기진맥진했다. 바네사를 어떤 식으로 풀어주어야 할지 거듭 고민했다. 매번 우울한 결론이 나왔다. 아무리 생각해봐도 바네사를 납치감금한 범인이 자신이라는 걸 숨길 방법이 없었다. 그는 증거물들을 고스란히 남겨둔 채 바네사를 풀어줄 경우 감당해야 할 위험을 받아들일 자신이 없었다. 10년, 혹은 그 이상의 징역형이 추가될지도 모른다는 사실이 그를 패닉상태로 몰아넣었다.

10년 이상 감옥생활을 견딜 수 있을까? 불가능해. 차라리 죽는 편이 낫겠어.

월요일 아침, 라이언은 열이 잔뜩 올라 의사의 진찰까지 받아야 했다.

"대체 무슨 일이죠? 이렇게 갑작스럽게 열이 오르는 건 아주 특이한 경우거든요."

"제가 처해 있는 상황이 원인이에요."

의사가 처방해준 약을 먹고 열은 내렸지만 가슴을 짓누르는 묵직한 통증은 여전히 남아 있었다.

바네사는 아직 살아 있을 가능성이 커.

마음속에서 누군가 그렇게 속삭였다.

그러니까 아직은 살인이 아니야. 여자를 풀어주면 정상을 참작해 의외로 관대한 처벌을 기대할 수도 있어.

하지만 납치감금 사실을 아예 숨기면?

그 경우 양심의 처벌을 받게 되겠지. 평생 고통스럽고 끔찍한 기억이 죽는 날까지 네 영혼을 괴롭힐 거야. 그렇지만 그 어떤 기억도 시간이 지나면 희미해지기 마련이야. 죽을 때까지 감방에서 썩는 것보다는 차라리 입을 다무는 편이 나아. 아니야, 아니야. 절대로 그럴 수 없어. 만약 그랬다가는 미쳐버리고 말 거야.

넌 악마 같은 자식이야.

아니야, 난 악마가 아니야. 단지 재수가 없었을 뿐이야. 끔찍한 불운이었을 뿐이라고!

라이언은 베개에 얼굴을 파묻고 울었다. 동굴 속에서 살기 위해 처절하게 몸부림치고 있을 바네사의 운명이 가엾어 울었다. 결국 자신이 아론 변호사에게 진실을 털어놓지 못하고 끝내 비겁한 삶을 선택하리란 걸 알기에 울었다.

2012년 3월

1

내가 매튜 윌라드를 처음 알게 된 날은 마치 봄이 다가온 것처럼 포근한 느낌이 돌던 3월의 어느 날 저녁이었다. 길고 음습했던 겨울이 지나고 낮이 길어진 날이었다. 성큼 다가온 봄기운과 더불어 내 기분도 한결 좋아졌다. 오랫동안 내 마음을 틀어쥐고 놓아주지 않던 고통이 그나마 많이 약화되었던 날······.

알렉시아의 저녁초대를 받은 그날, 날씨는 포근했고 하늘은 맑았다. 겨울 내내 황량한 느낌을 주던 바다도 한결 잔잔하게 물결치며 본격적으로 봄을 맞을 채비를 갖추고 있었다.

나는 짧은 원피스에 얇은 팬티스타킹, 그 위에 가벼운 코트를 걸쳐 입고 집을 나섰다. 아직은 조금 쌀쌀하게 느껴졌지만 개의치 않았다.

봄이 왔다. 세상과 내 영혼에.

알렉시아는 남편과 네 아이와 더불어 스완지 북쪽 끝 주택단지에 살았다. 나란히 붙어 있는 두 채의 연립주택 중 더 작은 쪽이 알렉시아의 집이었다. 비록 손바닥만 한 집이었지만 뒤뜰에는 자그마한 정원도 있었고, 차고도 집 옆에 붙어 있었다. 차고가 옆집과의 사이에서 울타리 구실을 했다. 여섯 식구가 살기에는 좁은 집이었지만 월세가 비교적 싼 편이었다. 알렉시아는 월세에다 대출금을 상환하느라 형편이 어려웠기에 널찍하고 편안한 집을 구할 엄두를 내지 못했다.

알렉시아는 운동과 건강 문제를 다루는 《헬스케어》지 편집장이었다. 나이는 서른다섯으로 나보다 세 살 많았고, 나와는 여러 모로 다른 생을 살아왔다. 그녀는 아이 넷에 비교적 행복한 결혼생활을 영위하고 있었지만 늘 일 때문에 끔찍한 스트레스에 시달렸다. 회사에서 늘 새로운 능력을 보여주길 원하기 때문이었다.

얼마 전, 나는 긴 연애를 청산하고 브링튼을 떠나 스완지에 정착했다. 내가 일하게 된 《헬스케어》지가 바로 알렉시아가 편집장으로 있는 잡지였다. 일자리를 구한다는 게 새삼 얼마나 어려운 일인지 깨달았다. 고졸에 직업교육을 제대로 받아본 적 없는 나에게 좋은 일자리가 쉽게 나설 리 없었다.

열여덟 살 이후 나는 생계를 유지하기 위해 닥치는 대로 일했다. 《헬스케어》지의 업무는 다른 일보다 고된 편은 아니었다. 알렉시아는 내 어린 시절 소꿉친구였다. 코벤트리에 살 때 알렉시아의 집과 우리 집은 서로 마주보고 있었다. 우린 함께 자라다시피 했고, 3년이라는 나이 차는 그다지 문제가 되지 않았다.

알렉시아는 내가 스완지에서 맞이하는 첫 겨울을 무사히 넘길 수 있게 많은 힘이 되어 주었다. 알렉시아가 없었더라면 겨울 내내 혼자 해변을 거닐며 고독을 씹어야 했을지도 모른다. 심장마저 꽁꽁 얼어버릴 듯 추운 날씨에 잿빛 바다를 응시하며 절망과 마주쳐야 했을지도 모른다. 내 나이 서른둘, 남은 생에 어떤 기회가 더 남아 있을지 생각하며 눈물을 주룩주룩 흘렸을지도 모른다.

점심시간이 되면 언제나 알렉시아와 함께 카페에서 식사를 하며 이야기를 나누었고, 저녁에는 그녀의 집에서 보내는 시간이 많았다. 주말에는 함께 영화를 보러 가거나 알렉시아 가족과 어울려 피크닉을 가기도 했다.

알렉시아는 내가 스완지 생활에 빨리 적응할 수 있게 세심하게 신경써주었다. 웨일즈 지방을 두루 구경시켜 주기도 했다. 서부해안을 따라 이어지는 웨일즈의 풍경은 황량하기 그지없었고, 비바람이 자주 불었지만 내가 살던 브링튼과 달리 왠지 마음을 끌어당기는 매력이 있었다. 내가 스완지 생활에 생각보다 쉽게 적응할 수 있었던 건 전적으로 알렉시아 덕분이었다.

버스정류장에 도착하기 전, 나는 꽃집에 들러 튤립을 한 다발 샀다. 버스 유리창에 얼굴을 갖다 대자 바다가 시야에 들어왔다. 눈이 부시도록 화창한 3월이었고, 겨울 내내 잿빛을 띠었던 바다는 어느새 코발트 빛으로 변모해 있었다.

알렉시아의 집까지 걸어가는 동안 날이 저물기 시작했다. 작은 정원이 있는 단독주택들이 밀집해 있는 동네로 아이를 키우는 젊은 부부들이 많이 살았다. 집 앞에는 자전거와 스케이트보드, 인라인스케이트 따위가 기대어져 있었고, 정원에는 자그마한 그네와 미끄럼틀이 설치돼 있었다. 정원에서 뛰어노는 아이들을 보자니 마음 깊은 곳에서 슬픔이 밀려왔다.

내가 가렛과 헤어진 이유는 바로 아이 문제 때문이었다. 가렛은 결혼과 아이를 둘 다 원하지 않았다. 언제나 자유로운 영혼이고 싶어 했고, 앞으로도 절대 생각이 바뀌지 않으리란 걸 알 수 있었다. 나이가 마흔인데도 그는 여전히 책임을 떠맡기를 거부했다. 그의 생에서 중요한 건 근사한 차와 화려한 집 그리고 파티였다.

가렛은 페이스 북 친구가 800명이나 되었다. 20대였다면 부러워할 수도 있는 일이었지만 마흔 번째 생일을 코앞에 둔 사람이라는 걸 감안하자면 쉽게 받아들일 수 없었다. 우리는 자주 설전을 벌였다. 지금 내가 가렛을 떠나 스완지에 있게 된 배경이었다. 잦은 말다툼으로 틈새가 점점 벌어지기만 할 뿐 마음의 상처를 봉합할 기회는 좀처럼 찾아오지 않았다.

나는 튤립 꽃다발을 가슴에 안고 알렉시아의 집 앞에 서 있었다. 밀쳐내려고 해도 자꾸만 가렛에 대한 생각이 스멀스멀 떠올랐다.

지나 로빈슨, 제발 앞을 봐!

알렉시아의 집은 언제나처럼 혼란스러웠다. 알렉시아는 일찍 잠자리에 들기 싫어하는 아이들과 한창 실랑이를 벌이고 있었다. 현관문을 열고 고개를 내밀었던 그녀는 그 틈을 이용해 도망치는 에반을 붙잡기 위해 달려갔다. 세 살짜리 아들 에반은 방금 욕조에서 나온 듯 물이 뚝뚝 흐르는 몸으로 이리저리 뛰어다니며 비명을 지르기도 하고, 소파에 몸을 던지기도 했다.

2층에서는 에반의 누나들인 케일라와 메건이 소리를 꽥꽥 질러대며 다투는 중이었다. 올 1월에 첫돌을 지낸 시애나도 언니 오빠들에게 질세라 소리를 빽빽 지르며 울어댔다. 현관에는 고무장화, 우산, 축구공, 스케이트, 하키스틱 따위가 마구잡이로 내팽개쳐져 있었다.

나는 현관에 남은 손바닥만 한 공간에 선 자세 그대로 코트를 벗었다. 그제야 알렉시아의 남편 켄이 주방에서 나와 내가 내미는 튤립 꽃다발을 받아주었다.

"우린 날마다 이렇게 살아요. 알렉시아가 왜 넷째를 낳겠다고 고집을 부렸는지 모르겠어요."

켄이 볼을 맞추며 내게 말했다.

"알렉시아는 언제나 한계를 뛰어넘고 싶어 하잖아요."

그때 알렉시아가 물에 젖은 알몸으로 버둥거리는 에반을 겨드랑이에 끼고 나타났다.

"금방 다녀올 테니까 잠깐만 쉬고 있어."

나는 켄을 따라 주방으로 들어갔다. 주방 역시 정신이 사나울 정도로 어수선했다. 켄이 꽃병에 튤립을 꽂은 다음 백포도주를 한 잔 따라 건네주었다. 오븐에서는 돼지고기가 지글거리며 익고 있었고, 식탁에는 레고로 만든 성城과 수채화물감이 든 상자 사이에 커다란 샐러드볼이 놓여 있었다. 켄이 만들고 있는 샐러드에서 토마토와 양파, 오이, 아보카도 냄새가 났다. 알렉시아의 집에서 요리는 언제나 켄의 몫이었다. 켄은 웨일즈 토박이 집안 출신으로 원래는 선박제조엔지니어였다. 카디건 만에서 친구와 작은 조선소를 운영하던 그는 아이가 둘이되자 어쩔 수 없이 스완지로 이사했다. 집안에 틀어박혀 아이들을 키우던 알렉시아가 주부우울증을 심하게 앓게 된 탓이었다.

스완지로 이주하면서 알렉시아는 직장에 나가고 켄은 일을 포기하고 아이들 양육을 맡게 되었다. 켄은 살림을 하며 아이들을 돌보는 틈틈이 요트제조에 대한 책을 집필하고 있었다. 아이들이 많아 집이 번잡스러웠지만 켄과 알렉시아는 이상적인 부부였고, 나는 그들을 볼 때마다 내심 부러움을 느꼈다. 내가 만나온 남자들은 대부분 가정을 이루는 것에 관심이 없었기 때문이다.

식탁 의자에 땟국에 절은 양말이 그대로 쑤셔 박힌 아이들 신발이 놓여 있었다. 나는 신발을 주방 바닥에 내려놓고, 의자에 앉아 와인 잔을 홀짝이며 켄이 음식을 만드는 모습을 지켜보았다. 그는 샐러드 볼에 채소를 담고, 오븐에서 돼지고기를 꺼내 얇게 썰고 있었다.

지나, 너도 곧 가정을 갖게 될 거야. 어쩌면 네가 생각했던 것보다 더 빠를 수도 있어.

알렉시아가 아이들과 실랑이를 벌이느라 한껏 지친 모습으로 주방에 나타났다.

"드디어 모두들 잠자리에 들었어. 여보, 나도 와인 한 잔만 줘!"

알렉시아가 의자에 털썩 주저앉더니 벌겋게 달아오른 뺨에 대고 손부채질을 했다.

"베이비시터가 아이들 버릇을 잘못 들여놨어. 저녁이 돼도 도무지 자려고 하질 않아."

켄이 집필할 시간을 주기 위해 그들 부부는 하루에 몇 시간만 베이비시터에게 아이들을 맡겼다. 알렉시아는 베이비시터가 마음에 들지 않는 듯했지만 이 집의 형편과 무관하지 않았다. 그들 부부가 현재의 베이비시터를 고용한 이유는 싼 임금 때문이었고, 싼 게 비지떡이라는 말이 딱 들어맞는 상황이었다.

"오늘 사실은 다른 친구를 한 사람 초대했어."

알렉시아가 조금 멋쩍은 표정을 지으며 말했다.

"누구?"

켄이 물었다.

"매튜."

"오, 맙소사!"

"오랫동안 매튜를 만나지 못했잖아. 그는 분명 혼자서 외로운 시간을 보내고 있을 거야. 매튜도 이제 다시 사람들과 어울릴 때가 되었어."

매튜라는 사람은 혼자 사는 남자가 분명했다. 나는 미리 귀띔해주지 않은 알렉시아에게 조금 불쾌한 기분이 들었다.

"나에게 남자를 소개시켜주려고 그러지? 그 남자, 혹시 이혼남이야? 아님 사별?"

한순간 정적이 흘렀다. 알렉시아와 켄이 서로의 얼굴을 마주보았다.

"지나에게 미리 귀띔해줬어야지. 매튜는 좀 복잡한 사정이 있어요. 미리 알아둬야 할 건……."

그 말을 하는 가운데 초인종 소리가 울렸다.

알렉시아가 자리에서 벌떡 일어났다.

"그냥 평소처럼 하면 돼. 절대로 부담감 같은 건 가질 필요 없어."

알렉시아는 문을 열어주기 위해 현관 쪽으로 달려갔고, 난 켄을 쳐다보았다.

"매튜의 아내는 2년 반 전에 실종됐어요. 어떤 범죄에 연루돼 희생되었을 거라고 추정하고 있지만 정확한 결과는 아직 밝혀지지 않았어요. 그 일 때문에 매튜는 무척이나 암담해하고 있죠."

켄이 친구를 맞이하기 위해 주방을 나갔다.

나도 천천히 켄을 뒤따랐다.

2

　나는 분명 첫눈에 반하는 사랑 따위를 믿을 나이는 지났다. 처음 보는 순간 눈에서 불꽃이 튀고, 마침내 영혼의 반쪽을 찾아냈다며 호들갑을 떨어대며 누군가를 좋아할 나이는 지났다는 뜻이다.

　오래 전, 가렛을 처음 만났을 때 비로소 운명적인 사랑을 만나게 되었다고 생각했지만 이제는 그런 감정에 휘둘릴 나이는 아니었다. 매튜 윌라드를 처음 보았을 때 벼락을 맞은 것처럼 가슴이 쿵 내려앉지는 않았지만 악수하고 눈인사를 주고받는 동안 뭔가 변화가 일어나긴 했다. 불길이 활활 타오를 정도는 아니었지만 그가 왠지 마음에 끌렸다. 가렛과 헤어지고 나서 남자와 단둘이 있고 싶다는 생각을 한 건 그때가 처음이었다. 조용한 카페의 구석자리에 앉아 와인을 마시며 그와 소곤소곤 이야기를 나누고 싶었다.

　우리는 조용한 카페의 구석자리가 아니라 어수선한 주방 의자에 앉아 음식을 먹었다. 빨래 건조대에 아이들의 속옷이 널려 있었고, 알렉시아가 가벼운 화제로 대화를 시작했다. 아이들이 맨발에 잠옷 차림으로 번갈아 나타나 잠이 안 온다고 투정을 부렸다. 에반은 따뜻한 우유를 한 잔 달라고 했고, 케일라는 배가 아프다고 했고, 메건은 침대 밑에 누군가가 들어있다고 했다.

알렉시아와 켄은 아이들 문제를 해결해주고 나서 2층으로 데려갔다. 에반에게는 우유를 따뜻하게 데워주었고, 메건의 방에 아무도 숨어 있지 않다는 걸 증명해주기 위해 침대 밑을 확인시켜 주었다.

내가 매튜에게 끌린 건 그의 얼굴에 드리워있는 우수 때문이었는지도 모른다. 그는 생과의 싸움에 지친 사람처럼 보였다. 이제 겨우 40대 중반이었지만 피로에 찌든 그의 눈은 실제보다 훨씬 더 나이 들어 보였다.

"지나는 《헬스케어》지 편집부에서 나와 함께 일하고 있어요. 편집부 직원들 중에서 실력이 최고죠. 정말 잘 뽑았다고 생각해요."

알렉시아가 내 이야기를 꺼냈다.

"그럼 기자인가요?"

매튜가 물었다.

"아니요."

제대로 된 직업교육을 받지 않은 게 고통스럽게 여겨졌다.

고교를 졸업하자마자 집을 뛰쳐나와 음악밴드에 가입했지만 재능이 부족해 실패했다. 그 후 닥치는 대로 일하다가 음악 에이전트 일을 시작하면서 출판 분야에 관심을 갖게 되었다.

"지나는 브링튼에서 음악 에이전트 일을 했어요. 오랜 연인과 결별하면서 브링튼을 떠나 스완지로 왔죠. 내가 《헬스케어》지에서 함께 일하자고 제안했어요."

"아, 그렇군요."

알렉시아가 내 연애 실패에 대해 말하고 나서 매튜 역시 우리 두 사람이 어떤 목적으로 초대되었는지 눈치 챈 듯했다. 그러면서 분위기가 다소 어색해졌지만 알렉시아가 계속 수다를 멈추지 않아 대화가 중단되는 불상사는 일어나지 않았다.

후식을 먹고 나서 우린 거실 벽난로 앞에 앉아 커피를 마셨다.

"벌써 11시 반이네요. 이제 그만 돌아가 봐야겠어요. 오늘은 고된 하루를 보냈거든요."

커피를 다 마셔갈 즈음 매튜가 말했다.

"나도 가야 해요. 집까지 가는 마지막 버스가 15분 뒤에 있어요."

내가 덧붙였다.

켄은 벌써 녹초가 다 돼 있었다. 알렉시아 역시 피곤한지 말수가 부쩍 줄어들었다.

"버스를 타고 왔습니까?"

매튜가 물었다.

"차를 팔았거든요. 이런저런 사정이……."

나는 말을 제대로 맺지 못했다. 그런 말을 하기에는 적절한 타이밍이 아니었다. 보수가 짠 《헬스케어》지의 편집부 직원에게 차를 모는 건 사치였다. 편집장인 알렉시아조차 비좁은 집에서 여섯 식구가 복닥거리며 살고 있었다.

알렉시아는 《헬스케어》지 사주와 관계가 원활하지 않았다. 그녀는 《헬스케어》지 지역 사장으로 승진하고 싶어 했지만 전망이 그리 밝지 않았다.

나는 우선 마음의 안정을 찾는 게 급선무였다. 일단 마음의 상처가 치유되면 새 일자리를 알아볼 생각이었다.

"내가 댁까지 모셔다 드리겠습니다."

알렉시아가 눈빛을 반짝였다. 계획대로 일이 진행되고 있다고 생각하며 흡족해하는 눈치였다.

"매튜는 정말 친절한 사람이라니까. 지나, 너도 좋지?"

내가 미처 대답도 하기 전에 알렉시아가 선수를 쳤다.

"혹시 저 때문에 많이 돌아가야 하는 건 아니죠? 저는 빅토리아파크 근처에 삽니다. 댁은 어디에 사시죠?"

"저는 멈블스에 삽니다. 하지만……."

"멈블스는 우리 집과 거리가 너무 멀어요."

"이 집에서 출발하면 별 차이 없습니다."

"지나, 한밤중에 여자 혼자 버스를 타고 가는 건 좋지 않아. 매튜의 제안을 받아들이는 게 좋겠어."

알렉시아의 중재로 상황은 종료되었다.

매튜의 차는 BMW로 검정색 세단이었다. 그가 사는 멈블스도 부유층 사람들이 모여 사는 동네였다. 스완지 서쪽 멈블스는 경치가 빼어난 해변에 위치해 있었다. 고교 시절 멈블스에 대해 배운 기억이 났다. 19세기 초, 멈블스는 세계 최초로 철도가 놓인 곳이었다.

차를 타고 가는 동안 우리는 아무 말도 하지 않았다. 뒷좌석으로 힐끔 고개를 돌렸다가 우연히 보푸라기가 심하게 인 체크무늬 모직담요를 봤다.

매튜가 내 시선이 닿아 있는 곳을 알아차렸다.

"맥스의 담요죠."

"개를 키우시는군요."

"독일산 셰퍼드로 털이 아주 긴 편입니다."

"직장에도 개를 데리고 갈 수 있나요?"

"네, 데려갈 수 있습니다. 사실 저는 맥스를 어디든지 데리고 다니죠. 켄의 집은 너무 좁고 식구가 많아 데려오지 않았습니다. 맥스는 덩치가 아주 큰 녀석이거든요. 그 집에 가면 팔꿈치를 몸에 바짝 붙이고 최대한 몸을 웅크리고 앉아야 할 것 같은 기분이 드는데 커다란 개까지 끌고 가 부담을 주고 싶지 않더군요."

"알렉시아 가족에게는 더 넓은 집이 필요하지만 당분간은 이사하기 힘들 거예요. 《헬스케어》지 월급이 워낙 짜거든요."

"켄이 책을 써 돈을 벌려면 아직 많은 시간이 필요할 텐데 정말 걱정이네요."

"그나마 두 사람이 현실을 대범하게 받아들이고 있어 다행이에요."

드디어 내가 사는 아파트에 도착했다.

매튜가 차를 세웠고, 나는 그를 향해 고개를 돌렸다. 희미한 가로등 불빛 아래 드러난 그의 얼굴이 유난히 창백해 보였다. 머리카락과 눈은 검정색이었고, 얼굴은 햇볕에 쉽게 타는 흰색이었다.

아까부터 그의 눈 밑 다크 서클이 자꾸만 눈에 띄었다. 개와 자주 산책할 테니 신선한 공기를 마시지 못해서는 아닌 듯했다. 대체로 우수에 깃든 얼굴이었고, 애잔한 느낌을 불러일으켰다. 밤새 시름하느라 잠을 못 이룬 탓인 듯했다.

나는 과감해지기로 했다. 방금 전까지만 해도 내 입에서 그런 말이 튀어나올 줄은 몰랐다.

"켄이 당신 부인 이야기를 들려주었어요. 정말이지 안타까운 일이에요."

"저를 가장 힘들게 하는 건 아직 바네사의 생사조차 알 수 없다는 겁니다. 어딘가에 살아 애타게 구조를 바라고 있을 거라고 생각하면 맘 편히 잠을 이룰 수가 없더군요."

매튜의 고통이 그대로 내게 전해졌다. 그 느낌이 어찌나 강렬하던지 하마터면 손을 내밀어 그의 팔을 쓰다듬어줄 뻔했다. 어떻게든 그를 위로해주고 싶었지만 아직 우리는 그 정도로 친밀한 사이는 아니었다. 그가 무슨 말을 더 하기를 기대하며 잠시 기다렸지만 입을 다문 채 생각에 빠져 있었다.

"언제 와인이라도 같이 마시고 싶을 때 연락주세요. 집까지 데려다 줘서 고마웠어요."

내가 주머니에서 명함을 꺼내 동승자석 보드에 내려놓으며 말했다. 그가 멈칫 놀라며 정신을 수습했다. 잠시 다른 세상에 가 있다가 돌아온 듯했다.

"기꺼이 그러겠습니다."

차에서 내려 문을 닫고 그를 향해 다시 한 번 손을 흔들었다.

그런 다음 내 아파트로 올라왔다.

《헬스케어》지에서 일하기로 결정한 것도 갑작스런 선택이었지만 아파트도 너무 서둘러 구했다. 한시바삐 브링튼을 떠나고 싶었기 때문에 차분하고 꼼꼼하게 따져볼 여유가 없었다. 아파트를 처음 둘러본 첫 인상은 그리 나쁘지 않았다. 바로 옆에 작은 공원이 있었고, 바다도 가까웠다. 비스듬히 기울어진 벽도 마음에 들었고, 천장에 나 있는 채광창도 마음에 들었다.

거실 한쪽 비스듬한 경사면 아래가 주방이었다. 붙박이 목조식탁이 거실과 주방을 자연스럽게 분리시켜 주는 역할을 했다. 주방 옆 작은 공간이 침실이었다. 타일을 깨끗하게 붙여놓은 욕실도 마음에 들었다. 지붕 밑에 새둥지처럼 자리 잡고 있는 이 집은 겨울을 지내기에는 비교적 쾌적했다. 다만 봄이나 여름에는 답답하게 느껴질 것 같았다. 발코니가 없어 집 밖으로 단 한 걸음도 나갈 수 없었다. 가끔 일요일 아침에 햇볕을 쬐며 느긋하게 아침식사를 즐기거나 저녁에 발코니에 나가 앉아 촛불을 켜놓고 남아 있는 한낮의 온기를 즐길 수도 없을 듯했다.

밖을 내다보려면 고개를 뒤로 완전히 젖히고 천장에 나 있는 채광창을 올려다봐야 했다. 채광창으로는 하늘만 볼 수 있을 뿐이었다. 아직 3월인데도 벌써부터 집이 답답하게 느껴지기 시작했다. 마치 집이 꽃 피고 새순이 움트는 바깥세상과 나를 단절시키는 듯했다. 7, 8월이면 뜨거운 열기가 집안을 가득 채울 테니, 계속 이 집에 살다가는 통닭구이가 될 수도 있었다.

아파트 문을 열고 들어서는 순간 전화기의 자동응답기가 깜빡거리는 게 보였다. 나는 저장된 메시지를 확인하고 깜짝 놀랐다. 인생에는 몇 가지 기이한 법칙이 있다. 그 중 한 가지는 기다리는 전화는 오지 않고, 받지 않고 싶은 전화는 반드시 온다는 것이다. 스완지에 정착하고 나서 가렛에게 새 주소와 전화번호, 바뀐 이메일 주소를 알려주었지만 단 한 번도 연락이 없었다. 심지어 크리스마스 시즌이 다 지나도록 안부전화조차 없었다. 속도 없이 편지와 선물까지 보낸 내 자신에게 단단히 화가 날 지경이었다.

모처럼 관심이 가는 남자를 만났고, 근래 들어 처음으로 심장이 두근거리는 경험을 한 지금 하필이면 가렛의 목소리가 자동응답기에 남아 있었다. 시계를 보니 가렛이 전화한 시간은 딱 10분 전이었다.

내가 포기한 걸 어떻게 알고 전화했을까?

가렛의 목소리를 듣는 순간 온몸에 소름이 돋았다.

"안녕, 지나. 자정이 넘었는데 어딜 간 거야?"

쳇! 나에게 뭘 기대한 거야? 밤낮없이 전화기 앞에 웅크리고 앉아 자기 전화를 기다렸어야 한다는 건가?

"그냥 목소리를 듣고 싶어 전화했어. 잘 지내? 새 일자리는 마음에 들어? 벌써 새로운 사람을 만난 건 아니지? 아무튼 잘 적응하고 있지? 메시지 듣는 대로 전화해줘."

가렛이 잠깐 말을 끊었다가 이었다.

"기다릴 테니까 꼭 연락해줘, 허니!"

이제 내 심장은 거의 폭발 일보직전이 되었다. 조금 전 가파른 계단을 올라왔기 때문도 아니고, 매튜 때문도 아니었다. 나를 혼란에 빠뜨린 주인공은 바로 가렛이었다.

스완지에 처음 와 한동안 끔찍한 고독을 맛볼 때 얼마나 가렛의 전화를 기다렸던가?

물론 전화가 왔더라도 시니컬한 대화를 나누다 끊었을지 모르지만 너무나 간절하게 기다린 건 분명한 사실이었다. 이제 외로움을 참을 수 없던 단계는 벗어났다. 가렛과 헤어진 지도 반년이나 지났다.

몇 달 동안 전화 한 통 없던 사람이 이제 와서 갑자기 다정한 척하는 이유가 뭐지? 게다가 '허니'라니?

가렛의 전화 한 통 때문에 이토록 흥분한다는 것 자체가 아직 내 감정이 말끔하게 정리되지 않았다는 의미일 수도 있었다. 함께 한 세월이 8년이었고, 그리 짧지 않은 시간이었던 만큼 여전히 많은 앙금이 남아 있었다. 그는 나와 관련 없는 사람이 아니었다. 브링튼을 떠나온 작년 9월 이후, 나는 아직 한 걸음도 앞으로 나아가지 못하고 있으니까.

옷을 벗고 침대에 누웠다. 정말 이상한 일이었다. 평소였다면 오로지 가렛만을 생각했을 텐데 지금 내 머릿속을 가득 채우고 있는 사람은 오늘 처음 만난 매튜였다. 나는 매튜가 전화해주기를 은근히 기다리고 있었다. 매튜가 겪고 있는 불행이 내 관심을 끌었다. 나는 매튜에 대해 더 많은 걸 알고 싶었다.

3

월요일 새벽, 노라 프랭클린은 앞으로 벌어질 엄청난 변화에 대해 비비안에게 솔직하게 털어놓을 시점이 되었다고 생각했다. 이제 더는 뒤로 미룰 수 없는 이야기였다.

비비안은 〈사우스 펨브로크셔 병원〉에서 함께 물리치료사로 일하는 동료이자 친구였다. 아침에 출근할 때마다 노라의 집에 들러 함께 병원으로 출근하는 사이이기도 했다. 비비안은 저녁에도 가끔 예고 없이 집으로 들이닥칠 때도 있었다. 물론 본인에게 재미있는 스케줄이 없는 경우에만……

비비안은 약속 없는 날이 드물었다. 그녀는 늘 자극적인 즐거움을 찾아다녔다. 같은 물리치료사였지만 사는 모습이나 취향이 전혀 달랐다. 노라의 사생활은 병원과 환자 이야기를 빼면 변변한 게 없었다. 비비안에게는 모두 지루하기 짝이 없는 화제들이었다.

"어휴, 끔찍해. 저녁시간에까지 병원 이야기를 해야겠니? 그러지 말고 우리 좋은 데로 놀러가지 않을래? 요즘은 〈쉬라이츠 인〉이나 〈웰스맨〉이 물이 좋다던데…….."

노라는 몇 번인가 비비안을 따라나서 보았지만 다시는 그 근처에서 얼쩡거리고 싶지 않았다. 흐릿한 조명과 귀가 찢어질 듯 시끄러운 음악이 흐르는 가운데 잔뜩 취한 남자가 다가와 귓속말을 건네고, 대충 눈이 맞으면 술집 밖에 세워둔 차에 올라 기분 잡치는 키스를 나누는 게 뭐 그리 좋다는 것인지 알 수 없었다. 대부분 무례하고 한심한 놈팡이들이었고, 그들이 필요로 하는 건 단지 하룻밤 욕망을 채워줄 여자였다.

노라는 지속적인 관계를 원했다. 퇴근하고 돌아오면 언제나 집에서 기다려주는 남자, 함께 주말계획을 세울 수 있는 남자, 외롭고 슬플 때 따스하게 안아주며 위로해주는 남자를 원했다. 스물아홉 살에 애인 없이 산다는 건 정말이지 끔찍했다. 그러다보니 노라는 직장동료들과 친구들에게 언제나 흥미로운 분석대상이었다.

"넌 도대체 무슨 문제가 있는 거야?"

노라가 자신의 문제가 뭔지 알고 있을 거라 전제하고 묻는 질문이었다. 정작 노라는 아무리 생각해봐도 왜 남자친구가 없는지 이유를 알 수 없었다. 길거리에서 남자와 마주칠 경우 뒤돌아볼 정도로 미인은 아니었지만 그리 못 생기는 않았다. 말라깽이도 아니고 뚱보도 아니었다. 부자는 아니었지만 다른 사람에게 손을 벌려야 할 만큼 형편이 어렵지도 않았다. 한 마디로 너무 평범하다는 게 문제이긴 했다.

그날 아침, 노라는 꼭두새벽에 일어나 다시 한 번 모든 걸 점검했다. 깨끗이 정돈을 끝낸 손님방은 창문턱에 올려놓은 커다란 튤립 꽃다발 덕분에 화사하고 아늑해 보였다. 욕실에는 촉감이 부드러운 타월을 걸어두었고, 새 칫솔을 컵에 꽂아두었다. 그녀의 낡은 꽃무늬 가운 옆에는 새로 산 암청색 가운이 걸려 있었다. 10대 때부터 입어온 그녀의 가운은 실밥이 보일 정도로 해져 있었다. 노라는 이번 기회에 새 목욕 가운을 장만할까 망설이다가 결국 돈이 아까워 포기했다.

시계를 보니 7시 반이었다. 비비안은 출근시간을 칼처럼 지켜왔다. 바로 그때 초인종이 울렸다. 평소대로라면 가방을 챙겨들고 달려 내려갔겠지만 오늘은 층계참에 나가 난간 너머로 몸을 길게 쭉 빼고 소리쳤다.

"비비안, 잠깐만 위로 올라올래? 너에게 해줄 이야기가 있어."

비비안이 위로 올라왔다. 언제나 그랬듯이 오늘도 섹시한 옷차림이었다. 미니스커트에 무릎까지 올라오는 부츠를 신었고, 재킷 위에 알록달록한 숄을 두르고 있었다. 3월이라 한낮에는 따스한 편이었지만 아침에는 여전히 쌀쌀했다. 새벽바람을 맞은 비비안의 뺨에는 발그레한 홍조가 어려 있었고, 구불구불한 곱슬머리가 어깨 위까지 내려와 찰랑댔다. 비비안에게는 언제나 남자들을 꼬여들게 만드는 빛이 흘러나왔다. 노라는 언제나 비비안의 예쁜 얼굴과 멋진 몸매, 몸 전체에서 흘러나오는 활기찬 에너지가 부러웠다. 그녀는 호기심이 많았고, 언제든지 남자와 모험을 떠날 준비가 되어 있었다. 노라는 그녀 옆에 있으면 늘 우중충한 회색 쥐가 된 기분이었다.

"무슨 일이야? 아직 출근 준비 안했어?"

노라는 문을 닫고 숨을 깊이 들이마셨다. 비비안이 잔뜩 기대하는 표정으로 노라의 얼굴을 쳐다봤다.

"오늘은 라이언이 출소하는 날이야."

노라의 말에 비비안이 이맛살을 찌푸렸다.

"내년 10월이 돼야 형기를 마친다고 했잖아?"

"모범수라 가석방이 결정됐어."

"넌 그 사실을 언제부터 알았던 거야?"

"얼마 전에야 알았어."

비비안은 거실 창가로 다가가 창밖을 내려다보았다. 항구가 눈에 들어왔고, 잔뜩 쌓아놓은 컨테이너들, 기중기들 그리고 뒤쪽으로 정유공장 굴뚝들이 보였다. 스산한 느낌을 주는 풍경이었다. 펨브로크 독(선박의 건조나 수리 또는 짐을 싣고 부리기 위한 설비 : 옮긴이)과 로슬레어 항구를 오가는 새하얀 페리호가 웅장한 모습으로 켈트 해로 이어지는 도글레도 하구를 따라 들어오는 모습이 보였다.

비비안은 지금 배를 구경하기 위해 창가에 서 있는 게 아니라 생각을 정리하는 중이었다.

"그 남자와 적당한 거리를 유지하는 게 좋아. 이제까지는 감옥에 있었기 때문에 각자 자신을 적절하게 통제할 수 있었지만 이제 그는 자유로운 몸이 됐어. 그가 제발 문제를 일으키지 않기를 바랄 뿐이야."

비비안이 창밖을 내다보며 말했다.

"너무 걱정하지 마. 문제를 일으킬 일은 없을 테니까."

노라가 불편한 기색으로 비비안의 말을 받았다.

"이제부터는 그와 분명하게 선을 그을 필요가 있어."

"그 사람은 당분간 이 집에서 지내게 될 거야."

비비안에게는 그야말로 청천벽력 같은 소식이었다.

"뭐야? 그건 절대로 안 돼."

"비비안, 그 사람은 갈 곳이 없어. 의붓아버지와 사이가 나빠 어머니에게도 갈 수 없대. 도움을 줄 친구도 없어. 고작 보호관찰관이 마련해준 일자리가 있을 뿐이야. 그 사람은 어떻게 살아야 할지 막막해하고 있어. 그가 새로운 인생을 찾을 때까지 누군가 옆에서 도와줘야 해. 안 그러면 다시 범죄의 나락으로 떨어지고 말 테니까. 그 사람도 다시 죄를 짓게 될까봐 무척이나 두려워하고 있어."

"정말이지 널 이해할 수 없어. 그 남자가 폭행상해죄로 감옥에 들어갔다는 걸 잊었니?"

"고의가 아니라 사고였어."

"피해자가 몇 주 동안 병원에 입원했어야 할 만큼 두들겨 팬 게 사고였단 말이니? 내가 보기에 그 남자는 여전히 폭력을 사용한 것에 대해 일말의 반성이나 죄의식이 없어 보여."

노라는 아예 대꾸하지 않았다. 비비안에게 그 사람에 대해 자세하게 털어놓은 게 후회됐다. 계속 비밀에 붙일 수는 없었을 테지만 그가 저지른 범법행위들에 대해서는 끝까지 숨길 걸 그랬다는 생각이 들었다.

"그 사람이 달라졌다는 걸 어떻게 확신하지? 말로야 누구든 몸에 온통 순백의 치장을 할 수 있어. 그 남자가 처음부터 너를 노리고 접근했을 수도 있다는 걸 왜 모르니? 그는 이 집에 있으면 더는 먹고 살기 위해 일자리를 구하러 다니지 않을지도 몰라."

"그는 감방에 들어가기 전에도 세탁공장 배달원으로 일했어. 출소하면 당장 일자리부터 구하기로 했으니까 그건 걱정하지 않아도 돼."

"그는 단 한 번도 직장생활을 오래한 적이 없다며?"

노라가 입술을 깨물었다. 순간적으로 반박할 말이 떠오르지 않았기 때문이다. 비비안이 어찌나 얄밉게 딱딱 떨어지는 말만 골라 하는지……

"아무튼 오늘 오후에 스완지교도소에 가서 라이언을 데려올 거야.

이제 그 얘긴 그만하고 출근하자.”

“처음부터 네가 그럴 거라 생각했었지만 설마 했었어.”

“무슨 말이야?”

“넌 옆에 붙박이로 있어줄 남자를 원했잖아. 정상적인 방법으로는 잘 안 되니까 좀 더 특별한 방법을 생각해낸 거지. 너에게 종속돼 맘대로 떠나지 못할 남자가 필요했던 거야. 감옥에 갇혔다 나온 전과자야말로 네가 생각하는 조건에 딱 들어맞았겠지. 오갈 데 없는 남자라야만 널 버리고 어디론가 훌쩍 떠나지 않을 테니까.”

“말도 안 되는 소리.”

노라는 천부당만부당하다는 표정을 지었지만 대체로 옳은 지적이라 내심 당혹스러웠다.

노라는 1년 전 죄수를 돕는 사회단체에 가입했다. 가족이 없거나 설령 가족이 있더라도 돌봐줄 사람이 없는 죄수들과 결연을 맺어 대화 상대가 되어주고, 편지를 보내거나 면회를 해주는 단체였다. 죄수들에게 바깥세상과 완전히 절연되지 않았다는 걸 느끼게 해줄 목적이었다. 노라는 인터넷에서 우연히 그 단체 홈페이지를 발견했고, 설립 목적과 다양한 활동에 즉시 마음이 동했다.

비비안의 말이 완전히 틀린 건 아니었다. 노라는 언제나 옆에 있어줄 남자를 원했다.

다른 동료들에게도 라이언에 대해 이야기한 적이 있었다. 모두들 그 말을 듣고 몹시 당혹스러워했다.

“한 달에 한 번씩 감옥에 있는 죄수를 보러 간다는 거야? 대체 무슨 짓이야? 그가 출소하게 되면 널 쳐다봐줄 것 같아?”

그 부분에서는 동료들의 예상이 빗나갔다. 감옥에서 풀려난 라이언이 눈길 한번 주지 않고 떠날 거라고 했지만 같은 집에서 살기로 약속했으니까.

"넌 그가 무섭지도 않니?"

비비안이 정말 어이없다는 표정으로 물었다.

사슴처럼 선한 눈을 가진 그 가엾은 남자가 무섭냐고? 감옥살이를 하게 된 실수를 돌이킬 수만 있다면 뭐든지 다 하겠다고 참회하고 있는 그 남자가 무섭냐고?

노라는 살아오면서 진심으로 죄를 뉘우치고 회개하는 사람을 처음으로 목도했다. 그 사람이 바로 라이언 리였다.

"맹세코 그 사람의 두개골을 파열시킬 의도가 없었어요. 단지 재수가 없었을 뿐이죠. 그 일은 분명 사고였어요."

라이언은 불우했던 어린 시절에 대한 이야기도 들려주었다. 그의 가족은 캠로즈에 살았는데, 부모님은 B&B(Bed & Breakfast의 약어, 숙박과 아침식사를 제공하는 일종의 민박집 : 옮긴이)를 운영했다. 라이언이 네 살 때 아버지가 영면하자 엄마는 다른 남자와 재혼했다. 알코올중독자인 의부가 모든 걸 망쳐버렸다. 그들 가족은 집을 팔고 스완지로 이주해 빈민가에 정착했다.

라이언에게 집은 더할 수 없이 끔찍한 곳이 되었다. 항상 술에 절어 있던 의붓아버지는 걸핏하면 폭력을 휘둘렀다. 라이언은 학교를 빼먹기 시작했고, 결국 졸업장을 받지 못했다. 몇 가지 직업을 전전했지만 쫓겨나는 악순환을 거듭했다. 주변 사람들은 그를 늘 범죄의 소굴로 끌어들이려고 유혹의 손길을 뻗었고, 그러다보니 자잘한 범법행위들을 저지르게 되었다. 악순환의 고리를 끊지 못하고 좌절감에 시달리는 동안 그는 점점 더 폭력적인 성향을 갖게 되었다. 싸움은 일상화되다시피 했고, 결국 2009년 8월 20일 저녁에 그 불운한 사건이 벌어졌다.

라이언은 감옥에 있는 동안 분노조절훈련을 받았다. 노라가 면회 갔을 때 그는 말했다.

"이젠 누군가 나를 놀리고 비웃어도 참아낼 수 있어요. 폭력이 해결책이 아니라는 걸 알게 되었으니까요. 이제 더는 폭력적인 수단을 동원해 나를 방어해야할 필요성을 느끼지 못해요. 누군가 공격하면 그냥 그 자리를 피할 거예요. 그런 사람들은 피하는 게 상책이니까."

노라는 그런 이야기를 몇 번이나 들려주었지만 비비안은 좀처럼 의혹의 시선을 거두지 않았다.

"그 남자 말이 진심이라는 걸 어떻게 믿지? 그는 손해 볼 일이 없으니까 뭐든 제멋대로 꾸며서 말할 수 있어. 넌 그 남자가 들려준 어린 시절 이야기를 다 믿을 수 있니? 과연 무슨 근거로 그 말을 믿지? 이제 보니 그 남자는 늘 모든 일을 남 탓으로 돌리는 경향이 있군 그래. 부모님, 친구들, 주변 환경……. 그 남자는 결국 아무것도 깨달은 게 없는 거야."

"그 사람은 감옥에서 분노조절훈련을 받았고, 지난날을 깊이 반성하며 새 사람이 되기로 결심했어."

"감방 안에서야 무슨 말인들 못하겠니? 모범수로 가석방되려면 당연히 정신을 차렸다고 둘러대야겠지. 그 남자의 진면목은 밖에 나왔을 때 알 수 있는 거야. 그가 회개한 척 하며 너를 안심시켰다가 본색을 드러내게 될까 봐 걱정돼."

"너도 라이언을 직접 만나보면 생각이 달라질 거야."

"내가 그 남자를 왜 만나? 굳이 그럴 이유가 있을까?"

비비안이 눈썹을 치켜 올리며 퉁명스럽게 대꾸했다.

노라는 적어도 그 점에 대해서는 걱정하지 않았다. 비비안은 호기심이 정말 많은 편이라 라이언을 가까이서 볼 수 있는 기회를 절대로 놓치려 하지 않을 테니까.

"이러다 지각하겠다. 빨리 가자."

노라가 복도를 지나 층계참으로 통하는 현관문을 열었다.

"그래, 네 말대로 그 불쌍한 남자를 보살펴줄 수는 있겠지만 아무튼 이 집에 데려다놓는 건 결사반대야."

비비안이 노라를 따라 거실을 나서며 말했다.

"이미 정해진 일이야. 준비도 다해두었어."

"넌 내가 무슨 말을 하든지 듣지 않을 생각이구나?"

"미안하지만 지금은 그래."

노라는 들뜬 마음으로 라이언의 출소를 기다리고 있었다. 무엇보다 이제 혼자 있지 않아도 된다는 게 기뻤다.

4

마치 낯선 행성에 불시착한 느낌이었다. 2년 반 동안 감옥에 틀어박혀 있다가 노라가 준비해준 환경을 돌아보자니 마치 신비한 꿈의 세계에 들어와 있는 듯 착각이 일었다. 하얀 시트가 깔린 침대, 튤립꽃다발, 예쁜 타일이 붙어 있는 욕실, 촉감이 부드러운 타월과 목욕가운, 창가에 식탁이 놓여 있는 거실…….

노라는 식탁 위에 저녁식사를 차렸다. 튤립꽃다발, 빨간 양초 두 개, 예쁜 식기들, 와인 잔 두 개, 갓 구워 따끈따끈한 바게트 빵이 든 빵바구니, 다양한 종류의 치즈를 담고 가장자리를 오이와 토마토로 장식해놓은 접시도 놓여 있었다.

감방의 음식들은 한꺼번에 대량으로 조리해 싸구려 접시에 대충 담아내기 일쑤였다. 실용적인 목적에 맞게 준비된 음식이다 보니 비주얼은 아예 고려 대상조차 되지 못했다. 감방에서 사용하는 일상용품들 역시 내구성을 고려하다보니 외양이 조잡했다.

그가 앞으로 지내게 될 방에 새 옷이 들어 있는 쇼핑백들이 놓여있었다. 감옥 앞에서 그를 기다리고 있던 노라는 가장 먼저 옷을 사러 가자고 했다. 처음에는 거절했지만 노라가 출소 기념으로 옷을 사주고 싶다고 우기는 바람에 어쩔 수 없이 받아들였다.

"이제야 식사준비를 다 마쳤네요. 배고프죠? 어서 식사해요."

라이언은 고개를 끄덕이고 나서 식탁에 앉는 순간 갑자기 울컥 하며 목이 메었다.

젠장! 여기서 울어선 안 돼. 눈물을 흘리려거든 감옥에 있을 때 다 흘렸어야지. 눈물을 흘릴 이유가 수없이 많았잖아.

그렇지만 라이언은 감정이 울컥 치밀어 올라 끝내 울음을 참을 수 없었다.

지난 일 년 동안 노라와 많은 이야기들을 나누었다. 그들은 서로에게 근심과 고뇌, 꿈, 공포, 상처 따위에 대해 털어놓았다. 감옥 밖에서 보니 노라가 갑자기 낯설게 느껴졌다. 쇼핑을 갔다가 펨브로크 독에 있는 집으로 올 때부터 그런 생각이 들었다.

이제 상황이 달라졌기 때문일까?

라이언은 이제 자유를 찾았고, 노라 역시 면회인 신분에서 벗어났다. 그들이 만났던 장소는 감방의 면회실이 유일했다. 오로지 면회가 목적인 장소였다. 면회실의 불빛 속에서는 모두들 얼굴색이 창백한 환자처럼 보였다. 음료수와 간단한 스낵을 사먹을 수 있었지만 시종일관 교도관이 지켜보는 탓에 감옥 안이라는 걸 실감할 수밖에 없었다.

노라를 밖에서 보자니 완전히 다른 사람처럼 보였다. 그녀가 거실에서 내다보이는 풍경을 보여주고, 앞으로 살게 될 방과 사용할 욕실,

집안 물건들을 보여주었을 때 왠지 모르게 심리적 압박감을 느꼈다.

노라가 와인 병을 따고 나서 촛불에 불을 붙였다. 라이언은 문득 혼자라면 얼마나 좋을까 생각했다. 비좁은 방이라도 상관없었다. 와인이나 촛불이 없어도 상관없었다. 맥주 한 병에 맥도날드 햄버거 한 개만 있어도 충분했다. 혼자 있으면 마음이야 편하겠지만 파멸을 재촉할 뿐이라는 걸 모르지 않았다. 마음을 굳건하게 다잡고 사회에 적응해나가기가 그만큼 어려울 테니까.

노라가 건배를 제안했다.

"새로운 삶을 위하여."

와인 맛이 그런 대로 괜찮았다. 라이언은 모처럼 마시는 술이었고, 너무 빨리 취하지 않도록 조심해야겠다고 생각했다.

"나에게 잘해주는 이유가 뭐죠?"

"라이언, 갑자기 왜 그런 말을 하죠?"

노라가 놀란 표정으로 되물었다.

"이 집에서 살 수 있게 해주고, 옷도 사주고, 나를 위해 여러 가지 편의를 도모해주었잖아요. 당신은……."

"우린 친구고, 어려움에 처해 있는 친구를 외면하면 안 되잖아요. 혹시 당신이 머물 곳이 따로 있나요?"

"지금은 없지만 조금 있는 돈으로 아쉬운 대로 지낼 수는 곳을 마련할 수는 있을 거예요."

"당신이 가진 돈으로 얼마나 버틸 수 있을 같아요?"

"그리 오래 버틸 수야 없겠죠."

"당신은 이제부터 평범한 시민의 삶을 찾아야 해요. 난 당신이 빨리 사회에 적응해나갈 수 있게 돕고 싶어요. 부담 갖지 말고 이 집에 있으면 돼요. 사실은 나 혼자 사는 게 따분하기도 했어요.”

감옥에서 처음 봤을 때 노라는 흡사 정부기관의 대변인처럼 보였다. 노라의 얼굴에는 온갖 모습들이 다 들어 있었다. 심리치료사, 간호사, 심지어 나이는 어리지만 어머니의 모습도 보였다. 그 모든 요소들이 어우러져 노라는 그를 돕는 후원자가 되었다. 노라를 한 번도 이성의 눈으로 바라본 적이 없었는데, 그녀도 새삼 여자라는 걸 깨달았다. 그가 좋아하는 타입은 아니었지만……

노라는 병원에서 환자들에게 재활훈련을 시켜주는 물리치료사였다. 빼어난 미인은 아니었지만 그녀는 어깨까지 치렁치렁하게 흘러내린 금발에 크고 푸른 눈이 예뻤다. 아직 남자 친구가 없다는 게 이상했다. 그녀는 자주 실패한 연애 이야기를 들려주었지만 남자들이 왜 옆에 머물지 못하고 떠나는지 설명하지 못했다.

지나치게 헌신적이라 부담스러웠던 걸까? 이런 여자 옆에 있다 보면 어느 순간 숨이 막힐 것처럼 답답한 생각이 들지도 몰라.

노라가 베푸는 친절이 너무 부담스럽게 느껴지긴 했다. 그렇지만 노라가 아니었다면 지금쯤 거리를 헤매다 술을 마시고 다시 범법행위에 휩쓸려들었을지도 모른다.

“내일은 보호관찰관을 만나러 가야 해요. 정각 10시에 약속이 잡혀 있어요. 아무쪼록 일자리 문제가 잘 해결됐으면 좋겠어요.”

“필요하면 내 차를 사용해요. 난 병원까지 걸어서 출근하니까 괜찮아요. 이 집에 머무는 동안 당신은 집주인이에요. 이 집에 있는 거라면 뭐든 마음대로 사용해도 돼요. 굳이 물어볼 필요도 없어요. 그냥 당신 집이라고 생각하고 편히 지내요. 당신은 이제부터 손님이 아니라 주인이니까.”

노라가 식탁 위로 몸을 숙이고 그를 뚫어지게 쳐다보며 말했다.

"고마워요."

"이제 뭘 좀 먹어요. 와인 잔이 비었네요. 이 바게트 빵 좀 먹어 봐요. 치즈를 더 줄까요?"

"지금은 아무것도 먹고 싶은 생각이 없어요."

라이언은 숨을 깊이 들이마셨다.

"왜 그러는데요?"

"그냥 잠시 혼자 있고 싶어요. 제발 나를 좀 이해해 주었으면 해요."

라이언은 갑자기 자리에서 벌떡 일어섰다. 냅킨이 그의 무릎에서 미끄러져 식탁 아래로 떨어졌다.

"잠깐 산책이라도 할래요? 내가 같이 가줄까요? 바닷가에 다녀 오면……."

"아니, 이제 방으로 들어가고 싶어요. 피곤해서 그런가 봐요. 미안해요."

"미안해할 필요 없어요. 다 이해할 수 있으니까."

말과 달리 노라의 표정은 적잖이 실망스러워 보였다.

라이언은 아무 말 없이 방으로 들어가 문을 닫았다. 기분이 금세 나아졌다. 딱 감방만 한 크기 방이었다. 그토록 빠져나갈 날만 기다렸던 감방이 일종의 안정감을 주는 공간이기도 했다는 걸 깨달았다.

노라의 과도한 친절이 부담스러웠다. 친절과 헌신 이후에 뒤따를 기대와 요구가 뭔지 몰라도 은근히 중압감을 갖게 했다. 침대에 벌러덩 드러누웠다. 참았던 울음이 터져 나왔다.

5

"이제 제발 그만해요. 난 당신이 마음에 들지 않는다는데 자꾸만 왜 그러죠?"

데비는 계속 치근대며 집까지 바래다주겠다고 고집을 피우는 글렌을 향해 말했다.

글렌이 실망한 표정을 지으며 데비를 쳐다보았다. 그는 데비가 〈펌프 하우스〉에 들어와 5분쯤 지날 무렵부터 말을 붙여왔는데 여전히 옆자리에 앉아 계속 치근대는 중이었다.

데비는 매력적이라는 말을 듣고 살아왔지만 어느새 서른이나 된 나이에 아쉬움을 느꼈다. 지금 와 있는 바에도 앳되고 매력적인 여자들이 다수 눈에 띄었다.

청소용역회사에 다니는 데비는 오후 늦게 일을 시작해 밤늦게까지 일했다. 월요일이라서인지 다른 날보다 유난히 더 피곤했지만 오늘

따라 한 잔 하고 싶은 생각이 간절했다. 오후 9시, 집으로 향하다가 갑자기 마음을 바꿔 한 잔 할 생각으로 바에 왔다. 예전에 라이언과 자주 들렀던 스완지 마리나 근처 술집이었다. 라이언과는 이미 오래 전에 끝난 사이였다.

"그냥 집까지 데려다주려는 것뿐이에요. 시간이 너무 늦었잖아요. 이 시간에 아름다운 아가씨 혼자 돌아가게 할 수야 없죠."

그 말을 듣는 순간 데비는 하마터면 웃음을 터뜨릴 뻔했다.

나이 서른에 '아가씨'라니, 너무 낯간지러웠다. 글렌은 아첨꾼이었고, 그녀가 가장 싫어하는 부류였다.

주제에 내 보디가드라도 돼주겠다는 건가?

데비는 앉아 있던 스툴에서 내려섰다. 과음한 탓에 머리가 어질어질하고 다리가 휘청거렸지만 이 정도면 집에까지 혼자 걸어갈 자신이 있었다.

"혼자 갈 수 있으니까 걱정하지 말아요. 당신은 여기서 좀 더 즐기도록 해요. 아름다운 아가씨들이 많이 보이네요. 난 가야 하니까 저 여자들에게 집적대 봐요."

"다른 여자는 필요 없어요. 난 당신이 필요해요."

웬만하면 포기할 텐데 정말 끈질겼다. 스완지에 출장와 하룻밤 일탈을 시도하려는 유부남이 분명했다. 대체로 유부남들이 더 끈질긴 법이니까.

데비는 애정 없이 잠을 자는 남녀관계를 혐오했다. 라이언과 4년간 사귈 때에도 다른 남자에게는 눈길 한 번 준 적이 없었다.

글렌이 짐짓 슬픈 표정을 지으며 쳐다보는 가운데 데비는 술집을 빠져나왔다. 바깥 날씨는 제법 쌀쌀했다. 몸이 으슬으슬 떨려와 옷깃을 바짝 치켜세웠다. 그나마 신선한 공기를 마시니 한결 기분이 나아졌다. 마지막 한 잔은 마시지 않는 게 좋았겠지만 신선한 공기를 마시며 집까지 걸어 가다보면 어느 정도 술이 깰 듯했다. 집까지는 15분 거리였다. 손목시계를 보니 10시 반이었다. 거리는 쥐 죽은 듯 고요했다. 〈애니스 마리나 카페〉에서는 아직 희미한 불빛이 새어나오고 있었다.

데비는 〈펌프 하우스〉 바로 옆 광장을 가로질러 해양박물관과 요트 브로커스 빌딩을 지나쳐야 했다. 파도가 방파제에 부딪치며 철썩거리는 소리가 들려왔다. 텅 빈 거리를 홀로 걷자니 무서운 생각이 들어 잰걸음을 시작했다.

그때 어디선가 발자국소리가 들려왔다. 데비는 걸음을 멈추고 뒤를 돌아보았지만 아무것도 보이지 않았다. 가로등만이 희미한 불빛을 비추고 있었다. 불러온 바람에 해초 냄새가 났다. 항구 어디선가 녹슬고 있는 삭구(배에서 쓰는 로프나 쇠사슬 따위를 통틀어 이르는 말 : 옮긴이) 냄새와 기름 냄새도 섞여 있었다.

데비는 좀 더 잰걸음으로 걷기 시작했지만 가급적 뜀박질은 하지 않으려고 애썼다. 겁쟁이들이나 두려움을 느끼는 법이니까.

어디선가 다시 한 번 발자국소리가 들려왔을 때 데비는 그 자리에 멈춰 섰다.

아마 글렌일 거야. 찰거머리 같은 놈.

"글렌! 뒤따라오고 있는 거 다 알아요. 자꾸만 귀찮게 하지 말고 당장 꺼져요. 난 당신에게 관심이 없으니까."

글렌의 대답소리가 돌아올 거라 예상했지만 적막만이 이어졌다. 글렌이 방파제 어딘가에 몸을 숨기고 장난을 치고 있는 거라는 생각이 들었다.

미친놈! 내가 자기와 침대에서 뒹굴고 있는 모습을 상상하고 있겠지? 남성호르몬을 통제하지 못하는 놈인가?

데비는 방파제 쪽으로 몇 걸음 더 다가가 일갈했다.

"귀찮게 하지 말고 당장 꺼지란 말이야!"

뒤쪽에서 뭔가 움직임이 느껴졌다. 미처 어떤 반응을 보이기도 전, 뒤돌아서거나 달아나거나 비명을 지르기도 전에 누군가 두 팔로 백허그를 하는가 싶더니 손으로 입을 틀어막았다.

데비는 몸을 뒤틀며 괴한의 손을 물어뜯으려 했지만 실패했다. 손아귀 힘이 어찌나 센지 입이 뭉개지는 듯한 느낌이었다.

다음 순간, 데비는 마치 버려진 마네킹처럼 도로 위로 질질 끌려갔다.

맙소사! 글렌이 이 정도로 힘이 센 놈이었나?

데비는 발버둥을 치며 괴한의 정강이뼈를 걷어찼다. 기습 공격을 받은 괴한이 신음소리를 흘리며 새된 소리로 말했다.

"빌어먹을 년!"

글렌의 목소리가 아니었다.

다음 순간 복부로 묵직한 주먹이 날아들었다. 어둠 속에서 나타난 두 번째 인물이 날린 주먹이었다. 남자가 한 명 더 있다는 걸 미처 몰랐다.

데비는 창자가 끊어져 나가는 듯한 충격을 받은 와중에도 어떻게 저항할지 궁리했다. 비명을 지르고 싶었지만 입에서 모기만한 소리만이 새어나왔다. 그 정도 소리를 듣고 누군가 구조해주러 올 가능성은 전혀 없을 듯했다.

복부와 얼굴을 향해 몇 차례 더 주먹이 날아왔다.

"그만해둬. 그러다가 죽겠어."

패닉상태에 빠져든 데비는 차가운 돌바닥 위로 힘없이 쓰러졌다. 하늘에는 별들만이 총총했다. 괴한이 뒤쪽에서 무릎을 꿇고 두 다리로 그녀의 두 팔을 짓눌렀다. 손으로는 입을 틀어막고 있어 퉁퉁 부어오른 코로만 겨우 숨을 쉴 수 있었다. 온몸이 욱신거렸고, 끈적끈적한 피가 뺨을 타고 흘러내렸다. 두 번째 괴한이 그림자처럼 앞쪽에서 다가왔다. 이제 보니 얼굴에 스타킹을 뒤집어쓰고 있었다. 그 남자도 무릎을 꿇고 그녀의 허벅지를 양쪽으로 벌리며 내리눌렀다. 끔찍한 통증이 밀려들었다. 가까스로 몸을 뒤채며 저항을 계속하던 그녀는 이제는 정말 가망이 없다는 걸 깨달았다.

데비는 마치 뒤집어진 풍뎅이처럼 등을 바닥에 대고 있었다. 놈들이 칼로 청바지와 속옷을 찢어발기고 있었다. 왜 이런 일이 일어나야 하는지 도무지 이해할 수 없었다. 마치 악몽을 꾸고 있는 듯했다. 상상도 못해본 일이었기에 전혀 현실로 받아들여지지 않았다. 지금 이 시간, 데비는 두 남자에게 성폭행을 당하고 있는 여자가 자기 자신이라는 게 도무지 믿어지지 않았다.

지금 성폭행을 당하는 사람은 내가 아니야.

살아오면서 처음 겪는 일이었다. 충격을 견디다 못한 그녀는 그만 정신을 잃었다. 어쩌면 정신을 잃은 게 그나마 다행이었다. 기절하지 않았더라면 미쳐버렸을지도 모르니까. 그녀의 이성은 방금 벌어진 일을 받아들이기를 거부했고, 차라리 지금 그 자리에 부재하기를 바랐다.

볼일을 끝낸 놈들이 이번에는 데비의 갈빗대를 짓이기고 머리를 짓밟았다. 그들은 마치 길바닥에 뒹구는 돌을 밟듯 데비의 몸을 짓밟고 나서 어둠 속으로 유유히 사라졌다. 무려 20분에 걸쳐 폭행이 가해졌고, 그 짧은 시간은 그녀에게 영원히 잊히지 않는 악몽이 되었다.

남은 건 만신창이가 된 몸과 쓰라린 고통뿐이었다. 어느 한 군데 성한 곳이 없었다. 그중에서 코의 통증이 가장 심했다. 아무래도 코뼈가 부러진 듯했다. 그 바람에 목구멍으로 넘어오는 피를 그대로 되삼켜야만 했다. 복부에도 통증이 심했고, 숨을 쉴 때마다 갈비뼈가 옆구리를 찌르는 듯해 숨을 쉬기가 버거웠다.

데비는 몸을 움직여보려다가 포기했다. 단 1밀리도 움직일 수 없었다. 바닥에서 올라온 냉기 때문에 몸이 오들오들 떨릴 만큼 오한이 심했다. 이대로 누워 있다가는 얼어 죽을 수도 있을 듯했다.

그 와중에도 경찰에 신고해야겠다는 생각이 들었다. 휴대폰을 찾아보려고 이를 악물고 몸을 일으켰다. 통증이 어찌나 심한지 눈물이 저절로 쏟아졌다.

핸드백을 어디에 두었지?

첫 번째 괴한이 몸을 끌고 갈 때 핸드백을 떨어뜨린 게 분명했다. 핸드백 안에 휴대폰이 들어 있었다.

데비는 안간힘을 다해 몸을 움직여보려다가 결국 포기하고 다시 털썩 주저앉았다. 엉금엉금 기어서라도 핸드백을 떨어뜨린 곳까지 가야만 했다. 사람들이 부두에 나다니는 시간이 되려면 적어도 내일 새벽이 되어야만 한다. 그때까지 기다리다가는 죽을 수도 있었다.

느닷없이 그림자가 하나가 다가왔다. 데비는 깜짝 놀라 두 손으로 얼굴을 가리며 소리쳤다.

"안 돼!"

"데비, 겁먹지 말아요! 글렌이에요."

창백한 표정의 글렌이 옆에 쭈그려 앉았다.

이 느끼한 남자의 얼굴을 보는 게 이토록 기쁠 수 있다니…….

"글렌, 어서 경찰에 신고해줘요."

"알았어요, 경찰에 신고해줄게요. 오, 맙소사! 상처가 심해요!"

"어서 경찰을 불러달라니까요."

글렌이 코트주머니에서 휴대폰을 꺼냈다. 휴대폰이 꺼져 있었다. 손을 덜덜 떨며 휴대폰을 다시 켠 그는 경찰서에 신고전화를 했다.

"괴한 둘이 여자를 피습했어요. 현재 여자의 몸 상태가 대단히 좋지 않아요. 당장 구급차를 보내주세요. 뭐라고요? 네, 그건 잘 모르겠습니다만……."

글렌이 두리번거리며 주위를 살폈다.

"나는 이 지역 사람이 아니라 현재 위치를 정확하게 말씀드릴 수 없어요. 아무튼 커다란 빌딩 앞입니다. 〈펌프 하우스〉에서 멀지 않은 빌딩……."

"요트브로커스 빌딩이라고 말해줘요."

데비가 신음을 토하며 겨우 말했다.

"요트브로커스 빌딩 앞입니다. 네, 알겠습니다. 제발 서둘러 주십시오."

글렌이 전화를 끊었다.

"곧 구급차가 올 거예요. 몸은 좀 어때요?"

"너무 추워요."

글렌은 코트를 벗어주어야겠다는 생각은 미처 하지 못한 듯 실밥이 터진 그녀의 짧은 재킷으로 몸을 감싸주었다.

"이제 좀 낫지 않아요?"

데비는 겨우 고개를 끄덕였다. 글렌의 얼굴 윤곽이 마치 베일을 통해 보는 것처럼 희미했다. 눈앞이 뿌옇게 흐려지고 있었다. 기력이 거의 다 쇠해가고 있는 듯했다.

데비는 더듬거리며 글렌의 손을 찾아 쥐었다. 그나마 지금 이 순간 의지할 사람이라고는 글렌밖에 없었다.

"만약의 경우에 대비해 휴대폰을 꺼두었어요. 위험한 순간에 벨이 울리면 곤란하잖아요."

글렌이 말했다.

"위험한 순간이라니요?"

말을 하는 게 숨 쉬는 것만큼이나 힘겨웠다. 그나마 다행스러운 점은 더 이상 목구멍으로 피가 넘어오지 않는다는 것이었다.

"사실은 저 담장 뒤에 숨어 있었거든요. 놈들이 벌이는 짓을 숨어서 지켜봤어요. 혹시 놈들이 휴대폰 소리를 들으면 어쩌나 걱정돼 꺼놓았던 거예요."

"무슨 일이 벌어지는지 다 봤다고요? 다 보았으면서 잠자코 숨어 있었다는 거예요?"

데비는 그 말을 도저히 믿을 수 없었다.

"녀석들은 두 사람이었고, 칼까지 꺼내들고 있었어요."

"경찰에 신고라도 했어야죠."

말을 할 때마다 송곳으로 머리를 콕콕 찌르는 느낌이었다. 갈비뼈가 부러진 게 분명했다. 부러진 갈비뼈가 몸을 움직일 때마다 칼끝처럼 장기를 쑤셔대 엄청난 통증이 밀려왔다. 머리가 심하게 어지러웠고, 다시 의식을 잃게 될까봐 초조했다.

한심하고 비겁한 겁쟁이 같으니라고!

살금살금 뒤따라오다 끔찍한 성폭행을 당하는 걸 보고도 겁이 나 경찰에 신고도 하지 않고 숨어 있었다니 정말 비열하기 짝이 없는 남자였다. 그 와중에도 그는 괴한들에게 들킬까봐 휴대폰을 꺼놓는 치밀함을 잊지 않았다.

그야말로 경멸조차 아까운 남자였고, 시궁창 물을 마신 듯 기분이 더러웠지만 지금은 그를 나무랄 기력이 남아 있지 않았다. 비열한 겁쟁이라 쏘아붙이고 당장 쫓아 보내야 마땅했지만 지금은 어쩔 수 없이 그에게 기대야 할 처지였다.

"경찰에게 우린 서로 모르는 사이라고 말해줘요. 술집에서 스치듯 눈이 마주치긴 했지만 대화를 나눈 적은 없다고요. 사실 난 기혼자거든요. 내가 술집에서 만난 여자를 뒤따라가다 성폭행사건을 목도하게 되었다고 할 경우 아내에게 그 사실이 알려지면 곤란하거든요. 그래서 난 경찰이 여기에 도착하기 직전에 떠나려고요. 이해할 수 있죠?"

데비는 그렇게 해줄 테니 걱정하지 말라고 말하고 싶었지만 입이 떨어지지 않았다. 눈이 저절로 감겨왔고, 죽음이 가까이에 있는 듯했다. 방금 전에 벌어진 끔찍한 일을 생각해보자면 죽음이란 정말이지 늘 가까이에 있다고 봐야 할 듯했다.

데비는 정신을 잃어가는 마지막 순간까지 한 가지 생각에 집착했다.

역시 내 눈은 정확하다니까. 글렌이 유부남이라는 걸 진작 간파했으니까.

6

주말 내내 매튜는 아무런 연락이 없었다. 나 역시 연락할 거라 기대한 건 아니었다.

"지난 금요일에 매튜가 집까지 태워다주었잖아? 그때 두 사람 아무 일도 없었어?"

알렉시아는 매튜를 내 잠재적 애인 후보군에 올려놓고 저울질을 하고 있었지만 나는 냉정해질 필요가 있다고 생각했다. 매튜는 아직 누군가를 만날 마음이 없어 보였다. 바네사가 실종된 지 제법 많은 시간이 흘렀고, 여전히 해결의 실마리를 찾지 못하고 있었지만 아직 누군가를 만나 교제하고 싶을 정도로 마음을 추스르지는 못한 듯했다.

그럼에도 나는 매튜에게 결코 무심할 수 없었다.

"매튜는 집까지 데려다주고 곧장 갔어. 그날, 가렛이 문자메시지를 남겨놓았더군!"

"가렛이 왜? 그동안 한 번도 연락이 없었다면서?"

몇 년 전, 알렉시아는 가렛을 만난 적이 있었다. 내가 가렛과 결별하게 된 이유도 자세히 알고 있었다.

우린 가렛을 도마 위에 올려놓고 한껏 수다를 떨고 나서 언제나처럼 일을 시작했다. 사방에서 전화벨이 울렸고, 마감해야 할 일거리가 산더미처럼 쌓여 있었다.

알렉시아는 하루온종일 바빴고, 나 역시 눈코 뜰 새 없었다. 점심은 샌드위치로 간단하게 때웠다. 퇴근 무렵 배도 고프고 너무 지쳐 쓰러질 것 같았다. 집으로 돌아와 스파게티를 만들기 위해 레인지 위에 물이 든 냄비를 올려놓았을 때 전화벨이 울렸다.

"안녕하세요? 매튜입니다. 혹시 방해가 됐나요?"

"아니, 전혀요. 요즘 잘 지내세요?"

은연중 기다렸던 전화였기에 나는 조금 흥분이 되었다. 나는 그가 제발 내 목소리에서 흥분한 낌새를 알아채지 못하길 바랐다.

"그럭저럭 잘 지내고 있어요, 당신은?"

"저도 잘 지냈어요. 오늘은 월요일이라 특별히 좀 더 바쁘게 보냈죠."

매튜에게 주말은 더욱 끔찍하게 생각될 것이다. 그 경우, 회사에 나가 일을 하는 게 차라리 나을지도 모른다. 실종된 바네사는 언제 돌아온다는 기약조차 없었다. 그렇다고 쉽게 단념할 수도 없는 일이었다. 그가 그렇게 흘려보낸 시간이 2년 반이었다. 주변사람들은 새 인생을 시작할 때라고 충고했지만 당사자로서는 그리 간단한 문제가 아니었다. 오히려 그런 말들이 그를 더욱 힘들게 했을 공산이 컸다. 사람들은 차츰 바네사를 잊어가고 있었다. 바네사 이야기를 꺼내는 것조차 불편해했다. 이제 그 혼자만이 끙끙 앓으며 그 암울한 기억을 되뇌어왔을 테니 얼마나 고뇌가 컸을까?

매튜를 처음 만난 날, 나는 바네사의 비극에 대해 관심을 보였다. 대부분 사람들이 꺼려하는 이야기였다. 그 일이 그에게 고맙게 받아들여졌을 수도 있었다.

"혹시 내일 저녁에 약속 있습니까? 특별한 계획이 없다면 저녁식사나 같이 할까요?"

스케줄을 확인하는 척하며 대답을 뒤로 미룰 이유는 없었다.

"좋아요. 내일 저녁에는 아무런 계획도 잡혀 있지 않아요."

매튜는 웨스트크로스 가에 있는 〈웨스트크로스 인〉 레스토랑에서 만나자고 했다. 음식이 맛있기로 정평이 난 식당이었다.

"내일 정각 7시에 댁으로 모시러 가겠습니다."

화요일 저녁, 우리는 〈웨스트크로스 인〉 레스토랑에 마주앉아 생선요리를 먹고 와인을 마셨다. 매튜는 맥스를 데리고 나왔다. 영리해 보이는 눈망울에 덩치가 크고 아름다운 개였다.

우리는 넓은 해변과 연청색 저녁하늘을 바라보며 대기 중에 퍼져 있는 봄을 만끽했다. 바닷물에서는 차가운 습기가 올라왔고, 바람은 더없이 상쾌했다. 앞으로 2,3주만 지나면 대지는 새순을 틔우며 기지개를 켜게 될 듯했다. 봄이 내게 얼마나 큰 기쁨을 가져다줄지 자못 기대가 컸다.

나는 바네사의 이야기가 궁금했다. 매튜는 바네사 실종사건이 벌어진 2009년 8월 23일의 상황에 대해 이야기해주었다. 그는 그날의 암담했던 순간들을 어제 일처럼 생생하게 기억하고 있었다.

아내가 갑자기 흔적도 없이 사라졌다면 기분이 어떨까? 평화로운 집에 폭탄이 떨어진 거나 다름없지 않을까?

2년 반이라는 시간이 흘렀지만 매튜는 여전히 폭탄의 잔해들 가운데 망연자실한 모습으로 서서 갈 길을 몰라 하고 있었다.

"그때 우리는 장모님을 뵙고 돌아오는 길이었어요. 장모님은 홀리헤드의 요양원에 계셨는데, 오랫동안 치매를 앓아왔죠. 차라리 장모님에게는 오래 전에 치매에 걸린 게 축복이었는지도 모르죠. 애지중지했던 딸이 실종됐다는 사실을 까맣게 모르고 있으니까요. 어떤 날에는 딸이 있었다는 것조차 망각하시죠. 바네사와 나는 맥스를 데리고 아름다운 펜션에 묵고 있었고, 날씨도 아주 좋았습니다. 우린 펜션에 머물며 교대로 요양원을 방문해 장모님을 돌보기도 하고 맥스를 산책시키기도 했죠. 사실 나는 요양원에 가면 끔찍할 정도로 기분이 가라앉곤 했습니다. 치매에 걸린 노인들과 호흡기로만 겨우 생명을 유지하고 있는 사람들 틈에 있다 보니 저절로 기분이 우울해지더군요. 장모님은 내 얼굴을 제대로 알아보지도 못했고, 간혹 상당히 공격적인 성향을 보이기도 했죠. 바네사도 그런 엄마의 모습을 지켜보는 게 몹시 고통스러웠나 봅니다. 하룻밤을 보내고 토요일 저녁이 되자 바네사는 완전히 녹초가 되었죠.

나는 다음 날 바네사의 기운을 북돋아줄 생각으로 해안 길을 따라 스완지로 돌아가자고 제안했습니다. 해변을 드라이브하며 아름다운 경치도 둘러보고, 레스토랑에 들러 맛있는 점심도 먹자고 했죠. 그러다가 마음이 내키면 해변에서 수영도 하자고 했습니다. 바로 우리가 그 장소에 가게 된 이유였죠. 바네사가 실종된 바로 그 장소 말입니다. 하필이면 왜 그 외진 곳까지 갔는지 지금도 이해하기 힘들 때가 많습니다. 게다가 왜 고속도로를 이용하지 않고 해안도로로 우회해 돌아올 생각을 했는지 이해할 수 없을 때가 많죠. 만약 그 외진 주차장에 가지 않았더라면 그런 끔찍한 일이 생기지 않았을 텐데 말입니다."

"좋은 날씨와 아름다운 경치를 즐기며 요양원에서 쌓인 우울한 기분을 떨쳐버리고 싶었겠죠."

"이전에도 요양원을 방문한 적이 여러 번 있었지만 그때는 고속도로를 이용해 집으로 돌아왔었죠. 그 외진 주차장에 차를 세운 건 맥스가 소변이 마려워 보챘기 때문입니다. 나는 간선도로를 달리다 옆길로 꺾어졌고, 잠깐 쉬기에 적합한 장소를 발견했죠. 내가 맥스를 데리고 산책을 간 동안 바네사는 주차장에 그대로 남아 있다가 돌연 자취를 감췄습니다."

테이블 밑, 우리의 발치에 누워 있던 맥스가 고개를 들었다. 나는 손을 내밀어 맥스의 머리를 쓰다듬어 주었다. 손가락 끝에서 맥스의 따스한 숨결을 느낄 수 있었다.

"바네사에게 함께 다녀오자고 했지만 거절했죠. 우린 그곳까지 드라이브해오는 동안 계속 말다툼을 벌였거든요."

내가 놀란 표정으로 쳐다보자 매튜가 얼굴을 찌푸렸다.

"사실 경찰도 그 부분을 수상하게 생각하더군요. 담당 형사에게도 해안도로를 이용해 스완지로 돌아올 생각을 한 이유를 설명했지만 믿지 못하더군요. 계획대로 된 건 아무것도 없고, 우린 시종 말다툼만 했으니까요. 레스토랑에 들러 맛있는 식사를 하려던 계획도 포기하고, 두어 번 어딘가에서 쉬며 커피를 마신 게 전부였죠. 그때 우리 사이에는 냉랭한 공기가 흐르고 있었기 때문이죠. 바네사를 주차장에 남겨두고, 맥스와 산책을 나간 건 바로 우리 사이에 흐르고 있던 냉기류 때문이었어요. 산책을 끝내고 돌아와 보니 바네사는 어딘가로 사라지고 없었습니다."

나는 매튜가 들려준 이야기들을 머릿속으로 정리하며 물었다.

"경찰이 당신을 의심했겠군요?"

"사건 발생 당시 경찰은 유력한 용의자로 나를 지목하더군요. 유부녀 실종사건의 경우 대부분 남편이 범인이라니 경찰이 나를 수상하게 여기는 것도 무리는 아니었죠. 우리는 해안도로를 달리는 동안 줄곧 언성을 높이며 싸웠고, 하필이면 인적이 드문 주차장에 바네사만 남겨 두고 산책을 갔으니 정황상 충분히 의심받을 만했죠. 차에는 바네사의 핸드백이 그대로 남아 있었고, 신분증과 열쇠, 돈, 휴대폰까지 고스란히 남아 있었어요. 그 지역은 지나다니는 차도 드물어 바네사 혼자서는 벗어나기 힘든 곳이었습니다. 경찰은 바네사에게 숨겨둔 연인이 있었고, 그가 주차장까지 픽업하러 왔을 수도 있다는 추리를 내놓기도 했었죠. 그 경우, 핸드백과 소지품을 그대로 남겨두고 떠난 걸 납득할 수 없었어요. 핸드백에 바네사의 여권과 신용카드가 그대로 들어 있었거든요. 아무리 바네사에게 숨겨둔 연인이 있었더라도 그 주차장까지 그렇게 빨리 올 수 있었는지에 대해서도 설명이 되지 않았죠. 우리는 그 주차장에서 휴식을 취할 사전 계획이 없었거든요. 맥스가 자꾸 낑낑거리는 바람에 즉흥적으로 내린 결정이었죠. 맥스와 약 30분 정도 주차장 주변을 산책했습니다. 우리가 산책하는 동안 바네사의 휴대폰에는 통화기록이 전혀 남아 있지 않았어요. 결국 바네사가 그 짧은 시간에 누군가를 만나 그곳을 떠났으리라는 추리는 성립되지 않았죠."

매튜가 잠시 말을 멈추고 나를 쳐다보았다.

"나는 어느 누구보다 바네사에 대해 잘 알고 있다고 생각해요. 적어도 내 아내에게 숨겨둔 애인은 없었죠. 경찰은 나에게 아내에게 애인이 생길 경우 남편이 가장 늦게 알게 된다고 하더군요. 우리 부부는 서로 신뢰하고 사랑했습니다. 바네사가 다른 남자를 만나고 있었다면 몰랐을 리 없죠."

"그날은 어떤 이유로 말다툼을 벌이게 되었죠?"

"그날, 우리가 싸운 건 내가 런던에 있는 회사로부터 스카우트 제안을 받았기 때문입니다. 그 당시 나는 언제 해고될지 모른다는 불안감에 사로잡혀 있었고, 스카우트 조건도 좋아 제안을 받아들이고 싶었어요. 바네사는 스완지대학에서 강사로 일하고 있었는데, 일도 마음에 들고 인연을 축적해온 친구나 지인이 대부분 스완지에 있어 런던으로 가는 걸 원하지 않았습니다. 바네사가 내게 주어진 상황을 고려하지 하고 자기 주장만 고집하는 게 섭섭했죠. 물론 요양원에서 받은 스트레스 때문에 신경이 날카로워져 있지 않았다면 그 정도로 격렬하게 말다툼을 벌이지는 않았을 겁니다. 바네사는 치매를 앓는 엄마를 만나고 오는 길이라 몹시 심란해 있었고, 저 역시 기분이 우울해 있었죠. 곧장 집으로 가지 않고 해안도로를 택해 돌아오려고 했던 이유도 기분전환을 하고 싶었기 때문이죠. 결과적으로 그 결정이 바네사를 잃는 계기가 되었습니다. 처음 주차장에 차를 세웠을 때만 해도 바네사와 함께 산책할 계획이었어요. 산책을 하면서 바네사의 기분을 풀어줄 생각이었죠. 지금껏 나를 미치게 만드는 게 한 가지 있어요."

"뭔데요?"

매튜의 얼굴이 갑자기 한참이나 더 늙어 보였다.

"그날 바네사는 나에게 아직 회사에서 아무런 지침이 정해지지 않았는데 미리 겁을 집어 먹고 엄살을 떨어댄다고 비난했죠. 결과적으로 바네사의 말이 옳았어요. 나는 회사에서 해고되지 않았을 뿐더러 오히려 대표이사로 승진까지 했으니까요. 그런데도 나는 런던 행을 고집하며 바네사를 몰아붙인 겁니다."

나도 모르게 테이블 위로 손을 뻗어 매튜의 손을 잡았다.

"매튜 모든 일이 마음먹은 대로 되는 건 아니잖아요. 너무 자책하지 말아요."

매튜는 내가 손을 잡은 걸 알아차리지 못했을 뿐더러 내가 한 말을 듣지 못한 듯 생각에 푹 빠져 있었다.

"바네사는 달리기를 좋아해 우리 부부는 늘 맥스를 데리고 조깅을 했었죠. 그날 우리가 다투지만 않았더라면 바네사는 절대로 혼자 주차장에 남아 있지 않았을 겁니다."

마침내 매튜는 고개를 들었고, 내가 손을 잡고 있다는 사실을 알아차렸다.

"대체 무슨 일이 벌어졌던 것일까요?"

"경찰 수사는 어떻게 진행되고 있죠? 여전히 당신을 말다툼 끝에 부인을 살해한 용의자로 보고 있나요?"

"사건 발생 초기와는 많이 달라졌지만 경찰은 여전히 나를 용의선상에서 배제하지 않고 있다는 느낌이 듭니다. 아직 자그마한 실마리조차 찾아내지 못했으니 경찰도 답답한 노릇이겠죠. 바네사가 사라지고 나서 나는 곧장 회사에서 휴가를 받아 하루온종일 전화기 옆을 지켰습니다. 혹시 납치범이 전화를 걸어올지도 모른다는 생각 때문이었죠. 결국 아무런 연락도 오지 않았습니다."

"주차장에서는 전혀 단서를 찾아내지 못했나요?"

"전혀 찾지 못했어요. 경찰은 혹시 수상한 차가 뒤따라오지는 않았는지 묻더군요. 맥스와 주차장 주변을 산책하는 동안 혹시 차 소리를 듣거나 수상한 사람을 본 적은 없는지 묻기도 했죠. 뒤따라오는 차도 없었고, 수상한 사람도 보지 못했습니다. 딱 한 번 도보여행자와 마주친 적이 있었지만 사건이 벌어진 주차장에서 아주 멀리 떨어진 곳이었죠. 정말이지 그날은 완벽할 만큼 조용한 일요일이었습니다. 다만 한 가지……."

매튜가 잠깐 동안 말을 멈췄다.

"다만 한 가지, 뭐죠?"

"산책을 끝내고 주차장으로 돌아왔을 때 맥스가 보인 행동이 이상했어요. 맥스는 신경이 무척이나 날카로워 보였죠. 귀와 털을 쫑긋 세우고 으르렁거리더니 주차장 주변을 빙빙 돌며 짖어대더군요. 그러다가 가만히 멈춰 서서 뭔가 냄새를 맡으려는 듯 코를 킁킁거리기도 했어요. 맥스는 무슨 일이 일어났는지 알아차렸던 겁니다. 맥스의 행동을 보고 나서 누군가가 주차장에 다녀갔다는 확신이 들었죠. 바네사는 누군가의 습격을 받았고, 납치당한 게 분명합니다. 내가 맥스와 산책하는 사이 그런 일이 벌어졌던 거죠."

우린 둘 다 침묵했다. 한 마디로 충격적인 이야기였고, 매튜가 여전히 경찰의 혐의선상에서 제외되지 않았다는 것도 유감이었다.

"경찰은 왜 아직도 당신을 의심할까요?"

"바네사 실종사건은 현재 미궁에 빠져 있죠. 이대로 나가면 영원히 미제 사건으로 남을 수도 있습니다. 영국에서만 연중 수천 건의 실종사건이 발생하고 있습니다. 바네사의 관련 자료도 각 인터넷 포털사이트에 올라가 있어요. 바네사의 사진, 주차장 사진, 우리 차 사진 등과 사건 전반에 대한 설명이 첨부된 자료죠. 아직 해결하지 못한 실종사건이 수백 건이나 됩니다. 바네사 실종사건도 세상 사람들에게는 수없이 많이 발생하는 사건들 중 하나에 불과할 수도 있다는 뜻이죠. 이 바쁜 세상에 어느 누가 오래된 실종사건에 주목하겠습니까? 초창기만 해도 제보를 해오는 사람이 많았는데 요즘은 전혀 없다시피 하죠."

"부인이 아직 살아 있을 거라 믿나요?"

나는 단도직입적으로 물었다.

"살해됐을 거라 단정할 근거는 없으니까요. 나마저 바네사를 포기할 수는 없으니까요. 바네사가 이 세상 사람이 아니라는 증거라도 밝혀진다면 새로운 삶을 모색할 수도 있겠죠. 나는 가끔 경찰이 우리 집 현관문을 두드리고 나서 바네사가 시체로 발견됐다는 소식을 전하는 꿈을 꾸곤 합니다. 물론 꿈일 뿐이지만 그때는 정말이지 끔찍한 기분이 되곤 하죠."

매튜의 마음속에서 무슨 생각들이 스쳐 지나가는지 알 수 있었다.

옆 테이블에서 어떤 여자가 까르르 웃음을 터뜨렸다. 한 쌍의 커플이 두 손을 맞잡은 채 마주 바라보며 앉아 있었다. 서로에게 푹 빠져 있다는 걸 한눈에 알 수 있었다.

"이제 바네사 이야기는 그만하죠. 어차피 오늘 하루에 다 끝낼 수도 없습니다. 이제부터 당신 이야기를 듣고 싶어요. 스완지는 마음에 듭니까? 《헬스케어》지는 다닐 만해요?"

내가 브링튼에서 어떤 일을 하며 살았는지 매튜에게 이야기해주었다. 오랜 연인이었던 가렛과 헤어진 사연도 솔직하게 털어놓았다. 모든 게 낯설 뿐인 스완지에서 혼자 보내게 된 첫 겨울을 알렉시아 부부 덕분에 그나마 외롭지 않게 넘길 수 있었다는 이야기도 했다.

"알렉시아는 바네사와 친구 사이였어요. 어느 워크숍에서 만나 친구가 되었다더군요. 바네사가 실종되고 나서 알렉시아와 켄이 나를 가족처럼 돌봐주었죠."

나는 매튜가 대표이사로 있는 소프트웨어 회사에 대해 물어보았다. 매튜는 내게 최근에 개발한 컴퓨터 소프트웨어에 대해 설명해주었다. 솔직히 그가 이야기하는 절반도 이해하기 힘들었지만 열심히 귀를 기울여 들어주었다.

매튜는 고통을 잊기 위해 더욱 회사 일에 매진해왔다고 했다. 나와 이야기를 나누는 동안 그는 눈을 반짝였고, 몇 번씩이나 웃었다. 원래는 대단히 활력이 넘치는 사람이었는데 아내의 실종이 그를 우수에 찬 사람으로 만든 듯했다. 우리는 제법 늦은 시간에 레스토랑을 나왔다. 내 아파트에 도착했을 때 매튜가 차를 세우고 말했다.

"지나, 당신을 다시 만나고 싶은데, 괜찮죠?"

"물론이죠."

"이제 내가 어떤 상황에 처해 있는지 잘 알게 되었을 거예요. 앞날이 어떻게 될지 예측할 수 없는 사람이죠. 내가 왜 이런 말을 하는지 이해할 수 있을 겁니다."

"앞날을 예측할 수 있는 사람은 아무도 없어요. 끝이 어떻게 될지는 아무도 모르지만 만남 자체를 회피해서는 안 된다고 생각해요."

"솔직히 바네사가 실종되고 나서 다른 여자와 만나는 건 당신이 처음입니다."

"알렉시아에게 고마워해야겠네요. 당신을 만나게 해주었으니까요."

"알렉시아가 전에도 몇 번인가 누군가를 만나게 해주었지만 한 번도 관계가 이어진 적이 없었죠. 하지만 솔직히 이번에는 다른 느낌이 드는 게 사실입니다."

"가뜩이나 힘겨운 날을 보내느라 여자를 만날 여유가 없었겠죠."

"딱히 마음이 끌리는 여자를 만난 적도 없었죠. 당신은 지혜롭고 활달하고 배려심이 깊은데다 아름답기까지 하죠."

지혜롭고 활달하고 배려심이 깊다는 말은 세상의 모든 여자들이 가장 듣고 싶어 하는 말이 아니던가?

다 마음에 들었지만 무엇보다 나를 행복하게 해준 말은 '아름답다'라는 말이었다.

10대를 지나 20대 초반까지 남자들로부터 무수히 많은 대시를 받았다. 가렛을 만나 내 청춘과 매력을 몽땅 바치기 전까지만 해도 별 고민 없이 남자들을 만나고 잠자리를 같이 했다.

어느새 서른두 살이 되었고, 내 미모는 벌써부터 시들해지고 있었다. 가렛과의 이별이 가져다준 상처 때문인 듯 내 얼굴에는 어느새 우수가 깃들어 있었다.

매튜가 나에게 마음이 끌리고 있다는 걸 느낌으로 알 수 있었다. 그는 잠시나마 바네사와의 기억을 옆으로 밀쳐두고 나를 그 자리에 앉혔다. 그 순간 우리는 그냥 남자이고 여자였다. 나는 그에게 끌렸고, 함께 자고 싶다는 갈망을 느꼈다. 하지만 이제 겨우 두 번 만난 남자였다. 함께 밤을 보내자고 하기에는 너무나 반듯해 보이는 사람이었다. 그가 아무리 교육을 잘 받은 신사라고 해도 내가 손을 잡아끌면 차마 거절하지 못하리란 걸 알고 있었지만 왠지 모를 두려움이 나를 머뭇거리게 했다. 무엇보다 내일 아침에 함께 눈을 떴을 때가 문제였다. 오늘 밤은 교교하게 흐르는 달빛과 술기운이 감정을 과다 표출되게 만든 부분이 없지 않았다. 나는 몰라도 그는 틀림없이 술기운에 긴장이 풀렸을 수도 있었다. 내일 아침, 제정신이 돌아왔을 때 바네사에 대한 죄책감이 엄습해와 굶주린 짐승처럼 자기 자신을 할퀴고 물어뜯는 일만은 피하게 만들어주고 싶었다. 가렛과의 재앙 같은 연애를 통해 한 가지 배운 게 있다면 다시는 나 자신을 불행에 빠뜨리는 일에 뛰어들어서는 안 된다는 것이었다.

나는 몸을 돌려 재빨리 매튜의 뺨에 키스했다.

"고마워요, 매튜. 즐거운 저녁이었어요."

매튜는 차에서 내려 아파트 출입문까지 나를 배웅했다. 거기서 우린 잠시 포옹했다.

"내일 다시 만날까요? 혹시 내가 부담스러운 건 아니죠?"

"좋아요, 내일 만나요."

나는 가파른 계단을 한달음에 달려 올라갔다. 모처럼 행복감을 느낀 탓인 듯 내 발걸음은 날아갈 듯 가볍고 활기찼다. 집에 들어가 보니 자동응답기가 깜빡거리고 있었다. 가렛은 상처 받은 목소리로 늦은 시간까지 귀가하지 않는다고 볼멘소리를 했다. 가렛의 말이 미처 다 끝나기도 전에 삭제 버튼을 눌렀다. 모처럼 행복한 기분을 가렛 때문에 망치고 싶지 않았다. 나와 가렛의 거리는 이제 몇 광년이나 멀리 떨어지게 되었다.

7

라이언은 다이아몬드 가에 있는 복사가게에 취직했다. 오늘은 금요일이라 정각 3시에 퇴근했다. 어딜 가든 전과자라는 꼬리표가 따라붙었지만 그나마 일자리를 얻게 돼 다행이었다. 보호관찰관 멜빈 콕스가 주선해준 일자리였다. 멜빈은 복사가게 사장 댄과 잘 지낼 수 있을 거라고 했지만 지나치게 낙관적인 견해가 분명했다.

댄은 종업원을 반드시 인간적으로 잘해줄 필요는 없다고 여기는 악덕업주였다. 댄이 좋든 싫든 열심히 일할 생각이었다. 감방에 있을 때 전과자가 평범한 시민의 삶을 되찾으려면 열심히 일하는 방법밖에 없다는 말을 귀에 못이 박히도록 들어왔기 때문이었다.

멜빈 역시 똑같은 말을 되풀이했다. 멜빈의 충고가 아니더라도 라이언은 일자리가 절실하게 필요했다. 범죄의 세계와 단절하기로 결심했고, 그 근처에도 얼씬거리지 않을 결심이었다. 그러자면 우선 일을 해 생활비를 벌어 써야 한다는 뜻이었다.

복사가게는 일이 그다지 많지 않아 사장 혼자서도 능히 꾸려갈 수 있었다. 댄이 굳이 종업원을 둔 이유는 트집을 잡아 괴롭힐 대상이 필요했기 때문인 듯했다. 댄은 직원을 거느려야 사회적 위치와 인격이 동반상승한다고 믿는 부류였다. 그는 고작 직원 한 사람을 고용해놓고 마치 대기업 사장이라도 된 듯 거들먹거렸다.

댄은 키가 160센티미터를 겨우 넘을 정도로 작았다. 그는 작은 키에 대한 열등감을 야전사령관처럼 종업원을 부려 먹는 것으로 해소하려 들었다. 댄은 건장한 체구를 가진 라이언을 툭하면 무시했고, 늘 이름 대신 '전과자'라 불렀다. 댄이 조롱할 때마다 라이언은 마른 침을 꿀꺽 삼키며 분노를 달랬다. 감옥에서 익혔던 분노조절훈련이 그나마 도움이 되었다. 예전 같았으면 주먹 먼저 나가고 볼 일이 많았지만 꾹꾹 눌러 참았다. 댄에게 폭력을 사용할 경우 일자리가 날아가는 건 물론이고, 가석방이 취소돼 다시 수감될 수도 있었다. 댄이 아무리 모욕적인 말을 하거나 생트집을 잡아도 그냥 웃어넘겨야만 했다.

댄은 하루 종일 가게 한구석에서 거만한 자세로 앉아 오토바이 잡지를 뒤적거리는 게 일과였다. 라이언은 단 하루도 일찍 퇴근할 수 없었지만 댄의 애인이 가게로 오는 금요일은 예외였다. 댄은 애인과 단둘이 있고 싶어 마치 큰 선심을 쓰듯 퇴근을 허락했다.

"전과자, 오늘은 이만 퇴근하고 내일 봐!"

가게는 토요일에도 문을 열었다. 출근은 라이언에게 아무런 문제도 되지 않았다. 주말 내내 노라의 집에서 하는 일 없이 빈둥대는 것보다는 차라리 출근해 일하는 게 나았다.

라이언은 천천히 걸어 집으로 돌아왔다. 노라는 언제든지 차를 이용해도 된다고 했지만 매일 걸어서 출퇴근했다. 노라에게 사사건건 신세를 지기 싫었다. 감방에 있을 때 일을 해 모아둔 돈이 조금 있었지만 독립해 나가 살기에는 턱없이 부족했다. 겨우 허름한 방 한 칸 정도를 얻을 수 있는 돈이었다.

"우선 자네 애인 집에서 지내는 게 좋아. 지금은 무엇보다 정서적인 안정이 필요하니까."

라이언을 처음 보던 날 멜빈 콕스는 그렇게 말했다.

"노라는 제 애인이 아닙니다."

"아무튼 노라는 자네를 범죄 위험으로부터 지켜줄 수 있는 여자야. 노라는 동정심이 많고, 현명하지. 게다가 자네에게 얼마나 헌신적인가? 좋은 기회니까 노라를 꼭 붙잡아봐!"

멜빈 콕스는 노라와 잘 아는 사이 같았다. 그날 저녁, 노라에게 물어봤더니 며칠 전 멜빈 콕스를 만나 대화를 나눈 적이 있다고 했다.

"우린 서로 말이 아주 잘 통했어요. 게다가 둘 다 당신을 돕고 싶어 했죠. 멜빈은 친절하고 좋은 사람이에요."

멜빈 콕스와 노라처럼 모두들 라이언을 도와주고 싶어 했지만 댄은 예외였다. 그렇지만 라이언은 차라리 댄과 있을 때가 가장 마음 편했다. 댄은 그를 조롱하고 못살게 굴었지만 적어도 자괴감을 느끼게 하지는 않았다. 세상에서 살아남기 위해 타인의 동정심에 기대야 한다는 건 정말이지 참담한 느낌을 갖게 했다.

모욕적인 말이야 감옥에 있을 때부터 익숙하게 들어왔기에 특별히 거부감이 들지는 않았다. 그 반면 노라의 부드럽고 온화한 태도는 큰 부담이 되었다. 노라는 그를 자신의 피조물로 만들려하고 있었고, 그는 그녀의 소유물이 되어가고 있었다.

노라는 요리도 해주고, 빨래도 해주고, 선물도 사주었다. 그가 감옥에 있을 때 꼭 읽어보고 싶다고 말한 적이 있는 책도 사주었다. 매일 저녁 정성껏 식탁을 차렸고, 맞은편에 앉아 부드러운 미소를 지으며 일과 환자들에 대해 시시콜콜 이야기했다.

노라는 동거인처럼 굴었지만 라이언은 결코 그런 생각에 동조하고 싶지 않았다. 노라가 지인들에게 동거남으로 이야기하는 것도 화가 났다. 이런 관계를 오래 지속할 수는 없었다. 노라는 그를 평범한 시민의 삶으로 이끌어주고 싶어 했지만 잠자코 끌려가고 싶지는 않았다.

노라는 정각 다섯 시 반이면 집에 도착했다. 라이언은 일부러 느린 걸음으로 집을 향해 걸었다. 노라가 이번 주말에, 더 정확하게는 이번 일요일에 무엇을 하며 보낼지 물어볼까봐 두려웠다.

"이번 주말에 우리 같이 펨브로크셔해안공원에 가보는 건 어때요? 거기에 내가 정말 좋아하는 곳이 있거든요. 당신에게 꼭 보여주고 싶은 곳인데 같이 가지 않을래요?"

어젯저녁에 노라가 눈빛을 반짝거리며 한 말이었다.

라이언은 마치 칼에 찔린 사람처럼 움찔했다.

"아직 주말에 무얼 할지 결정하지 않았지만 해안공원이라면 어렸을 때 자주 가봤죠. 캠로즈에 살았거든요."

라이언은 어떻게든 궁지에서 빠져나갈 수 있을지 고민하며 그렇게 둘러댔다.

"아, 맞아. 캠로즈에 살았다고 했죠?"

"맞아요."

라이언은 식은땀이 났고, 노라에게 속마음을 들킬까봐 전전긍긍했다. 입술이 바짝바짝 타들어가고, 심장이 망치로 때리는 것처럼 쿵쾅

거리며 뛰었던 지난 어느 날 저녁 증세와 비슷했다.

"그럼 당신이 가보고 싶은 곳은 어디죠? 당신은 어린 시절에 주로 무얼 하면서 놀았어요?"

'내 어린 시절 아지트였던 폭스 밸리에 대해 이야기하죠. 나 혼자 폭스 밸리의 비밀 동굴에서 종종 놀았어요. 아무도 모르는 동굴이었죠.'

라이언은 바로 그 지점에서부터 생각이 꽉 막혀 버렸다. 더 이상 생각할 수 없었다. 여자를 납치해 동굴에 가둔 사람과 현재의 자신은 전혀 다른 사람이라고 억지로 세뇌시켜 봤지만 소용없었다.

라이언은 끔찍한 생각을 머리에서 떨쳐버리기 위해 발걸음을 재촉했다. 펨브로크셔해안공원으로 드라이브를 떠나려던 계획이 좌절되자 노라는 내심 크게 실망한 눈치였다. 그녀는 라이언의 어린 시절에 대해 모든 걸 알고 싶어 했다. 어릴 때 살았던 집, 학교, 가끔 혼자 거닐었던 공원 벤치까지……. 그런 한편 그녀의 모든 걸 라이언이 알아주기를 바랐다. 노라에게 우정이나 사랑은 비밀이 없는 것에서 출발한다고 믿는 눈치였다. 비밀이 없어야 한다는 건 라이언의 입장으로는 무시무시한 공포였다.

노라가 오늘 저녁에도 어린 시절 이야기를 꺼내면 도저히 참을 수 없을 듯했다. 노라는 착하고 동정심 많은 여자가 분명했지만 포기를 몰랐다 그녀의 집요한 태도는 그를 질식시키기에 충분했다.

라이언은 집에 도착하자마자 현관문 옆 열쇠고리에 걸려 있는 차 키를 움켜쥐었다. 물에 빠진 사람이 지푸라기라도 잡는 심정이었다. 노라는 필요할 때면 언제든지 차를 써도 좋다고 했었다. 지금이 바로 그때였다.

8

2년 반 만의 방문인데도 아무것도 변한 게 없었다. 어쩌면 당연한 일이었다.

2년 반 만에 달라질 게 뭐가 있겠는가?

데비가 사는 동네는 변한 게 없었다. 라이언은 그간 혼란의 소용돌이에 빠져 있었기 때문에 세상이 그대로 유지되고 있는 것에 놀랐다. 예전에도 그랬듯이 라이언은 차를 데비의 집에서 조금 떨어진 곳에 세워두고 익숙한 길을 따라 걸었다. 모든 풍경이 그대로였다. 글랜모건 가의 공원도 그대로였고, 노숙자쉼터도 그대로였다. 길고양이들을 위해 아파트 출입문 앞에 내놓은 우유 접시도 그대로였다.

마침내 데비가 사는 아파트 앞에 도착했다. 가장 꼭대기 층 창문들에 저녁 햇살이 반사되어 반짝였다. 지난날의 아련한 기억이 마치 파노라마처럼 눈앞을 스쳐 지나갔다. 그를 기다리던 형사들, 필사적으로 도망쳤지만 결국 실패로 끝난 도주……

라이언은 잠시 걸음을 멈추고 꼬리를 물고 이어지는 생각들을 머릿속에서 떨쳐냈다.

이미 다 지난 일이야. 그 시절은 지나갔어. 제발 데비가 집에 있어야할 텐데…….

다섯 시가 넘어 있었다. 데비가 누군가와 함께 있을 경우 재빨리 작별인사를 하고 돌아나올 생각이었다. 오늘처럼 기분이 울적한 날, 데비는 그가 떠올릴 수 있는 유일한 여자였다.

라이언은 계속 데비와 함께 지내고 싶었지만 그녀는 아니었다. 데비는 단 한 번도 감옥으로 면회오지 않았고, 편지조차 하지 않았다. 그가 끝내 범죄의 세계에서 벗어나지 못하자 데비는 크게 실망해 거리를 두기 시작했다. 그럼에도 집에서 쫓아내지 않은 건 그나마 그가 범죄의 세계와 절연하려고 나름 애썼다는 걸 인정해주었기 때문이다.

데비가 결정적으로 헤어지자고 한 이유는 그가 선을 넘은 탓이었다. 그가 상해폭행죄로 감옥에 들어가게 되자 크게 실망했던 것이다. 그녀에게는 이해의 범주를 넘어서는 일이었기 때문이다.

지난날, 데비는 도움이 필요할 때면 언제나 손을 내밀어 주었다. 동정하거나 지나치게 걱정하지도 않았다. 그를 선한 사람으로 개조하려들거나 무시하거나 두려워하지도 않았다. 항상 있는 그대로의 그를 좋아했고, 곤란한 상황이 생길 경우 외면하지 않았다. 데비는 그의 인생에서 유일하게 기댈 수 있는 기둥이었다.

아파트 출입문 아래쪽 버튼을 누르자 예전과 마찬가지로 문이 저절로 열렸다. 계단에서는 전처럼 세제 냄새와 방향제 냄새가 났다. 건물 주인 여자가 하루에도 서너 번씩 뿌려대는 방향제 냄새였다. 2층의 어느 집에서 음악소리가 흘러나왔다. 이 아파트에서 그를 보고 달가워할 사람은 아무도 없었다.

아파트 출입문과 마찬가지로 데비의 집 현관문에도 초인종이 없었다. 라이언은 목재 현관문을 두드렸다. 지난날 그들이 정한 대로 세 번은 짧게, 세 번은 길게. 그 정도면 데비는 현관문 앞에 누가 와 있는지 알아차렸을 것이다. 문을 열어줄지 말지 판단하는 건 이제 데비에게 주어진 몫이었다.

라이언은 문을 열고 눈앞에 나타난 데비를 보는 순간 몹시 당황했다. 오랫동안 인기척이 없어 막 돌아서려는 순간 조심스러운 발자국 소리가 들려왔고, 현관문이 천천히 열렸다. 직선적이고 화끈한 데비의 성격에는 전혀 어울리지 않는 방식이었다. 만나기 싫으면 차라리 문을 열어주지 않는 게 데비의 평소 스타일이었다.

데비의 몰골은 차마 눈 뜨고 볼 수 없을 만큼 처참했다. 코는 형태를 알아보지 못할 정도로 부어올랐고, 입술 곳곳이 터져 있었다. 오른쪽 눈 위쪽에는 흐릿한 혈종이 보였다. 데비는 몸을 곧추세우고 있기가 힘겨운 듯 구부정하게 숙이고 있었다. 욕실가운만 달랑 걸친 맨발에 오랫동안 감지 않고 방치한 머리카락은 빗질을 하지 않아 마구 뒤엉켜 있었다. 데비가 고대기로 곱슬머리를 쭉쭉 펴던 모습이 지금도 눈에 선했다.

"라이언?"

데비의 목소리는 마치 흐느낌처럼 들렸다.

"오, 맙소사, 데비!"

라이언은 아파트 안으로 들어간 다음 문을 닫았다. 데비의 심상치 않은 몰골을 본 이상 그대로 발길을 돌릴 수는 없었다.

"데비, 대체 무슨 일이야?"

데비는 흐느적거리는 걸음걸이로 작고 어두컴컴한 거실로 들어갔다. 그동안 청소도 하지 않은 듯 거실은 정신없이 어질러져 있었다.

데비가 평소 강박증이 있는 사람처럼 정리정돈을 깔끔하게 했던 기억이 났다. 지금은 거실 여기저기에 옷가지들이 아무렇게나 널브러져 있었다. 목욕가운 하나가 안락의자 위에 걸쳐져 있었고, 어디선가 음식이 썩어가는 냄새가 났다. 얼마나 오래 방치해두었는지 누렇게 변색된 우유가 담긴 컵이 식탁 위에 놓여 있었고, 그 옆에 반쯤 먹다 남은 수프 접시가 보였다.

데비는 도무지 살아 있는 사람의 형상이라고 할 수 없을 만큼 넋이 나가 있었다. 그녀는 목욕가운이 걸쳐져 있는 안락의자에 털썩 주저앉았다.

라이언은 그 앞에 무릎을 꿇고 앉아 데비를 올려다보았다. 그런 다음 조심스럽게 손을 들어 그녀의 뺨을 어루만졌다.

"어서 무슨 일이 있었는지 이야기해봐."

말을 꺼내려던 데비는 미처 한 마디도 하기 전에 눈물을 쏟기 시작했다. 격렬한 통곡이나 흐느낌이 아니라 눈가에서 조용히 흐르는 눈물이었다.

라이언은 데비의 손을 부여잡은 채 잠자코 기다렸다. 데비는 지금껏 단 한 번도 누군가의 보호를 필요로 하지 않았다. 언제나 강하고 당당했던 그녀가 오늘은 절망에 빠진 어린아이처럼 보였다. 험난한 세상과 맞설 힘이 하나도 없는 어린아이.

라이언은 무슨 일인지 털어놓기까지 시간이 필요하다는 걸 알아차렸고, 더 이상 캐묻지 않고 기다렸다. 한참을 잠자코 기다리자 겨우 고개를 들어 올린 그녀가 라이언이 잡고 있는 손을 빼내 눈물을 훔쳤다. 그 다음에는 한동안 작은 흐느낌이 이어졌다. 그녀는 몸을 움직일 때마다 상처에서 심한 통증을 느끼는 듯했다.

"성폭행을 당했어."

데비가 속삭이듯 말했다.

그 말을 듣는 순간 라이언은 정신이 아득해지며 참을 수 없는 분노가 치밀었다.

"말도 안 돼! 언제 그랬어?"

"지난 월요일 저녁이었어."

"월요일 저녁?"

월요일이라면 라이언이 감옥에서 출소한 그 날이었다. 노라의 집에서 보낸 첫날 밤……. 그날 라이언은 방문을 잠그고 비명을 질러야만 했다. 그가 비명을 지르고 있는 동안 누군가 데비를……

"어떤 놈이야? 범인이 누군지 알아?"

"두 남자였어. 저 아래쪽 마리나 근처에서. 저녁 늦게."

"저녁 늦게까지 마리나 근처에서 뭘 한 거야?"

라이언은 부지불식간에 툭 튀어나온 말에 스스로 당황하며 입술을 꾹 깨물었다.

제발 비난하는 말로 들리지 말았어야 할 텐데…….

"한밤중에 혼자 돌아다니는 여자는 강간을 당해도 싸다는 뜻이야?"

라이언의 말투에서 비난하는 느낌을 받은 듯 데비가 움찔하며 말했다.

"미안해, 절대로 그런 뜻은 아니었어. 나는 단지 어쩌다 그런 일이 벌어졌는지 알고 싶었을 뿐이야."

데비가 술집에 들렀던 일에 대해 이야기했다. 글렌이라는 남자가 계속 치근대는 바람에 짜증이나 자리에서 일어나보니 벌써 밤늦은 시간이었다는 것, 그 느끼한 남자가 집까지 데려다주겠다고 제안했지만 거절하고 혼자 술집에서 나온 이야기까지…….

"글렌은 소심한 성격에 속물이었는데 욕망에 대한 집착이 되게 강한 편이었어. 척 보기에도 유부남에 느끼한 남자라 같이 잠을 자고 싶지 않았지. 그 남자는 혼자 출장을 왔는데 함께 즐길 여자를 찾고 있었나 봐."

"그래, 당신은 그런 남자를 정말 싫어하지."

데비가 비로소 두 남자에게 습격당한 이야기를 털어놓았다. 얼굴에 스타킹 복면을 뒤집어쓰고 있었기 때문에 남자들의 인상착의는 전혀 알 수 없었다고 했다.

"스타킹 복면에서 눈 부위만 뚫려 있었어."

"그렇다면 아예 성폭행을 하기로 작정하고 거기서 어슬렁거렸다는 뜻이야. 충동적으로 성폭행을 저질렀다면 스타킹 복면을 하지는 않았을 테니까."

"경찰도 놈들이 의도적으로 나를 노리고 있었을 가능성이 크다고 했어. 내 주변사람들 중에서 범인이 있을 수도 있대. 하지만……."

데비가 절망적으로 어깨를 으쓱하고 나서 말을 이었다.

"나는 전혀 경찰의 수사에 도움을 줄 수 없었어. 내 주변사람들 중에서 그런 짓을 저지를 사람이 떠오르지 않았거든. 대체 왜 내가 놈들의 타깃이 되었는지 도무지 이해할 수 없어. 그날 저녁, 내 주변사람들 중에서 내가 마리나 근처 술집에 들를 거라는 사실을 알고 있었던 사람은 없었어. 그날 집으로 돌아오다가 갑작스럽게 술을 마시기로 결정했거든."

"혹시 술집에서 집요하게 치근대던 녀석이 그런 건 아니지?"

"글렌은 아니야. 오히려 그 인간이 나를 구해줬거든. 나는 심하게 다쳐 몸을 꼼짝할 수 없었고, 길바닥에 그대로 쓰러져 있었지. 그날은 날씨도 추운데다 피를 많이 흘려 그대로 쓰러져 있다가는 죽을 것 같았어. 경찰에 신고해야겠다고 생각하며 휴대폰이 어디 있는지 찾아보았지만 없었어."

데비는 울음이 터져 나오기 일보직전에 간신히 참아냈다. 그제야 데비는 라이언이 앞에 앉아 있다는 사실이 몹시 이상하게 여겨진 듯했다.

"언제 출소했어?"

"월요일에 출소했어. 형기가 아직 남아 있지만 수형 태도가 좋은 모범수로 인정받아 가석방된 거야."

"지금은 어디에 묵고 있는 거야?"

라이언은 잠시 망설이다가 진실을 털어놓기로 했다.

"펨브로크 독에 있는 어떤 여자 집에 머물고 있어. 감옥에 있을 때 자주 찾아와 도움을 준 여자야. 여러 번 만나다보니 친구가 됐고, 마땅한 거처가 없으면 자기 집에서 지내도 좋다고 했어."

"그 여자 마음을 이해해."

"당신은 절대로 이해할 수 없을 거야. 그녀가 고맙긴 한데 마음이 몹시 불편해. 갈 집이 없어 얹혀살고 있긴 하지만 차라리 단칸방이라도 얻을 여건만 되면 당장 나가고 싶어. 출소하자마자 일자리도 얻었어."

데비가 현관문을 열어준 이후 처음으로 웃었다. 얌전하고 소심한 미소였다. 라이언이 알고 있는 환한 빛들로부터 몇 광년 떨어진 듯한 미소.

"비로소 평범한 시민의 삶으로 돌아온 거야? 이번에는 정말 믿어도 되지?"

"물론이야."

"그래, 안 될 이유가 없지. 당신도 이제 점점 나이가 들어가나 봐. 생각이 성숙해진 걸 보면……."

"다시는 감옥에 들어가지 않을 거야. 감옥에 들어가지 않을 수만 있다면 뭐든지 다 할 수 있어."

라이언이 어질러져 있는 거실을 둘러본 뒤 단호하게 일어섰다.

"데비, 내가 먹을거리를 만들어올게. 혹시 부엌에 음식을 만들 재료가 있어?"

"아마 냉장고를 뒤져 보면 뭔가 있을 거야. 식탁 위에 놓인 수프는 여형사가 집에 왔을 때 만들어주고 갔어."

"계속 집에만 있었던 거야?"

"아니, 병원에서 어제 퇴원했어. 병원에서는 더 입원해야 한다는 걸 내가 혼자서도 몸을 추스를 수 있다고 바득바득 우겨 퇴원했지. 어제 집에 왔던 여형사는 정말 친절한 사람이었어. 반드시 범인을 잡겠다고 했지. 하지만 범인이 잡힌다고 해서 크게 달라질 건 없을 거야. 이미 벌어진 일을 없었던 일로 만들 수는 없으니까."

"놈들에게 혹독한 대가를 치르게 해야 돼."

"사실은 정말이지 이상한 일이 한 가지 있었어."

데비의 목소리가 아까 성폭행 순간을 설명할 때처럼 다시 단조로워졌다.

"미친 소리처럼 들릴지 모르겠지만 왠지 그 두 녀석은 섹스를 목적으로 나를 성폭행한 게 아니라는 인상을 받았어. 장담하지만 놈들은 절대 강간범이 아니야. 섹스에 흥미가 없는 강간범은 없을 테니까. 그놈들은 성욕을 충족하거나 여자를 정복하면서 판타지를 느끼려는 놈들이 아니었어. 내 느낌인지는 몰라도 놈들은 뭔가 임무를 수행하는 듯했어. 성폭행하는 순간에도 놈들의 마음가짐은 얼음장처럼 냉정해 보였거든. 그놈들은 마치 배 위에 컨테이너들을 선적하라는 임무를 부여 받은 크레인 기사처럼 성실하게 임무를 수행했어. 성폭행이 끝나자 나를 목숨을 잃기 직전까지 두들겨 패는 태도도 얼마나 진지하던지……. 그 모습은 마치……."

데비가 의자에서 힘겹게 몸을 일으켰다.

"어쩌면 내가 만들어낸 상상일지도 몰라. 나에게 무슨 일이 벌어졌는지 가물가물해질 때도 있으니까."

"여형사에게도 그 이야기를 했어? 놈들로부터 받은 인상 말이야?"

"여형사도 내 이야기에 깊은 관심을 보였어."

갑자기 으스스한 기분이 밀려오며 뭔가 떠올랐지만 라이언은 단지 자신의 지나친 상상일 뿐이라고 치부하며 고개를 저었다.

혹시 이 모든 일이 나와 관련된 게 아닐까? 내가 감옥에서 출소한 날 하필이면 데비가 습격을 당한 게 과연 우연일까?

라이언은 요깃거리를 만들기 위해 주방으로 갔다. 주방도 거실보다 나을 게 없는 상황이었다. 그는 무얼 어떻게 해야 할지 몰라 잠시 그 자리에 멍하니 서 있었다. 절반쯤 마시다 만 와인 잔, 여기저기 널려 있는 행주, 뚜껑을 따놓고 먹지 않아 상해버린 통조림…….

데비가 배가 고파 뭔가 먹으려다가 구역질이 나 방치해둔 음식이 분명했다. 주방은 터지고 찢어진 데비의 얼굴만큼이나 끔찍한 상황이었다.

데비가 예전의 깔끔한 모습을 되찾으려면 얼마나 많은 시간이 필요할까?

라이언은 청소에 착수했다. 상한 음식들은 버리고, 그릇들은 식기세척기 안에 집어넣고, 행주를 빨아 싱크대를 깨끗이 닦았다. 설거지를 마치고 나서 토마토수프 통조림을 찾아 따뜻하게 데운 다음 흰 빵을 썰어 토스터에 구웠다.

예전에 집안을 어지르는 사람은 언제나 라이언이었고, 데비는 투덜거리면서도 늘 깨끗이 치우는 사람이었다. 데비는 언제나 정성을 기울여 식탁을 차리는 반면 라이언은 몇 달 동안 버거킹으로 때워도 전혀 불만이 없는 사람이었다.

데비의 기운을 북돋아주려면 어떻게 해야 할까?

음식을 만드는 동안 줄곧 뒷머리를 붙잡고 놓아주지 않는 생각이 있었다.

놈들이 애초부터 데비를 노렸을까? 혹시 나를 겨냥한 건 아니었을까?

데몬은 절대로 그냥 물러설 사람이 아니었다. 출소하던 날, 라이언은 데몬이 어떤 식으로든 다시 접근해올 거라고 예상했다. 데몬은 사방에 첩자가 있었다. 그가 감옥에서 출소한 걸 모를 리 없었다. 어쩌면 펨브로크 독에 있는 노라의 집에 머물고 있다는 사실을 이미 파악했을지도 모른다. 데몬은 무슨 일이 있어도 빌려준 돈 2만 파운드를 돌려받으려 할 것이다. 감옥에 있는 동안 이자를 터무니없이 붙여 빚을 엄청나게 불려났을지도 모른다.

라이언은 감당할 수 없는 수준으로 늘어났을 빚이 무서워 일주일 내내 데몬 문제를 머릿속에서 밀어내려 애썼다. 그런 한편 적의 수하들이 어떤 식으로든 눈앞에 나타나기를 기다렸다. 그 순간 그는 너무나 자연스럽게 데몬을 '적'으로 규정하고 있었다. 라이언은 이미 데몬의 악랄하고 끈질긴 수법을 몇 차례 경험한 적이 있었다. 2009년 8월의 끔찍한 사건도 그 연장선상에서 빚어졌다.

바네사 윌라드를 납치한 건 데몬의 빚 독촉 때문이었다. 머릿속에서 동굴 속에 가두어둔 여자의 이름이 떠오르는 순간 라이언은 온몸이 뻣뻣하게 굳었다. 데비를 잔혹하게 성폭행한 놈들 역시 데몬의 수하일 가능성이 높았다. 데몬이라면 능히 저지르고도 남을 일이었다. 더 끔찍한 사태가 벌어지기 전에 하루빨리 빚을 갚아야 한다는 무언의 독촉인 셈이었다.

라이언은 우연한 사건이기를 바라며 마음을 다독거렸다.

욕망을 해결하기 위해 부둣가를 어슬렁거리던 불량배들 짓인데 내가 너무 과민 반응하는 것인지도 몰라. 데비가 재수 없게 걸려든 것뿐이야.

라이언은 수프 접시 두 개와 토스트, 생수를 쟁반에 담아 거실로 가져갔다. 데비는 창가에 우두커니 서 있었다. 다시 데비의 처참한 몰골을 대하는 순간 기분이 으스스했다. 얼굴의 상처는 정말이지 눈 뜨고는 볼 수 없을 만큼 참혹했다.

데몬, 이 빌어먹을 새끼! 만약 이따위 짓을 저지른 장본인이 너라면 반드시 끝장내 주겠어.

라이언은 분노와 증오에 차 복수를 다짐했지만 과연 데몬을 끝장낼 수 있을지 자신할 수 없었다. 이 세상에서 데몬을 끝장낼 수 있는 사람은 아무도 없었다. 그놈은 경찰은 물론 정관계 고위층 인사들과도 은밀한 커넥션을 만들어두고 있어 웬만한 일로는 조사도 받지 않았다. 데몬은 범행을 저지를 때는 항상 부하들을 이용하기 때문에 좀처럼 덜미를 잡히지 않았다. 한 마디로 데몬은 아무도 건드릴 수 없는 철옹성이었다.

"데비, 뭘 좀 먹고 기운을 차려야 해."

데비가 비틀거리는 걸음으로 식탁으로 다가와 앉았지만 수프를 보더니 고개를 저었다.

"속이 울렁거려서 먹을 수가 없어."

"지난 며칠 동안 음식을 먹지 못해 속이 메슥거릴 거야. 그러니까 억지로라도 먹어야 해!"

데비의 눈가에 눈물이 그렁그렁해졌다.

"병원에서도 내게 음식을 먹이려고 했지만 결국 실패했어. 음식이 넘어가지 않아. 난 이제 아무것도 할 수 없게 되었나 봐. 내 몸은 생명이 빠져 나간 껍데기나 다름없어. 더 이상 살고 싶은 생각도 없어."

라이언이 자리에서 일어나 데비의 팔을 어루만져주었다.

"그런 말을 하면 안 돼! 지금은 너무 큰 충격을 받아 죽고 싶다는 생각이 들겠지만 곧 다시 살고 싶다는 의지가 샘솟게 될 거야. 그러니까 음식을 조금이라도 먹어."

라이언은 절망과 분노를 삭이며 데비를 꼭 안아주었다. 그녀가 기운을 차릴 수 있을 때까지 옆에서 돕고 싶었다. 지난날, 그녀가 그에게 해주었듯이.

한참 뒤, 데비가 고개를 들었다.

"라이언, 오늘밤은 제발 내 곁에 있어줘."

"당신이 가라고 할 때까지 옆에 있을 테니까 걱정 마."

그렇게 되면 분명 노라와의 관계가 어긋나게 될 수도 있었다. 내일 아침, 출근하지 않으면 댄 역시 가만있지 않을 것이고, 보호관찰관 멜빈도 문제를 심각하게 받아들일 게 뻔했다.

빌어먹을! 다들 악마에게로 꺼지라지.

9

토요일 오전, 펨브로크 독에 돌아와 보니 한 편의 드라마가 기다리고 있었다. 라이언은 주말 내내 데비의 집에 머물 생각이었지만 그녀가 한사코 반대하는 바람에 어쩔 수 없이 펨브로크 독으로 돌아왔다.

그날 밤, 데비는 마음을 가눌 수 없을 만큼 힘들어 라이언에게 옆에 있어달라고 부탁했다. 다음날 아침 라이언이 경솔한 행동을 했다는 걸 알고 깜짝 놀랐다. 라이언은 토요일에도 출근하기로 되어 있었다. 가석방된 지 겨우 일주일도 되지 않아 사전양해도 받지 않고 결근한다는 건 심각한 일이었다. 보호관찰관은 물론이고 거처를 제공해주고 있는 여자에게 행선지도 알리지 않고 외박했으니 어떤 사태가 빚어졌을지 불 보듯 뻔한 상황이었다. 그녀는 너무나 걱정이 돼 반쯤 넋이 나갔을지도 모를 일이었다. 게다가 그녀의 차까지 끌고 왔으니 더욱 문제가 심각했다.

데비는 라이언에게 어서 돌아가라고 말했다. 그녀는 라이언의 마음을 편하게 해주기 위해 아침식사로 잼을 바른 토스트를 커피 두 잔에 곁들여 마셨다.

라이언은 여전히 데비를 혼자 내버려두어서는 안 된다고 생각했다. 데비는 끔찍한 트라우마에 시달리고 있었고, 아직 상처가 낫지 않아 온몸이 마비 상태였다. 가만 내버려두었다가는 자칫 위험한 선택을 할지도 몰랐다. 누군가 데비 옆에 있어줄 사람이 필요했다. 따스하게 손을 잡아주고, 말할 때 귀를 기울여 주고, 흐느낄 때 어깨를 토닥여주고, 음식을 만들어주고, 몇 숟가락이라도 먹을 때까지 곁에서 마음을 다독거려줄 사람…….

만약 일요일 저녁때까지 나타나지 않을 경우 라이언은 심각한 어려움에 직면하게 될 게 뻔했다. 댄이 이미 그를 해고하고, 멜빈에게 그 사실을 통보했을 가능성도 있었다.

라이언은 차를 파킹하고 나서 노라의 집으로 올라갔다. 현관문 앞에 도착하기도 전에 문이 벌컥 열렸다. 노라가 발자국 소리를 듣고 문을 연 듯했다.

노라가 시뻘겋게 충혈된 눈으로 라이언을 노려보았다.

"얼마나 걱정했는지 알아요? 대체 어디에 갔었는지 말해 봐요!"

노라의 목소리는 거의 비명에 가까웠다.

"제발 소리 좀 지르지 말아요. 조용히 얘기할 수도 있잖아요."

라이언이 가볍게 호통 치듯 말했다.

"라이언! 어디 갔다 이제야 나타난 거요?"

노라 등 뒤에 서 있는 남자는 바로 멜빈 콕스였다.

"하룻밤 외박했다고 즉시 보호관찰관에게 통보할 필요는 없잖아요."

라이언이 노라에게 힐난조로 말했다.

"노라가 아니라 자네 고용주가 내게 전화했어. 자네가 오늘 아침에 출근하지 않았다고."

라이언은 한숨을 푹 내쉬었다.

댄이 고자질할 기회가 오기만을 눈이 빠지게 기다렸나 보군.

"경찰도 와 있다네."

멜린이 고갯짓으로 집안을 가리키며 말했다.

"경찰에까지 신고했어요?"

"물론 그렇게 하지는 않았네. 30분 전에 경찰이 직접 이 집에 나타났어. 우리 두 사람 다 어젯밤에 자네가 어디에 있었는지 모른다는 게 별로 좋지 않은 모양새가 됐어."

멜빈이 황급히 대답했다.

"대체 어디에 있었던 거예요?"

노라가 작은 소리로 질문을 반복했다.

"예전 여자 친구 집에 있었어요. 여자 친구의 건강 상태가 심각하게 안 좋았어요."

"그 집에서 밤을 새야 할 만큼 건강 상태가 안 좋았어요?"

"네."

"미리 전화 정도는 해줄 수 있었잖아요. 메모라도 남기든지……."

라이언은 어깨를 으쓱했다. 무슨 변명을 하든 달라질 게 전혀 없는 상황이었다. 어제 퇴근 무렵 갑자기 세상 한구석으로 내몰린 듯 절망감이 들었다는 말을 할 수는 없지 않은가? 외로운 마음을 달랠 곳이 필요해 예전 여자 친구 집을 찾아가게 되었다는 말을 할 수는 없지 않은가?

현관문으로 50대 여자가 나타났다. 머리가 길었고, 약간 뚱뚱한 체형이었다. 그녀가 라이언의 코앞에 신분증을 들이밀었다.

"사우스웨일즈경찰서 소속 올리비아 모건 경감이에요. 당신이 라이언 리인가요?"

"네, 그런데요."

만약 지난 밤 외박 때문에 찾아온 게 아니라면-그 정도 일로 높은 직급의 여형사가 찾아오지는 않으니까-대체 무슨 일로 여기에 왔을까?

라이언은 마른침을 꿀꺽 삼켰다. 지금껏 폭스 밸리에서 벌어진 그 사건 때문에 형사가 찾아올 일은 없을 거라고 수만 번도 넘게 마음을 다독거렸지만 항상 불안하긴 마찬가지였다.

"라이언, 내가 몇 가지 물어봐도 될까요?"

"네, 얼마든지."

라이언은 모건 경감을 따라 거실로 들어갔다. 그녀가 노라와 멜빈에게 따라 들어오지 말라는 뜻으로 단호하게 문을 닫았다. 식탁 의자에 앉은 모건 경감이 라이언에게 맞은편 자리를 권했다.

"스완지에 사는 데비 브라운을 알고 있죠?"

그제야 라이언은 경찰이 찾아온 이유를 알 듯했다. 라이언은 깊이 숨을 들이쉬었다. 데비는 끔찍한 성폭행을 당했다. 경찰이 피해자의 주변 인물을 조사하는 건 수사의 기본이었다. 경찰이 이미 조사를 했다면 그가 감옥에 다녀온 사실도 알고 있다고 봐야 했다. 라이언은 적어도 데비 사건에 관한 한 양심에 거리낄 게 전혀 없었다.

라이언은 그제야 비로소 조금 긴장을 풀었다.

"네, 알고 있습니다. 사실은 조금 전에 데비의 집에서 돌아오는 길입니다."

"데비의 집에서 돌아오는 길이라고요?"

모건 경감이 눈썹을 치켜 올리며 되물었다.

"데비에게 끔찍한 일이 벌어진 줄 전혀 모르고 어제 우연히 집으로 찾아갔었습니다. 데비의 몸 상태가 좋지 않아 밤새도록 옆에서 간호를 해주고 돌아왔죠."

"두 사람은 약 4년 간 함께 동거했죠? 2002년부터 2006년까지?"

"네, 그렇습니다."

"누가 먼저 헤어지자고 했죠?"

"데비가 먼저 헤어지자고 했습니다."

"이유는?"

"여러 가지 복합적인 이유가 있었습니다. 우린 인생관이 달랐고, 인생의 목표도 달랐습니다. 게다가……."

라이언은 수없이 경찰서 문턱을 넘나든 경험이 있었다. 따라서 경찰을 어떻게 상대해야 하는지 잘 알고 있었다. 경찰에 출두해 조사를 받을 경우 진실을 최대한 길고 현학적으로 털어놓는 게 최선이었다. 물론 본인에게 손해가 되지 않는 진실에 대해서만 말해줄 필요가 있었다.

"저에 대해 잘 알고 있을 겁니다. 데비는 제가 폭행상해죄로 감옥에 가게 된 걸 전혀 이해하지 못했고, 결국 헤어지자고 했죠."

"그 결정이 당신을 무척이나 화나게 했겠군요?"

"새삼 부인하지 않겠습니다. 화가 난 건 분명한 사실이지만 저는 데비의 입장을 충분히 이해할 수 있었습니다."

"그 일로 원한을 품지는 않았나요?"

라이언은 격렬하게 고개를 저었다.

"데비와 헤어진 지 벌써 몇 년이 흘렀습니다. 헤어지고 나서도 몇 달간 그녀의 집에 얹혀살기도 했죠. 어젯밤, 데비는 절망에 빠져 옆에 있어 달라고 했습니다. 우린 아직 좋은 친구 사이니까요."

"출소하고 나서 오랜 친구 집이 아니라 노라 프랭클린의 집에 머물게 된 이유는 뭡니까?"

"제가 감옥에 가 있는 동안 데비는 한 번도 면회를 오지 않았습니다. 그리고……"

모건 경감이 눈썹을 치켜 올렸다.

"예전 애인이 2년 반 동안이나 감옥에 있었는데 한 번도 면회를 오지 않았다고요? 게다가 감옥이 그리 먼 곳에 있는 것도 아니고 근처잖습니까?"

"모든 게 제 탓입니다. 데비는 대체로 관대한 편이지만 절대로 용납하지 않는 게 한 가지 있습니다."

"그게 뭐죠?"

"경감님이라면 범죄행위를 저지른 남자를 친구로 받아들일 수 있겠습니까?"

"아무리 그렇더라도 한 번도 면회를 오지 않은 건 좀 심한 것 같은데요."

"아니요, 저는 자업자득이라고 생각했습니다. 데비는 세상 어느 누구보다 저에게 잘해준 여자입니다. 데비가 먼저 결별을 선언했지만 다 이해했습니다."

"당신은 분노를 다스리지 못하고 격렬하게 표출하는 성향이 있다고 알고 있습니다. 내가 잘못 알고 있나요?"

"감옥에서 분노조절훈련을 받아 이제는 지난날처럼 함부로 분노를 표출하지는 않게 되었습니다."

"그러다보니 늘 마음속에 분노를 담고 있겠군요. 마음 깊은 곳에 언제나 억눌러야 할 분노가 꿈틀거리고 있다는 건 몹시 위험할 수도 있지 않나요?"

라이언은 대화가 자꾸만 이상한 방향으로 흘러가는 느낌을 받았다.

모건 경감은 나를 어떤 사람으로 생각할까? 흥분하면 전혀 감정 통제를 못하는 사람? 누군가 만취상태로 시비를 걸어오면 병원에 입원시켜야 할 만큼 두들겨 패는 사람?

설령 그렇게 생각하더라도 반박할 말이 없었다.

다만 내가 마음속에 분노를 담고 있더라도 감옥에서 나오자마자 지난날의 애인을 찾아가 무자비한 성폭행을 저지를 만큼 잔인한 남자는 아니잖은가?

"경감님은 제가 감옥에 가게 된 사건을 염두에 두고 계시는군요. 그때 저는 피해자에게 그토록 심각한 부상을 입힐 의도가 전혀 없었습니다. 물론 누군가 만취해 시비를 걸어오더라도 참아야했겠죠. 아무튼 다시는 그런 짓을 벌어지 않을 겁니다."

"당신에게 과연 그런 인내심이 있을까요?"

"있을 거라 믿습니다."

"정말 그럴까요?"

"경감님!"

라이언이 절망적으로 두 팔을 내저으며 소리쳤다. 그는 모건 경감이 절대로 반박할 수 없는 말을 해주고 싶었지만 묘안이 떠오르지 않았다.

"경감님, 저는 앞으로 다시는 그런 짓을 저지르지 않을 겁니다."

마침내 그렇게 말했지만 자신이 느끼기에도 그다지 설득력이 없어 보였다.

"그리고 저는 맹세코 데비에게 성폭행을 저지르지 않았습니다."

모건 경감이 회의적인 눈빛으로 라이언을 쳐다보았다. 반신반의하는 눈치였다. 지금껏 라이언이 저지르고 다닌 범죄행위를 고려해보자면 전혀 이상할 게 없는 반응이었다.

"데비가 성폭행사건이 벌어지기 직전에 들렀던 스완지 마리나에 있는 술집은 당신과 데비에게는 단골이었죠?"

"네, 그렇습니다."

"당신은 데비가 그 술집에 있을 거라 충분히 예상할 수 있었죠? 게다가 당신은 데비가 그 술집에서 나와 어떤 길을 이용해 집으로 돌아가는지에 대해서도 잘 알고 있었죠?"

"그날 밤, 저는 데비가 그 술집에 들렀으리라 생각해본 적이 없습니다. 그때는 감옥에서 출소한 지 겨우 몇 시간밖에 안되었을 때였죠. 제가 출소하자마자 곧바로 범행을 저지를 사람처럼 보입니까?"

마침내 모건 경감의 얼굴에서 어느 정도 의혹이 해소된 것처럼 보였다.

라이언은 결정적 패를 꺼내들었다.

"게다가 저는 확실한 알리바이가 있습니다. 그날 저녁 내내 저는 이 집에 있었죠. 노라에게 물어보면 확인할 수 있을 겁니다."

"사실은 이미 물어봤습니다."

"뭐라던가요?"

"이 집에 있었다더군요."

이 집에 온 첫 날, 라이언은 이른 시간에 방으로 들어갔다. 노라는 모건 경감에게 그 이야기를 하지 않은 듯했다.

모건 경감이 자리에서 일어서며 수첩과 연필을 어깨에 둘러멘 가방에 집어넣었다.

"오늘은 이 정도로 해두겠습니다. 당분간 펨브로크 독을 떠나지 않도록 하세요. 필요할 경우 언제든지 연락이 닿을 수 있도록 협조바랍니다."

"저는 도주할 생각이 없습니다."

라이언이 조금 비꼬는 말투로 대답했다.

"우린 당신을 주목하고 있어요. 당신의 전 애인이 성폭행을 당했습니다. 그날은 공교롭게도 당신이 감옥에서 출소한 날이었죠. 당신은 현재 완벽한 알리바이를 확보하고 있다고 생각하겠지만 혐의선상에서 벗어났다고 생각하면 오산입니다. 당신은 현재 가석방상태이고, 자칫 잘못했다가는 다시 감옥에 들어갈 수도 있다는 점을 늘 염두에 두고 행동하길 바랍니다."

"네, 물론 저도 잘 알고 있습니다."

라이언은 거실을 나서는 모건 경감의 뒷모습을 지켜보았다. 거실 밖에서 노라와 멜빈이 모건 경감을 향해 흥분한 목소리로 질문을 퍼부었다.

라이언은 그 소리가 귀에 들어오지 않았다. 감옥에 있을 때 평범한 시민으로 살아가겠다고 수없이 다짐했지만 실천하는 게 얼마나 어려운지 새삼 느꼈다. 이유야 어찌됐든 그는 자유의 몸이 된 지 엿새 만에 경찰의 레이더망에 포착되었다.

혹시 누군가 고의적으로 내 인생에 태클을 걸고 있는 건 아니겠지?

4월

1

매튜와 첫 데이트 때 함께 침대에 들지 않은 건 정말 잘한 일인 듯했다. 만약 그날 함께 잤더라면 매튜에게 죄책감을 갖게 할 수도 있었으니까. 내 예감은 그대로 적중했다. 그날, 매튜와 함께 침대에 들지는 않았지만 결과는 마찬가지였다. 매튜는 나와 점차 거리를 두기 시작했다.

우리는 여전히 함께 만나 식사도 하고, 교외로 나들이를 가기도 했다. 가끔 영화나 연극을 보러 가거나 전시회를 관람하거나 맥스를 데리고 산책을 나가기도 했다. 하지만 매튜는 늘 나와 일정한 거리를 유지했다. 만날 때 하는 키스도 짧았다. 극장에 가거나 산책할 때 내 손을 잡아주지도 않았다.

매튜는 나와의 스킨십을 의도적으로 피하고 있는 게 분명했다. 그가 나를 좋아한다는 건 느낌으로 알 수 있었지만 신체접촉 만큼은 기를 쓰고 피하려 들었다. 게다가 우리의 대화에서 가장 빈번하게 등장하는 화제는 단연 바네사에 관한 것이었다.

매튜는 한 가지 질문에만 매달려 살아가고 있었다.

바네사는 어떻게 됐을까?

매튜는 모든 가능성들을 열어두고 처음부터 끝까지 다시 한 번 바네사 실종사건을 들여다보기 시작했다. 바네사에게 애인이 있었을 가능성, 매튜가 눈치 채지 못한 사이 정신질환을 앓고 있었을 가능성, 병원에서 시한부인생을 선고받고 충격을 받아 돌출행동을 했을 가능성, 주말에 치매에 걸린 어머니를 만나고 나서 기분이 몹시 우울한 상태에서 부부싸움까지 하게 되자 극도로 신경이 예민해져 돌출행동을 했을 가능성 등등…….

나는 가끔 매튜가 생각의 미로에 빠져 있다는 인상을 받았다. 하긴 무려 3년 가까이 풀리지 않는 수수께끼에 사로잡혀 살다보면 어느 누구든 머릿속에서 온갖 생각들이 뒤엉키며 출구를 찾지 못하고 헤맬 가능성이 있었다. 나는 매튜가 언젠가 반드시 생각의 미로에서 빠져나오게 되리라는 환상을 품지 않았다. 매튜에게는 절대로 불가능한 일이니까. 바네사에 대한 생각을 접는다는 건 결코 그 자신이 용납할 수 없을 테니까. 내가 매튜와 균형 잡힌 관계를 지속해나가는 한편 미래에 대해 기약하려면 먼저 바네사에게 무슨 일이 있었는지 밝혀내는 게 순서일 듯했다.

나는 일하는 틈틈이 인터넷에서 바네사 실종사건을 검색했다. 실망스럽기 그지없는 내용밖에 없었다. 다양한 가능성들이 제기되었지만 죄다 사실무근으로 밝혀졌다. 바네사 실종사건은 심지어 〈크라임워치 (Crimewatch, 영국 BBC 방송국의 프로그램으로 미해결사건을 재구성해서 내보낸다. : 옮긴이》에서도 방송되어 큰 반향을 불러일으켰지만 결국 사건을 해결하는데 결정적인 단서가 될 만한 제보는 찾아내지 못했다.

인터넷에는 바네사의 사진이 여러 장 올라와 있었다. 바네사는 지적이고 쾌활해 보였다. 나는 바네사의 얼굴을 자세히 들여다보았다. 그녀의 얼굴 어디에도 우울증을 앓은 흔적은 보이지 않았다. 결코 절망에 휩싸여 불행하게 살아온 표정이 아니었다. 암울한 현실에 절망해 남편을 버리고 달아났을 거라는 상상이 성립될 수 있는 얼굴이 아니었다.

나는 매튜와 더불어 바네사 실종사건의 진실을 캐내는 데 집중하느라 여가 시간을 몽땅 쏟아 붓다시피 했다. 어느 날 아침, 《헬스케어》지 편집실에서 다시 한 번 〈실종된 사람들〉 홈페이지에 접속해 있는데 알렉시아가 등 뒤에 나타났다. 미처 화면을 닫을 시간이 없어 결국 알렉시아도 내가 유심히 들여다보고 있던 바네사의 사진을 보게 되었다.

"알렉시아……."

"지나, 좋은 아침이야. 매튜가 널 마침내 바네사 프로젝트에 끌어들였구나."

알렉시아는 요즘 우리 관계에 대해 더 이상 캐묻지 않았다. 뭐든지 이야기해야 직성이 풀리는 우리 사이를 감안하자면 조금 의외였다.

"알렉시아, 무슨 일 있어? 마치 세상을 다 산 사람 표정 같아. 요즘은 내가 만나는 남자 이야기에도 도통 관심이 없어 보이는데?"

"열흘 전, 우리 집 베이비시터가 일을 그만뒀어."

"벌써 열흘이나 지났는데 왜 나에게는 아무 말도 안 했어?"

"괜히 너에게까지 이야기해 부담줄 필요는 없잖아. 너에게 말한다고 뾰족한 해결책이 있는 것도 아니고……. 아무튼 우리 집은 지금 온통 아수라장이 되었어."

"다른 베이비시터를 구하면 되잖아."

"그리 간단한 문제가 아니야. 몇 사람 만나보긴 했는데 생각보다 비용이 많이 들어. 외국인 베이비시터를 구하는 게 현실적인 대안이지만 그 경우 집에 데리고 있어야 한다는 게 문제야. 너도 알다시피 우리 집에는 베이비시터에게 내줄 방이 없어."

알렉시아의 집은 식구들만으로도 터져나갈 지경이었다.

"켄은 잔뜩 과부하가 걸려 전전긍긍하고 있어. 집필 중이던 원고는 한 줄도 쓰지 못하고 용도폐기해야 할 형편이야. 시애나만 보살피면 되는 게 아니라 유치원에 가기 싫어하는 에반도 돌봐야 하니까. 큰아이 둘은 학교에 다니니까 그나마 돌보기 수월한 편이지만 그렇다고 아직 손을 완전히 놓을 수 있는 입장은 아니야. 큰 아이 둘까지 학교에서 돌아오면 그야말로 난장판이 되곤 하지."

굳이 말하지 않아도 어떤 일이 벌어질지 눈에 선했다. 설거지가 잔뜩 쌓인 개수대, 시도 때도 없이 울어대는 시애나, 수시로 불만을 표출하며 계속 뭔가를 요구하는 아이들, 경중경중 뛰다가 넘어져 무르팍이 깨진 아이, 배고프다며 빨리 음식을 달라고 징징대는 아이, 지금 가스레인지 위에서 지글지글 끓고 있는 음식은 절대로 먹지 않겠다고 떼를 쓰는 아이⋯⋯.

화를 내지도 야단을 치지도 못하고 켄의 인내심은 한계에 다다라 있을 것이다.

아침부터 저녁까지 회사에 붙잡혀 있는 알렉시아는 집에서 벌어지고 있을 혼란상을 모두 머릿속으로 그려보았을 테고, 극심한 스트레스를 받아서인지 몸 어딘가에 균열이 생긴 것처럼 보였다.

"집안 꼴이 그 지경인데, 난 다음 주에 런던 출장이 잡혀 있어. 중요한 회의라 빠질 수도 없어. 적어도 사흘은 집을 비워야해."

《헬스케어》지는 대형 출판그룹의 자회사였다. 《헬스케어》지가 속한 출판그룹의 소유주는 로널드 아질란 회장이었다. 사진으로만 봤을 뿐이지만 대단히 완고하고 신경질적인 사람으로 알려져 있었다. 로널드 아질란 회장은 정기적으로 소속 신문과 잡지 편집장들을 런던에 불러 들여 브리핑을 받았다. 실적평가의 성격이 짙은 브리핑이었다.

알렉시아의 말에 따르자면 로널드 아질란 회장은 한 사람씩 돌아가며 브리핑을 할 때마다 공개적으로 면박을 주거나 노골적으로 약점을 지적해 모욕을 준다고 했다. 숨 쉴 틈 없이 몰아붙여 묵사발을 내는 경우가 허다하다고 했다.

《헬스케어》지는 전국을 4개 권역으로 나눠 각기 다른 판형으로 발행되는 잡지였다. 알렉시아는 일 년 전 웨일즈 지역 편집장이 되었다. 사실 회장의 질타가 수시로 쏟아지는 그 자리에 앉으려는 사람이 아무도 없었다.

"로널드 회장은 애초에 여자가 리더를 맡은 것에 대해 불만이 컸어. 그는 내가 한시바삐 실패해 그만두길 바라지. 그의 편향된 시각을 보란 듯이 깨주고 싶어."

알렉시아는 건강과 가정을 돌볼 틈도 없이 일했지만 정기 브리핑 때마다 불안감을 떨치지 못했다.

내가 알렉시아의 입장이었다면 어땠을까? 과연 계속 회사를 다닐 수 있었을까? 괴팍한 회장에게 굴복하지 않을 수 있을까?

"이제 네 얘기 좀 해봐. 매튜와는 잘돼 가?"

내 입에서 저절로 한숨이 새어나왔다.

"너도 이미 짐작하겠지만 우린 만날 때마다 바네사에 대한 이야기로 시간을 다 보내고 있어. 로맨틱한 분위기와는 거리가 멀다고나 할까."

"매튜의 관심사를 너에게로 이끌어봐."

알렉시아가 이맛살을 찌푸리며 말했다.

"왜 안 해봤겠어. 함께 영화도 보고, 교외로 나들이도 가고, 정치토론도 벌여봤지만 늘 마지막에는 바네사 이야기로 돌아가기 일쑤였어."

"침대에서도 바네사 이야기를 한단 말이야?"

"우린 아직 같이 잔 적이 없어."

"세상에!"

알렉시아는 깜짝 놀라며 내가 매튜와의 잠자리를 거부해 그렇게 된 게 아니라는 걸 금세 눈치 챘다.

"매튜가 널 만나면서도 한 번도 잠자리를 원하지 않았다는 건 말도 안 돼. 너처럼 매력적인 여자를 눈앞에 두고 어떻게 다른 생각을 할 수 있지?"

매튜와 첫 번째 데이트를 하던 날이 떠올랐다. 우리는 차안에서 일렁이는 파도를 바라보며 앉아 있었다. 맥스가 우리 눈앞에서 껑충껑충 뛰어다녔고, 우리는 손을 잡거나 키스 한 번 하지 않았다.

"매튜도 그 문제에 대해 생각해봤을 거야. 어쩌면 나보다 더 많이 고민했을지도 몰라. 매튜는 아직 바네사에 대한 감정을 정리하지 못했어. 다른 여자를 만나는 것에 대해 죄책감을 느끼고 있지. 바네사에 대한 배신행위로 여겨지나 봐. 아마도 당분간은 생각을 바꾸기 힘들어 보여."

"아직 사건의 진상이 밝혀지지 않았으니 섣불리 판단할 수는 없지만 내가 생각하기에는 이미 끝난 문제야. 아마도 범죄에 희생됐거나 스스로 먼 곳으로 떠났거나 둘 중 하나일 거야."

"바네사가 스스로 자취를 감췄다면 그 이유가 뭘까? 넌 바네사와 친구였으니까 대충 짐작해볼 수 있잖아. 바네사가 매튜의 곁을 떠나야만 했던 사정이 있었어?"

"나도 여러 번 생각해봤는데 도무지 짐작이 안가. 그렇지만 사람 일이란 알 수 없잖아. 분명 서글프고 끔찍한 일이지만 계속 과거에 얽매여 살아갈 수는 없어."

"네 말 대로 사람은 과거에 닻을 내리고 살아갈 수는 없지. 매튜 역시 고민이 많았을 거야. 다만 아직은 바네사에 대한 감정을 정리할 때가 아니라고 생각했겠지."

"어쩌면 넌 매튜를 도울 수 있는 유일한 사람인지도 몰라. 바네사가 실종된 이후 매튜가 그나마 옆자리를 내준 여자는 네가 처음이거든. 넌 매력이 있으니까 매튜도 조만간 변하겠지. 이번 주말에도 매튜를 만나기로 했어?"

고개를 끄덕였지만 여전히 내가 어두운 표정을 짓자 알렉시아가 지레짐작으로 물었다.

"어떻게 시간을 보낼지 계획은 세워두었어?"

"바네사가 실종되었던 주차장에 가보기로 했어. 매튜는 내게 그곳을 보여주고 싶은가봐."

"정말이지 나는 그래야만 하는 이유가 뭔지 모르겠는 걸?"

"그냥 그곳에 가봐야한다는 강박관념이 있나봐."

"매튜한테 분명하게 말해주지 그랬어. 지난날에 대한 강박관념을 벗어던지지 않는 한 새로운 세계를 열어젖힐 수 없을 거라고. 매튜는 바네사의 남편이니까 충분히 그럴 수도 있다고 쳐. 넌 바네사와 아무런 상관도 없잖아. 네가 왜 그런 일로 시간을 허비해야 하는지 모르겠네."

알렉시아가 책상을 빙글 돌아 내 옆으로 오더니 내 눈을 똑바로 쳐다보며 말했다.

"아무튼 난 매튜와 계속 좋은 관계를 유지하고 싶어. 이제 그만 바네사를 단념하자고 말하면 매튜는 나에게 그만 만나자고 할지도 몰라. 더 이상 우리의 내일은 없게 된다는 뜻이지."

"내가 널 불행하게 만든 장본인으로 만들지는 말아줘. 두 사람이 만나도록 다리를 놓아준 사람이 바로 나잖아."

나는 알렉시아의 집에 초대받아가 매튜를 만났던 날을 돌이켜봤지만 그다지 후회되지는 않았다. 나는 매튜를 좋아했고, 우리의 앞날에도 희망을 걸고 있었다.

"가렛은 어떻게 지내? 아직 연락해?"

"아니, 한동안 소식을 듣지 못했어. 다시 자취를 감춰버렸지. 가렛다운 일이야."

가렛과는 타이밍이 절묘하게 어긋났다. 최근 가렛은 내게 두 번 전화했다. 공교롭게도 두 번 다 매튜에게 호감을 갖게 된 날이었다. 가렛은 정작 내가 간절히 바랄 때는 연락 한 번 하지 않았다. 내가 그에게서 완전히 벗어나려하자 마치 낌새를 챈 사람처럼 재빨리 전화했다가 다시 상황이 정체되자 사라져버렸다. 가렛은 결국 전과 달라진 게 아무것도 없어 보였다.

"아무튼 이번 주 토요일에 바네사가 실종된 장소를 둘러볼 생각이야. 일기예보를 확인해봤는데 날씨도 괜찮을 것 같아. 그 장소에 가보는 게 어쩌면 상황을 더 좋게 만들 수도 있어."

알렉시아는 내 말에 반신반의하는 눈치였지만 잠자코 있었다. 뭔가

하고 싶은 말이 있는데 꾹 참고 있는 기색이었다.

그 대신 알렉시아는 이렇게 말했다.

"혹시 마음에 드는 풍경이 있으면 사진을 몇 장 찍어와. 사실은 그 지역에 대한 기사를 하나 구상하고 있거든. 예를 들자면 '가을을 대비한 건강한 여름나기' 같은 제목으로 도보나 자전거여행을 할 수 있는 트레킹코스를 소개할까 해. 트레킹코스로는 펨브로크셔해안국립공원만한 데가 없잖아."

"알았어."

내가 보기에도 괜찮은 아이디어 같았다. 매튜가 바네사 생각에 잠겨 우울해하면 이 프로젝트에 대한 이야기를 꺼내 자연스럽게 분위기 반전을 시도해볼 수 있을 듯했다.

2

바네사가 실종되었던 주차장을 둘러보는 동안 한 가지는 분명하게 이해할 수 있었다. 매튜가 느꼈을 낭패감이었다. 따스한 햇살이 내리비치는 4월이었고, 푸른 목초지와 누렇게 반짝이는 금작화 덤불숲으로 둘러싸인 완만한 경사의 언덕이 눈앞에 펼쳐져 있었다. 너무나 목가적인 풍경이라 끔찍한 사건과는 전혀 어울리지 않았다.

주차장 아래쪽, 평평한 계곡의 가장자리를 둘러싸고 있는 이끼 낀 돌담이 눈에 들어왔다. 한때는 양떼가 분주히 오가던 목초지의 울타리 역할을 했을 테지만 지금은 무너지고 쇠락한 채 잔재만이 남아 있을 뿐이었다.

매튜는 혼자만의 생각에 잠겨 있었다. 맥스가 옆에 앉아 기대에 찬 표정으로 그를 올려다보고 있었다. 산책을 원하는 게 분명했지만 매튜는 알아차리지 못했다.

매튜는 사건이 발생했던 그 가을의 어느 날로 돌아가 있는 듯했다.

그날도 오늘처럼 하늘에 구름 한 점 없이 화창했겠지? 시간대는 지금처럼 한낮이 아니라 저녁 무렵이었으니 붉게 타는 저녁노을이 하늘을 물들이고 있었을 거야. 금작화도 피지 않았고, 주위는 어둑어둑했고, 계절은 가을이었으니 지금보다는 더 우수 어린 분위기였을 거야.

그저 평화롭고 아름다운 장소였다. 바네사 실종사건과는 모순되지만 이 장소를 표현하기에 가장 적합한 말이었다.

나는 멀찍이 떨어져 주변을 둘러보고 있는 매튜에게로 다가갔다.

"우리 잠시 조깅이나 할래요?"

'조깅'이라는 말에 맥스가 꼬리를 흔들었다.

"차가 지금과 똑같은 위치에 세워져 있었죠. 내가 맥스를 데리고 산책을 떠날 때 바네사는 보닛에 몸을 비스듬히 기대고 있었어요. 내가 본 바네사의 마지막 모습이었죠. 보닛에 기댄 바네사의 몸이 노을에 물들어 반짝이던 모습이 지금도 생생하게 떠올라요. 그때 바네사는 단단히 화가 나 팔짱을 끼고 있었죠. 아마도 내가 맥스와 산책을 떠나는 게 반가웠을 거예요. 냉정을 되찾을 시간이 필요했을 테니까요."

몇 발자국 떨어진 곳에 나무테이블과 긴 벤치가 두 개 있었고, 그 자리에 사람들이 서너 명 앉아 있었다. 피크닉을 즐기기에 너무나 근사한 장소라는 생각이 들었다. 멀리 보이는 철제 쓰레기통이 텅 비어 있었다. 이 주차장을 찾는 사람들이 거의 없다는 뜻이었다. 오죽하면 주차장 가장자리에 이미 사용한 콘돔 하나가 나뒹굴고 있었다. 콘돔은 우글쭈글하게 말라붙어 있었다. 콘돔을 보자 이상하게도 마음이 조금 가벼워졌다. 콘돔이 나를 다시 현실로 데려다놓은 탓이었다. 조용하고 목가적인 장소라 비현실적인 느낌을 갖게 했는데 콘돔이 마법을 풀어 나를 세상으로 되돌려놓은 셈이었다.

"조깅 안 할래요?"

내가 매튜의 팔을 건드리며 다시 한 번 물었다.

우리는 사고가 났던 날 매튜와 맥스가 달렸던 코스를 똑같이 택했다. 맥스가 껑충거리며 우리 앞으로 뛰어나갔다. 몇 걸음 내딛지 않아 커브길이 나타났고, 우리의 시야는 주차장으로부터 완벽하게 고립되었다. 길가에 나무딸기 덤불이 무성하게 자라 커다란 울타리를 이루고 있었다. 매튜는 그날 나무딸기를 따먹었다고 했다.

"돌아오는 길에 바네사에게 주려고 나무딸기 가지를 꺾었어요."

산책로는 도로에서도 금세 멀어졌다. 매튜가 부재하는 동안 누군가 국도를 지나다가 주차장으로 갔다면 이 아래쪽에서는 절대로 알아차릴 수 없을 듯했다. 자동차의 엔진소리가 들렸을 수는 있지만 그런 사소한 소리에 일일이 신경을 기울일 사람은 없었다. 결국 주차장에 누군가의 자동차가 진입했어도 절대로 알 수 없었으리라. 그와는 반대로 누군가 주차장에 혼자 있는 바네사를 발견했을 경우 주변에 사람이 아무도 없는 것으로 오인했을 가능성이 높았다. 그리 멀지 않은 곳에 매튜와 맥스가 있다는 걸 알 수 없었을 거라는 뜻이었다.

약 15분쯤 달리자 돌담이 앞을 가로막았다. 비교적 높은 돌담으로 계속 달리려면 돌담을 넘어가거나 출입구가 나올 때까지 빙 돌아가야만 했다.

"이쯤에서 우린 발길을 돌렸어요. 그 당시 시간에는 그다지 신경 쓰지 않았기에 아마 이 담장만 없었다면 계속 달렸을 거예요. 담장이 앞을 막아서고 나서야 비로소 얼마나 많이 달렸는지 깨달았죠. 그제야 주차장에 홀로 남겨둔 바네사가 더욱 화를 내며 기다리고 있을 거라 생각했어요. 돌아가는 길에는 올 때보다 더욱 속도를 높여 달렸죠."

"우리 조금만 더 달릴까요? 날씨도 쾌청하고, 여긴 정말이지 더 없이 아름다운 곳이네요."

"이제 그만 돌아가요."

매튜가 짧게 대답한 다음 내 말을 기다리지도 않고 돌아서 달리기 시작했다. 달리는 속도도 올 때보다 더 빨랐다. 매튜는 그날의 기억을 떠올려가며 똑같이 달리고 있는 듯했다. 나름 그날 일을 재구성해보는 셈이었다. 결국 매튜는 나와 함께 이곳에 온 게 아니었다. 나는 단지 심심풀이 말상대에 불과했다. 내게 주어진 임무는 매튜가 그날의 기억과 느낌들을 좀 더 구체적으로 떠올릴 수 있게 도와주는 촉매제 역할인 듯했다.

주차장에 도착할 때까지 우리는 계속 침묵했다. 발걸음을 재게 놀렸지만 언덕으로 올라가는 길이 가파른데다가 몇 번씩 맥스를 기다리느라 계속 시간이 지체됐다. 맥스도 지친 듯 껑충껑충 앞으로 달려 나가던 처음과 달리 자꾸만 뒤처졌다.

주차장으로 돌아오는 길에만 15분이 걸렸다. 그 저주스러운 일요일에 매튜가 다시 차로 돌아올 때까지 약 30분 정도의 시간이 걸렸다는 걸 알 수 있었다. 매튜가 자리를 비운 30분 동안 주차장에서 뭔지 모를 사건이 발생했다는 의미였다.

매튜가 차에서 물병을 꺼내 맥스에게 마시게 해주었다. 목이 마른 듯 맥스가 게걸스럽게 물을 마셨다. 매튜는 사람들이 앉아 있는 나무 테이블 쪽으로 다가가더니 벤치에 앉아 주변 경치를 둘러보았다.

"경찰은 이 지역을 샅샅이 수색했죠. 주차장 주변을 이 잡듯이 뒤졌지만 끝내 아무것도 찾아내지 못했어요. 바네사는 그야말로 흔적도 없이 사라진 거예요."

갑자기 다리가 천근만근 무거웠다. 조깅 때문에 힘이 들어서가 아니라 몸을 가눌 수 없을 만큼 마음을 무겁게 짓누르는 슬픔 때문이었다. 나는 오늘에야 비로소 지금 이곳에서 벌어졌던 일이 매튜에게 얼마나 심각한 고통을 주었을지 깨달았다.

매튜의 인생은 지금 이곳에 머물러 있었다. 더 정확히 말하자면 바로 이곳, 이 주차장에. 2009년 8월 23일 일요일 이후 매튜의 인생은 한 치도 앞으로 나아가지 못하고 있었다.

그날 이후, 단 1밀리도 앞으로 나아가지 못한 마흔네 살의 남자와 미래를 꿈꾸는 것이야말로 무망한 일이 아닐 수 없었다.

매튜와 나의 관계는 제대로 시작도 해보기 전에 이별을 고해야 할 순간에 이르렀다. 그동안 나 혼자만 환상을 키워왔을 뿐이었고, 이제는 끝내야 할 시간이었다.

매튜와 나는 햇살을 받으며 한참동안 말없이 앉아 있었다. 맥스는 옆에 누워 잠이 들었다. 꿀벌 서너 마리가 윙윙거리며 주변을 맴돌 뿐 주변은 온통 적막감에 휩싸여 있었다.

마침내 매튜가 입을 열었다.

"내일 모임에 같이 가 줄래요? 내일이 우리가 6주 내지 8주에 한 번씩 모이는 날이거든요."

어떤 모임을 말하는지 짐작이 갔다.

"실종자 가족 모임 말인가요?"

"실종자 가족들을 만나면 이해받는 느낌이 들어서 좋아요. 늘 같은 이야기를 반복하거나 같은 질문을 해도 눈총 주는 사람이 없죠. 다들 비슷한 처지니까요."

나는 그들이 왜 허구한 날 풀리지 않는 의문에 매달려 사는지 충분히 이해할 수 있었다. 단지 내가 그 그룹에 속하지 않는다는 게 문제였다. 나는 똑같은 경험을 공유하지 않았기에 그들 그룹에 속할 수 없었다. 매튜가 힘들게 겪어가는 운명의 일부가 될 수 없다는 뜻이었다. 가렛과는 적어도 아직 살아 있다는 느낌을 공유할 수 있었지만 매튜와는 공통분모가 없었다.

　"가지 않을래요."

　내가 조심스럽게 말했다.

　"그래요, 당신 마음을 이해해요."

　매튜는 감수성이 예민한 사람이라 내 마음의 동요를 민감하게 알아차린 듯했다. 그는 계속 혼자만의 생각에 푹 빠져 있는 듯 보였지만 내 고민에 대해 다 아는 눈치였다. 따라서 '같이 가줄래요?' 라는 질문은 단순히 내일 모임에 함께 가자는 것이기보다는 더 많은 의미를 내포한 질문으로 이해할 필요가 있을 듯했다.

　매튜는 내가 앞으로도 계속 그가 치르는 상황을 공유할 의사가 있는지 타진한 듯 보였고, 내 거절의사를 이해하고 받아들였다. 나 역시 내일 모임만으로 한정해 이야기한 건 아니었다.

　"내가 원하는 건……." 나는 말을 시작했지만 잠시 말문이 막혔고, 매튜가 대신 말을 완성했다.

　"……나를 만나지 않길 바라죠? 그래요. 그 마음, 충분히 이해해요."

　"미안해요, 매튜. 내 마음도 몹시 괴롭다는 걸 이해해주었으면 해요."

　나는 손을 내밀어 매튜의 팔을 쓰다듬었다.

　"미안해할 필요 없어요. 당신 마음을 충분히 이해할 수 있으니까요."

매튜가 오늘 처음으로 나를 진지한 눈빛으로 쳐다보았다. 나는 울음이 터져 나오려는 걸 간신히 참았다.

"안타까운 일이지만 당신이 과거에 매몰돼 있는 한 우리 사이는 답보상태를 면할 수 없을 것 같아요. 나는 계속 갈등과 압박감에 시달리며 당신의 마음이 정리되길 기다려야 하겠죠. 아무런 기약도 없는 그 시간을 기다릴 자신이 없어요."

"당신 마음을 이해해요. 나는 당사자니까 어쩔 수 없더라도 당신까지 그렇게 살아갈 수야 없겠죠."

매튜가 세 번째로 이해할 수 있다는 말을 반복했다.

이제 매튜를 만난 지 5주가 지나고 있었다. 긴 시간은 아니었지만 그리 짧지도 않았다. 변화의 가능성이 조금이라도 엿보였다면 5개월, 아니 5년이라도 기다릴 수 있었다. 언젠가는 결말이 날 테고, 그때라도 나와 함께 미래를 향해 나아갈 거라는 확신이 들었더라면 충분히 감내할 수 있었다.

바네사에게 무슨 일이 일어났는지 명명백백하게 밝혀지기 전까지 매튜는 절대로 포기하지 않으리라는 걸 알 수 있었다. 그 일은 그리 쉽게 밝혀질 것 같지도 않았다. 오랜 세월이 흐른 뒤, 모든 노력이 수포로 돌아간 뒤에도 매튜는 여전히 깊은 의구심을 떨쳐버리지 못하고 살아가야 하지 않을까? 그러다가 언젠가는 모든 게 불확실할 뿐인 의구심을 끌어안고 죽음을 맞아야 할지도 모른다.

"이제 그만 돌아갈까요?"

"네, 돌아가요."

매튜가 내 작고 비좁은 아파트까지 차를 태워주겠지. 앞으로 내 비좁은 아파트는 더욱 답답하고 쓸쓸한 공간이 될지도 몰라.

그 비좁은 집에서 나를 기다리고 있을 고독이 두려웠다.

가렛과의 가망 없는 연애로 8년이라는 긴 시간을 허비하고 나서 나는 다시는 똑같은 실수를 반복하지 않으리라 결심했다. 미래도 전망도 없는 연애에 인생을 쏟아버릴 수는 없으니까. 내가 매튜와의 관계를 정리하고자 한 이유였다. 우리 두 사람의 미래가 어떻게 전개될지 뻔히 알면서도 그 길을 고집할 수는 없었다.

집으로 돌아가는 차 안에서 문득 알렉시아가 구상하고 있는 포토에세이가 떠올랐다. 나는 그때까지 사진을 찍어야 한다는 걸 까맣게 잊고 있었다.

3

4월에도 건조하고 포근한 날씨가 계속됐다. 4월이 끝나갈 무렵이 되어서야 날씨가 변덕을 부려 폭우가 쏟아졌다. 꽃이 활짝 피어 환하게 빛나던 세상은 다시 두꺼운 회색빛 베일에 휩싸였다. 해를 향해 방긋 웃던 꽃과 나뭇잎들은 빗물을 흠뻑 머금은 채 물방울을 뚝뚝 떨어뜨렸다. 기온이 갑자기 내려가는 바람에 어찌나 추운지 아침에 집을 나설 때면 몸이 덜덜 떨릴 지경이었다. 난방을 다시 가동하고, 난로에 불을 지펴야 할 정도였다. 사람들은 옷장 맨 안쪽 서랍에 넣어두었던 재킷과 코트를 다시 끄집어내야 했고, 기상청은 5월에는 대기가 눅눅한 습기를 머금어 불쾌지수가 높은 날씨가 이어질 거라는 우울한 전망을 내놓았다.

코린 비크로프트는 집을 나설 때 몸이 찌뿌드드한데다 날씨까지 우중충해 기분이 더욱 가라앉았다. 그녀는 현관문에서부터 차를 세워둔 대문 앞까지 비를 맞지 않기 위해 우산을 펼쳐들었다. 비가 눈앞이 안 보일 정도로 주룩주룩 쏟아지고 있었다.

브래들리는 아마도 이런 날씨를 더 좋아할 거야.

차에 올라 우산을 잘못 접는 바람에 빗물이 구두 안으로 흘러들었을 때 문득 그런 생각이 들었다. 브래들리는 아직 침대에 누워 있었다.

아마도 느긋하게 일어나 아침을 먹고, 하루온종일 집에서 빈둥거리며 시간을 보내겠지.

코린은 2층 창문을 힐끗 올려다보았다. 파란 커튼이 창문을 완전히 가리고 있었다. 그녀는 한숨을 푹 내쉬며 시동을 걸고 나서 윈도브러시를 최대한도로 작동시켰다.

코린은 휘트비(영국 잉글랜드 북동부에 있는 항구도시 : 옮긴이)에 있는 개인병원의 안내데스크에서 일하고 있었다. 어느새 쉰여덟 살이 됐지만 아직 은퇴를 고려하지 않아도 될 만큼 젊고 활동적이라 자부했다. 대체로 일을 한다는 건 즐겁고 보람있었지만 가끔은 기분이 착 가라앉는 날도 있었다.

코린은 소우돈 빌리지의 구불구불한 도로를 따라 차를 몰았다. '빌리지'는 요크셔 고원지대 가장자리에 몇 채씩 들어서 있는 집들을 가리키는 말로, 지도에서는 아주 작은 점들로 표시되어 있었다. 그나마 소우돈 빌리지에는 자그마한 술집도 있고, B&B 민박집도 있었다.

코린은 소우돈 빌리지를 사랑했다. 경치가 좋아 산책을 즐기기에 그만이었고, 주말에는 브래들리와 함께 정원을 가꾸는 재미가 쏠쏠했다. 그녀는 정원에서 자라는 초목들을 바라보며 기쁨을 얻었다. 브래들리는 그녀보다 열 살 연상으로 오래 전 직장에서 은퇴했다. 브래들리와 함께 하는 생은 짜릿한 흥분은 없지만 평화와 안식을 가져다주었다. 병원 일이 분주하게 돌아갈 때 조금 힘들다는 것만 빼면 딱히 문제될 게 없었다.

비가 억수처럼 쏟아지고 있어 코린은 평소보다 천천히 차를 운전했고, 마침내 A169 도로에 도착했다. 황량한 고원지대를 관통해 곧장 휘트비까지 이어지는 도로로 해안과 맞물려 있었다. 아직 이른 시간이라 도로에는 차가 거의 없었다. 코린은 평소 일찍 출근하는 편이었다. 커피를 여유 있게 한 잔 끓여 마시고 나서 시급히 처리해야 하는 일들을 시작하기 위해서였다. 병원에는 의사가 세 사람이었는데, 진료를 시작하는 9시부터 마치 도떼기시장처럼 북적거렸다.

코린이 고원지대 안쪽에 위치한 주차장에 도착한 시간은 약 7시 20분이었다. 주차장이라기보다는 도로의 가장자리를 약간 넓혀 놓은 곳으로, 앞쪽으로는 울퉁불퉁한 비포장도로가 목장의 울타리까지 이어져 있었다.

코린은 차를 멈춰 세우고 나서 시동을 끄고 시간을 확인했다. 약속 시간이 7시 15분이었지만 아무리 주변을 둘러봐도 셀리나는 보이지 않았다. 허구한 날 이런 식이었다. 날씨가 좋지 않은 날에는 더욱 늦는 편이었다.

셀리나는 아직 침대에 누워 게으름을 피우고 있을 거야. 바커 부인이 게으른 남편과 다섯 아이를 보살펴야 하는 만큼 깜박 잊고 딸을 깨우지 않은 게 분명해.

셀리나는 올해 열일곱 살 학생으로 휘트비에 있는 호텔에서 객실전담 메이드 실습을 받고 있었다. 셀리나의 가족은 고원지대의 고립된 농장에서 살았기 때문에 날마다 시내까지 가느라 큰 어려움을 겪었다. 셀리나의 엄마인 바커 부인은 각기 다른 학교에 다니는 동생들을 학교나 버스정류장까지 태워다 줘야 하기 때문에 셸리나를 시내까지 태워다줄 수 없는 형편이었다. 몸이 아파 병원에 왔던 바커 부인이 신세를 한탄하는 소리를 우연히 듣게 된 코린은 즉시 돕겠다고 약속했다.

"난 매일 아침 휘트비까지 출근해요. 내 차에 셸리나를 태워줄 수 있어요."

매일 아침, 정기적으로 만날 약속장소를 정했고, 차를 태우는 곳까지 바커 부인이 데려다주기로 했다. 그 약속은 단 한 번도 제대로 지켜진 적이 없었다. 허구한 날 출근시간의 절반 정도를 말수가 없는 우울한 십대 아이를 태우고 다니는 것만 해도 그다지 즐거운 일이 아니었는데, 미안하다는 사과 한 마디 듣지 못하면서 마냥 기다려야 한다는 건 정말이지 기분이 썩 좋지 않았다. 지금까지는 별 잔소리 없이 넘어가곤 했다. 일거리에 치여 쩔쩔매는 바커 부인이 가여웠기 때문이었다.

오늘 아침, 드디어 인내심이 극에 달한 코린은 더는 이런 식으로 기다려주지 않기로 결심했다. 셸리나가 제시간에 나타나면 차에 태워주겠지만 계속 약속시간을 어길 경우 다른 사람을 찾아보라고 할 생각이었다.

코린은 몸을 부르르 떨며 코트를 여미고 나서 등받이에 몸을 기댔다.

4월 말인데 날씨는 왜 이렇게 추운 거야?

날씨가 추운데다 하늘은 온통 어두웠다. 낮게 드리운 먹구름은 연일 지치지도 않고 장대비를 쏟아 부었다.

코린은 차창을 통해 밖을 내다보았다. 잡초들과 양치식물들, 목장의 울타리들, 몇 개의 구릉들이 눈에 들어왔다. 빗줄기가 좀 전보다 더 강해진 듯했다. 윈도브러시를 작동시키자 미친 듯이 퍼부어대는 빗물을 양 옆으로 밀어냈다. 곧 윈도브러시를 다시 *끄자* 차창은 다시 앞이 안 보일 만큼 빗물로 덮여버렸다. 아무튼 일진이 사나운 날이었다. 그 순간 백미러를 통해 보니 헤드라이트 불빛이 다가오고 있었다.

이제야 나타나셨네. 10분이나 지각했어.

코린은 자세를 바로잡았다. 앞으로 한 번만 더 늦으면 다른 사람을 찾아봐야 할 거라고 말할 생각이었다. 셀리나가 뚱하게 나온다고 해도 어쩔 수 없었다.

차가 속도를 줄이며 옆 차선으로 다가오더니 코린의 차 바로 뒤에서 멈춰 섰다. 코린은 뒤 유리창 윈도브러시를 작동시키고 나서 이맛살을 찌푸렸다. 바커 부인의 낡은 지프가 아니었다. 뒤에 멈춰선 차는 대형 포드였다. 자동차 앞 유리를 통해 어렴풋이 두 사람이 앉아 있는 게 보였다.

오늘은 아빠가 대신 데리고 왔나? 셀리나 아빠가 다른 차를 구입한 건가?

지금껏 셀리나 아빠가 대신 나온 경우는 단 한 번도 없었다. 게다가 셀리나의 집안 형편을 고려하자면 뒤의 포드는 지나치게 비싼 차가 분명했다. 요즘은 가뜩이나 농장의 벌이가 시원찮다는 걸 잘 알고 있었다.

저 차는 그럼 누가 타고 온 거야?

코린은 갑자기 기분이 으스스해지기 시작했다. 문득 너무 외진 곳에 있다는 생각이 들었다. 셀리나를 기다리는 동안 지나가는 차가 단한 대도 없었고, 그녀는 지금 달랑 혼자였다.

코린은 뒤 유리창 윈도브러시를 다시 작동시켰다. 뒤에 서 있는 차의 양쪽 문이 열리더니 차에 타고 있던 사람이 내려서는 게 보였다. 갑자기 공포가 머리끝까지 엄습해와 차문을 잠그기 위해 허둥지둥 도어

록을 찾았다. 미처 도어 록에 손이 닿기도 전에 운전석 문이 덜컥 열렸다. 청바지에 비옷을 입은 한 남자가 서 있었다. 모자를 푹 눌러쓰고 있어 겨우 눈만 보였다. 남자가 거친 손길로 그녀의 팔을 잡아끌었다.

"밖으로 나와!"

코린은 너무나 무서워 몸이 덜덜 떨려왔고, 근육이 마음먹은 대로 움직여지지 않아 몸을 옴짝달싹할 수조차 없었다.

"제발……제발……난……."

코린은 말을 더듬었다.

"어서 밖으로 나오라니까!"

남자가 다시 말했지만 코린이 꼼짝도 하지 않자 팔을 잡은 손에 힘을 가해 순식간에 밖으로 끌어내리더니 포드를 향해 질질 끌고 갔다. 코린은 아무런 저항도 하지 못하고 남자의 두 팔에 매달린 채 끌려갈 수밖에 없었다.

검정색 옷에 마스크를 쓴 남자가 포드 뒷자리에 앉아 있었다. 코린을 끌고 온 남자가 뒷자리의 남자 옆으로 그녀를 밀쳐 넣었다. 아주 짧은 거리였지만 그녀는 비에 흠씬 젖었다. 머리에서 뚝뚝 떨어진 빗물이 얼굴을 타고 흘러내렸다. 코트가 마치 젖어버린 헝겊처럼 몸에 찰싹 달라붙었다.

코린은 공포와 추위를 동시에 느끼며 몸을 덜덜 떨었다.

지금 무슨 일이 벌어지고 있는 걸까?

코린은 무섭고 혼란스런 와중이었지만 지금 도대체 무슨 일이 벌어지고 있는지를 생각했다. 그녀는 스스로 생각하기에 지극히 평범한 여자였고, 부자나 유명한 사람이 아니었다. 게다가 젊지도 않았다.

이 남자들은 내게 무얼 바라는 걸까?

셀리나와 바커 부인은 왜 아직 나타나지 않지? 아무리 늦어도 15분 이내에는 도착했는데…….

코린을 차에서 끌어내린 남자가 운전석에 앉아 시동을 걸었다. 남자가 윈도브러시를 작동시키는 순간 코린은 자신의 차를 볼 수 있었다. 운전석 문이 열려 있었지만 목격자는 전혀 없었다.

대체 누가 이런 짓을 저지른단 말인가?

브래들리는 쥐꼬리만큼 주어지는 연금과 세상 끄트머리에 위치한 자그마한 집 한 채 말고는 가진 게 없었다. 그 집도 부모님으로부터 물려받았다. 코린은 병원에서 일하는 월급쟁이에 지나지 않았고, 절대로 부자가 아니었다.

포드는 도로를 따라 계속 달렸다. 5분쯤 지났을 때 맞은편에서 처음으로 차 한 대가 지나갔다. 코린은 운전석 문이 열린 채 세워져 있는 자신의 차가 방금 지나간 차의 운전자 눈에 띌 수 있을지 자문해보았다. 가능성이 희박해 보였다. 세차게 내리는 빗줄기 때문에 가시거리가 무척이나 짧았다.

길가에 버려져 있는 차에서 무슨 일이 있었는지 알아보기 위해 폭우를 무릅쓰고 차에서 내릴 사람이 있을까?

그나마 심각한 문제가 발생한 거라 생각하고 브래들리에게 전화해줄 사람은 셀리나 모녀밖에 없어 보였다. 만약 셀리나 모녀가 방치돼 있는 차를 발견하지 못할 경우 의외로 신고 자체가 늦어질 수도 있었다.

코린이 제 시간에 출근하지 않아도 병원에서는 즉시 조치를 취할 것으로 보이지 않았다. 그녀는 병원에서 믿을 만한 사람이라는 평판을 듣고 있었다. 설령 출근이 늦어진대도 뭔가 그럴 만한 사정이 있을 거라 여기며 마냥 기다릴 가능성이 높았다.

비록 입술이 떨려왔지만 코린은 마침내 말을 하는데 성공했다. 가까스로 터져 나온 목소리가 자신의 귀에도 이상하게 들려왔다.

"제발, 이러지 말아요. 대체 나에게 뭘 바라죠? 당신들에게 내가 가진 돈 전부를 줄 수 있어요. 그리 큰돈은 아니지만요."

"입 닥쳐."

옆에 앉은 남자가 지겨워 죽겠다는 표정을 지으며 말했다.

"나를 어디로 데려가는 거예요?"

"입 닥치라니까."

남자가 고개를 돌려 코린을 쳐다보았다. 시커먼 윤곽 속에서 남자의 눈빛만 겨우 알아볼 수 있었다. 까만 눈동자는 미동도 하지 않았고, 일말의 동정심을 기대하기 어려울 만큼 표정이 냉랭했다.

"한 마디만 더 지껄이면 주먹으로 아가리를 뭉개버릴 테니까 그리 알아."

가벼운 경련과 함께 울음을 삼킨 코린은 잔뜩 겁에 질린 표정으로 고개를 끄덕였다. 그 이후 그녀는 정말이지 아무 말도 하지 않았다. 괜히 말을 했다가는 정말로 주먹이 날아올 것 같았기 때문이었다. 창밖을 내다보니 차는 휘트비로 이어지는 A169 도로를 달리고 있었다.

어디로 가는 걸까?

코린은 다시 소리죽여 울기 시작했다. 지극히 평범한 날 아침에 도대체 왜 이런 악몽 같은 일이 벌어졌는지 알 수 없었다.

4

라이언은 노라를 따라 파티에 온 걸 크게 후회했다. 노라의 직장동료가 생일을 맞아 펨브로크에 있는 집에서 연 파티였다. 집주인은 헛간을 리모델링해 파티장소로 사용할 수 있게 해놓은 걸 은근히 자랑했다. 라이언이 보기에는 고르지 않은 바닥, 비스듬하게 기울어진 벽, 너무 작은 창문들 때문에 불편하고 갑갑해 보이는 장소일 뿐이었다.

생일파티에 초대받은 손님은 약 쉰 명 정도 되었다. 천장이 낮고 공간이 좁아 한꺼번에 그 많은 인원을 수용하기에는 무리가 있어 보이는 장소였다. 아침부터 내리던 비는 다행히 멎었다. 모처럼 햇살이 비치자 집주인은 파티장에서부터 정원으로 통하는 문들을 활짝 열어놓았다. 정원의 잔디와 화초들은 아직 빗물을 잔뜩 머금고 있어 툭 건드리기만 해도 물방울이 뚝뚝 떨어졌다. 형편없는 솜씨로 타일을 붙여놓은 테라스에는 군데군데 물이 고여 있었다.

사람들은 마치 올리브기름에 절인 정어리통조림처럼 파티장 안에 다닥다닥 붙어 선 채 밖으로 나가려 하지 않았다. 그들은 주인이 친절하고, 서비스도 빠르다며 대체로 파티 분위기에 만족스러워 하는 눈치였다. 파티 참석자들은 대개 서로 아는 사이 같았다. 단지 라이언만이 아는 사람이 없었다.

노라는 며칠 전부터 파티에 함께 가 달라며 라이언을 설득했다. 라이언은 노라의 입을 막기 위해 파티에 가주기로 약속했지만 사람들과 어우러져 즐겁게 이야기할 기분이 아니었다. 파티 참석자 대부분은 노라의 친구들이었다. 라이언은 원래 데비를 찾아가볼 생각이었다. 아직 안정을 찾지 못한 데비는 병가를 얻어 하루온종일 집에 틀어박혀 지냈다. 외출이라고 해봐야 기껏 최소한의 식료품을 사기 위해 마트에 가는 게 전부였다. 마트에서의 볼일이 끝나면 황급히 집으로 돌아왔고, 현관문을 잠그고 안전고리까지 채웠다. 충격적인 사건을 겪은 후 세상은 데비에게 적대적이고 위험한 곳이 되었다.

라이언은 데비를 찾아가 음식을 만들어주고, 모처럼 함께 산책이라도 나가자고 할 생각이었는데 파티 때문에 무산되었다. 전혀 마음에 들지 않는 사람들 사이에서 맥주잔을 손에 든 채 서성거리자니 영 못마땅했다. 무슨 일이 있어도 옆에 붙어 있겠다고 약속했던 노라는 그어디에 있는지 알 수조차 없었다.

노라는 파티장에 들어서는 순간부터 얼굴이 눈에 띄게 환해졌다. 얼굴에 발갛게 홍조가 어릴 만큼 행복해보였고, 자부심이 넘쳐보였다. 라이언은 노라가 원하는 게 뭔지 깨달았다. 노라에게 그는 교감을 나누는 상대일 뿐만 아니라 퇴근 후 집에 돌아와 엄마처럼 보살피고 돌봐줘야 할 대상이었다. 노라는 독신생활이 주는 스트레스로 고통

받아왔다. 세상에는 나이가 들어가면서 눈에 띄게 주름이 늘어가는 외모, 더는 남자들에게 구애를 받지 못하는 신세가 된 여자의 슬픔을 하소연할 곳이 없으니까.

라이언이 파티장에서 맡은 역할은 노라의 공식적인 애인이었다. 노라는 사람들에게 동거인이자 애인을 보여주고 싶어 한사코 파티에 가자고 했던 게 틀림없었다. 노라는 그를 주변사람들에게 자랑하고 싶은 트로피쯤으로 여기는 듯했다. 노라는 시종 환한 표정을 짓고 있었다.

라이언이 북적거리는 사람들을 뚫고 주방으로 가 차가운 맥주를 한 잔 가져올까 고민하고 있을 때 누군가 처음으로 그에게 말을 걸었다. 그와 비슷한 또래로 보이는 남자로 청바지에 폴로셔츠를 입고 있었고, 왠지 표정이 우울해 보였다.

"안녕하세요, 저는 해리 빈스라고 합니다."

"라이언 리입니다."

"노라의 새 남자친구죠? 아닌가요?"

"음, 그게 그러니까……."

라이언이 대답을 망설이는 동안 다행스럽게도 해리가 먼저 다음 말을 꺼냈다.

"저는 노라의 과거 직장동료입니다. 〈사우스 펨브로크셔 병원〉에 있을 때 노라와 함께 일했죠. 지금은 심리상담센터를 열어 독립했습니다."

"부디 번창하기를 바랍니다."

"심리상담센터를 운영하는데 채산성을 맞추기가 생각보다 쉽지 않네요. 어쨌거나 잘 버텨 봐야죠."

맥주잔을 감싸고 있는 해리의 두 손이 미세하게 떨렸다. 밤에 잠을 이루지 못한 듯 얼굴도 몹시 초췌해 보였다. 오랫동안 먹지도 못하고 신선한 공기도 마시지 못한 사람처럼 보였다. 그가 이 험난한 세상에서 살아가기 위해 얼마나 노심초사하는지 알 수 있을 듯했다.

해리가 바지주머니에서 명함을 꺼내 내밀었다.

"사람 일이란 어떻게 될지 모르잖아요. 지금은 물론 좋은 관계로 보이지만 노라가 집착이 심한 편이라 조금 우려가 됩니다."

해리가 기대에 찬 표정으로 라이언을 쳐다보았다. 마치 당신 같은 사람을 오랫동안 기다려왔다고 말해주길 바라는 것 같은 표정이었다.

해리의 말대로 지금은 단지 폭풍전야의 고요인지도 몰랐다. 데비가 겪은 사건은 폭풍의 전조일 수도 있었다. 데몬은 언젠가 반드시 공격을 재개해올 것이다. 언제, 어디서, 어떤 방식이 될지는 모르지만 세상에서 가장 악랄하고 가학적인 방법이 동원되리란 점은 의심의 여지가 없었다.

라이언이 감옥에 수감되는 바람에 2년 넘게 속수무책으로 기다려야 했던 만큼 아마도 더욱 잔혹한 방법을 준비해두고 있을 게 뻔했다. 데몬만 아니라면 굳이 다른 사람의 도움이 필요한 일은 없었다.

"고맙습니다. 언젠가 도움이 필요하면 찾아뵙도록 하죠."

라이언이 해리에게 인사한 뒤 명함을 청바지주머니에 찔러 넣었다.

파티장으로 들어온 노라가 누군가를 찾는 듯 주변을 두리번거렸다. 매력적인 검은머리 여자와 함께였는데 그녀 또한 누군가를 찾는 눈치였다.

라이언은 당장이라도 빗물을 흠씬 머금은 정원으로 뛰어나가 멀리 달아나고 싶었다. 노라와 심하게 다투게 되리란 걸 각오해야 하는 일이었지만 사람들이 겹겹이 둘러싸고 있어 물리적으로도 탈출이 쉽지 않아 보였다. 특히 테라스 문 앞쪽에 사람들이 밀집해 있었다. 공기가 가장 신선한 탓이었다.

노라가 검은머리 여자와 함께 다가왔다.

"당신도 병원에서 일합니까?"

두 여자가 다가오는 동안 해리가 물었다.

"아닙니다. 저는 복사가게에서 일합니다."

"커피숍('copyshop'을 'coffeeshop'으로 잘못 알아들었다 : 옮긴이)에서 일한다고요?"

"커피숍이 아니라 복사가게요."

"라이언, 내 친구를 소개할게요."

노라가 다가오며 말했다.

"비비안, 인사해. 라이언이야. 라이언, 이쪽은 비비안 콜이에요."

"안녕하세요!"

라이언이 고개를 끄덕여 인사했다.

"안녕하세요!"

비비안이 얼굴에 노골적인 호기심을 드러내며 라이언을 쳐다보았다. 노라에게서 종종 그녀 이야기를 들은 기억이 났다. 매일 아침 출근 시간에 노라를 데리러 오는 친구……

라이언은 더 이른 시간에 출근하기 때문에 아직 한 번도 얼굴을 마주친 적이 없었다.

비비안은 두 사람이 어떤 관계인지 자세하게 알고 있는 듯했다. 라이언은 달아나고 싶은 욕구가 더욱 강렬해졌다.

"복사가게라고요? 그 일을 직업적으로도 할 수 있나요?"

해리가 반문하며 이맛살을 찌푸렸다. 해리에게 잠시나마 연민을 느꼈던 라이언은 그 표정을 보는 순간 애잔한 기분이 싹 가시는 느낌이었다.

변변한 능력도 없는 주제에 다른 사람을 비웃는군.

"비록 복사가게지만 저는 매우 즐겁게 일하고 있습니다."

"아무리 그렇더라도 사람이 평생 그런 일만 하며 살 수는 없잖아요."

"해리, 그런 말 말아요. 라이언은 일자리를 구한 것만으로도 다행이라 여길 테니까."

비비안이 미소를 지으며 해리의 말을 끊었다. 라이언의 비위를 상하게 하는 미소였다.

"비비안, 말이 너무 지나치잖아."

노라가 불쾌하다는 듯 말했다.

"뭐가 지나치다는 거야? 해리, 아직 이야기 못 들었어요?"

비비안이 놀랐다는 듯 해리에게 물었다. 라이언은 그녀가 일부러 놀란 척한다는 걸 알 수 있었다. 그런 어쭙잖은 연기 실력으로는 연극 무대에서 절대로 일자리를 얻지 못할 듯했다.

"전혀 몰랐는데요. 대체 무슨 이야기인데요?"

해리가 이제 노골적으로 호기심을 드러냈다.

"공공연한 비밀도 아닌데 속 시원히 다 털어놓을게요. 라이언은 얼마 전 감옥에서 출소했어요. 노라는 감옥에 면회를 다니며 라이언을 알게 되었죠."

"노라가 감옥으로 면회를 갔단 말이에요?"

해리가 어리둥절해하며 큰 목소리로 되물었다.

일순 주변의 웅성거리던 소리들이 잦아들었다. 감옥이라는 단어가 방금 전까지 철옹성처럼 단단했던 소음의 벽을 단숨에 무너뜨린 결과였다.

"노라는 무슨 협회 일을 맡아하다 라이언을 알게 되었어요. 가족이 없어 편지도 못 받고, 면회와줄 사람도 없는 죄수들과의 만남을 주선해주는 협회였죠."

"그 말이 전부 사실인가요?"

해리는 깊은 충격을 받은 표정으로 되물었다. 라이언은 손에서 진땀이 나 하마터면 맥주잔을 떨어뜨릴 뻔했다.

"감옥에는 무슨 일로 다녀왔죠?"

다른 여자가 물었다.

"폭행상해죄였어요."

비비안이 대변인이라도 되듯 술술 말했다.

라이언은 한 걸음도 뒤로 물러서거나 앞으로 나아갈 수 없었다. 주변에 사람들이 너무 촘촘하게 둘러서 있었다. 사람들은 비비안의 말을 듣고 모두들 놀란 표정을 지었다.

라이언은 갑자기 이전보다 훨씬 더 외로워졌다.

"처음부터 상해를 입힐 생각은 없었어요. 다만 운이 나빠 그렇게 된 것뿐이죠."

"운이 나쁘다고 누구나 다 감옥에 가지는 않죠."

해리가 노골적으로 빈정거렸다.

라이언은 어떻게 된 사연인지 설명할 방법을 고민하며 좌중을 둘러보았다. 아무래도 혀가 꼬여 말이 제대로 흘러나올 것 같지 않았다. 사람들의 눈빛에는 호기심이 가득 담겨 있었다. 전과자에 대한 혐오감, 타인의 일에 대해 이러쿵저러쿵 주워섬기며 즐기려는 갈망도 은근히 엿보였다. 가장 끔찍한 건 무관심이었다. 모두들 눈을 동그랗게 뜨고 있었지만 아무도 그에게 인간적인 관심이나 연민 따위는 보이지 않았다.

"이제…… 그만 돌아가 봐야…… 할……."

라이언은 겨우 입을 떼었다.

"비비안, 폭행상해사건에서 의도성의 여부는 처벌에 큰 차이가 있다는 걸 몰라?"

그때 갑자기 노라의 목소리가 들려왔다.

어느새 그녀는 라이언의 옆에 바짝 붙어서 있었다. 대부분 친구나 동료들인 파티참석자들이 두 사람이 어떤 사이인지 자세히 볼 수 있도록……

"라이언은 폭행상해죄로 4년형을 선고받았고, 2년 반을 복역하고 가석방되었어. 만약 법원에서 의도적인 폭행으로 결론 내렸을 경우 25년형을 선고받았을 거야."

모두가 놀란 얼굴로 노라를 쳐다보았다.

"그래, 네 말이 틀리지는 않아. 하지만 의도적이든 아니었든 피해자가 심각한 부상을 입은 것 또한 부인할 수 없는 사실이잖아."

비비안이 날카롭게 지적했다.

"비비안, 내가 화가 나서 널 한 대 때렸어. 넌 쓰러지다가 머리를 테이블 모서리에 부딪쳤어. 그 경우 중상을 당할 수도 있지만 내가 너에게 의도적으로 상해를 입혔다고 볼 수 있을까?"

"지금 네가 한 이야기와 라이언의 경우는 달라. 라이언은 단순히 귀싸대기를 한 대 때린 정도가 아니었어. 술집에서 대판 싸움을 벌였지. 피해자는 꼭지가 돌 정도로 취해 몸을 가눌 수 없을 정도로 취한 상태였고, 라이언은 그가 무례하게 굴었다는 이유로 무참하게 두들겨 팼어. 피해자가 뇌진탕에 이어 두개골 골절상을 당해 병원에 실려 간 것만 봐도 얼마나 심하게 때렸는지 알 수 있지 않을까?"

"라이언은 일방적으로 주먹질을 한 게 아니라 서로 격투를 벌이는 과정에서 피해자를 가격한 거야. 의도적으로 상해를 입힐 생각이 없었다는 뜻이야."

노라의 목소리가 떨려나오고 있었다. 라이언은 눈짓으로 밖으로 나가자는 신호를 보냈다. 노라의 눈이 분노로 이글거렸다. 목소리가 떨려나와 금세 울음이 터져 나올 거라 생각했지만 착각이었다. 그녀는 단지 분노 때문에 흥분했을 뿐이었다.

"어쩌다 그 지경까지 갔죠?"

누군가 또 물었다.

"쓰러지다 후두부를 테이블 모서리에 부딪쳤을 뿐이에요. 물론 끔찍한 일이었지만 운이 나빴던 거죠."

"법원에서도 제가 의도적으로 피해자에게 상해를 입히지 않았다는 점을 인정했습니다. 감옥에서 분노조절훈련을 받아 이제는 제 자신을 통제할 자신도 생겼고요. 앞으로는 절대 그런 실수를 저지르는 일은 없을 거예요."

"정말 다행이네요. 그렇다면 이제 우리가 노라에 대해 더 이상 걱정하지 않아도 되겠죠?"

비비안이 말했다.

"비비안, 넌 언제부터 내 걱정을 그렇게 끔찍이 해줬지? 내가 혼자 외롭게 집을 지키던 그 오랜 세월 동안 넌 나에게 어떻게 했지? 매일 밤, 남자들과 노닥거리느라 나에게 신경 쓸 여력이 없지 않았어? 친구가 절실하게 필요할 때 넌 항상 날 외면했어. 널 자빠뜨리길 좋아하는 근사한 남자들에게 푹 빠져 지냈지. 너에게 난 아무것도 아닌 존재였어. 내 말이 틀리지는 않지?"

"그 모든 문제가 네 성격이 사교적이지 못해 초래되었다는 생각은 못해봤지? 그동안 남자들이 왜 네 옆에 정착하지 못하는지 이유를 몰랐는데 이제야……."

"이제야 뭐?"

"이제야 그 이유를 분명하게 알 수 있을 것 같아. 넌 정말이지 아주 특별한 남자가 필요했던 거야. 보통 세상에서는 절대로 찾을 수 없는 남자. 넌 자신이 남자보다 우월하다고 느껴야 만족하지. 너와 비슷한 수준이거나 더 나은 남자를 결코 두고 보지 못하니까. 결국 넌 너보다 열등한 남자를 찾아내기 위해 '죄수와의 만남'이라는 프로그램에 참여하게 되었던 거야. 감옥에 갇혀 있는 사람, 출소해도 전과자라는 꼬리표가 붙어 사회활동이 쉽지 않은 사람, 감옥에 다녀온 것 말고는 내세울 게 없는 사람이 필요했겠지. 그런 사람이라야만 너의 도움을 필요로 할 테니까. 너만이 그 남자의 유일한 출구가 되어줄 수 있을 테니까. 너에게 의존해야만 평범한 시민의 삶을 살아갈 수 있을 테니까. 넌 그런 남자가 옆에 있어야만 안심할 수 있었던 거야. 그런 남자라야만 다른 남자들과 달리 쉽게 떠날 생각을 하지 못하고 네 집에 오래 머물러 줄 테니까."

"비비안, 난 지금껏 널 친구라 여기며 살아왔어. 이제 보니 내가 왜 널 친구라 생각했는지 도저히 이해할 수 없는 일이지만……."

노라가 시체처럼 창백해진 얼굴로 말했다. 비비안의 말이 신랄하고 무자비하긴 했어도 결코 틀린 말은 아니었다. 비비안은 본질을 정확하게 꿰뚫어보고 있었다.

"노라, 난 정말이지 네가 걱정돼."

비비안이 해명하듯 말했다.

"아무리 전과자라고 해도 새로운 삶을 개척할 기회를 줘야 마땅하다고 생각해요. 설령 살인을 저지른 전과자라도……."

해리가 마치 라이언을 두둔할 의무감이라도 있는 사람처럼 그렇게 말했다.

"난 살인자가 아니⋯⋯."

그 말에 반박하려던 라이언은 갑자기 입을 꾹 다물었다. 더 이상 이야기해봐야 아무런 소용이 없어 보였다. 더할 수 없이 끔찍한 밤이었다. 라이언은 지금껏 한 번도 느끼지 못했던 감정에 휩싸였다. 오늘밤, 노라를 보호해줄 사람은 그 자신 말고는 없다는 생각이 들었다. 어쨌거나 노라는 파티참석자들 앞에서 그를 당당하게 변호해주었다. 이제는 노라를 위해 이 역겨운 상황을 끝내야만 할 차례였다.

라이언이 들고 있던 맥주잔을 해리의 손에 쥐어준 다음 노라의 팔을 잡아당겼다.

"우리 이제 그만 집으로 돌아가요!"

5

"오늘 저녁 시간을 이런 식으로 망쳐버릴 수는 없어요. 난 배가 고파 죽겠어요. 우리 〈네이비 인〉에 가서 저녁이나 먹고 가요."

집으로 돌아오는 길에 노라가 불쑥 말했다. 두 사람은 파티장에서 예기치 않은 논쟁에 휘말려 전혀 음식을 먹지 못했다.

저녁 시간에 노라와 레스토랑에 앉아보는 건 처음이었다. 노라와 저녁을 먹으러 가는 건 세상에서 가장 평범한 일인데도 라이언은 오늘밤 왠지 그녀가 이상스레 친밀하게 느껴졌다. 물론 아직 그녀의 연인이 되고 싶지는 않았다. 그들은 각자 맥주를 한 병씩 마시고, 양파링과 감자튀김 그리고 토마토소스를 뿌린 콩 요리를 먹었다.

"지금 난 칼로리가 많이 필요해요. 화가 날 때면 늘 그러죠."

라이언은 이제야 파티장에서 그들이 처했던 상황이 명료하게 이해됐다. 그들 둘이 나머지 사람들에게 둘러싸인 채 맞서 싸웠다. 노라가 그토록 분노하는 걸 처음 보았다. 그토록 강한 여자라는 것도 처음 알았다. 노라는 마치 보디가드처럼 그를 보호하려고 애썼다. 창백한 얼굴로 입술을 바르르 떨긴 했지만 조금도 물러서지 않았다.

"비비안이 술을 너무 많이 마셨나 봐요. 그 아이는 술에 취하면 공격적이 돼요. 기분 내키는 대로 말을 내뱉어버리죠. 아마 내일 아침에 술이 깨면 몹시 부끄러워 할 테지만……."

"그렇게 싸우고도 당신들의 우정이 지속 가능할까요?"

"여태껏 비비안과 사소하게 다투긴 했지만 오늘처럼 대판 싸운 적은 없었어요. 비비안을 진정한 친구로 생각했는데 상실감이 커요. 지금은 그냥 지치고 텅 빈 느낌이에요. 앙금이 쉽게 가라앉을 것 같지 않아요."

"당신이 그렇게 격하게 분노한 모습은 처음 봤어요."

"앞으로는 절대 그런 자리에는 가지 않을래요."

"많은 사람들이 내 과거를 자세히 알게 되었어요. 주말이 지나면 당신 지인들에게 소문이 파다하게 퍼질 거예요. 이런저런 뒷말들이 이어지겠죠. 당신의 안위를 걱정해주는 사람도 있을 테고, 이해할 수 없다는 반응을 보이는 사람도 있을 테고, 일이 어떻게 전개될지 잔뜩 호기심을 보이는 사람도 있겠죠."

"다른 사람이 나를 어떻게 보든 상관하지 않아요. 나에게 당신의 과거 따위는 아무런 문제도 되지 않는다는 뜻이에요. 세상 사람들이 뭐라 하든지 우리 두 사람 생각이 중요한 것 아닌가요?"

라이언은 노라의 그 말이 진심일 거라 생각했다. 다만 한 가지, 노라가 그 말이 내포하고 있는 의미를 제대로 알고 있는지에 대해서는 여전히 의문이었다.

세상 사람들을 전혀 의식하지 않고 살아가는 게 가능할까?

10시쯤 집에 도착해 거실로 들어가 보니 자동응답기가 깜빡거리고 있었다. 세 통의 음성메시지가 들어와 있었다. 처음 두 개는 비비안이 보낸 메시지였다.

첫 번째 메시지에서 비비안은 눈물을 흘리는 듯 심하게 훌쩍거렸고, 상당히 취한 상태였다. 사람들이 떠드는 목소리와 음악소리가 배경으로 깔려 있었다.

"노라, 미안해. 내 말 믿어줄 거지? 제발, 내 휴대폰으로 연락해줘. 난 아직 파티장이야. 휴대폰을 손에 꼭 쥐고 있으니까 벨소리를 들을 수 있어. 제발, 나에게 해명할 기회를 줘."

두 번째 메시지에서 비비안은 더 이상 울지 않았지만 혀가 심하게 꼬여 있는데다 목소리가 너무 작아 무슨 말인지 알아듣기가 힘들었다.

"방금 파티장을 나왔어. 결국 전화하지 않는구나. 제발, 나에게 한 번만 기회를 줘! 우린 가장 가까운 친구 사이잖아. 정말이지 너에게 상처를 줄 의도는 없었어. 내가 왜 그리 비열하게 굴었는지 모르겠어. 제발 전화해줘."

비비안이 잠시 중단했다가 이어서 말했다.

"한밤중이라도 괜찮아. 언제든 상관없으니 제발 전화해줘!"

"비비안이 이제야 정신이 돌아왔나 봐요. 아마 자신이 한 말을 돌이켜보면 스스로 깜짝 놀랄 거예요. 세 번째 메시지도 마저 들어볼까요?"

"당신이 원한다면……."

노라가 다시 재생버튼을 눌렀다.

침묵. 그 다음 누군가 작은 소리로 헛기침을 했다.

"비비안이 아닌데요."

노라가 깜짝 놀라며 말했다.

전화를 건 사람이 다시 한 번 헛기침을 했다. 말을 어떻게 시작해야 할지 고민하는 눈치였다.

"제발 이 전화번호가 맞았으면 좋겠다. 라이언, 그 집에 살고 있는 게 맞니?"

라이언이 한 걸음 전화기 앞으로 다가섰다. 분명 어디선가 들어본 목소리였지만 아직 누군지 정확하게 알 수 없었다. 처음에는 데몬인 줄 알았다. 만약 돈을 갚지 않으면 어떤 일이 벌어지게 될지 협박전화를 한 거라 생각했다. 다음 순간, 그럴 리 없다는 걸 깨달았다. 전화한 남자는 자신 없는 목소리로 망설이고 있었다. 게다가 연락처가 정확한지 아닌지 확신하지 못했다.

데몬은 절대로 헛기침 따위로 상대를 의식하지는 않는다. 그 즉시 뻔뻔하고 단호한 목소리로 전화한 용건을 말한다. 데몬은 언제나 자신이 하는 일에 한 점의 의혹도 품지 않는 사람이니까.

"라이언, 브래들리야. 브래들리 비크로프트. 코린이 실종됐어. 네 엄마가 사라졌다니까. 메시지를 듣는 즉시 나에게 전화해줘. 모든 게 미스터리야. 제발, 나에게 꼭 연락해줘."

라이언은 마치 온몸이 마비된 사람처럼 그 자리에 우두커니 서 있었다.

"누구죠?"

노라가 물었다.

"도대체 이 남자가 하는 말이 무슨 뜻이죠?"

"젠장! 자동응답기에 전화번호가 저장되어 있겠죠?"

"대체 누군데 그래요?"

노라가 재차 물었다.

"브래들리, 엄마의 남편."

라이언이 마침내 전화기 액정에서 브래들리의 전화번호를 찾아냈다.

라이언은 급히 전화번호를 눌렀다.

"의붓아버지란 뜻이에요?"

"브래들리는 엄마의 세 번째 남편이에요. 엄마가 브래들리와 결혼했을 때 나는 이미 다 자란 성인이었죠."

라이언은 전화가 연결되기만 초조하게 기다렸다. 어찌나 초조한지 침이 목구멍으로 잘 넘어가지 않아 몇 초 사이에 목이 바짝 타들어갔다.

"브래들리, 라이언이에요. 엄마가 실종됐다니요?"

라이언은 어둠을 가로지르며 미친 듯이 질주했다. 밤길에 빨리 달리면 위험하다는 걸 알고 있었지만 갈수록 불안감이 증폭돼 도저히 천천히 운전할 수 없었다. 금요일치고는 그나마 차량운행이 많지 않아 다행이었다. 비가 내려 길이 축축한데다 바람까지 세차게 부는 4월의 밤이었다.

"엄마가 실종됐어요. 당장 브래들리에게 가봐야겠어요. 차를 좀 빌릴 수 있을까요?"

브래들리와 통화를 마친 라이언이 말했다.

"당연히 빌려줘야죠. 아니, 나도 같이 갈래요."

노라가 곧바로 대답했다.

"노라, 당신까지 갈 필요는 없어요."

"아니, 나도 같이 가보고 싶어요."

라이언은 차를 빌려야만 하기에 끝까지 반대할 수도 없었다. 한편으로는 노라가 도움이 될 수도 있을 듯했다. 노라가 얼마나 당당하고 강인한 여자인지 파티장에서 이미 경험하지 않았던가?

"당신 어머니가 사는 곳은 어디죠?"

노라가 갈아입을 속옷과 세면도구를 넣은 가방을 차 뒷좌석에 내려놓으며 물었다. 라이언은 온갖 생각들로 머릿속이 복잡하기 그지없었지만 문득 노라가 오래된 부부처럼 행동하고 있다는 생각을 금할 수 없었다. 여행을 떠날 때 가방 하나에 소지품을 함께 넣어 다니는 부부.

"소우돈에 살아요. 요크셔 고원지대에 있는 마을."

"요크셔까지 가야겠군요."

"나는 반드시 가야하지만 당신은 그럴 필요 없어요."

"이미 따라가겠다고 나섰잖아요."

노라가 차를 과속하는 것에 대해 잔소리를 늘어놓지 않아 그나마 다행이었다.

브래들리는 고원지대를 가로질러 휘트비로 이어지는 도로 가장자리에 코린의 차가 버려져 있었다고 했다. 운전석 문은 열려 있었고, 조수석에 핸드백이 놓여 있었지만 코린은 어디론가 감쪽같이 사라졌다는 것이었다.

"차가 버려져 있던 지점에서 바커 부인과 셀리나를 만나기로 약속했는데 나오지 않았어. 바커 부인의 차가 시동이 걸리지 않대. 누군가 차를 일부러 망가뜨린 게 분명해."

코린은 그동안 휘트비에 있는 개인병원에서 일했고, 매일 아침 고원지대를 지나 출근했다. 요즘은 실습 나가는 여학생 셀리나를 매일이다시피 픽업해 휘트비까지 데려다주었다.

엄마는 정확한 시간에 약속장소에서 기다렸지만 셀리나가 나타나지 않았던 거야. 누군가 바커 부인의 차를 망가뜨려 집을 떠나지 못하게 했다면 문제는 심각해. 도대체 누가 아침 일찍 인적이 드문 도로에서 픽업할 여학생을 기다리던 엄마를 범행대상으로 삼았을까?

"코린은 그 자리에 차를 버려두고 떠날 이유가 없었어. 뭔가 불상사가 벌어진 게 틀림없어. 경찰도 나와 같은 생각이야."

어둠을 뚫고 질주하는 동안 라이언의 머릿속에서는 갖가지 생각이 앞서거니 뒤서거니 떠올랐다. 절대로 우연한 사건일 리 없었다. 데비는 낯선 괴한에게 성폭행을 당해 집안에서 한 발자국도 나오지 못하고 있고, 이번에는 엄마가 종적도 없이 사라졌다.

엄마는 주도면밀한 계획을 세운 누군가에게 습격을 받은 게 틀림없어.

라이언과 가장 중요하고 가까운 두 여자가 연이어 피습되었다. 어느 모로 보나 누군가 그를 압박하려는 의도가 분명했다.

대체 나에게 어떤 메시지를 전하려는 걸까?

라이언은 점점 더 불안감이 증폭되었다. 인적이 드문 장소에서 차에 타고 있던 여자가 흔적도 없이 사라졌다. 요크셔 고원지대를 펨브로크셔해안국립공원으로 대체하면 모든 상황이 완벽하게 일치했다.

뭔가 치밀한 계획이 숨겨져 있는 게 틀림없어. 도대체 누가 나를 바네사 실종사건과 연계시키려는 걸까?

데몬?

그럴 리 없었다. 그건 절대로 불가능한 일이었다.

그렇다면 바네사 윌라드가 살아 있다는 뜻인가?

그 여자의 이름을 내 머릿속에서 몰아낸 게 언제였더라?

바네사 윌라드.

용케 2년 반 이상 그 이름을 떠올리지 않았다. 그 일요일의 끔찍했던 기억이 떠오를 때마다 무의식적으로 적색 경고판이 켜지며 이렇게 소리쳤다.

멈춰! 더 이상 들어가면 안 돼!

결정적인 순간마다 적색경고판을 작동시켰다. 그 덕분에 양심을 져버린 고통을 조금이나마 약화시킬 수 있었다. 하지만 이제 또다시 내면에서 누군가 호통을 치기 시작했다.

넌 이제 혹독한 대가를 치러야 해. 두 사건은 사실 너 때문에 벌어진 거야. 라이언, 아직 끝나지 않았어. 아니, 지금부터 시작이야.

"당신이 어머니 전화번호를 몰라 당황해하던 모습을 보고 놀랐어요. 정말 어머니 전화번호를 몰랐어요?"

"엄마와 오랫동안 연락을 끊고 지냈어요."

"어린 시절의 불우한 기억 때문인가요? 아직 어머니를 용서할 수 없는 거예요?"

라이언은 노라한테 눈길도 주지 않은 채 긴장한 표정으로 앞을 바라보고 있었다.

"모든 게 내 탓이죠. 엄마는 내가 사는 방식을 못마땅해 했어요. 엄마가 결혼한 남자들도 마찬가지였죠."

"방금 전 통화한 브래들리라는 분도 그랬나요?"

"브래들리는 아마도 지금은 은퇴하고 집에서 정원을 가꾸며 소일하고 있을 거예요. 그야말로 대단한 속물이죠. 엄마는 지루하기 짝이 없는 브래들리와 사는 게 마음에 들었나 봐요. 그런 점에서는 궁합이 아주 잘 맞는 사람들이죠."

"그분들도 당신이 감옥에 다녀온 걸 알고 있어요?"

라이언이 어깨를 으쓱했다.

"두 사람에게는 전혀 알리지 않았어요. 아마 내가 감옥에 가 있으리라고는 상상조차 해본 적이 없을 거예요."

"브래들리는 당신이 내 아파트에 머물고 있다는 걸 어떻게 알았을까요?"

"사실은 나도 그 부분이 궁금해요. 브래들리를 만나보면 어떻게 연락처를 입수했는지 알 수 있겠죠."

대화는 거기서 끝났다. 한참 뒤 고개를 돌려보니 노라는 깊이 잠들어 있었다.

그들이 소우돈에 도착한 시각은 새벽 4시였다. 그 작은 마을은 깊은 어둠에 잠겨 있었지만 딱 한 집에만 불이 켜져 있었다. 갑자기 영문을 알 수 없는 불행이 밀어닥친 브래들리의 집이었다.

그들이 차에서 내리자마자 브래들리가 보슬비를 맞으며 다가왔다. 현관문 위에 매달린 전등의 희미한 불빛 속에 드러난 브래들리의 자취는 그야말로 탈진 일보직전이었다. 그는 입술을 바르르 떨고 있었고, 눈빛에는 깊은 공포가 서려 있었다. 게다가 허옇게 센 머리카락들이 바람에 마구 헝클어지는 바람에 마치 부분적으로 깃털이 뽑혀나간 새 같았다.

"라이언, 이렇게 와줘서 정말 고맙다."

브래들리가 라이언을 품에 안았다. 전에 없던 일이었다. 12년 전, 두세 번 소우돈에 와 브래들리를 만났지만 그때마다 두 사람 사이는 냉랭하기 그지없었다. 라이언과 마찬가지로 브래들리도 거부감을 숨기지 않았다. 브래들리는 라이언을 쓸모없는 인간, 무능한 인간, 엄마의 인생을 힘겹게 만드는 쓰레기로 치부했다.

라이언은 브래들리가 싫어 엄마와도 연락을 두절했다. 브래들리를 다시는 보지 않을 생각이었다.

그런 브래들리가 난생 처음 라이언에게 뭔가 의미 있는 일을 해주길 간절히 바라고 있었다.

데비 사건과는 분명 다르면서도 일관된 흐름이 있었다. 다만 두 사건에서 일치되는 점이 무엇인지 아직은 모호했다. 게다가 누군가와 드러내놓고 상의할 수 있는 문제도 아니었다. 코린의 실종이 미궁에 빠질 경우 바네사 실종사건의 진실을 누군가에게 털어놓고 상의해야 할지도 모른다는 생각이 들었다.

지난날 바네사의 목숨을 살리기 위해서라도 반드시 진실을 털어놓아야만 했어. 그 당시 비열한 결정을 내리지 않았다면 이런 일이 벌어지지는 않았을 거야. 두 사건이 바네사 실종사건과 연관이 있을 경우 엄마의 목숨을 살리기 위해서라도 넌 반드시 진실을 털어놓아야만 해.

차를 타고 달려오는 동안 줄곧 그 문제에 대해 고민했지만 브래들리와 포옹한 이 순간에야 비로소 그 악몽이 현실이 될지도 모른다는 느낌이 들었다.

"라이언, 건강해보여서 좋구나. 몸이 믿을 수 없을 만큼 단단해졌어."

'감옥 안에서 꾸준히 체력단련을 한 탓이죠.'

라이언은 겨우 그 말을 참으며 입술을 꽉 깨물었다.

"라이언, 함께 온 이 숙녀 분은 애인이지?"

브래들리가 노라 쪽으로 돌아서 손을 부여잡았다.

"노라 프랭클린이에요."

노라가 브래들리를 향해 미소를 지었다.

브래들리가 상냥한 웃음에 반했다는 표정을 지으며 다시 라이언을 쳐다보았다.

"네 연락처를 물어보려고 데비에게 전화했었다. 네 엄마가 데비를 좋아했던 게 기억났거든."

코린은 라이언을 따라 요크셔에 온 데비에게 호감을 갖고 있었다. 라이언이 데비와 함께 순탄한 삶을 살아가기를 바랐다. 데비와 헤어지자 엄마는 여러 차례 그녀에게 전화해 다시 한 번 기회를 달라고 간청하기도 했다.

"네 엄마 전화번호부에서 데비의 연락처를 찾아냈다. 데비가 펨브로크 독 전화번호를 알려주더구나."

"일단 안으로 들어가서 이야기를 나누죠. 여긴 너무 추워요."

브래들리가 앞장서 거실로 들어갔다.

"잠깐만 앉아 있어라. 내가 마실 것 좀 내올 테니까. 홍차나 커피 중에서 뭘 마시겠니?"

"커피가 좋겠어요. 커피를 마시며 처음부터 끝까지 어떻게 된 일인지 차분하게 이야기해 주세요. 혹시 그 사이에 새로운 소식은 없었나요?"

"전혀 없었다. 마치……."

브래들리가 잠시 말을 끊었다가 다시 이었다.

"네 엄마가 살아 있다는 소식이라도 들으면 그나마 안심이 되겠는데 아직 감감무소식이구나. 전화를 걸어온 사람도 없고, 돈을 요구한 사람도 없으니 정말 이상하지 않니? 내가 비록 부자는 아니지만 코린을 살릴 수만 있다면 뭐든지 할 각오가 되어 있다. 집을 담보로 잡혀서라도 돈을 구해볼 생각이었는데 지금껏 전화 한통 없다는 게 너무나 이상하지 뭐냐. 혹시 내가 없는 사이에 연락이 올까봐 단 한 순간도 전화기 옆을 떠나지 않았단다."

브래들리가 그 말을 끝으로 주방으로 갔다.

"얼마나 절망이 컸으면 사람이 저렇게 될까요? 곧 쓰러질까봐 걱정돼요."

노라가 브래들리의 뒷모습을 바라보며 말했다.

라이언은 자리에서 일어나 거실을 서성거렸다. 거실 선반 위에 그의 사진이 놓여있었다. 스무 살 때 찍은 사진인데 표정이 몹시 우울해 보였다. 브래들리가 이 사진을 치우지 않은 게 신기했다.

브래들리가 테이블에 커피 잔을 내려놓고 커피를 따랐다. 손을 어찌나 떠는지 커피 잔 속에 들어간 커피보다 받침대에 쏟아진 양이 더 많았다.

"그날 아침 8시쯤 바커 부인에게서 전화가 왔단다. 바커 부인은 몹시 흥분한 목소리였어. 차가 고장 나는 바람에 셀리나를 약속장소까지 데려다줄 수 없어 코린에게 여러 번 전화했는데 통화가 안된다는 거야. 바커 부인은 생각다 못해 코린이 일하는 병원으로 전화했다더구나. 그랬더니 코린이 아직 출근 전이라며 아파서 늦는 걸 거라고 하더래."

브래들리가 잠시 말을 끊고 커피를 한 모금 마셨다. 그는 셔츠에 커피를 조금 흘렸지만 알아차리지 못했다.

"문득 이상한 생각이 드는 거야. 코린은 지금껏 단 한 번도 지각한 적이 없었거든. 생각다 못해 차를 타고 코린을 찾아 나섰지. 비가 억수처럼 쏟아지는 가운데 셀리나를 픽업하는 장소까지 달려갔더니 코린의 차가 있는 거야. 운전석 문이 활짝 열려 있었는데 코린은 오간데 없었지. 나는 그 즉시 좋지 않은 일이 발생했다는 걸 알아차렸단다."

브래들리는 차에서 코린의 핸드백을 발견했고, 차에 열쇠가 그대로 꽂혀 있는 걸 확인했다. 혹시 멀미가 나 급히 차를 세우고 내렸을지도 모른다는 생각에 주변을 샅샅이 살펴보았지만 허사였다.

"목장 울타리 너머까지 둘러봤지만 그 어디서도 코린의 자취를 발견할 수 없었단다. 코린이 현기증이나 멀미 때문에 차에서 급히 내렸다면 그렇게 몇 마일씩 벗어나지는 않았겠지. 뭔가 심상치 않은 사건이 벌어진 게 틀림없다고 생각되었단다. 그때부터 머리가 아득해져 오더구나."

"그 다음 곧장 경찰에 신고했어요?"

라이언이 물었다.

"그래, 그 즉시 경찰서에 신고했어. 경찰이 출동해 다시 한 번 그 지역 일대를 샅샅이 수색했지만 아무것도 찾아내지 못했지. 어떤 차가 코린의 차 바로 뒤에 멈춰 섰던 흔적이 남아 있긴 했지만 이 사건과 어떤 연관이 있는지 알 수 없었어. 경찰이 우리 집에 들러 코린의 인적사항과 그날 아침에 벌어진 일련의 상황들에 대해 꼬치꼬치 캐묻더구나. 코린이 일하는 직장은 어딘지, 그날 아침 그 지점에서 차를 세우고 있었던 이유가 뭔지, 혹시 부부싸움을 하지는 않았는지……. 코린이 요즘 몹시 혼란스러워하거나 흥분할 만한 일이 있었는지에 대해서도 물었단다."

브래들리의 눈에 눈물이 고였다.

"맹세코 코린에게 아무 일도 없었단다. 코린이 출근하느라 집을 나설 때 난 침대에 누워 있었지. 코린이 욕실에서 콧노래를 흥얼거렸던 게 기억나는 걸 보면 기분이 그런대로 괜찮았던 것 같아. 코린은 혹시라도 안 좋은 일이 있는 날에는 언제나 나에게 이야기해주었단다. 날씨는 우중충했지만 코린은 즐거운 주말을 보낼 기대감에 부풀어 있었을 거야. 우린 가볍게 산책을 다녀와 벽난로에 불을 지필 생각이었거든."

브래들리는 마침내 울음을 터뜨렸다. 노라가 자리에서 일어나 그의 곁으로 다가가 어깨에 팔을 둘러주며 위로했다.

"우리가 꼭 찾아낼 거예요. 미리부터 최악의 경우를 상상할 필요는 없어요."

장담할 수 없는 일이야.

라이언은 마음속으로 그렇게 생각했다. 다행히 데비는 아직 살아 있었지만 엄마는 속단할 수 없었다.

엄마가 데비와 똑같은 폭행을 당했으면 어떡하지?

라이언은 그런 일은 상상조차 하고 싶지 않았다.

"바커 부인의 자동차는……."

브래들리가 눈물을 훔치고 나서 말을 이었다.

"그래, 경찰관이 우리 집에 있을 때 바커 부인이 다시 전화를 했더구나. 기술자를 불러 확인해본 결과 누군가 차를 고의로 망가뜨렸다는 거야. 차의 케이블선이 하나 잘려 있었대. 차량 정비공의 말로는 케이블선이 낡아 저절로 끊어지는 경우는 없을 거라 장담하더래. 담비 같은 동물이 갉아먹었을 리도 없고. 경찰은 그 소식을 듣고 나서 몹시 곤혹스러워 했다더구나. 여러 가지 정황으로 미루어 볼 때……."

"……누군가 약속장소에 엄마가 혼자 있도록 유도했다는 거죠?"

라이언이 말을 대신 완성했다. 결국 누군가 치밀하게 짜인 각본대로 움직였다는 뜻이었다.

브래들리의 말을 다 들은 라이언은 이 사건이 자신과 깊은 관련이 있다고 확신했다.

"경찰은 뭐라고 하던가요?"

라이언이 물었다.

"경찰도 몹시 당혹해하는 눈치였어. 바커 부인의 농장에도 직접 찾아가 탐문수색을 해봤지만 아무런 단서도 찾아내지 못했나봐. 경찰은 내게 전화기 옆에 꼭 붙어 있으라면서 신경정신과 상담이 필요하면 이야기해 달라더구나. 코린만 집으로 돌아올 수 있다면 나야 어찌되든 상관없어."

브래들리가 간절한 눈빛으로 라이언을 쳐다보았다.

"라이언, 제발 코린이 돌아올 수 있게 해줘. 넌 누구보다 코린을 잘 알잖아. 혹시 네 엄마에게 무슨 일이 생겼는지 짐작되는 점이라도 있니?"

라이언이 자리에서 일어섰다. 좀 전까지만 해도 식은땀이 나더니 이번에는 갑자기 오한이 났다.

"당장은 아무것도 생각나는 게 없어요."

단호하고 분명한 목소리였다.

넌 달라진 게 없어. 넌 비겁한 겁쟁이일 뿐이야.

라이언은 마음속으로 그렇게 소리쳤다.

감옥은 절대로 수감자들을 갱생시키지 못해. 그 증거가 바로 나 같은 놈이잖아. 감옥에 들어가기 전과 비교해 뭐가 달라졌지? 그때처럼 못나고 한심하고 비겁한 모습 그대로일 뿐이야.

노라가 브래들리의 팔에 손을 올려놓았다.

"우리가 힘껏 애써볼 테니 너무 걱정하지 마세요. 라이언, 우리는 내일 아침에 당신 어머니가 실종된 장소에 가보는 게 좋겠어요. 직접 가서 확인해볼 필요가 있잖아요."

브래들리도 현장에 다녀왔고, 경찰이 직접 현장 주변을 샅샅이 수색했다면 굳이 다시 가볼 필요는 없을 듯했다. 바퀴 자국 말고 뭔가 중요한 단서가 있었다면 경찰이 이미 찾아냈을 테니까.

노라도 그 사실을 알 텐데 굳이 현장을 방문하자고 한 걸 보면 절망에 빠져 망연자실해 있는 브래들리를 위로하려는 차원인 듯했다. 무작정 기다리기보다는 뭔가 찾아나서는 게 옳을 수도 있었다. 어쩌면 단둘이 나눌 이야기가 있는지도 몰랐다.

제발 노라가 이상한 낌새를 채지 못했어야 하는데…….

노라는 데비가 성폭행을 당하고 시름시름 앓고 있다는 걸 알고 있었다. 이번에는 라이언의 엄마가 실종됐다. 노라는 이 두 사건에 어떤 연관성이 있을 수도 있다는 걸 깨닫고 그 문제에 대해 이야기를 나눠보려고 할 수도 있었다. 노라는 결코 멍청하거나 순진한 여자가 아니었다.

"좋아요. 날이 밝는 대로 같이 가보도록 해요."

6

코린은 마침내 무시무시한 악몽에서 깨어났다. 꿈속에서 그녀는 숲 한가운데에 뒤집어진 딱정벌레 같은 자세로 누워 있었다. 아무것도 걸치지 않은 몸은 부들부들 떨렸고, 배가 몹시 고프고, 목도 바짝바짝 타들어갔다.

코린은 악몽과 치열한 혈투를 벌인 끝에 비로소 현실로 돌아왔다. 그녀는 지금 장소에서 꽤 오랜 시간 누워 있었다는 걸 깨달았다. 정신을 차리고 보니 빠져나오려고 기를 쓴 악몽의 세계보다 현실이 더 끔찍했다.

머리가 지끈거리고 입 안이 바짝 타들어갔다. 적어도 서너 시간동안 탈지면이나 헝겊으로 입 안이 틀어 막혀 있었던 느낌이었다. 납치범들은 강제로 음료를 마시게 했고, 그 후 즉시 정신을 잃었다. 음료에서 허연 거품이 일었는데, 알약을 잘게 부숴 넣은 게 분명했다. 병원에서 오래도록 근무했지만 정확하게 어떤 약인지는 알 수 없었다.

"마시지 않을래요."

남자는 두 명이었다. 아주 깊은 기억의 심연 속에서 마침내 그들의
모습이 떠올랐다.

"아스피린이니까 잠자코 마셔!"

그들이 아스피린을 줄 까닭이 없었다. 정신을 잃게 만드는 마취제
가 분명했다. 코린은 마시지 않겠다며 저항했지만 남자 둘이 몸을 붙
잡고 강제로 입을 벌리게 한 다음 음료를 입안으로 쏟아 부었다. 발버
둥을 치며 일부는 뱉어냈지만 안으로 흘러든 양만으로도 금세 몽롱한
상태에 빠져들었다.

그때부터 주변에서 일어나는 모든 일들이 비현실적으로 느껴졌다.
정신을 차릴 수 없었다. 몸의 기능이 완전히 마비되었고, 의식이 가물
가물했다. 그 다음은 전혀 기억이 없었다.

코린은 가까스로 상체를 일으켜 세워 자신의 몸을 내려다보았다.
악몽을 꿀 때는 벌거숭이였는데 그나마 옷을 입고 있어 다행이었다.
끊임없이 쏟아지는 비에 옷이 흠씬 젖는 바람에 마치 빗물을 잔뜩 머
금은 풀잎처럼 살갗에 찰싹 달라붙어 있었다.

허기와 갈증만이 문제가 아니었다. 추위에서 벗어나는 게 무엇보다
시급했다. 추위가 이토록 고통스러울 수 있다는 사실을 처음 알았다.
뼛속까지 스며드는 한기에 장기들마저 꽁꽁 얼어붙는 듯했다. 너무나
암담한 상황이라 저절로 울음이 터져 나왔다.

코린은 힘을 내자고 스스로를 다독이며 주변을 둘러보았다. 비록
머리가 깨질 듯 아팠지만 아직 뇌는 제 기능을 다하고 있었다. 다만 지
금 눈앞에 보이는 모습이 현실인지 비현실인지 가늠하기 어려웠다.

숲, 나무들, 덤불들, 양치식물들, 이끼들, 눅눅한 공기, 바닥에 떨어져 있는 낙엽들…….

어슴푸레 기억이 떠올랐다. 숲길을 따라 달리는 차 안에 타고 있었다. 장대비가 쏟아져 가뜩이나 어두컴컴한 길을 더욱 어둡고 음울하게 만들어주던 나무들이 눈앞을 스쳐 지나갔다. 머리가 점점 더 옆으로 기우는 바람에 더 이상 창밖을 내다볼 수 없게 되었다. 약기운 탓인지 도무지 생각을 길게 할 수 없었다.

대체 무슨 일이 벌어지고 있는 걸까?

단편적인 기억의 조각들을 하나로 연결시켜 완성된 그림을 그려보려고 했지만 머릿속이 자꾸만 뒤엉키는 바람에 실패했다. 긴장과 피로감이 극에 다다르면 꼼짝없이 죽을 수밖에 없을 거라는 생각이 들었다.

차는 숲 한가운데에서 멈춰 섰다. 코린은 몸이 완전히 마비된 상태로 끔찍한 공포에 휩싸였다.

왜 하필 여기에 차를 세웠을까?

운전자가 차에서 내리더니 코린이 앉아 있는 뒷좌석 문을 열었다. 서늘하고 상쾌한 비바람이 안으로 들이쳐 잠시나마 정신이 맑아졌다. 남자가 그녀를 차 밖으로 끌어내렸다. 어떻게든 똑바로 서보려고 했지만 다리가 풀려 번번이 바닥에 주저앉았다. 바닥은 미끄러웠고, 빗물에 흠씬 젖어 있었다. 바닥의 나뭇잎과 흙에서 눅눅한 기운이 피어올랐다. 그 순간 다시 머릿속이 암전상태로 돌아갔다.

대체 여기에 얼마나 오래 누워 있었던 걸까?

코린은 고개를 젖히고 위쪽을 쳐다보았다. 나무우듬지들이 싱그러운 연녹색으로 반짝거렸다. 하늘에는 회색구름들이 지나가고 있었고,

파란 부분은 아예 보이지도 않았다. 비는 그쳤지만 나뭇잎들이 바람에 흔들리며 머금고 있던 찬 물방울들을 떨어뜨렸다.

문득 손목시계를 확인해 보니 9시 반이었다. 코린은 곰곰이 생각해 보았다.

저녁 9시 반일까?

지금이 밤이라면 주변이 더 어두워야 마땅했다.

그럼 오전 9시 반?

코린은 차를 타고 오는 도중 두어 번 눈을 떴고, 그때마다 깊은 어둠에 둘러싸였던 기억이 떠올랐다. 밤이 한 차례 지나갔다는 의미였지만 분명하게 단정 지을 수는 없었다. 마취상태에서 제대로 상황을 인지하기란 불가능하니까.

시간이 지날수록 마취제 약효가 점차 약화되면서 불쾌한 뒷맛이 배가되었다. 입안과 목구멍으로부터 참기 힘든 조갈증이 밀려왔고, 마치 바늘로 콕콕 쑤시듯 끔찍한 두통이 계속되었다. 그나마 두뇌가 점차 명료해지고 있어 다행이었다.

코린은 마치 극심한 열병을 앓고 난 느낌이었다. 열병을 앓는 동안에는 현실감각이 무뎌져 날카로운 판단력을 잃을 수밖에 없었다. 점차 두뇌가 활발하게 기능하기 시작하면서 지금 자신이 얼마나 위험한 상황에 처해 있는지 깨달았다. 납치범들은 그녀에게 강제로 약을 먹인 다음 숲 한가운데로 끌고 와 쓰레기처럼 버렸다.

납치범들은 내 운명의 결정을 따르기로 결정하고 떠난 걸까? 아니면 다시 돌아올까? 혹시 납치범들이 아직 이 근처에 남아 있는 건 아닐까?

납치범들을 떠올리자 또다시 공포가 밀려왔다. 코린은 마치 히스테리를 일으킨 사람처럼 다급하게 주변을 둘러보았다.

코린은 주변을 살피고 나서 납치범들은 사라졌다는 결론을 내렸다. 주변은 나무들만이 빽빽하게 들어찬 숲이었다. 세상에서 이유 없이 벌어지는 일이란 없었다. 납치범들은 그녀를 죽이거나 성폭행하지 않았다. 마치 능력껏 달아나기를 바라듯 깊은 숲속에 버려두고 사라졌다.

도대체 왜 그랬을까?

"브래들리, 제발 날 도와줘요."

코린은 작은 소리로 브래들리를 찾았지만 그는 지금 이곳에 없었다.

브래들리는 내게 무슨 일이 일어났는지 알고 있을까? 경찰에 신고했을까? 셀리나를 태우고 약속장소에 온 바커 부인이 내 차를 발견했겠지? 차 키는 그대로 꽂혀 있고, 핸드백도 동승자석에 놓여 있는데 사람만 홀연히 사라졌으니 당연히 의아하게 생각하고 브래들리에게 알렸겠지?

그렇다면 브래들리가 즉시 경찰에 신고했을 가능성이 컸다. 경찰이 신고를 받고 수색에 착수했을 거라 생각되자 조금이나마 안심이 되었다.

경찰은 우선 냄새를 잘 맡는 개들을 풀어 차가 발견된 현장 주변을 샅샅이 수색하겠지만 소득 없이 끝났을 거야.

차가 휘트비 방향으로 달린 게 기억났다. 약물을 마시고 나서 기억이 흐려졌고, 시간의 흐름을 감지하지 못했고, 방향 감각마저 잃었다.

코린은 자리에서 일어나보려고 했지만 다리 근육이 풀려 도무지 몸을 지탱할 수 없었다. 몇 번이나 일어서다 쓰러지기를 반복한 끝에 나뭇가지를 붙들고 겨우 몸을 일으킨 다음 나무기둥에 등을 기대고 섰다. 나무가 몸을 지탱해 주는 동안 그나마 조금씩 다리에 감각이 돌아오며 시야도 점차 뚜렷해졌다. 몸을 일으키자 분명 더 멀리까지 볼 수 있었지만 아무런 위안도 되지 못했다. 어딘지는 몰라도 아주 깊은 숲속에 들어와 있다는 것만은 분명했다. 주변에 온통 나무와 가시덤불밖에 보이지 않았다. 숲을 빠져나간다고 해도 인근에 사람이 사는 집이 있을 것 같지 않았다.

코린은 영국 북부지방의 고원지대가 어떤 곳인지 잘 알고 있었다. 자칫 산길을 잘못 접어들었다가는 끝내 사람구경 한번 못하고 영영 숲속에 갇히는 신세가 될 수도 있었다. 아무리 둘러봐도 근처에 사람의 흔적을 찾아볼 수 없었다. 아무리 귀를 기울여 봐도 자동차 엔진소리나 하다못해 도끼로 나무를 찍는 소리조차 들을 수 없었다. 어딘가에서 사냥꾼들의 총소리라도 들려올까 기대했지만 나뭇잎을 스치고 지나는 바람소리와 바닥을 향해 떨어지는 물방울 소리, 새들이 지저귀는 소리 말고는 아무런 소리도 들려오지 않았다. 숲에는 온갖 생명체들이 서식하고 있었지만 도움을 청할 대상은 아무도 없었다.

납치범들은 단순한 불량배가 아니라 냉정한 악한들이었다. 절대로 동정심이나 감정의 동요를 내비치지 않는 프로페셔널들…… 최대한 빨리 숲을 벗어나야 한다는 뜻이었다. 두 악당이 되돌아오기 전에 최대한 멀리.

7

토요일에 비가 그쳤지만 하늘은 여전히 흐렸다. 감기 기운 때문에 몸이 으슬으슬 떨려왔다. 나는 낡은 트레이닝복을 걸쳐 입고 늦은 오후까지 침대에 누워 있었다. 샤워도 하지 않았고, 머리도 빗지 않았고, 양치질도 하지 않았다. 콧물이 나고 목이 따끔거려 하루온종일 먹은 음식이라고는 뜨거운 물에 인스턴트 수프를 부어 마신 게 전부였다.

나는 가능한 한 혼자 보내야만 하는 이 고독한 주말에 대해 무심해지려고 애썼다. 하지만 감기 기운에 우중충한 날씨까지 더해져 정말이지 견디기 힘들었다.

매튜를 만나지 않기로 결정하면서 내 삶은 더욱 공허해졌다. 알렉시아와의 우정도 서서히 금이 가고 있었다. 회의 참석차 런던에 다녀온 알렉시아는 잔뜩 기운이 빠져 있었다.

알렉시아는 어느 날 점심시간에 카페에서 밀크셰이크와 치즈토스트를 먹으며 내게 런던에 다녀왔던 이야기를 털어놓았다.

"회장은 《헬스케어》지의 판매부수 감소, 정기구독자 감소, 주요 광고주의 이탈에 대해 언급하며 나를 신랄하게 질책했어. 사람들이 지켜보는 앞에서 톡톡히 망신을 당했지. 무엇보다 분통터지는 일은 내가 회장의 지적에 대해 한 마디도 따지거나 반박하지 못했다는 거야. 하긴 내가 듣기에도 회장의 지적은 대체로 옳았어. 《헬스케어》지는 실적이 크게 떨어진 게 사실이니까. 내가 억울했던 건 판매부진의 원인이 온통 내 탓인 양 떠들어댄 거야. 요즘 같은 불황에 나보다 《헬스케어》지를 더 잘 꾸려 나갈 사람이 있으면 나와 보라지. 경기가 바닥을 헤매는 바람에 사람들이 지갑을 열지 않는데 나더러 어쩌라는 거야. 《헬스케어》지는 일간지처럼 충성스런 구독자가 많은 매체도 아니잖아. 그렇다고 아름다워지고 싶어 하는 사람들의 판타지를 채워주는 잡지도 아니야. 《헬스케어》지는 그야말로 건강 문제를 다루는 실용 잡지일 뿐이잖아. 새로 선보이는 의약품을 소개하고, 효과적인 운동 요령을 알려주고, 정기적으로 건강검진을 받아야 한다고 끊임없이 경고를 날리며 사람들의 신경을 박박 긁어대는 잡지…… 빌어먹을! 회장은 사람들이 허리띠를 졸라맬 필요가 있을 때 당장 끊어버리는 게 《헬스케어》지 같은 잡지의 운명이라는 걸 전혀 모른다는 듯이 떠들어대는 거야."

알렉시아가 분통을 터뜨리고 나서 속이 타는 듯 음료를 벌컥벌컥 들이켰다.

"다른 지역 《헬스케어》지도 어려움을 겪고 있는 건 마찬가지야. 그럼에도 회장은 나만 집중적으로 공격했어. 내가 억울하고 분통터지는 건 바로 그것 때문이야."

"다른 지역 편집장들은 죄다 남자들이잖아. 남자들끼리는 통하는 게 있나 보지."

알렉시아는 마치 나를 여자들은 집안 살림이나 하는 게 어울리지 조직을 통솔하는 리더로는 부적합하다고 주장하는 사람들의 대변인이라도 되는 양 분노가 이글거리는 눈빛으로 노려보았다.

"지금은 19세기가 아니라 2012년이야. 아직도 일부 고루하고 고집불통인 남자들은 법적으로 보장된 남녀평등권을 폐지하고 싶어 안달복달이지."

알렉시아가 식식거리며 분노를 토로했다.

"제도가 머릿속까지 변화시키지는 못해. 그러니까 너무 흥분할 필요 없어. 그 고루한 노인네는 무덤에 갈 때까지 결코 그 고약한 버릇을 고치지 못할 거야. 그 인간이 너보다 일찍 죽는다는 걸 위안 삼아야지 어쩌겠어."

내가 그런 말로 알렉시아의 기분을 조금이나마 풀어주긴 했어도 크게 달라진 건 없어 보였다.

알렉시아는 여전히 뭔가에 쫓기는 사람처럼 일에 매달려 살았다. 스트레스가 많아서인지 웃음도 부쩍 줄어들었다. 그 대신 예전과 달리 편집장으로서 위세를 부리기 시작했다. 지시한 일이 빨리 진척되지 않거나 누군가 일의 성격을 제대로 파악하지 못하고 우물쭈물하면 어김없이 질책이 쏟아졌다.

나는 알렉시아가 엄청난 압박감에 시달리고 있다는 걸 알았기에 그 정도 위세쯤은 충분히 이해할 수 있었다.

주말에 알렉시아의 집에 가 위안을 받고 했는데 이제는 불가능해졌다. 알렉시아의 집은 이제 더 이상 나의 안식처가 되어주지 못했다. 알렉시아는 주말에도 회사에 틀어박혀 일에 몰두했다. 매일 그렇게 일하다가는 건강을 해치게 될까봐 걱정스러웠다.

다섯 시가 다 되어 보슬비가 내리기 시작했다. 하루온종일 집 안에만 틀어박혀 지내는 건 체질적으로 맞지 않아 바닷가로 산책을 나갈까 고민 중이었다. 상쾌한 바람을 쐬는 게 차라리 감기에 더 좋을 수도 있을 듯했다.

몸을 일으켜보려 했지만 기력이 쇠한 탓에 마음먹은 대로 되지 않았다. 어쩔 수 없이 무기력하게 앉아 오전부터 계속 켜놓은 텔레비전을 쳐다보고 있었다. 켄트 지방에서는 어제 쏟아진 폭우로 시계가 불량해진 탓에 고속도로에서 다중 충돌사고가 발생했다. 런던에서는 어느 연극공연장에서 커다란 소동이 벌어졌다는데 볼륨이 너무 작아 제대로 내용을 알아듣지 못했다. 요크셔에서는 어떤 여자가 흔적도 없이 실종됐는데 경찰은 아직 단서조차 찾지 못하고 있다고 했다.

그 뉴스를 대하는 순간 갑자기 정신이 번쩍 들었다. 어떤 여자가 흔적도 없이 실종되었다는 말은 설령 내가 깊은 잠에 빠져 있었더라도 귀를 번쩍 뜨이게 할 뉴스였다.

나는 볼륨을 높이고 뉴스에 귀를 기울였다.

여러 가지 정황상 실종된 여자는 차에서 납치된 게 분명했다. 아직 남편에게 몸값을 요구하는 전화도 없었고, 목격자도 나타나지 않았다. 누군가를 납치했다면 뭔가 목적이 있었을 텐데 납치범들은 아직 아무런 접촉도 해오지 않고 있었다. 여자의 사진과 이름이 화면에 나타났다. 코린 B. 여자는 사람 좋아 보이는 인상으로 환한 미소를 짓고 있었다. 부드러운 표정으로 미루어볼 때 주변에 적을 만들 사람 같지는 않았다.

전체적인 내용이 바네사의 실종 때와 너무나 흡사해 나는 당혹스런 느낌으로 텔레비전을 주시했다.

"요즘은 이런 식의 실종사건이 유행인가?"

난 큰 소리로 자문해보았다. 바로 그때 초인종이 울렸다.

현관문을 열고 층계참으로 나가 방문객을 기다렸다.

비 오는 토요일 오후에 날 찾아온 사람이 과연 누굴까?

문득 고개를 숙여 아래쪽을 내려다보니 얼룩덜룩한 트레이닝복이 눈에 들어왔다. 빗지도 않은 머리와 붉은 코도 보였다. 마침내 계단을 올라오는 매튜 윌라드의 얼굴이 보였다. 한꺼번에 두 계단씩 성큼성큼 걸어 올라온 매튜는 층계참에 서 있는 나를 발견하고 잠시 걸음을 멈췄다. 그 자리에서 돌아서야 할지 계속 올라와야 할지 잠시 고민하는 눈치였다. 그는 결국 마지막 계단을 올라왔다.

"잘 지냈어요, 지나?"

내 후줄근한 모습 때문에 당장 땅속으로 꺼지고 싶었다.

"네, 안녕하세요. 유감스럽게도 감기기운이 있어요."

후줄근한 복장에 대해 최소한의 변명이 필요한 상황이었다.

"저런! 정말 유감이네요. 잠깐 안으로 들어가도 되죠?"

"네, 들어오세요."

나는 안 된다고 거절할 수 없어 옆으로 살짝 길을 터주며 말했다.

거실 탁자 위에 인스턴트 수프를 담았던 빈 봉지가 놓여 있었고, 안락의자 위에는 코를 푼 종이냅킨들이 아무렇게나 나뒹굴고 있었다. 텔레비전이 시끄럽게 켜져 있었고, 카펫 위에는 〈헬로!〉 최신판이 펼쳐져 있었다. 지금껏 어느 누구에게도 내가 스캔들이나 가십거리를 주로 다루는 황색잡지의 열렬한 구독자라는 사실을 털어놓은 적이 없었다. 후줄근한 옷차림으로도 모자라 내가 호감을 느끼는 남자, 내게 호감을 느끼길 기대하는 남자에게 나의 저질스런 취미를 적나라하게 들켜버린 셈이었다.

나는 텔레비전을 끄고, 열심히 종이냅킨들을 치우고, 황색잡지를 휴지통에 쑤셔 넣고, 빈 수프 그릇을 싱크대로 가져갔다.

"미안해요, 손님이 올 줄 몰랐어요. 컨디션이 너무 안 좋아 청소를 미뤘더니 집안이 엉망이 됐어요."

"오히려 미안한 사람은 나니까 걱정하지 말아요. 연락도 없이 무작정 쳐들어왔으니까. 미리 전화하지 않은 건 당신이 거절할까 봐 두려웠기 때문이에요. 그런 모험을 하고 싶지 않았어요."

"알았으니까 잠깐만 기다려줘요. 금방 돌아올 테니까!"

재빨리 침실로 도망친 나는 트레이닝복을 벗고 청바지와 풀오버로 갈아입은 다음 거울을 보며 사방팔방으로 뻗친 머리를 빗어 내렸다. 그런 다음 빨개진 코를 가리기 위해 파우더를 발랐다. 얼굴을 매만지며 곰곰이 생각해 보니 매튜의 태도가 어딘가 모르게 이전과 많이 달라 보였다.

매튜가 계단을 걸어 올라오던 모습과 집 안으로 들어오던 모습을 연속적으로 떠올려보니 분명 예전과 많이 달라지긴 했다. 그는 늘 머뭇거렸고, 다른 데 정신이 팔려 있거나 혼자 생각에 잠겨 있는 경우가 많았다. 한 마디로 눈앞의 현실에 집중하지 못했다. 게다가 내가 예전에 알던 매튜라면 절대로 연락도 없이 찾아올 사람이 아니었다. 내가 알던 매튜는 절대 계단을 한 번에 두 계단씩 성큼성큼 걸어 올라올 사람도 아니었다. 감기기운이 있다면 그 즉시 정중하게 인사하고 나서 곧바로 돌아가거나 적절한 시간에 다시 찾아오겠다고 말할 사람이었다. 하지만 방금 전 대한 매튜는 굉장히 단호하고 거침이 없었다.

이제야 매튜가 본래 모습을 되찾은 걸까?

재빨리 몸치장을 끝내고 약간의 자신감을 회복한 나는 거실로 되돌아갔다.

매튜는 거실 한가운데에 서 있었다.

"앉아요, 뭐 마실 걸 좀 가져올까요?"

"아니, 괜찮아요."

매튜가 내 앞으로 다가오더니 내 손을 부여잡았다.

"지나, 당신이 없이는 사는 게 아니었어요. 지난 2주 동안 당신 생각만 했어요. 단 한 순간도 당신에 대한 생각을 멈출 수 없었어요. 정말이지 보고 싶어 미치는 줄 알았어요. '지나는 지금 뭘 하고 있을까?', '지나는 지금 어떤 모습을 하고 있을까?' 하고 계속 나 자신에게 물었죠. 당신과 이야기를 나눌 수 있다면, 당신의 눈을 들여다볼 수 있다면 얼마나 좋을까 생각했어요. 지나, 제발 내 곁에 있어줘요. 당신을 떠나보내고 싶지 않아요."

매튜의 갑작스런 고백을 듣고 있자니 갑자기 정신이 몽롱해질 지경이었다.

"매튜, 하지만……."

"지나, 당신이 무슨 말을 하려는지 알아요. 예전으로 다시 돌아갈 수는 없다는 말이겠죠. 과거에 매몰돼 있는 사람을 어떤 여자가 받아들일 수 있겠어요. 그래요, 내 삶은 3년 전 8월의 어느 저녁에 머물러 있었죠. 정말이지 그동안 살아도 사는 게 아니었지만 한 가지 생각에 빠져 있는 바람에 전혀 깨닫지 못했어요. 당신을 만나고 나서야 내가 다시 절실히 살고 싶어 한다는 걸 깨달았어요."

매튜의 표정과 목소리에는 진정성이 담겨 있었다. 나를 설득하기 위해 거짓으로 지어낸 말은 아닌 듯했다. 철저한 자기반성과 깊은 성찰을 바탕으로 내린 결론인 듯했다. 매튜는 그럴 듯한 핑계를 대며 뒤로 숨지 않았다.

"정말 당신이 그럴 수 있다고 믿어요?" 내가 물었다. "과거를 매듭지을 수 있을까요? 바네사에게 무슨 일이 있었는지 더 이상 캐묻지 않을 자신이 있어요? 다른 여자에게로 향하는 마음 때문에 더 이상 죄책감에 시달리지 않을 수 있어요?"

매튜는 내 질문에 쉽게 대답하지 못했다. 그는 분명하게 확신할 수 있는 이야기만 하는 사람이었으니까.

"하루아침에 모든 게 달라질 수야 없겠죠. 아직 명확한 결론이 내려지지 않은 문제들이 느닷없이 나를 사로잡는 순간들이 있을지도 모르죠. 바네사가 어딘가에서 아직 끔찍한 고통을 느끼며 살아가고 있을지도 모르는데 혼자 행복해지려고 애쓰는 나 자신을 자책하는 순간도 있겠죠. 그날 이후, 바네사에 대한 생각이 한시도 머릿속을 떠나지 않았고, 나 스스로도 회피하거나 저항하려는 시도를 하지 않았어요. 오히려 더 깊이 빠져들려고 했죠. 당신과 함께 즐거운 시간을 보내고 나서 집으로 돌아오면 곧장 3년 전 8월 23일로 되돌아가 혼자 행복을 즐기고 있는 나 자신을 책망했어요. 여전히 바네사 생각을 하면 숨이 답답해오고 가슴이 아리지만 언제까지 대답 없는 질문에 집착해 살아갈 수는 없잖아요. 지난 2주 동안 정말 많은 생각을 했고, 결론적으로 새로운 삶을 시작해야겠다고 결심했어요. 내 옆에 잃고 싶지 않은 사람이 생겼기 때문일 거예요."

우린 서로의 얼굴을 쳐다봤다.

"당신을 잃고 싶지 않아요." 매튜가 잠시 망설이다가 한 마디 덧붙였다. "이미 당신을 잃은 게 아니라면……."

마음이 몹시 혼란스러웠다. 그의 품안으로 뛰어들어 열렬한 포옹과 키스를 나누었다면 일이 훨씬 쉽게 정리됐을 텐데 여전히 나는 매튜의 말을 곧이곧대로 받아들이기 어려웠다. 무엇보다 그 결심을 행동으로 옮기기 쉽지 않다는 게 마음에 걸렸다. 아무리 마음을 단단히 먹어도 실천하기 쉽지 않은 결심이었고, 또다시 좌절해 처음으로 되돌아간다면 그야말로 낭패가 아니겠는가?

"제발 나에게 기회를 한 번만 더 줘요. 당신을 만나기로 결심하면서 지금껏 결코 해내지 못했던 일들을 해냈어요. 바네사의 옷을 전부 끄집어내 적십자사에 보냈고, 개인 소지품은 박스에 담아 다락방에 올려놓았어요. 당신을 내 집으로 초대하고 싶은데 걸음을 내디딜 때마다 바네사의 물건과 부딪치게 할 수는 없잖아요."

"바네사의 물건들을 정리했다고요?"

그야말로 엄청난 변화가 아닐 수 없었다.

"당신을 만나고 싶어 하면서 집안 곳곳에 바네사를 떠올리게 만드는 물건들을 그대로 두는 건 옳지 않다고 생각했어요."

내가 지금껏 알던 매튜는 절대로 그런 일을 할 사람이 아니었다. 게다가 지금까지는 어느 누구도 매튜의 면전에 대고 그런 충고를 할 수 없는 분위기였다.

"당신도 알다시피 내가 바네사를 마음속에서 완전히 지울 수는 없을 거예요. 아마도 영원히 내 마음속 한 자리를 차지하고 있겠죠. 바네사를 사랑했고, 예기치 않았던 불행이 우리를 갈라놓았어요. 바네사와 함께 있지는 않았지만 한시도 마음이 떠나 있었던 적은 없었어요.

이제는 이별을 생각해야 할 때가 왔다고 생각해요. 여전히 마음 한편이 쓰리고 안타깝지만 우리가 다시는 함께 하지 못한다는 사실을 받아들여야 할 것 같아요."

매튜가 숨을 깊이 들이마셨다. 뭔가 말을 하기 전에 마음의 준비가 필요한 듯했다.

"바네사는 범죄에 희생됐을 가능성이 커요. 아직 살아 있을 가능성은 희박하죠. 경찰도 이미 오래 전부터 납치 후 살해 가능성을 가장 크게 보고 있어요. 범죄에 희생되지 않았다면 자의로 떠났다고 봐야겠죠. 물론 개연성이 전혀 없는 추측이지만 만의 하나 자의로 떠났다면 나와 다시 연결되는 걸 바라지 않을 거예요. 내가 붙잡고 놓아주지 않는 것도 바라지 않겠죠. 3년 동안 아무런 해답도 없는 질문 속에 파묻혀 지냈어요. 어쩌면 앞으로 10년을 더 고민해도 해답을 찾아낼 수 없을지도 몰라요. 무엇보다 확실한 건 바네사는 지금 여기에 없고, 나는 풀리지 않는 수수께끼를 언제까지나 끌어안고 살아갈 수는 없다는 거예요. 그거야말로 무의미한 일이라는 걸 깨달았어요."

"정말이지 많은 변화가 있었네요." 내가 조심스럽게 말을 꺼냈다. "우리가……"

나는 말을 마저 끝맺지 못했다. 매튜는 내가 무슨 말을 하려는지 알고 있었다.

"그래요, 우리 둘이 함께 바네사가 실종된 장소에 다녀온 이후 많은 변화가 있었죠. 그 이후로 바네사와 작별하기로 마음먹었어요."

설령 매튜의 말이 추호도 거짓 없는 진실이더라도 그와 다시 시작한다는 건 모험에 가까웠다. 그렇지만 나는 기꺼이 그 모험을 선택하기로 했다.

"맥스가 저 밑에 세워둔 차 안에서 기다리고 있어요. 같이 산책하지 않을래요? 보슬비도 내리고, 당신이 감기에 걸린 건 알지만 산책이 오히려 기분전환에 도움이 될 수도 있으니까."

매튜와 이야기하는 동안 감기 같은 건 까맣게 잊고 있었다. 게다가 내 레인코트는 꺼내 입기 좋게 현관문 바로 옆 옷장에 걸려 있었다. 어디 그뿐인가? 그렇잖아도 신선한 바람을 쐬려고 산책을 나갈까 말까 고민 중이었다. 그때만 해도 매튜하고 맥스와 함께 산책하게 되리라는 건 상상하지 못했지만······.

"좋아요, 빗속을 걷는 것보다 감기에 더 좋은 약은 없죠."

내 말에 매튜가 활짝 미소를 지었다.

"내일 낮에 당신을 집에 초대하고 싶은데 괜찮겠어요? 내가 살고 있는 집을 보여주고 싶어요."

드디어 매튜의 집을 방문하게 되었다. 매튜가 바네사와 함께 살았던 집. 매튜는 집에 있을 때마다 어디에 시선을 두든지 바네사가 지켜보고 있는 듯해 집을 팔아버릴지 말지 고민한 적이 있었다. 바네사의 유령이 사는 집에 간다는 생각만으로도 벌써부터 기분이 으스스했지만 이제 다시 시작된 우리 관계가 순탄하게 이어질 수 있게 배려를 아끼지 않은 매튜를 위해 그 정도쯤은 거뜬히 감수해야 하리라 생각했다.

"벌써부터 기대되는데요."

집을 나와 계단을 내려설 때 순간적으로 아까 텔레비전 뉴스에서 본 요크셔 지방의 여인 실종사건 이야기를 할 뻔했다. 요크셔 고원지대 한가운데서 아무런 흔적도 남기지 않고 실종된 여자 이야기······.

나는 가까스로 그 말을 꾹 눌러 참았다. 더없이 상처 받기 쉽고 예민한 우리의 특별한 연애에 분명 독이 될 만한 이야기였으니까.

8

라이언은 마치 세상에 혼자 동떨어진 사람처럼 깊은 고독에 잠겨 있었다. 감옥에 있을 때조차 보지 못했던 모습이었다. 감옥에 있을 때에도 간혹 우울증을 앓거나 절망에 빠지긴 했다. 갓 출소하고 나서도 며칠 동안 눈에 띄게 불안감에 시달리기도 했다. 끔찍한 성폭행을 당한 데비 때문에 몹시 괴로워하기도 했다. 그렇지만 지금처럼 완벽하게 허탈해하는 모습은 처음 보았다.

그들은 밤이 이슥해지고 나서야 브래들리가 내준 손님방으로 들어갔다. 두 사람이 한 침대를 사용하는 건 처음이었다. 깜빡 잊고 잠옷을 챙겨오지 못한 탓에 두 사람은 속옷 차림으로 자리에 앉았다. 그 정도면 저절로 친밀해질 수 있는 분위기인데 라이언이 너무 의기소침해 있는 바람에 노라는 그의 마음을 어떻게 달래줄지 고민하느라 감히 다른 생각을 품을 엄두를 내지 못했다.

오늘은 정말이지 힘겨운 하루였다. 그들은 코린이 실종된 현장을 찾아가 지방도로변에 있는 한적한 목초지를 한 바퀴 돌아보았다. 고원지대에는 풀이 무성하게 자라 있었고, 양 서너 마리가 한가로이 풀을 뜯고 있었다. 잿빛 구름이 뒤덮인 하늘과 눅눅한 공기, 우중충한 정경만이 펼쳐져 있을 뿐 코린의 흔적은 찾을 길이 없었다.

경찰이 감식을 위해 코린의 차를 가져가는 바람에 그곳에서 납치사건이 벌어진 흔적은 전혀 남아 있지 않았다. 그저 고원지대 어디서나 흔히 볼 수 있는 풍경이 펼쳐져 있을 뿐이었다. 그들은 내친 김에 휘트비까지 갔다. 가는 도중 댄에게 전화해 심각한 문제가 발생하는 바람에 부득이 출근할 수 없다고 말해주었다.

휘트비에 도착한 그들은 코린이 일하는 병원을 찾아갔다. 빨간 벽돌로 지은 아담한 2층짜리 건물이었는데, 1층에는 과일가게가 있었고, 2층이 의사 셋이 운영하는 병원이었다. 과일가게는 문을 열었지만 병원은 토요일이라 진료를 하지 않았다.

그들은 빨간 벽돌 건물을 올려다보았다.

"엄마가 날마다 출근했던 병원이에요. 종종 일층 과일가게에서 과일을 사 브래들리에게 가져다줬겠죠?"

라이언이 말했다.

"아마도 그랬겠죠."

그들은 병원 일대를 잠시 둘러보았다. 당연한 일이지만 코린의 실종을 암시하는 흔적은 아무것도 찾을 수 없었다.

정오쯤 소우돈으로 돌아와 보니 브래들리의 집에 경찰이 와 있었다. 브래들리는 완전히 넋이 나가 있었다. 노라와 라이언은 처음 경찰을 발견했을 때 혹시 나쁜 소식을 전하러 온 건 아닐까 해서 몹시 놀랐다.

경찰은 여전히 수사가 답보상태를 면하지 못하고 있다고 토로했다. 브래들리는 풀러 경사로부터 라이언이 2년 반 동안 스완지 감옥에 수 감돼 있다가 몇 주 전 풀려났다는 이야기를 들었다. 브래들리는 오전 에 있었던 경찰과의 일차 면담 때 가족관계를 진술했다. 경찰은 웨일 즈에 살면서 수 년 동안 가족과 연락을 끊고 지낸 라이언의 행적을 알 아보던 중 전과기록을 찾아냈다.

경찰은 그 사실을 브래들리에게 알리고, 라이언을 직접 만나보기 위해 브래들리의 집을 방문했다. 때마침 라이언은 실종현장을 살펴보 기 위해 날이 밝기도 전에 집을 떠났다. 그 이야기를 들은 경찰은 라이 언이 돌아올 때까지 기다리기로 했다.

풀러 경사는 라이언을 보자마자 물었다.

"어제 아침 7시 경에 어디에 있었습니까?"

라이언은 모든 질문에 차분하게 대답했다. 그 시간, 라이언은 노라와 함께 아침을 먹었고, 30분 뒤 복사가게에 출근했다. 복사가게 사장 댄 도 출근한 라이언을 봤으니 알리바이를 증명하는데 어려움은 없었다.

라이언은 금요일 오후 5시쯤 퇴근해 즉시 집으로 돌아가 옷을 갈아 입었다. 노라와 함께 생일파티에 초대 받았기 때문이었다. 쉰 명쯤 되 는 파티 참석자들 모두가 증인이었다.

파티장에서 남들보다 조금 일찍 나왔다. 노라의 친구 비비안이 전 과 사실을 들먹이며 심한 모욕을 가했기 때문이었다. 파티장을 나와 노라와 함께 술집에 들러 저녁을 먹고 집으로 돌아왔다. 집에 돌아와 보니 자동응답기에 브래들리가 남긴 음성메시지가 들어 있었다. 코린 의 실종 소식을 들은 그들은 즉시 차를 몰아 브래들리의 집으로 왔다.

라이언은 지난 수 년 동안 코린과 연락을 끊고 지냈다. 따라서 코린이 현재 어떻게 지내는지 전혀 알지 못했다. 코린이 휘트비에 있는 병원에서 일한다는 사실도 몰랐고, 하루 일과가 어떻게 이루어지는지도 몰랐다. 매일 아침 고원지대를 관통하는 도로를 이용해 병원으로 출근한다는 사실도 몰랐고, 중간에 셀리나를 픽업해 시내까지 데려다준다는 사실도 몰랐다.

라이언은 정말이지 아무것도 몰랐고, 코린의 실종과 전혀 관련지을 게 없었다. 비록 연을 끊고 지내왔지만 엄마에게 몹쓸 짓을 할 이유도 없었다.

따라서 라이언은 용의선상에서 제외되었다.

"왜 그동안 어머니와 연락을 끊고 지냈죠? 혹시 크게 다퉜나요?"

풀러 경사가 물었다.

"엄마는 제가 살아가는 방식을 못마땅해 했지만 언젠가부터 그냥 내버려두더군요. 더 이상 제가 형편없이 살아가는 모습을 지켜보는 게 힘겨웠을 겁니다."

"당신이 학교를 중퇴하고 나서 제대로 된 일자리를 구하지 못하고 방황하던 모습 말인가요? 게다가 밥 먹듯이 경찰서를 들락거렸죠?"

풀러 경사는 이미 라이언의 신상에 대해 자세히 알고 있는 듯했다.

"네, 잘 아시다시피 제가 하고 다니는 짓들이 엄마를 단단히 실망시켰죠."

라이언이 순순히 인정했다.

풀러 경사가 갑자기 브래들리 쪽으로 고개를 돌렸다.

"라이언과의 사이는 어땠습니까?"

브래들리가 느닷없는 질문에 당혹스런 표정을 지었다.

"코린에게 여러 번 라이언과 인연을 끊으라고 충고했습니다. 라이언 때문에 괴로워하는 모습을 더 이상 지켜볼 수 없었거든요. 저는 라이언이 절대로 바뀌지 않을 거라 확신했죠. 라이언과 연락이 두절되면서 코린이 한동안 몹시 서글퍼하긴 했습니다. 다만 코린이 라이언과 연락을 끊고 나서 예전만큼 마음고생이 심하지는 않았죠."

"라이언을 전혀 신뢰하지 않는다면서 왜 가장 먼저 도움을 요청했습니까?"

브래들리가 당황해하며 손을 내저었다.

"라이언을 신뢰하지는 않지만 엄연히 코린의 아들이잖습니까? 코린에게는 유일한 혈육이죠. 라이언이 아무리 망나니라 하더라도 최소한 엄마에게 무슨 일이 벌어졌는지 알 권리는 있다고 생각했습니다. 아무리 연락을 끊고 지냈다지만 라이언이 아직 젊고 혈기왕성하니까 어떤 방식으로든 힘이 되어줄 거라는 기대도 했었죠. 라이언이 감옥에 다녀온 줄은 미처 몰랐습니다. 만약 그 사실을 알았더라면 도움을 청하지 않았을지도 모르죠."

풀러 경사가 다시 라이언을 쳐다봤다.

"혹시 브래들리를 증오하지 않나요? 어찌 보면 당신과 어머니를 절연하게 만든 장본인이니까요?"

안락의자에 앉은 라이언이 고개를 앞으로 푹 숙였다. 시간이 흐를수록 라이언은 점점 더 내면세계로 깊숙이 빠져들고 있었다.

"아니요." 마침내 라이언이 나직한 목소리로 대답했다.

"저는 브래들리를 증오하지 않습니다. 솔직히 말해 엄마가 연락을 끊었을 때 오히려 마음이 홀가분했어요. 더 이상 엄마의 잔소리를 듣지 않게 됐으니까요. 직장에서 해고되거나 경찰서에 잡혀가도 더 이상 엄마의 마음을 아프게 하거나 미안해 할 필요가 없었으니까요. 그 당시 저는 오히려 해방감을 느꼈기 때문에 브래들리를 증오할 이유가 없었죠."

풀러 경사가 돌아간 뒤 오후 내내 비가 내리는 가운데 브래들리와 라이언, 노라 세 사람은 그냥 거실에 앉아 있었다. 브래들리는 코린의 실종과 라이언의 감옥살이에 대해 끊임없이 탄식을 토해냈다. 코린의 친구들로부터 소식을 묻는 전화가 몇 번 걸려왔다. 노라가 두세 차례 커피를 끓여 내왔고, 날이 저물자 주방에서 찾아낸 재료들로 저녁식사를 준비했다. 라이언과 브래들리는 음식에 거의 손을 대지 않았다.

"이제 눈을 좀 붙이시는 게 좋겠어요. 당장은 우리가 할 수 있는 일이 아무것도 없으니 일단 기력을 회복하는 게 가장 중요하다고 봐요. 정말이지 고된 이틀이었으니까."

10시경, 노라가 브래들리에게 말했다.

브래들리가 고개를 끄덕이며 흔들의자에서 몸을 일으켰다.

"눈을 붙일 수 있을지 모르겠지만 일단 시도는 해봐야겠지. 신경 써줘서 고마워요. 내가 생각난 김에 한 가지만 묻겠소. 당신처럼 아름답고 사려 깊고 사회생활도 잘 할 것 같은 여자가 하필이면 전과기록 말고는 쳐다볼 게 없는 저 한심한 낙오자를 챙겨주는 이유가 뭐요?"

브래들리의 입에서 튀어나온 말들이 거실을 맴돌았다.

라이언은 고개조차 들지 않았다.

"저는 라이언을 좋아합니다." 노라가 마침내 대답했다. "당신과 달리 저는 이 사람의 마음속에 깃들어 있는 생각이 그리 비뚤어지지는 않았다는 걸 알고 있으니까요."

"내가 보기에 당신은 더 훌륭한 청년을 만날 자격이 있소."

브래들리의 입에서 깊은 한숨이 새어나왔고, 안구는 피로와 걱정 때문에 빨갛게 충혈 되어 있었다.

"제발 로맨틱한 환상에 빠져 일을 그르치지 말아요. 라이언을 구원해 줄 천사가 되어줄 생각일랑 버리는 게 좋을 거요. 저 아이를 구해줄 수 있는 사람은 아무도 없어요. 저 아인 절대로 변하지 않을 테니까."

노라는 아무런 대꾸도 하지 않았다. 괜한 입씨름을 벌여봐야 상황을 더욱 악화시킬 게 뻔했다. 어떡하든 브래들리의 입에서 더욱 심한 악담이 쏟아져 나오는 걸 막고 싶었다. 그 경우, 두 사람 모두에게 좋을 게 없었으니까.

"라이언, 오늘밤은 늦었으니 이 집에서 자고 가거라."

브래들리가 마침내 말했다.

"그 대신 내일 아침 일찍 떠나거라. 이제 네 도움은 필요 없다. 널 더이상 이 집에서 보고 싶지 않아."

그런 다음 그들은 각자 방으로 들어갔다.

노라는 한 침대에서 라이언과 나란히 앉아 있었다. 이런 분위기에서 불을 꺼버리고 '잘 자요'라고 말한 다음 자리에 눕는 건 적절하지 않을 듯했다. 라이언은 어젯밤 꼬박 밤을 새웠고, 오늘도 운전하느라 녹초가 되었을 텐데 잠을 잘 생각이 없어 보였다. 노라는 라이언의 손을 잡아주고 싶은 충동을 가까스로 억눌러 참았다. 자칫 그의 마음을 자극하게 될까봐 두려웠다.

"코린 여사는 어떤 분이었죠?"

"엄마는 배려심이 많고, 마음이 따뜻한 분이죠. 도움이 필요한 사람에게 언제나 손을 내미는 분이라 친구가 많았어요. 모두들 엄마를 좋아했죠. 나도 엄마 옆에 있으면 늘 마음이 편안하고 기분이 좋았어요."

노라는 결국 용기를 내 하루온종일 마음에 걸렸던 이야기를 꺼냈다. 그녀는 집안을 둘러보다가 2층 선반에서 라이언의 사진을 보았다.

일곱 살쯤 돼 보이는 라이언이 얕은 풀에서 장난을 치며 환하게 웃고 있는 사진이었다. 사진 뒤쪽으로 담쟁이덩굴에 덮여 있는 집이 보였다. 그 주변 정원에는 형형색색의 꽃들이 피어 있었다.

노라는 그 사진을 한참이나 들여다보았다.

"감옥에 있을 때 당신이 내게 해준 이야기는 전부 사실이 아니었죠? 불우했던 어린 시절에 대한 이야기 말이에요. 늘 술독에 빠져 살았던 의부와 아무런 도움도 되지 않았던 엄마 이야기 말이에요. 전부 당신이 지어낸 이야기죠?"

라이언은 아무 말 없이 고개를 끄덕였다.

"당신은 다정다감한 어머니의 보살핌 속에서 나름 유복한 어린 시절을 보냈죠? 의부 역시 정상적인 사람이었고요?"

라이언이 한숨을 푹 내쉬고 나서 고개를 끄덕였다.

"다만 친부 이야기는 전부 사실이었어요. 아버지는 내가 네 살 때 돌아가셨죠. 그 후, 엄마는 재혼했고, 의부와 캠로즈에서 B&B를 함께 운영했어요. 의부는 무척이나 다정다감한 사람이었어요. 술은 입에도 대지 않았고, 폭력적이지도 않았는데 여자를 좋아하는 게 문제였어요. 허구한 날 엄마와 여자문제로 다투었죠. 내가 열네 살이 되던 해에 엄마는 결국 의부와 헤어졌어요. 그 후로는 스완지에서 엄마와 단둘이 살았죠. 엄마는 한동안 재혼 하지 않고 지내다가 브래들리를 만나게 됐어요. 이렇게 말하고 보니 내가 별 문제 없는 성장기를 보낸 게 되어버리네요. 사람들은 저마다 관점의 차이가 있죠. 난 다만……."

라이언은 더 말을 하려다가 입을 꾹 다물었다.

"당신이 왜 학업을 중도에 포기했는지, 왜 경찰서를 밥 먹듯이 들락거렸는지 거짓말로라도 둘러대지 않으면 내가 아무것도 이해해주지 못할 거라 생각했어요?"

"그래요, 아무것도 이해해주지 못할 거라 생각했어요. 아무튼 거짓
말을 해서 미안해요. 나조차 내가 왜 낙오자가 되고 범죄자가 되었는
지 이해하기 힘든 게 사실이니까. 나를 떠나보내고 싶으면 지금이라
도 당장 그렇게 하세요. 당신을 원망하지 않을 테니까."

"대체 그게 무슨 말이죠?"

"나를 내쫓아도 화내지 않겠다는 뜻이에요. 정말이지 나란 놈은 믿
을 놈이 못되니까 한시바삐 떠나보내는 게 좋을 거예요."

"혹시 아직도 솔직하게 털어놓지 않은 비밀이 있나요? 내가 당신에
대해 알아야 할 비밀이 또 있는지 말해 봐요."

라이언은 대화를 나누는 동안 노라의 얼굴을 제대로 쳐다보지 못했
다. 방구석을 응시하며 시선을 피하던 그가 갑자기 고개를 들고 쳐다
보았다. 참기 힘든 고통으로 심하게 일그러진 얼굴이었다.

"내가 데몬에 대해 말했던가요?"

라이언은 스물네 살 때 데몬을 처음 알게 되었다. 지각을 밥 먹듯이
하는데다 회사 공금에 손을 대는 바람에 막 일자리에서 쫓겨났을 무
렵이었다. 그가 몰래 손을 댄 공금이 800파운드쯤 되었고, 사장은 눈
치 채지 못했지만 팀장은 알고 있었다.

"자네도 더 이상 인생을 망가뜨리고 싶지는 않을 거야. 나 또한 자
네의 미래를 망치게 하고 싶지는 않아. 분명 말하지만 최대한 빨리 몰
래 빼내 쓴 돈을 채워 넣고 조용히 회사를 떠나. 그 대신 자네의 공금
유용에 대해서는 입을 꼭 다물어줄 테니까."

팀장이 라이언에게 말했다.

라이언은 몰래 빼낸 회사의 공금으로 이미 최신형 스테레오를 구입했기에 환불이 불가한 입장이었다. 친구들에게 돈을 빌려보려고 했지만 죄다 빈털터리들뿐이라 말을 꺼낸 쪽이 오히려 무안할 지경이었다.

라이언은 주어진 기한 내에 돈을 구하기란 죽었다 깨어나도 불가능하다는 사실을 깨달았다. 팀장은 돈이 빈다는 사실을 언제까지나 숨겨줄 수 있는 형편이 아니었다.

엄마에게 손을 벌려볼까?

라이언은 돈을 빌려달라고 할 경우 엄마가 실망스런 얼굴로 쏟아낼 비난을 감당할 엄두가 나지 않았다.

차라리 진작 엄마를 찾아갔더라면 일이 이렇게까지 꼬이지는 않았을 텐데?

엄마에게 갈까 말까 망설이다가 수소문 끝에 돈을 빌려주겠다는 사채업자를 만났다. 그가 바로 데몬이었다.

라이언이 개인적으로 데몬을 만난 건 딱 두 번밖에 없었다. 대부분 데몬의 똘마니들을 접촉했는데 어두컴컴한 골목에서는 절대로 마주치고 싶지 않은 악당들이었다.

라이언은 두 번쯤 얼굴을 보긴 했지만 데몬이 어디에 사는지 알지 못했다. 데몬이라는 이름이 가명이라는 것도 몰랐다. 데몬은 그가 쓰는 수많은 가명들 중 하나였다. 데몬이 벌이는 여러 사업 중 주력사업은 고리대금업이었다. 데몬은 수하에 수금을 전담하는 똘마니들을 여럿 두고 있었다. 돈을 받아내기 위해서라면 무슨 짓이든 할 수 있는 자들이었다.

데몬은 마약, 무기거래, 아동포르노, 돈세탁 등 온갖 불법사업에 손을 뻗치고 있었다. 경찰도 데몬을 함부로 건드리지 못했다. 데몬은 법망을 교묘하게 빠져나가며 각종 이권사업을 운영하고 있었고, 불법을 눈감아주는 관료들과 비밀 커넥션을 맺고 있다는 게 정설이었다.

데몬을 처음 만난 날, 라이언은 악마의 손아귀에 목덜미를 잡힌 느낌이었다. 비참하게 끝날 수밖에 없는 운명을 예감했지만 반드시 회사의 공금을 채워넣어야 했기에 마음 깊은 곳에서 들려오는 경고의 메아리를 외면할 수밖에 없었다.

데몬은 제법 아량이 많은 사람처럼 굴었다. 대출기한을 넉넉하게 주었을 뿐만 아니라 이자도 그리 비싸지 않았다. 라이언은 새 일자리를 구해 원리금을 상환해 나가기 시작했다. 항간에 떠도는 소문과 달리 데몬은 악마가 아닐 거라 생각하며 위안을 삼았다. 그에 대한 이야기들이 대부분 과장일 수도 있으니까. 상환해야 할 돈이 모자라게 되자 다시한 번 데몬을 찾아갔고, 그런 일이 여러 차례 반복됐다. 그 과정에서 이자가 하늘 높은 줄 모르고 치솟았고, 대출기한은 점점 더 짧아졌다.

라이언은 마침내 덫에 빠져버렸다. 2009년 여름, 빚은 무려 2만 파운드로 증가했고, 첫 번째 경고메시지가 전달되었다. 대출기한이 만료됐으니 돈을 갚든지 목숨을 내놓든지 둘 중 하나를 선택하라는 메시지였다. 데몬의 경고가 절대 허튼소리로 끝나지 않으리란 걸 항간에 떠도는 소문들이 증명해주고 있었다.

9

"그 무렵 난 폭행상해죄로 체포되어 유죄를 선고받았어요. 뜻하지 않게 감옥에 들어가게 되면서 데몬의 보복으로부터 벗어났죠. 미친 소리로 들릴 수도 있겠지만 감옥행이 오히려 나를 도와준 셈이 되었죠."

라이언은 데몬에 대해 비교적 소상하게 다 이야기했지만 바네사 실종사건에 대해서는 일체 언급하지 않았다.

"감옥에 있을 때는 데몬의 보복을 피할 수 있었지만 지금 난 다시 밖에 있게 되었고, 안위를 보장받을 수 없게 되었죠. 데몬은 내가 출소한 사실을 분명히 알고 있을 거예요. 아마도 그 사이 이자가 눈덩이처럼 불어나 있겠죠. 감옥에 들어갈 무렵 빚이 2만 파운드였는데 아마도 지금은 두 배 이상 불어났을지도 몰라요."

"데몬이 혹시 당신이 어디에 살고 있는지 알고 있을까요?"

노라가 얼굴이 창백해지며 물었다.

"분명 알고 있을 거라고 봐요. 데몬은 굉장히 치밀한 사람이니까."

"어디에 있는지 알고 있는데 왜 그들은 한 번도 당신 앞에 나타나지 않았을까요? 혹시 한 번이라도 그 사람들한테 연락 받은 적이 있어요?"

라이언은 고개를 저었다.

"데몬은 채무자가 빚을 갚지 못할 경우 절대로 그냥 넘어가는 법이 없어요. 절대로 동정심을 기대할 수 없는 사람이죠."

"그럼 당신은 언젠가 데몬 일당이 눈앞에 나타나 가슴에 총구를 들이밀기를 기다리고 있다는 뜻인가요?"

라이언이 다시 그녀의 눈길을 피했다.

"어쩌면 이미 총구를 겨누고 있을지도 모르죠."

라이언이 작은 소리로 웅얼거렸다.

노라는 혼란스러운 표정을 지었다.

"아직 그들을 한 번도 대면한 적이 없다면서요?"

"데몬이 전화를 하거나 직접 내 앞에 나타난 적은 없지만 절대로 안심할 상황은 아니죠. 데비에게 가해진 성폭행과 엄마의 실종사건은 아마도 데몬과 깊은 관련이 있지 않나 생각해요. 나와 밀접한 관련이 있는 사람들이 불과 며칠 사이에 끔찍한 사고를 당했어요. 과연 그 두 사건이 우연히 겹쳤다고 할 수 있을까요?"

"그러니까 당신 말은 지금……?"

"데비의 집에 갔을 때부터 데몬 일당이 떠올랐지만 그저 운이 나빠 벌어진 사고로 치부하며 마음을 다독거렸어요. 이제 엄마에게도 몹쓸 일이 벌어졌어요. 엄마는 단 한 번도 부자인 적이 없었고, 단 한 번도 적을 만들고 살아온 적이 없어요. 게다가 예순이 넘은 여자를 납치해 어디에 쓰려고요?"

"당신은 이 모든 일들이 데몬의 소행이라 믿나요? 데몬이 경고메시지를 보낸 거라고?"

"그럴 가능성이 높아요. 데몬이 채무자를 협박할 때 즐겨 사용하는 수법과 여러 가지 면에서 일치하니까."

"데몬은 이런 식의 협박을 통해 뭘 얻어낼 수 있을까요? 결국 그가 원하는 건 돈이잖아요. 이토록 위험천만한 짓을 저지르고도 돈을 받아낼 수 있을 거라 생각할까요?"

라이언은 얼굴을 두 손에 묻었다.

"2만 파운드, 아니 어쩌면 4만 파운드로 불어났을지도 모를 그 돈은 내가 평생 갚아도 다 갚지 못할 만큼 거액이지만 데몬에게는 밤잠을 설칠 만큼 큰돈은 아니겠죠. 어마어마한 자산가인 데몬에게 4만 파운드 정도는 아마도 푼돈일 거예요. 데몬도 이제 갓 출소한 나에게 채무변제능력이 없다는 걸 잘 알고 있을 거예요. 데몬이 철저하게 지키고 있는 신조가 두 가지 있죠. 첫째, 채무자가 빚을 변제하지 못할 경우 결코 마음 편히 살도록 내버려두지 않는다는 거죠. 동정심을 베풀었다가는 다른 채무자들에게 좋지 않은 선례를 남길 수 있으니까요. 데몬은 영향력을 최대한도로 유지하기 위해 극도의 공포심을 조장하죠. 데몬도 이제 한물갔다는 소문이 나돌게 될 경우 사채사업을 유지하는데 치명타가 될 수도 있으니까요. 가령 '라이언이 빚을 갚지 않고 달아났는데 데몬이 녀석에게 동정심을 베풀어 그냥 살려두었대.' 라는 말이 나돌 경우 사람들은 더 이상 공포심을 갖지 않게 되겠죠. 그보다는 '라이언이 빚을 갚지 않았다가 데몬에게 된통 당했대. 데몬의 똘마니들이 라이언의 과거 애인을 찾아가 성폭행하고, 어머니도 납치해 폭행했대. 어디 그뿐인 줄 알아? 라이언도 뼈가 으스러지도록 두들겨 맞았대.' 라고 해야 사람들이 계속 데몬에 대해 공포심을 갖게 될 테니까요."

"맙소사."

노라가 자기도 모르게 신음소리를 내뱉었다.

'내 말이 절대 과장이 아니니까 더욱 끔찍하죠. 오죽하면 그 당시 내가……'

라이언은 마음속으로 그렇게 덧붙였다. 그는 바네사 윌라드라는 이름이 막 등장하기 직전에 가까스로 말을 멈추었다. 한편 바네사가 아직 살아남아 복수극을 꾸미고 있을지도 모른다는 생각이 들며 다시 머릿속이 암담해졌다.

"데몬의 두 번째 신조는 뭐죠?"

"데몬에게는 가학적 성향이 있어요. 타인을 괴롭히며 희열을 느끼는 인간이죠. 데몬은 채무자를 괴롭히는 걸 일종의 게임으로 여기는 듯해요. 사람들이 '이 사건이 데몬과 깊은 관련이 있는 게 아닐까?' 혹은 '데몬이 다음번에는 어떤 짓을 벌일까?' 하며 고통 받는 걸 은근히 즐기는 거예요."

"라이언, 지금 당신이 한 말을 경찰을 찾아가 다 털어놓아야 해요."

"그럼 난 죽을 수밖에 없어요."

"데몬이 감옥에 갈 텐데 어떻게 보복을 한다는 거죠?"

"만약 체포되지 않을 경우는 어쩌죠? 혹시 데몬이 이 사건과 아무런 관련이 없다면 어쩌죠?"

"경찰은 데몬을 체포할 단서를 반드시 찾아낼 거예요. 데몬의 생에서 합법적으로 이루어진 일은 거의 없을 테니까요."

"경찰이 데몬의 죄를 입증할 만한 단서를 찾아낼 수 있었다면 지금쯤 아마 무기징역형을 선고받고 복역하고 있겠죠. 데몬은 체포될 만한 빌미를 주지 않는 것으로 유명해요. 내가 용케도 데몬의 뒷덜미를 움켜쥐었다고 하더라도 데비와 우리 엄마에게 벌어진 사건이 녀석이 저지른 짓이 아니거나 범행을 입증할 만한 증거를 찾아내지 못할 경우 역으로 당할 수밖에 없어요. 데몬은 법망을 유유히 빠져나갈 테고, 나는 여지없이 놈이 쳐놓은 올가미에 걸려 들 수밖에 없을 거예요."

"당신 어머니의 목숨이 달린 문제일 수도 있어요."

"나도 알아요. 게다가 당신의 목숨이 달린 문제이기도 하죠. 앞으로 이 사건이 어떻게 진행되든 당신은 내게서 멀찍이 떨어져 있는 게 좋아요."

라이언이 노라를 뚫어지게 쳐다보며 말했다.

"이미 늦었어요. 난 이미 당신 문제에 깊숙이 개입돼 있어요."

"아직 늦지 않았어요. 내가 당신 집에서 나가면 당신은 데몬의 표적 대상에서 제외될 수 있어요. 데몬이 나와 관련된 사람들을 노리고 있다면 당신은 조만간 놈의 표적이 될 거예요. 내가 경찰을 찾아가 일련의 사건들이 데몬과 밀접하게 관련됐을 수도 있다고 증언한다면 놈은 반드시 나에게 복수하려고 들겠죠. 제발 나 때문에 인생을 망치지 말아요."

"그래서 경찰을 찾아갈 거예요?"

노라가 대답 대신 그렇게 물었다.

"아직은 잘 모르겠어요."

라이언은 분명 뭔가 다른 고민을 하고 있었다. 노라는 여자의 직감으로 라이언이 모든 걸 다 털어놓지 않았고, 머릿속으로 뭔가 다른 가능성을 염두에 두고 있다는 걸 알 수 있었다.

"당신은 혹시 다른 가능성을 염두에 두고 있는 거 아닌가요?"

"내 주변 여자 둘이 연이어 몹쓸 사건에 휘말린 게 필연인지 우연인지 아직 판단이 서지 않아요."

라이언의 머릿속에서는 지금도 끔찍한 생각이 맴돌고 있었다. 도무지 그 생각을 떨쳐버릴 수 없었다. 바네사의 생존 여부를 확인했어야 한다는 생각이 들었다. 바네사 스스로 살아났을 수도 있었고, 누군가 도와주었을 수도 있었다. 그 어느 쪽이든 바네사가 아직 생존해 있다면 그야말로 암담한 일이 아닐 수 없었다.

라이언의 입에서 저절로 한숨이 터져 나왔다.

노라가 그의 어깨에 손을 올려놓았다.

"이제 완전히 녹초가 됐어요. 어떻게 할지 내일 다시 생각하기로 하고 오늘은 이만 자두는 게 좋겠어요."

노라의 말을 따르는 게 가장 합리적인 생각 같았지만 이불 속에 들어가면 또다시 바네사의 유령을 보게 될까봐 두려웠다. 살아오는 동안 인간쓰레기들을 너무 많이 만났고, 수많은 범죄를 저질렀다.

라이언은 지금 주변에서 벌어지고 있는 일련의 사건들이 자신과 무관할 리 없다고 생각했다. 자꾸만 데비의 얼굴이 눈앞에 떠올랐고, 엄마의 얼굴이 그 뒤를 이었다. 그러다 두 얼굴이 하나로 겹쳐졌다. 그 다음에는 다시 바네사의 얼굴이 눈앞에서 아른거렸다.

바네사는 어떻게 됐을까?

10

"건드리지 마."

닉이 잠결에 다가와 알아들을 수 없는 말을 웅얼거리더니 오른쪽 젖가슴에 손을 털썩 내려놓았다. 재닌은 닉과의 섹스를 좋아했지만 잠에 취한 상태로는 곤란하다고 생각했다.

닉이 잠꼬대를 하며 가슴을 움켜쥐었다.

흥! 그러면 통할 줄 아나본데, 이번에는 절대로 안 되지.

재닌은 커다란 목욕타월을 둘둘 말고 있는 닉의 몸을 쳐다봤다. 더러운 목욕타월에는 여기저기 담뱃불로 태운 구멍이 나 있었다. 두 사람 다 침대에서 자주 담배를 피운 탓이었다. 그러다가 언젠가는 이 집을 홀라당 태워 버릴지도 모른다는 생각이 들었다. 불이 날 경우 이 집에 사는 대부분의 사람들은 불에 타죽을 공산이 컸다. 죄다 술과 마약에 취해 있었으니까.

재닌은 가까스로 침대에서 일어났다. 머리가 깨질 듯 아팠다. 게다가 방이 너무 추워 바닥에 널브러져 있는 닉의 셔츠를 집어 들어 몸에 걸쳤다. 오래 전, 닉은 조부로부터 폐가가 된 이 농장을 물려받았다. 날씨가 좋을 경우 제법 로맨틱한 분위기도 나고 살기에도 괜찮았다. 그 대신 겨울이나 비가 오는 날에는 악몽의 연속이었다. 창문들은 죄다 아귀가 맞지 않아 제대로 닫히지 않았고, 천장에서는 비가 스며들었다. 겨울에는 달랑 난로 하나로 추위를 견뎌야만 했다. 하루온종일 난로를 피워놓아도 방은 얼음장처럼 차가웠다. 게다가 연기가 잘 빠지지 않아 마치 너구리굴에 들어와 있는 듯했다. 닉은 천장에서 물이 새든지 집안이 너구리굴처럼 되든지 전혀 신경 쓰지 않았다. 대부분 시간에 약에 취해 있어 추위를 느끼지 못하기 때문이었다.

재닌은 창밖을 내다보았다. 이 농장은 가장 가까운 마을로부터 20마일 이상 떨어져 있었다. 닉의 증조부는 양을 키웠지만 지금 농장에 남아 있는 가축은 한 마리도 없었다. 가끔 다른 농가의 가축들이 길을 잃고 농장에 들어오는 경우가 더러 있었다. 농장에 딸린 과수원도 잡초로 뒤덮인 지 오래였다.

재닌은 나무들에 가려져 있는 숲 가장자리에서 언뜻 뭔가를 본 듯했다. 밝은 색 반점처럼 보였는데 평소 한 번도 보지 못했던 반점이었다.

양인가?

봄을 맞아 길 잃은 새끼 양들이 많이 발생하는 시기였다.

새끼 양 한 마리가 무리에서 떨어져 나와 길을 잃었나?

재닌은 고도근시여서 안경 없이는 멀리 있는 사물의 형태를 알아볼 수 없었다. 유감스럽게도 안경을 어디다 벗어두었는지 기억나지 않았다. 어젯밤, 술을 너무 많이 마시는 바람에 침대에 어떻게 기어들어갔는지조차 기억나지 않았으니 안경이야 두 말할 필요도 없었다. 안경을 찾느라 방안을 둘러보는 와중에도 머리가 계속 지끈거렸다.

주방에 아스피린이 남아 있으려나?

"혹시 내 안경 어디에 있는지 봤어?"

재닌이 닉을 향해 물었다. 물론 대답을 기대하고 물은 건 아니었다. 닉은 한참 전에 다시 깊은 잠에 빠져들었다. 아마 저녁 전까지는 세상 모르고 잠을 잘 것이다.

재닌은 실내화를 찾지 못해 어쩔 수 없이 맨발로 계단을 터벅터벅 걸어 내려갔다. 발바닥에서 지독한 냉기가 느껴졌다.

일층까지 내려온 재닌은 잠시 거실을 둘러보았다. 거실 바닥에 서너 명의 부랑자들이 누워 자고 있었다. 빈 맥주병들이 여기저기 굴러다녔고, 재떨이에는 담배꽁초가 수북이 쌓여 있었다. 음식찌꺼기가 덕지덕지 달라붙은 접시들도 여기저기 널려 있었다.

재닌은 현재 농장에서 기거하는 사람이 정확히 몇 명인지 알지 못했다. 대부분 닉의 친구들이었지만 개중에는 일면식도 없는 사람도 있었다. 우연히 농장에 들렀다가 그냥 주저앉은 경우였다.

닉의 농장은 마을에서 멀리 떨어져 있었지만 일하기 싫어하는 인생 낙오자, 부랑자, 예비범죄자들이 집단숙식을 하는 장소로 유명했다. 농장에서는 허구한 날 방탕한 술자리, 그룹섹스, 퇴폐적인 마약파티가 열렸다.

부엌으로 들어간 재닌은 산더미처럼 쌓여 있는 접시들, 음식물이 덕지덕지 눌어붙은 냄비들, 담배 불똥이 떨어져 듬성듬성 구멍이 난 바닥을 애써 무시했다. 매일이다시피 이어지는 술자리에 진저리를 치는 사람은 오직 그녀 한 사람밖에 없었다.

재닌은 오래 전부터 농장을 떠나고 싶었지만 술이 문제였다. 그녀는 매일 술에 취해 몽롱한 상태로 하루를 보냈다. 가끔 알코올중독치료를 받아볼까 생각했지만 무서워서 포기했다. 그녀의 엄마도 알코올중독으로 오래도록 치료를 받았지만 끝내 완쾌되지 못했다. 따라서 알코올중독이 얼마나 끔찍한 질환인지 잘 알고 있었다. 알코올중독 치료가 얼마나 부질없는 짓인지도……

재닌은 주방 탁자에 올려놓은 손목시계를 보고 나서야 지금이 3시라는 걸 알았다. 일요일 오후 3시. 다행스럽게도 약통 안에 아스피린이 남아 있었다.

아스피린을 먹은 재닌은 바닥에서 올라오는 냉기를 피하기 위해 발을 들었다 내렸다 하며 창밖을 내다보았다. 부엌은 침실 바로 아래 위치해 있어 과수원과 숲의 가장자리가 곧바로 내려다보였다. 아까 침실에서 봤던 하얀 반점을 다시 한 번 살펴보았다.

젠장! 안경이 필요해! 길을 잃은 새끼 양인가?

재닌은 동물들을 좋아했다. 열 살 무렵 어른이 되면 수의사가 되리라 결심했었다. 물론 뜻을 이루지는 못했지만 동물들에 대한 사랑만큼은 여전했다.

재닌은 밖으로 나가 직접 확인해 봐야겠다고 생각했다. 지금 몸에 걸치고 있는 옷이라고는 무릎까지 내려오는 닉의 셔츠가 전부였다. 비는 그쳤지만 숲은 아직 물에 흠뻑 젖어 있었다. 나뭇가지들이 바람에 흔들렸고, 구름이 빠른 속도로 이동하는 가운데 파란 하늘이 가끔씩 드러나보였다.

곧 해가 날 거야. 그때 나가서 확인해보지 뭐. 아니야, 만약 길을 잃은 양이라면…….

재닌의 눈길이 와인 병에 가 닿았다. 와인 병을 집어 들고 병째 들이켜면 두통이나 추위, 동물에 대한 안쓰러움 따위쯤은 쉽게 잊을 듯했지만 쓰러져 있는 어린 양을 생각하자 눈물이 왈칵 솟았다.

재닌은 부엌문을 활짝 열어젖혔다. 차가운 바람이 밀려들어오며 온몸이 떨렸다. 첫걸음을 내딛자마자 젖은 풀이 맨 다리에 와 닿았지만 마당을 가로질러 걸어갔다. 예전에는 마당에서 닭도 치고, 농기계들도 세워져 있었지만 지금은 잡초만이 무성하게 자라 있었다. 엉겅퀴들과 쐐기풀들이 부엌 문턱에까지 닿을 정도였다.

재닌은 제대로 길도 나 있지 않은 과수원으로 걸어 들어갔다. 가을이 되면 사과가 열렸지만 가지치기도 하지 않고, 지지대도 세워주지 않아 벌레들이나 짐승들의 좋은 먹잇감이 될 뿐이었다. 지난주 내린 비로 연분홍 사과 꽃들이 바닥에 떨어져 있었고, 잡초는 허리 높이까지 자라 있었다.

재닌은 잡초를 해치고 가는 사이 온몸이 흠뻑 젖어버렸다. 물을 머금어 차갑고 무거워진 셔츠가 허벅지에 철벅철벅 감겼다. 가까스로 과수원 끝에 도달해보니 나무 울타리가 눈앞을 가로막고 있었다. 울타리에 곰팡이가 번지고 있어 과연 얼마나 버틸 수 있을지 의문이었다.

재닌은 울타리 출입문을 빠져나가 숲 아래쪽을 내려다보았다. 분명 새끼 양은 아니었다. 언뜻 보니 누군가 흰색 코트를 던져 놓은 듯했다.

문득 이상한 생각이 들었다.

이곳은 사람들이 지나다니는 곳이 아니야.

바로 그때 코트가 꿈틀하는 걸 본 듯했다.

아직 술기운이 남아 헛것을 보았나?

재닌은 정신을 집중하고 흰 코트를 향해 다가갔다. 가까이 다가가

보고 나서야 코트가 아니라 사람이라는 걸 알 수 있었다. 누군가 풀밭에 잔뜩 몸을 웅크린 채 쓰러져 있었다.

"맙소사!"

열에 들뜬 중년 여자의 눈이 그녀를 올려다보고 있었다. 언뜻 보기에도 기력이 바닥나보였다. 얼마나 추운지 그녀는 갈라지고 터진 입술을 바들바들 떨어댔다.

재닌은 마른침을 꿀꺽 삼켰다.

"제발."

여자가 숨을 가쁘게 몰아쉬며 작은 소리로 속삭였다.

"제발, 도와주세요. 제발."

11

　대낮부터 해가 떠오르면서 기온이 서서히 오르기 시작했다. 저녁때
가 된 지금은 바람이 구름을 완벽하게 몰아낸 탓에 파란하늘이 드넓
게 펼쳐져 있었다.

　처음에는 택시를 타고 곧장 집으로 돌아갈 생각이었지만 문득 누군
가와 이야기를 나누고 싶었다. 택시기사에게 행선지를 바꿔 말했다.
지금은 대화를 나눌 친구가 필요했고, 떠오르는 사람이라고는 알렉시
아밖에 없었다. 알렉시아의 집에 도착해 초인종을 눌렀지만 아무도
문을 열어주지 않았다. 당황하고 실망스러워 잠시 현관문 앞에 그대
로 서 있었다.

　가족들이 단체로 외출했나? 아니면 멀리 나들이를 떠나 아직 돌아
오지 않은 건가? 내일 아이들이 학교에 가야 할 텐데?

　집으로 돌아갈지 더 기다릴지 결정을 내리지 못하고 머뭇거릴 때

자동차 한 대가 길모퉁이를 돌아 나오는 게 보였다. 알렉시아의 차가 분명했다. 흰색 베드포드로 연식이 오래돼 고물에 가까웠지만 여섯 식구나 되는 대가족에게는 더없이 유용한 미니버스였다. 가끔 아이들 친구 서너 명쯤을 더 태울 수 있어 여러모로 실용적인 차였다. 미니버스를 계속 주시하다보니 금세 착각이었다는 걸 깨달았다. 알렉시아의 베드포드인 줄 알았는데 복스홀에서 나온 모바노 모델이었다. 모바노는 내 옆을 지나 좀 더 달려가다가 다른 집 입구로 꺾어져 들어갔다.

아직 포기하기에는 이르다고 생각해 잠시 뒤뜰을 둘러보며 좀 더 기다리기로 했다. 어쩌면 가족들 모두가 집밖에 있어 초인종 소리를 듣지 못했을 수도 있었다. 알렉시아의 집과 이웃집 사이에 뒤뜰로 이어지는 통로가 있었다. 통로 윗부분에는 절반쯤 지붕이 덮여 있었다. 집 안에서는 부엌을 통해 곧장 뒤뜰로 나가게 되어 있었지만 집 밖에서는 그 통로를 이용해야만 뒤뜰로 들어갈 수 있었다.

알렉시아는 집이 비좁아 세탁기와 냉장고를 뒤뜰에 내다놓았다. 알렉시아와 켄은 만성피로에 시달리고 있었고, 집안일을 세심하게 챙길 여력이 없었다. 문득 뒤뜰로 이어지는 출입문을 안쪽에서 잠그지 않았을지도 모른다는 생각이 들었다.

내 예상대로 문은 잠겨 있지 않았다. 문을 열고 뒤뜰로 가보니 켄이 혼자 앉아있었다. 그는 계단에 앉아 담배를 피우고 있었다. 집안이 고요한 걸 보면 아이들은 전부 잠자리에 든 듯했다. 어느새 해가 기울며 빨간 저녁노을이 하늘을 물들여 갔다. 잔디밭 한가운데에 놓인 간이 수영풀의 바람이 서서히 빠지고 있는 게 눈에 띄었다.

나를 본 켄이 반갑게 미소를 지으며 인사했다.

"지나, 어서 와요!"

켄이 옆으로 조금 비켜 앉으며 내게 빈자리를 내주었다.

"잘 지냈어요? 문단속에 좀 더 신경을 써야겠어요. 아무나 막 집안으로 들어오게 하면 안 되잖아요."

"훔쳐갈 물건도 없는 집인데요, 뭐. 맥주 한 잔 할래요?"

"네, 고마워요."

켄이 옆에 놓여 있던 병맥주를 집어 들더니 뚜껑을 따 내게 건넸다. 켄의 숨결에서 술 냄새와 담배 냄새가 진동했다. 나도 이미 매튜와 와인 한 병을 나눠 마셨으니 맥주 한 병을 더 마셨다가는 내일 아침에 머리가 아플 듯했지만 거절하지 않았다. 감기는 낫는 중이었고, 기분도 그럭저럭 괜찮았다.

"수영풀은 어쩌다 저렇게 되었어요?"

"에반이 다트를 던져 펑크가 났어요."

"맙소사!"

알렉시아의 아이들은 짓궂은 장난을 치는데 천부적인 재능을 갖고 있었다.

"알렉시아는 벌써 잠자리에 들었어요?"

켄이 고개를 저었다.

"알렉시아는 이 시간에 절대로 잠자리에 들지 않죠. 아직 집에 들어오지도 않았어요."

"설마 오늘도 회사에 출근했어요?"

"어제 오늘 이틀 동안 하루온종일 회사에 나갔어요. 요즘은 주말도 없이 일에 매달려 지내죠. 광고주들이 또 떨어져 나갔나 봐요. 내가 보기에는 잡지사들 형편이 다 좋지 않은데 알렉시아만 유난히 억척을 부리는 것 같아요."

"알렉시아 탓이라기보다는 로널드 회장 때문이겠죠. 그 인간은 알렉시아를 실패자로 낙인찍기 위해 갖은 술수를 다 부리고 있어요. 잡지사들의 형편이 좋지 않은 건 어느 누구의 잘못이라기보다는 변화된 환경 탓인데 로널드 회장의 생각은 다른가 봐요. 그는 시장 환경 자체가 변모했다는 걸 깡그리 무시하고 누군가에게 올가미를 씌워 책임을 떠넘기려 하고 있어요. 알렉시아가 제풀에 나가떨어지기를 바라며 사다리 층수를 점점 더 높이고 있죠. 알렉시아는 그러다가 결국 진이 다 빠져버리고 말 거예요."

"그 작자는 왜 알렉시아를 그토록 괴롭힐까요?"

켄이 혼란스러워하며 물었다.

"여자가 책임자 자리에 앉아 있는 것 자체를 못마땅하게 여기나 봐요. 여자는 집에서 아이들이나 봐주며 살림살이나 챙겨야 한다고 생각하는 인간이죠."

"내 입장으로는 환영할 만한 생각 같은데요."

켄이 빙긋 웃으며 그렇게 말했다.

우린 건배하고 맥주를 병째 들이켰다.

"당신에게도 결코 쉽지 않은 시간이겠군요?"

"알렉시아가 점점 피폐해지는 모습을 지켜보는 게 너무 힘들어 그만 포기하라고 여러 번 이야기했는데 좀처럼 들으려고 하지 않아요. 지위는 좀 낮아지더라도 근무환경과 급여 조건이 좋은 곳에서 일했으면 좋겠어요. 주말까지 반납하고 죽자 사자 일하는데 쥐꼬리만 한 월급을 받는다는 게 말이 안 되잖아요. 알렉시아가 받는 급여만으로는 살림을 꾸려나갈 수가 없어요. 생각다 못해 베이비시터를 내보내고 난 후로는 나 역시 잠시도 틈이 나지 않아요. 책을 집필하려던 계획도 포기했어요. 요즘은 그저 하루하루를 무사히 넘기기만 해도 다행이라 생각하며 살아가고 있어요."

켄의 눈에는 대상을 알 수 없는 분노가 서려 있었다.

"세상에서 당신처럼 외조를 잘하는 남편은 없을 거예요."

"내가 가사 일을 전담하는 게 과연 알렉시아와 우리 가족에게 최선인지 자문해볼 때가 많아요."

켄이 우울하게 말했다.

우린 잠시 침묵했다. 알렉시아가 잘못된 길을 걷고 있다는 걸 알고 있었지만 쉽게 포기할 수 없는 이유 또한 알고 있었다.

"당신은 요즘 어떻게 지내고 있어요?"

"매튜와 함께 있다가 방금 헤어져 돌아오는 길이에요."

나는 맥주를 한 모금 마시고 나서 말했다.

"알렉시아의 바람대로 두 사람 사이가 잘돼 가고 있는 건가요?"

"글쎄요, 아직은 잘 모르겠어요. 우린 한동안 만나지 않다가 오늘 모처럼 다시 만났어요. 이제부터 우리 사이에 바네사를 결부시키지 않기로 했는데 잘될지 모르겠어요."

켄이 이맛살을 찌푸렸다.

"바네사를 결부시키다니요?"

"바네사는 언제나 우리와 함께 했어요. 매튜의 머릿속에는 온통 바네사에 대한 생각밖에 없었죠. 바네사에게 무슨 일이 있었는지 따져보는 게 매튜의 하루 일과였어요. 매튜의 입장을 충분히 이해하지만 나로서는 견디기 힘든 부분이었죠."

"당연하죠. 대체 어떤 여자가 견디겠어요."

"매튜는 조심스럽게 바네사 문제를 매듭지으려 하고 있어요. 매튜의 집에 초대받아 갔었는데 바네사의 사진을 죄다 치워버렸더군요. 바네사가 사용하던 물건도 박스에 담아 다락방으로 치웠다더군요. 매튜 나름대로 나를 배려하는 모습이 보기에 안쓰러웠죠. 그런데도……." 나는 체념한 듯 한숨을 푹 내쉬고는 말을 이었다. "그런데도 여전히 그 집에는 바네사의 숨결이 곳곳에 배어 있었어요. 그 집과 정원, 가구들도 바네사가 사용하던 물건이었고, 그 집자체에서도 바네사의 영혼이 살아 숨 쉬는 듯했어요. 매튜와 나는 샐러드드레싱을 만들어 먹으며 몇 시간 동안 이야기를 나누었어요. 매튜가 우리 사이를 애매하게 만들지 않기 위해 무던히 애쓴다는 걸 알 수 있었죠. 와인 한 병을 마셔 감각이 조금 무뎌져갈 때쯤 우린 결국 서로에게 진심을 털어놓았어요. 솔직히 말해 샐러드드레싱에는 아무런 관심도 없었다고……."

내 입에서 저절로 한숨이 터져 나왔다. 하루온종일 나를 짓눌렀던 압박감에 대해 어떻게 설명해야 할지 알 수 없었다. 매튜의 집에 있는 동안 바네사의 생에 불쑥 끼어든 것 같은 느낌을 지울 수 없었다. 느닷없이 바네사의 집과 부엌에 나타나 남편을 빼앗아가려는 여자……. 나에게 그럴 권리는 없다는 생각이 들었다.

매튜는 매사에 신경이 곤두선 채 거듭 조심했다. 마치 내 앞에서 절대로 실수하지 않으려고 굳게 결심한 듯했다. 따뜻하고 유쾌하고 평범한 사람처럼 보이려고 애쓰는 매튜의 노력이 눈물겨웠다.

우린 테라스에서 와인을 마셨다. 매튜가 정원에 활짝 피어있는 석남꽃을 바라보며 말했다.

"이 꽃은……."

매튜가 문장을 마저 맺지 못하고 재빨리 와인을 들이켰다. 나는 그가 바네사의 이름을 말하려다가 겨우 참았다는 걸 알아차렸다.

'이 꽃은 바네사가 심었어요.' 혹은 '이 꽃은 바네사가 좋아하던 꽃이죠.' 라고 말하려고 했겠지.

맥스를 데리고 산책을 나갔다. 집안에 있을 때보다 한결 기분이 편안했다. 긴장감이 완전히 사라진 건 아니었지만 중립적인 장소에서 부담감을 던 탓인지 우리 사이는 그나마 좀 더 친밀해질 수 있었다. 5시 반쯤 다시 매튜의 집으로 돌아갔을 때 나는 오늘 하루를 어떻게 무사히 끝맺을지 고민했다. 나에게는 섹스 문제가 가장 큰 고민거리였지만 매튜는 그런 눈치를 보이지 않았다. 그도 잔뜩 긴장한 탓에 스트레스를 받은 듯했다.

나는 가장 진부한 고민을 시작했다.

어느 장소가 적합할까? 매튜의 침실?

바네사와 함께 사용한 침실은 자동으로 제외됐다.

혹시 이 집에 손님방이 있을까?

매튜에게 '손님방으로 가요.' 라고 말하는 건 좀 이상하지 않을까?

그 말이 매튜의 기분을 얼마나 어색하게 만들지 충분히 상상이 되었다.

차라리 카펫은 어떨까?

그 다음 나도 모르게 정원의 테이블에 눈길이 갔다. 가장 마음에 드는 장소였지만 내가 알기로 매튜는 퍽이나 보수적인 사람이었다. 거실 바닥이나 테이블 위에서 섹스를 하려면 남다른 열정이 필요했다. 내가 알기로 매튜는 열정과는 거리가 먼 사람이었다. 절대로 무모한 열정에 사로잡히지 않을 사람……. 그렇다고 내가 먼저 말을 꺼낸다는 건 너무 비참해서 싫었다.

"우린 결국 텔레비전 뉴스를 봤어요. 더 이상 할 말이 없었죠. 우리의 데이트는 그렇게 바보상자 앞에서 끝났어요."

"일단 지푸라기라도 잡아보지 그랬어요? 당신들에게는 지금이 가장 힘든 순간일지도 몰라요."

켄이 담배를 눌러 끄며 말했다.

"우린 결국 최악의 지푸라기를 잡았어요."

매튜의 집 거실 풍경이 눈앞에 뚜렷하게 떠올랐다. 매튜와 나는 나란히 소파에 앉아 있었고, 맥스가 발치에 누워 있었다. 우리 사이에는 매우 점잖은 분위기가 형성돼 있었다. 우린 마치 텔레비전 프로그램에 푹 빠진 사람들처럼 계속해서 화면만 응시했다.

"혹시 지난 며칠 동안 계속 보도된 뉴스를 봤어요? 요크셔 지방에 사는 어떤 여자가 납치됐다는 뉴스……."

내가 켄에게 물었다.

켄이 잠시 생각에 잠겼다.

"아, 나도 그 뉴스를 봤어요. 그 여자는 결국 어떻게 되었죠?"

"그 여자는 젊은 남자 두 사람에게 납치됐는데 숲속의 외진 농장 근처에서 발견됐어요. 그녀에게 무슨 일이 있었는지 아직 구체적인 내용은 알려지지 않았어요. 그 여자가 바네사와 다른 건 살아서 남편 품으로 돌아왔다는 거예요."

"이런 젠장!"

켄이 불만을 터뜨린 건 납치됐다 구조된 여자에 대해서가 아니라 매튜에게 미칠 파장에 대한 염려 때문인 듯했다.

"매튜는 그 뉴스를 보자마자 경악했어요. 바네사를 떠올리지 않을 수 없었겠죠. 모든 정황이 기이할 정도로 비슷했으니까요. 요크셔의 고원지대 한가운데에 있는 어느 국도변에서 홀로 누군가를 기다리던 여자……. 여자는 흔적도 없이 사라졌고, 핸드백과 자동차 키는 차 안에 그대로 남아 있었죠. 일체의 협박전화도 없었고, 경찰 수사는 장벽에 부딪쳤어요. 도저히 이해할 수 없는 사건이었죠. 그런데 이틀 뒤……."

"그 여자는 구조됐죠."

켄이 내 말을 마저 완성했다.

"결과적으로 돌아오긴 했지만 구조라는 말이 과연 적절한지는 의문이네요. 그녀에게 무슨 일이 있었는지에 대해서는 알려지지 않았으니까. 그녀가 다시 정상적인 생활을 되찾기까지 정말이지 많은 시간과 주변의 도움이 필요할지도 모르죠."

"물론 그렇지만 적어도 가족들은 그녀를 도와줄 기회를 잡게 되었잖아요. 비로소 속수무책의 무력감에서 벗어날 수 있게 되었죠. 가족들은 이제 더는 성과 없는 경찰의 수사, 날마다 계속되는 고뇌, 하루도 지나친 적 없는 공포로부터 자유로울 수 있게 됐잖아요. 매튜는 무려 3년이나 끔찍한 악몽으로부터 자유로울 수 없었어요."

나는 매튜가 그 뉴스를 보면서 어떤 생각을 했을지 조금이나마 짐작할 수 있었다.

바네사는 왜 요크셔의 여자처럼 누군가에게 발견돼 집으로 돌아오는 행운을 누리지 못했을까?

뉴스를 본 매튜가 예의바른 사람이라 말은 하지 않았지만 혼자 있고 싶어 한다는 걸 알 수 있었다. 그는 깊은 생각에 골몰한 채 맥스의 등덜미를 쓰다듬고 있었다. 그의 두 손은 맥스의 털 속에 파묻혀 있었고, 눈길은 허공의 어느 지점을 향해 있었다.

나는 조심스럽게 매튜의 어깨를 어루만졌다.

"이제 그만 가볼게요. 지금은 그러는 편이 좋겠어요."

내가 작은 소리로 속삭였다.

"내가 데려다 줄게요."

매튜가 움찔 놀라며 말했다.

"아뇨, 혼자 가도 괜찮아요. 택시를 타고 가면 되죠."

내가 보기에 매튜는 운전을 하기에 적절한 심리상태가 아니었다.

매튜는 더 이상 데려다주겠다고 고집을 피우지 않았다. 나는 택시에 오른 순간 갑자기 혼자 있으면 더욱 우울해질 것 같아 알렉시아의 집을 찾아왔다. 알렉시아와 대화를 나누며 우울한 기분을 날려버릴 생각이었는데 내 예상은 빗나갔다. 알렉시아 역시 나를 위로해줄 형편이 아니었다.

"정말 유감스런 일이에요. 매튜는 아직 새로운 관계를 시작할 만큼 마음의 안정을 찾지 못한 것 같아요."

"나에게 집중하지 못하는 남자와 8년을 살았는데, 또다시 같은 상황이 반복되는 느낌이에요. 왜 하필이면 그런 남자들만 나에게 매력을 느낄까요? 나를 행복하게 해줄 수 없는 남자들만……."

"그런 말 말아요. 남자라면 모두들 당신에게 매력을 느낄 거예요. 당신은 그 어느 누구보다도 매력적인 여자니까."

우리는 얼굴이 거의 닿을 만큼 가까이 앉아 있었고, 둘 다 술에 취해 있었다.

"나를 위로해주려는 말이란 걸 알아요."

나는 그렇게 말하며 켄에게 키스했다. 그의 입술은 부드러웠고, 사나흘쯤 면도를 하지 않은 듯 뺨이 까끌까끌했다.

켄이 맥주병을 내려놓고 두 손으로 나를 감싸 안았다. 두 가지 의미로 해석될 수 있는 동작이었다. 포옹 아니면 거절……. 아마 켄 자신도 어느 쪽인지 정확하게 판단하지 못한 듯했다.

"우린 이러면……."

켄이 소심하게 말했다. 그 역시 나처럼 고독해 보였다. 그도 간절한 위로가 필요해 보였다.

좀 전에 켄이 뭐라고 그랬더라? 일단 지푸라기라도 잡으라고 했던가?

그 순간 켄은 나의 지푸라기였고, 나는 그의 지푸라기가 되기로 했다. 2층에서는 네 아이가 잠들어 있었고, 내 가장 친한 친구가 언제 집으로 들이닥칠지 알 수 없는 상황이었지만 상관없었다.

나는 당장이라도 켄과 섹스하고 싶었다. 잔디밭 위에서도 괜찮고, 테라스의 타일바닥에서도 괜찮고, 담장에 기대서 해도 괜찮을 듯했다. 하지만 다행스럽게도 켄이 먼저 냉정을 되찾았다. 그가 내 몸을 살며시 떼어놓고 자리에서 일어서며 몸을 부르르 떨었다.

"미안해요, 지나. 그렇지만 이건 아니죠. 이럴 수는 없어요."

자리에서 일어서는데 다리가 휘청거렸다.

"사과할 필요 없어요. 전부 내 탓이니까요. 그래요, 이건 처음부터 불가능한 일이었어요."

어둠이 깊어지면서 정원의 봄 냄새, 흙냄새, 풀냄새가 더욱 짙어졌다.

빌어먹을! 내가 지금 무슨 짓을 저지르려고 한 거야?

두 시간 전, 매튜와 섹스를 원했으면서 조금도 주저하지 않고 켄과 잔디밭에서 뒹굴 생각을 하다니?

그동안 자제력이 생긴 줄 알았다. 섹스에 탐닉했던 시절이 있었지만 이제는 지나간 이야기라 믿었다. 내가 유일하게 믿고 의지했던 할머니가 돌아가시고 나서 엄마와 끊임없이 갈등을 겪으며 살았다. 세상에 홀로 버려진 듯 쓸쓸한 느낌이었고, 외로움을 견디다 못해 나를 원하는 남자와 함께라면 언제든지 침대로 뛰어들 준비가 되어 있었다. 고등학교를 졸업하고 집을 나와 삼류가수 생활을 할 때도 오가다 만난 남자들과 주저 없이 하룻밤을 보내곤 했다. 가렛에게 반해 사랑에 빠지기 전까지 습관처럼 남자들을 만나고 다녔다.

가렛과는 수없이 갈등하고 싸우고, 헤어졌다가 다시 만나길 반복했다. 매번 가렛의 감언이설에 속아 다신 한 번 기회를 주자고 생각했지만 나중에야 모든 게 실수였다는 걸 깨달았다.

아픈 기억이 떠오르며 눈물이 왈칵 솟았다.

켄이 당혹해하며 내 뺨을 쓰다듬어주었다.

"별일 아니었어요. 아무 일 없었잖아요. 오, 제발 울지 말아요."

"방금 전, 그 일 때문에 우는 게 아니었어요." 솔직히 그 일도 전혀 무관하지는 않았지만 나는 그렇게 말했다. "하루온종일 기분이 울적했기 때문인가 봐요."

언젠가 가렛과 함께 파티에 참석한 적이 있었다. 파티 참석자들 대부분이 유행의 첨단을 걷는 젊은이들이었고, 그날 처음 만난 사람들이었다. 가렛은 보드카 혼합주를 코가 삐뚤어질 만큼 마셨다. 그는 주사가 심한 편으로 술에 취하면 자극적인 말로 상대방을 공격해 상처를 주는 습관이 있었다. 곤드레만드레 취한 상태에서도 그는 정확하게 상대의 급소를 찔러 상처를 입히고는 희희낙락했다. 수줍음을 많이 타 대화에 잘 섞이지 못하는 사람들이 주로 그가 쳐놓은 올가미에 걸려들곤 했다.

가렛은 적당한 표적이 나타나지 않을 경우 종종 나를 제물로 삼았다. 그날 파티에서도 그는 사람들 앞에서 갑자기 나의 치명적인 실수에 대해 떠벌리기 시작했다.

"지나는 우울증이 도질 경우 절대 혼자 내버려두어서는 안 되는 여자랍니다. 괜히 지나를 잘못 건드렸다가는 큰일 나요. 하나, 둘, 셋을 셀 때까지 나무에 올라가지 못하는 남자도 지나의 가랑이 사이에 올라타는 건 그리 어려운 일이 아니죠."

"당장 그만두지 못해!"

내가 인상을 찌푸리며 제지해도 가렛은 아랑곳하지 않았다.

"여자가 우울증을 앓는 경우 종종 이해할 수 없는 행동을 저지르곤 한답니다. 의지와는 별개로 벌어지는 일들이라 그야말로 통제 불가 상황인 거죠. 낯선 남자와 섹스를 하면서도 도대체 자신이 무슨 짓을 저지르는지 전혀 인지하지 못하죠." 가렛이 나를 힐끗 쳐다보고 나서 말을 이었다. "언젠가 당신이 직접 나에게 그렇게 말했잖아."

그런 식으로 말한 적은 없었지만 내용적으로 그다지 틀린 말은 아니었다. 언젠가 가렛에게 나도 모르게 이상한 행동을 했을 때 내 마음속에서 어떤 생각들이 스쳐 지나갔는지 솔직하게 털어놓은 적이 있었다. 가렛은 내가 말해준 이야기를 토대로 인터넷을 검색해보고 왜 그런 행동을 하게 되는지 근거를 찾아내곤 했다. 우울증을 앓는 경우 도덕성이나 가치관과는 별개로 종종 무분별한 성관계를 원하기도 한다는 내용이었다.

가렛은 나를 우울증 환자 취급했다. 사실 병원에서 우울증 진단을 받거나 의료적 처방을 받은 적은 없었지만 그의 생각을 애써 고쳐주려고 하지는 않았다. 우울증 환자들에게서 나타나는 증상들이 내 일탈행위에 대한 적절한 변명거리를 제공해 주었기 때문이다.

내가 왜 낯선 남자들에게 몸을 쉽게 허락하는지 나 자신도 정확한 이유를 몰랐다. 다만 내 일탈행위가 엄마와 밀접한 관련이 있을 거라 짐작할 수 있을 뿐이었다. 엄마와 제대로 작별인사도 나누지 못하고 헤어졌을 때 세상에 홀로 버려진 느낌이었다. 이제는 제법 세상을 많이 살았고, 나이도 먹었지만 여전히 스스로 생각하기에 길을 잃고 헤매는 어린 아이 같았다.

"지나에게 오늘은 무척이나 힘든 날이었어요. 그래서 뭔가 위로가 필요했을 거예요."

켄이 무슨 말인가 덧붙이려 했지만 적당한 말을 찾지 못했다.

"이제 그만 집에 가봐야겠어요. 맥주, 고마웠어요."

"집까지 태워다주고 싶은데 알렉시아가 차를 가져갔어요. 지금 집에는 오토바이뿐이에요. 게다가 아이들이 잠을 자고 있어서……."

"마음만으로도 충분히 고마워요. 그 대신 집에 들어가 전화로 콜택시를 불러주면 고맙겠어요."

켄이 콜택시를 부르기 위해 집 안으로 들어간 동안 나는 지붕이 덮인 통로를 통해 앞마당으로 나와 길가에서 택시가 도착하길 기다렸다.

택시에 올라 운전기사에게 집 주소를 말해주었다. 문득 다시 차를 한 대 장만해야겠다는 생각이 들었다. 남자들의 차를 얻어 타는 건 나 자신을 너무 수동적으로 만들고 있었다. 계속 택시를 타는 건 나를 지치게 만들었다. 내가 부득이 차를 팔 수밖에 없었던 이유는 경제적으로 궁핍했기 때문이었다.

이제 내 인생을 바꿀 필요가 있어. 직업도 바꾸고 집도 바꿔야 해. 그러자면 돈이 필요하고, 공부를 더 해야 돼.

허구한 날 트집만 부리는 엄마로부터 한시바삐 벗어나고 싶은 생각에 제대로 된 직업교육을 받을 기회를 놓쳐버린 건 그야말로 멍청한 짓이었다. 나는 정식으로 직업교육을 받은 적이 없어 늘 허드렛일밖에 할 수 없었다. 제대로 된 공부가 필요했고, 그러자면 대학에 가야할 필요가 있었다. 이제 서른두 살이니 아주 늦은 나이는 아니었다. 잡지 편집실에서 아무런 보람도 없는 일을 하며 쥐꼬리만 한 월급을 받으며 살아가느니 다소 위험이 따르더라도 변화를 모색할 필요가 있었다. 실종된 지 3년이 지난 부인 생각으로 애를 태우느라 좀처럼 다른 여자를 만나지 못하는 남자에게 매달리느라 아까운 시간을 허비하는 것보다는 나을 듯했다. 외롭다는 핑계로 간간이 친구 남편에게 꼬리나 치는 신세보다는 나을 듯했다.

대학공부를 시작해야겠다는 생각을 하자 갑자기 없던 기운이 솟았다. 집 앞에 도착했을 때 나는 어느새 하루온종일 머리를 짓누르던 비참한 기분을 완벽하게 떨쳐낼 수 있었다. 앞으로 누가 뭐라 하든 독립적이고 단호한 여자로 살아갈 결심이었다.

현관문을 열고 집에 들어섰을 때 자동응답기의 불이 깜빡이는 걸 보는 순간 또다시 내 심장이 뛰었다.

매튜가 남긴 음성 메시지였다.

"오늘 일은 정말 유감입니다."

내 기분도 매우 유감이었지만 이제부터는 내가 계획하고 의도한 길을 꿋꿋하게 걸어가기로 했다. 매튜가 그 길에 동참할 수도 있을 테지만 크게 기대하지는 않았다. 물론 내 마음속 어딘가에 여전히 매튜와의 미래를 꿈꾸던 마음이 남아 있을지 몰랐다. 그런 감정이 남아 있다면 그 또한 막지는 못하지 않겠는가?

12

댄은 복사가게 옆 자투리공간에 사진 스튜디오를 꾸밀 계획을 갖고 있었다. 댄은 월요일 아침 라이언에게 벽에 페인트를 칠하라는 지시를 내렸다. 라이언은 그 일이 싫지 않았다. 페인트를 칠하는 동안 댄의 찌푸린 얼굴을 보지 않아도 되었고, 혼자 깊은 생각에 잠길 수도 있었기 때문이다.

사진 스튜디오는 성공할 가능성이 크지 않았다. 댄의 사진 실력은 아직 아마추어 수준을 벗어나지 못하고 있었다. 댄이 스스로 사진 실력이 뛰어나다고 생각하는 건 그의 머릿속에 들어 있는 수많은 망상 중 하나일 뿐이었다.

라이언으로서는 전혀 상관할 바 없는 일이었다. 라이언은 언젠가 다른 일자리를 구할 수 있기를 바랐다. 그날이 오면 댄의 얼굴을 향해 손가락 욕을 날려주고 유유히 가게를 떠날 생각이었다. 지금도 하루에 스무 번쯤 머릿속으로 그려보는 장면이었다.

코린의 실종사건은 어제저녁 이후 상황이 반전되었다.

저녁 6시쯤 브래들리로부터 전화가 왔다.

"라이언, 네 엄마를 찾았다!"

장거리 운전을 한 탓에 기력이 빠진데다 연속으로 터진 사건들 때문에 반쯤 넋이 나간 상태로 뻗어 있던 라이언은 전화를 받는 순간 온몸에 전율을 느꼈다.

"엄마가 돌아왔단 말이에요?"

"술독에 빠져 사는 히피족들이 숲속에 방치돼 있는 코린을 발견했다더라. 히피족 여자가 즉시 경찰에 신고했고, 코린은 지금 병원에 실려와 입원치료를 받고 있단다."

"몸은 어때요? 많이 다쳤나요?"

"특별히 다친 곳은 없지만 장시간 추위에 떨며 아무것도 먹지 못한 탓에 몸을 가눌 수 없을 만큼 기력이 탈진해 있단다. 지금은 나도 아주 잠깐씩 얼굴을 볼 수 있을 뿐이야."

"엄마가 납치범들과 관련해 어떤 이야기를 하던가요?"

"아직은 눈도 제대로 못 뜨고 있는 형편이야. 대체 무슨 일이 있었는지 짐작조차 할 수 없어 유감이구나."

한참동안 침묵이 흘렀다. 노라가 가까이 다가오는 게 느껴졌다. 라이언은 노라를 향해 고개를 돌렸다.

"엄마를 찾았대요."

"오, 정말 다행이에요."

노라가 소리를 지르며 기뻐했다.

"대체 누가 그런 짓을 했답니까? 사건과 관련해 뭔가 새롭게 밝혀

진 사실이 있나요?'

라이언이 다시 전화기에 대고 물었다.

"경찰은 히피들을 의심하는 눈치야. 히피 여자가 최초 신고자라 그들을 조사하고 있나 봐. 일하기 싫어 농장에 몰려들어 정부의 생계보조금이나 축내는 놈들이니까 충분히 의심을 받을 만하지. 더 이상 가축을 키우지 않는 농장에서 매일이다시피 마약과 술에 찌들어 온갖 한심한 짓거리나 일삼으며 살아가는 놈들이니까. 한 가지 분명한 건 우리가 내는 세금으로 녀석들을 먹여 살리고 있다는 거야."

브래들리가 몹시 흥분한 목소리로 말했다.

"히피 여자는 어떻게 엄마를 발견했답니까?"

"코린이 탈진해 말을 못하는데다 히피들은 아직 술이 깨지 않아 횡설수설하고 있나 봐. 경찰이 최초 신고자인 히피 여자와 이야기를 나누고 있는데 나도 아직 자세한 내막은 듣지 못했단다."

"제가 당장 그리로 갈게요."

요크셔에서 웨일즈까지 장시간 운전해 집에 온 게 불과 얼마 되지 않았지만 당장이라도 달려가고 싶었다. 지난 몇 년 동안 연락을 끊고 지낸 엄마를 꼭 끌어안고 등을 토닥이며 모든 일이 잘 풀릴 거라 위로해주고 싶었다.

"지금 당장은 와 봐야 도움 될 게 없어. 코린이 깨어나면 일단 경찰을 만나 납치사건과 관련된 이야기를 모두 털어놔야 할 테니까. 코린에게는 무엇보다 심신의 안정이 필요해. 코린이 마음을 추스르고 나면 그때 만나 봐도 늦지 않아. 다만 그때도 코린이 너를 만나는 게 스트레스가 될 수도 있다는 걸 알아둬. 그러니까 내 말은……."

브래들리가 말을 더듬었다.

"그러니까 넌 코린에게 시간을 줘야 해. 널 만나기 전에 코린 나름 대로 마음을 다독일 시간이 필요할 테니까."

최대한 완곡하게 돌려 말하기는 했지만 라이언은 브래들리의 말을 정확하게 이해했다.

넌 이미 네 엄마의 인생을 충분히 힘들게 만들었어. 가뜩이나 어려운 일을 겪은 사람한테 너 같은 전과자 아들 녀석은 필요 없으니까 내려오지 마. 넌 납치범들보다 나을 게 전혀 없는 놈이니까.

"엄마와 통화하고 싶어요."

"통화를 하는 거야 말릴 수 없지. 코린이 깨어나면 이야기해볼게."

브래들리는 미처 라이언이 대답하기도 전에 전화를 끊어 버렸다.

라이언은 지난밤 엄마가 살아 돌아왔다는 소식을 듣고 나서 잠을 이룰 수 없었다. 벽에 페인트칠을 하고 있는 지금도 한 가지 생각이 머릿속에서 떠나지 않았다. 엄마가 살아 돌아왔다는 사실은 희소식이었다. 다만 엄마를 납치했다가 돌려보낸 자들이 누군지 점점 더 알 수 없게 되어가고 있었다. 데몬이 벌인 짓이라면 엄마를 순순히 돌려보낼 까닭이 없었다. 요크셔의 황량한 고원지대에서 마약과 술에 찌들어 사는 히피들이 벌인 짓으로 생각되지는 않았다.

그럼 바네사 월라드와 연관이 있단 말인가?

바네사도 이번 사건과는 무관해 보였다. 만약 바네사가 벌인 짓이라면 엄마를 돌려보낼 까닭이 없었다. 데비에게 했던 것처럼 좀 더 잔혹한 짓을 저질렀어야 마땅했다. 돈을 위해서라면 무슨 짓이든 마다하지 않는 청부업자들, 피도 눈물도 없는 냉혹한 자들에게 일을 맡겼을 테니까.

현재로서는 모든 게 우연일 가능성이 높았다. 우연히 잘못된 시간과 장소에 있다가 범죄의 피해자가 되었을 가능성…….

그렇다면 데비에게 벌어졌던 일은? 두 사건이 모두 우연이었단 말인가?

'우연이 연속으로 겹칠 경우 결코 우연이 아니다.' 라는 말이 있었다. 라이언은 기분이 찜찜했다. 우연이라고 치부하기에는 미심쩍은 부분이 너무 많았다. 이를테면 엄마가 시내까지 태워주기로 했던 셀리나의 경우만 해도 우연으로 단정 짓기에는 무리였다. 누군가 바커 부인의 차를 일부러 망가뜨렸기 때문이었다. 누군가 사전에 철저한 계획을 세우고 않고는 그런 일이 벌어질 수 없었다.

라이언은 점심시간이 되어 사다리에서 내려와 복사가게를 나섰다. 비가 그치고 나서 날씨는 놀랍도록 화창해졌다.

댄이 몹시 불쾌하다는 듯 라이언의 뒷모습을 지켜보았다. 그는 라이언이 쉬는 꼴을 보면 눈에 쌍심지를 켰다.

라이언은 잠시 길을 따라 내려가다가 방파제 위에 걸터앉아 노라가 매일 아침 싸주는 샌드위치를 풀었다. 칠면조고기, 신선한 샐러드, 마요네즈를 넣어 만든 샌드위치였다. 한때는 노라의 지나친 배려가 부담스러워 달아나고 싶을 때도 있었지만 지금은 그나마 익숙해진 편이었다. 누군가 신경써주는 사람이 있다는 건 나쁘지 않았다. 어린 시절에 엄마가 도시락에 샌드위치를 싸주고, 음료수병에 딸기주스를 담아준 이후 이런 호사는 난생 처음이었다.

문득 엄마와 통화를 해야겠다는 생각이 들었다. 브래들리는 엄마와 접촉하는 걸 못마땅하게 생각하는 눈치였지만 상관없었다.

빌어먹을! 악마한테로 꺼져버리라지!

라이언은 브래들리의 바람대로 해줄 이유가 없다고 생각했다. 오늘 아침, 혹시라도 코린에게 무슨 일이 생길 경우를 대비해 노라의 휴대폰을 빌려두었다. 노라는 조금도 망설이지 않고 휴대폰을 빌려주었다.

"당연히 가져가야죠. 어머니한테 연락해 봐요. 분명 당신 어머니도 아들의 전화가 오길 기다리고 있을 거예요."

코린의 휴대폰 번호를 눌렀지만 아무도 받지 않았다. 그때서야 엄마의 휴대폰을 경찰이 압류하고 있을지도 모른다는 생각이 들었다. 브래들리와 통화하고 싶은 마음은 없었지만 어쩔 수 없이 그의 전화번호를 눌렀다. 벨이 두 번 울린 직후 브래들리가 전화를 받았다.

"여보세요?"

많이 지친 목소리였지만 그나마 패닉상태에서는 벗어난 듯했다.

"라이언인데 혹시 엄마가 옆에 있어요?"

"그래, 코린이 내 옆에 있긴 하지만 지금은 통화하기에 적절한 때가 아닌 것 같구나."

전화기 너머로 엄마의 목소리가 들려왔다.

"누군데 그래요?"

"라이언이야."

브래들리가 한숨을 내쉬며 대답했다.

엄마가 마침내 전화를 받았다.

"라이언! 네가 전화를 다 하다니, 정말 기쁘구나!"

라이언은 뜻밖에도 마음이 울컥해지며 눈물이 솟았다.

대체 얼마 만에 들어보는 엄마의 목소리인가?

하마터면 다시는 이 목소리를 듣지 못할 수도 있었다고 생각하니 감정이 격해졌다.

라이언은 펨브로크 독의 방파제에 앉아 한 손에는 샌드위치를, 다른 손에는 휴대폰을 들고 마치 어린 소년처럼 흐느꼈다.

"엄마, 몸은 좀 어때요? 괜찮아요?"

세상에 이렇게 멍청한 질문이 있을 수 있나?

"그래, 난 괜찮아. 너와 통화할 수 있어 정말 기쁘단다. 브래들리가 다 말해주더구나. 내가 실종됐다는 소식을 듣자마자 부리나케 달려왔다고……. 내가 그 말을 듣고 얼마나 감동했는지 아니? 정말이지 눈물이 펑펑 쏟아졌단다."

코린도 억지로 눈물을 참는 눈치였다. 라이언은 마치 텔레비전 쇼 프로그램에 나온 느낌이었다. 한동안 연락이 끊겼던 사람들이 몇 년 뒤 다시 만나-관음증이 있는 시청자들의 기대에 부응해-서로 부둥켜안으며 울고불고 하는 쇼…….

다만 상황이 그 정도로 나쁘지는 않았다. 울먹이며 통화하는 그를 쳐다보는 사람이 아무도 없었으니까.

"엄마가 실종됐다는데 당연히 달려가야죠. 아들이 안 가면 누가 가겠어요."

"브래들리 말로는 너에게 아주 참한 애인이 생겼다던데 정말이니? 대단히 매력적인 여자라던데? 병원에서 물리치료사로 일한다면서?"

라이언에 대해 좋은 이야기를 해줄 게 없었던 브래들리가 궁여지책으로 노라 이야기를 해준 게 틀림없었다.

진심으로 기뻐하는 눈치여서 노라가 애인이 아니라고 말해 엄마를 실망시킬 수는 없었다.

"복사가게에 나가 일도 한다면서?"

복사가게가 마치 세상에서 가장 좋은 일자리라도 되는 양 들뜬 목소리였다. 엄마는 언제나 긍정적이었고, 주변사람들을 행복하게 해주기 위해 따스한 마음을 베푸는 사람이었다. 물론 하나뿐인 아들은 더욱 끔찍이 사랑했다.

"그리 좋은 일자리는 아니지만 백수로 지내는 것보다는 낫잖아요. 조만간 더 좋은 일자리를 구할 수 있을 거예요."

브래들리가 이미 내가 감옥에 다녀온 사실을 엄마에게 이야기했을까?

아직 말하지 않았을 거라 생각했다. 현재 브래들리에게 가장 중요한 문제는 엄마가 하루빨리 건강을 회복하도록 돕는 것일 테니까.

내가 감옥에 다녀온 이야기를 들었다면 엄마는 분명 발작을 일으켰을 거야.

"당장 엄마를 만나러 가고 싶어요."

코린은 혹시 아들이 직장에서 쫓겨날까봐 걱정되는 모양이었다.

"아냐, 난 브래들리가 잘 보살펴주고 있으니까 괜찮아. 넌 우선 일이나 열심히 해. 네 직장에서 믿을 만한 사람이라는 걸 보여주는 게 중요하니까."

"알았어요, 엄마. 그럼 나중에 찾아뵐게요."

라이언은 꼭 물어보고 싶었던 말이 한 가지 있었다.

"엄마를 납치했던 사람들이 숲 속 농장의 히피들이었어요? 그 사람들이 왜 엄마를 납치했대요?"

"오늘 아침에 경찰이 묻기에 히피들은 나를 납치한 사람들과 전혀 관련이 없다고 말해주었단다. 오히려 난 히피 여자 때문에 목숨을 건졌어. 그 여자가 숲에 쓰러져 있는 나를 발견하지 않았더라면 아마 살아 돌아오지 못했을 거야. 그들은 방탕하게 사는 사람들이 분명하지만 사람을 납치할 만큼 악당들은 아니었어. 내가 탈진해 병원에 누워 있는 동안 경찰이 제멋대로 그들의 소행으로 단정했을 뿐이야."

엄마의 대답을 듣는 순간 라이언은 지난 몇 시간 동안 품었던 한 가지 희망이 산산 조각나는 느낌이었다.

"무사히 돌아오게 되어서 정말 다행이에요. 하지만⋯⋯."

라이언은 크게 당혹감을 느끼는 한편 그제야 자신의 추리에 아귀가 맞지 않는 부분이 있었다는 걸 깨달았다.

"남자 둘이 나를 납치해 울창한 숲에 내다버렸어. 그놈들은 얼굴을 꽁꽁 싸매고 있었지. 나는 아직 그들의 정체를 모를뿐더러 대체 뭘 원한 건지도 모르겠어."

"그 말은 그러니까⋯⋯."

"라이언, 내게 왜 그런 일이 생겼는지 도무지 이해할 수가 없구나."

코린이 마침내 훌쩍이며 울기 시작했다. 브래들리가 코린의 손에서 휴대폰을 낚아채 끊어버리는 소리가 들렸다.

라이언은 방파제에 앉아 햇볕을 쬐며 맞은편에 보이는 가게의 쇼윈도를 응시하고 있었지만 가게 안 물건들이 전혀 눈에 들어오지 않았다. 심장이 빠르게 뛰기 시작했다. 지난 며칠 동안 경험했던 증상이 다시 나타났다. 데비의 성폭행 사건과 엄마의 납치사건은 전혀 별개처럼 보이지만 서로 연관되어 있을 가능성이 높았다. 그렇다면 두 사건의 배후에 데몬 혹은 바네사가 있을 공산이 컸다.

라이언은 일단 엄마가 살아 돌아와 점차 건강을 회복해가고 있어 안심했다. 경찰서에 출두해 데몬을 고소하거나 바네사 이야기를 털어놓아야 한다는 심리적인 부담도 줄어들었다. 다만 두 사건의 배후가 누구든 조만간 다시 공격을 시도해올 거라는 점은 의심의 여지가 없었다. 결과적으로 약간의 시간을 벌었을 뿐 그 이상의 진전은 없는 셈이었다.

5월

1

따스한 햇살이 내리비치는 5월의 어느 저녁이었다. 퇴근길에 작은 공원을 산책하고 나서 집으로 가야겠다고 생각하고 있는데 알렉시아가 내 사무실에 얼굴을 들이밀었다. 말이 사무실이지 기차 차량 한 칸보다도 비좁은 공간이었다. 게다가 사무실 집기들이 가득 들어차 있어 더욱 비좁게 보였다. 창문턱에 올려놓은 화분들을 정성들여 가꾼 결과 알록달록한 꽃들이 활짝 피어 그나마 요즘은 화사한 분위기를 느낄 수 있었다.

쫓기는 짐승 같은 표정을 짓는 건 요즘 알렉시아의 트레이드마크처럼 돼 있었다. 그새 살이 더 빠진 듯 가뜩이나 날씬한 몸매가 요즘 들어 부쩍 더 말라 보였다.

"부탁할 게 있어서 왔어. 나를 위해 토요일에 일 좀 해줄 수 있을까?"

"당연히 해줘야지. 너도 알다시피 난 요즘 무료하기 짝이 없는 주말을 보내고 있거든. 대체 무슨 일인데 그래?"

"지난번에 이미 말했지만 포토에세이를 기획하고 있어. 여름 내내 날씬한 몸매를 유지하면서 가을에 대비해 체력을 증진시키는 방법을 소개해주는 포토에세이를 선보일 생각이야. 일단 멋지고 근사한 사진들이 필요해. 독자들이 사진을 보자마자 '가을에 코감기를 달고 살지 않으려면 이제부터라도 열심히 땀을 빼야겠어.' 라고 생각하게 만들어줄 수 있다면 정말 좋겠지. 당장 경관이 아름다운 야외로 나가 자전거를 타거나 조깅을 하거나 산책을 하고 싶게 만들어줄 사진 말이야."

"좋아. 내가 사진촬영을 할 만한 근사한 장소를 찾아볼게."

"사색에 잠기게 하는 사진은 안 돼. 생의 기쁨을 느끼게 해주는 사진이라야만 해."

"펨브로크셔해안국립공원을 둘러보면 사진 찍기에 적당한 장소를 찾을 수 있을 거야."

알렉시아가 이전에도 한 번 부탁했던 일이었다. 그 당시는 매튜와 함께 바네사가 실종된 장소를 찾아가느라 처리하지 못했다.

"아예 전문 사진작가들을 데려가서 촬영하는 게 낫지 않을까?"

"그럼 비용이 너무 많이 들어서 안 돼. 로널드 회장이 바라는 건 판매부수를 늘리는 거야. 판매부수는 변화가 없는데 지출을 늘리면 당장 내 목이 날아가겠지. 사진작가가 입맛에 맞는 장소를 찾겠다며 시간을 끌면 일을 마치기까지 최소한 이틀이 소요될 거야. 일당을 두 배로 지급해야 한다는 결론이 나와. 사전에 어떻게 일을 진행할지 시나리오를 완벽하게 정하고 나서 사진 촬영을 시작해야 하루 만에 끝낼 수 있어."

"그럼 나 역시 주말 특근에 대한 수당은 기대할 수 없겠네."

내가 빙긋 웃으며 말했다.

"지나, 난……."

나는 자리에서 일어나 알렉시아의 팔에 다정스레 한 손을 올려놓았다.

"특근수당을 받기 위해 한 말은 아니니까 안심해."

지난날이었다면 알렉시아는 내 말이 농담이었다는 걸 알아차리고 피식 웃음을 터뜨리며 장난스럽게 응했을 테지만 이제 그녀는 웃음과 여유를 완전히 잃은 느낌이었다.

"알렉시아, 널 위해 기꺼이 이 일을 맡아야겠지만 내 생각에는 네가 직접 하는 편이 더 좋을 것 같기도 해. 이를테면 이번 기회에 가족들을 데리고 나들이를 가는 거야. 가족들은 나들이를 즐기게 하고 너는 일을 하면 근사할 것 같은데 어때? 포토에세이에 실을 만한 멋진 장소를 찾아 가족들과 함께 떠나는 나들이라니 정말 괜찮지 않아? 너도 너무 바쁘게 지내느라 신선한 공기를 마신 지 한참 오래 되었잖아. 너에게 가장 시급한 과제는 건강을 돌보는 건지도 몰라."

내 말이 끝나기 무섭게 알렉시아가 분노어린 표정으로 나를 쳐다보았다.

"포토에세이 건은 나에게 정말 중요한 일이야. 네 아이와 함께 가서 일을 망치면 어떡하려고? 아이들과 있으면 단 한 순간도 일에 집중할 수 없다는 걸 몰라? 넌 우리아이들이 단 1분이라도 내가 일에 몰두할 수 있게 내버려둘 거라 생각해?"

"켄이 함께 가 아이들을 돌봐주면 되지 않을까?"

"켄에게도 한계가 있어. 한 마디로 말도 안 되는 일이야. 혹시라도 이 일을 하고 싶지 않으면 당장 말해줘. 다른 방법을 찾아볼 테니까."

알렉시아의 목소리에 잔뜩 날이 서 있었다.

"내가 할게. 나는 단지 널 위해 제안했을 뿐이야."

"사실은 로널드 회장이 다음 주에 나를 런던으로 호출했어."

알렉시아는 대수롭지 않게 말했지만 그 문제로 얼마나 스트레스를 받고 있을지 충분히 짐작할 수 있었다.

"이번 주말에도 사무실에 나와 일을 해야 하기 때문에 촬영 장소를 찾아 돌아다닐 시간이 없어. 설령 가족들이 아니더라도 그럴 시간이 없다는 뜻이야."

"4월에 런던에 다녀왔는데 왜 또다시 부른 거야?"

"어쩌면 해고하려고 날 부른 건지도 모르지."

알렉시아가 어깨를 으쓱하며 말했다.

"말도 안 돼. 널 해고할 생각이었다면 편지나 이메일로 먼저 통보했겠지. 로널드 회장은 곧 해고시킬 사람에게 시간을 할애할 사람이 아니잖아."

알렉시아의 마음을 조금이나마 달래주고 싶었지만 나부터 무슨 일인지 슬슬 걱정이 되기 시작했다. 알렉시아를 당장 해고하지는 않겠지만 모종의 위협을 가해올 수도 있었다. 판매부수를 올리지 못할 경우 해고를 감수해야만 할 거라는 위협……. 그 몹쓸 늙은이가 사람을 피 말려 죽이려는 심산이 분명했다.

"아무튼 그 일은 네가 해줄 거지?"

"물론이야."

알렉시아가 문 밖으로 한 발자국 내디뎠다가 다시 한 번 고개를 돌렸다.

"일을 하러 갈 때 우리 집 차를 사용하도록 해."

"그래, 고마워."

그날 저녁은 정말이지 날씨가 좋았다. 벌써 한여름처럼 포근했다. 거리와 상점 할 것 없이 눈길 닿는 곳마다 사람들이 북적거렸다.

여자들은 가벼운 옷차림에 오픈 형 샌들을 신었고, 퇴근길의 남자들은 셔츠소매를 접어올리고 재킷을 벗어 어깨에 걸친 모습이었다. 공기에서 유쾌하고 나른한 분위기가 느껴졌다. 방금 전, 알렉시아와의 대화로 기분이 찜찜해 있었는데 금세 거리의 활기찬 분위기에 감염되었다.

지난 몇 주 동안 대학진학에 대해 진지하게 고민했다. 생각을 거듭할수록 내가 진정으로 바라던 일이라는 걸 깨달았다. 나중에 출판사에서 일할 수 있도록 영어영문학을 전공하고, 역사학을 부전공할 생각이었다. 모든 일이 순조롭게 풀릴 경우 가을부터 본격적으로 대학진학 준비를 시작할 수 있을 듯했다. 우선 《헬스케어》지를 그만두고 시간을 많이 빼앗기지 않는 일자리를 찾아볼 생각이었다. 생활비를 최대한 아끼려면 시간제 웨이트리스 일을 하는 것도 괜찮을 듯했다. 베이비시터나 개를 산책시키는 일도 괜찮을 듯했다. 그러자면 우선 집부터 옮길 필요가 있었다. 그리 크지 않은 꼭대기 층 아파트지만 내 형편상 비용이 너무 많이 드는 집이었다.

일단 대학 기숙사를 물색해볼 생각이었다. 나이가 너무 많아 받아주지 않을 가능성이 있는 만큼 대학생들을 위한 공동숙소를 알아봐야 할 수도 있었다. 새 차를 구입하려던 계획은 일단 보류했다. 대학에 들어가고 나서 부직을 갖게 되었을 때 생각해도 충분했다. 계획만으로도 벌써부터 가슴이 뿌듯했고, 분명 잘 될 거라는 확신이 들었다.

집에 가는 길에 세인스베리 슈퍼마켓에 들러 전자레인지에 2분 정도 데우면 먹을 수 있는 팬케이크 한 봉지와 시럽을 샀다. 어디선가 인스턴트 음식을 즐겨 먹는다고 핀잔을 주는 엄마의 목소리가 들려오는 듯했다.

밀가루를 반죽해 프라이팬에 굽는 게 뭐가 힘들다고 인스턴트 팬케이크를 사니? 인스턴트 음식은 건강을 해칠 뿐이라는 걸 몰라?

내 아파트가 있는 도로로 꺾어졌을 때 아파트 맞은편에 세워져 있는 차 한 대가 눈에 띄었다. 파란색 도요타 코롤라였다. 나는 평소 차에는 별로 시선이 가지 않았다. 어딜 가든 흔한 게 차였기에 특정 차량에 주목하는 경우는 드물었다. 문득 그 차가 며칠 전부터 계속 그 자리에 세워져 있었다는 게 생각났다. 내가 볼 때마다 운전석에 탄 남자는 도로를 가만히 지켜보고 있었는데 지금도 마찬가지였다. 차창에 햇볕이 반사되고 있어 남자의 얼굴을 분명하게 알아볼 수는 없었지만 그가 신문을 읽거나 멍하니 앞을 바라보는 게 아니라 왠지 잔뜩 경계하며 뭔가를 유심히 관찰하고 있다는 느낌을 받았다.

만나기로 약속한 친구를 기다리는 건가? 아니면 바람 난 여자 친구를 몰래 감시하나?

어쩌면 한바탕 낭만적인 소동이 벌어질지도 모를 일이었다.

매튜와 나의 만남—'연애'나 '관계'라는 말을 쓰고 싶지만 유감스럽게도 아직 그럴 수는 없었다—은 여전히 현재진행형이었다. 4월말의 일요일 이후 우리는 두 번 더 만났다. 한 번은 점심시간에 스낵바에서 만나 함께 식사를 하며 많은 이야기를 나누었다. 5월의 두 번째 토요일에는 매튜의 집 정원에서 만났다. 아주 화창한 날이었다. 언젠가 내가 매튜에게 날씨가 더워지면 집 안에 있는 게 너무 갑갑하게 느껴질 거라 말한 적이 있는데, 그 말을 기억하고 있었던 듯했다.

우리는 정원에서 함께 사색도 하고 책도 읽었다. 화사하게 피어난 갖가지 꽃들, 짙푸른 녹색의 잔디밭, 꽃이 만개한 벚나무, 나무 아래쪽 이끼와 양치식물들 사이에 놓여 있는 돌 수조에 이르기까지 나는 다시 한 번 놀랍도록 아름답게 꾸며놓은 정원의 조경에 감탄했다.

미풍에 나부끼는 나뭇잎들이 돌 수조를 채운 물표면 위에서 어른거렸다. 새들이 물을 축이기 위해 수조를 향해 날아들었다. 반짝거리는 깃털의 지빠귀와 배가 불룩하게 나온 작은부리울새가 물을 철벅거리는 모습을 보고 있자니 마음이 차분하게 가라앉았다. 매튜에게 묻지 않았지만 바네사가 정원에 돌 수조를 갖추자고 제안했을 듯했다. 돌 수조에서도 바네사의 취향이 묻어났다. 매튜의 집과 정원은 그 어떤 사진들보다도 분명하게 바네사의 취향을 짐작할 수 있게 해주었다. 바네사는 현명하고 자의식이 강한 여자가 분명했다. 대학에서 학생들을 가르쳤으니 수줍음을 많이 타지는 않았을 테지만 입만 열면 자기자랑이나 일삼는 여자들과 달리 매우 고급스런 취미를 가진 여자라는 걸 깔끔하게 정돈된 정원 모습이 잘 대변해주고 있었다. 따사로운 햇살을 받으며 갖가지 꽃들이 활짝 피어 있는 정원, 온화하고 성격 좋은 남편, 털이 북슬북슬한 개, 따뜻하고 쾌적한 집은 바로 바네사의 취향과 안목이 선택한 결과물들일 테니까. 이 집의 모든 것들이 어느 날 갑자기 하늘에서 뚝 떨어진 건 아닐 테니까.

매튜와 나의 관계가 지지부진한 이유는 단순히 바네사와 얽힌 지난날의 추억과 남편으로서의 책임감 때문만은 아닐 수도 있다는 걸 처음으로 깨달았다. 바네사에 대한 나의 콤플렉스가 문제였다. 바네사와 나를 비교할 때마다 늘 내가 못나 보이는 게 사실이었고, 상상 속 여자와의 가상경쟁에서 나는 언제나 패배자였다. 그런 까닭에 바네사의 길을 뒤따르기를 주저했고, 매튜의 옆자리를 차지하는 게 부담스러웠는지도 모른다. 내가 과연 매튜의 동반자가 될 만한 자격이 있는지 스스로 의구심을 품은 적이 많았다.

나에게 그토록 소심한 면이 있을 줄은 몰랐다. 예전에 우울증을 앓은 적도 있었고, 출발부터 삐걱거리는 바람에 생이 꼬이게 되었다고 한탄한 적은 있었지만 누군가에게 지속적으로 열등감을 느낀 적은 없었다. 바네사는 실종되었지만 매튜가 있는 모든 곳에 존재했다. 그녀는 실존해 있는 사람이라기보다는 유령이나 다름없는 존재였지만 나는 온갖 상상력을 동원해 그녀를 좋은 이미지로 포장하기에 여념이 없었다. 내 마음속에서 그녀는 아무런 반박도 불가할 만큼 매력적이고 현명한 여자, 아름답고 독립적인 여자로 자리매김했다. 아무리 완벽한 사람이라도 간혹 실수를 저지르고 약점도 노출하기 마련이지만 그녀는 상상 속에서만 존재하는 까닭에 아무런 허점도 내비치지 않았다. 인간에 대한 숭배는 적어도 사람들의 눈에 객관적으로 드러나는 인격에 의해 결정된다. 그 반면, 내가 그녀의 머리에 씌워준 왕관은 실제로 눈에 보이지 않기에 신성불가침의 위용을 자랑했다. 바로 그런 심리상태가 나와 매튜의 관계진전을 가로막고 있었는지도 모른다.

만약 가렛이 지금 내가 처한 이 기이한 구도를 알게 된다면 과연 무슨 말을 해줄까? 매튜는 지금껏 내가 만난 남자들 중 가장 마음이 끌리는 상대였지만 플라토닉한 관계에서 한 발자국도 앞으로 나아가지 못하고 있었고, 그 이유가 바로 3년 전 실종된 그의 아내에 대한 나의 열등감 때문이라고 하면 가렛은 어떤 표정을 지을까?

아마도 가렛은 대단히 흥미롭다는 태도를 보이면서 나와 매튜 사이에서 벌어진 모든 일, 우리와 관련된 모든 사람들에 대해 상세한 분석을 시도할 것이다. 가렛과 한 번 이야기를 나누어보고 싶은 충동이 일었다. 가렛은 대화할 때 기가 막혀 말이 나오지 않을 만큼 냉소적인 화법을 구사했고, 언제나 치밀한 분석으로 상대방을 꼼짝 못하게 만드는 재주가 있었다. 가렛과 대화할 때마다 나는 자주 그의 현란한 말재주에 꼼짝없이 당하기 일쑤였다.

가렛은 주변에서 일어나는 일들에 대해 늘 깊은 관심과 호기심을 보이며 열심히 관여하는 스타일이었다. 우린 며칠 밤을 새워가며 대화에 몰두한 적도 있었다.

내 심성이 얼마나 병들고 왜곡되었으면 매사 잘난 척하는 맛에 살아가는 남자와 그토록 오랫동안 함께 살 수 있었을까?

아무리 생각해도 불가사의한 일이었지만 이제는 가렛을 비난할 필요가 없다는 걸 깨달았다. 가렛은 나름 여러 가지 장점을 갖고 있는 사람이었다.

가렛이 가진 장점들이 단점을 충분히 상쇄시키거나 약화시켰기 때문에 우리는 오랜 시간 같은 침대를 사용할 수 있지 않았을까? 그러다가 더 이상 그가 가진 장점들이 단점을 커버하는 게 불가능해지면서 헤어지게 되지 않았을까?

아파트 현관문을 열고 들어서는데 전화벨이 울렸다. 슈퍼마켓에 들러 구입한 물건들이 담긴 쇼핑백을 내려놓고 자동응답기가 켜지기 직전에 수화기를 집어 들었다.

"여보세요?"

나는 계단을 급히 올라오느라 약간 숨찬 목소리로 전화를 받았다.

"지나, 몹시 숨이 차보여요. 혹시 내 전화가 방해가 되었나요?"

"지금 막 계단을 뛰어 올라오느라 숨이 가빠서 그래요."

나는 낡은 증기기관차처럼 더 이상 숨을 헐떡이지 않으려고 애썼다. 바네사가 매일 아침 5킬로미터씩 조깅을 했다던 매튜의 말이 새삼 떠올랐다. 나는 바네사에 비해 열등한 점 한 가지를 또 하나 찾아낸 셈이었다. 아마도 그녀라면 꼭대기 층까지 용수철처럼 가볍게 뛰어올라 왔을 테고, 나처럼 숨을 헐떡이지는 않았을 테니까.

"오늘은 하루온종일 무얼 하며 보냈어요?"

매튜의 목소리로 보건대 정작 하고 싶은 이야기가 따로 있는데 무슨 이유에서인지 주저하고 있다는 느낌이 들었다.

"뭐, 그럭저럭 평소와 다름없이 보냈어요. 특별한 일은 아무것도 없었죠. 당신은 어떻게 보냈는데요?"

"사실은 안 좋은 일이 있었어요. 장모님이 계시던 요양원에서 전화를 받았어요. 어젯밤, 장모님이 돌아가셨답니다."

"아, 정말 유감스런 일이네요."

매튜의 잦아든 목소리에서 장모의 죽음이 얼마나 큰 상실감으로 다가왔는지 알 수 있었다. 바네사가 사라진 그 저주스러운 일요일 이후 단 한 번도 노부인을 찾아가보지 못한 게 회한으로 남은 탓일까? 그보다는 노부인이 바로 바네사의 어머니라는 사실이 매튜를 서글프게 한 게 분명했다. 노부인의 죽음은 바네사의 일부가 또다시 사라졌다는 의미였으니까.

"요양원 원장 말로는 장모님이 아주 편안하게 임종을 맞았답니다."

"그나마 다행이네요."

"이번 금요일에 장례식이 열리는데 요양원 직원들이 장례절차를 준비해주기로 했어요."

"장례식에 참석할 건가요?"

"당연히 참석해야죠. 그 일 이후 장모님을 찾아뵙지도 못했을뿐더러 전혀 신경써드리지 못했으니 장례식에는 반드시 참석해야죠."

매튜가 가벼운 한숨을 내쉬며 말했다.

"그리 쉽지 않은 자리가 될지도 몰라요."

노부인의 장례식이 매튜에게 단순히 작별인사를 나누는 자리가 될 것 같지는 않았다.

장례식이 열리는 홀리헤드까지 가는 동안 온갖 상념들이 매튜의 마음속을 헤집어놓을 거야. 그날의 악몽이 시작된 곳이 바로 노부인이 머물던 요양원이었으니까. 노부인을 만나고 오는 길에 바네사가 영영 사라져버렸으니까.

"쉽지 않은 자리라는 건 알아요. 그래서 말인데 그날 나와 동행해줄 수 있어요?"

매튜가 잠시 망설이다가 물었다.

솔직히 전혀 예기치 않은 제안이었다. 나는 아직 공식적으로 그의 옆자리에 서도 될 만큼 공인된 파트너가 아니었다. 나는 그의 친구일 뿐이었다. 친구들은 어려울 때 서로를 돕는 법이다. 게다가⋯⋯.

"동행하는 건 어렵지 않지만 당신에게 오히려 큰 부담이 되지 않을 까요? 바네사의 친척들이 참석하는 자리잖아요. 아직 바네사의 생사 여부가 확인되지 않은 상황인데 당신이 나를 데려갈 경우 괜한 오해 의 소지를 만들 수도 있잖아요?"

"그 문제는 걱정하지 말아요. 그런 오해를 하는 사람은 없을 테니까 요. 잘은 몰라도 조문객이 그리 많지는 않을 거예요. 바네사는 외동딸 이라 형제자매가 없어요. 외삼촌과 이모, 혹은 이종사촌들과는 거의 연락을 주고받지 않고 지냈어요. 게다가 이제 그나마 인연을 이어주 던 장모님마저 돌아가셨는데 무슨 할 말이 있겠어요. 오히려 장례식에 참석하는 사람이 없을까봐 걱정돼요."

그런 상황에서 나마저 거절할 수는 없었다. 바네사의 얼마 되지 않는 친척들 앞에서 외톨이가 되어 있는 매튜의 모습이 떠올랐다. 매튜를 외톨이로 만들고 싶지 않았고, 결국 따라가기로 결심했다.

목요일 저녁 퇴근 후에 장례식이 열리는 홀리헤드의 요양원으로 출발하기로 약속했다. 금요일 오전에는 장례식에 참석하고, 금요일 저녁에 스완지로 돌아오는 일정이었다. 장례식에 참석하려면 어쩔 수 없이 휴가를 내야만 했다. 토요일에는 알렉시아와 약속한 대로 포토에세이를 위한 답사를 떠날 계획이었다.

전화를 끊고 팬케이크를 데우려는데 다시 전화벨이 울렸다.

매튜가 뭔가 깜빡한 게 있나보다 생각하며 전화를 받았다. 매튜가 아니라 가렛이었다.

가렛은 내가 몹시 그립고 보고 싶다며 편한 시간에 스완지를 방문하고 싶다고 말했다.

2

라이언은 여자가 아파트 안으로 들어가는 모습을 지켜보았다. 그 후 두 시간이 흘렀지만 여자는 집밖으로 나오지 않았다. 오늘 저녁에는 더 이상 외출할 계획이 없는 듯했다.

라이언은 여자가 이 아파트 몇 층에 사는지 정확히 몰랐지만 꼭대기 층에 살지도 모른다고 생각했다. 여자가 들어가고 얼마 안 있어 아파트 꼭대기 층 창문에 불이 켜졌기 때문이었다.

이제 돌아가야 할 시간이었다. 여기서 펨브로크 독까지는 제법 먼 거리였다. 아마도 지금쯤 노라는 그가 어디에 있는지 궁금해 하며 속을 태우고 있을 게 뻔했다. 그가 데비를 찾아가봐야겠다고 말했을 때 노라는 표정이 급격히 어두워졌다. 그렇다고 앞을 가로막아서지는 않았다. 노라는 항상 그를 다른 여자에게 빼앗길지도 모른다는 불안감을 갖고 있었다. 괜한 일로 트집을 잡거나 잔소리를 늘어놓았다가는 오히려 상황을 더욱 악화시킬 수도 있기에 웬만해서는 불만을 토로하지 않았다.

라이언은 아주 많은 이유들 때문에 데비와는 절대로 재결합할 수 없다는 걸 알고 있었다. 그렇다고 노라에게 그런 사실을 시시콜콜 다 털어놓고 싶지도 않았다.

라이언은 요즘 노라와 별로 대화를 나누지 않았다. 아직 엄마가 어떤 이유로 납치되었는지 밝혀지지 않았고, 두 명의 범인이 누군지도 밝혀지지 않았다. 라이언은 그 이야기를 듣고 나서 계속 마음이 불안했다. 모든 가능성이 다 열려 있다는 뜻이었다. 데몬 일당이 납치사건을 벌였을 가능성은 여전히 유효했다. 데몬보다 더 무서운 쪽은 바네사였다. 그녀에 대한 생각이 라이언의 머릿속을 떠나지 않았다.

라이언은 감옥에 있을 당시 초반 여섯 달 동안 하루도 거르지 않고 바네사의 꿈을 꾸었다. 이제 또다시 악몽에 시달리기 시작했다. 시도 때도 없이 식은땀이 흘렀고, 오소소한 소름이 돋는 가위눌림이 계속되었다.

그날의 기억이 마치 어제 일처럼 생생하게 떠올랐다. 밤이면 끔찍한 가위눌림에 시달리다 소스라치게 놀라 깨어났고, 낮에는 하루온종일 생각의 늪에 빠져 허우적댔다. 오죽하면 타인의 고통에는 눈곱만큼의 관심도 없는 댄이 뭔가 심상치 않은 일이 벌어졌다는 걸 알아채고 한 마디 했겠는가?

"어이, 라이언! 자네 지금 거기에 있긴 한 거야?"

댄이 어이없다는 듯 그를 쳐다보며 물었다.

"자네 지금 무슨 생각을 그리 골똘히 하나? 정신이 완전히 딴 데 팔려 있잖아. 지금 자네 표정이 어떤지 알고 싶으면 당장 거울을 봐."

"맡은 일은 충실히 하고 있으니까 제 사생활에 대해서는 이러쿵저러쿵 상관하지 마세요."

"사장이 종업원의 업무태도에 대해 지적하는 건 당연한 권리야. 사장이 관심을 가져주면 고맙다고 해야지 뭘 그리 발끈하나? 지금 자네 얼굴이 유령처럼 보인다는 거 알아? 극도로 창백한 얼굴에 눈이 움푹 꺼졌어. 뭔가 문제가 있지? 어서 무슨 일인지 솔직하게 털어놔 봐."

라이언이 계속 침묵으로 일관하자 제풀에 지친 댄은 혼잣말로 툴툴거리다가 그만 포기하고 관심을 거두었다.

그날 저녁 라이언은 노라에게 데비를 만나러 가야겠다고 말하고 차를 빌렸다. 그날 밤, 그가 간 곳은 데비의 집이 아니라 멈블스였다. 3년 전 머릿속에 새겨진 뒤로 세상을 떠나는 날까지 절대 잊을 수 없는 주소, 겁에 질린 바네사 윌라드가 남편과 접촉해 최대한 빨리 자신을 풀어주는 방향으로 일을 유도하기 위해 털어놓은 바로 그 주소……. 라이언은 아직 그 주소를 도로명과 번지수까지 정확하게 기억하고 있었다. 그가 아직 모르는 건 매튜 윌라드가 아직 그 집에 사는지의 여부였다.

매튜의 집이 있는 도로로 접어들기 직전 라이언은 갑자기 속이 울렁거렸다. 차를 멈춰 세우고 차창 밖으로 상반신만 내밀고 구토를 했지만 전날 먹은 게 없어 신물만 겨우 올라왔다. 라이언은 매튜 윌라드의 집을 살피려던 계획을 취소할까 말까 망설이며 차 안에 앉아 있었다.

바네사의 생사여부를 알아내서 뭘 어쩌려고? 바네사가 정원을 거닐고 있는 모습을 발견할 경우 어떻게 대처하려고?

바네사가 살아있다는 걸 확인하는 것만으로 데비와 코린의 습격사건을 그녀와 연관 짓지 않아도 되었다. 그 집에서 바네사의 자취를 발견하지 못했다고 해서 그녀가 죽었다고 단정할 수도 없었다. 만약 바네사가 혼자 힘으로든 누군가의 도움을 받아서든 동굴에서 빠져나왔다면 어떤 경로를 통해서든 이미 오래 전에 그 이야기를 듣지 않았을까? 실종된 여인이 돌아왔다면 수많은 일간지에 기사가 실렸을 테고, 설사 감옥 안이었다고 해도 소문을 들을 수 있지 않았을까? 바네사가 기사화되는 걸 원치 않아 조용히 과거의 생활로 돌아가길 원했을 수도 있고, 새로운 곳에 정착해 신변을 감췄을 수도 있었다. 실종자 관련 기관 홈페이지에 들어가 확인해 보니 바네사는 여전히 실종 상태로 남아 있었다.

그렇다면 어찌된 일일까? 그 기록을 백퍼센트 믿을 수 있을까? 만약 바네사가 은밀하게 동굴을 빠져 나와 어딘가에 생존해 있다면?

라이언은 계속 차를 몰았고, 바네사가 말해준 주소지에 다다라 비교적 쉽게 그 집을 찾아냈다. 가장 먼저 대문 앞에 세워져 있는 검정색 BMW가 눈에 들어왔다. 머릿속에 잊히지 않고 각인되어 있는 바로 그 차였다. 적어도 바네사의 남편인 매튜가 아직 이 집에 살고 있다는 증거였다.

라이언은 집 맞은편에 차를 세워두고 울렁거리는 속을 가라앉히려고 애썼다. 다시 패닉현상이 시작되었고, 몸은 삽시간에 땀으로 흠뻑 젖어들었다. 백미러로 얼굴을 살펴보니 마치 오래된 환자처럼 잿빛을 띠고 있었다. 얼굴에는 땀이 번들거렸고, 두 손은 부들부들 떨려왔다. 오히려 바네사를 납치했던 직후보다 상태가 더욱 심각하게 안 좋았다. 라이언은 마음을 진정시키기 위해 숨을 깊이 들이마셨다.

과연 데비와 엄마를 위한 사람이 바네사일까? 그렇다면 바네사는 어떻게 내가 범인이라는 걸 알아냈을까? 왜 곧바로 경찰에 신고하지 않았을까? 감옥에 보내는 것만으로는 성에 차지 않았을까? 범행에 끌어들인 사내들은 어디서 구했을까? 그들에게 지불할 돈은 어떻게 마련했을까? 정말 이 모든 게 나의 억측에 불과할까?

가능성은 낮았지만 무조건 억측이라 단정할 수는 없었다. 바네사에게는 제법 긴 시간이 있었다. 2년이면 치밀한 계획을 세우고, 모든 일을 꼼꼼하게 실천하기에 부족하지 않은 시간이었다.

라이언은 심호흡을 하려고 잠시 눈을 감았다. 분노조절훈련을 받을 때 익힌 방법이었지만 지금은 아무짝에도 소용없었다. 결국 다시 눈을 뜨고 도로 맞은편을 바라보았다. 그 순간, 남자가 보였다. 매튜 월라드가 분명했다. 옆에서 달리고 있는 털북숭이 셰퍼드 가 그가 매튜 월라드라는 사실을 증명해주고 있었다. 바네사가 이야기했던 그 개가 틀림없었다.

라이언은 그제야 그 당시 얼마나 운이 좋았는지 새삼 깨달았다. 만약 저 개가 누군가 여주인을 마취시키고 차로 납치해가는 모습을 봤다면 어떻게 됐을까? 아마도 갈가리 물어 뜯기고도 남았을 것이다.

어떤 여자가 남자 옆에서 나란히 걸어가고 있었다. 분명 바네사는 아니었다. 라이언은 의자에 더 깊숙이 몸을 파묻고 주위를 경계하며 두 사람을 염탐했다. 여자는 바네사보다 키가 작고 더 젊었고, 완전히 다른 타입이었다. 기다란 암갈색 머리카락에 눈동자는 확실하지 않지만 검은색인 듯했다. 서른쯤 나이에 피부는 새하얗고, 매우 아름다웠다. 옷차림은 바네사가 입었던 유명 메이커 제품이 아니라 카키색 면바지에 흰색 티셔츠 차림이었다. 여자는 흰색 운동화에 오른손 손목에는 알록달록한 유리 팔찌를 차고 있었고, 몸에서 빛이 흘러나오는 듯했다. 라이언이 보기에 여자와 매튜는 썩 잘 어울리는 조합은 아니었다. 매튜는 언뜻 보기에 무척이나 폐쇄적인 남자처럼 보였다. 그는 감정이나 생각, 느낌을 드러내지 않으려고 기를 쓰며 살아온 사람처럼 표정이 무척이나 경직돼 있었다.

매튜 윌라드가 새로운 여자를 찾은 걸까?

두 사람은 연인 사이 같지는 않았다. 그들은 잠시 길을 따라 걷다가 주택단지와 맞닿아 있는 작은 공원 안으로 사라졌다.

손을 잡지 않고 걷는 걸 보면 만난 지 얼마 안 된 사이인가? 아니면 그저 오래된 친구?

매튜의 여동생일 가능성도 배제할 수 없었다. 매튜의 옆에서 나란히 걷고 있는 여자가 있다고 해서 바네사가 돌아왔을 가능성이 없다고 단정할 수도 없었다. 다만 바네사가 돌아왔다고 믿기에는 매튜의 눈빛에 담긴 고통의 흔적이 너무나 선연했다.

라이언은 그 자리에서 두 사람이 돌아오길 기다렸다. 뜻밖에도 그들은 아주 빨리 산책에서 돌아왔다. 날씨는 포근했고, 셰퍼드는 어디가 아픈 듯 다리를 질질 끌며 지친 모습으로 달려왔다. 아마 셰퍼드 때문에 짧게 산책을 마치고 돌아온 듯했다.

다함께 매튜의 차에 오른 그들은 어딘가를 향해 출발했다. 라이언은 재빨리 차를 돌려 그들을 뒤따라갔고, 암갈색 머리카락의 여자가 사는 집을 알아냈다.

그 후, 라이언은 남자와 여자의 집을 번갈아 주시한 결과 몇 가지 사실들을 간파했다. 두 사람은 퇴근 후 각자 집으로 돌아가고 나서 절대 밖으로 나오지 않았다. 손님들이 찾아오는 경우도 드물었다. 결국 그들을 연인관계로 단정하기에는 무리가 있었다.

라이언은 염탐을 중단할지 계속할지에 대해 고민했다. 매튜와 여자를 계속 미행하거나 데몬에 대한 정보를 캐고 다니는 게 결과적으로 도움이 될지 재앙이 될지 알 수 없었다.

다음 사건이 터질 때까지 잠자코 기다리는 편이 낫지 않을까?

라이언은 차를 돌려 펨브로크 독으로 돌아왔다. 돌아오는 길에 그는 자신이 지금 평범한 시민의 삶을 살고 있다면 어떤 기분일지 자문해보았다. 주변사람들로부터 언제나 좋은 평가를 받는 사람, 퇴근해 집에 돌아올 때마다 아내가 준비해놓은 저녁메뉴가 무엇인지 궁금해하는 사람, 밤이 되면 어떤 텔레비전 프로그램을 시청할지 고민하는 사람들에게도 과연 마음 졸이며 살 일이 있을까? 나도 언젠가는 그들처럼 평범한 삶을 살 수 있는 날이 찾아올까?

대답은 '아니오.'였다. 아무리 생각해 봐도 그런 날이 찾아올 가능성은 희박해보였다.

가장 끔찍한 결과를 예상하자면 감옥에 잡혀가 다시는 담장 밖으로 나올 수 없게 될지도 모른다는 사실이었다. 사람은 평생 동안 다시 시작할 수 있는 기회를 서너 번쯤 갖게 된다고 한다. 아직은 기회가 더 남아 있을 거라 생각하지만 언젠가는 모든 기회가 영영 사라져버렸다는 걸 깨닫는 날이 올 것이다. 재앙에서 벗어날 방법이 전혀 없는 날······.

아무리 생각해봐도 암울한 악몽이 지배하는 미래를 벗어날 방법이 없었다. 차라리 손에 쥐고 있는 폭탄을 터뜨리는 게 최선의 방법일지도 모른다는 생각이 들었지만 그는 여전히 비겁한 겁쟁이였다. 출구가 보이지 않는 상황에서 폭탄에 불을 붙일 만한 용기가 나지 않았다.

라이언은 10시 반이 되어서야 펨브로크 독에 도착했다. 길가에 가로등만이 쓸쓸히 켜져 있었고, 서쪽 하늘에 약간의 잿빛 노을이 남아 있을 뿐 하늘은 대체로 어두컴컴했다. 요즘은 계절의 특성상 밤이 되어도 칠흑처럼 어두운 날은 없었다. 이제 여름이 얼마 남지 않았다는 의미였지만 조금도 기쁘지 않았다.

라이언은 마음의 각오를 단단히 했다. 집에 들어가면 애타게 기다리던 노라가 대화를 나누자고 할 게 뻔했다. 대체 왜 저녁마다 자신을 피해 집을 나가는지, 그 시간에 어디에서 무얼 하고 다니는지 따져 물을 테지만 지금은 노라와 이야기를 나누고 싶은 생각이 전혀 없었다.

그때 마치 땅속에서 불쑥 솟아난 것처럼 남자들이 갑자기 양 옆에 나타났다. 한 사람은 오른쪽에, 다른 한 사람은 왼쪽에 서 있었다. 라이언은 남자들이 다가오는 소리를 듣지 못했다. 따라서 그들이 좀 전까지 어디에 있었는지 알 수 없었다.

"라이언 리?"

한 남자가 물었다.

드디어 올 게 왔다는 생각이 뇌리를 스쳤다. 남자들은 동네 불량배들처럼 반짝이 옷을 입지도 않았고, 장신구들을 주렁주렁 늘어뜨리지는 않은 자들이었다. 전혀 감정의 동요를 내비치지 않는 것으로 보아 프로페셔널이 분명했다. 경찰 가운데 그들과 비슷한 인상을 풍기는 사람은 한 번도 본 적이 없었다.

"네, 그런데요? 당신들은 누구죠?"

라이언이 자동적으로 반문했다.

대답 대신 남자의 손이 그의 팔을 꽉 움켜쥐었다. 통증이 느껴지지는 않았지만 상당히 위압적이었다. 도망치지 말라는 경고의 의미로 해석할 수도 있었다.

"데몬이 널 보고 싶어 하신다. 우린 너를 보스에게 데려가려고 왔어."

예상했던 대로 일이 진행되고 있었다.

데몬의 부하들이 마침내 찾아왔다.

3

데몬은 결코 채무자를 사무실이나 자택에서 만나는 법이 없었다. 혹시 추후에라도 그와 연결될 수 있는 건물은 배제했다. 수 년 전 데몬을 처음 만났던 곳은 어느 술집의 안쪽 골방이었다. 두 번째는 어느 호텔의 스위트룸에서 만났다. 데몬이 그곳에 있었다는 사실을 아무도 입증할 수 없게 미리 사전조치를 취해놓았기에 공식적으로는 아예 아무도 만나지 않은 게 되는 셈이었다.

데몬을 만났던 채무자가 죽게 될 경우 그가 현장에 있었다는 걸 증명해줄 사람은 아무도 없었다. 데몬은 늘 피의 흔적을 남겨놓았지만 절대로 사람들 눈에 발각되지 않았다.

어떻게 그런 일이 가능할까?

라이언에게는 수수께끼 같은 일이었지만 이후로도 절대로 그 문제를 풀 수 없다는 걸 잘 알고 있었다. 남자들은 라이언을 리무진 뒷자리에 태웠다. 한 남자가 옆에 앉았고, 다른 남자는 운전대를 잡았다. 옆에 탄 남자가 라이언이 무기를 지니고 있는지 확인했다. 물론 아무런 무기도 지니고 있지 않았다.

라이언은 남자들이 눈을 가릴 거라고 생각했는데 아니었다. 이번에는 굳이 행선지를 감출 필요가 없는 듯했다. 펨브로크 독을 벗어난 리무진은 라이언이 잘 모르는 지역으로 접어들었다. 방향은 남서쪽인 듯했지만 확실하지 않았다. 고요한 어둠 속에 빠져 있는 마을 두 개를 통과하고 나서 점차 사람들의 주거지와 멀어지는 느낌이 들었다. 차창 밖으로 드넓은 평야와 들판이 펼쳐져 있었고, 간혹 외딴 농가가 보였다.

어느새 바다 근처에 다다른 듯했다. 라이언은 패닉상태가 되기만을 기다렸다. 남자들에게 심한 구타를 당할 수도 있었고, 총을 맞아 죽을 수도 있는 상황인데 이상스레 마음이 차분했다. 물론 공포를 느꼈지만 마음속 어딘가에 덩어리처럼 꽁꽁 뭉쳐 있어 온몸으로 번지지는 않았다.

국도에서 빠져나온 리무진은 나무들 사이로 이어지는 오솔길을 따라 계속 달렸다. 오솔길은 멋진 위용을 자랑하는 저택 앞 자갈 마당에서 끝났다. 전형적인 시골 귀족의 저택으로 건물 벽은 낡았지만 육중한 크기로 사람을 압도하기에 부족함이 없었다. 분명 데몬 소유의 집은 아닐 테지만 집주인과 암암리에 연결된 끈이 있을 테고, 가끔 이런 일에 이용해온 집이 틀림없었다. 어쩌면 집주인이 데몬에게 매수된 경찰일 가능성도 배제할 수 없었다.

공기 중에 바다 냄새가 강하게 배어 있었다. 집 바로 뒤쪽이 바다를 마주하고 있는 절벽이라는 걸 짐작할 수 있었다.

혹시 나를 절벽에서 집어던질 생각인가?

절벽에서 굴러 떨어지면서 만신창이가 된 몸은 바다 속으로 깊이 가라앉았다가 어딘가에서 시체로 떠오르게 될 것이다. 아마도 시체를 발견한 사람들은 여기저기 떠돌아다니며 살다가 절벽에서 발을 헛디 며 굴러 떨어진 부랑자로 여길 게 틀림없었다. 더없이 비극적인 말로 이겠지만 그런 일은 언제나 있어 왔다. 아마도 그의 죽음은 신문에 실 릴 만한 뉴스거리조차 되지 못할 수도 있었다.

남자들이 현관문을 가볍게 발로 차 열었다. 집 안에서 서늘하고 퀴 퀴한 공기가 밀려나왔다. 돌로 된 층계참, 바둑판 문양의 현관바닥, 벽 에 걸려 있는 싸구려 풍경화 몇 점과 양쪽으로 갈라져 있는 사슴뿔, 계 단 옆 널마루에 고정해놓은 박제 악어, 계단 위에 깔려 있는 빨간색 러 너가 눈에 띄었다.

라이언이 지나가면서 포착한 저택의 내부 모습으로 자세하게 들여 다볼 여유는 없었다. 어느새 다른 문이 열렸고, 남자들은 라이언을 그 방으로 밀어 넣었다. 응접실처럼 생긴 방으로 가구가 많이 들어 차 있 었고, 현관에서와 마찬가지로 퀴퀴한 곰팡내와 먼지 냄새가 났다.

방 한가운데에 놓인 육중한 안락의자에 몸을 푹 파묻고 있던 데몬 이 자리에서 일어나 마치 오랜 친구를 맞이하듯 라이언을 향해 미소 지었다.

"잘 지냈나, 라이언? 이렇게 자네 얼굴을 직접 보게 되다니 정말 좋 군!"

부하들을 시켜 잡아온 게 아니라 마치 초대받아 온 사람을 대하는 듯한 말투였다.

"안녕하세요, 데몬."

라이언은 목이 잔뜩 가라앉아 말이 잘 나오지 않았다.

"뭘 좀 마시겠나?"

데몬이 소파 옆 서빙카트를 가리키며 물었다. 온갖 종류의 술이 들어 있었다. 라이언이 알아볼 수 있는 위스키도 있었고, 음료수와 와인들도 있었다.

"고맙지만 사양하겠습니다."

데몬은 여전히 얼굴에 미소를 담고 있었다. 그 표정이 지나치게 선해 보여 깜짝 놀랐다. 라이언은 이미 두 번이나 그를 만난 적이 있어 얼굴을 잘 알고 있었지만 그가 저지른 수많은 악행들 탓에 무시무시한 인상을 떠올리곤 했었는데 이제 보니 늘 상상했던 모습과는 거리가 멀었다. 데몬은 라이언보다 머리 하나 정도는 더 작았다. 게다가 비쩍 마른 체형이라 외관상으로 보자면 곧 죽을병에 걸린 중환자 같았다. 그는 옅은 핑크색 얼굴에 눈은 연한 청색이었고, 머리카락은 회색과 갈색이 뒤섞여 있었다. 옷차림은 회색 린넨 양복에 청색 셔츠를 받쳐 입고 있어 어디서든 사람들 눈에 쉽게 드러나지 않을 스타일이었다. 만약 정체를 몰랐다면 지금 눈앞에 있는 남자를 경리직원 아니면 슈퍼마켓 매니저쯤으로 생각했을 가능성이 컸다. 영국에서 가장 위험한 갱단의 보스, 수많은 불법사업에 손을 뻗치고 있고, 사람을 죽이고도 눈 하나 깜짝하지 않을 고리대금업자라는 사실은 죽었다 깨어나도 알 수 없을 듯했다.

"라이언, 이리 와 앉게."

데몬이 안락의자를 가리키며 말했다.

라이언이 주저하며 의자에 앉았다. 문득 그를 이곳까지 데려온 두 남자가 어디에 있을지 궁금했다. 아마 문 밖에서 대기하면서 여차하면 방으로 뛰어들 태세를 갖추고 있을 게 뻔했다.

"라이언, 그동안 어떻게 지냈나? 감옥에 있었다는 이야기는 이미 들었네."

"네, 감옥에 들어가 있었습니다."

"그야말로 멍청한 짓이었어. 나는 자네가 일부러 그 청년을 묵사발로 만들 생각은 없었을 거라 생각하네."

"물론 그럴 의도는 전혀 없었습니다."

"사람 일이란 게 종종 뜻대로 되지 않는 법이지. 감옥살이가 무척이나 힘들었겠군 그래."

"네, 많이 힘들었습니다."

라이언은 자꾸 변죽만 울리지 말고 빨리 본론으로 들어가기를 바랐다. 피차 안부가 궁금해 이곳으로 잡아오지는 않았을 테니까.

"자넨 지난 3월에 출소했지? 벌써 두 달이나 지났는데 그동안 한 번도 나를 찾아오지 않아 대단히 실망했네. 우린 오랜 친구 사이 아닌가? 설마 나만 그렇게 생각한 건 아니겠지?"

라이언은 아무런 대답도 할 수 없었다.

"내가 알기로 우리 사이에는 아직 해결하지 않은 일이 남아 있잖은가?"

"데몬, 저는……."

라이언이 입을 열려고 하자 데몬이 손을 들어 그의 말을 제지했다.

"자네가 나에게 갚아야 할 빚이 2만 파운드라는 건 알고 있겠지?"

라이언은 자기도 모르게 한숨을 푹 내쉬었다.

데몬이 수첩을 펼쳐들고 열심히 들여다보며 계산을 하는 척했다. 라이언은 수첩에 뭐가 적혀 있는지 충분히 짐작할 수 있었다.

"아니야, 다시 확인해 보니 내가 예전에 받아야할 돈이 2만 파운드였어. 그사이 이자가 많이 붙었다네. 게다가 자네는 아직 단 한 번도 변제를 한 적이 없지."

"죄송하지만 감옥에 들어가는 바람에 빚을 갚을 길이 없었습니다."

"나도 자네 말을 충분히 이해하네. 감옥에서 돈을 모은다는 건 불가능한 일이니까. 다만 책임 소재는 분명하게 해둬야지. 내가 자네에게 감옥에 들어가라고 강요한 적 있나? 자네 잘못으로 감옥에 가놓고 지금 나에게 책임을 떠넘기겠다는 건가?"

데몬이 갑자기 정색을 하며 라이언을 노려보았다.

"죄송합니다. 아닙니다."

라이언이 급히 사과했다.

데몬은 다시 수첩을 한참동안 들여다봤다.

"그동안에 발생한 이자를 더해 보니 4만8천 파운드야."

지금 있는 장소가 데몬의 아지트가 아니고, 이토록 위험하고 급박한 상황이 아니었더라면 이 터무니없는 계산법에 대해 일단 피식 웃고 보았을지도 모를 일이었다.

4만8천 파운드라니? 말도 안 돼.

게다가 빚은 시시각각 불어나고 있다고 봐야 했다.

세상이 두 쪽 난다고 해도 절대로 갚을 수 없는 돈이었다.

데몬 역시 그 사실을 모르지 않을 것이다.

"정말 큰 금액이군요."

라이언은 무슨 말이든 해야 할 것 같아 그렇게 말했다.

"맞아, 대단히 큰돈이라고 할 수 있지. 그러니까 나는 절대로 그 돈을 포기할 수 없어. 자네도 내 마음을 이해할 수 있을 거야."

데몬이 고개를 주억거리며 말했다.

"데몬, 솔직히 저에게 그런 큰돈은 없습니다. 감옥에서 일을 해 약간의 돈을 모았지만 대부분은 이미 생활비로 사용했습니다. 저는 요즘 복사가게에서 일하며 쥐꼬리만 한 월급을 받고 있지요. 그렇다고 보수가 넉넉한 일자리를 구할 수도 없습니다. 일자리가 있는 걸 그나마 다행으로 여겨야할 형편이니까요. 대체 어느 누가 저 같은 놈에게 일자리를 주겠습니까?"

데몬이 걱정스럽다는 표정을 지었지만 절대로 진심이 아니라는 걸 느낄 수 있었다. 데몬은 피도 눈물도 없는 냉혈한이었다. 일말의 동정심도 기대할 수 없는 고리대금업자였다. 사람을 가학적으로 괴롭히며 기쁨을 얻는다는 소문이 자자한 악당이었다.

"자네에게 한 가지만 물어봐도 될까? 굳이 이런 질문을 해야만 하는 내 마음을 널리 이해해주길 바라네. 나에게 가장 중요한 일이 뭐라고 생각하나? 자네 직업이 뭐든, 통장에 돈이 얼마나 들어 있든 난 굳이 알 필요가 없다고 생각하네. 자네 미래가 장밋빛이 될지 먹빛이 될지에 대해서도 난 전혀 관심이 없어. 자네가 생을 잘 살아왔는지, 늘 지혜롭게 행동하는지 판단하는 것도 내 관심사는 아니지. 다만 나는 자네에게 돈을 빌려주었고, 그 돈을 받으려는 것뿐이야. 내가 왜 주제넘게 자네의 시시콜콜한 사정까지 다 들어줘야 하지? 그런 짓이라면 나는 정중히 사양하겠네."

"네, 무슨 말씀인지 알겠습니다."

"자네 생각에는 내가 언제쯤 돈을 돌려받을 수 있을 것 같나?"

라이언이 마른침을 꿀꺽 삼켰다. 목이 죄어오는 느낌이었다.

"지금은 돈이 한 푼도 없습니다."

라이언이 겨우 기어들어가는 목소리로 말했다.

데몬이 고개를 돌리더니 짐짓 과장된 제스처로 자신의 손을 귀에다 대고 물었다.

"자네, 방금 뭐라고 했지?"

"돈이 한 푼도 없다고 했습니다."

"빚을 변제할 복안은 마련하고 있겠지? 4만8천 파운드를 빌려놓고 나 몰라라 하면서 어딘가로 잠적할 계획은 아니겠지?"

나는 그렇게 많은 돈을 빌린 적이 없어요, 당신이 제멋대로 정한 이자 때문에 눈덩이처럼 불어난 액수잖아요, 라는 말이 목구멍까지 차올라오는 걸 가까스로 참았다.

"돈을 분할해서 상환하겠습니다. 현재 제가 버는 돈이 형편없거든요. 아주 적은 금액으로나마 나눠서 갚겠습니다."

"한 달에 얼마 정도 갚을 수 있지?"

"음…… 약 100파운드 정도면 안 될까요?"

"100파운드? 설마 농담으로 한 말은 아니겠지? 나날이 늘어나는 이자까지 감안하면 내가 꼬부랑할아버지가 다 되어도 돈을 다 돌려받을 수 없다는 결론이 나오잖아."

"그럼 200파운드는 어떨까요? 사실은 그 정도만 해도 저로서는 감당하기에 벅찹니다."

라이언이 절망적으로 제안을 수정했다.

"자네, 지금 나하고 장난치나? 자네가 얹혀살고 있는 여자는 어떤가? 그 여자가 자넬 도울 수 있지 않을까?"

라이언은 순간적으로 움찔했다. 이미 짐작하고 있었지만 데몬의 입에서 그런 말이 나오자마자 전기에 감전된 듯 머리가 띵했다. 데몬은 이미 그의 사정을 속속들이 꿰고 있다는 의미였다. 그가 노라의 집에 얹혀산다는 것도 알고 있었고, 그렇다면 노라가 다음 표적이 될 공산이 컸다.

"혹시 당신이 부하들을 시켜 데비를 습격하고, 우리 엄마를 납치했습니까?"

라이언의 입에서 불쑥 그 말이 튀어나왔다.

데몬이 어이없다는 표정으로 라이언을 노려보았다.

"내가 자네 어머니를 납치했다고? 언제 그런 일이 있었지? 데비는 또 누군가? 나는 전혀 모르는 일이니까 생사람 잡지 말게."

데몬이 표정 하나 바꾸지 않고 능청스럽게 말했다. 그가 저지른 짓이 분명하다면 정말이지 연기력 만큼은 배우 뺨칠 만큼 뛰어난 사람이었다. 데몬의 표정만으로는 진담인지 거짓말인지 구별할 수 없었다. 두 가지 가능성이 있었다. 데몬이 그 사실을 몰랐을 가능성과 배후에서 부하들에게 납치를 명령했을 가능성…….

"데비는 예전에 제가 몇 년간 동거하다 헤어진 여자 친구죠. 우린 지금도 여전히 친구로 지내고 있습니다."

"자네 어머니와 여자 친구가 왜 습격을 당했을까?"

"저 역시 그게 궁금합니다."

"세상은 아주 사악한 곳이니까 별별 일이 다 있긴 하지."

라이언은 그제야 깨달았다.

데몬에게 대체 뭘 바란 거야? 그가 내 앞에서 모든 진실을 털어놓고 잘못을 빌 거라 기대한 거야?

데몬은 절대로 호락호락 넘어갈 사람이 아니었다. 만약 데몬이 그 사건들을 주도한 인물이라면 라이언이 불안과 공포에 시달리는 모습을 지켜보는 것만으로도 충분히 소기의 목적을 달성한 셈이 될 것이다.

라이언은 더 이상 불안에 떨며 살고 싶지 않았다.

"돈은 반드시 갚겠습니다만 시간이 필요합니다. 저는 갑자기 그렇게 큰돈을 마련할 재간이 없습니다. 제 주변에는 그렇게 큰돈을 빌릴 만한 사람도 없고요."

"자네도 알다시피 사람이 살아가는 동안 반드시 지켜야 할 규칙이 있지. 갚을 능력이 없으면 절대로 빚을 져서는 안 된다는 것도 대단히 중요한 규칙이라고 생각하는데, 내 말이 틀렸나? 갚을 생각도 없으면서 돈을 빌린다는 건 일종의 사기이고, 채권자를 우롱하는 처사라고 할 수 있지 않겠나? 채권자도 그처럼 우롱당할 경우 화가 날 수밖에 없는 거라네. 그 다음 단계는 참을 수 없는 분노가 남게 되지. 그때는 정말 심각한 문제가 발생하게 되는 거야. 라이언, 내 말이 무슨 뜻인지 알겠나?"

"네, 잘 알겠습니다."

라이언이 기어들어가는 목소리로 말했다.

데몬이 다시 수첩을 들여다봤다.

"일단 자네에게 말미를 더 주지. 아무래도 난 마음이 너무 너그러운 것 같다니까. 오늘이 5월 21일 월요일이니까 기한을 6월 30일 토요일까지로 정하겠네. 자네는 그날까지 나에게 돈을 갚으면 돼. 앞으로 6주가 남았네. 이 정도면 대단히 공평한 제안이라는 걸 자네도 알 거야."

"6월 말이라고요?"

라이언이 화들짝 놀라며 되물었다.

"그래, 6월 말. 그 날까지 이자를 더하면 총액이 5만 파운드쯤 되겠지. 6월 30일까지 5만 파운드를 갚아. 5만이라는 숫자가 내 마음에 꼭

드는군. 자네에게 내 생일이 6월 30일이라고 말했던가?"

"아뇨."

라이언이 조용히 대답했다.

"그날이 바로 내 생일이라네. 자네도 알다시피 그날은 나에게 대단히 기쁜 날이 될 거야. 자네 생일은 언제인가?"

"9월 7일입니다."

라이언이 신음하듯 말했다. 이상하게도 갑자기 목이 콱 잠겨 버렸다.

"9월 7일이라? 자네는 다음 생일에도 살아 있고 싶겠지?"

"네."

"좋아, 자넨 생일을 새 애인과 함께 자축하고 싶을 거야. 척 보기에도 애인이 아주 예쁘게 생겼더군. 게다가 착하고 성실한 여자 같았어. 세상의 모든 어머니들이 며느리로 맞아들이고 싶어 하는 바로 그런 스타일이지. 안 그런가?"

"노라는 제 애인이 아닙니다. 제가 감옥에 있을 때 편지를 주고받으며 알게 된 여자인데 지금은 오갈 데 없는 저를 돌봐주고 있을 뿐입니다."

라이언은 노라와 아무것도 아닌 사이처럼 보이게 해 어떻게든 데몬의 부하들로부터 그녀를 보호해주고 싶었다.

"아무튼 그 여자나 자네에게 변고가 생긴다면 대단히 유감스러운 일이 아니겠나? 그녀는 아직 젊고, 자네는 감옥에서 나온 지 얼마 안 되었어. 자네가 일자리를 갖고 있고, 열심히 살아가려고 애쓴다는 건 알아. 자네는 인생을 본 궤도에 올려놓아야 할 때가 된 거야. 이제 자네도 선량하고 책임 있는 시민으로 돌아가야지. 물론 선량한 시민의 삶이라는 게 재미도 없고, 대단히 속물적이긴 하지. 그렇지만 누구나 평화로운 삶을 원하지 않나? 그런 희망 따위는 이미 오래 전에 버렸다고 말하지 말게. 아직 포기하기에는 이르니까."

"솔직히 말해 그 짧은 기간 동안 그리 큰돈을 어떻게 마련해야 할지 모르겠습니다. 돈만 갚을 수 있다면 무슨 일이든 하고 싶습니다. 정말이지 저는 돈을 많이 벌 수 있는 방법을 모르겠습니다."

라이언이 하소연하듯 말했다.

데몬이 얼음장처럼 차가운 눈빛으로 그를 노려보았다. 앞에 있는 남자의 무표정한 얼굴을 보는 순간 라이언은 어찌나 무섭던지 하마터면 오줌을 지릴 뻔했다. 그 순간 라이언은 3년 전 여자를 납치해 돈을 마련해보겠다는 계획을 세우도록 몰아붙였던 사람이 누구였는지 새삼 깨달았다.

라이언은 감옥에 들어가고 나서야 자신이 왜 그렇게 미친 짓을 벌였는지, 어쩌면 그렇게 끔찍한 생각을 하게 되었는지 이해할 수 없었다.

이제야 그 당시 상황이 지금과 똑같았다는 걸 알 수 있었다. 빠져나갈 구멍이라고는 없이 궁지에 몰린 상황, 피도 눈물도 없는 상대가 쉴 틈을 주지 않고 몰아붙이는 상황…….

그때는 무슨 수를 쓰든 데몬의 손아귀에서 벗어나고 싶다는 생각밖에 없었다. 지금껏 어느 누구도 데몬과 싸워 이긴 사람은 없었다. 데몬과의 대화가 다정한 친구 사이에서 오간 말처럼 점잖았다고 해서 결과도 그럴 거라는 환상을 품는 건 금물이었다. 만약 데몬이 말한 6월 말까지 돈을 갚지 못할 경우 그 자신은 물론 노라마저도 살해당할 가능성이 컸다. 데몬은 가학적 복수를 즐기는 사람으로 유명하니까.

라이언은 6월 30일을 넘기는 순간 데몬의 부하들에 의해 어느 외진 곳으로 납치돼 죽음을 맞이하기 전까지 온갖 고문을 당하리라는 공포로부터 한순간도 자유로울 수 없었다. 데몬을 피해 잠시나마 몸을 숨길만 한 장소도 없었다. 빚을 갚지 못할 경우 당장 쫓기는 신세가 될 테고, 데몬은 그를 찾아낼 때까지 절대로 단념하지 않을 테니까. 언젠가 데몬에게 발각되는 건 단지 시간문제일 뿐이었다.

"누구나 돈을 구할 방법을 찾아보면 늘 있게 마련이야. 그 많은 사람들이 어떻게 성공을 했겠나? 자네는 바보가 아니니까 머리를 잘 굴려봐. 지금 자네는 대단히 위험한 상황이라는 걸 알아야 해!"

굳이 강조하지 않아도 이미 더없이 위험한 상황이란 걸 알고 있었다. 목숨이 경각에 달려 있다고 해도 과언이 아니었다.

데몬이 자리에서 일어서며 악수를 청했다. 이제 대화는 다 끝났다는 뜻이었다.

"잘해보게, 라이언. 자네와 대화할 수 있어 정말 좋았네. 우리는 친구 사이니까 너무 오랫동안 눈에서 멀어지면 안 되네. 내 말 명심하게."

라이언은 억지로라도 미소를 지어보려 했으나 입 꼬리가 제대로 말을 듣지 않았다.

"그럼 전 이만……."

"늦어도 6월 30일 이전에는 다시 만나게 되겠지. 벌써부터 그날이 기다려지는군."

"어떤 방식으로 연락하면 될까요?"

데몬이 입을 비죽거리며 웃었다.

"어떤 방식으로 만날지는 자네가 걱정할 일이 아니야. 우리가 알아서 찾아갈 테니까 걱정하지 말게. 내가 약속하지!"

"잘, 알겠습니다."

아무튼 오늘 당장 죽을 일은 없었다. 오늘 만큼은 절벽 아래로 밀어버리거나 발목에 시멘트 벽돌을 매달아 바다 한 가운데 처박지는 않으리라. 정원에 구덩이를 파고 산 채로 묻어버리거나 산 속 웅덩이에 눕게 한 다음 삽으로 흙을 쏟아 붓지도 않으리라.

데몬이 빚을 갚지 못한 채무자들에게 자행했다는 보복의 방식들이었다. 라이언은 절대 그런 식으로 죽고 싶지 않았다. 노라의 집 앞에서 라이언을 납치한 남자들이 응접실 안으로 다시 들어왔다. 바깥에서 이야기를 듣고 있었거나 은밀한 교신 방법이 있는 게 분명했다. 그들이 라이언의 양옆으로 다가서더니 밖으로 데리고 나갔다.

라이언은 흘깃 뒤를 돌아보았다.

데몬이 방 한가운데에 서서 미소 짓고 있었다. 심지어 손을 흔들어 보이기까지 했다. 마치 다정한 친구에게 하는 작별인사 같았다.

라이언은 차라리 그냥 이 자리에서 자폭이라도 하고 싶었다.

4

로렌의 장례식은 5월 25일 금요일에 열렸다. 금요일에는 너무 시간이 촉박할 듯해 목요일 저녁에 홀리헤드로 떠나려던 계획을 매튜가 목요일 오후에 갑자기 뒤집었다. VIP 고객과 거절할 수 없는 저녁식사 약속이 잡혔다고 했다.

"금요일에 출발해도 문제없어요. 금요일 아침 7시에 당신을 픽업하러 가죠."

매튜가 나와 하룻밤을 보내야 한다는 게 부담스러워 회피전략을 쓰는 듯 보였지만 나로서는 받아들일 수밖에 없는 제안이었다. 매튜가 VIP고객을 만나 저녁식사를 함께 하기로 약속했다는 말도 믿을 수밖에 없었다. 다만 저녁 약속이라면 동료에게 부탁해도 문제가 없을 거라는 생각이 들긴 했다. 오히려 매튜가 일부러 그 약속을 잡았으리라는 생각이 들었다. 내 사무실로 걸려온 전화 목소리로 짐작컨대 컨디션이 안 좋아 보였다. 장모의 장례식이 엄청난 부담이 되고 있다는 걸 알 수 있었다. 시간이 다가올수록 부담감이 점점 더 커지는 듯했다. 장례식 불참을 고려해보기도 했겠지만 그의 양심이 절대로 허락하지 않았으리라. 나 역시 마음의 준비를 단단히 했다. 결코 쉽지 않은 날이 되리라는 걸 예감했기 때문이었다.

오후에 잠깐 짬을 내 원피스를 한 벌 구입했다. 원래는 검정색 바지 정장을 입고 갈 생각이었다. 수년 전부터 특별한 행사 때마다 갖춰 입는 정장이었다. 지난 몇 주 동안 기온이 급격하게 상승하더니 급기야 오늘은 덥다는 말이 나올 만큼 후텁지근했다. 일기예보에 따르자면 주말에는 기온이 30도까지 오른다고 했다. 무더운 날씨에 바지정장을 입고 갔다가는 등에서 땀이 줄줄 흘러내릴 게 뻔했다. 시내의 옷가게에서 제법 세련된 디자인의 검정색 민소매 원피스를 발견했다. 가격이 너무 비싸 살까말까 망설이다가 결국 구입했다. 가뜩이나 어려운 내 형편으로 보자면 분명 과용이었다.

퇴근하고 집에서 다시 한 번 입어보니 장례식에 입고 가기에는 원피스의 길이가 너무 짧았다. 다시 한 번 꼼꼼하게 살펴보니 구김이 잘 가는 린넨 소재에 민소매라는 점도 그다지 마음에 들지 않았다. 후회했지만 어차피 늦은 일이었다.

퇴근 무렵 알렉시아는 내게 토요일에 하기로 약속한 일을 잊지 말아달라고 신신당부했다. 토요일 아침에 버스를 타고 알렉시아의 집으로 가 차를 가져가기로 했다. 알렉시아는 토요일에도 회사에 출근해야 할 텐데 자전거나 켄의 소형오토바이를 이용할 수밖에 없을 듯했다.

"절대로 잊어버리지 않을 테니까 걱정하지 마. 금요일 저녁에 돌아올 테니까 토요일에 답사를 떠나는 데는 전혀 문제없을 거야."

알렉시아는 요즘 온갖 걱정에 사로잡혀 사는 사람이 되었다. 알렉시아를 위해서라도 런던의 그 역겨운 늙은이를 만족시킬 수 있는 포토에세이 장소를 발굴하는데 최선을 다하기로 다짐했다.

금요일 아침, 매튜는 약속 시간에 정확히 나를 데리러왔다.

"맥스는 가사도우미에게 맡겨 두었어요."

홀리헤드에 도착할 때까지 매튜의 입에서 나온 말은 고작 그 한 마디가 전부였다. 매튜는 그 말만 하고는 시종일관 입을 꾹 다물고 침묵을 유지했다. 심지어 길이가 짧은 내 원피스에 대해서도 아무런 코멘트를 하지 않았다. 내가 짧은 원피스를 입고 있다는 사실조차 알아차리지 못했다.

나는 몇 번의 곁눈질로 매튜를 살펴보았다. 몸이 잔뜩 경직된 그는 입을 꾹 다물고 운전에만 열중하고 있었다. 딱 한 번 내가 그에게 말을 걸었다.

"VIP고객과의 저녁식사는 만족스러웠어요?"

"네."

그 말이 매튜가 한 대답의 전부였다.

본의 아니게 나는 혼자만의 상념에 빠져들 기회를 갖게 되었다.

주초에 가렛과 통화했던 일이 떠올랐다. 오랜만에 통화라서인지 뜻밖에도 까무러칠 만큼 기분이 좋았다. 자동응답기로 목소리를 들을 때와는 차원이 달랐다. 가렛은 자기편으로 만들고 싶은 사람이 있을 때 늘 그랬듯이 자신의 매력을 한껏 발산하며 내게 관심과 공감을 표했다. 그 대신 그가 소기의 목적을 달성했을 때 얼마나 빨리 관심과 공감이 식어버리는지 잘 알고 있었다. 그의 무관심과 냉소 때문에 내가 얼마나 많은 눈물을 흘렸는지도 너무나 분명하게 기억하고 있었다.

다시는 그의 꼬임에 넘어가지 않을 거라고 수없이 다짐했었다.

가렛과 통화하는 동안 나는 여전히 그에게 매료될 수도 있다는 사실을 깨달았다. 그는 내 인생이 어떻게 흘러가는지 알고 싶어 했다. 나는 《헬스케어》지에서 하는 일에 대해 설명했다. 그러다가 결국 매튜 이야기까지 털어놓게 되었다.

"아, 새 남자친구?"

가렛은 언제나 질투는 자신과 상관없다는 투로 말했지만 이번에는 왠지 느낌이 달라 보였다.

나는 매튜와 만나는 동안 불거진 문제에 대해 솔직하게 털어놓았다. 바네사에 대해 이야기하고 나서 그녀의 그림자가 이제 막 시작되는 우리 관계에 먹구름을 드리우고 있다는 것도 말해주었다.

가렛은 금세 내 이야기에 빠져들었다. 그는 우선 바네사 실종사건의 전모를 파악하기 위해 나에게 끊임없이 질문을 던졌다. 짐작컨대 그는 나와 통화가 끝나면 즉시 바네사 실종사건에 대해 제대로 캐보기 위해 인터넷을 샅샅이 뒤질 것이다. 가렛이 지금처럼 내 일에 깊은 관심을 보였다면 그와 함께 사는 게 아주 행복했을지도 모른다.

드디어 가렛이 내 생일 이야기를 꺼냈다. 내 생일은 6월 12일로 화요일이었다. 손님을 초대하기에 그리 이상적인 날짜는 아니었다.

"휴가를 받아 당신의 생일을 축하하러 갈게. 설마 이미 다른 계획을 세워 두지는 않았겠지?"

가렛이 물었다.

물론 그날 매튜와 약속을 잡아야 하겠지만 확실한 옵션은 아니었다. 매튜는 요즘 기분이 수시로 바뀌고 있어 아무것도 장담할 수 없었다.

알렉시아는 요즘 날마다 야근했다. 밤늦게까지 일하다가 술집으로 나와 한 잔 마시게 되면 아마 기진맥진한 몸으로 알코올을 분해하기가 어려울지도 모른다. 여러 상황을 고려해볼 때 내 생일날의 전망은 그리 밝지 않았다. 현재로서는 꼭대기 층 내 아파트에서 혼자 저녁 시간을 맞을 공산이 컸다. 슬픔에 젖어 천창을 통해 하늘을 올려다보는 내 모습이 눈앞에 아른거렸다. 그렇게 혼자서 궁상을 떠느니 가렛을 불러 시간을 보내는 것도 그리 나쁠 것 같지는 않았다.

"생각을 좀 더 해볼게. 당신도 알다시피 그리 간단한 문제가 아니잖아."

나는 가렛에게 그렇게 말했다.

"쉬운 문제는 아니지. 나도 충분히 이해하니까 시간을 두고 잘 생각해봐."

가렛이 더없이 부드러운 목소리로 말했다. 그 목소리를 듣는 순간 등줄기에 찌르르 전율이 흘렀다.

우린 잠시 더 이야기를 나눴다. 주말에는 포토에세이 답사를 갈 거라고 말했다. 내 차는 이미 팔아버려 알렉시아의 차를 빌려 타고 갈 거라고 했더니 가렛은 《헬스케어》지의 급여가 얼마나 형편없는지 대충 짐작이 간다며 웃었다.

가렛에게 잘 자라는 인사를 하고 전화를 끊었다. 전화를 끊고 나자 뒷맛이 개운하지가 않았다. 왠지 가렛이 날 데리고 논 것 같은 느낌이 들었다. 나는 누구보다 가렛을 잘 알고 있었다. 아마 그는 이제 나를 거의 손에 넣었다고 생각하고 있을 게 뻔했다.

홀리헤드에 도착해 장례식장을 못 찾아 길을 헤매는 바람에 몇 차례 항구를 들락거렸다. 항구에서는 더블린 행 여객선이 출발하고 있었다. 우리는 거의 탈진 일보직전에 장례식장을 찾아냈다. 우리가 장례식장으로 들어선 시각은 장례식이 시작되기 겨우 2분 전이었다.

장례식장에서 가장 먼저 눈길을 끈 건 주차장에 늘어서 있는 수많은 차량들이었다. 놀랍고 당혹스러운 일이 아닐 수 없었다. 장례식장 입구에는 이미 서른 명쯤 되는 추모객들이 옹기종기 모여 있었다.

나는 당황한 얼굴로 매튜를 쳐다보았다.

"조문객들이 그리 많지 않을 거라고 했잖아요? 대체 저 분들은 다 누구죠?"

매튜 역시 잔뜩 긴장한 표정이었다.

"글쎄 말이에요. 정말 이상한 일이군요."

매튜는 그렇게 말한 다음 차에서 내려 뒷자리에 놓아두었던 검정색 상의를 꺼내 입었다.

차에서 내리면서 보니 원피스에 주름이 자글자글하고, 짧은 치마의 밑단이 살짝 위로 말려 올라가 있었다. 그런 옷차림으로 바네사의 친지들 앞에 서야한다니 눈앞이 캄캄했다. 장례식에 참석한 사람들은 나를 매튜의 새 여자로 볼 게 뻔했다. 그들이 우리 두 사람을 다르게 연관 지을 까닭이 없었다.

매튜는 도대체 저런 여자를 어디서 만난 거야? 저 경박한 옷차림 좀 보라지. 다들 바네사가 얼마나 우아했는지 기억하지? 바네사는 정말 멋졌는데…… 옷도 제대로 갖춰 입을 줄 모르는 여자라면 뻔하잖아. 매튜는 왜 하필이면 저런 여자를 옆에 끼고 다니는 거야? 머리가 어떻게 된 거 아니야?

나는 차라리 땅속에라도 숨고 싶은 충동을 느꼈지만 이미 불가능한 일이었다. 어쩔 수 없이 자세를 꼿꼿이 세우고 매튜와 나란히 서서 조문객들을 향해 걸어갔다.

아주 잠깐, 혹시 다른 사람의 장례식일지도 모른다는 희망을 품었다. 앞서 다른 사람의 장례식이 열렸고, 아직 그 집 조문객들이 다 빠져나가지 않았거나 우리가 시간과 장소를 착각했을지도 모른다고…….

우리가 가까이 다가가자 옹기종기 모여 대화를 나누던 사람들이 일제히 우리 쪽으로 고개를 돌렸다. 잔뜩 호기심어린 눈초리와 냉랭한 질시의 느낌이 동시에 내 몸에 닿았다. 그 순간 내 섣부른 희망은 산산조각 났다. 그들은 분명 우리와 같은 장례식에 참석한 조문객들이었다.

쉰 살쯤 돼 보이는 부인이 우리를 향해 다가왔다. 장례식에 어울리는 검정색 정장 차림에 헤어스타일과 화장도 장소에 걸맞아 보였다.

"아, 매튜! 우린 당신이 오지 않는 줄 알았어요."

"수잔, 너무 늦어서 미안합니다. 스완지에서 아침 일찍 출발했는데 거리가 정말 멀더군요."

수잔이 겨우 고개만 끄덕였다. 그녀의 얼굴 표정은 분명 이렇게 말하고 있었다.

'그러니까 더 일찍 출발했어야지!'

수잔이 이번에는 내 쪽으로 고개를 돌려 내 옷차림을 힐끗 쳐다보고 나서 눈썹을 살짝 치켜 올렸다.

"수잔, 이쪽은 지나 로빈슨이에요." 매튜가 나를 수잔에게 소개했다. "지나, 이쪽은 수잔 콜린스. 수잔은 장모님의 조카딸이죠."

"바네사의 사촌이기도 하죠."

수잔이 굳이 하지 않아도 될 말을 덧붙였다. 바네사 이름을 거론해 매튜에게 엄연히 부인이 존재한다는 사실을 일깨워주려는 속셈인 듯했다.

"수잔, 만나서 반가워요."

그 말을 하는 순간 아차 싶었다. 장례식에 적합한 인사말이 아니었기 때문이다. 왠지 오늘은 모든 일이 잘못될 것 같은 불길한 예감이 들었다. 장례식에 참석한 것 자체가 실수인지도 몰랐다.

다른 조문객들과도 인사를 나누었다. 조문객들 중 매튜와 안면이 있는 사람은 몇 명 안 되는 눈치였다. 안면이 있다고 해도 오래 전 가족친지 모임 때 잠깐 인사만 나눈 정도의 사람들인 듯했다.

수잔이 사람들 사이를 오가며 민첩하게 자신의 임무를 수행했다. 그녀는 조문객들에게 매튜가 고인과 어떤 사이인지 이야기해 주었다. 먼 친척들까지 로렌 부인의 마지막 가는 길을 배웅하기 위해 장례식에 참석한 듯했다. 매튜의 말에 따르자면 로렌 부인이 요양원에 입원해 있을 당시만 해도 얼굴 한 번 비친 적 없는 사람들이었다.

"나 역시 조문객들이 이렇게 많을 줄은 몰랐어요."

예배당 안으로 들어설 때 매튜가 작은 목소리로 속삭였다.

"장모님이 요양원에 계실 때만 해도 여기 있는 사람들 중 어느 누구도 신경 쓰지 않았죠. 그런데 장례식에는 왜 참석했을까요?"

나는 비로소 그 이유를 알 수 있을 듯했다. 사람들의 호기심을 고려하지 않은 나 자신에게 화가 났다. 그들은 매튜를 보고자 장례식에 나타난 게 틀림없었다. 바네사 실종사건이 다람쥐 쳇바퀴 돌 듯 반복되는 그들의 무미건조한 일상에서 빠져나올 수 있는 자극제 역할을 해주리라 기대한 게 틀림없었다. 그들은 바네사의 친척이 분명했지만 슬픔을 느끼거나 해결의 실마리가 보이지 않는 실종사건에 대해 안타까워하거나 연민을 보일 만큼 가까운 사이는 아니었다. 그들은 실종사건에 관한 수수께끼를 풀기 위해 여러 가설들을 세우고 나름 사건이 어떻게 결말이 날지 예측해보았으리라. 그들은 마치 사설탐정이라도 된 듯 소름끼치는 장면들을 떠올려보며 추리도 해보고 몸이 소스라치는 전율도 느꼈으리라.

매튜 윌라드는 그들이 관심 있게 지켜보던 영역에서 없어서는 안될 만큼 비중이 큰 인물이었다. 매튜는 바네사의 남편이자 실종되기 직전 마지막까지 동행한 사람이었으니까. 매튜는 차로 펨브로크셔해안 국립공원의 해변 길을 달리는 동안 바네사와 말다툼을 벌였고, 결국 혼자 집으로 돌아온 남자니까. 유부녀실종사건의 경우 열에 아홉은 남편이 범인이라는 통계자료가 나와 있었다. 매튜가 아무리 결백하다고 해도 여전히 사람들에게 관심의 대상이 될 수밖에 없는 이유였다.

매튜는 어떤 모습으로 장모의 장례식장에 나타날까? 만사 포기해버린 폐인으로? 사랑하는 아내를 잃은 비극의 주인공으로? 몹시 충격을 받아 미치광이가 되어버린 남자로? 매일이다시피 술독에 빠져 사는 알코올중독자로?

그들은 매튜를 눈으로 직접 대하며 여러 가지 의문에 대한 답변을 들을 수 있는 마지막 기회를 놓칠세라 부랴부랴 장례식장으로 몰려든 게 틀림없었다. 다들 고인의 죽음을 애도하는 척했지만 실제로 그들의 관심은 매튜의 일거수일투족과 그의 입에서 흘러나오는 말에 집중돼 있었다.

매튜는 그들의 기대를 저버리지 않았다. 깔끔한 검정색 정장 차림으로 장례식에 나타난 매튜는 여전히 회사에서 잘 나가는 남자, 지난날보다 더 큰 성공을 거둔 남자, 장모의 장례식에 새로운 여자를 데려와 그들의 호기심을 충족시켜준 남자였으니까.

게다가 최소한 열 살은 연하인 여자, 짧은 원피스를 입고 장례식에 나타날 만큼 맹랑한 여자, 기품은 바네사보다 못해 보이지만 상당히 우아하고 귀염성 있는 여자, 침대에서는 꽤나 매력을 발산할 것 같은 여자와 동행하다니?

나는 그들의 머릿속에 들어갔다가 나온 기분이었다. 그들은 화가 났고, 나를 무시하고자 했다. 매튜보다도 나를 더 노골적으로 질시하는 시선이 느껴졌다. 그들의 눈에 나는 영락없이 쓰레기 같은 여자, 매튜는 어쩔 수 없이 내 유혹에 넘어간 남자로 간주하는 분위기가 역력했다.

내가 왜 장례식에 참석했을까? 정녕 이럴 줄 몰랐단 말인가?

나는 당장이라도 그들 앞에서 사라져주고 싶었다.

장례식이 끝나고 묘지 옆 식당에서 조촐한 뒤풀이가 열렸다. 온도가 최고조로 올라간 대낮이었지만 술이 무한정 제공되었다. 술 덕분에 그나마 우울한 기분에 사로잡혔던 조문객들의 기분이 느슨하게 풀어졌다.

매튜는 술은 입에도 대지 않고 물만 마셨다. 나는 마음을 진정시키기 위해 샴페인을 한 잔 마셨지만 분위기상 더 이상 마시면 안 될 것 같았다.

조심해, 여긴 사방이 지뢰밭이야. 발을 헛디뎌 지뢰의 뇌관을 건드려서는 안 돼.

수잔이 나에게 다가왔다. 정장 차림인 수잔의 얼굴에 땀이 번질번질하게 묻어났다. 비록 장례식에 어울리지는 않는 옷차림이었지만 나는 적어도 땀 때문에 고생하지 않아도 돼 다행이었다.

"당신은 매튜의 새 애인인가요?"

수잔의 얼굴에서는 형식적인 미소조차 찾아볼 수 없었다. 그녀는 자신이 지금 얼마나 딱딱한 표정을 짓고 있는지 전혀 알지 못하는 눈치였다.

"우린 연인이 아니라 친구라고 하는 게 옳을 거예요."

"두 사람이 장례식에 함께 온 걸 보면 매우 가까운 사이가 분명하네요. 치매가 발병하기 전만 해도 매튜와 로렌은 자주 왕래하며 지냈죠. 장모와 사위치고는 드물게 가까운 편이었죠. 매튜와 바네사의 결혼생활도 환상적이었고요. 정말 아름답고 행복한 부부였는데……."

수잔의 말이 비수가 되어 내 가슴을 찔렀다. 분명 나를 도발하고자 고른 말일 테니까 일단 그녀는 소기의 목적을 달성한 셈이었다. 그렇지만 나는 그녀가 쳐놓은 덫에 걸려들지 않기 위해 단단히 마음을 추슬렀다.

"매튜도 자주 그런 이야기를 했어요."

"당신은 바네사를 모르죠?"

"네, 몰라요. 올 3월에 매튜를 처음 알게 되었으니까요."

수잔의 눈썹이 치켜 올라갔다.

"진도가 대단히 빠른 편이군요."

그 말을 듣는 순간 매튜와 나 사이를 부인하는 게 지겨워졌다.

우리가 연인 사이라 한들 뭐가 문제란 말인가? 우리 사이에 아직 속시원하게 풀리지 않는 문제들이 있긴 하지만 정말 아무런 사이도 아니었다면 굳이 장례식에까지 따라올 이유가 있었을까? 매튜는 내게 장례식에 동행해달라고 부탁했고, 그 한 가지 사실만으로도 그가 나를 얼마나 비중 있게 생각하는지 알 수 있지 않은가?

"그래요, 우리가 급속도로 친해지긴 했죠."

"매튜는 아직 바네사를 찾고 있나요? 바네사가 실종된 초창기만 해도 매튜는 온통 그 문제에만 매달려 있었죠. 텔레비전의 실종자 찾기 프로그램에도 여러 차례 나갔고, 실종자 가족들이 만든 단체에도 가입해 왕성하게 활동했었는데 요즘은 좀 뜸해 보이네요."

그 말은 매튜에 대한 비난이었다. 나는 수잔과 계속 대화를 나누고 싶은 마음이 사라졌지만 회피와 침묵은 그리 좋은 전략이 아니라는 생각이 들었다.

"매튜가 바네사를 끔찍이 사랑한 건 틀림없지만 실종된 아내를 영원히 기다리며 살아갈 수는 없지 않을까요? 매튜에게도 자기 인생이 있으니까."

내 말에 수잔이 입 꼬리를 씰룩거렸고, 얼굴에는 조롱과 경멸감이 묻어났다.

"매튜가 비로소 자기 인생을 되찾았군요."

수잔이 비꼬듯 말했다. 이번에는 그녀의 눈길이 무릎 위까지 말려 올라간 내 치맛단에 닿았다. 치맛단을 당장 아래로 끌어내리고 싶은 마음이 굴뚝같았지만 꾹꾹 눌러 참았다. 그래봤자 1,2센티미터밖에 더 내려가겠는가? 바지정장을 입고 오지 않은 게 또다시 후회되는 순간이었다.

그때 갑자기 내 관심은 다른 곳으로 향했다. 어떤 남자가 매튜에게로 다가서더니 아주 큰 소리로 물었다.

"매튜, 바네사 없이도 혼자 잘 살아지던가요?"

그 말에 사람들은 일제히 입을 다물었다. 어찌 보면 충분히 나올 수도 있는 질문이었지만 말투가 상당히 도발적이었다. 게다가 어찌나 목소리가 크던지 그 자리에 모인 사람들은 그 말을 다 들을 수밖에 없었다. 처음부터 매튜를 도발하려는 의도가 있었기에 큰 소리로 사람들의 관심을 끌어 모은 게 분명했다.

장례식장인 예배당으로 들어가기 전 자신을 빌이라고 소개한 남자가 어렴풋이 떠올랐다. 바네사 대부의 조카의 의붓아들이라니 따지고 보면 로렌과는 사돈의 팔촌쯤 되는 사람이었다. 굳이 장례식에 참석하지 않아도 되는 사람……

어느 집안이든 인생낙오자나 멍청이가 하나쯤은 있게 마련이었다.

의심의 여지없이 빌은 딱 그런 사람이었다. 몸이 뚱뚱한 빌은 땀을 뻘뻘 흘리고 있었다. 무더운 날씨에 절제하지 못하고 술을 폭음한 게 분명했다. 남들에게 드러내놓고 자랑할 일도, 주목 받을 일도, 관심을 끌일도 없어 마음속 깊이 좌절과 상처를 떠안고 사는 사람일수록 술기운을 빌려 만용을 부리는 경우가 더러 있었다. 빌은 사람들의 관심을 끌 수만 있다면 싸움도 불사할 태세였다.

"그러게 말일세. 유감스럽게도 계속 살아지더군."

그때 빌이 내가 서 있는 쪽으로 고개를 돌렸다.

"혹시 저 여자 분 때문에 바네사에 대한 기억이 희미해진 건 아니죠?"

"무슨 말을 그렇게 하나? 말을 가려서 하길 바라네."

그 말에 빌이 피식 웃음을 터뜨렸다. 술 때문에 자제력을 잃은 게 분명했다.

"당신처럼 멋진 사람이 혼자 산다면 그거야말로 이상한 일이겠지요. 핸섬한 얼굴, 멋진 자동차, 근사한 집, 거기다 훌륭한 직업까지 있는데 어떤 여자가 마다하겠어요. 결국 여자들의 거듭되는 추파를 거절할 수 없었던 거군요, 그렇죠?"

몸을 제대로 가누지도 못할 만큼 취하지 않았다면 빌은 아마도 질투에 눈이 멀어 매튜의 멱살을 잡고 벌레 쳐다보듯 노려보며 증오의 말을 퍼부었을 게 틀림없었다.

"남녀관계가 반드시 그런 조건으로 이루어지는 건 아니잖은가?"

빌이 다시 얼굴에 비웃음을 흘렸다.

"아직 바네사의 죽음이 확인되지도 않았잖아요?"

사방에서 사람들의 한숨소리가 터져 나왔다. 바네사와 관련해 죽음이라는 단어가 누군가의 입에서 그렇게 쉽게 오르내린 적은 없는 듯했다.

"그래, 자네도 알다시피 아직 아무것도 밝혀진 게 없다네."

빌이 다시 내가 있는 쪽을 쳐다보았다.

"차라리 앞으로도 줄곧 이런 상태가 지속되는 편이 낫겠는데요. 뭔가 변화가 생기면 곤란하잖아요. 당신은 이미 새 인생을 살고 있으니까."

"자네 지금 도대체 무슨 소리를 하는 건가? 바네사가 돌아온다면 그보다 좋은 일이 어디 있겠나?"

매튜가 감정이 격해지지 않도록 애쓰며 말했다.

다시 빌이 나를 뚫어지게 쳐다봤다.

"만약 바네사가 어느 날 당신 집 현관문 앞에 불쑥 나타나면 어쩌죠? 동시에 두 여자와 같이 살 수는 없잖아요. 저 여자는 볼수록 귀엽고 자그마하네요. 바네사처럼 인상이 차가워 보이지 않아서 좋아요. 내 눈에는 그렇게 보이는데 당신 생각은 어때요?"

매튜가 들고 있던 컵을 쾅 소리가 나게 내려놓았다.

"이제 그만하게, 빌. 자네는 취했고, 더 이상 마시면 안 되겠어. 자네가 내 충고를 따르든 말든 상관하지는 않겠네."

매튜는 그 말을 끝으로 내게로 걸어왔다.

"지나, 우린 이제 돌아갑시다."

그가 작은 목소리로 말했다.

나는 환영할 만한 제안이라 가벼운 마음으로 술잔을 내려놓고 수잔에게 손을 내밀었다.

"우린 이제 돌아가 볼게요. 당신을 만나 기뻤어요."

"아……나도요."

수잔이 당황해하며 내 손을 잡았다.

"어서 갑시다. 여기 있다가는 분노가 폭발해 저 녀석을 두들겨 패야만 할 것 같으니까."

매튜가 나를 재촉하며 조용히 말했다.

다시 한 번 빌의 목소리가 들려왔다. 그는 악담을 할 수 있는 마지막 기회를 절대로 놓치려고 들지 않았다.

"지나, 내 말 잘 들어요. 바네사 자리를 차지할 경우 당신은 불안감에 시달리다가 끝내 신경쇠약에 걸리게 될 테니 두고 봐요. 바네사가 살아 돌아오면 어쩔 건데요? 그때는 어떻게 할지 좋은 계획이 있나요?"

나는 아무런 대꾸도 하지 않고 매튜보다 앞서 강렬한 햇볕이 내리쬐는 바깥으로 걸어 나왔다. 사람들의 비아냥거리는 말과 무례한 시선을 묵묵히 견뎌낸 내 자신이 대견스러웠다. 뒤풀이 장소에 남아 있는 조문객들 모두가 나와의 전투에서 패한 셈이었다. 혹시 재미있는 구경거리가 없을지 기대가 충만한 눈빛으로 나를 흘끔거리던 사람들에게 잔뜩 실망감을 맛보게 해준 게 나름 통쾌했다. 위선과 조롱, 질투가 뒤섞인 감정으로 몇 시간 동안이나 나를 질시의 시선으로 바라보았던 조문객들은 이제 허탈한 기분으로 발걸음을 돌려야만 할 테니까.

다만 한 가지 질문이 머릿속에서 떠나지 않고 나를 괴롭혔다. 빌이 마지막으로 던진 질문이었다. 술에 만취한 멍청이가 제멋대로 지껄인 말이라고 치부하기에는 내게 너무나 절실한 문제였다. 바네사가 살아 돌아오면 어쩔 건데요? 그때는 어떻게 할지 좋은 계획이 있나요?

5

"노라, 내일 저녁에 우리 집 정원에서 바비큐파티를 열 테니까 너도 꼭 놀라와. 요즘은 바비큐파티를 열기에 더없이 좋은 날씨잖아."

비비안에게 애인이 생겼고, 그는 벌써 짐을 챙겨 비비안의 집으로 합류했다. 비비안은 벌써부터 새 연인인 아드리안을 주변사람들에 자랑하고 싶어 안달이 나 있었다. 아드리안은 잘 생긴 얼굴에 직업적으로도 성공했고, 비비안을 끔찍하게 사랑해주는 남자였다. 한 마디로 라이언과는 처음부터 비교가 불가한 사람이었다.

노라는 퇴근 준비를 서두르다가 자기도 모르게 한숨을 푹 내쉬었다. 막말이 오갔던 파티 이후 비비안이 여러 모로 노력했지만 두 사람의 관계는 쉽게 회복되지 못했다. 비비안은 술만 마시면 기분 내키는 대로 행동하는 버릇을 인정하며 지금까지 백 번도 넘게 사과했다. 사실 그 정도 사과면 충분했다. 노라는 결코 뒤끝이 긴 사람이 아니었다.

그럼에도 이번에는 그냥 아무 일 없었던 것처럼 웃어넘기기가 쉽지 않았다.

비비안의 말이 정곡을 찔렀기 때문일까? 아니면 뭔가 더 복잡한 이유가 있을까?

비비안과 화해한다는 건 이전 생활로 돌아가야 한다는 걸 의미했다. 노라는 과거로 돌아가 지난날처럼 비비안과 잘 지낼 자신이 없었다. 라이언처럼 간단하지 않은 사연을 간직한 남자 옆에 머물러 있어야 한다는 건 늘 긴장을 풀 수 없는 생활의 연속이었다. 사실상 제대로 돌아가는 일이 아무것도 없는데 마치 아무런 문제도 없는 것처럼 지내야 한다는 의미이기도 했다.

"당연한 말이겠지만 라이언과 같이 와."

비비안의 말과는 달리 라이언과 함께 주말을 보낸다는 건 결코 당연하지 않았다. 노라는 라이언의 주말 계획이 뭔지 전혀 알지 못했다.

이런 이야기를 도대체 누구한테 털어놓는단 말인가?

보통 연인들이라면 함께 주말계획을 세우는 게 당연한데 그들은 서로의 계획을 알지 못했고, 그 사실을 인정해야 한다는 게 우울했다. 대외적으로 그들은 이미 동거하는 사이로 알려져 있었고, 당연히 라이언을 애인이나 남편쯤으로 생각했다. 그와는 달리 라이언은 노라를 감옥에서 출소해 어려운 처지에 놓여 있는 그를 정상적인 시민의 삶을 찾을 때까지 후원해주는 사람쯤으로 간주했다.

노라는 라이언과의 관계가 진전되기를 기대했고, 전혀 다른 방향으로 흘러간다는 건 상상조차 할 수 없었다. 노라는 지난 몇 주 간 라이언을 지켜보면서 그가 점점 자신의 기대와 다른 방향으로 가고 있다는 걸 인정하지 않을 수 없었다. 두 사람은 시간이 흐를수록 가까워지기는커녕 점점 더 멀어져 가고 있었다.

라이언은 집에 돌아오지 않고 밖에서 지내는 시간이 많았다. 대부분 스완지에 사는 옛 여자 친구 데비를 찾아갔다. 데비의 몸 상태가 좋지 않았고, 마땅히 보살펴줄 사람이 없는 만큼 누군가 옆에 있어줘야한다는 건 충분히 이해했다. 그럼에도 라이언이 데비 집에 머물 때마다 노라는 극심한 심리적 고통을 겪었고, 그가 집에 돌아왔을 때 울음을 터뜨리거나 비난을 퍼붓지 않기 위해 안간힘을 다해야만 했다. 두사람은 오래 전에 헤어진 사이고, 지금은 단지 친구로 지내는 것뿐이라고 자신을 달랬지만 소용없었다.

친구들은 노라에게 늘 이런 식으로 말했다.

넌 도대체 무슨 기대를 갖고 전과자를 유혹했니? 그가 너의 꿈과 세상을 함께 공유해줄 거라고 믿어?

그런 친구들에게 라이언과 큰 문제가 있다는 걸 솔직하게 털어놓고 상의할 수는 없었다. 지난 월요일, 라이언은 여러 가지 사정을 감안하더라도 지나치게 늦은 시간에 귀가했다.

노라는 결국 통제력을 잃고 폭발했다.

"오늘도 데비를 돌봐주고 왔나요? 차라리 그 집에서 밤새 간병이나하지 그랬어요? 새벽까지 옆에서 손을 잡고 지켜주면 눈물을 펑펑 쏟을 만큼 감동했을 텐데……."

보통 때 노라가 그런 식으로 나오면 라이언은 당장 화를 내며 장황한 변명을 늘어놓기 일쑤였는데, 그날 밤에는 아무런 대꾸도 하지 않고 의자에 털썩 주저앉더니 침묵으로 일관했다. 그는 마치 패닉상태에 빠진 사람처럼 두 손을 덜덜 떨었다.

아주 심각한 일이 벌어진 게 틀림없었다. 데비와 연관된 일 같지는 않았다. 노라는 그의 앞에 웅크리고 앉아 얼굴을 올려다보며 제발 무슨 일이 있었는지 말해 달라고 간청했다.

마침내 라이언이 무슨 일이 있었는지 털어놓았다.

데몬에게 불려간 일, 5만 파운드의 빚, 6월 30일까지 빚을 갚아야 한다는 것에 대해.

"6월 30일이 지나면 나는 죽은 목숨이나 다름없어요."

데몬이 어떤 사람인지에 대해서는 이미 들은 적이 있어 라이언의 말이 절대로 과장이 아니라는 걸 알 수 있었다.

노라는 생각에 잠겨 있다가 비비안이 큰 목소리로 되묻는 바람에 화들짝 놀랐다.

"내일 우리 집에 와줄 거지? 너하고 라이언 말이야."

노라는 핸드백을 집어 들었다.

"미안하지만 이번 주말에는 곤란해. 주말에 요크셔에 사는 라이언의 어머니를 뵈러 가야 할 것 같아."

"대실망이야."

노라는 어깨를 으쓱했다.

비비안은 아직 옷을 다 갈아입지 못했다. 일주일 전, 러닝머신에서 뛰다가 발목을 삐끗하는 바람에 거동이 몹시 불편해진 탓이었다. 의사는 인대가 약간 늘어났을 뿐이라고 했는데 아직 발목의 부기가 전혀 빠지지 않는데다 통증이 심해 하이힐을 신을 수 없었다.

평소 때라면 비비안이 옷을 다 갈아입을 때까지 인내심을 갖고 기다렸겠지만 오늘은 대충 작별인사를 건네고 탈의실을 나왔다. 병원 밖은 더운 편이었다. 냉방시설이 잘 돼 있는 실내에 있다가 섭씨 30도를 웃도는 바깥으로 나와서인지 더위가 유난히 크게 느껴졌다.

손목시계를 보니 네 시가 조금 넘은 시간이었다. 금요일에는 다른 날보다 퇴근시간이 빨랐다. 오늘의 마지막 환자는 발뒤꿈치 골절상을 입은 환자였다. 그는 오른쪽 발뒤꿈치가 심하게 골절돼 극심한 고통을 호소했다. 발뒤꿈치는 자살을 기도했다가 실패한 사람들이 자주 다치는 부위였다. 목을 매달았다가 줄이 끊기거나 끈을 매단 지지대가 버티지 못하고 부러질 경우 수직 방향으로 떨어지게 되는데 그때 다리 관절과 발뒤꿈치가 으스러지는 경우가 많았다.

발뒤꿈치 골절상 환자는 수술이 끝나도 지루한 재활치료에 매달려야만 했다. 물리치료사들은 자살을 기도했다가 실패한 사람을 기피했다. 그런 환자들 대부분이 노라에게 배정됐다. 노라는 적절한 감정이입을 통해 그런 환자들과 원활하게 소통할 수 있었다. 그 바람에 노라는 병원관계자들로부터 물리치료뿐만 아니라 영혼의 치유도 해준다는 평판을 들었다.

"노라는 헬퍼 신드롬(helper syndrome)을 갖고 있는 게 분명해."

동료들은 종종 노라에 대해 그렇게 말했다.

그 말에 전혀 일리가 없지는 않았다. 노라가 감옥에 수감된 재소자와 편지로 우정을 쌓을 수 있었던 것 역시 그녀의 피에 섞여 있는 헬퍼 신드롬 때문인지도 몰랐다. 헬퍼 신드롬을 가진 여자의 마음에 들기 위해서는 어딘가에 결함이 있어야 한다는 뜻이었다.

노라는 그런 말이 나올 때마다 전혀 근거 없는 주장이라며 맞받아쳤지만 최근 들어 그 말을 어느 정도 인정할 수밖에 없었다. 그녀는 늘 자신을 필요로 하는 남자를 찾아 헤맸다. 그래야만 남자가 곁에서 떠나지 않을 거라 믿었다. 노라는 홀로 남겨지는 것에 대해 두려움을 갖고 있었다. 혼자가 된다는 건 더없이 우울한 일이었으니까.

노라는 집으로 걸어가던 발길을 잠시 멈췄다. 이렇게 화창하고 아름다운 날, 거리를 배회하다 들어간다고 탓할 사람은 없었다. 라이언과 함께 퇴근할 수도 있는 시간이었다. 그와 어딘가 조용한 카페에라도 들러 음료수를 마시며 대화를 나누고 싶었다. 지금 라이언에게는 도움이 절실하게 필요했고, 그녀는 한 가지 방법을 찾아냈다.

노라와 라이언은 카페의 구석자리에 앉아 있었다. 다른 손님들과 멀찍이 떨어진 자리였다. 그들은 커피를 주문하고 생수도 한 병 따로 주문했다.

라이언의 얼굴은 피로가 겹쳐 초췌하고 긴장돼 보였다.

"당신이 그 돈을 반드시 갚아야 한다는 건 절대로 바뀌지 않아요. 물론 돈을 갚고 나면 데몬 같은 사람들 근처에는 절대로 얼쩡거리지 말아야겠죠. 다시는 범죄세계 근처에 발을 들여놓아서는 안 된다는 뜻이에요. 독하게 마음먹지 않으면 절대로 끊어지지 않아요."

"뭐가 절대로 끊어지지 않는다는 거죠?"

"악순환의 고리."

"돈을 갚으란 말이죠? 마치 5만 파운드를 푼돈처럼 말하는군요. 혹시 내가 그 돈을 구할 수 있는 방법이라도 찾아냈나요?"

"지난 며칠 동안 오로지 그 생각만 했어요."

노라의 말은 틀림없는 사실이었다. 환자들에게 대체 정신을 어디다 팔고 있느냐고 핀잔을 들을 정도였다.

"결국 한 가지 방법밖에 없다는 걸 깨달았어요."

노라는 잠시 말을 멈췄다. 라이언이 즉각 반박하리란 걸 예상했기 때문이었다. 그렇다면 처음부터 최대한 무게감을 실어 강하게 밀어붙일 필요가 있었다.

"당신 어머니와 브래들리의 도움을 받는 수밖에 없어요."

"그분들이 어떻게 그렇게 큰돈을 구해줄 수 있다는 거죠?"

"그분들에게는 집이 있잖아요."

라이언이 황급히 고개를 저었다.

"그 집은 엄마가 아니라 브래들리 소유의 집이에요. 당신이 만약 브래들리라면 망나니처럼 제멋대로 살아온 놈의 빚을 갚아주기 위해 집을 담보로 잡힐 수 있겠어요?"

"물론 쉽지 않겠지만 그 방법만이 우리의 유일한 해결책이에요."

"불가능한 일이니까 당장 잊어버려요. 브래들리는 절대로 그런 친절을 베풀 사람이 아니에요. 나 역시 실현 불가능한 부탁을 했다가 보기 좋게 거절당하는 짓은 하고 싶지 않아요."

"당신의 그 알량한 자존심 따위는 옆으로 잠깐 치워둬요. 은행을 털지 않는 한 단 몇 주 만에 5만 파운드를 마련할 방법은 없어요. 은행을 터는 것보다야 자존심을 다치는 편이 나아요."

"브래들리가 나를 도와줄 것 같아요? 그 사람이 나를 얼마나 싫어하는지 알잖아요? 브래들리는 나를 인간쓰레기로 취급하는 사람이에요. 예전부터 나와 인연을 끊고 싶어 했어요. 요크셔에 갔을 때 당신도 이미 눈치 챘을 텐데요?"

"요크셔에 갔을 때 나는 브래들리가 당신 어머니를 열렬하게 사랑하고 있으며 세상 그 누구보다 소중하게 생각한다는 걸 알게 됐어요. 브래들리는 당신을 위해 집을 담보로 잡히지는 않겠지만 당신 어머니를 위해서라면 가능할 수도 있어요."

"엄마는 얼마 전 끔찍한 일을 당했어요. 충격이 미처 가시기도 전에 엄마를 찾아가 악덕사채업자에게 진 빚 5만 파운드를 갚지 못하면 꼼짝없이 죽게 될 거라고 말하면 퍽이나 반기겠네요. 엄마는 내가 이제야 그나마 사람 구실을 하며 살고 있다고 믿고 있어요. 당신처럼 참한 여자와 같은 집에서 살고 있고, 변변찮지만 일자리도 구했으니까요. 더 이상 엄마에게 몹쓸 짓을 하고 싶지 않아요."

"데몬에게 빚을 진 건 현재가 아니라 과거의 일이잖아요. 지난날 당신이 범죄세계 근처에서 어슬렁거리며 살았다는 건 당신 어머니도 이미 다 알고 있잖아요."

라이언은 듣기 민망한 말이라 평소 취향과 달리 커피에 설탕을 두 스푼이나 집어넣었다. 노라에게 화가 나는 동시에 자기 자신에게도 화가 났다. 노라의 말이 전적으로 옳아 더욱 화가 났다. 그녀의 제안을 듣고 있기가 괴로웠지만 다른 대안이 없다는 걸 잘 알고 있었다.

또다시 누군가를 납치해 감금하고 몸값을 뜯어낼 수는 없지 않은가?

아무리 곱씹어 생각해봐도 5만 파운드나 되는 거금을 융통해줄 수 있는 사람은 브래들리밖에 없었다.

"좀 더 진지하게 생각해봐야겠어요."

"요크셔에 갈 때 나도 함께 가줄 용의가 있어요."

"굳이 요크셔까지 가야해요?"

"그렇게 중요한 이야기를 전화로 한다는 건 말이 안 되죠. 일을 쉽게 하려다가 그르치는 법이에요."

이번에도 노라의 말이 옳았다.

"좀 더 생각해볼게요."

"그 대신 너무 오래 생각하지 말아요. 데몬이 돈을 갚지 못하면 당신을 죽이기보다는 다른 일에 쓸 가능성도 있어요. 그는 돈을 무기로 당신을 마음대로 주무를 수 있게 됐어요. 어쩌면 당신은 최고 악질 범죄자의 꼭두각시가 될 수도 있다는 뜻이에요. 비로소 당신은 새로운 인생을 시작할 기회가 왔어요. 성실하고 건전하고 정상적인 삶만이 당신에게 어울린다는 걸 알아야 해요. 당신은 악당이 아니라 맡은 일에 전념하며 떳떳하게 살아가는 남자가 될 수 있어요. 그러니까 제발 엉뚱한 생각으로 일을 그르치지 말아요."

"나에게 어떤 인생이 어울리는지 당신이 어떻게 알죠? 당신은 아직 나를 제대로 몰라요."

"아니요, 나는 이제 당신을 조금은 안다고 생각해요."

라이언은 문득 커피를 마시고 싶은 생각이 사라져 커피 잔을 옆으로 밀어놓았다. 바깥은 이제 완연한 여름 날씨를 보이고 있었다. 서너 명의 젊은이들이 웃으며 카페 앞을 지나갔다. 전혀 걱정이라고는 없이 보이는 얼굴이었다. 세상 모든 사람들이 행복한 얼굴을 하고 있는데 카페에 앉아 있는 그들만이 소외된 느낌이었다.

빌어먹을! 노라는 대체 왜 이런 생각을 하게 된 거야?

노라의 마음을 충분히 이해하면서도 기분이 언짢고 화가 났다. 노라에 대한 죄책감과 더불어 피로감이 몰려왔다.

라이언은 당장 자리를 박차고 일어나 데비에게로 가고 싶은 충동이 일었다. 진작부터 데비에게 고민을 털어놓고 도움을 요청하고 싶었지만 가뜩이나 시름에 젖어 있는 그녀 앞에서 도저히 입이 떨어지지 않았다. 그 말을 했더라면 데비의 건강 상태가 더 나빠졌을지도 모른다. 데비는 이제껏 남의 도움 없이 꿋꿋하게 살아왔지만 요즘은 그에게도 의지할 만큼 마음이 약해져 있었다. 하지만 여전히 불법적인 일에 대해서는 대쪽 같고 냉정한 태도로 선을 그었다. 데비는 당연히 그의 부탁을 거절할 게 뻔했다.

내가 데몬 같은 사람하고는 절대로 얽히지 말라고 경고했지? 유감이지만 나는 당신을 도울 수 없어. 당신 스스로 해결책을 찾아봐!

라이언은 노라보다는 차라리 데비의 태도가 더 견디기 쉬울 것 같았다. 그렇게 말하는 데비의 심정을 충분히 이해할 수 있을 테니까.

아무리 생각해도 노라는 너무 과도하게 개입하고 있었다. 그러다가 언젠가는 데몬의 부하들에게 호되게 당할지도 모른다는 생각이 들었다.

라이언은 브래들리 앞에 무릎을 꿇기도 싫었고, 노라의 도움을 받고 싶지도 않았다. 데몬에게 살해된다고 해도 노라의 도움은 절대로 받고 싶지 않았다.

나는 왜 번번이 악순환의 고리에서 벗어나지 못할까?

"이제 그만 집으로 돌아가요. 내일이나 모레쯤에는 단안을 내려야 해요. 시간이 별로 없어요."

노라가 그의 팔을 가볍게 잡으며 말했다.

라이언이 팔을 쑥 빼내는 바람에 노라의 손이 테이블 위로 툭 떨어졌다. 그는 노라의 얼굴을 외면했지만 상처 입은 사슴처럼 애처로운 표정을 짓고 있으리라 짐작되었다. 그런 까닭에 더욱 쳐다보기 싫었다. 그녀의 말이 언제나 옳다는 게 그를 더욱 불쾌하게 만들었다.

6

매튜는 홀리 아일랜드에서 빨리 벗어나고자 했지만 나는 조금 더 머물고 싶었다. 불쾌한 시간들은 이미 다 지나갔으니 긴장을 풀고 느긋하게 경치를 즐기고 싶었다. 차를 타고 가면서 본 결과 홀리 아일랜드는 꽁장히 매력적인 곳이었다. 끝없이 펼쳐지는 고원지대, 연회색 돌이 켜켜이 쌓여 있는 바닷가 절벽, 납작하게 눌려 있는 갈색 잔디밭, 초원에 풀어놓은 수많은 말들, 오래된 교회와 켈트식 십자가들……. 게다가 더블린과 던리어리가 엎어지면 코 닿을 거리에 있었다.

매튜는 홀리 아일랜드에 몇 번 와본 적이 있었지만 오늘처럼 무더운 날은 처음이라고 했다. 이 지역 날씨는 평소 서늘하고 바람이 많이 불고 비가 자주 내린다고 했다. 이 지역에서 자란 바네사의 어린 시절을 상상해보았다.

어린 바네사는 엄마의 손을 붙잡고 자주 절벽 위까지 산책을 하지 않았을까? 아마도 파란색 주름치마를 입고 스쿨버스를 기다렸겠지. 10대 때는 토요일 저녁마다 다운타운의 시끌벅적한 디스코텍을 찾아가 놀았을 거야.

대학에 가기 위해 열심히 공부하는 10대 소녀의 모습이 눈앞에 그려졌다. 방학 때면 이 지역보다 날씨가 더 건조하고 활기찬 밤 문화를 약속해주는 곳으로 가고 싶어 안달하는 모습도 떠올랐다. 바네사는 결국 스완지에서 유능하고 사랑받는 대학 강사로 자리 잡았다. 홀리 아일랜드 출신 시골 소녀치고는 꽤 괜찮은 성공이었다.

우리는 길이가 4마일이나 되는 다리를 건너 홀리 아일랜드에서 빠져나왔다. 그제야 매튜도 조금 긴장이 풀어진 듯했다. 그는 아직 말을 많이 하지는 않았지만 표정은 한결 밝고 편해보였다.

"당신에게는 참기 힘들 만큼 불쾌한 자리였을 텐데 정말 미안해요."

"오히려 내가 미안하죠. 이 말도 안 되는 원피스를 입고 온 것만 해도 대실수였어요. 누가 보더라도 칵테일파티에나 어울리는 복장이잖아요. 당신 친척들은 모두들 나를 예의도 모르는 사람이라 생각했을 거예요."

"그 사람들은 모두들 내가 아니라 바네사의 친척들이죠. 게다가 당신 원피스가 어때서요?"

"장례식에 입고 오기에는 길이가 너무 짧아요."

매튜의 눈길이 내 원피스에 닿았다. 문제의 원피스가 내 허벅지를 간신히 가리고 있었다. 아마 매튜는 오늘 처음으로 문제가 뭔지 깨달은 듯 입가에 가느다란 미소가 번졌다.

"아, 길이가 좀⋯⋯."

"당신이 보기에도 경망스러워 보이죠? 이런 옷을 장례식에 입고 나타났으니 예의를 모르는 여자로 보일 수밖에……."

"치마 길이는 짧지만 당신의 날씬한 다리와 아주 잘 어울리는데요. 내기를 해도 좋아요. 수잔은 아마도 당신의 아름다운 다리를 보고 질투심이 불타올랐을 거예요."

매튜의 말이 분위기를 완전히 반전시켰다. 우리를 갑갑하게 짓누르던 공기가 갑자기 온화하고 부드러워졌다. 날씨와는 전혀 상관없었다.

"긴장되고 답답한 시간이었는데 어디 멋진 호텔에 가 기분전환이라도 하고 나서 내일 돌아갈까요?"

그야말로 깜짝 놀랄 만한 제안이었다. 매튜로서는 대단히 파격적인 제안을 한 셈이었고, 거절한다는 건 그다지 현명하지 못한 생각일 듯했다. 모처럼 어려운 제안을 한 그에게 좌절감을 안겨주었다가는 한 발짝도 앞으로 나아갈 용기를 낼 수 없을 테니까. 그 대신 매튜의 말을 받아들이면 내일 아침 일찍 알렉시아의 집에 들러 차를 빌려 타고 포토에세이에 실을 장소를 찾아 나서려던 계획이 틀어질 수밖에 없었다.

알렉시아의 휴대폰으로 사정을 설명하는 문자를 보내기로 했다. 하루 연기해 일요일에 해도 전혀 문제될 게 없는 일이었다.

"아주 멋진 생각인데요. 가뜩이나 이곳 경치가 마음에 들어 시간을 내 둘러보고 싶었거든요."

오븐 속처럼 푹푹 찌는 내 작은 아파트에서 오늘 하루 마음을 스쳐 지나간 온갖 느낌들, 감정들, 생각들을 반추한다는 건 상상만 해도 숨이 막힐 듯했다.

우린 늦은 오후에 웨일즈 서부해안에 있는 카디건 만에 도착했다. 걸어 다니기에 적합한 복장이 아니라서 차로 주변을 한 바퀴 돌아보고 나서 카디건을 향해 차를 몰았다. 천천히 경치를 즐기며 드라이브를 마친 우리는 시내 상가에 있는 카페에 들러 아이스티를 한 잔씩 마셨다.

매튜는 카페 주인에게 근처에 괜찮은 호텔이 있는지 물었다. 카페 주인은 뉴포트에 있는 리스 메딕 호텔을 추천해주었다.

"피시가드 로드를 따라가면 뉴포트가 나와요. 뉴포트 입구 바로 뒤편에 호텔이 있죠."

별장 스타일 가구와 창가에 드리워진 꽃무늬 커튼, 침대에 덮여 있는 패치워크 이불에 이르기까지 호텔은 깔끔하고 안락했다. 잠시 전호텔 로비에 들어섰을 때 안내데스크 직원은 우리를 조금 의아한 눈길로 쳐다보았다. 검정색 정장을 입은 남자와 검정색 원피스를 입은 여자, 게다가 짐이라고는 내 손에 들고 있는 핸드백이 전부였으니 그럴 만도 했다.

객실로 들어서자마자 매튜는 가사도우미에게 전화해 맥스를 내일까지 보살펴줄 수 있는지 물었다. 매튜가 전화하는 동안 나는 창문에 기대 창밖을 내다보았다. 자그마한 정원이 내려다보였다. 저녁이 되면서 무더위는 한풀 꺾였고, 선선한 바람이 얼굴을 살며시 어루만졌다. 마음이 콩닥콩닥 뛰었고 행복했다.

"내가 돌아갈 때까지 가사도우미가 맥스를 잘 돌봐주겠다고 했어요."

매튜가 샤워를 하기 위해 욕실로 사라졌다. 물소리가 들리는 동안 난 알렉시아에게 문자메시지를 보냈다.

'안녕, 알렉시아. 지금 난 M.과 함께 뉴포트의 호텔에 있어(웃는 얼굴 아이콘)! 내일 진행하기로 약속한 일은 일요일에 반드시 처리할게. 미안해! 지나.'

약 30초 뒤 알렉시아에게서 문자메시지가 왔다.

'M.하고 함께 호텔에 있단 말이지? 나중에 전부 말해줘, 알았지? OMG(오 마이 갓 : 옮긴이), 정말 흥분되는 시간이겠는걸! 알렉시아.'

약 3분 후 알렉시아로부터 새 메시지가 도착했다. 오로지 주변과 회사 업무에 대한 걱정 때문에 얼마든지 다른 일도 중요할 수 있다는 사실을 조금도 배려하지 못하는 알렉시아의 내면세계를 들여다볼 수 있는 메시지였다.

'지나, 네가 일요일에 돌아와 일을 할 수 있을까? 그 약속을 어떻게 믿지? 알렉시아.'

나는 한숨을 푹 내쉬고 나서 다시 메시지를 보냈다.

'걱정하지 마! 그 약속은 반드시 지킬 테니까. 지나.'

더 이상 답장이 없었고, 그 문제는 그렇게 일단락되었다고 생각했다. 매튜와 나는 가장 시급한 문제를 처리한 셈이었다. 맥스는 가사도우미가 잘 돌봐줄 테고, 내 임무는 하루 뒤로 미뤄졌다. 이제 우리가 신경 쓸 일은 아무것도 없었다. 매튜의 태도에서 뭔가 변화의 조짐이 보이고 있었다. 사람의 심리는 매우 복잡한 메커니즘에 따라 움직인다는 사실을 매튜의 변화된 모습을 통해 새삼 느낄 수 있었다.

매튜는 지인들과 친구들로부터 인생은 그리 길지 않으니 지난날의 아픈 기억은 모두 잊고 앞날을 바라보고 살아가야 한다는 조언을 귀에 못이 박히도록 들어왔다. 모두들 걱정해서 해준 말이었지만 오히려 그런 충고들이 매튜가 바네사에게 더욱 강한 애착을 느끼게 만드는 원인이었는지도 모른다. 모두들 바네사를 영원히 돌아오지 못할 사람으로 취급하는 분위기였기에 적어도 그 자신만큼은 지켜줘야 한다는 생각이 완강한 장벽을 형성하게 된 것인지도……

오늘, 마침내 그 완강하던 장벽에 균열의 조짐이 보이기 시작했다.

장례식에 참석한 조문객들 때문이었다. 그들은 매튜가 여자를 데리고 장례식에 참석하자 앞뒤 따져볼 생각도 하지 않고 배신자 취급하며 비난과 질시의 시선을 퍼부었다. 사람을 함부로 평가하는 그들의 태도는 매튜에게 커다란 반감을 불러일으켰다.

도대체 저들은 뭘 원하는 거야? 내가 바네사를 따라 죽기라도 해야 한다는 건가? 바네사의 생사여부가 밝혀질 때까지 죽은 사람처럼 무미건조하게 살아가라는 뜻인가? 만약 바네사의 생사여부가 영원히 밝혀지지 않을 경우 내 인생을 포기해야 옳다는 건가?

그들의 지나친 오지랖과 월권은 매튜의 마음을 들쑤셔서 격분하게 만들었다. 결국 그 일은 바네사 실종사건을 대하는 매튜의 시각을 전면적으로 바꿔놓기에 이르렀다.

매튜가 욕실에서 나왔다. 샤워를 했지만 어쩔 수 없이 하루온종일 입고 다녔던 검정색 정장을 입고 있었다. 나도 욕실에 들어가 샤워를 마치고 나서 하루온종일 입고 다녀 심하게 주름이 간 원피스를 다시 입을 수밖에 없었다. 그나마 스타킹은 신지 않았다. 핸드백에서 빗을 꺼내 머리를 매만지고 입술에 립스틱을 발랐다. 거울 속에 비친 내 모습을 꼼꼼하게 살펴보았다. 흥분과 기대 때문인지 표정이 어딘가 모르게 들떠 보였고, 대체로 안색이 밝았다. 내 눈빛은 영롱하게 빛났고, 피부는 연분홍빛으로 반짝거렸다. 오늘 아침, 하루를 시작할 때만 해도 몹시 긴장되고 초조한 감정에 사로잡혀 있었는데 하루를 마감하는 저녁이 되면서 놀라운 변화를 보이고 있었다.

오늘밤이 매튜와 나 사이에 중요한 전환점이 될 수 있으리란 생각이 들었다. 계속 그 자리에 머물러 있지 않고 한 발짝 앞으로 나아갈 수 있는 시간……. 이제 우리는 중요한 기로에 도달해 있는 셈이었다.

그때 귓가에서 빌의 목소리가 들려왔다.

바네사가 살아 돌아오면 어쩔 건데요? 그때는 어떻게 할지 좋은 계획이 있나요?

욕실의 거울에 비친 내 얼굴에 갑자기 그림자가 드리워졌다. 맑고 화창한 여름하늘을 지나가던 구름이 잠시 태양을 가려 생긴 그림자였다. 나는 간혹 인생이 비겁하게 뒤통수를 칠 때도 있다는 사실을 잘 알고 있었다. 만약 운명의 여신이 바네사를 다시 세상으로 돌려보낼 계획을 세우고 있다면 지금이 가장 적절한 타이밍이 아닐까 하는 생각이 들었다. 이제 곧 매튜와 나는 한 몸이 되어 뒤엉킬 테니까. 매튜는 지난 3년 동안 바네사를 찾기 위해 동분서주했고, 지금 그 소망이 충족된다면 대단히 드라마틱한 결말이 아닐 수 없었다. 그 경우, 내가 얼마나 커다란 고통을 겪게 될지는 부차적인 문제였다.

'그 일은 운명의 신에게 맡겨두고 넌 너의 길을 가는 거야.'

나는 거울 속에 비친 내 얼굴을 향해 말했다. 그런 다음 창밖을 잠시 내다봤다. 해를 가렸던 그림자는 내가 만들어낸 착각일 뿐이었다. 하늘은 여전히 구름 한 점 없이 맑고 화창했다.

샤워를 마친 우리는 호텔 레스토랑에서 저녁식사를 하기 위해 밑으로 내려갔다. 우리는 식사를 하기 전에 음료를 제공하는 지하 바로 안내되었다. 바는 널찍하고 쾌적했다. 벽면을 흰 석회와 나무를 덧대 마감한 게 특징이었다. 바의 중앙에 커다란 가죽소파가 두 개 놓여 있고, 작은 테이블 서너 개가 그 주변을 둘러싸고 있었다. 벽면 곳곳에 양초가 은은하게 불을 밝히고 있었다. 손에 술잔을 들고 자유롭게 실내를 오가는 사람들도 있었고, 소파에 조용히 앉아 있는 사람들도 있었다. 몇몇 사람들은 서로 안면이 있는 듯 활기차고 즐거운 대화를 나누고 있었다.

매튜와 나는 사람들과 거리가 제법 먼 자리에 앉아 셰리주를 마셨다. 은밀한 시선이 우리를 염탐하는 듯한 느낌이 들었다. 아마도 우리가 입고 있는 검정색 정장이 사람들의 시선을 끈 듯했다.

어떤 중년부인이 우리 곁으로 다가오더니 말을 걸었다.

"오늘 오셨나요?"

"네, 한 시간 전에 도착했어요."

내가 고개를 끄덕이며 말했다.

"오래 머물 건가요?"

"내일까지 머물 겁니다."

이번에는 매튜가 말했다.

"절벽으로 통하는 오솔길이 정말 마음에 들 거예요. 두 분이서 꼭 한번 둘러보세요. 호텔 바로 뒤에 위치한 조류보호구역도 둘러볼 가치가 있죠. 희귀종 바닷새들이 알을 품는 모습을 직접 구경할 수 있을 거예요. 정말 평화롭고 아름다운 곳이죠."

나는 검정색 하이힐을 내려다보았다. 하이힐을 신고 절벽까지 걸어 올라가면 발이 어떻게 될지 상상하자니 끔찍한 생각이 들었다.

"혹시 장례식에 다녀오시는 길이세요?"

여자가 연민이 담긴 목소리로 물었다.

"장모님 장례식에 다녀오는 길입니다."

매튜의 나직한 목소리에서 초조감이 묻어났다. 중년여자가 자꾸만 그의 신경을 거슬리게 하고 있었다.

"아, 그렇군요. 고인의 명복을 빕니다."

중년여자가 표정을 일그러뜨리며 나를 향해 말했다.

나를 고인의 딸로 여긴 듯했다. 결국 나를 매튜의 부인으로 생각했다는 뜻이었다. 사소한 오해일 뿐이었지만 싫지 않은 느낌이었다. 중년여자의 눈에 우리가 잘 어울리는 커플을 넘어 부부처럼 보였다는 것이었기 때문이다.

오늘 저녁은 모든 일이 이상할 정도로 순조롭게 풀리고 있었다. 우리 테이블에 합석하고 싶어 하는 중년부인을 따돌리고 레스토랑으로 올라가 테이블 하나를 차지하고 앉았다. 우리는 정말이지 맛이 각별한 음식을 와인과 곁들여 먹었다. 대화를 많이 나누지는 않았지만 우리는 자리를 이동할 때마다 당연한 듯 손을 붙잡고 걸었다. 우리에게 말은 불필요했다. 침묵 역시 일종의 말이었고, 절대로 불쾌한 적막으로 이어지지 않았다. 우리에게는 함께 있다는 그 자체가 소중했다.

저녁을 먹고 나서 우리는 객실로 올라갔다. 꼭대기 층 객실이었는데 비스듬한 벽과 유리로 된 천창이 있는 쾌적하고 조용한 방이었다. 나는 마음속으로 무척이나 떨고 있었다. 솔직히 고백하자면 20대 초반까지만 해도 남자들과 닥치는 대로 잠자리를 같이 한 내가 이토록 긴장할 수 있다는 사실이 놀라웠다.

"정말이지 당신은 믿을 수 없을 만큼 아름다워요. 지금껏 당신처럼 나를 매혹시킨 여자는 없었어요."

매튜가 나를 바라보며 말했다.

내가 하루온종일 입고 다닌 원피스와 진정으로 화해할 수 있었던 순간이었다. 어느 장소에서도 어울리지 않아 짜증을 유발했던 원피스가 갑자기 내게 너무나 잘 어울리는 옷이 되었다. 원피스 덕분에 내 모습이 실제보다 더 어리고 섹시해 보인다는 착각이 일 정도였다.

매튜의 표정에서도 알 수 있었다. 내 앞으로 한 걸음 다가선 그가 내 입술에 입을 맞췄다. 우리는 서로의 옷을 벗겨주기 시작했다. 내가 급하게 서두른 반면 매튜는 매우 조심스럽고 침착했다. 마침내 침대에 누웠을 때 내가 그의 체취를 얼마나 좋아하는지 깨달았다. 내 손끝에 닿는 그의 피부에서 은은한 냄새가 났다. 그의 손끝이 내 몸을 스칠 때마다 나는 그야말로 온몸이 후끈 달아올랐다. 그의 부드러운 손길이 닿는 곳마다 내 몸은 뜨거운 불길이 되어 타올랐다. 작은 유리장식이 달린 브래지어 후크에 그의 손가락이 닿았다.

"괜찮겠어요? 혹시 당신에게는 이 모든 과정이 너무 빠르지는 않나요?"

너무 빠르다니?

한때 나는 마음에 드는 남자를 만나면 그날 당장 침대로 들어가는 여자로 살았다. 우리가 침대에 함께 눕기 전까지의 설왕설래를 생각해보면 매튜가 여자의 애간장을 태우게 하는 진정한 고수가 아닌지 의심이 들 정도였다. 매튜가 나를 아무것도 모르는 순진한 여자라 생각하지는 않겠지만 한때 얼마나 자유분방하게 살았는지에 대해 잘 알지 못한다는 게 다행이었다.

"나는 벌써 세 달 전부터 이 순간을 고대해왔어요. 제발 이제 더 이상 머뭇거리지 말아요."

"이제 알았으니 걱정하지 말아요."

매튜가 웃으며 말했다.

7

어젯밤이 마무리될 때와 똑같이 새날이 시작되었다. 우리는 잠에서 깨어나자마자 한참 동안 부둥켜안고 소곤소곤 이야기를 나누었다. 우리는 서로의 귀에 대고 로맨틱하지만 조금은 진부한 사랑의 밀어를 속삭였다. 가렛은 아무리 달콤한 밤을 보냈을지라도 다음 날 아침에 눈을 뜨면 어김없이 다른 사람이 되어 있곤 했다. 그는 악의적이고 고약한 말들로 나는 물론이고 나와 가까운 친구들까지 싸잡아 공격하기 일쑤였다. 그렇게 말다툼을 벌이다보면 간밤의 달콤한 분위기는 완전히 반전돼 김빠진 맥주처럼 되어버렸다.

끝내 이유를 알 수 없었지만 가렛은 평화와 행복, 사랑의 감정이 지속되는 걸 견디지 못했다. 그는 늘 상대를 도발하고 기분을 상하게 해야 만족하는 사람이었다.

가렛 때문에 속상해 눈물을 흘린 날이 얼마나 많았던가?

매튜는 나와 똑같이 행복해했고, 로맨틱한 분위기를 끝까지 이어가고 싶어 했다.

우리는 아침식사를 하러 레스토랑으로 내려갔다. 우리는 커피와 오렌지주스, 계란프라이, 토스트로 아침식사를 하고 나서 객실로 올라와 다시 한 번 사랑을 나누었다. 그런 다음 좀 더 편하게 움직일 수 있는 옷을 사기 위해 밖으로 나갔다. 우리는 카디건 시내에 있는 점포에서 청바지와 티셔츠, 운동화와 양말을 각각 한 켤레씩 사고 칫솔과 치약, 선크림도 구입했다. 쇼핑을 끝내고 호텔로 돌아와 새로 산 옷으로 갈아입고 내려와 체크아웃을 했다.

우리는 어젯밤 중년부인이 말해준 조류보호구역을 찾아가 잠시 경치를 즐기고 나서 절벽까지 이어진 오솔길을 따라 걷기 시작했다. 조류보호구역은 육지 깊숙한 곳까지 파여 있는 일종의 만이었다. 우리가 갔을 때는 마침 썰물 때라 갈대가 무성한 갯벌과 모래밭이 그대로 드러나 있었다.

조류보호구역에서도 우리는 새들에게 주목하는 대신 서로에게 몰두했다. 바다냄새를 맡으며 백사장을 가볍게 달리는 동안 얼굴에 와 닿는 바람의 느낌이 근사했다. 우리는 곧 만의 끝에 도달했고, 절벽을 향해 이어지는 오솔길을 따라 올라갔다. 상당히 가파르게 이어지는 오솔길을 따라 올라가자 위에서 내려다보는 바다의 전망이 그야말로 환상적이었다. 가끔 고래가 보이는 날도 있다고 했지만 한 마리도 볼 수 없었던 게 아쉬웠다.

한참을 걷다보니 너무 무더웠다. 아무리 주변을 둘러봐도 시원한 그늘을 제공하는 나무나 숲이 보이지 않았다. 우린 어쩔 수 없이 뒤돌아서 오솔길을 내려가기 시작했다. 한동안 해변에서 더 머물다가 어느 작은 선술집에서 피시앤칩스로 점심을 때웠다.

이제는 집으로 돌아가야 할 시간이었다. 우리가 호텔을 출발했을 때는 이미 늦은 오후였다. 나는 언젠가 반드시 근사한 호텔과 황홀한 풍경이 있는 이곳에 다시 오리라 마음먹었다. 내 인생에서 가장 완벽하게 행복했던 주말이었다.

우린 천천히 드라이브를 즐기며 저녁 무렵이 되어서야 스완지에 도착했다. 매튜는 가장 먼저 가사도우미 집에 들러 맥스를 찾아왔다. 맥스는 기뻐 어쩔 줄 모르며 컹컹 짖어대더니 껑충껑충 뛰어오르고 꼬리를 흔들며 우리 주변을 맴돌았다. 우린 맥스를 데리고 산책을 나갔다가 첫 번째 데이트를 했던 술집에 들러 저녁식사를 했다.

매튜가 나를 집까지 태워다주었다. 하룻밤 더 함께 보낼 수도 있었지만 나는 내일 떠날 답사 준비를 꼼꼼하게 해두고 싶었다. 내일 답사할 코스를 점검하고 나서 일찍 잠자리에 들었다가 내일 아침 완벽한 컨디션으로 알렉시아를 만나고 싶었다. 그래야만 알렉시아가 나를 믿고 편안한 휴식을 취할 수 있을 테니까. 매튜 역시 밀린 일을 처리하기 위해 일요일에도 일을 할 계획이었다.

우린 내 아파트 현관문 앞에서 차를 세우고 작별인사를 나누며 내일 저녁에 다시 만나기로 약속했다.

아파트로 들어서자마자 알렉시아에게 메시지를 보냈다.

'안녕, 알렉시아. 스완지에서 방금 돌아왔어! 내일 아침 7시에 들를 테니까 그리 알아. 지나.'

샤워를 마치고 잠옷 대용으로 헐렁한 흰색 티셔츠를 갈아입은 나는 펨브로크셔해안국립공원의 지도와 여행 안내서를 펼쳐놓고 코스를 점검하기 시작했다. 알렉시아의 부탁을 받자마자 구입해놓은 자료들이었다. 한 시간쯤 경과 후 나는 어디서 출발해 어떤 코스를 둘러볼지 구체적인 계획을 수립했다. 멋진 장소들을 돌아볼 생각을 하니 마음이 설레었다.

저녁 무렵 일을 마치고 돌아오면 매튜를 만나기로 약속되어 있었다. 너무 행복해 콧노래가 절로 흘러나왔다. 집안이 좀 덥긴 했지만 상관없었다. 지금은 그 어떤 악재도 내 좋은 기분을 망칠 수는 없었다.

밤 11시쯤 매튜와 통화했다. 알렉시아로부터는 아직 아무런 답장이 없었다. 휴대폰을 아무 데나 팽개쳐두는 바람에 아직 내가 보낸 문자메시지를 못 봤을 가능성이 높았다. 확실히 해두기 위해 다시 한 번 문자메시지를 보냈다.

'알렉시아, 아침 7시면 혹시 너무 이른 시간인가? 간단하게라도 답장 좀 해줘! 지나.'

나는 침대에 누웠지만 생각과 달리 잠을 쉽게 이루지 못했다. 집안이 덥기도 했고, 내 머릿속을 채우고 있는 상념들이 너무 많기도 했다.

내 휴대폰이 울린 시간은 밤 11시 45분쯤이었다. 아직 잠을 못 이루고 있었기에 벨이 울리자마자 즉시 전화를 받았다.

"여보세요?"

"지나, 켄이에요."

"켄, 무슨 일이에요?"

나는 화들짝 놀라 침대에서 일어나 앉았다. 갑자기 심장이 벌렁거리며 뛰기 시작했다. 이 시간에 켄이 전화했다는 건 좋은 일이 아니라는 뜻이었다.

"잠을 깨게 해서 미안해요. 시간이 너무 늦었다는 건 알지만……."

"괜찮으니까 무슨 일인지 어서 말해 봐요."

"혹시 알렉시아가 당신 집에 있나요?"

그 말을 듣는 순간 나는 무의식적으로 방 안을 둘러보았다.

"아뇨, 여기 없는데요?"

"그렇다면 정말 큰 걱정이네요."

"아직 회사에 남아 있는 건 아닐까요?"

"오늘은 회사에 출근하지 않고 꼭두새벽부터 포토에세이에 필요한 자료를 수집하겠다며 서부해안으로 떠났어요."

"뭐라고요?"

내 입에서 거의 비명에 가까운 소리가 터져 나왔다. 나는 휴대폰을 귀에 바짝 갖다 대고 침대에서 뛰어내렸다. 너무나 기가 막혀 침대에 마냥 앉아 있을 수가 없었다.

"대체 무슨 말인지 모르겠어요. 그 일은 내가 하기로 되어 있었는데요?"

"알아요, 원래는 당신이 하기로 되어 있었죠."

켄의 목소리가 자기도 모르게 비아냥거리는 어투로 바뀌었다.

"켄, 매튜와 난 어제 바네사 어머니의 장례식에 참석했어요. 장례식 뒤풀이 자리에서 불쾌했던 일이 있어 아름다운 경치를 보면서 기분전환도 할 겸 뉴포트 호텔에서 하룻밤을 묵게 됐어요. 알렉시아와는 문자메시지로 연락을 주고받았죠. 포토에세이 답사 건은 분명 내가 처리하겠다고 말했어요. 알렉시아도 동의했던 일인데요."

피로가 겹쳐 시뻘겋게 충혈된 눈을 손으로 문지르는 켄의 모습이 연상되었다.

"나도 알아요. 어제저녁에 당신이 보낸 문자메시지가 왔을 때 알렉시아 옆에 있었거든요. 알렉시아는 사실 그 메시지를 받고 잔뜩 흥분했죠."

"흥분하다니, 왜요?"

"일요일에 일을 해줘도 괜찮다는 답장을 보냈지만 내심 걱정이 많았나 봐요. 내가 아무리 잘 될 거라 말해줘도 소용없었어요. 알렉시아는 당신이 일요일에 그 일을 무사히 해낼 수 있을지 의심했어요. 당신이 사랑의 감정에 도취해 주말 내내……."

켄이 그쯤에서 말을 꿀꺽 삼켰다. 아마도 알렉시아가 했던 말을 그대로 옮기려다가 그만둔 듯했다. 끝까지 듣지는 않았지만 알렉시아가 했던 뒷말을 충분히 짐작할 수 있었다.

"……매튜와 침대에서 뒹굴지도 모른다고 말했겠죠."

"네, 굳이 말하자면 대체로 그런 내용이었어요."

알렉시아는 분노하면 사람이 완전히 달라져 천박하고 상스러운 말을 예사로 내뱉곤 했다.

나는 신경이 바짝 곤두서 방 안을 서성거렸다.

"켄, 알렉시아가 포토에세이 답사를 하러 나갔는데 아직 집에 돌아오지 않았다는 거예요?"

"이제 날이 완전히 저물었는데 무슨 일인지 모르겠어요. 알렉시아는 아침 7시에 집에서 출발했죠. 이렇게 늦은 시간까지 답사를 할 리 없잖아요. 게다가 전화도 안 받아 답답해 미칠 지경이에요."

"알렉시아와 마지막으로 통화한 게 언제였죠? 아침에 나갔으면 점심 무렵에 한번쯤 더 통화하지 않았나요?"

켄이 마치 인생을 다 산 사람처럼 한숨을 푹 내쉬었다.

"사실은 새벽에 알렉시아와 다퉜어요. 언성을 높일 만큼 심하게 다투지는 않았지만 알렉시아는 단단히 화가 난 채 답사를 떠났죠. 요즘 알렉시아를 보면 분명 정상이 아닌 듯해요. 주말인데도 가정을 팽개치고 나가는 게 못마땅해 제발 미친 짓 좀 그만두라고 나무랐더니 화가 나 씩씩거리며 집을 나섰죠. 알렉시아의 기분이 별로일 것 같아 하루온종일 전화하지 않았어요. 알렉시아도 전화 한 통 하지 않았지만 아침에 다툰 일도 있으니 그럴만하다고 생각했죠."

"알렉시아가 정확히 어디로 간다고 말하지 않던가요?"

"아뇨."

"혹시 사고가 난 게……."

"그렇잖아도 사고가 났을지도 모른다고 생각해 인근 병원 응급실에 죄다 연락해 봤어요. 알렉시아의 인상착의를 말해주고, 응급 환자 중에서 혹시 그런 사람이 있는지 물었죠."

"그럼 회사에도 연락해 보았겠군요?"

병원에까지 연락해본 사람이 회사를 건너뛰었을 리 없었다.

"회사의 건물관리인을 통해 확인해봤어요. 내 눈으로 직접 보지는 못했지만 건물관리인이 《헬스케어》지 사무실에 아무도 없다는 걸 확인해줬어요."

갑자기 두 다리에서 힘이 쭉 빠져나가는 느낌이었다. 머릿속으로 여러 가지 불길한 생각이 밀려들었다.

"혹시 내일도 답사를 계속할 생각으로 펜션 같은 곳에 들어가 있지는 않을까요? 아니면 단단히 화가 나 일부러 행선지도 알려주지 않고 휴대폰도 꺼놓았을 가능성은 없을까요?"

"물론 그럴 가능성이 전혀 없다고 할 수는 없지요."

켄이 망설이며 대답했다.

생각할수록 그럴 가능성이 높아 보였다. 나는 알렉시아를 비교적 잘 알았다. 어쩌면 켄보다 더 잘 알 수도 있었다. 적어도 내가 시간적으로는 더 오래 지켜보았으니까. 알렉시아는 성격이 예민했다. 감정을 절제하지 못해 갑자기 화를 벌컥 낼 때가 많았다. 게다가 뒤끝이 있어 화가 날 경우 앙금이 가실 때까지 계속 신경질을 부렸다. 학창시절에 알렉시아의 예민한 성격 때문에 힘들었던 적이 한두 번이 아니었다. 갑작스런 연락두절로 사람을 애태우는 건 그녀다운 방식이었다. 단단히 화가 났다는 걸 시위하려는 나름의 방식……

알렉시아는 지금쯤 가뜩이나 힘든 처지를 이해해주지 못하는 남편을 원망하며 어딘가의 펜션에 들어가 있을 공산이 컸다. 작금의 비참한 처지에 대해 슬퍼하며 설움을 씹고 있을 수도 있었고, 연신 울려대는 휴대폰 벨소리를 들으며 은밀한 쾌감을 느낄 수도 있었다. 켄이 크게 걱정하며 어디에 있을지 고민하게 만드는 게 알렉시아의 의도일 테니까. 그렇다면 켄은 지금 알렉시아의 기대대로 행동하고 있는 셈이었다.

"내 생각에는 크게 걱정할 필요가 없을 것 같아요. 당신도 알렉시아의 성격이 어떤지 잘 알잖아요. 알렉시아는 가끔 화가 안 풀릴 때면 나름 시위를 벌이곤 하죠. 당신이 알렉시아의 입장을 제대로 이해해주지 못한다고 생각해 토라진 게 분명해요. 내일쯤이면 무사히 돌아올 테니 너무 걱정하지 말아요. 그때쯤 되면 알렉시아도 화가 어느 정도 풀어져 있겠죠."

"당신 말이 옳을 수도 있겠네요."

켄은 그나마 평정심을 되찾은 듯했다.

"그래도 혹시 알렉시아에게서 전화가 오면 알려줘요."

"네, 물론이죠."

"한밤중이라도 괜찮으니까 꼭 연락해줘요."

나는 전화를 끊고 침대로 돌아갔다. 이제는 정말로 잠을 잘 수 있을 것 같지 않았다. 물론 내 예상이 어느 정도 맞을 거라고 생각했지만 알렉시아의 얼굴이 머릿속에서 떠나지 않았다. 알렉시아가 회사와 가정 일 때문에 얼마나 큰 압박을 받고 있는지 새삼 알 수 있을 듯했다. 어느새 그녀는 극도로 지쳐가고 있는 게 분명했다. 도움이 절실히 필요한 때였다. 회장의 부당한 압력과 지시를 그대로 따를 이유가 없었다. 차라리 《헬스케어》지를 그만두고 새 일자리를 찾아보는 게 현명한 선택일 수도 있었다.

실업자가 천지사방에 널린 세상에서 일자리를 구하기란 그리 녹록하지 않았다. 길거리에 널린 게 일자리라면 무슨 고민이 필요하겠는가?

이직을 원할 경우 사람들은 일단 색안경을 끼고 보게 되어 있었다.

혹시 인간관계에 심각한 문제가 있는 건 아닐까? 혹시 조직생활에 잘 적응하지 못하는 사람은 아닐까? 팀워크를 해치는 이기주의자는 아닐까?

알렉시아는 새 고용주가 될 사람에게 로널드 회장이 얼마나 부당하게 스트레스를 주었는지 설득력 있게 이야기할 필요가 있었다. 사전준비 없이 덜컥 사표를 던질 경우 심각한 문제가 발생할 수도 있으니까. 알렉시아의 집은 그녀의 수입에 전적으로 의존하고 있었다. 대책도 없이 갑자기 실업자가 될 경우 큰 재앙이 밀어닥칠 수도 있었다. 네 아이를 양육해야 하고, 매달 집세를 내야 하고, 대출금까지 갚아야 할 형편이었기에 수입이 끊길 경우 심각한 문제가 발생하게 되리란 걸 쉽게 짐작할 수 있었다. 물론 켄이 다시 배 만드는 일자리를 구하면 되겠지만 시간이 얼마나 소요될지 장담할 수 없었다.

이제야 비로소 알렉시아가 느꼈을 압박과 심리적 고통이 얼마나 컸을지 짐작되었다. 그동안 알렉시아를 곤경 속에 방치해둔 게 미안했다. 나는 알렉시아가 부탁한 일을 하루쯤 미룬다고 해서 전혀 문제될게 없다고 생각했다. 내 입장으로는 문제될 게 없었지만 알렉시아의 입장에서 보자면 그렇지 않을 수도 있었다. 내가 알렉시아의 마음을 좀 더 깊이 헤아렸더라면 분명 그렇게 쉽게 약속을 번복하지는 않았을 것이다. 알렉시아는 내 제안을 쉽게 받아들일 수 없는 심리 상태에 놓여 있었던 게 분명했다. 알렉시아는 심신이 지쳐 제풀에 무너지기 일보직전이었고, 나는 당연히 친구의 어려운 입장을 헤아려주었어야만 했다. 메시지만 달랑 보낼 게 아니라 직접 통화라도 했어야 마땅했다. 갑자기 내 자신이 턱없이 한심하게 느껴졌다. 이제는 제발 알렉시아에게 아무런 불상사가 없기를 바라며 기다리는 수밖에 없었다.

나는 침대에서 일어나 활짝 열려 있는 천창 아래에 가서 섰다. 고개를 들어 하늘을 올려다보았다. 구름 한 점 없는 하늘에 별들이 총총 반짝이고 있었다. 매튜를 생각하고 싶었지만 알렉시아의 얼굴이 떠올랐다.

왠지 자꾸 불길한 예감이 들었다.

8

"당신 지금 어디서 오는 거죠?"

노라의 목소리가 떨려나왔다. 마침내 지난 몇 시간 동안 애써 억눌렀던 분노와 설움이 폭발하며 그녀를 흥분하게 만들었다. 벌써 자정이 넘은 시각이었다.

토요일이었고, 라이언은 오전 일을 마치자마자 곧장 어디론가 사라졌다. 사전에 양해를 구하지도 않았다. 노라가 시장을 보기 위해 잠깐 외출한 사이 집에 들러 옷만 갈아입고 어디론가 사라졌다. 노라는 복사가게에 전화해 라이언이 정각 12시에 퇴근했다는 사실을 확인했다.

시장에 다녀온 노라는 무거운 쇼핑백을 식탁 위에 올려놓고 거실 소파에 털썩 주저앉았다. 비명이라도 지르고 싶은 심정이었다. 그렇다고 분노를 폭발시키면 라이언이 당장 짐을 싸들고 나갈까봐 걱정되었다.

길고 무더운 하루였다. 노라는 시장에 들러 주말에 먹을거리를 잔뜩 사다놓았지만 식욕이 당기지 않았다. 크래커 몇 조각을 집어먹은 게 전부였다. 비비안의 바비큐파티에 가지 않기로 한 게 천만다행이었다. 만약 가기로 약속했는데 라이언이 나타나지 않았다면 얼마나 큰 낭패였을지 생각만 해도 아찔했다.

어느새 밤이 찾아왔지만 노라는 창문을 열어둔 채 꼼짝도 하지 않고 거실 소파에 앉아 있었다. 바깥기온이 적어도 23도쯤 될 듯했고, 하늘에는 별이 총총 떠 있었다. 이런 밤에는 라이언과 도란도란 정담을 나누며 와인 잔을 기울이고 싶었다.

어딘가에 다녀오겠다고 미리 이야기해주는 게 뭐 그리 어려운 일인가?

노라는 라이언이 어디에 갔을지 대략 짐작이 갔다. 데비를 떠올리자 묘한 적개심이 일었다. 노라가 라이언에게 기대하는 건 따스한 온기와 친밀감이었다. 라이언은 지금껏 수없이 그녀를 실망시키고 굴욕감을 맛보게 했지만 언젠가는 기대를 충족시켜줄 거라는 희망 하나로 버텨왔다. 그녀는 라이언이 연인이자 인생의 동반자가 되어주기를 희망했지만 상황은 점점 암담한 방향으로 치닫고 있었다.

노라의 감정은 시간이 갈수록 뾰족하게 날이 서가고 있었다.

라이언은 당장 5만 파운드가 절실하게 필요한 상황이었고, 그 돈을 구해줄 수 있는 사람은 브래들리밖에 없었다. 노라는 브래들리를 설득해 5만 파운드를 구해볼 작정이었다. 라이언과 미래를 함께 하기로 약속했다고 말하고 부탁하면 그나마 가능성이 있지 않을까 생각했다. 브래들리가 라이언은 개망나니로 치부하지만 노라는 신뢰하는 입장이니까.

라이언은 한시바삐 서두를 생각은 하지 않고 노라의 제안을 깔아뭉

개다시피 하고 있었다.

나에게 아무렇게나 대해도 결국 도와줄 거라고 믿는 걸까?

12시 반에 현관문이 열리며 라이언이 집 안으로 들어섰다. 그 순간 자기도 모르게 참고 있던 분노가 폭발했다. 원래는 아무 일도 없었던 것처럼 미소를 지으며 맞아들일 생각이었다.

노라는 라이언에게로 다가갔다. 마음 같아서는 마구 두들겨 패주고 싶은 심정이었다.

"당신 지금 어디서 오는 거죠?"

"데비에게 다녀왔어요. 뻔히 알 텐데 그건 왜 물어요?"

"나와 일언반구 상의 한 마디 없이 데비의 집에 다녀온 게 잘한 일이라 생각해요?"

"내가 어디에 가든지 일일이 보고해야 할 의무는 없잖아요? 내가 감옥에 갇힌 죄수도 아닌데……."

"이 집이 감옥이라고 생각해요?"

"당신이 교도관처럼 굴고 있는 건 분명한 사실이잖아요."

노라는 어찌나 분통이 터지는지 눈앞에서 별이 반짝거릴 정도였다.

"내가 교도관처럼 굴었다고요? 어떻게 그런 말을 할 수 있죠? 그동안 당신을 위해 그토록 애쓴 내게."

"당신이 나를 위해 뭘 해주었는데요? 당신 집에 얹혀살고 있지만 생활비를 꼬박꼬박 내고 있잖아요. 가끔 차를 빌려 타지만 그때마다 연료를 가득 채워 넣고 있어요. 어차피 당신도 나를 집으로 데려올 때 나름 계산이 있지 않았나요? 나를 개도해 당신 옆에 붙잡아두고 싶었기 때문 아닌가요? 그렇게 보자면 아무런 사심 없이 나를 도와준 건 아니잖아요."

"어떻게 그런 말을……."

노라는 말문이 막혀 어쩔 줄 몰라 했다. 라이언의 말이 지나치게 노골적이긴 해도 따지고 보면 그리 틀린 말은 아니었다. 이제 그녀는 라이언 없이는 못 살 것 같았다. 이제 와서 라이언을 떠나보낸다는 건 상상도 할 수 없는 일이었다.

라이언은 온전히 내 소유의 남자야.

풍선에서 바람이 빠지듯 분노가 순식간에 잦아들었다. 노라는 휘청거리는 걸음으로 뒤로 한 발짝 물러섰다.

"제발 나에게 이러지 말아요. 어디에 가는지 귀띔이라도 해주었으면 이렇게 걱정하지 않잖아요."

라이언이 놀란 눈으로 노라를 쳐다봤다. 방금 전까지만 해도 말벌처럼 쏘아대던 여자는 온데 간 데 없었다. 라이언은 노라가 이토록 상처받은 모습을 처음 보았다.

"데비 집에 잠깐 들렀는데 이제 상태가 많이 좋아져 곧 일을 다시 시작할 수 있을 것 같다고 하더군요. 방해받고 싶지 않은 눈치여서 금방 나왔어요."

"그럼 이 시간까지 어디 있다가 온 거예요?"

"그냥 차를 타고 여기저기 돌아다녔어요. 여러 가지 문제로 복잡한 머리를 정리하고 싶었죠. 예전에 자주 들렀던 장소들을 찾아다녔어요."

노라가 조심스럽게 라이언의 팔을 쓰다듬었다.

"빚만 갚으면 새로운 세상이 열리게 될 거예요."

"빚을 갚을 능력이 없잖아요. 브래들리에게 돈을 빌린다는 건 실현 가능성이 없어요. 엄마나 당신이 나서도 브래들리를 설득할 수 없을 거예요. 떼일 걸 뻔히 알면서 돈을 빌려줄 사람은 없으니까요. 게다가 집을 담보로 잡힐 경우 매달 비싼 이자를 물어야 해요. 빌린 돈을 할부로 갚아나갈 경우 브래들리가 백삼십 살쯤 되어야 다 갚을 수 있어요. 아무리 허리띠를 졸라 매도 내가 5만 파운드를 모으려면 수십 년은 걸려야 하잖아요. 브래들리는 원리금상환방식을 선호하겠죠. 채권자의 당연한 권리니까. 그 경우 상환 기간은 더 길어지겠죠."

"앞으로도 계속 복사가게에서 일할 건 아니잖아요. 지금보다는 수입이 많은 일자리를 찾으면 돼요. 그럼……."

라이언이 손을 들어 노라의 말을 가로막고 소파에 털썩 주저앉았다. 스탠드 불빛을 받은 그의 얼굴을 보니 몹시 지치고 고단해 보였다.

하루하루가 죽을 맛인 남자한테 내가 무슨 짓을 한 거야?

궁지에 몰린 라이언은 매 순간 죽음의 공포에 시달리고 있었다.

"어느 누가 전과자에게 일자리를 주겠어요. 돈을 많이 버는 직장은 꿈도 꾸지 말아야죠. 전과자에다 고등학교 졸업장도 없고, 취업 실습 과정을 이수한 적도 없어요. 세상에 나 같은 사람을 위한 일자리는 없어요. 브래들리도 내 속사정을 뻔히 알고 있죠."

"설령 거절당하더라도 시도는 해봐야죠. 고정수입이 있는 내가 채무상환 보증을 설 경우 달라지지 않을까요?"

라이언이 노라를 쳐다봤다. 그의 눈빛에서 의혹의 불꽃이 일렁였다. 그러다가 영영 발목을 잡히게 될까봐 겁먹은 눈빛이었다.

"당신을 돕게 해줘요. 대가 같은 건 바라지 않아요."

"대가를 바라지는 않지만 내가 계속 이 집에 머물기를 원하겠죠?"

"그래요, 당신이 이 집에 계속 머물러주기만 하면 돼요. 그 이상은 아무것도 바라지 않아요. 나는……."

'……이미 당신을 사랑하고 있으니까요.'

노라는 마음속으로 그렇게 말했다.

"······당신의 우정 말고는 아무것도 기대하지 않아요."

노라는 눈 한번 깜박이지 않고 천연덕스럽게 거짓말을 했다.

라이언이 희미한 미소를 지었다. 행복의 미소가 아니라 체념의 미소였다.

"노라, 미안해요. 당신 생각을 따르기에는 복잡한 문제가 너무 많아요. 당신이 나를 도우려는 마음은 고맙게 생각할게요."

9

언제 잠들었는지 정확한 시간을 알 수는 없었다. 천창으로 서늘하고 상쾌한 바람이 스며들던 새벽녘이었다. 눈을 떠보니 8시가 넘어 있었다. 맨 먼저 휴대폰을 확인했지만 전화를 하거나 메시지를 남긴 사람은 없었다.

당장 켄의 집으로 전화했다. 벨이 울리자마자 켄이 전화를 받았다. 전화기 옆에 바짝 붙어있었던 게 분명했고, 그렇다면 좋은 징조가 아니었다.

"알렉시아한테서 아무런 연락이 없었나요?"

"밤새도록 연락을 취해봤지만 연결되지 않았어요."

켄의 목소리는 무척이나 지쳐 보였다.

"휴대폰을 꺼놨을 거예요. 그나저나 당신은 밤을 꼬박 새웠겠네요?"

"도저히 잠을 편히 잘 수 없었어요. 계속 커피를 마셔 가며 연락을 취해봤지만 허사였어요. 뭔가 아귀가 맞지 않는 부분이 있는데 그게 뭔지 생각이 나지 않아요."

"기다려요. 당장 그리로 갈게요."

"차가 없어서 당신을 데리러 갈 수 없어요."

"버스를 타고 가면 돼요."

전화를 끊고 욕실로 들어가 급히 샤워를 했다. 옷을 갈아입고 에스프레소를 한 잔 끓여 마시고 나서 곧장 집을 나왔다. 머리카락이 아직 젖어 있었다.

버스정류장으로 가고 있는데 휴대폰이 울렸다.

매튜의 전화였다.

"펨브로크셔해안국립공원에 가는 길이겠군요?"

"아니, 문제가 생겨 거긴 가지 않기로 했어요."

내가 상황을 대충 설명하자 매튜는 깜짝 놀랐다.

"지금 어디죠?"

"버스정류장으로 걸어가고 있어요. 켄에게 가보려고요. 켄이 거의 빈사 직전 상태에 놓여 있어요."

"나도 곧장 그리로 갈게요. 그 집에서 봅시다."

일요일이라 평소보다 버스 운행이 줄어 한참동안 기다려야 했다.

켄의 집에 도착해보니 매튜가 이미 와 있었다. 두 남자는 세상에서 가장 심각한 얼굴로 식탁을 사이에 두고 마주앉아 있었다. 대화에 열중한 나머지 커피는 마시는 둥 마는 둥 거들떠보지도 않은 눈치였다. 에반은 거실 한가운데에 누워 있는 맥스의 배를 쓰다듬으며 어른들의 대화에 가끔씩 귀를 기울였다.

매튜는 알렉시아의 실종에 대해 일말의 책임을 느끼는 듯했다. 카디건 만에 들렀다가 뉴포트의 호텔에서 하룻밤 묵고 가자고 제안한 당사자였기 때문이다. 그는 언덕에서 돌멩이를 굴러가게 만든 장본인이 바로 자신이라며 자책했다.

"당신은 알렉시아의 심리상태가 얼마나 불안했는지 몰랐잖아요. 약속을 미룰 경우 알렉시아가 몹시 초조해하리라는 걸 몰랐던 내 불찰이었어요. 알렉시아가 예민한 상태라는 걸 알고 있었으면서 일을 이 지경으로 만든 내 잘못이 커요."

말없이 커피 잔을 내려다보고 있던 켄이 고개를 들었다. 잠을 못자서인지 눈이 빨갛게 충혈된 데다 얼굴이 초췌해보였다.

"두 분 다 자책은 그만해요. 두 사람은 전혀 잘못이 없으니까. 알렉시아는 금요일 저녁부터 감정이 극도로 예민해 있었어요. 알렉시아가 답사를 떠나지 못하도록 끝까지 말리지 못한 내 잘못이 커요."

"알렉시아는 답사를 떠나고자 했고, 어느 누구든 그 일을 말릴 수는 없었을 겁니다. 답사는 그녀의 일이었으니까요."

매튜의 말에 켄이 한숨을 내쉬고는 고개를 숙였다. 아무리 근심걱정이 크다지만 쏟아지는 잠을 참는 것도 보통 일은 아닐 듯했다.

"매튜와 내가 있으니까 한 시간만이라도 눈을 좀 붙여요. 이러다가 당신마저 쓰러지면 누가 아이들을 돌보겠어요."

켄은 완전히 탈진한 상태라 내 제안을 받아들였다. 그가 2층 침실로 올라갔을 때 매튜와 나는 서로의 얼굴을 쳐다봤다.

"아무 일 없어야 하는데 정말 걱정이에요. 답사를 떠나기 전, 알렉시아는 켄과 심한 말다툼을 벌였나 봐요. 켄이 너무 화가 나 알렉시아에게 제정신이 아니라고 했다더군요. 알렉시아가 그런 말을 듣고 조용히 넘어갈 스타일은 아니죠. 아마 분풀이를 하려고 어딘가에 잠시 몸을 숨기고 있을지도 몰라요."

"제발 그랬으면 좋겠군요."

매튜는 바네사 일 때문에 그다지 낙관적인 전망을 할 수는 없나 보았다. 얼굴표정만 봐도 얼마나 걱정이 심한지 알 수 있었다.

켄이 눈을 붙이는 동안 매튜는 맥스와 산책을 나가면서 첫째 아이 케일라와 둘째 메건을 데려갔다. 나는 그동안 작은아이들을 돌보며 부엌을 치우고 세탁기를 돌렸다. 바구니에 세탁물이 산더미처럼 쌓여 있었다.

세 시간 뒤, 켄이 아래층으로 내려왔을 때 부엌에는 은은한 커피향이 퍼져있었고, 테라스의 빨래건조대에서는 방금 빨아 널어놓은 옷가지들이 바람에 펄럭이고 있었다.

아이들에게 코코아와 팬케이크를 만들어 주고 나서 거실 청소까지 하다 보니 나도 어느새 지쳐버렸다. 네 아이를 키우며 가사 일을 한다는 게 얼마나 고된 일인지 새삼 알 수 있을 듯했다. 회사에서 하루온종일 일하는 것보다 집에서 한 시간 동안 일하는 게 오히려 더 힘들었다.

"매튜는 어디 갔어요?"

켄은 그나마 약간 기운을 차린 듯했지만 눈빛에는 여전히 불안과 걱정이 깃들어 있었다.

"정원에 있을 거예요."

매튜는 정원에서 에반의 장난감자동차를 고쳐주고 있었다.

"우리가 아이들을 돌보고 있을 테니까 좀 더 자도 괜찮아요."

"마냥 더 기다릴 수는 없을 것 같아요. 차라리 경찰에 신고해야겠어요."

"알렉시아가 아무 일도 없었던 것처럼 현관문으로 들어서면 어쩌려고요?"

"알렉시아가 무사히 돌아올 경우 신고를 취소하면 그만이죠. 마냥 앉아서 기다리자니 정말 미쳐버릴 것만 같아요."

켄의 심정을 충분히 이해할 수 있었다. 매튜가 경찰서에 함께 가주겠다고 하자 켄은 고맙게 받아들였다.

두 사람은 매튜의 차를 타고 경찰서로 출발했다. 햇살이 따사로운 일요일이었다. 주택단지 전체가 꾸벅꾸벅 졸고 있는 듯 평온하고 조용한 가운데 알렉시아의 아이들이 재잘거리는 소리만이 울려 퍼졌다. 그 소리는 새들이 지저귀는 소리와 벌들이 윙윙거리는 소리처럼 평화로운 느낌을 주었다.

경찰서에 갔던 매튜와 켄은 잔뜩 찌푸린 얼굴로 돌아왔다. 일요일이었지만 경찰서는 여러 건의 가정폭력사건이 발생하는 바람에 몹시 분주했다며 투덜거렸다. 갑자기 온도가 급상승한 탓에 도처에서 싸움이 벌어져 경찰이 출동해야 할 일이 잦았다고 했다.

경찰이 당장 알렉시아를 찾아 나설 것 같지는 않았다.

"아직 실종사건으로 규정할 단계는 아니라고 봅니다. 병원 응급실에도 확인해봤다니 시간을 갖고 차분하게 기다려보는 게 좋을 듯합니다. 다행히 이번 주말에 인근 지역에서 대형사고는 단 한 건도 접수되지 않았으니까요."

담당경찰은 켄이 말하는 내용을 받아 적고 나서 그렇게 말했다.

두 사람은 결국 변변한 수확 없이 집으로 돌아왔다.

"경찰이 알렉시아와 다투었는지 묻더군요."

"내 경우에도 첫 질문으로 바네사와 부부싸움을 했는지 물었죠. 내가 부부싸움을 했다고 인정하자 담당경찰은 느긋하게 의자등받이에 등을 기대더군요. 바네사가 스스로 몸을 숨겼을 가능성이 크다고 생각한 거죠. 실종된 부인이 장시간 돌아오지 않을 경우 경찰은 일단 배우자를 가장 유력한 용의자로 보더군요. 부부싸움을 하다가 격분해 배우자를 살해하고 시체를 유기한 사건이 종종 있었으니까요. 실종사건 수사는 대부분 신고에 의존하는 경우가 많아요. 경찰수사에 큰 기대를 걸 수 없다는 뜻입니다."

"부부싸움을 했다는 사실을 차라리 숨기는 게 더 나을 뻔했어요."

켄이 걱정스러운 얼굴로 말했다.

"경찰에 불려갈 경우 가능한 한 진실을 말해두는 게 좋습니다. 괜히 거짓말을 했다가 들통 날 경우 더 큰 의심을 받게 되니까요."

"그럼 이제부터 어떻게 해야 하죠?"

매튜가 어깨를 으쓱했다.

"일단은 기다려볼 수밖에 없어요. 경찰은 알렉시아를 찾기 위해 당장 경찰병력을 동원할 것 같지는 않더군요. 아직은 수색에 나서야 할 만큼 긴급상황은 아니라고 판단한 거죠. 배우자에게 단단히 화가 나 일부러 연락을 끊을 수도 있으니까요. 달리 생각하면 경찰의 느긋한 태도를 오히려 좋은 징조로 받아들일 수도 있어요. 결국 경찰보다 실종사건 수사 경험이 풍부한 사람은 없을 테니까요."

마지막 말은 켄이 실망하지 않도록 배려한 말인 듯했다. 사실은 매튜는 그간의 경험상 경찰을 그다지 신뢰하지 않았다. 몇 년 전, 경찰에 실종신고를 하자 처음에는 대수롭지 않은 일로 취급하다가 나중에는 그를 용의선상에 올려놓았다. 결국 경찰은 아무것도 해결하지 못하고 미제사건으로 분류해버렸다.

"아무튼 경찰에 신고하길 잘했어요. 알렉시아와 관련된 신고가 접수되면 우리에게 곧장 연락해줄 거예요. 다만 내가 할 수 있는 일이 고작 알렉시아가 돌아오길 기다려야 하는 것뿐이라니 한심하기 그지없네요."

시간은 몹시 힘들고 고통스럽게 지나갔다. 무엇보다 날씨가 참을 수 없을 만큼 무더웠다. 아이들은 야외용 수영풀을 꺼내달라고 떼를 썼다. 에반이 다트화살로 펑크를 내는 바람에 더 이상 수영풀을 쓸 수 없게 되었다는 켄의 말에 아이들은 결국 울음보를 터뜨렸다. 그렇다고 뚝딱 수영풀을 대령할 수도 없는 입장이어서 난감했다.

메건과 에반은 악을 쓰며 울어댔다. 결국 나는 정원의 호스를 이용해 아이들에게 분수를 만들어 주었다. 켄과 매튜는 차를 타고 나가 알렉시아를 찾아볼까 하다가 포기했다. 돌아봐야 할 지역이 너무 광범위했다.

나는 다시 빨래를 하는 틈틈이 알렉시아의 휴대폰으로 연락을 시도했다. 그때마다 저절로 음성메시지로 넘어갔다.

저녁 무렵 하늘이 흐려지더니 천둥이 치기 시작했다. 우리는 서둘러 장난감, 신발, 수영복, 주스 잔 그리고 하루온종일 정원에 흩어져 있던 물건들을 싸들고 집 안으로 들여놓았다. 검은 구름이 온통 하늘을 뒤덮었다. 날씨가 사나워질 조짐을 보이고 있었지만 알렉시아는 여전히 집으로 돌아오지 않았다.

저녁식사로 냉동피자를 레인지에 데워 내놓았지만 아이들 말고는 아무도 먹지 않았다. 시애나를 무릎에 앉힌 켄은 버터를 바른 토스트를 한 조각씩 떼어 아이의 입에 넣어주었다. 매튜는 천둥소리에 놀라 바르르 떨고 있는 맥스를 보듬어주었다.

내가 아이들에게 피자를 잘라 주고 있을 때 마침내 비가 쏟아지기 시작했다. 번개가 치다가 우르르 쾅쾅 소리가 이어지기를 몇 번이나 반복했다. 심술궂은 날씨가 불안감을 더욱 증폭시켰다.

정확히 정각 8시에 현관문 초인종이 울렸다. 눈길이 일제히 현관문으로 쏠렸다.

"알렉시아가 왔어요!"

내가 그 말을 하며 자리에서 벌떡 일어섰다.

"알렉시아는 열쇠를 갖고 있어요."

켄이 체념한 목소리로 말했다.

어쨌든 우리는 현관문을 향해 달려갔다. 가장 앞장섰던 내가 현관
문을 열었다. 머리카락과 옷이 온통 비에 젖은 여자가 서 있었지만 우
리가 애타게 기다리던 알렉시아는 아니었다.

미처 누군지 묻기도 전에 여자는 현관 안으로 성큼 발을 들여놓았다.

"저는 올리비아 모건 경감입니다. 사우스웨일즈경찰서, 스완지 CID
소속이죠."

CID는 범죄수사과(Criminal Investigation Department)의 약어였다.
나는 마른침을 꿀꺽 삼켰다. 갑자기 귓속에서 쏴하는 소리가 들려왔
다. 내 심장이 공포에 놀라 얼어붙는 소리였다.

"누가 켄 리스 씨죠?"

켄이 바로 내 뒤에 서 있었고, 매튜가 그 옆에 서 있었다. 켄은 아직
시애나를 품에 안고 있었는데, 아이의 입 가장자리에 토스트 조각이
붙어 있었다. 시애나가 어리둥절한 표정으로 여형사를 쳐다보았다.

"제가 바로 켄 리스입니다."

모건 경감이 손에 들고 있던 경찰 신분증을 다시 주머니에 집어넣
으며 젖은 머리카락을 이마 위로 쓸어 올렸다.

"오늘 부인의 실종신고를 하셨습니까?"

"네."

"아무래도 부인에게 좋지 않은 사건이 벌어진 것 같습니다."

10

경찰서에 알렉시아의 차를 발견했다는 신고가 접수됐다. 어떤 가족이 차문이 열린 채 주차장에 세워져 있는 알렉시아의 차를 발견하고 이상하게 생각해 신고한 것이다. 차 키는 차에 그대로 꽂혀 있었고, 보조석에는 카메라 가방과 핸드백, 두꺼운 바인딩수첩과 볼펜이 놓여 있었다. 알렉시아가 쓰고 나갔던 선글라스도 보조석 바닥에 떨어져 있었고, 주인은 흔적도 없이 사라졌다.

모건 경감이 상황을 설명하는 동안 나는 매튜의 얼굴을 쳐다볼 엄두가 나지 않았다. 이미 유사한 경험을 한 그에게 이 일이 얼마나 불길한 느낌으로 다가올지 알 수 있을 듯했다.

켄은 아이들을 달래 2층에 있는 침실에 데려다놓고 DVD를 틀어주었다. 시애나는 자신의 방 침대에 눕혔더니 다행스럽게 금세 곯아떨어졌다.

"차가 어디에서 발견되었습니까?"

모건 경감이 다시 젖은 머리카락을 이마 위로 쓸어 올렸다.

"펨브로크셔해안국립공원에 있는 어느 주차장에서 발견됐습니다. 상당히 외진 곳이라고 할 수 있죠. 그곳에서 가장 가까운 마을이 피시 가드인데, 그 주차장에서 상당히 멀리 떨어져 있습니다. 원래 이 사건은 디버드-포이스 주경찰 관할입니다만 3년 전 매우 유사한 사건이 발생한 적이 있습니다. 한 여자가 그 주차장에서 흔적도 없이 실종되었고, 소지품이 차 안에 그대로 남아 있었죠. 그 당시 실종된 여자가 멈블스 주민이라 사우스웨일즈 경찰이 수사를 맡았지요. 또다시 우리 지역에 사는 여자가 사라졌습니다. 두 사건은 마치 평행이론처럼 유사한 부분이 많아 디버드-포이스 주 경찰이 우리 쪽으로 사건을 이첩했습니다."

숨 막히는 적막감이 감돌았다. 그제야 난 매튜의 얼굴을 쳐다보았다. 내 예상과는 달리 그의 표정은 매우 담담해 보였다.

"그 사건이라면 제가 어느 누구보다 잘 알고 있죠. 제가 바로 그 당시 실종된 바네사 윌라드의 남편이니까요."

모건 경감이 화들짝 놀라며 매튜를 쳐다보았다.

"말도 안 돼! 어떻게 이런 우연이 있을 수 있죠?"

"경감님은 당시 수사를 맡았던 담당 형사가 아니잖습니까? 그때 담당 형사라면 제가 잘 알고 있죠. 우린 거의 반 년 동안 하루도 빠지지 않고 만나 이야기를 나눴으니까요."

"네, 저는 올해 초에 사우스웨일즈경찰서에 왔지만 그 사건에 대해서는 익히 잘 알고 있습니다."

모건 경감이 우리 모두를 쳐다보다가 나에게 눈길이 멎었다.

"당신은 실종자와 어떻게 되는 사이죠?"

"저는 지나 로빈슨이고, 실종된 알렉시아의 친구입니다."

"알겠습니다. 당신들은 모두 실종자의 친구란 말이죠?"

"저는 알렉시아와 같은 회사에 다니고 있습니다. 알렉시아는 《헬스케어》지 편집장이고 저는 수하 직원이죠. 매튜 역시 알렉시아와 친분이 있는 사이입니다."

"잘 알겠습니다."

모건 경감이 그렇게 말한 뒤 가방에서 작은 수첩을 꺼내 뭔가를 메모하기 시작했다.

"매튜 윌라드 씨, 당신은 오늘 여기에 왜 왔습니까? 사라진 알렉시아와는 얼마나 친했나요? 대체 무슨 일이 있었습니까?"

매튜가 재빨리 상황을 요약해 설명했다. 매튜가 자신은 리스 가족과 오래 전부터 아는 사이이며, 바네사와 알렉시아는 아주 가까운 사이였다고 말했다. 바네사가 실종되고 나서 알렉시아와 켄 부부로부터 많은 도움을 받았고, 지난 3월 저녁식사에 초대받았을 때 나를 소개받았다는 설명을 덧붙였다. 우리가 오늘 이 집에 모인 이유는 토요일 아침부터 연락이 두절된 알렉시아와 집에서 애타게 기다리는 켄이 걱정되었기 때문이라고 설명했다.

내가 매튜의 말을 받아 알렉시아가 내게 맡겼던 일에 대해 설명해주었다. 원래는 토요일에 내가 답사를 떠나기로 돼 있었는데 금요일에 장례식에 참석하느라 약속을 지키지 못해 알렉시아에게 문자메시지로 하루 뒤로 일정을 미루기로 했었다고 말했다.

"원래는 오늘 새벽에 제가 이 집에 들러 알렉시아의 차를 빌려 타고 답사를 떠나기로 돼 있었습니다. 유감스럽게도 저는 차가 없거든요.

그런데 어젯밤 늦게 켄의 전화를 받았어요. 알렉시아가 토요일에 직접 답사를 떠났다더군요. 원래 제가 하기로 계획되어 있던 일인데 말입니다."

"원래는 당신이 답사를 떠나기로 되어 있었다는 뜻입니까? 이 집 차를 빌려 타고?"

"네, 그래요."

켄이 내 대신 대답했다.

"알렉시아의 자동차는 언제 발견되었나요?"

매튜가 물었다.

"어제 오후 늦게 발견되었어요. 최초로 차를 발견한 가족은 그 주차장에 차를 세워두고 트레킹을 하며 펨브로크셔해안공원 일대를 둘러볼 계획이었답니다. 밤늦게까지 트레킹을 하고 나서 펜션에서 하룻밤 묵고 다음 날 다시 걸어서 그곳으로 돌아올 예정이었다더군요. 그 가족이 차를 세워두려고 주차장에 왔을 때 알렉시아의 차가 시선을 끌었던 겁니다. 운전석 문이 활짝 열려 있었거든요. 그때는 운전자가 근처에 있을 거라 생각하고 그냥 지나쳤다고 합니다. 오늘 오후에 트레킹을 끝내고 돌아와 보니 여전히 자동차가 그대로 있었다더군요. 그러니까 당연히 이상한 생각이 들었겠죠. 차 안에 핸드백도 그대로 놓여 있고, 키도 그대로 꽂혀 있는 걸 보고 그들은 곧장 경찰에 신고했답니다. 신고를 받고 출동한 경찰은 알렉시아의 신분증을 찾아내 신원조회를 했고, 스완지 주민이라는 걸 알아냈답니다. 게다가 몇 시간 전에 남편이 실종신고까지 한 사실을 알게 되었죠. 경찰은 그제야 그 사건이 3년 전에 발생한 바네사 실종사건과 매우 유사하다는 사실을 깨달았습니다."

"경찰이 드디어 본격적으로 수사에 착수했군요. 알렉시아가 이 집에서 나간 어제 아침부터 주차장에서 자동차가 발견된 오늘 오후까지의 행적을 캐내는 게 무엇보다 중요하겠군요."

매튜가 말했다.

"네, 그렇습니다."

모건 경감이 그 사실을 인정했다.

"어제 답사를 떠나기로 했던 사람은 지나였습니다. 그것도 알렉시아의 자동차를 빌려 타고……."

매튜와 모건 경감이 서로의 얼굴을 마주보았다.

"다시 말해 지나에게 그런 일이 벌어질 수도 있었다는 뜻이죠."

"그럼 지나가 표적이었을 수도 있었다는 뜻인가요?"

켄이 그제야 매튜의 말뜻을 알아듣고 물었다.

"내가 납치대상이었을 수도 있었다고요?"

내가 당황한 목소리로 이야기에 끼어들었다.

"모두 일리 있는 말이지만 현재로서는 단지 추측일 뿐입니다. 아무튼 원래 예정대로라면 어제 펨브로크셔해안국립공원 주차장에 있어야 할 사람은 지나였다는 걸 염두에 둬야 할 것 같군요. 다만 그 사실에만 집착해 전체 상황을 오판하지 않도록 조심해야겠지만요."

우리는 마치 수업을 듣는 학생이라도 된 것처럼 일제히 고개를 끄덕였다. 모건 경감은 방금 우리에게 경찰수사에 대해 약간의 힌트를 준 셈이었다. 말을 하면서 머릿속 생각을 정리하는 게 모건 경감의 오랜 습관인 듯했다.

"무엇보다 분명한 건 알렉시아가 실종됐다는 겁니다. 경찰은 알렉시아에게 무슨 일이 일어났는지 신속하게 밝혀내야만 하겠죠."

모건 경감이 켄 쪽으로 고개를 돌리더니 날카로운 목소리로 뜻밖의 질문을 던졌다.

"알렉시아는 어제 아침 7시에 집에서 나갔다죠? 출발 전에 당신과 심한 말다툼을 벌였다던데, 맞습니까?"

매튜의 말이 떠올랐다. 부인이 실종될 경우 남편은 저절로 가장 유력한 용의자가 되고, 부부싸움이 강력한 단서가 되는 예가 많다고 했다.

"심한 말다툼은 아니었어요. 알렉시아가 직접 답사를 떠나겠다고 하기에 과민반응이라고 한 마디 하자 사정도 모르면서 잔소리를 늘어놓는다고 비난을 퍼붓더군요. 알렉시아는 거칠게 차의 시동을 걸고 답사 현장으로 출발했죠. 감정이 많이 격앙돼 있긴 했습니다."

"사정을 모르다니, 알렉시아는 대체 무슨 뜻으로 그런 말을 했죠?"

켄이 절망한 눈빛으로 나를 쳐다보는 바람에 결국 내가 나서야만 했다.

"알렉시아는 《헬스케어》지의 로널드 회장으로부터 심한 압박을 받고 있었어요. 로널드 회장은 여자들이 데스크에 앉아 있는 꼴을 못 봐주는 사람이죠. 그는 어떤 이유를 붙여서라도 알렉시아를 쫓아내기 위해 혈안이 되어 있었어요. 《헬스케어》지에서 더 이상 알렉시아의 미래는 없었던 거죠. 알렉시아는 그 사실을 인정하지 않고 밤낮없이 일에 매달렸습니다. 《헬스케어》지는 이미 다수의 광고주들이 떨어져 나갔고, 갈수록 정기구독자 숫자도 줄어들고 있죠. 사실은 《헬스케어》지뿐만 아니라 요즘 대부분 잡지들이 직면해 있는 문제죠. 알렉시아의 능력과는 별개라는 뜻입니다. 로널드 회장은 마케팅 부진의 책임을 알렉시아에게 덮어씌웠고, 그 바람에 최근 감정이 극도로 예민해 있었죠. 알렉시아는 이미 로널드 회장의 살생부명단에 이름이 올라가 있는데도 끝까지 버텨보려고 했죠."

"알렉시아가 그 정도로 심한 압박을 받고 있었다면 너무 절망스런 환경을 비관해……."

모건 경감이 말을 마저 맺지 못했다.

"알렉시아가 경솔한 짓을 저질렀을지도 모른다고요?"

내가 깜짝 놀라며 되물었다.

"심한 압박을 받을 경우 사람들은 간혹 극단적인 선택을 하게 되지 않나요? 회장의 닦달과 과도한 업무 스트레스로 압박을 심하게 받았다고 했잖아요? 그 정도면 극단적인 선택을 할 이유로 충분하죠. 실제로 그런 이유로 자살하는 사례는 많이 있으니까요."

자살이라는 말이 마치 악취처럼 거실을 뒤덮었다.

"알렉시아는 경솔한 짓을 저지를 사람이 아닙니다. 게다가 우리 부부에게는 아이가 넷이나 있어요."

켄이 말했다.

"알렉시아는 왜 하필 3년 전 친구가 실종되었던 그 주차장에 갔을까요?"

내가 궁금해 하던 걸 물었다.

모건 경감이 내 질문에 대한 답변 대신 어깨를 으쓱하며 켄을 바라보았다.

"당신은 어제 하루온종일 뭘 했죠? 줄곧 집에 있었나요?"

"네, 이미 말씀드렸다시피 아이가 넷이나 돼 외출이 전혀 불가능했습니다. 오전에 잠깐 아이들을 데리고 여기서 한 블록 떨어진 식료품 가게에 다녀온 것 말고는 집밖으로 나간 적이 없습니다. 식료품가게 주인이 틀림없이 우리를 기억할 거예요. 아침 9시 무렵이었죠. 몇 분쯤 더 늦은 시간이었을 수도 있고요. 어제는 날씨가 좋은 편이라 주로 정원에서 시간을 보냈죠. 이웃사람들이 정원에 있는 우리를 봤을지도 모르겠네요. 아이들이 줄곧 함께 있었으니 물어보면 알 수 있을 겁니다. 그렇지만 아이들은 증인이 될 수 없겠군요."

"아이들 넷이 모두 아빠와 함께 있었다고 말할 경우 증언의 가치가 있습니다."

모건 경감이 그 말을 하면서 장난감이 여기저기 굴러다니는 거실을 둘러보았다. 내가 깨끗이 정리해둔 집은 어느새 다시 난장판이 되어 있었다.

"평소 알렉시아가 일하고 당신이 아이들을 돌보았습니까?"

"네, 내가 가사 일을 전담했죠."

"만약 알렉시아가 실직할 경우 경제적으로 큰 곤란을 겪게 되겠군요?"

"당연히 경제적인 곤란을 겪겠죠. 하지만 나는 알렉시아에게 몇 번이나 회사를 그만두라고 했습니다. 그렇게 형편없는 대접을 받으면서까지 다닐 필요는 없으니까요."

"로널드 회장은 그토록 불만이 많으면서 왜 해고라는 간단한 방법을 쓰지 않았을까요?"

"사직서를 제출할 경우 별도로 해고위로금을 지불하지 않아도 되니까요. 회장이 알렉시아를 해고하지 않은 이유는 오직 그 돈을 아끼고 싶었기 때문일 겁니다."

내가 격분한 목소리로 말했다.

모건 경감이 내 얼굴을 빤히 쳐다봤다.

"당신은 친구가 그토록 힘겨운 상황이라는 걸 알면서도 왜 처음 약속한 시간에 돌아오지 않았죠? 돌아오지 못할 특별한 사정이라도 있었나요?"

이런 경우 진실을 털어놓는 게 나았다. 거짓말을 했다가는 오히려 일이 한층 더 꼬일 수도 있으니까.

"물론 돌아오려고 생각했더라면 충분히 가능했을 겁니다. 다만 약속을 하루 더 늦춘다고 해서 문제될 게 전혀 없다고 생각했어요. 장례식장에서 다소 불쾌한 일도 있었고, 우리는 기분전환을 하려고 뉴포트에 가기로 했습니다. 곧장 집으로 돌아오기에는 마침 날씨도 너무 좋았고, 뉴포트도 정말 매력적인 곳이었죠."

매튜도 내 이야기에 끼어들었다.

"나 역시 지나가 포토에세이 답사 건 때문에 돌아가야 한다는 걸 알고 있었지만 일을 하루 미룬다고 해서 전혀 문제될 건 없어 보였죠. 다만 우리에게 잘못이 있다면 그 당시 알렉시아의 심리를 제대로 살피지 못했다는 것이죠."

"뉴포트라면 알렉시아의 차가 발견된 장소에서 그리 멀지 않은 곳이죠?"

"네, 그리 먼 곳은 아니죠."

매튜가 순순히 인정했다.

모건 경감이 뭔가를 메모했다.

혹시 우리도 용의자리스트에 올려놓은 건가?

알렉시아가 실종된 날, 우린 사고 현장에서 그리 멀지 않은 곳에 있었다. 날씨가 좋고, 집으로 돌아올 기분이 아니었다는 것 말고는 딱히 필연적인 이유는 없었다.

알렉시아의 실종으로 매튜는 두 번씩이나 유사한 사건과 연관이 있는 사람이 되었다. 실종된 여자들은 모두 매튜와 밀접한 관련이 있었다. 한 사람은 부인, 한 사람은 친구…….

군이 매튜에게 혐의를 두자면 어떤 동기로 여자들을 납치했을까?

나에게는 어떤 납치 동기가 있을까?

모건 경감은 아직 사건을 풀어줄 단서를 찾아내지 못한 게 분명했다. 그녀는 혼란스러운 수사 상황을 타개해줄 번득이는 영감이 떠오르길 기대하며 닥치는 대로 정보를 수집하는 과정인 듯했다.

"당신과 지나는 연인 사이라고 했던가요?"

"네, 그렇습니다."

"혹시 두 분을 질시의 시선으로 바라보는 사람은 없었나요? 아직 실종된 부인의 생사가 명확하게 밝혀지지도 않았는데 새로운 교제를 시작했다는 게 어느 누군가에게 증오심을 불러일으키는 발단이 되지는 않았을까요?"

"당연히 그런 시선이 존재할 수 있습니다. 솔직하게 말씀드리자면 장모님의 장례식장에서도 바네사의 친척들이 노골적으로 반감을 드러내기도 했지요. 설령 그분들이 저를 못마땅하게 생각할 수는 있어도 지나에게 해코지를 가할 거라고 생각하지는 않습니다. 그건 상상도 할 수 없는 일이죠. 저는 지나 대신 알렉시아가 납치됐을 거라고 생각하지 않습니다. 지나가 포토에세이 답사를 떠나게 될 거라는 사실과 알렉시아의 차를 빌려 타고 현장에 갈 거라는 사실을 모두 알고 있는 사람은 없었을 테니까요."

그 순간 한 가지 생각이 번개처럼 뇌리를 스쳐지나갔다. 만약 바네사가 아직 살아 있다면 우리를 몹시 증오했을 게 틀림없었다. 그렇지만 바네사가 살아있다면 이미 오래 전에 모습을 드러냈어야 마땅하지 않을까? 게다가 바네사라면 나와 알렉시아를 혼동할 까닭이 없었다. 알렉시아와 절친한 사이였으니까.

"지나, 혹시 당신이 답사를 떠날 거라는 사실을 아는 사람이 또 있었나요? 답사를 떠날 때 알렉시아의 차를 이용할 거라는 사실을 아는 사람 말입니다."

"답사 건에 대해서라면 《헬스케어》지 편집실 직원 두세 명 정도가 더 알고 있지만 알렉시아의 차를 이용할 거라는 사실을 아는 사람은 없었습니다. 알렉시아와 저밖에 모르는 약속이었죠. 물론 알렉시아가 다른 사람에게 말했을 수는 있겠네요."

"경찰은 《헬스케어》지의 전 직원을 면담할 겁니다. 회사 직원 말고 혹시 답사 계획을 아는 사람이 또 있었을까요?"

"매튜하고 켄은 알고 있었지요. 두 사람 말고는 없었습니다."

이상하게 뭔가 신경을 자꾸만 거슬리게 만드는 부분이 있었다. 꼭 누군가를 잊고 있는 듯한 기분이 들었다.

"현재로서는 모든 게 미스터리일 뿐입니다. 일단 여기 계신 세 분은 저와 항상 연락이 닿아야만 합니다. 앞으로 물어봐야 할 게 더 생길 수도 있으니까요."

"경감님은 알렉시아에게 무슨 일이 일어났을 거라 생각하십니까?"

켄이 물었다. 충격과 혼란에 빠져 멍해 있던 켄은 이제야 정신을 차린 듯했다. 그렇지만 목소리는 여전히 절망적으로 들렸다. 켄은 지난날 매튜가 겪은 일들을 그대로 답습하고 있었다. 실종된 아내의 생사 여부를 알 수 없는 상황……

"아직은 해줄 말이 없네요. 이 상황이 당신을 얼마나 힘들게 할지 충분히 이해하고 있고, 한시바삐 진실을 밝히고자 합니다. 다만 현재로서는 솔직히 모든 게 수수께끼 같고 혼란스럽기만 하군요. 아무튼 우리는 알렉시아를 찾기 위해 최선을 다할 겁니다."

"앞으로 수사는 어떤 방향으로 진행될까요?"

"일단 차가 발견된 주차장 주변을 광범위하게 수색해야 하겠죠. 차 내부도 면밀하게 감식해야할 테고요. 알렉시아의 직장동료들과도 면담을 진행해야겠죠. 《헬스케어》지의 로널드 회장도 조사해야할 테고요. 언론과 연계해 어제 사건현장에 있었거나 그 근처에서 뭔가 이상한 장면을 목격한 사람이 있는지 알아볼 생각입니다. 목격자의 진술이 사건 해결에 결정적인 역할을 하는 경우는 자주 있는 편이니까요."

"경찰이 아무것도 밝혀내지 못할 수도 있겠군요? 매튜처럼 아내에게 무슨 일이 일어났는지도 모르고 꼬박 3년을 기다려야 하는 건 아닐까요?"

켄이 거의 패닉상태에 빠진 목소리로 말했다.

"아이들에게는 뭐라고 말해야 할지 정말 답답하네요."

"걱정하는 마음은 충분히 이해하지만 미리 최악의 경우를 상정하고 걱정할 필요는 없어요. 알렉시아는 어제 사라졌습니다. 아직 수사가 미궁에 빠지게 될 거라고 단정할 이유는 없죠. 뜻밖에도 수사가 빠르게 진척될 수도 있으니까요."

켄의 표정을 보아 하니 모건 경감의 말을 도저히 못 믿겠다는 눈치였다. 지난 3년 동안 매튜가 겪은 일을 가까이서 지켜봤으니 경찰의 말을 믿지 못하는 것도 무리는 아니었다.

모건 경감이 수첩을 덮고 자리에서 일어섰다. 경찰의 수사가 바네사 실종사건 때처럼 커다란 난항을 겪게 될까봐 무척이나 곤혹스러워하는 기색이 역력했다.

"내일 오전에는 《헬스케어》지 직원들을 만나 이야기를 들어보려고 합니다. 모든 직원들이 자리를 지킬 수 있도록 협조 부탁드립니다."

"네, 그렇게 하죠."

대답을 마치는 순간 내가 펨브로크셔해안국립공원으로 답사를 떠난다는 사실을 알고 있는 사람이 한 명 더 떠올랐다. 바로 가렛이었다. 그는 바네사 실종사건과 매튜에 대해서도 잘 알고 있었다.

"제가 답사를 떠나리란 걸 알고 있었던 사람이 한 명 더 있긴 하네요. 가렛 와일더라고, 저의 과거 남자친구죠."

모두가 놀란 토끼 눈으로 나를 쳐다보았다.

"가렛에게 내가 펨브로크셔해안국립공원으로 답사를 떠날 거라고 이야기한 기억이 나네요. 알렉시아의 차를 빌릴 거라는 사실도요."

가렛과 나눈 대화가 기억났다. 그때 가렛은 내 말에 귀를 기울일 준비가 되어 있었고, 나와 내 인생, 내 계획에 관심을 보였다.

이제 와서 왜 가렛 이야기를 꺼냈을까?

괜한 짓을 했다는 후회가 밀려왔다. 내 말 때문에 가렛은 경찰 조사를 받게 될 테고, 그거야말로 전혀 불필요한 일이었다.

알렉시아의 실종과 가렛이 대체 무슨 연관이 있겠는가?

"가렛은 어디에 살죠?"

모건 경감이 호기심어린 눈빛으로 물었다.

"현재 브링튼에 살고 있어요. 단지 모든 사실을 있는 그대로 털어놓아야 한다는 강박관념에 사로잡혀 가렛 이야기를 했을 뿐입니다. 가렛은 이번 사건과 전혀 상관없어 보입니다."

"그와 언제 헤어졌습니까?"

"작년 9월에요."

"먼저 헤어지자고 한 사람이 누구죠?"

"내가 먼저 헤어지자고 했어요."

슬슬 기분이 나빠지기 시작했다. 모건 경감이 이런 식으로 가렛을 물고 늘어지는 걸 원치 않았다.

"헤어지자고 한 이유는 뭐죠?"

"그 질문은 알렉시아의 실종과는 전혀 무관한 이야기 아닌가요?"

"먼저 질문에 대답하세요. 그가 당신이 새로운 남자를 만났다는 사실을 알고 있나요?"

그 질문에 답변하기 전, 나는 잠시 생각했다. 금요일 이전까지만 해도 솔직히 매튜를 내 애인이라 말하기 어려웠다. 매튜 이야기를 하자 가렛은 약간의 질투심을 내비치며 내 생일날 나를 찾아오겠다고 했다. 지난 육 개월 동안 전화 한 통 없었던 사람이 갑자기 태도가 돌변한 것이다. 함께 있을 때는 시큰둥하더니 다른 남자에게 보내자니 아까운 생각이 든 듯했다.

"네, 알고 있었어요."

가렛은 분명 매튜를 비롯한 내 근황에 대해 잘 알고 있었다.

"그 말을 했을 때 혹시 가렛이 예민한 반응을 보이진 않던가요?"

"아뇨, 전혀."

가렛은 끝까지 부드러운 태도를 유지했지만 그가 질투하고 있다는 느낌을 받았다.

"가렛 와일더 씨의 주소와 전화번호를 알려주시겠습니까?"

11

5월 29일, 화요일이었다. 라이언은 이제껏 시간의 흐름에 대해 신경을 곤두세워본 적이 없었다. 감옥에 있을 때는 시간이 너무 더디게 흐른다고 생각했지만 평소에는 무관심한 편이었다. 시간은 늘 정확한 속도로 흘러가니까.

지금은 달랐다. 벌써 5월 말이었고, 데몬과 약속한 변제날짜가 하루하루 다가오고 있었다. 노라는 여전히 브래들리를 만나보자는 주장을 굽히지 않았다. 그 이야기를 들을 때마다 라이언은 기분이 상했다. 자존심이 상하기 때문이기도 했지만 다른 문제도 있었다. 브래들리가 부탁을 거절할까 봐 두려웠다. 브래들리는 마지막 보루였다. 그가 거절할 경우 더 이상 기대할 곳이라고는 없었다.

라이언은 식탁에 앉아 아침식사 대용으로 커피를 마시고 있었다. 아침에 잠에서 깨어나자마자 데몬의 얼굴이 떠올라 식욕이 가셨다.

그는 별 의미 없이 신문을 뒤적거렸다. 특별히 궁금한 기사는 없었다. 그는 자기 코가 석자라 세상 문제에 눈 돌릴 여유가 없었다.

런던에서 열린 화려한 파티에 상류층 거물들이 대거 참석했다. 화려한 드레스를 입은 귀부인들과 턱시도 차림의 신사들이 찍은 사진 서너 장이 짤막한 기사와 함께 실려 있었다. 여자들이 목과 귀, 팔 등에 착용하고 있는 액세서리가 눈길을 끌었다. 그 중 한 가지만 팔아도 그의 빚 문제쯤은 간단히 해결될 수 있었다.

저 사진이 한 남자의 증오심을 부추길 수도 있다는 걸 알고 있을까? 저들이 5만 파운드에 한 사람의 목숨이 달려 있다는 걸 알 까닭이 없었다.

나와 전혀 다른 세상에서 살고 있는 사람들이야. 우리는 같은 하늘 아래 살고 있는 사람들이라고 할 수 없어.

무심코 신문을 한 장 더 넘겼던 라이언은 깜짝 놀라 눈이 휘둥그레졌다. 바네사 윌라드가 그를 쳐다보고 있었다. 그는 부들부들 손을 떨다가 커피를 엎질렀다.

바네사 윌라드가 아닐 거야. 아마 놀랍도록 닮은 여자겠지.

라이언은 사진에 딸려 있는 기사를 읽을 엄두가 나지 않았다.

2009년에 실종된 바네사 윌라드 박사.

착각이 아니었다. 그녀는 분명 바네사 윌라드였다. 그의 뇌리에 생생하게 박혀 한시도 떠나지 않는 그 얼굴……

라이언은 손바닥으로 두 눈을 눌렀다. 한참을 그 자세로 있다가 눈에서 손을 뗐다. 눈을 가린다고 해결될 일이 아니었다. 기사를 읽어보지 않고는 궁금해서 견딜 수 없었다.

일단 제목부터 확인했다.

의문의 실종사건 다시 재연되었나?

신문에 실린 또 다른 사진을 보았다. 바네사처럼 금발머리에 나이도 엇비슷해 보였다. 사진에 딸린 캡션을 읽어보았다. 지난주 토요일에 실종된 알렉시아 리스, 35세, 스완지 언론인.

라이언은 기사내용을 재빨리 훑어보았다. 알렉시아 리스라는 여자가 실종됐다는 내용이었다. 미제로 남은 바네사 실종사건과 유사점이 많아 동일범의 소행으로 의심된다는 내용이었다. 신문기사는 바네사 윌라드와 알렉시아 리스가 절친한 친구였다는 사실을 지적하면서 두 사람의 유사한 운명에는 공통적으로 불가사의한 문제가 개입돼 있는 것으로 보인다고 되어 있었다. 왜 그렇게 추정하는지에 대해서는 아무런 설명이나 근거도 제시하지 않고 있었다. 기사 말미에 현재 경찰 수사가 미궁에 빠져 있는 만큼 시민들의 적극적인 도움을 바란다는 내용도 들어 있었다.

5월 26일 토요일, 알렉시아 리스를 피시가드 근처에서 목격한 사람이 있는지, 펨브로크셔해안국립공원 인근 주차장에 세워져 있던 그녀의 차를 본 사람이 있는지, 주차장 인근에서 수상쩍은 광경을 목격한 사람이 있는지 묻고 제보를 바란다는 내용과 함께 연락 가능한 전화번호가 적혀 있었다.

'알렉시아 리스의 아이들 넷이 엄마를 애타게 기다리고 있습니다.'

기사는 그토록 애절한 문장으로 마무리되어 있었다.

라이언은 갑자기 속이 울렁거리며 구역질이 났다. 두 사건은 어느 누가 보더라도 유사했다. 누군가 분명한 목적을 갖고 일을 벌이지 않은 이상 도저히 납득하기 어려운 부분이었다.

라이언은 한 가지 사실만큼은 분명하게 알고 있었다. 두 사건의 범인은 같은 사람이 아니라는 사실이었다. 바네사 실종사건 당시 라이언은 완벽하게 변장을 시도했고, 단 한 번도 자신의 이름을 발설하지 않았다. 그렇다고 해서 마음을 놓을 수는 없었다. 세상일이란 늘 인과관계에 따라 흘러가는 건 아니니까.

알렉시아 리스가 바네사와 친구라던데 둘 사이에 어떤 문제가 발생한 걸까? 바네사가 살아서 나를 끝장내기로 했다면 다음 순서는 뭘까?

라이언은 손이 덜덜 떨려 커피 잔을 제대로 잡을 수 없었다. 바로 그때 노라가 불쑥 나타나는 바람에 라이언은 움찔했다.

"라이언, 무슨 일인데 안색이 창백해요?"

라이언은 손으로 얼굴을 쓸어내렸다. 얼굴에 공포가 그대로 드러나 있었다.

"컨디션이 안 좋아요."

노라가 손으로 라이언의 이마를 짚었다.

"열은 없는데 안색이 너무 창백해요. 게다가 손을 덜덜 떨고 있잖아요."

라이언은 방금 읽었던 지면이 보이지 않도록 신문을 뒤집어놓았다. 노라가 눈치 채면 안 될 일이었다.

"댄에게 전화해서 오늘은 몸이 아파 출근할 수 없다고 이야기할게요."

"괜찮아요. 집에만 있으면 오히려 몸 상태가 더 나빠질 것 같아요."

노라가 마주앉아 커피를 따르며 단 한 순간도 그의 몸에서 눈을 떼지 않았다.

"혹시 데몬이 또 무슨 협박을 했어요?"

"아뇨."

노라가 커피를 한 모금 마시고는 잔을 탁자 위에 탁 소리가 나게 내려놓았다.

"그럼 브래들리 때문에 그래요? 그에게 도움을 요청하는 게 죽기보다 싫은 거죠?"

노라가 다시 브래들리 이야기를 꺼냈지만 제대로 귀에 들어오지 않았다. 노라의 목소리가 마치 먼 곳에서 들려오는 메아리처럼 아련했다.

라이언은 다시 속이 울렁거렸다. 사태를 정확하게 파악하려면 폭스 밸리에 있는 동굴을 찾아가봐야만 했다. 허리를 숙이고 동굴안으로 들어가는 자신의 모습이 떠올랐다. 어렸을 때는 아주 민첩하게 들락거렸었는데 어른에게는 동굴 안쪽으로 들어가는 게 그리 수월하지 않았다. 게다가 이제 막 마취에서 깨어나고 있는 여자를 들쳐 메고 있다보니 더욱 힘들었다.

라이언은 마른침을 꿀꺽 삼켰다. 계속 속이 울렁거렸다. 까딱 잘못했다가는 식탁 위에 토사물을 쏟아 놓을 것만 같았다. 설령 동굴 안 상자의 뚜껑을 조였던 나사가 전부 풀려 있다고 해도 상자 안을 들여다봐야 할 듯했다. 반드시 두 눈으로 확인해야만 의혹이 풀릴 테니까.

갑자기 눈앞이 빙글빙글 돌았다. 태어나서 이렇게 머리가 어지러운 날은 처음이었다.

이 사태를 어떻게 수습해야 할까?

라이언은 2009년 8월의 그 사건을 한시도 잊은 적이 없었다. 이제는 그 악몽의 현장을 직접 찾아가보는 수밖에 없었다.

"이번 주말에는 요크셔에 가요."

노라가 다짐을 받듯 그렇게 말했다.

"나는 폭스 밸리에 가야 해요."

라이언이 마치 넋 나간 사람처럼 흐물흐물 말했다.

"폭스 밸리라고요? 거기가 어딘데요?"

라이언은 더 이상 입이 떨어지지 않았다. 정신을 차리고 앉아 있기조차 힘겨웠다. 끝내 탈진한 그는 앞으로 고꾸라지며 식탁에 머리를 쾅 소리가 나게 부딪쳤다. 뜨거운 커피가 얼굴에 튀었고, 커피 잔이 바닥에 떨어져 산산조각 나는 소리가 어렴풋이 들려왔다. 라이언은 차라리 정신을 회복하고 싶지 않았다. 이 무시무시한 패닉상태에서 영원히 도망치고 싶었다.

"라이언, 무슨 일이에요?"

노라가 무릎을 꿇고 앉아 그를 바라보고 있었다. 눈빛에 걱정이 가득 담겨 있었지만 표정은 부드럽고 평온했다. 그녀는 직업상 매일 아픈 사람들과 씨름해오고 있었다. 몸과 마음이 불편한 사람들을 상대해본 적이 많았기에 눈앞에서 누군가 절망적으로 무너지는 모습을 보아도 절대로 당황하지 않았다.

"나에게 무슨 문제가 있는지 다 털어놔 봐요."

커피가 쏟아져 있는 테이블 위로 라이언의 눈물이 방울방울 흘러내렸다. 그는 테이블 위에 흥건하게 쏟아진 커피 탓에 자신이 울고 있다는 사실조차 제대로 인식하지 못했다.

마침내 라이언은 오래도록 간직했던 비밀이야기를 털어놓기 시작했다.

12

"가렛 와일더가 사라졌어요. 그의 행방을 알고 있는 사람이 아무도 없어요."

모건 경감이 《헬스케어》지 편집실에 있는 내 책상 앞으로 다가오며 말했다.

9개월 전 헤어진 남자를 왜 여기 와서 찾는 거야?

"지나, 혹시 가렛이 가 있을 만한 곳이 어딘지 짐작 가는 데라도 있나요?"

모건 경감은 지난 월요일 오전에 젠킨스 경사를 데리고 《헬스 케어》지 편집실에 나타나 전 직원들을 상대로 조사를 마치고 돌아갔다. 그 조사를 통해 건진 건 아무것도 없어 보였다. 직원들은 각자 자기가 맡은 일 이외에 알렉시아에 대해 아는 게 별로 없었다. 다들 이구동성으로 알렉시아가 지난 몇 주 동안 몹시 스트레스를 받았고, 신경이 곤두서 계속 화를 냈다고 증언했다. 예전에 비해 기가 꺾인 모습이었다는 증언도 나왔다. 알렉시아가 포토에세이를 기획하고 있었다는 건 다들 알고 있었지만 그 답사를 내가 가기로 되어 있었다는 건 아는 사람이 없었다. 답사 날짜가 지난 주말에 잡혀 있었다는 것에 대해서도 아는 사람이 없었다.

알렉시아가 실종되었다는 말을 듣고 모두들 충격을 받았지만 이 미스터리한 사건에 대해 제대로 아는 사람은 없었다. 부편집장은 이제 자신이 로널드 회장의 살생부명단에 오르게 되었다는 걸 알고 머리가 잘려나간 닭처럼 안절부절못하며 복도를 서성거렸다.

하루가 지난 오늘, 모건 경감이 다시 《헬스케어》지에 나타나 내게 가렛의 행방에 대해 물었다.

"혹시 어딘가로 휴가를 떠난 게 아닐까요?"

"이렇게 오래 여행을 떠나려면 회사에 사직서를 제출했어야죠."

가렛은 2년 전부터 이벤트회사에 다니고 있었다. 가렛도 나처럼 제대로 된 직업교육을 받은 적이 없었지만 머릿속에 떠오른 생각들을 순발력 있게 구체화시킬 수 있는 능력을 지니고 있었다. 그는 광고 카피라이터, 사진기자, 디자이너 등의 일을 하며 돈을 벌었다. 언변이 유난히 좋아 사람들의 마음을 사로잡는 방법을 잘 알고 있었다. 화려한 언변 덕분에 사람들은 그에게 순간적으로 반짝이는 아이디어는 있어도 오래도록 꾸준하게 일을 추진해나가는 능력이 부족하다는 걸 쉽게 간파하지 못했다.

가렛은 분위기 파악이 빠르고 남달리 예민한 감을 갖고 있었다. 그는 언제나 실력을 간파당할 즈음 회사를 나왔다.

"안정된 생활은 창조적인 두뇌활동에 전혀 도움이 되지 않아. 예술가에게는 변화가 필요하지. 지나, 당신도 나와 비슷한 체질이니까 절대로 너무 오랫동안 같은 직장을 다녀서는 안 돼!"

처음에는 가렛의 충고가 굉장히 신선하게 다가왔지만 누구나 때가 되면 성숙해지고 똑똑해지는 법이었다. 지금은 가렛의 입을 통해 나오는 말과 이론들, 특히 그의 오만한 자의식을 알고 있었기에 무슨 말을 하든지 저절로 씁쓸한 미소가 지어졌다.

"가렛이 그 회사에서 일한 지 2년쯤 되었으니 그에게는 굉장히 긴 시간이었죠. 백퍼센트 장담할 수는 없지만 그 회사로 돌아오지 않을 확률이 높아요. 가렛은 자신을 예술가라고 생각하기 때문에 회사를 그만둘 때 사표를 제출하는 걸 진부한 고정관념이라고 치부하죠."

"경찰이 어제 몇 차례 그의 집을 찾아갔는데 결국 만나지 못했어요. 집주인 말로는 지난 목요일 이후 한 번도 본 적이 없었다더군요."

"모건 경감님, 정말 유감스러운 말이지만 난 가렛이 어디에 있는지 몰라요."

모건 경감이 의자를 잡아당겨 바로 앞에 앉았다. 그녀는 심각한 무기력증에 빠진 듯 머리카락이 눈 위로 흘러내리는 걸 그대로 방치해두고 있었다. 책상서랍 속에 보관해두고 있는 머리핀들 중 하나를 꽂고 싶은 충동을 느꼈지만 행동으로 옮기지는 않았다.

"가렛 와일더는 어떤 사람인가요? 그 남자와 같이 산 시간이 얼마나 되죠?"

난 모건 경감이 들으라는 듯 일부러 크고 분명하게 한숨을 푹 내쉬었다. 이따위 질문은 오히려 수사에 혼선을 초래할 뿐이라는 걸 깨닫게 해주고 싶었다. 내가 애초에 가렛 이야기를 꺼낸 게 실수였다. 모건 경감은 가렛 때문에 소중한 시간을 허비하고 있었고, 알렉시아의 행방은 여전히 오리무중이었다.

"가렛과 8년을 사귀었어요. 스물네 살에 처음 만나 서른두 살에 헤어졌죠."

"당신이 먼저 그를 떠났다고 했죠? 두 사람은 서로 합의 끝에 헤어진 게 아니었나요?"

"그렇다고 헤어지면서 싸우지는 않았어요. 우린 오래 전부터 삐걱거리는 사이였기 때문에 내가 떠나겠다고 말했을 때 그도 쿨하게 받아들였죠."

솔직히 말하자면 가렛이 너무 쿨하게 받아들여 마음의 상처를 받았지만 이제 와서 그런 말을 한들 무슨 소용이 있을까?

"직장 동료들 이야기를 들어 보니 가렛은 포커페이스라고 하더군요. 도무지 속내를 알 수 없는 사람, 무슨 생각을 하는지 얼굴에 절대로 담지 않는 사람이라고요. 몹시 공격적인 성격이고, 남에게 상처 주는 말을 서슴없이 내뱉는 사람이라고도 하더군요. 당신도 그런 생각에 동의하나요?"

"직장동료들이 가렛에 대해 제대로 알고 있네요."

가렛은 오만하고 역겨운 바보멍청이였다.

"당신이 헤어지자고 했을 때 쿨한 태도를 보인 게 혹시 거짓이었을 가능성은 없나요? 8년씩이나 같이 살다가 헤어지는 마당에 아무렇지도 않다면 그거야말로 이상한 일이잖아요?"

"가렛은 충분히 그럴 수 있어요. 내가 항복을 선언하고 되돌아올 거라 확신했을지도 몰라요. 가렛은 스스로 굉장히 매력적인 사람이라 자부하기 때문에 여자가 먼저 싫다며 떠나는 걸 상상하지 못하는 사람이죠."

그 말이 모건 경감의 의심에 기름을 붓고 있다는 사실을 너무 뒤늦게 깨달았다.

"그렇다면 매튜와 당신이 사귄다는 걸 알았을 때 큰 충격을 받지 않았을까요? 가렛에게 언제 그 사실을 이야기해 주었죠?"

로렌의 장례식이 있기 며칠 전이었다.

"아마 지난 주 월요일이었을 거예요. 가렛에게서 전화가 왔었죠. 그날이 바로 가렛과 마지막으로 통화한 날이에요."

"그동안 가렛과 자주 연락했나요?"

"통틀어 두세 번 정도."

"그날 통화할 때 바네사 실종사건에 대해서도 이야기를 나누었다고 했었죠?"

"네."

"펨브로크셔해안국립공원으로 답사를 갈 거라는 이야기도 했고요?"

"네."

"알렉시아의 차로 떠날 거라는 이야기도요?"

"네, 하지만……."

나는 그 대목에서 입을 꾹 다물었다. 사태가 이상한 방향으로 흐르고 있었다. 게다가 내가 마치 가렛에게 시시콜콜한 일까지 다 고해바치는 사람처럼 느껴졌다. 그날 밤에는 기분이 너무 울적해 나도 모르게 수다스러워졌고, 가렛이 내 푸념을 받아준 것에 불과했다. 가렛은 마음만 먹으면 누구에게든 좋은 대화상대가 되어줄 수 있는 사람이니까.

"자, 이야기를 정리해보죠. 5월 21일에 헤어진 남자친구한테서 전화가 왔어요. 그는 당신에게 새 남자친구가 생겼다는 사실을 처음으로 알게 되었죠. 언젠가 당신이 항복을 선언하고 되돌아올 거라 생각했는데 전혀 예기치 않은 문제가 발생하자 그는 내심 크게 분노했어요. 그는 당신의 주말 계획을 자연스럽게 알게 되었고, 알렉시아가 실종되기 이틀 전 목요일에 그는 직장과 집에서 완전히 모습을 감췄어요. 현재 그의 행방을 알고 있는 사람은 아무도 없고요. 내 말이 맞죠?"

"가렛이 범인이라면 왜 내가 아니라 알렉시아를 타깃으로 삼았을까요? 차에 타고 있는 여자가 내가 아니라는 건 보자마자 알 수 있었을 텐데요."

"차에 탄 여자가 당신이 아니라는 걸 너무 늦게 알아차렸을 수도 있지 않을까요? 뭔가 일을 저지른 뒤였기에 알렉시아를 풀어줄 수 없는 상황일 수도 있었을 테고요. 사전에 입을 막아야 했을 테니까."

"모건 경감님, 지금 추리가 지나치게 엉뚱한 방향으로 흐르고 있다는 걸 전혀 깨닫지 못하시는군요. 가렛이 구역질나는 인간이긴 해도 중대범죄를 저지를 만큼 흉악한 인물은 아닙니다."

"아무리 온순한 사람도 분노하면 공격적으로 변하죠."

"가렛이라면 아마도 독설로 정부를 공격했을 겁니다. 그가 물리적인 폭력을 사용할 사람이 아니라는 건 8년 동안 함께 살았던 제가 누구보다 잘 알죠."

모건 경감이 머리를 이마 위로 쓸어 올렸다.

"그를 직접 만나 이야기해 보면 아주 간단하게 해답을 얻을 수 있는 일인데 갑자기 종적을 감추는 바람에 일이 꼬여버렸네요."

가렛이 내 생일에 집으로 찾아오겠다고 한 말을 이야기하려다가 그만두기로 했다. 이 사건과 아무런 연관도 없는 일이었다. 그 말을 할 경우 가렛이 스토커처럼 나를 쫓아다녔다는 오해를 불러일으킬 수도 있었다.

가렛에게서 다시 연락이 오기만을 기다렸다. 내 생일에 집에 오지 말라고 할 생각이었다. 내 생일파티는 알렉시아가 집으로 돌아와야 열 수 있을 텐데 예감이 썩 좋지 않았다. 경찰의 수사는 답보 상태를 면하지 못하고 있었다. 모건 경감은 내가 보기에 이 사건과 전혀 관련도 없는 가렛의 꽁무니만 열심히 쫓아다니고 있었다.

"혹시 뭘 좀 새롭게 알아낸 게 있습니까?"

"알렉시아가 타고 갔던 차의 감식 결과가 나왔는데 주로 가족들 지문만 묻어 있었어요. 가끔 신원미상의 지문도 있었는데 DNA분석 결과가 나오면 신원이 파악되겠죠. 가족이나 친구들 혹은 가족의 지인들 중 하나일 거라 예상됩니다. 차 내부는 쓰레기장처럼 지저분했지만 차 안에서 몸싸움이 벌어졌을 가능성은 희박해 보였어요."

리스 가족의 미니버스 안은 직접 두 눈으로 목격한 사람이 아니면 믿을 수 없을 만큼 엉망진창인 적이 많았다. 차 안도 집과 마찬가지로 카오스 상태라 할 수 있었다. 과자포장지, 각종 머리핀, 짝을 잃어버린 양말, 선크림, 종이컵, 맥도날드 봉투, 기저귀, 인형 옷, 뚜껑 없는 사인펜, 머리가 돌아가고 옷이 벗겨진 바비인형 등이 특히 뒷좌석 쪽에 마구 어질러져 있었다.

알렉시아가 적어도 일주일에 한 번은 내부청소를 하고 나서 차에 함부로 쓰레기를 버리면 단단히 혼내줄 거라 다짐을 받곤 했지만 아이들은 단 한 번도 그 약속을 지키지 않았다.

"알렉시아의 휴대폰에 받지 않은 전화가 많이 걸려왔더군요. 주로 당신과 켄의 전화였죠. 두 사람 말고 알렉시아에게 전화한 사람은 없었습니다. 당신이 보낸 문자메시지도 봤죠."

갑자기 얼굴이 후끈 달아올랐다. 금요일 저녁에 알렉시아에게 보낸 메시지 내용이 생각났기 때문이었다.

"상당히 시간이 경과한 메시지들도 보관돼 있었죠. 하나같이 업무와 관련된 메시지들이라 수사에는 별 도움이 되지 않았습니다."

"로널드 회장과는 이야기해 보셨나요?"

"네, 전화상으로 이야기를 나눠 봤어요. 알리바이도 확실하고, 이 사건과 전혀 관련이 없어 보이더군요. 알렉시아가 실종됐다고 하자 깜짝 놀라는 시늉을 했지만 그녀의 생사여부에 대해서는 관심을 보이지 않더군요. 오만불손하고 불쾌한 사람이긴 해도 거짓말을 하고 있는 것 같지는 않았습니다."

로널드 회장이 불쾌한 사람이라는 건 분명했지만 부하직원을 납치하려고 런던에서 웨일즈 서부해안에 있는 외진 주차장까지 왔다가 돌아갈 사람은 아니었다.

"켄 리스 씨도 유심히 살펴볼 필요가 있습니다. 내 말이 무슨 뜻인지 알죠?"

매튜로부터 부녀자 실종사건에서 배우자는 자동적으로 용의자가 된다는 말을 들어 잘 알고 있었다.

"켄 리스 씨의 아이들은 아빠가 주말 내내 함께 있었다고 증언했어요. 적어도 일곱 살짜리 아이의 말은 신빙성이 있어요. 켄의 말대로 그들은 함께 시장을 보러 다녀왔고, 식료품 가게주인 역시 시끌벅적했던 리스 가족을 기억해냈어요. 켄이 피시가드에 있는 주차장까지 차를 타고 가서 부인을 처리한 다음 차만 남겨두고 스완지로 돌아왔을 가능성은 희박해 보여요. 그 경우 집을 장시간 비워야 했을 테고, 그사이 아이들이 집안을 난장판으로 만들어버렸을 테니까요. 그 경우 아침에 일어났을 때 아빠가 집에 없었다는 사실을 기억해냈을 겁니다. 오전에 아이들을 데리고 식료품점에 다녀올 수도 없었을 테고요."

모건 경감이 주머니에서 수첩을 꺼냈다.

"내 수첩에도 적어두었듯이 이웃집 여자는 알렉시아가 토요일 아침에 집을 떠나는 걸 봤다고 증언했어요. 차가 집 앞을 지나갈 때 우연히 라디오에서 아침 7시 뉴스가 시작됐기 때문에 시간까지 정확하게 기억하고 있었죠. 알렉시아가 7시 경에 집을 떠났다고 했던 켄의 진술과 정확히 일치하는 증언이죠. 만약 차에 켄이 같이 타고 있었다면 아무리 일사천리로 일처리를 했어도 10시 이전에 다시 집으로 돌아온다는 건 물리적으로 불가능하다고 봐야할 겁니다. 켄은 아이들에게 여느 날과 다름없이 아침을 만들어줬고, 시장을 보러 갔고, 9시쯤에 식료품점에 있었습니다. 그렇다면 현실적으로 시간이 들어맞지 않죠."

"켄은 이 사건과 아무런 관련이 없을 거라 확신해요. 이 사건은 오히려 바네사 실종사건과 관련이 있어 보여요. 친구 사이인 두 여자가 똑같은 장소에서 3년이라는 시차를 두고 실종됐어요. 두 사건을 통해 뭔가 전달하려는 메시지가 있을 법한데 아직은 그게 뭔지 잘 모르겠어요."

모건 경감은 내 말에 고개를 끄덕였지만 동의하는 표정은 아니었다. 미제 사건과 유사한 사건이 발생했다는 건 또다시 수사 실패로 이어질 수도 있다는 불안감이 가중될 수밖에 없을 테니까.

모건 경감이 현재 가장 유력한 용의자로 꼽는 사람은 켄과 가렛인 듯했다. 흔히 유부녀 피살 사건에서 통계적으로 배우자가 범인인 경우가 많았다. 부부들은 알게 모르게 마음속에 분노가 쌓이게 마련이고, 몹시 화가 날 경우 그 분노가 어떤 식으로 표출될지 알 수 없으니까.

모건 경감은 가렛 쪽에 더 혐의를 두고 있는 듯했다. 질투심은 가장 흔한 범행 동기가 될 수 있기 때문이었다. 게다가 가렛이 갑자기 자취를 감춰 버리는 바람에 부쩍 의심을 부추기고 있었다. 켄의 경우에는 범행을 입증하기가 사실상 어려웠다. 범행시각으로 추정되는 시간에 켄은 분명 집에서 아이들을 돌보고 있었기 때문이다. 모건 경감이 다양한 가능성을 염두에 두고 수사를 해나가야 마땅한데 선입견에 빠져 있는 게 답답해 보였다.

"지난주 토요일, 당신이 매튜와 범행현장 근처에 머물렀던 게 과연 우연이었을까요?"

그 문제라면 얼마든지 당당하게 이야기할 수 있었다.

"우리는 원래 금요일 저녁에 스완지로 돌아올 계획이었죠. 그럴 생각이 아니었다면 알렉시아에게 토요일에 답사를 떠나겠다고 말하지 않았을 거예요. 하룻밤 더 머물다 오기로 한 건 그야말로 즉흥적인 결정이었습니다."

"여러 가지 정황을 감안하더라도 여전히 미심쩍은 부분은 매튜가 공교롭게도 두 번씩이나 실종 장소인 주차장 근처에 있었다는 겁니다. 몇 년 전에는 주차장 주변을 산책하고 있었고, 이번에는 주차장에서 몇 마일 떨어진 지점에 있었지만 엎어지면 코 닿을 거리였죠. 그 부분을 합리적으로 납득하는 게 쉽지 않네요."

그렇다면 모건 경감은 매튜를 세 번째 용의자로 보고 있는 걸까?

물론 나는 매튜와 이번 사건이 전혀 무관하다는 사실을 누구보다 잘 알고 있었지만 그런 의심을 품을 만한 개연성은 충분히 있어 보였다.

"매튜는 이번 사건과 관련이 없어요. 우리는 하루온종일 함께 있었죠. 단 일분일초도 떨어져 있지 않았어요. 모든 걸 다 감안하더라도 매튜가 알렉시아에게 그런 짓을 할 까닭이 없잖아요. 알렉시아가 토요일에 답사를 떠날 거라는 사실을 매튜가 어떻게 알 수 있었을까요? 나도 몰랐던 일인데요."

모건 경감은 아무런 대답도 하지 않고 수첩에 메모만 적어 나갔다. 하긴 모건 경감이 내 말을 무조건 신뢰할 의무 따위는 없었다. 내가 매튜와 공모해 범행을 저질렀을 수도 있으니까. 범인은 남편이나 질투심에 사로잡힌 옛 남자친구가 아니라 전혀 의외의 인물일 수도 있었다. 어쩌면 모건 경감은 켄과 가렛보다는 매튜와 나를 의심하고 있는지도 몰랐다.

6월

1

그 다음 주 금요일 저녁 우연히 파란색 도요타 자동차가 내 머리에 떠올랐다. 그날도 평소와 마찬가지로 매튜는 내 아파트에 와 있었다. 내 아파트는 은연중 우리가 즐겨 이용하는 데이트장소가 되었다. 매튜의 집은 우리가 데이트를 즐기기에는 여전히 꺼림칙한 장소였다.

그사이 매튜와 나의 관계는 크게 진전했다. 굳이 비유하자면 출발선에서 백 보쯤 전진한 상태였다. 지난 금요일 이전의 매튜에게 지금 같은 일이 벌어졌다면 당분간 나를 만나기 어려웠을 것이다.

비로소 우리는 명실상부한 연인이 되었고, 서로를 필요로 한다는 점을 명확히 깨닫고 있었다. 그럼에도 매튜는 여전히 내면세계로 더 깊이 침잠해 들어갔고, 더욱 말수가 줄어들었다. 매튜의 마음속에서 수많은 생각들이 소용돌이를 일으키고 있는 듯했다.

6월 1일 저녁에는 비가 내렸다. 갑자기 기온이 떨어졌고, 바다에서 불어오는 바람도 서늘했다. 비가 오기 전까지만 해도 우리는 환기를 위해 천창을 활짝 열어놓고 지냈다. 매튜는 소파에 앉아 노트북을 이용해 문서를 작성하고 있었고, 나는 대학에서 받은 입학안내문들과 연구계획서들을 검토했다. 맥스는 담요에 누운 채 잠들어 있었다.

그날 오후 4시쯤 《헬스케어》지 편집실을 나온 나는 잠시 켄의 집에 들러 새로운 소식이 있는지 알아보았지만 전혀 소득이 없었다. 물론 좋은 소식을 기대한 건 아니었다. 켄의 상태가 괜찮은지 살펴보고 그에게 혼자가 아니라는 걸 알려주고 싶었다. 불행 중 다행인 점은 켄이 아이들을 보살피고 집안일을 챙기느라 우울감에 시달릴 틈이 없다는 것이었다.

켄은 완전히 넋이 빠져나간 사람 같았지만 아이들 때문에 어떻게든 이겨내려고 안간힘을 쓰고 있었다. 켄을 암울하게 만드는 상황이 계속되고 있어 너무나 안타까웠다. 매튜가 지난 3년 동안 몹시 괴로워했듯이 켄도 온갖 고통을 다 겪고 있었다.

"혹시 알렉시아가 어딘가로 훌쩍 떠나버린 건 아닐까요? 더 이상 압박을 견딜 수 없었던 건 아닐까요? 알렉시아는 정신적으로 피폐해 무너지기 일보직전이었거든요. 어쩌면 무작정 어딘가로 훌쩍 떠나버리고 싶었는지도 몰라요. 더 이상 아무런 압박을 느끼지 않는 곳으로요."

나와 식탁 테이블을 두고 마주앉았을 때 켄이 한 말이었다.

"아무리 그렇더라도 굳이 이런 식으로 세상을 떠들썩하게 일을 꾸밀 필요가 있었을까요? 대체 무슨 목적을 위해 바네사 실종사건을 모방했을까요?"

"우리의 관심을 다른 곳으로 돌리려는 속셈이었겠죠. 현재 바네사에게 어떤 일이 있었는지는 아무도 몰라요. 경찰은 일단 납치살인 쪽에 비중을 두고 있긴 하죠. 이제 알렉시아까지 실종됐으니 납치살인이라는 가설에 더욱 힘이 실리게 되겠죠. 만약 경찰이 범죄 피해자를 찾는 데 수사력을 집중하게 된다면 살아 있는 여자를 찾는 일은 뒤로 밀리게 될 거예요. 내 말이 무슨 뜻인지 이해가 되죠?"

"네, 무슨 말인지 이해되긴 하지만 내 생각에는 한 여자가 계획한 일치고는 시나리오가 너무 정교해요. 알렉시아는 불과 하루 전까지 자신이 그 장소로 답사를 가게 되리란 걸 몰랐어요. 더 이상 버틸 힘을 잃어 모든 일을 내려놓고 모습을 감추려고 한 여자가 과연 수년 전 신문을 도배했던 친구의 실종사건을 모방해 시나리오를 짤 수 있을까요? 그건 말도 안 되는 추론이죠. 실종 시나리오를 치밀하게 짠 알렉시아가 하필이면 그 외진 곳에 차를 세워두고 떠날 까닭이 있었을까요? 현장을 바네사 실종사건과 유사하게 만들어놓고 히치하이킹을 통해 그 외진 곳에서 벗어났어야 했다는 뜻인데 과연 그럴 필요까지 있었을까요? 사건이 언론에 공개될 경우 알렉시아는 점점 더 사람들의 눈을 피하기 힘들어질 텐데요? 차라리 외국으로 떠나는 시나리오였다면 개연성이 있다고 봐요. 영국의 반대편, 그러니까 사람들이 절대로 찾아낼 수 없는 곳으로 몸을 숨기려 했다면 충분히 고려해볼 수 있는 시나리오겠죠."

켄이 두 손으로 턱을 괴고 식탁을 응시했다. 나는 이미 비슷한 경험을 갖고 있었다. 매튜와 골똘히 생각에 잠겨 수수께끼를 풀어가다가 하나의 가설이 정리되면 또 다른 가설을 상정하고 매달리기를 얼마나 여러 번 반복했던가? 결국에는 항상 똑같은 결론에 다다르고 말았지만…….

켄은 모건 경감이 매일이다시피 들르지만 수사는 여전히 답보 상태를 면하지 못하고 있는 것 같다고 했다.

"화요일자 신문에 목격자를 찾는다는 기사가 실렸어요. 몇 건의 제보가 있었지만 건질 만한 게 없었다더군요."

켄이 저녁식사를 준비할 시간이 돼 나는 집으로 돌아왔다. 절망에 빠진 켄을 위해 아무것도 해줄 수 없다는 게 안타까웠다. 나 역시 뭘 어떻게 해야 할지 알 수 없었다. 모든 상황이 복잡하고 혼란스럽기만 했다.

매튜는 계속해서 노트북에 깊이 빠져들었다. 맥스가 고개를 들고 하품을 늘어지게 하더니 자리에서 일어나 몸을 쭉 뻗은 다음 거실 문 쪽으로 걸어가 계속 꼬리를 흔들어댔다.

"맥스가 밖에 나가고 싶은가 봐요. 맥스를 데리고 공원을 한 바퀴 돌고 올게요."

나는 맥스의 목줄을 붙잡고 집을 나섰다. 맥스와 내가 동네를 한 바퀴 돌고 다시 아파트로 돌아왔을 때는 밤 10시가 넘어 있었다. 그제야 비로소 어둠이 깔리기 시작했다. 낮이 가장 길다는 6월의 밤이 부리는 신비의 매직이었다.

그때 아파트 맞은편에 주차되어 있는 파란색 차가 눈에 들어왔다. 나는 즉시 그 차를 알아보았다. 전에도 몇 번 눈에 띈 적이 있는 차였다. 한 남자가 타고 있었는데 운전자는 몇 시간째 꼼짝도 하지 않고 차 안에 앉아 있었다. 집을 유심히 관찰하는 것 같기도 하고 사람이 들고 나는 걸 지켜보고 있는 것 같기도 했다. 그때도 이상하다는 생각이 들었지만 짝사랑하는 사람을 따라 다니는 남자쯤으로 치부하고 넘어갔다. 이제 그때와 똑같은 광경을 다시 보게 되자 모든 게 예사롭지 않다는 생각이 들었다.

가까이 다가가 보니 그때와 완전히 다른 차였다. 차의 색깔은 같았지만 차종이 달랐다. 게다가 차 안에는 사람이 타고 있지 않았다. 결국 내가 착각한 것이었지만 그 일을 계기로 나는 지난번 의심스런 기억을 더듬어보게 되었다.

나는 즉시 모건 경감에게 전화했다. 금요일 저녁 아주 늦은 시간인데도 모건 경감은 사무실에서 전화를 받았다.

"지나, 이 늦은 시간에 무슨 일이죠?"

나는 모건 경감에게 그 자동차와 차안에 앉아 꼼짝도 하지 않고 뭔가를 주시하던 남자에 대해 이야기했다. 모건 경감도 내 이야기에 큰 관심을 보였다.

"그 남자가 어느 집을 주시하던가요? 당신이 사는 아파트였나요?"

"그 부분은 단정하기 힘들어요. 그 당시에는 어떤 여자를 집요하게 따라 다니는 남자쯤으로 생각해 유심히 살펴보지 않았거든요. 지금 생각해보니 내가 사는 아파트였을 가능성도 없지 않아요. 한 번은 바로 내 아파트 건너편에 차를 세웠고, 한 번은 내 아파트에서 비스듬한 대각선 방향으로 차를 세우고 있었으니까요."

"당신이 오늘 본 차는 다른 때와 동일한 차량이 아닌 게 확실하죠?"

"네, 확실해요. 오늘 본 차는 르노이고, 지난번에 본 차는 도요타였으니까요."

"차종에 대한 관찰력이 예리한 편이군요?"

"뭔가 좀 수상한 차여서 좀 더 관심 있게 지켜봤기 때문이겠죠."

"차량번호는 기억나지 않죠?"

"차량번호를 적어둘 생각은 미처 못했어요. 아무튼 파란색 도요타 코롤라였어요."

"파란색 도요타 코롤라…… 혹시 차에 타고 있던 남자의 인상착의가 기억납니까?"

나는 남자의 인상착의를 떠올리기 위해 기억을 더듬었다.

"나이는 아직 마흔을 넘지 않아 보였고, 머리카락은 금발에 약간 길고 헝클어져 있었어요. 얼굴은 수척해 보일 정도로 홀쭉했고요. 이 정도로는 아무런 도움도 안 되겠죠?"

"아니, 큰 도움이 될 수도 있어요. 우연히 목격한 장면이 사건을 풀 단초를 제공한 경우는 얼마든지 많으니까요. 아무튼 제보해줘서 고맙습니다. 혹시 매튜도 그 차를 봤다고 하던가요?"

"매튜는 지금 제 옆에 있는데 그 차를 목격한 적이 없다고 하네요. 어쩌면 괜한 의심인지도 모르겠어요."

"매튜의 이웃사람들을 만나 차에 대해 탐문해봐야겠어요. 사람은 종종 놀랄 만큼 많은 걸 기억해내죠. 차에 타고 있던 남자의 몽타주를 만들 필요가 있을지도 모르겠어요. 그때 경찰서에 한 번 나와 주세요. 몽타주 작업을 하다 보면 지금보다 세세한 부분까지 기억날 수도 있으니까요."

그 남자의 얼굴을 얼핏 보았을 뿐이었다. 그 남자의 눈, 코, 입, 이마, 귀가 어떻게 생겼는지에 대해서는 기억나지 않았다. 면도를 했는지 수염을 길렀는지도 알 수 없었다. 그렇지만 나는 경찰수사에 적극 협조하기로 약속했다.

"필요할 경우 언제든지 연락주세요. 혹시 뭔가 새로운 소식은 없었나요?"

"아직 획기적이라고 할 만한 진전은 없네요. 하지만 사건을 해결하기 위해 투지를 불태우고 있으니까 너무 걱정하지 마세요."

마지막 말은 믿기 어려웠다. 목소리로 보건대 모건 경감은 한껏 지쳐 있었고, 이미 투지를 상실한 듯 보였다.

나는 고개를 뒤로 젖히고 열려있는 천창을 통해 어두운 밤하늘을 올려다보았다. 하늘에는 구름이 잔뜩 끼어 있었고, 공기 중에는 비 냄새가 섞여 있었다. 금방이라도 비가 쏟아질 듯했다.

알렉시아, 어디 있는 거야? 아이들과 켄 그리고 나에게 어떻게 이럴 수 있지? 바네사의 실종을 통해 우린 많은 걸 보고 느꼈어. 바네사가 사라진 이후 지난 몇 년 동안 매튜가 겪은 마음고생이 얼마나 심했는지 너도 지켜봤잖아. 매튜는 단 하루도 마음 편할 날이 없었고, 정상적인 생활을 해나갈 수 없을 만큼 큰 고통을 겪었어. 알렉시아, 설마 어디론가 잠적해버린 건 아니지? 가족들의 가슴에 회복하기 힘든 상처가 되리란 걸 뻔히 알면서 혼자 살겠다고 어디론가 훌쩍 떠나버린 건 아니지?

나는 이미 그 질문에 대한 해답을 알고 있었다. 어린 시절부터 함께 자라 알렉시아에 대해서라면 누구보다 잘 알았다. 알렉시아는 절대로 남편과 아이들을 팽개치고 도망칠 정도로 무책임하지 않았다. 다소 충동적이고 지나치게 안달복달하는 성격이라 가끔 잘못된 판단을 하는 경우는 있었다. 가끔은 감정적이고 종잡을 수 없을 만큼 변덕스럽기도 했다. 하지만 책임감이 강해 혼자 살겠다고 도망칠 스타일은 아니었다. 책임지지 않고 뒤로 숨어버리거나 잘못을 해놓고 발뺌하는 스타일도 아니었다.

알렉시아는 어쩌면 누군가에게 납치돼 어딘가에 감금돼 있다가 이미 목숨을 잃었을 수도 있었다. 알렉시아가 끔찍한 고통과 공포 속에서 애타게 도움을 요청했을지도 모른다고 생각하자 왈칵 눈물이 솟았다.

내가 눈물을 흘린 순간 공교롭게도 빗방울이 얼굴 위로 툭 떨어졌다. 슬픔과 공포에 사로잡힌 나는 몸이 마비된 듯 팔을 아래로 축 늘어뜨리고 꼼짝하지 않고 누워 있었다.

　매튜가 천창을 닫고 나서 나를 안고 등을 토닥거려 주었다. 매튜의 어깨에 기대 우는 동안 맥스가 옆으로 다가와 내 손을 핥았다. 천창 위로 빗방울이 떨어지는 소리가 들려왔다. 알렉시아가 지금 이 비를 맞으며 몸을 바들바들 떨고 있을지도 모른다는 생각이 들자 내 슬픔은 점점 더 깊어졌다. 알렉시아를 구해주고 싶었지만 내 힘으로는 도저히 불가능한 일이었고, 내 절망은 끝이 없었다.

2

라이언의 이야기를 듣고 난 지금 세상 모든 게 달라졌다. 그동안 소
망해온 꿈들이 산산조각 나버렸다. 라이언은 긴 고백을 마치고 커피
가 쏟아진 탁자에 엎드려 펑펑 울었다. 그는 수많은 거짓말을 하며 살
아왔지만 오늘 털어놓은 이야기는 분명한 진실로 보였다. 불우했다던
어린 시절 이야기가 모두 거짓이었다는 걸 알게 되었을 때부터 그가
한 말 중에서 무엇이 진실이고 거짓인지 알 수 없었다. 곤란한 상황이
닥치면 그는 일단 거짓말로 위기를 모면하려는 습관이 몸에 배어 있
었다. 살아온 이력조차 온통 거짓말 일색이었다. 하지만 방금 전 그가
고백한 이야기는 절대로 거짓이 아니라는 게 비극이었다.

바네사 실종사건은 누구나 다 알 만큼 유명한 사건이었다. 3년 전,
8월의 어느 일요일에 벌어진 사건……. 라이언이 비탄에 잠겨 3년 전
일에 대해 고백하는 동안 노라는 그 못지않게 정신적 고뇌와 아픔을

경험했다.

"이제 내가 얼마나 파렴치한 인간인지 알았죠? 사람이 아니라 차라리 괴물이라고 해야 마땅할 거예요."

"당신은 라이언이고, 나에게는 아무것도 달라진 게 없어요."

그 말을 내뱉는 순간 그동안의 역할이 바뀌었다. 라이언은 진실을 고백했고, 노라는 거짓말을 했다. 도저히 마음속 생각을 있는 그대로 털어놓을 수 없었다.

노라는 라이언이 아침부터 사색이 되었던 이유를 알게 되었다. 그는 바네사 실종사건에 대해 털어놓으면서 신문기사를 보여주었다. 지난 주말 실종된 여자에 대한 기사였다. 이번에 실종된 알렉시아의 차는 바네사 실종사건 때와 마찬가지로 외진 주차장에 버려져 있었다.

라이언은 불안과 절망에 사로잡힌 눈빛으로 한참동안 노라의 얼굴을 쳐다보았다.

"누군가 벼랑 끝으로 나를 몰아붙이고 있어요."

"바네사 실종사건은 세상을 떠들썩하게 할 만큼 매스컴의 주목을 받았어요. 지금도 그 사건을 분명하게 기억해요. 누군가 모방범죄를 저지를 수도 있어요. 간혹 그런 일이 벌어지곤 하잖아요."

"요즘 벌어진 일련의 사건들을 보면 누군가 내가 저지른 짓을 알고 있다는 느낌이 들어요. 마치 나를 벼랑 끝으로 서서히 몰아붙이고 있는 느낌이에요."

"데비와 당신 어머니가 당한 일은 데몬의 짓일 거라고 했잖아요?"

"아직 데몬의 짓이라 단정할 근거는 없어요. 그 사건들과 이번 사건이 서로 연결되어 있다면 데몬의 짓이 아닐 수도 있죠. 데몬은 바네사와 나를 연결시킬 수 없을 테니까요."

마침내 노라는 그가 무슨 생각을 하고 있는지 깨달았다. 데비와 코린에게 벌어진 일, 바네사 실종사건과 유사한 알렉시아 실종사건은 서로 맥이 닿아 있다고 여기는 게 분명했다.

데비와 코린에게 벌어진 일만 해도 가장 유력한 용의자는 데몬이었다. 신문에 실린 알렉시아 실종사건이 앞서의 사건들과 맥이 닿아 있다고 가정할 경우 데몬은 용의선상에서 제외시킬 수밖에 없었다. 데몬은 바네사를 납치한 사람이 라이언이라는 걸 모르고 있으니까.

"바네사 실종사건에 대해 전말을 알고 있는 사람이 나 말고 또 누가 있죠?"

라이언의 머리카락에서 방울방울 흘러내린 커피가 목을 타고 흰 셔츠 속으로 스며들고 있었다.

"물론 당신에게 처음으로 고백했어요. 그 경우 가능성은 딱 한 가지밖에 남지 않아요."

"당신이 한 번도 발설한 적 없는데 누가 바네사 이야기를 알고 있다는 거죠?"

"바네사 윌라드 본인……."

"그 여자가 갇혀 있던 동굴에서 어떻게……."

노라는 말을 마저 맺지 못했다.

"누군가 동굴 앞을 지나다가 바네사의 비명소리를 들었을 수도 있지 않을까요?"

"만약 그게 사실이라면 바네사는 오래 전에 집으로 돌아 왔어야죠. 바네사를 구해준 사람은 당연히 경찰에 신고했을 테고요. 동굴에서 벗어났으면서 왜 3년씩이나 자취를 감추고 있었을까요? 무엇을 위해?"

"나에게 복수하기 위해서라면 충분히 그럴 수 있지 않을까요?"

"복수를 위해 애타게 기다리는 남편을 모른 체하며 무려 3년 동안이나 칩거한다는 건 상식적으로 납득할 수 없는 시나리오 아닌가요?"

"만일 부부사이가 원만하지 않았다면 어떨까요? 가령 남편에게도 복수하고 싶은 마음이 있었다면?"

"글쎄요, 그건 지나친 억측인 듯해요. 그럼 바네사를 구해준 사람은 왜 입을 꼭 다물고 있었을까요?"

"애초에 그 여자 스스로 동굴을 빠져나왔을 수도 있어요. 어떻게 빠져나왔는지 방법이야 알 수 없지만 세상에서 불가사의한 일이란 얼마든지 일어날 수 있으니까요."

"당신은 바네사를 가둔 이후 한 번도 동굴에 가본 적이 없죠?"

라이언이 화들짝 놀라며 노라를 똑바로 쳐다보았다.

"그래요, 한 번도 가본 적이 없어요."

"그렇다면 바네사는 당신이 범인이라는 걸 어떻게 알았을까요? 그 당시 당신은 복면으로 얼굴을 가리고 있었다고 했잖아요?"

빌어먹을! 내가 지금 무슨 이야기를 하는 거람?

문득 그런 생각이 노라의 뇌리를 스쳐 지나갔다. 이유야 어찌 됐든 라이언은 끔찍한 범죄를 저지른 범죄자였다. 범죄자와 함께 이런 이야기를 나누고 있다니, 너무나 기막힌 일이 아닐 수 없었다.

"그 여자가 내가 타고 온 차를 봤을 수도 있어요. 내 목소리나 신체적 특징을 기억하고 있을 수도 있고요. 그래요, 정말 어떻게 된 일인지 모르겠어요. 데비와 엄마에게 벌어졌던 일은 결코 우연이 아니라고 봐요. 알렉시아 실종사건 역시 우연히 벌어진 일은 아니겠죠."

"당신은 알렉시아라는 여자를 알고 있었나요?"

"아니요, 전혀."

"그렇다면 데비와 코린이 당했던 사건과는 분명 다르잖아요."

"그 여자를 알지는 못하지만 정황상 나와 연관이 있어 보이는 게 문제죠."

"바네사 실종사건은 매스컴의 관심이 높았고, 누군가 모방범죄를 계획했다면 얼마든지 가져다 쓸 정보가 많아요. 이번 사건은 당신과 아무런 상관이 없을 거예요."

말은 그렇게 했지만 노라 역시 라이언의 걱정을 단순한 기우라고 치부할 근거는 어디에도 없었다. 그러기에는 3년이라는 시간차를 두고 벌어진 두 사건이 너무 많이 빼닮아 있었다.

알렉시아가 사라진 지 일주일이 지났다. 노라는 평소와 다름없이 병원에 출근했지만 잡다한 생각 때문에 일이 손에 잡히지 않았다. 퇴근하고 집에 돌아와서도 늘 답답한 시간을 보내야만 했다. 라이언 역시 입을 단단히 봉하고 있었다. 시무룩한 표정으로 음식을 먹는 둥 마는 둥 께적거렸다.

노라는 매일 밤 뜬 눈으로 몸을 뒤척이며 고민을 거듭했다. 미궁에 빠진 범죄의 비밀을 알게 되었고, 그 범죄를 저지른 남자와 같은 집에서 살고 있었다. 라이언은 지금 심리적으로 극도로 불안한 상태였다. 경찰은 아직 알렉시아 실종사건에 대한 단서를 찾아내지 못하고 있었다. 바네사 실종사건의 진실을 아는 사람은 라이언과 그녀밖에 없었다. 경찰을 찾아가 진실을 털어놓는 게 최선이었지만 자꾸만 귓전에서 엉뚱한 목소리가 맴돌았다.

넌 라이언을 잘못 본 거야. 비비안은 라이언이 아직 솔직하게 털어놓지 않은 비밀이 얼마든지 더 있을 거라며 멀리 하길 바랐지. 넌 라이언이 경찰서를 제집 드나들듯 살아왔다는 걸 뻔히 알면서도 그를 받아들였어. 세상을 잘못 만나 그렇게 됐을 뿐이라고 그를 옹호하기에 바빴지. 넌 그가 다만 운이 없었을 뿐 본성은 착한 사람이라고 철석같이 믿었어. 넌 자신을 속이면서까지 그를 선한 사람으로 인식하려고 들었던 거야. 넌 누군가 옆에서 보살펴주기만 한다면 그가 문제없이 살아갈 수 있는 남자라고 단정 지었어. 그가 저지른 전과기록과 술집에서 벌어진 폭행사건을 알고도 어쩜 그리 쉽게 집안에 들일 생각을 했는지 몰라. 넌 너무 순진했던 거야. 아니면 남자가 너무나 절실히 필요해 정작 중요한 부분을 보지 못했거나…….

이제 모든 걸 알게 되었는데도 계속 그와 같은 집에서 살고 싶니? 어마어마한 비밀을 너 혼자 가슴에 품고 있을 작정이야? 바네사 실종 사건은 자질구레한 범죄와는 차원이 달라. 여자를 납치감금하고 죽음에 이를 때까지 방치해둔 건 결코 용서받을 수 없는 중대범죄야. 설령 바네사가 살아서 동굴을 빠져나왔더라도 그의 죄는 용서받을 수 없어. 애초에 구조할 생각이 없었으니까 명백한 살인 행위이지.

게다가 그는 5만 파운드나 되는 큰 빚을 지고 있어. 데몬은 결코 아량을 기대할 수 있는 사람이 아니야. 6월 30일까지 빚을 갚지 않을 경우 그는 감쪽같이 살해될 테고 너에게까지 불똥이 튈 수도 있어. 데몬은 본보기를 보이기 위해서라도 가장 악랄한 방법으로 너를 손보려고 할지도 몰라. 넌 어느 누가 보더라도 그와 가장 친한 사람이니까.

끝내 비밀을 털어놓지 않을 경우 넌 불고지죄로 감옥에 끌려갈 수도 있어. 그와의 관계를 절연하지 않는 한 너의 미래는 암울할 수밖에 없다는 뜻이야. 범죄자를 갱생의 길로 인도하려다가 오히려 발목이 잡혀 감옥에 가게 되다니, 이런 해괴망측한 일이 발생하리라는 걸 전혀 예상하지 못했다니 너도 정말이지 한심해.

여왕 즉위 60주년 기념행사 관계로 화요일까지 연휴가 이어졌다. 요크셔에 다녀올 수 있는 절호의 기회였지만 노라는 무기력증에 빠져 아무 일도 하지 않고 두문불출했다.

노라는 연휴가 끝난 수요일에 병원에 출근했다. 그녀는 얼마나 고민이 깊었던지 비비안 앞에서도 낭패한 기색을 숨기지 못했다.

"노라, 어디 아파? 안색이 안 좋아 보여. 무슨 걱정거리라도 있니?"

"아니, 괜찮아."

노라는 간단하게 대꾸하고 말았지만 가슴이 답답해 미칠 지경이었다.

내 인생이 궤도를 이탈했어. 심각한 문제가 발생했는데 누군가에게 솔직히 털어놓고 조언을 구할 수도 없는 입장이야. 내가 알고 있는 비밀을 털어놓을 경우 아마 세상이 발칵 뒤집히겠지?

노라는 차 한 잔 마실 시간도 없이 계속 환자들을 받았다. 눈 코 뜰 새 없이 바쁘게 일하는 게 그나마 더 나았다. 엉뚱한 생각에 정신이 팔려 있었지만 재활훈련 프로그램을 진행하는 데는 별 문제가 없었다. 오랜 시간 몸에 밴 일이었기 때문이다.

노라가 담당하는 환자 두어 명도 안색이 안 좋아 보인다며 걱정하는 말을 했다.

"잠을 설쳐서 그래요. 종종 그럴 때가 있잖아요. 곧 괜찮아질 거예요."

점심시간에 다른 직원들은 샌드위치와 커피를 들고 정원으로 나갔지만 노라는 탈의실에 혼자 남아 있었다. 화창한 날씨에 탈의실에 틀어박혀 있자니 궁상맞은 생각이 들었지만 직원들과 얼굴을 마주하는 게 두려웠다. 사람들이 걱정해주는 말도 신경 쓰였다.

노라는 탈의실 벽에 기대 앉아 홍차를 담아온 보온병 뚜껑을 열었다. 그때 노크소리가 나더니 웬 여자가 고개를 삐죽 들이밀었다.

"당신이 노라 프랭클린이죠? 난 올리비아 모건 경감이에요. 우린 서로 구면일 거예요. 몇 주 전, 당신 집에 찾아가 만난 적이 있으니까."

노라도 분명히 기억하고 있었다. 데비가 폭행당했을 때 라이언을 찾아왔던 바로 그 형사였다.

이 여자가 여기에 왜 나타났지?

심장이 미친 듯 뛰기 시작했다.

이 여자가 내 마음속에 들어 있는 비밀을 눈치 채지 못해야 할 텐데?

모건 경감 뒤에 한 남자가 더 있었다.

"이 사람은 젠킨스 경사입니다."

모건 경감이 이마에 흘러내린 머리카락을 쓸어 올리며 남자를 소개했다.

"이제 곧 환자를 돌보러 가야 하는데요."

모건 경감이 권하지도 않았는데 접이식 의자를 펼치고 앉았다. 젠킨스 경사는 계속 문에 기대 서 있었다. 여직원용 탈의실 안으로 들어서는 게 신경 쓰이는 눈치였다.

"노라, 미안하지만 당신 스케줄을 미리 확인해봤어요. 정각 2시에 다음 환자가 예약돼 있더군요. 아직 30분 정도 시간이 남았어요."

"어서 용건이 뭔지 말씀하세요."

노라가 잔뜩 경계하는 표정으로 말했다. 모건 경감이 좋은 일로 병원까지 찾아왔을 리 없었다.

"알렉시아 실종사건에 대해 알고 있죠?"

"네, 알고 있어요."

"알렉시아 실종사건과 약 3년 전 발생한 바네사 실종사건이 매우 유사하다는 기사를 읽어보았죠?"

"네, 읽은 기억이 나요."

모건 경감과 마주해 있는 동안 노라는 자꾸만 얼굴에 진땀이 흘러 곤혹스러웠다.

모건 경감이 이마에 맺힌 땀방울을 보고 이상하게 생각하지 않을까?

"청색 코롤라에 타고 있던 운전자가 매우 수상한 행태를 보였다는 제보를 받았어요. 차에 탄 사람이 바네사의 남편인 매튜의 집을 관찰하고 있었다더군요."

"청색 코롤라……."

노라가 탁한 목소리로 그 말을 반복했다.

모건 경감이 예리한 눈초리로 노라를 관찰했다.

"우리는 그 차의 일부번호를 확보해두고 있어요. 그 번호를 조회해 본 결과 공교롭게도 당신의 코롤라가 그 안에 포함되더군요."

"글쎄요, 아무리 그렇더라도 제가 마땅히 도와줄 일은 없을 것 같은데요."

노라가 그 말을 하며 헛기침을 했다. 목소리가 상당히 어색하게 느껴졌다.

내가 매튜 윌라드를 관찰했다고? 대체 왜?

"혹시 스완지에 사는 지나 로빈슨이 누군지 알고 있습니까?"

"아뇨, 처음 듣는 이름이에요."

"매튜의 새 애인이죠. 방금 말한 차가 그 여자 집 앞에서도 목격됐습니다. 사실은 우리에게 수상한 차를 목격했다고 제보한 사람이 바로 지나였죠. 우리는 토요일에 매튜가 살고 있는 멈블스 지역에서 다시 한 번 탐문수사를 벌였습니다. 어제 저녁, 대부분 주말여행을 떠났다가 돌아온 멈블스 지역 사람들 중 꽤 여럿이 그 차량을 본 적이 있다고 진술했어요."

"난 누군가를 몰래 관찰한 적이 없어요. 내가 무엇 때문에 그런 짓을 하겠어요."

"나는 차에 타고 있던 사람이 당신이라고 이야기한 적 없어요. 그는 남자였으니까요. 목격자들의 진술을 토대로 인상착의가 일치하는 사람을 찾아냈죠. 바로 당신 집에 사는 그 남자……."

"라이언 말인가요?"

노라는 정말이지 심장이 터져나갈 것만 같았다.

빌어먹을!

라이언이 털어놓지 않은 비밀이 또 있었다. 그가 차를 가지고 나가 밤늦게까지 돌아오지 않았던 날들이 떠올랐다. 그때마다 그는 데비의 집에 들렀다거나 머리를 식히기 위해 드라이브를 했다고 둘러댔었다.

라이언은 대체 뭘 알아내고 싶었을까? 바네사가 계속 그 집에서 살고 있는지 확인하고 싶었을까?

모건 경감이 그녀를 유심히 바라보았다.

"대체 무슨 말인지 모르겠네요. 라이언은 필요할 때마다 내 차를 마음대로 사용했죠. 그때마다 어디 가서 뭘 했는지 물어볼 수는 없잖아요. 우린 같은 집에 살고 있지만 모든 이야기를 스스럼없이 털어놓을 만큼 친밀한 사이는 아니니까요. 도와드리지 못해 유감이네요. 직접 라이언을 찾아가 물어보세요. 그가 일하는 곳이 어딘지 알잖아요?"

"그렇잖아도 들렀다가 오는 길이죠. 라이언은 점심시간이라 부재중이더군요. 한참 동안 기다렸는데도 돌아오지 않았어요. 재킷이 옷장에 그대로 걸려 있고, 가방도 그대로였죠."

"그가 어디론가 도주했다는 건가요?"

"아마 우리가 들이닥친 걸 숨어서 보고 있다가 어디론가 달아나버린 듯해요."

"난 전혀 모르고 있었어요."

"그건 그렇고 알렉시아 실종사건 말인데요. 애초의 표적은 그녀가 아니었을 수도 있다는 관련자 진술이 나왔습니다. 원래 그 차에 타고 있어야 할 사람은 지나였죠. 그러니까 범인이 애초에 노리고 있었던 사람이 알렉시아가 아니라 지나일 수도 있습니다. 우리는 지나를 몰래 관찰했던 사람이 누군지 찾고 있는 중이죠."

"당연히 그렇게 해야겠죠."

설마 라이언이 또 다른 납치계획을 세운 건 아니겠지? 매튜 월라드의 새 애인이 지나 로빈슨이라고? 알렉시아와 지나를 혼동한 건가? 일주일 전 심각한 고뇌에 빠졌던 이유가 혹시 그 일 때문인가? 만약 그렇다면 내게 비밀을 털어놓을 이유가 없잖아? 그럼 라이언은 나를 비밀 공유자로 만들고 싶었던 걸까?

"라이언이 지금 어디에 있는지 혹시 짐작 가는 곳이 있나요?"

"아니, 없어요."

"라이언에게서 뭔가 이상한 느낌을 받은 적은 없습니까? 괴한의 습격을 받은 여자 친구부터 시작해 이번 일까지 라이언의 이름이 너무 자주 등장한다고 생각하지 않나요?"

"전혀요."

"당신은 라이언에 대해 대체 뭘 알고 있죠?"

"라이언을 믿어요. 살아오는 동안 몇 가지 실수를 저지르긴 했지만 그가 근본적으로는 악하지 않다는 걸 알아요."

노라, 넌 어쩜 그렇게 거짓말을 천연덕스럽게 할 수 있지?

"세상의 수많은 범죄자들이 단지 마음이 약해 나쁜 짓을 저질렀다고 보세요? 당신처럼 마음이 너그러운 사람들은 범죄자들도 본질적으로는 착하지만 실수로 죄를 저질렀을 뿐이라고 생각하는 경우가 많죠. 나는 경험상 그렇게 생각하지 않아요. 감옥에 들어가는 사람들 중 열에 아홉은 악질들이죠. 양심의 가책을 잘 받지 않는 놈들이죠. 그런 놈들일수록 사람을 속이는 재주가 뛰어납니다. 명함을 두고 갈 테니까 뭔가 이야기할 게 있으면 즉시 전화주세요. 라이언이 있는 곳을 알면서도 고의로 숨길 경우 당신에게도 곤란한 문제가 발생할 수도 있다는 걸 명심해야 합니다."

"나도 라이언이 어디 있는지 알았으면 좋겠어요."

모건 경감과 젠킨스 경사는 미덥지 않은 표정을 지으면서도 탈의실을 떠났다.

노라는 울음이 터져 나오려는 걸 겨우 참았다. 그녀는 형사들이 엘리베이터를 탈 때까지 기다렸다가 자리에서 일어났다. 다리가 어찌나 후들거리는지 제대로 걸음을 뗄 수 없었다. 그녀는 오후 예약을 전부 취소하기로 했다. 더 이상 묵묵히 일을 할 수는 없을 듯했다.

3

모건 경감은 이례적으로 정각 7시에 퇴근했다. 더 이상 자리에 앉아 있을 기분이 아니었다. 알렉시아 실종사건은 시간이 갈수록 점점 복잡한 양상으로 전개되고 있었다. 알렉시아에 이어 두 명의 유력한 용의자들이 자취를 감춰버렸다.

가렛 와일더는 약 2주 전 연기처럼 사라졌다. 라이언 리 역시 사라졌다. 라이언은 그날 오후 끝내 복사가게로 돌아오지 않았다. 라이언이 사전 허락을 받지 않고 결근한 날은 이전에 딱 한 번 있을 뿐이었다. 라이언처럼 불성실하게 살아온 인간이 그토록 성실한 자세로 근무한 걸 보면 사회에 적응하기 위해 나름 엄청난 노력을 기울였다는 뜻이었다.

그날 오후, 모건 경감과 젠킨스 경사는 노라의 집을 다시 방문했다. 라이언을 찾아 나선 것이었는데 놀랍게도 노라가 그들을 맞았다. 그녀는 맨발에 나이트가운 차림으로 현관문을 열었고, 편두통이 심해 병원에서 조퇴했다고 말했다.

모건 경감은 다시 한 번 라이언의 행방을 물으며 집 안을 기웃거렸다. 집주인이 들어오라는 말을 하기 전에는 안으로 마음대로 들어갈 권리가 없었다.

노라가 마침내 들어오라고 말했고, 친절하게도 라이언의 방문을 열어 방안을 보여주었다.

"라이언은 집에 없어요. 그가 어디에 있는지 나 역시 궁금해요."

모건 경감은 노라의 말을 곧이곧대로 믿어야 할지 확신이 서지 않았다.

퇴근 후, 집으로 돌아온 모건 경감은 말라버린 화분에 물을 주며 생각을 거듭했다. 여전히 노라에 대한 생각이 머리를 떠나지 않았다. 자발적으로 전과자 남자를 집으로 끌어들인 그녀의 마음을 아무리 여러 번 곱씹어 생각해봐도 이해할 수 없었다. 라이언이 그럴 듯하게 꾸며 낸 이야기들이 그녀가 그런 어이없는 선택을 하게 만든 배경인 듯했다. 여자들은 종종 범죄자들의 파란만장한 인생 이야기를 듣고 로맨틱하다는 환상을 품을 수도 있으니까.

평생 경찰에 투신해온 사람에게는 절대로 통용될 수 없는 이야기였다. 노라처럼 선량한 시민들은 가끔 범죄자들을 보호하고 안전하게 도피시키기 위해 거짓말을 하는 경우가 있었다. 주차위반으로 벌금을 내본 것 말고는 단 한 번도 법을 위반해본 적 없는 여자들이 범죄자를 위해 위증죄를 저지르는 경우도 허다했다.

모건 경감은 단 한 번의 위증으로 감옥에 들어가게 돼 인생을 망칠 수 있다는 걸 잘 알면서도 기꺼이 그런 짓을 저지르는 여자들의 심리를 이해할 수 없었다. 모건 경감이 보기에 그런 행위는 너무나 무가치하고 허망한 짓이었다. 위증죄를 저지르면서까지 도와봐야 결국 돌아오는 건 배신밖에 없다는 걸 왜 모르는지……. 그런 여자들일수록 철저하게 이용만 당하다가 가차 없이 버려지는 경우가 많았다. 범죄자를 도와 갱생의 기쁨을 누리게 하려다가 불행을 자초하는 여자들을 보면 불쌍한 생각이 절로 들었다. 그럼에도 비슷한 일이 계속 반복되고 있었다.

노라가 오늘 라이언 리의 행방을 모른다고 말한 건 사실이라는 느낌이 들었다. 그녀는 라이언 리에 대한 걱정으로 넋이 나간 듯해 보였다. 라이언 리는 끝내 복사가게로 돌아오지 않았고, 노라에게도 연락하지 않았다.

모건 경감은 모처럼 제대로 된 저녁식사를 만들어 먹을지 그냥 간단하게 와인과 체다치즈로 때울지 고민했다. 문득 남자친구에게 전화해 당장 만나달라고 말하고 싶은 충동이 일었다. 전화기를 향해 손을 뻗으려는데 때마침 전화벨이 울렸다.

"여보세요?"

"곧바로 전화를 받는 걸 보니 전화기 옆에 바짝 붙어 계셨나보네요." 젠킨스 형사였다.

"무슨 일이야?"

"여기저기 수소문해 라이언 리의 신상을 캐봤습니다. 그의 어머니와 의붓아버지가 요크셔에 살고 있더군요. 생부는 작고한 지 오래 됐고요."

"라이언이 자기 어머니를 찾아갔다는 거야?"

"그럴 수도 있고, 아닐 수도 있죠. 라이언은 계부와의 사이가 좋지 않답니다. 계부가 라이언을 아무짝에도 쓸모없는 인간이라 치부하고 있나 봐요. 가능한 한 아예 라이언과 인연을 끊고 싶어 한답니다."

"계부 입장으로는 충분히 그럴 수 있지."

"중요한 소식이 한 가지 더 있습니다. 요크셔경찰서의 풀러 경사를 통해 라이언의 집안 상황이 어떤지 이야기를 전해 들었습니다. 라이언은 지난 4월 말에야 친모와 연락이 닿았다더군요. 그 당시, 라이언의 어머니가 이인조 괴한에게 납치돼 한참을 끌려 다니다 고원지대에 버려진 일로 5년 만에 연락이 닿았답니다. 숲속으로 끌려가 버려진 라이언의 어머니는 가까스로 인근 농장에 사는 히피 여자에게 발견되어 목숨을 건졌다더군요."

"그 사건은 왜 뉴스에 나오지 않았지?"

"뉴스에 나왔지만 단신으로 취급되었나 봅니다. 게다가 사건이 조기에 해결돼 더 이상 큰 관심을 끌지 못했겠죠. 그 당시 요크셔경찰서에서 우리에게 라이언 리의 신원조회를 의뢰했다고 합니다. 저나 경감님은 그 사실을 직접 전달받지 않아 모르고 지나친 거죠. 라이언 리는 그 사건과 아무런 관련이 없었답니다. 어차피 그의 어머니도 무사히 귀가했고요."

"요크셔경찰서에서는 그 납치사건에 대해 뭔가 새롭게 밝혀낸 게 있다던가?"

"누가 어떤 연유로 라이언의 어머니를 납치했는지에 대해서는 끝내 밝혀내지 못했답니다. 몸값을 요구하는 전화도 없었고요. 라이언의 계부인 브래들리는 그다지 부자도 아니어서 돈을 노린 범행이었다면 번지수를 잘못 짚은 셈이라더군요. 납치범들은 마스크를 쓴 두 명의 건장한 남자들이었는데 피해자 진술에 따르자면 전혀 프로답지 않게 일을 처리했다더군요. 기껏 사람을 납치해 숲속에 버려두고 달아났다는 게 어느 모로 보나 이상하지 않습니까?"

"라이언이 그 사건과는 무관하다는 건 확실해보이던가?"

"브래들리가 라이언에게 어머니가 납치되었다고 연락을 취했답니다. 라이언은 즉시 노라 프랭클린과 요크셔에 갔고요. 제가 보기에도 라이언은 그 납치사건과 관련이 없어 보입니다. 그는 범행 발생 시각에 펨브로크 독에 있는 복사가게에 있었고, 퇴근하고 나서는 파티에 참석한 게 밝혀졌으니까요. 게다가 파티 참석자들이 죄다 라이언을 봤다고 증언했다더군요."

"점점 오리무중이 되어 가는 느낌이야. 처음에는 스완지에 사는 데비 돕슨이 마스크를 쓴 두 명의 괴한에게 끌려가 폭행당했어. 데비는 몇 년 동안 라이언과 동거한 전력이 있는 여자였지. 그 다음에는 라이언의 어머니가 납치당했어. 두 사람 다 라이언과 밀접한 관련이 있는 인물들이야. 라이언은 지금 지나 로빈슨과 매튜 윌라드를 몰래 염탐한 일로 우리의 주목을 받고 있어. 대체 라이언은 무슨 이유로 지나의 집 앞에서 몇 시간씩 망을 보았을까? 오늘 복사가게에서는 왜 말없이 도망쳤을까? 자네는 그 일련의 과정을 통해 드러난 라이언의 행태를 어떻게 생각하나?"

"글쎄요, 잘은 모르지만 한 가지는 분명해 보입니다. 반드시 라이언을 찾아내야 한다는 거죠. 그는 어떤 식으로든 이 사건과 관련이 있어 보입니다. 알렉시아 실종사건 말입니다."

"우리가 라이언을 최우선적으로 찾아내야 하는 이유가 바로 그거야. 알렉시아는 벌써 일주일 넘게 돌아오지 않고 있어. 그게 무슨 의미인지는 알지?"

"네, 알다마다요. 시간이 지날수록 알렉시아의 생존 가능성이 희박해진다는 의미죠."

"내일 노라를 다시 한 번 찾아가 만나봐야겠어. 그 여자는 뭔가 알고 있으면서 숨기는 눈치였어. 어쨌든 그 여자는 선량하고 양심적인 시민으로 살아왔으니까 한 번 더 진지하게 설득해봐야지."

모건 경감은 남자친구와 통화하고 싶었던 마음이 깡그리 사라졌다. 그녀는 와인을 한 잔 따르고 나서 거실 소파에 앉았다. 분명하지는 않지만 그간 벌어진 일련의 사건들 간에 어떤 연결고리가 있는 것 같다는 느낌이 들었다. 라이언이 종적을 감추었으니 지금은 어쩔 수 없이 노라를 붙잡고 늘어질 수밖에 없었다.

모건 경감이 보기에 노라는 라이언을 위해 뭔가 숨기고 있는 게 분명했다. 노라가 적극 협조할 생각이었으면 자발적으로 코린 비크로프트 사건에 대해 털어놓았어야 마땅했다. 침묵 또한 일종의 거짓말이 될 수도 있으니까.

모건 경감은 젠킨스 형사에게 전화해 펨브로크 독에 있는 노라의 집 앞에 경찰을 한 사람 배치해두라고 지시했다. 라이언이 모습을 드러낼 수도 있고, 노라가 그를 찾아갈 수도 있으니까.

모건 경감은 실종된 알렉시아와 켄 그리고 네 아이들을 생각했다. 필요하다면 노라의 눈앞에 알렉시아의 막내아이 사진을 들이밀어서라도 사건의 심각성을 느끼게 해줄 작정이었다.

모건 경감은 이제야 수사의 방향성을 제대로 잡고 있다는 느낌이 들었다.

4

벌써 금요일이었다. 라이언은 수요일부터 종적을 감추었다. 노라는 그날 이후 병가를 내고 집안에 틀어박혀 지냈다. 너무 비참하고 절망적인 기분이라 출근하고 싶은 마음이 없었다.

노라는 견디다 못해 병원을 찾아갔다. 의사는 그녀의 얼굴만 힐끗 쳐다보고 문제를 다 파악한 듯 처방전을 쓸 준비를 했다.

"딱히 어디 아픈 데는 없는데 지치고 탈진해 온몸에 기운이 하나도 없다는 게 문제인 듯해요. 당장 요양이 필요해 보여요. 당신은 지금 번 아웃(한 가지 일에만 몰두하던 사람이 신체적 정신적 피로감 때문에 무기력증, 자기혐오, 직무 거부 등에 빠지는 증상 : 옮긴이) 상태 직전입니다. 계속 무리했다가는 심각한 일이 벌어질 수도 있어요. 내 말을 명심하는 게 좋아요."

노라는 요양이 필요한 게 아니었지만 의사에게 알고 있는 비밀을 솔직하게 털어놓을 수는 없었다. 바네사 실종사건에 대한 비밀을 알고 난 이후 그녀는 극심한 죄책감에 시달려왔다. 양심의 가책이 무겁게 그녀의 어깨를 짓눌렀다. 모건 경감으로부터 라이언이 매튜 월라드와 지나 로빈슨의 집 앞에서 몇 시간씩 망을 보았다는 이야기를 듣고 나서는 그가 알렉시아 실종사건과도 연관이 있을지도 모른다는 생각에 오싹한 공포를 느꼈다. 알렉시아가 동굴이나 지하실 같은 곳에서 나무상자에 갇혀 있을지도 모른다는 생각이 그녀를 수시로 공포의 세계에 빠뜨렸다.

언론보도에 따르면 알렉시아는 네 아이의 엄마로 막내는 아직 18개월밖에 안 된 젖먹이였다. 모건 경감은 다시 그녀를 찾아와 절망에 빠져 있는 알렉시아의 네 아이 이야기를 했다. 눈이 빠지게 아내를 기다리는 알렉시아의 남편에 대해서도 이야기했다. 모건 경감은 알렉시아의 생사여부가 불투명한 상황에서 그 가족들이 느끼고 있는 절망과 공포가 얼마나 큰지 이야기하며 긴밀한 협조를 부탁했다.

라이언의 보호관찰관인 멜빈 콕스도 다녀갔다.

"라이언을 숨겨주는 건 바보 같은 짓입니다. 지금은 절대로 그를 숨겨주어서는 안돼요. 아직 라이언이 무슨 짓을 했는지 정확하게 드러난 건 없어요. 라이언이 경찰서에 출두해 있는 그대로 말하고 잘못을 빌면 별 문제 없이 넘어갈 수도 있는 일이에요. 몸을 숨기고 나타나지 않으면 더 큰 오해를 받을뿐더러 상황을 더욱 악화시킬 뿐이죠. 당신은 라이언의 여자 친구잖아요. 제발 나에게라도 라이언이 어디에 있는지 말해 봐요. 라이언이 장시간 나타나지 않을 경우 형집행 정지 처분이 취하될 수도 있어요."

노라는 정말이지 라이언의 행방을 몰랐다. 물론 아주 끔찍한 비밀을 알고 있었고, 그 사실을 한시바삐 모건 경감에게 털어놓아야 했지만 라이언에 대한 배반행위라는 생각이 그녀의 걸음을 멈칫거리게 만들고 있었다. 노라는 라이언을 만나면 경찰을 찾아가 죄를 직접 고백할 수 있게 유도할 생각이었다.

'라이언, 경찰을 찾아가 바네사 실종사건에 대한 전모를 고백해요. 바네사의 운명이 어떻게 됐는지 몰라 노심초사했던 매튜 월라드의 고통이 마무리될 수 있게 해줘요. 알렉시아의 행방을 알고 있다면 이제라도 솔직하게 털어놓아요. 제발! 제발!'

라이언은 끝내 나타나지 않았고, 전화연락도 없었다. 짐작컨대 수중에 돈도 떨어지고 마땅히 몸을 숨길만한 장소도 없어 몹시 어려운 상황에 직면해 있을 게 뻔했다. 붙잡히지 않으려면 계속 숨어 지내야 하는데 영원히 숨어 지낼 수 있는 장소는 없는 법이었다. 데비에게 가지 않았다는 건 노라도 알고 있었다. 모건 경감은 여러 번 데비의 집을 방문했다고 말했다.

경찰은 노라의 집 밖에 담당 형사를 배치시켜 24시간 동안 감시의 눈동자를 빛내고 있었다. 경찰이 아무리 물샐 틈 없는 경비망을 펼치고 있더라도 전화 한 통 정도는 해줘야 마땅한데 라이언은 아무런 연락도 없었다. 이제 그녀를 믿지 않는다는 뜻이었다. 무엇보다 그 사실이 노라의 마음을 아프게 했다. 라이언이 바네사 실종사건의 전말을 털어놓았을 때만 해도 그녀를 믿었는데 이제는 뭔가 달라졌다는 뜻이었다. 그녀가 숨이 막혀버릴 것 같은 공포와 낭패감 속에서도 경찰을 찾아가 비밀을 털어놓지 못한 이유는 라이언의 신뢰를 져버릴 수 없었기 때문이었다.

라이언이 털어놓은 비밀은 노라의 마음을 밑바닥부터 흔들어 놓았다. 라이언도 예전처럼 노라가 거친 파도를 막아주는 방파제 역할을 해주지 못하리란 걸 알고 연락을 단절해 버린 게 분명했다. 어쩌면 노라가 신고하는 바람에 경찰이 복사가게로 들이닥친 거라 여길 수도 있었다. 그렇다면 앞으로도 다시는 연락하지 않을 거라고 봐야 했다.

금요일 낮이 되면서 노라는 패닉상태에 빠져들었다. 계속 집에 틀어박혀 지내다가는 상황이 더욱 악화될 듯했다. 노라의 머릿속에서는 실종된 알렉시아의 모습이 연이어 떠올랐다.

라이언이 알렉시아 실종사건과 과연 무관할까?

경찰에 출두해 바네사 실종사건의 범인이 라이언이라는 사실을 털어놓을 경우 알렉시아 실종사건에 대해서도 의심받게 되리라는 건 자명한 이치였다. 바네사 실종사건의 경우 명백히 라이언에게 모든 책임이 있었다. 바네사가 어떤 식으로든 동굴을 탈출했다면 적어도 살인혐의는 벗을 수 있겠지만 반인륜적인 악질 범죄로 분류돼 중형을 받을 가능성은 여전히 남는다고 봐야 했다.

노라는 이 복잡한 문제에 대해 누구와 이야기해야 할지 고민했다. 끊임없이 어깨를 짓누르는 부담감을 조금이라도 덜어줄 수 있는 사람, 비밀 이야기를 듣고도 곧장 경찰서를 찾아가지 않을 사람, 라이언의 입장에서 생각해줄 수 있는 사람이 필요했다.

라이언의 어머니에게 전화할까?

코린 여사라면 모든 문제를 라이언의 입장에서 생각해줄 수 있는 사람이었다. 다만 하나밖에 없는 아들이 그토록 끔찍한 범죄를 저질렀다는 사실을 알게 될 경우 큰 충격을 받을 게 뻔했다. 코린 여사는 젊은 시절부터 라이언 때문에 힘든 일을 수없이 많이 겪어왔다. 설령 이야기를 경청해준다고 하더라도 과연 어떤 도움을 줄 수 있을지 의문이었다. 얼마 전 가뜩이나 큰일을 겪어 심신이 불편한 노인에게 충격적인 이야기를 전해 쓰러지기라도 한다면 그 책임으로부터 자유로울 수 없을 듯했다.

바로 그 순간 라이언의 옛 여자 친구 데비가 떠올랐다. 데비라면 수년 동안 라이언과 동거했을 뿐만 아니라 헤어지고 나서도 여전히 친분을 유지해오고 있는 사이였다. 노라의 마음속에는 여전히 데비에 대한 질투심과 거부감이 자리 잡고 있었지만 지금은 사사로운 감정에 얽매여 있을 입장이 아니었다. 개인적으로 한 번도 만나본 적은 없지만 노라는 왠지 그녀가 익히 알고 있던 사람처럼 친근하게 여겨졌다. 한때는 그녀를 생각할 때마다 고통스러웠지만 지금은 라이언 문제를 상의할 수 있는 거의 유일한 사람으로 여겨졌다.

데비라면 충격적인 비밀을 알게 되더라도 라이언의 입장에서 모든 문제를 생각해줄 수 있지 않을까?

몇 시간 동안 고민하고 망설인 끝에 노라는 데비를 찾아가기로 결심했다. 데비의 주소는 전화번호부를 통해 간단히 알아낼 수 있었다. 집을 나설 경우 감시망을 펼치고 있는 경찰이 뒤따라올 테지만 상관없었다. 경찰이 알아낼 수 있는 거라고는 그녀가 데비를 만났다는 것밖에는 없을 테니까. 모건 경감은 두 사람이 무슨 목적으로 만났는지 궁금할 테지만 둘 다 입을 꾹 다물어버리면 그만이었다. 만약 무슨 목적으로 데비를 만났는지 물을 경우 혹시 라이언과 연락이 닿을 방법이 없는지 알아보기 위해서였다고 둘러댈 생각이었다. 그런 한편 라이언과 연락이 닿게 될 경우 경찰에 출두하라고 충고할 생각이었다고 말하면 모건 경감도 크게 의심하지 않을 듯했다.

노라는 데비가 청소용역회사에 다닌다는 걸 알고 있었다. 물론 정확한 근무시간은 몰랐다. 금요일 저녁인 만큼 집에 있을 공산이 컸다.

데비가 3월의 습격사건 이후 외출을 꺼려 주로 집에 머문다는 사실을 알고 있었다.

노라는 정각 6시에 집을 나섰다. 예상대로 경찰이 뒤따라 붙었지만 펨브로크 독을 벗어나자 더 이상 미행하지 않았다. 그녀를 미행할 필요성을 느끼지 못한 것인지 교묘한 방식으로 뒤따라오고 있는 것인지 알 수 없었다.

노라는 스완지에 도착하자마자 혹시 뒤따라올 추적자를 따돌리기 위해 데비의 집 주변을 몇 바퀴 빙빙 돌았다. 마침내 데비의 아파트 앞에 차를 세우고 보니 저녁 8시가 다 되어 있었다.

노라는 하늘을 올려다보며 짧은 기도를 올렸다.

하느님, 제발 데비가 집에 있도록 해 주세요.

노라는 데비를 보는 순간 그녀가 얼마나 극심한 트라우마에 시달리고 있는지 한눈에 알 수 있었다. 라이언으로부터 가끔 들은 이야기를 토대로 상상해온 데비의 이미지는 단호하고 의지가 굳고 자의식이 강한 여자였는데 지금 눈앞에 있는 여자와는 일치하는 부분이 없었다.

데비는 파리한 안색이 다 드러나 있는데도 약한 모습을 감추려고 안간힘을 쓰고 있었다. 잔혹한 범죄도 데비의 마음속에 자리한 굳은 심지는 건드리지 못한 듯했다. 언뜻 보기에도 데비는 다시 일어서려고 애쓰고 있었다. 그까짓 범죄로 인생이 망가지게 방치할 수는 없다는 신념이 얼굴에 고스란히 드러나 있었다. 그렇지만 심각한 상처를 감추기에는 역부족으로 보였다. 상처를 완벽하게 회복하기까지 많은 시간이 필요할 듯했다.

"당신이 바로 노라군요? 라이언에게서 이야기는 많이 들었어요. 그렇잖아도 경찰이 라이언 문제로 나를 찾아왔었죠. 신문마다 그 사건

을 대서특필하고 있더군요. 3년이라는 시차를 두고 벌어진 두 여자의
실종사건⋯⋯."

노라를 집 안으로 맞아들인 데비가 말했다.

"바로 그 문제로 당신과 상의할 일이 있어서 찾아왔어요."

다행히 데비는 아무런 악감정도 품고 있지 않은 듯했다. 괜한 질투
심을 드러내면 대화의 진행이 어려울 텐데 오히려 노라를 위로하려는
태도를 보였다. 아무런 대가도 바라지 않고 라이언을 보살펴주고 있
는 것에 대한 감사의 표시도 잊지 않았다.

데비는 한 마디로 매력이 넘치는 여자였다. 금발머리에 날씬한 몸
매, 크고 맑은 눈, 도톰한 입술은 같은 여자가 보기에도 아름다웠다.
가슴 아픈 일이었지만 적어도 미모만큼은 데비가 한 수 위라는 걸 인
정하지 않을 수 없었다.

"라이언은 아주 깊은 수렁에 빠졌어요. 경찰이 막연하게 짐작하고
있는 것보다 훨씬 더 깊은 수렁이죠. 라이언이 종적을 감추기 전 나에
게 오랫동안 묻어두었던 비밀이야기를 털어놓았어요. 그야말로 충격
적인 이야기였죠. 누군가와 이야기를 나누지 않고 혼자 알고 있으려
니 미쳐버릴 것 같았어요."

데비는 거실로 노라를 데리고 들어갔다.

"일단 소파에 편하게 앉아 이야기하는 게 좋겠어요."

"내 이야기를 듣기 전에 먼저 독한 술을 한 잔 따라 마시는 게 나을지
도 몰라요. 너무 충격적인 이야기라 감당하기 힘들 수도 있으니까요."

"건강이 좋지 않아 술은 자제해오고 있어요. 충격적인 이야기라는
걸 전제하고 들을 테니까 어서 시작해 봐요."

노라가 이야기를 시작했다.

이야기를 끝냈을 때 데비의 얼굴은 우려하던 대로 사색이 되어 있었다. 얼마나 충격적이었는지 다리가 후들거려 제대로 일어서지도 못했다.

"당신 말이 옳았어요. 일단 술을 한잔 마셔야겠어요."

데비가 술을 두 잔 따른 다음 주방으로 가서 레인지 위에 물을 올려놓았다. 큰 충격에 휩싸인 듯 주방에서 돌아오는 데비의 얼굴은 여전히 창백하기 그지없었다. 금세 기절하지 않아 다행일 정도였다.

"노라, 당신은 우리가 뭘 해야 할지 알고 있죠? 자, 이제 우리는 어떻게 해야 하죠?"

"라이언을 경찰에 신고할 생각인가요?"

"바네사에게 무슨 일이 있었는지 반드시 알아야 할 사람이 있어요. 그 사람은 바로 아내가 돌아오기를 간절하게 기다리고 있는 바네사의 남편이죠. 또한 경찰은 최근에 실종된 알렉시아의 목숨을 구하기 위해서라도 모든 사실을 시급히 알아야 해요."

"라이언은 알렉시아 실종사건과는 무관하다고 맹세했어요."

"라이언은 알렉시아 대신 답사를 떠나기로 되어 있던 여자를 몰래 지켜봤어요. 나 역시 그럴 가능성은 크지 않다고 보지만 라이언은 그 사실을 경찰에 출두해서 해명할 필요가 있어요."

노라는 두 손으로 움켜쥔 술잔을 응시했다. 냄새만 맡았을 뿐인데도 벌써부터 정신이 몽롱했다. 그제야 며칠째 아무것도 먹지 못했다는 사실을 깨달았다.

"혹시 데몬이라는 사람을 알고 있나요?"

"데몬이 누군지는 알아요. 라이언에게 제발 그런 사람들과 얽혀서는 안 된다고 무수히 충고했었지만 이제는 아무짝에도 쓸모없는 이야기가 돼버렸군요. 그게 바로 라이언이죠. 당신도 알다시피 라이언은 스스로 점점 더 헤어 나오지 못할 수렁 속으로 깊이 빠져들곤 했어요. 내가 라이언과 헤어진 이유도 바로 그런 우유부단한 면모 때문이었죠. 나를 폭행한 사람들이 데몬의 부하들이었다면 내가 오래 전부터 두려워했던 일이 비로소 현실화된 거라고 보면 될 거예요. 바네사가 동굴을 탈출해 벌인 짓이라고 해도 원인은 같아요. 모든 게 라이언 때문에 벌어진 일이죠. 이미 오래 전에 그런 일들이 예정돼 있었던 거나 다름없어요. 늦게라도 라이언과 함께 타고 있던 배에서 내린 건 정말 잘한 일 같네요. 노라, 제발 나와 똑같은 실수를 저지르지 말아요."

"내 생각도 크게 다르지는 않지만 아직은 라이언을 돕고 싶어요."

"나도 라이언을 도우려다 무수히 절망했어요. 한때는 나 또한 라이언을 구제해줄 수 있다고 믿었죠. 결국 내가 잘못 생각했다는 걸 뒤늦게나마 깨달아 다행이에요."

잠시 주방으로 사라졌던 데비가 찻잔 두 개를 쟁반에 담아 들고 돌아왔다.

"의사가 그러는데 마음을 차분하게 진정시켜주는 효과가 있는 차라고 하더군요. 요즘 이 차를 하루에 1리터씩 마시고 있어요. 정말이지 끔찍한 일이죠. 왜 일이 이 지경이 되었는지 이해할 수 없어요. 우린 이제 어떻게 해야 할까요?"

노라는 솔직하게 생각을 털어놓을지 말지 한참동안 망설였다. 데비를 심각한 공포에 빠뜨릴 수 있는 일이었기 때문이다.

"우리, 그 동굴에 한 번 가보지 않을래요? 바네사 윌라드가 3년 전 그 동굴을 탈출했는지 확인해볼 필요가 있다고 생각해요."

데비가 지금 제정신으로 하는 말인지 의심스런 표정으로 쳐다보았다.

"우리가 왜 그 동굴에 가봐야 한다고 생각하죠?"

"바네사가 동굴을 탈출했으면서도 가족에게로 돌아가지 않았다면 우리는 라이언의 비밀 이야기를 굳이 경찰서를 찾아가 알릴 필요가 없다고 생각해요. 물론 라이언이 바네사를 납치한 문제가 남겠지만 그녀가 살아있다면 그나마 책임이 훨씬 경미해질 테니까요. 그 경우 나 역시 불고지죄에 대한 책임을 면할 수 있겠죠."

"너무 뻔뻔하고 이기적인 생각 아닌가요?"

"물론 비양심적이고 이기적인 생각이 분명하지만 라이언에게 최소한의 회생 기회를 부여해주고 싶어요. 내 생각이 그다지 황당무계하지만은 않잖아요. 만약 바네사가 동굴에서 탈출하지 못하고 생을 마감했다면 우리는 당연히 경찰과 가족들에게 알려야겠죠. 만약 반대의 경우라면 바네사 스스로 몸을 숨긴 거라고 보는 게 타당하잖아요. 가령 바네사는 남편으로부터 도망치고 싶어 했고, 비로소 달아날 수 있는 기회를 잡은 것일 테니까요. 만약 그 경우라면 바네사의 남편은 부인의 운명에 대해 알 자격이 없다고 봐요."

"우리에게는 그에게 그런 자격이 있는지 없는지 판단할 권한이 없어요. 라이언이 바네사를 납치하지 않았다면 지금 이런 일이 벌어지지도 않았을 테니까요. 바네사가 살아서 복수하고 있다는 생각은 라이언이 지어낸 망상일 수도 있어요. 라이언의 말이 거짓이 아니라면 알렉시아 실종사건은 어떻게 설명하죠?"

"알렉시아 실종사건은 모방범죄일 가능성이 높아요. 경찰의 수사 방향에 혼선을 줄 목적으로 누군가 모방범죄를 저질렀을 수도 있지 않겠어요?"

데비가 한숨을 푹 내쉬었다.

"이봐요, 당신의 주장은 모두 추론에 근거하고 있어요. 설령 그 추론이 모두 옳다고 증명되더라도 라이언의 범죄 사실이 없던 일이 되지는 않아요. 지금은 경찰을 찾아가 라이언이 저지른 범죄에 대해 솔직하게 이야기하는 게 최선이에요."

"그렇게 되면 라이언의 인생은 끝장나게 돼요. 라이언은 오랫동안 감옥살이를 하게 될 테고, 몸과 마음이 늙고 병들어서야 감옥에서 출소할 수 있을 테니까."

데비가 몸을 숙이고 노라를 뚫어지게 쳐다보았다.

"노라, 제발 그 얼토당토않은 동정심을 거두어들여요. 라이언은 감싸줄 만한 가치가 없는 사람이에요. 라이언은 한 여자가 끔찍한 고통 속에서 참담하게 생을 마감하게 되리란 걸 뻔히 알면서도 이기적인 욕심 때문에 입을 다물어 더 큰 화를 자초했어요. 라이언은 그때 이미 인간이기를 포기한 거나 다름없어요."

"라이언이 저지른 범죄는 결코 용서받지 못할 짓이었어요. 그 사실을 라이언도 모르지 않아요. 그는 자신이 얼마나 끔찍한 짓을 저질렀는지 잘 알고 있고, 양심의 가책에 시달리느라 한시도 마음 편할 날이 없었다더군요. 매일이다시피 악몽에 시달리느라 잠을 이룰 수 없었고, 어디에 있든 그 생각에서 놓여날 수 없었다더군요. 비밀이야기를 털어놓을 당시 그의 모습이 얼마나 참담했는지 모를 거예요. 라이언이 어떤 사람인지는 당신이 나보다 더 잘 알잖아요? 그가 저지른 행위는 결코 용서받지 못할 짓이었죠. 다만 그가 근본적으로 악인이었는지에 대해서는 재고해볼 필요가 있다고 믿어요."

"라이언이 근본적으로 나쁜 사람은 아닐지라도 눈앞에 밀어닥친 위기를 모면하려다가 스스로 더욱 가망 없고 절망적인 상황으로 뛰어들어 생을 망쳐버렸다는 건 부인할 수 없는 사실이잖아요. 지난 날, 나역시 라이언을 돕고자 했었지만 그때마다 그 스스로 더 깊은 늪 속으로 빠져들곤 했죠. 절망에 빠진 라이언이 데몬에게 진 빚을 갚기 위해 또 다른 납치사건을 벌였을 가능성을 배제할 수 없는 이유이기도 해요."

"모건 경감의 말로는 이번에도 몸값을 요구하는 전화가 전혀 없었다던데요. 통상적인 실종사건들과 차별화되는 부분이죠."

"알렉시아 가족은 그다지 부자가 아닌 것으로 알고 있어요. 내 말은 타깃이 바뀌었을 수도 있다는 뜻이에요. 경찰도 추정하고 있다시피 라이언이 애초에 납치하려던 사람은 매튜 윌라드의 애인이었을 수도 있어요. 매튜는 돈이 제법 많은 사람으로 알려져 있잖아요. 그러니까 표적을 착각하는 바람에 일이 꼬여버린 거죠. 라이언이 하는 짓이 늘 그렇긴 하지만……."

노라는 잠시 눈을 감았다. 다시 눈을 뜬 그녀는 기를 끌어 모아 눈빛과 목소리에 힘을 주었다.

"데비, 제발 라이언에게 기회를 한 번만 더 줘요. 나와 함께 동굴에 가서 바네사의 생사여부를 확인해 봐요. 그 다음에 우리가 뭘 할지는 다시 생각해봐도 늦지 않아요. 바네사가 동굴에서 생을 마감했다면 라이언을 구할 수 있는 가능성은 모두 사라지겠죠. 그 반대의 경우라면 라이언이 회생할 기회를 찾게 해주고 싶어요. 라이언에게는 마지막 기회가 되겠죠."

"만약 바네사가 아직 살아있고 라이언이 범인이라는 사실을 알고 있다면 그녀 역시 언제든지 경찰을 찾아가 진실을 털어놓을 수 있다는 걸 알아야 해요."

"당신과 코린 여사에게 가해졌던 폭행이 복수극의 일환이었다면 바네사는 경찰을 찾아갈 수 없겠죠. 그 경우 본인도 처벌을 면할 수 없을 테니까."

데비가 자리에서 일어나 창가로 걸어갔다가 다시 노라를 향해 돌아섰다. 그녀는 두 손으로 찻잔을 꽉 움켜쥐고 있었다.

"당신은 왜 한사코 나를 이 일에 끌어들이려고 하죠? 당신은 라이언을 구해야겠다는 결심이 확고해 보여요. 내가 볼 때 당신의 간절한 시도는 결국 실패로 끝날 게 뻔하지만…… 물론 당신은 결과에 상관없이 최선을 다하고 싶겠죠. 당신이 어떤 결심을 하든지 왈가왈부할 입장은 아니지만 왜 굳이 나까지 이 일에 끌어들이고 싶어 하는지 몹시 궁금해지네요."

"양심의 가책을 덜고 싶어 당신에게 협조를 구하는 게 아니라는 걸 알아줬으면 해요. 혼자서는 도저히 불가능한 일이라 부탁하는 거예요. 바네사가 실종된 장소까지 차를 몰고 가 동굴을 찾고, 동굴 안으로 기어들어가 나무상자를 열어 그 안에 뭐가……"

노라는 더 이상 말을 잇지 못했다.

"젠장, 주말에 훨씬 근사한 일을 할 수도 있었을 텐데……. 동굴의 위치가 어딘지는 알고 있어요?"

"라이언이 아주 자세히 설명해줬어요. 언젠가 본인이 직접 현장에 가서 확인해볼 계획이었는데 도저히 엄두가 나지 않았겠죠."

"라이언은 그런 일을 감당할 만한 배짱도 없어요. 그런 인간을 수렁에서 건져주고자 애쓰는 여자가 둘이나 있으니 정말이지 아이러니하네요. 속도 없이 이런 일에 끼어드는 걸 보면 나 역시 바보멍청이가 틀림없군요."

두 여자는 서로의 얼굴을 마주보았다. 비록 데비가 말은 퉁명스럽게 해도 그나마 라이언에 대한 애정이 조금은 남아 있다는 걸 알 수 있었다. 라이언이 인간쓰레기 같은 짓을 저지르긴 했어도 친구라는 사실을 부정하기는 어려운 듯했다.

라이언은 그녀가 성폭행 후유증으로 힘겨워할 때 옆에서 지켜준 사람이었다. 그 후로도 가끔 집에 들러 위로의 말과 함께 따스하게 안아주며 그녀가 하는 말을 귀담아 들어준 사람이었다. 그녀를 위해 음식을 만들고, 인내심을 갖고 먹기를 권했던 사람이었다. 그녀가 그나마 충격에서 차츰 벗어날 수 있었던 건 라이언의 도움 때문이었다고 해도 과언이 아니었다. 돌이킬 수 없는 중대범죄를 저질렀지만 그녀가 부탁하면 언제든지 옆에 있어줄 사람이 바로 라이언이었다. 세상의 잣대로 보자면 쓰레기 같은 인간에 지나지 않았지만 매정하게 버릴 수 없는 이유였다.

"내일 그곳에 가보려고 하는데 시간이 괜찮을까요?"

"오전에는 출근해야 하니까 곤란해요. 정각 12시에 일이 끝나니까 오후에는 시간이 있어요. 라이언의 행방을 추적하고 있는 경찰이 당신 아파트를 감시하고 있는 게 무엇보다 큰 문제 아닌가요?"

"경찰을 따돌리는 게 최우선 과제라 할 수 있죠. 비록 중도에 포기하긴 했지만 오늘도 경찰이 내 차를 미행했거든요."

"우리 집 앞에서도 일정한 간격을 두고 순찰차가 맴을 돌고 있어요. 경찰은 라이언이 이곳에 나타날 수도 있다고 생각하겠죠. 조금 번거롭기는 하지만 괜찮은 방법이 있어요. 당신은 내일 낮 12시 반쯤 우리 집으로 와요. 창문을 빠져나가 안마당으로 내려간 다음 담장 뒤편 정원을 통과해 집을 빠져 나가면 경찰도 감쪽같이 속을 거예요. 나는 차를 미리 밖에다 주차시켜 놓을 거예요. 당신을 미행한 경찰이 우리가 집에 있을 거라고 철석같이 믿는 동안 우리는 서부해안을 달려가고 있겠죠. 최대한 멀리 경찰의 시야에서 벗어나는 게 무엇보다 중요해요."

"아주 그럴듯한 계획이에요"

데비가 주방으로 가더니 티백으로 된 차를 한 통 가지고 돌아와 노라의 손에 들려주었다.

"집에 가서 이 차를 충분히 마시도록 해요. 마음을 진정시켜주는데 탁월한 효과가 있어요. 며칠 밤을 꼬박 새운 것 같은데 내일 그곳에 갔다가 쓰러지기라도 하면 정말 큰일이잖아요. 정신을 바싹 차려야 해요."

"명심할게요. 정말 고마워요."

노라는 처음으로 데비에게 영혼을 담아 고맙다는 인사를 전했다.

5

허기가 어찌나 심한지 창자가 뒤틀리는 느낌이었다. 공중화장실을 들락거리며 수돗물을 받아먹은 덕분에 갈증은 그리 심하지 않았다.

라이언은 청바지주머니에 들어 있던 약간의 돈으로 식빵 한 봉지와 치즈 한 개, 막대초콜릿 두 개를 샀다. 수요일부터 토요일이 된 지금까지 먹은 음식이라고는 그게 전부였다. 어제부터는 그나마 먹을 게 다 떨어져 쫄쫄 굶고 있었고, 허기가 심해 쓰러지기 일보직전이었다. 게다가 밤마다 공원벤치 신세를 지다보니 온몸이 두들겨 맞은 듯 아프고 결렸다. 아무리 여름이라지만 밤에는 기온이 뚝 떨어지고 찬바람이 부는 데다 바닥에서 냉기가 올라와 옷이 눅눅하게 젖어버렸다. 그런 실정이다 보니 잠을 잘 수 없었다. 잠자리도 불편할뿐더러 체포될지도 모른다는 불안감이 더욱 그를 괴롭혔다.

라이언은 경찰을 의식해 연신 주위를 경계했다. 깜빡 잠이 들었다가도 금세 화들짝 놀라 깰 때가 많았다. 경찰이 살금살금 다가와 수갑을 내밀지도 모른다는 불안감 때문이었다.

'라이언, 넌 체포됐어.'

도주 4일 만에 진이 다 빠져 버렸다. 무엇보다 가장 큰 악재는 수중에 돈이 한 푼도 남아 있지 않다는 것이었다. 돈이 없으니 잠잘 곳을 구할 수도 없었고, 먹을거리를 살 수도 없었다. 갈수록 추레해지는 옷차림 때문에 영락없이 거리의 부랑자 신세가 되어 가고 있었다. 괜히 사람들의 이목을 끌었다가 신고를 받고 출동한 경찰에 체포될 수도 있어 새 옷으로 갈아입고 싶었지만 구할 방법이 없었다.

지갑을 복사가게에 두고 온 건 뼈아픈 실수였지만 그 덕분에 경찰의 눈을 피해 달아날 수 있었다. 라이언은 수요일 점심시간에 콜라를 사기 위해 복사가게를 나왔다. 가게에 도착할 무렵 비로소 지갑이 들어 있는 재킷을 복사가게 옷걸이에 걸어두고 왔다는 사실을 깨달았다. 재킷을 가져오기 위해 되돌아갔다가 모건 경감이 부하 한 명과 복사가게로 들이닥치는 장면을 목격했다.

라이언은 그 즉시 도망쳤다. 노라가 경찰을 찾아가 비밀을 털어놓은 게 아니라면 다른 가능성은 없어보였다. 그날 아침 노라에게 비밀을 털어놓고 나자 처음에는 마음이 홀가분했다. 마음속 깊이 돌덩이처럼 자리 잡고 있던 죄책감과 절망감을 조금이나마 덜어낸 느낌이었다. 노라는 애써 아무렇지 않다는 태도를 취했지만 감당하기 힘든 충격을 받았다는 걸 얼굴에 드러나 있는 표정만 봐도 알 수 있었다. 그의 옆에 찰싹 붙어 있으려고 안달하던 사람이 그날 이후 먼저 자리를 피했고, 일체 대화를 나누려 하지 않았다. 브래들리에게 돈을 빌리러 가자는 이야기도 꺼내지 않았고, 언제나 생각에 깊이 잠겨 있었다. 마치 넋이 나간 사람 같았다.

라이언은 문득 커다란 위험에 봉착했다는 사실을 깨달았다. 노라가 누군가에게 비밀이야기를 털어놓을 경우 심각한 사태를 빚을 수밖에 없었다. 복사가게를 찾아온 경찰을 본 순간 라이언은 비로소 우려하던 일이 발생한 거라고 단정했다. 다행히 먼저 경찰을 목격해 가까스로 체포되는 상황을 면할 수 있었다. 바지주머니에 잔돈푼이 조금 들어 있었다. 만약 바지주머니를 뒤져보고 돈이 있다는 걸 알았다면 일찍 복사가게로 돌아갔을 테고, 여지없이 경찰에 체포되는 운명을 맞았을 것이다. 주머니에 돈이 들어있는 줄도 모르고 지갑을 가지러 돌아갔다가 간발의 차이로 체포를 면할 수 있었던 건 그야말로 대단한 행운이 아닐 수 없었다.

얼마나 더 버틸 수 있을지 알 수 없었다. 이제는 수중에 돈 한 푼 없었고, 도움을 청할 사람도 없었다. 굶어죽지 않으려면 슈퍼마켓에 들어가 물건을 훔치거나 힘없고 나이든 여자를 골라 핸드백을 날치기하는 수밖에 없었다. 지난날에는 일말의 주저 없이 그런 짓을 저지르며 살아왔지만 더 이상 범죄를 저지르지 않기로 맹세하고 가석방된 처지라 선뜻 마음이 내키지 않았다.

바네사 실종사건의 범인으로 체포될 경우 먹을거리를 훔친 것쯤은 형을 확정할 때 변변한 참고사항도 되지 못하리란 걸 알고 있었지만 왠지 좀도둑질은 하고 싶지 않았다.

라이언은 지치고 절망했다. 펨브로크 독은 너무 좁은 지역이라 경찰에게 발각될 위험이 커 차를 얻어 타고 스완지 외곽으로 빠져나왔다. 이제는 어디로 가야할지 알 수 없었다. 또다시 히치하이킹을 하는 건 위험했다. 경찰이 이미 현상수배령을 내렸을 가능성이 컸다.

어디로 도망간단 말인가?

영국 영토 안에서는 그 어느 곳도 안전을 보장받을 수 없었다.

라이언은 토요일 오전에 〈스완지 엔터프라이즈 파크〉를 배회했다. 스완지 북쪽에 위치한 대형 공업단지이자 쇼핑센터 밀집지역으로 원래는 〈스완지 엔터프라이즈 존〉이라 불렸다. 영국에서 〈엔터프라이즈 존〉 정책이 최초로 시행된 지역이었다. 〈엔터프라이즈 존〉은 구조적으로 취약한 지역 경제를 활성화시키고 일자리를 창출하기 위해 만든 일종의 경제특구로 기업인들의 투자유치를 위해 온갖 규제를 풀어주고 광범위한 자율성을 부여해준 곳이었다. 따라서 〈엔터프라이즈 존〉에서는 국가에서 지정한 건축규정을 따르지 않아도 되었고, 경우에 따라 환경보호법을 지킬 필요도 없었다. 게다가 세금감면 혜택까지 더해졌다. 노동법의 일부 조항들을 기업인들의 자유의사 결정에 맡기는 바람에 노동자들에 대한 착취를 합법화해주는 폐해를 낳아 요즘은 〈엔터프라이즈 존〉 프로젝트에 대해 반대하는 여론이 팽배해 있었다.

〈스완지 엔터프라이즈 파크〉에는 자동차 공장, 렌터카 회사, 자동차 판매 대리점, 자전거 판매점, 주방용품 전문점 그리고 이동식 가옥들이 들어서 있었다. 각종 전자제품들을 판매하는 창고형 전자제품 매장도 입주해 있었고, 다양한 음식점과 술집들도 들어서 있었다. 시내 한가운데는 펜드로드 호수가 자리 잡고 있었다. 호수에서는 보트를 탈 수 있을 뿐만 아니라 호숫가를 따라 이어진 산책로에 다양한 운동 기구들을 설치해 산책과 운동을 즐길 수 있었다.

호수 주변 주차장들은 주말만 되면 사람들이 타고 온 차량들로 들어찼다. 오늘은 하늘에 먹구름이 잔뜩 끼어 있어 바닷가나 공원으로 피크닉을 가는 대신 쇼핑도 할 겸 나들이를 나온 사람들로 무척이나 붐볐다.

라이언은 화훼상가 앞에 세워둔 차들 사이를 어슬렁거리며 걸었다. 혹시 주인이 깜빡 잊고 문을 잠그지 않은 차가 있기를 기대하며 문고리를 슬쩍 잡아당겨보기도 했다. 콘솔박스에 약간의 돈이라도 들어 있기를 바랐다. 1파운드만 있으면 치즈버거 하나를 살 수 있을 테니까. 먹다 남긴 과자나 초콜릿이라도 먹을 수 있으면 더 이상 바랄 게 없을 듯했다. 무엇보다 가장 시급한 과제가 허기를 해결하는 것이었다. 그 전에는 아무것도 할 수 없을 듯했다. 잠시 노라의 얼굴이 떠올랐지만 고개를 저었다. 일을 이 지경으로 만든 사람이 바로 노라였으니까.

데비의 집 역시 경찰의 감시를 받고 있을 게 뻔했다. 데비가 만약 바네사 실종사건에 대한 전모를 알게 되었다면 다시는 만나주지 않으려 할 것이다.

엄마를 찾아갈까?

요크셔는 너무 멀었다. 게다가 엄마 옆에는 브래들리가 항상 지키고 있었다. 아마 두 사람도 모든 걸 알고 있을 공산이 컸다.

엄마는 밤낮없이 눈물을 흘리며 걱정하고 있겠지?

상황이 이 지경인데 엄마를 찾아갈 경우 브래들리가 사냥총을 들고 달려 나올지도 모를 일이었다.

"라이언! 혹시 라이언 리 아닌가요?"

그때 갑자기 등 뒤에서 그의 이름을 부르는 소리가 들려왔다. 라이언은 화들짝 놀라며 반사적으로 돌아서 달리기 시작했다. 조금 달아나다 생각해보니 문득 목소리가 거칠거나 날카롭지 않고 다정했다는 기억이 났다. 그렇다면 분명 경찰은 아니었다.

라이언은 천천히 뒤돌아섰다. 젊은 남자가 널빤지들이 높다랗게 쌓여 있는 쇼핑카트를 밀며 걸어오고 있었다. 아는 얼굴이 분명한데 이름이 생각나지 않았다. 그러다가 어렴풋이 그가 누군지 기억해냈다.

"아, 해리?"

남자가 고개를 끄덕이며 미소 지었다. 노라의 친구 집에서 열린 파티에서 만났던 남자였다. 심리상담센터를 열었다며 홍보에 열중하던 남자……. 그때는 4월이었지만 그사이 시간이 몇 년쯤 흐른 느낌이었다.

"라이언, 대체 여기서 뭐하는 거예요?"

마치 모처럼 친하게 지내던 사람을 만난 것처럼 그의 목소리가 잔뜩 들떠 있었다. 그 순간 라이언은 본능적으로 해리가 몹시 고독하고 불행한 사람이라는 걸 알아차렸다. 짐작컨대 해리의 심리상담센터는 파리만 날리는 형편일 테고, 하루온종일 혼자 우두커니 상담실을 지키고 있는 모습이 눈에 선했다. 실패한 사람 주변에는 친구가 꼬이지 않는 법이었다. 해리의 몸에서 실패자 특유의 쓸쓸한 분위기가 느껴졌다.

문득 해리를 이용하면 도움이 될 것 같다는 생각이 들었다. 해리는 아무것도 모르는 눈치였다. 그의 얼굴에 떠올라 있는 미소는 억지웃음과 거리가 멀었다.

"해리, 반가워요. 여기서 노라를 기다리는 중이었어요. 노라는 지금 화훼상가에 꽃을 사러 들어갔는데 벌써 몇 시간째 나오지 않네요."

라이언은 그 말을 하며 기다리기에 지쳤다는 듯 인상을 찌푸렸다.

"여자들이란 다들 쇼핑을 오래 하는 편이죠."

해리가 공감을 표했다. 정원도 없고, 발코니도 없는 노라가 화훼상가 안에서 몇 시간째 쇼핑을 한다는 말을 용케 믿어줘 다행이었다.

"노라와는 도무지 맞는 게 없어요. 우린 얼굴만 마주치면 싸우기 바쁘죠. 요즘 노라는 나를 아예 인간쓰레기 취급하고 있어요."

라이언이 불만어린 표정을 지으며 그렇게 말했다.

"그날 파티에서 만났을 때는 전혀 그렇게 보이지 않던데, 이상하네요."

"아, 그때는 만난 지 얼마 되지 않았을 때라 조심했겠죠. 노라는 나보다 자기가 더 우월하다고 여기고 모든 걸 마음대로 좌지우지하려고 들어요. 내가 말을 따라주지 않으면 얼마나 닦달을 해대는지 정신을 못차릴 지경이죠. 그럴 때 여자들이 얼마나 모질게 나오는지 잘 알죠?"

"물론 잘 알다마다요."

라이언이 무슨 뜻으로 말하는지도 모르면서 해리는 맞장구를 쳤다.

"노라가 화훼상가 안으로 들어가면서 따라 들어오지 말라고 앙칼지게 소리치는데 정말 기가 팍 질리더군요. 노라가 나에게 뭐라고 했는지 알아요?"

"글쎄요, 뭐라고 했는데요?"

"당장 꺼져줬으면 좋겠다고 했어요. '당장 내 앞에서 꺼져. 난 더 이상 당신을 위해 해줄 일이 없어!' 라고 했죠. 내가 당장 옮길 거처가 없다는 걸 알고 그러는 거라 더욱 마음이 아팠죠. 난 의지할 가족도 없고, 전과자라 아무도 받아주려 하지 않으니까요. 내 과거에 대해서는 당신도 잘 알고 있잖아요?"

"사람을 그런 식으로 바보를 만들다니, 노라가 잘못했네요. 그런 말을 듣고도 아무런 항변도 못했다는 거예요?"

"노라의 집에서 쫓겨나면 당장 갈 곳이 없는데 어떡해요. 화훼상가에서 나왔을 때 내가 사라지고 없으면 노라도 깜짝 놀라겠죠? 할 수만 있다면 감쪽같이 사라져 노라가 스스로 잘못을 깨닫게 해주고 싶네요. 문제는 내가 잠시도 가 있을 만한 곳이 없다는 거예요. 이틀 정도면 충분할 것 같은데……. 물론 그 다음에는 노라의 집으로 돌아가야

하겠죠. 그런 일을 겪으면 노라도 마음자세가 바뀌지 않을까요?"

해리가 미끼를 덥석 물었다.

"그럼 우리 집에 잠시 가 있는 건 어때요? 이 근처에 사는데 이번 주말에는 마침 특별한 계획도 없는데……."

과연 해리에게 특별한 계획이 있는 주말이 있을까?

"내가 가 있는 게 부담스럽지 않겠어요?"

"부담이라니요? 전혀 부담스럽지 않으니까 걱정 말아요. 사실은 오늘 오후에 상담실에서 사용할 선반을 하나 조립할 계획이었죠. 완제품을 구입할 형편이 못돼 정원용 널빤지를 사다가 직접 만들어볼 생각이었어요. 나를 따라가는 게 부담스러우면 내 일을 조금 도와주면 되잖아요."

해리가 쇼핑카트에 실려 있는 널빤지들을 가리키며 말했다.

"기꺼이 도와줘야죠."

"그럼 일단 점심부터 먹고 일을 시작하죠. 집에 가면 먹다 남은 치킨스튜가 있어요. 점심으로 치킨스튜를 먹어도 괜찮겠어요?"

라이언은 치킨스튜를 싫어했지만 지금은 찬밥 더운밥 가릴 처지가 아니었다.

"치킨스튜는 내가 정말 좋아하는 요리 가운데 하나죠. 그 말을 들으니 벌써부터 입 안에 침이 고이는데요."

"그럼 출발할까요?"

해리의 얼굴도 환하게 밝아졌다. 쓸쓸한 주말이 될 거라 생각했는데 함께 지낼 친구가 생겨 기분이 좋은 듯했다. 주말 내내 자괴감에 빠져 허우적대는 것보다는 말동무라도 있는 게 훨씬 나을 테니까.

라이언은 해리의 집에 오래 머물 수 없다는 걸 잘 알고 있었다. 해리가 예전에 함께 일했던 병원 동료들과 연락이 닿을 가능성이 있었다. 누군가 해리에게 지명수배 이야기를 할 경우 낭패가 아닐 수 없었다. 텔레비전이나 라디오, 혹은 신문에서 소식을 접할 수도 있었지만 일단 월요일 새벽까지는 해리의 집에 머물기로 마음먹었다. 적어도 이틀 밤을 공원벤치 대신 침대에서 잘 수 있었고, 먹는 문제도 자연스럽게 해결된다는 점에서 도저히 뿌리치기 힘든 유혹이었다. 따뜻한 물로 샤워도 하고, 더러워진 옷을 빨아 입을 수 있어서 좋았다.

"고마워요, 해리!"

"천만에요, 남자들끼리 뭉쳐야 할 때가 있잖아요."

6

토요일 오후 2시 반, 노라는 데비와 함께 캠로즈에 도착했다. 빗방울이 떨어지는가 싶더니 금세 폭풍우로 바뀌었다. 노라는 눈앞에 놓인 과제를 생각하자니 절로 기분이 우울해졌다. 파란 하늘에 태양이 높이 솟은 날씨를 원했지만 지금처럼 폭풍우가 몰아치는 기상 조건이 오히려 도움이 될 수도 있다는 생각이 들었다. 6월답게 화창한 날이었다면 트래킹을 하는 사람들, 피크닉을 나온 사람들, 자전거를 타는 사람들, 캠핑을 하려는 사람들과 자주 마주쳐야 할 수도 있었다. 겨우 동굴입구를 찾았는데 주변을 오가는 사람들 때문에 마음 졸이며 망을 보고 싶지는 않았다.

라이언의 설명대로라면 동굴은 사람들의 왕래가 빈번한 등산로와 차도에서 상당히 멀리 떨어진 곳이었다. 아무리 사람들의 발길이 닿지 않는 곳이라 하더라도 외진 곳만 골라 다니는 등산객들도 있는 만큼 절대로 마음을 놓을 수는 없었다. 하지만 악천후 속에서 등산로도 제대로 갖춰지지 않은 산길을 오갈 사람이 그리 많지는 않을 듯했다.

노라는 무릎 위에 지도를 펼쳐놓고 라이언이 했던 말을 떠올리며 동굴 위치를 가늠해보고 있었다. 어제저녁에 메모해놓은 종이도 함께 펼쳐 놓았다. 어제는 데비가 준 차를 한 주전자나 마셨다. 그러자 정말 마음이 안정됐고, 동굴을 찾아 나설 자신감이 생겼다.

데비의 작전대로 경찰을 제대로 따돌렸다. 데비의 아파트 거실 창문을 통해 밖으로 나와 계단을 타고 안뜰로 내려섰다. 그런 다음 야트막한 울타리를 넘어 두 건물 사이에 난 골목을 통해 반대쪽 도로로 빠져나왔다. 데비가 미리 차를 세워둔 곳이었다. 필요한 물품들은 데비가 미리 차에 실어 두었다.

스완지를 빠져나온 직후 서부해안을 향해 달리기 시작했다. 계속해서 뒤를 살펴보았지만 다행히 뒤따라오는 차는 없었다. 노라는 자꾸만 불안해지는 마음을 다독거렸다. 집에서 멀어질수록 공포는 점점 더 가중되었다. 동굴에 남아 있는 흔적을 통해 라이언의 실체를 고스란히 들여다봐야 한다는 게 무엇보다 두려웠다.

마침내 두 여자는 라이언이 어린 시절을 보낸 캠로즈에 도착했다. 두터운 잿빛구름이 캠로즈의 하늘을 가득 채우고 있었다. 지붕에서 떨어지는 물방울들, 잎이 무성한 나무들, 담장 너머로 보이는 정원들까지 온통 음울한 느낌을 담고 있었다.

"라이언이 어릴 때 살았던 집이 이곳 어딘가에 있겠죠?"

"나도 어린 라이언이 이곳에서 뛰어놀던 모습을 머릿속으로 그려보고 있었어요. 그는 이곳에서 축구도 하고 자전거도 타고 무릎이 깨지는 줄도 모르고 정신없이 뛰어놀았겠죠."

"라이언의 어린 시절을 상상하기가 그리 쉽지는 않네요."

차는 해안가로 이어지는 도로로 방향을 틀었다. 길이 비좁아 혹시 누군가 맞은편에서 갑자기 튀어나오면 어쩌나 걱정스러웠다. 담장이 길 양편을 따라 길게 이어져 있어 핸들을 꺾어 피하기도 마땅찮았다. 담장 너머 목초지의 나무들이 도로 위까지 가지를 늘어뜨리고 있었다. 밭과 목초지들이 이어진 길을 계속 달리다보니 작은 캠핑장이 나왔다. 캠핑카가 세 대 보였지만 차 안에서 폭풍우가 멎기를 기다리고 있는 듯 밖으로 나다니는 사람은 없었다.

"포장도로는 여기가 끝인가 봐요. 이제부터 비포장도로로 진입하게 돼요."

"차가 비포장도로에서도 잘 굴러가 줄까요? 차가 고장 나면 정말이지 큰 낭패일 텐데요."

데비가 걱정스런 목소리로 말했다.

"문제없을 거예요. 라이언도 동굴 근처까지 차를 타고 갔다고 했어요. 하긴 여자를 들쳐 메고 몇 마일씩 걸어갔을 리 없겠죠."

"오늘처럼 폭풍우가 치는 날은 아니었을 거예요. 빗물 때문에 길이 진창이 될 경우 곤란한 문제가 발생할 수도 있지 않을까요?"

"땅이 진창이 되려면 아직 멀었어요. 폭풍우도 곧 잦아들 테니까 너무 걱정하지 말아요."

노라는 데비를 달래며 지도를 살펴보았다.

"이제 곧 산으로 진입하는 길이 나올 거예요. 우리는 바로 그 길로 접어들어야 해요."

풀이 무성하게 자라 있어 하마터면 숲으로 진입하는 길을 지나칠 뻔했다. 길은 클로버, 승아, 민들레 같은 잡풀들로 온통 뒤덮여 있었다.

"아, 바로 저기 같아요."

노라가 소리쳤다.

데비가 급브레이크를 밟고 나서 차를 후진했다가 방향을 꺾었다.

"잡초가 무성하게 자라 있는 길이라 라이언도 고생깨나 했겠어요."

"그때만 해도 건조한 8월이었으니 지금보다야 도로 사정이 나았겠죠."

차는 다시 한참동안 숲길을 달렸다. 길이 생각보다 길게 이어졌다.

라이언은 어린 시절에 매일이다시피 동굴을 찾아갔다고 했다. 비포장도로를 한참 들어가야 하는 계곡에 동굴이 있어 사람들의 발길이 미치지 않는 곳이었다고 했다.

길은 차가 지나다닐 수 없을 만큼 비좁고 험해지다가 결국 길게 자란 잡초에 완전히 묻혀 버렸다. 눈앞의 길에 1미터 가량 되는 잡초가 무성하게 자라 있었다.

데비는 차를 세우고 시동을 껐다.

"더 이상 차를 운행할 수 없어요. 모르긴 해도 라이언은 차를 최대한 동굴 가까이까지 끌고 갔겠지만 지금은 곤란해요. 그때는 8월 말이었으니 지금처럼 풀이 자라 있지 않아 그나마 길의 형태가 조금은 남아 있었을 거예요."

그사이 비는 많이 가늘어져 있었지만 대기는 여전히 흥건한 습기를 머금고 있었다. 새 한 마리가 큰 소리로 울며 날아갔을 뿐 주변은 온통 고요했다.

데비는 공구상자를 들었고, 노라는 손전등과 동굴의 위치를 표시해 둔 지도를 들었다. 초원이 끝나는 지점에서부터 다시 작은 숲이 이어지고 있었다.

"라이언은 저 숲까지 차를 타고 통과했을 가능성이 커요."

초원을 가로질러 걷는 동안 바지가 허벅지 부분까지 흠뻑 젖어들었다. 나무는 빽빽하지 않았지만 숲은 생각보다 깊었다. 운전자가 무리해서 몰면 그럭저럭 지나다닐 만한 길이 있긴 했다. 승용차로는 도저히 들어오기 힘든 길이었다.

노라는 자꾸만 불안해지는 마음을 추스르며 누군가 이곳을 지나다가 바네사를 풀어줄 가능성이 있을지 자문해보았다. 기적이 일어나지 않는 한 그럴 가능성은 없어 보였다.

숲이 끝나는 지점에 다다라 주위를 둘러보니 야트막한 언덕의 정상에 다다라 있었다. 눈앞에 자그마한 계곡이 보였다 계곡 끝부분에 나무 몇 그루가 서 있었다. 키 작은 히스가 바닥을 뒤덮고 있었고, 군데군데 암벽들이 솟아 있었다. 그나마 봐줄 만한 풍경이었지만 굳이 일부러 찾아올 만큼 인상적인 경치는 아니었다.

두 여자는 걸음을 멈추고 고요한 계곡을 내려다보았다.

"라이언은 저기 보이는 계곡을 폭스 밸리라 불렀어요."

"왜 하필 폭스 밸리라 불렀을까요?"

잠시 혼자만의 생각에 빠져 있던 데비가 화들짝 놀라며 물었다.

"이 계곡에서 여우를 봤는데 어느 지점에서 갑자기 사라져버렸대요. 여우가 사라진 지점을 유심히 살피다가 동굴을 발견했다나 봐요. 라이언은 그때부터 이곳을 폭스 밸리라고 불렀다더군요."

데비는 한시바삐 이곳에서 벗어나고 싶은 눈치였다. 노라 역시 비슷한 심정이었다. 계곡이 어찌나 고요하고 음산한지 저절로 기분이 우울해졌다. 게다가 이 계곡에서 빚어진 비극적 사건에 대한 생각까지 곁들여져 마음이 한없이 무거웠다.

"아, 저기에 동굴이 있는 것 같아요."

노라는 데비의 눈길이 닿아 있는 곳을 쳐다보았다. 완만한 경사를 이루는 계곡의 오른쪽 능선에 제법 가파른 암벽이 솟아 있었다. 암벽 아래쪽에 키 큰 양치식물들이 무성하게 자라 있었고, 위쪽에는 보라색 초롱꽃들이 마치 폭포수처럼 위에서 아래로 늘어져 있었다. 무엇보다 시선을 끈 건 돌무더기였다. 무성하게 자란 양치식물들 아래쪽으로 누군가 쌓아올린 돌무더기가 보였다.

"라이언이 동굴입구를 돌무더기를 쌓아 막아놓았다고 했죠?"

데비가 돌무더기가 있는 지점을 손가락으로 가리키며 물었다.

"그래요, 저 돌무더기가 있는 지점이 바로 라이언이 설명한 장소와 일치해요."

두 여자는 계곡을 따라 내려갔다. 계곡은 위에서 내려다볼 때보다 훨씬 더 가팔랐다. 게다가 바닥이 축축하고 미끄러워 몇 번이나 중심을 잃고 미끄러질 뻔했다.

두 여자는 마침내 계곡 아래에 도착했고, 암벽이 솟아있는 능선을 향해 걸어갔다. 가까이 다가가면서 살펴보니 동굴은 완벽한 은신처로 손색이 없었다. 동굴 앞쪽에 쌓여 있는 돌무더기가 암벽과 적절한 조화를 이루고 있어 얼른 사람들의 눈에 띄기 쉽지 않을 듯했다. 게다가 무성하게 자란 풀들이 동굴입구를 완벽하게 가려주고 있었다. 설령 누군가 동굴입구를 발견했다고 하더라도 안쪽에 사람이 들어갈 수 있을 만큼 넓은 공간이 있으리라고 생각하기는 어려울 듯했다.

"우리가 제대로 찾아낸 것 같아요."

데비는 그렇게 말했지만 동굴 앞쪽에 쌓아놓은 돌무더기를 치울 생각은 하지 않고 그냥 우두커니 서 있었다. 입구를 완벽하게 은폐해놓은 동굴 안쪽에서 과연 무슨 일이 벌어졌을지 생각하자 암담한 생각이 들었기 때문이다.

노라 역시 꼼짝도 하지 않고 그 자리에 서서 돌무더기를 바라보았다. 날씨도 제법 쌀쌀하고 옷까지 흠뻑 젖었는데 그다지 춥지도 않았다. 가슴 속에서 불길이 활활 타올랐고, 마치 열병에 걸린 사람처럼 온몸이 뜨거웠다.

"노라, 포기하고 돌아가는 편이 낫겠어요. 당장 돌아가 경찰에 신고해요. 벌써부터 몸이 떨리고 무서워요. 만약 동굴 안에서 우리가 예상했던 비극이 펼쳐져 있다면 차마 눈 뜨고는 볼 수 없을 것 같아요. 아마도 그 광경을 보는 즉시 기절하고 말 거예요."

데비가 애처로운 눈길로 노라를 쳐다보며 말했다.

"그럼 우리가 여기까지 어렵게 찾아온 의미가 없잖아요. 나 역시 무섭기 그지없고 당장 돌아가고 싶지만 라이언을 위해 끝까지 참아보려고 해요."

노라가 그렇게 말하더니 손전등을 내려놓고 돌무더기를 치우기 시작했다. 데비는 한숨을 푹 내쉬더니 어쩔 수 없다는 듯 노라를 돕기 시작했다. 돌무더기 속에는 암벽에서 떨어져 나온 꽤 큰 돌덩어리도 있어 생각만큼 일이 수월하지 않았다. 돌을 치우기 시작한 지 얼마 되지 않아 땀이 비 오듯 쏟아졌다.

"누군가로부터 도움을 받았든 혼자 힘으로 빠져나왔든 죽음의 위기에 봉착해 있다가 가까스로 탈출한 여자가 다시 돌무더기를 쌓을 생각을 할 수 있었을까요? 엄청난 노력과 인내심이 필요한 일이었을 텐데요."

데비의 말에 노라가 하던 일을 멈추고 얼굴에 달라붙은 머리카락을 쓸어 올렸다.

"동굴을 탈출한 여자가 은밀한 계획을 세우고 생각대로 착착 일을 진행시키고 있다면 이곳을 숨기려 했을 수도 있겠죠. 어쩌면 그녀는 자신을 납치한 범인이 감옥에 들어가 있고, 한동안 세상에 나올 수 없다는 사실을 예상하지 못했을 수도 있으니까요."

노라는 과연 지금 자신이 한 이야기를 믿을까?

데비는 라이언을 가까이 했던 것과 노라의 부탁을 냉정하게 거절하지 못하고 이 험한 곳까지 따라 나선 자신의 착한 성품이 원망스러웠다. 등줄기를 타고 흘러내리는 땀과 돌멩이를 미끄럽게 만들어 자꾸만 손에서 빠져나가게 만드는 빗방울까지도 원망스럽기 그지없었다.

데비는 문득 이 정도면 자신이 할 바를 다했다는 생각이 들었다.

평생 동안 성폭행의 암울한 기억을 극복하기 위해 안간힘을 다해야 하는 내가 또다시 이 엄청난 충격의 현장을 눈으로 직접 봐야만 하는 걸까? 평생 악몽으로 밤잠을 설치게 만들고, 수시로 공포에 휩싸이게 만들고, 죽을 때까지 패닉상태를 유발할 수도 있는 이 끔찍한 현장을 반드시 두 눈으로 확인해야 할 가치가 있을까? 라이언을 어떻게든 이 비극적 사건으로부터 탈출시켜 주고 싶어 하는 노라의 집착을 순순히 받아들여야만 할까? 지난 몇 년간 인생의 동반자였고, 한때나마 진심으로 사랑했고, 최근까지 친구로 지내온 사람을 위해 하는 일이라지만 과연 내 행위를 정당화할 수 있을까?

"빌어먹을! 모든 게 미친 짓이야!"

데비의 입에서 그 말이 터져 나오는 순간 노라는 비로소 마지막 돌덩이를 옆으로 집어던졌다. 드디어 두 여자의 눈앞에 동굴입구가 나타났다.

노라는 키가 185센티미터나 되는 라이언을 떠올렸다. 라이언이 여자를 들쳐 메고 비좁은 동굴입구로 들어가는 장면이 연상되었다.

바로 그 순간 노라는 이 모든 일이 라이언의 헛된 희망으로부터 비롯된 건 아닌지 생각되었다.

라이언은 바네사가 동굴을 탈출했을 수도 있다는 상상을 통해 그날 이후 오랫동안 가슴을 짓눌러온 양심의 가책을 조금이라도 덜어내고 싶었던 건 아닐까?

모두가 부질없는 희망이었다. 라이언이 고개를 푹 숙인 채 울부짖으며 바네사를 동굴에 방치해두었다고 고백했던 날이 떠올랐다. 그의 표정이나 목소리로 보아 거짓으로 이야기를 꾸며낼 가능성은 전혀 없었다. 두 여자는 완전히 진이 빠진 데다 극심한 공포에 사로잡힌 채 동굴 앞에 서 있었다.

"이제 방해물을 다 치웠어요. 누가 먼저 동굴 안으로 들어가는 영광을 누릴까요?"

데비가 선머슴 같은 말투로 툭 내뱉었다. 그녀는 연약하고 예민해 상처받기 쉬운 마음을 늘 그런 식의 표현을 통해 억지로 숨겨왔다.

"어디선가 흙냄새가 나는 것 같지 않아요? 이 퀴퀴한 냄새는 습기 때문일 거예요. 다행히 그 냄새는 나지 않아요. 그러니까 내 말은……."

"시체 썩는 냄새가 나지는 않는다는 말이죠? 벌써 3년이나 지났으니 당연하지 않나요? 설령 시체가 방치돼 있었더라도 3년이라는 시간이 흘렀으니 냄새가 다 사라졌다고 봐야죠."

"그렇겠죠?"

그렇게 되묻는 노라의 입술이 덜덜 떨렸다.

데비가 공구상자에서 손전등과 충전드라이버를 집어 들더니 앞장서서 들어가겠다고 했다. 노라도 손전등을 집어 들고 뒤따를 준비를 했다. 현기증이 일며 다리가 부들부들 떨려왔다. 현기증 때문에 어지러운 몸을 가까스로 가눈 노라는 데비를 찾아가 도움을 청한 게 얼마나 잘한 일이었는지 새삼 깨달았다. 만약 혼자였다면 도저히 엄두를 낼 수 없는 일이었다.

데비가 동굴 안으로 사라졌다. 데비는 체구가 작고 민첩해 안으로 들어가는 게 수월해 보였다. 그 반면 어깨가 넓고 팔이 굵은 노라는 동굴 안으로 들어가는 게 여간 힘들지 않았다. 키도 크고 어깨 근육이 발달한 라이언도 들어갔던 동굴이었다. 마음을 진정시키며 가까스로 동굴 안으로 들어서는 순간 이번에는 부지불식간에 폐소공포증이 밀어닥쳤다. 동굴입구에 서 있을 때만 해도 안쪽으로 스며들던 햇살이 안으로 깊이 들어서는 순간 완전히 소멸되어 버린 탓이었다. 손전등을 비추자 앞에서 더듬거리며 걸어가는 데비의 등이 보여 그나마 안심이 되었다. 어디선가 물이 뚝뚝 떨어지는 소리가 들려왔다. 그 소리가 가까스로 진정시킨 마음을 다시 흔들어놓았다.

노라는 수시로 밀어닥치는 공포를 뿌리치기 위해 연상기법을 이용하기로 했다. 가장 먼저 동굴 밖 숲에서 자라고 있는 무성한 잡초와 들꽃들을 연상했다. 곧이어 구름이 잔뜩 낀 하늘과 비를 연상했다. 그 다음에는 차를 타고 오면서 본 캠핑카를 연상했고, 그 안에서 밖으로 나오지도 못하고 날씨를 원망하는 사람들을 연상했다. 물기를 흠뻑 빨아들여 윤기가 좔좔 흐르던 나뭇잎을 연상했다.

동굴 통로는 축축하고 어두웠고, 퀴퀴한 냄새를 풍겼다. 연상기법으로 떠올려본 바깥 모습과는 완전히 다른 곳이었다. 마치 악몽을 꾸는 느낌이었다. 악몽에 시달리다 잠이 깼을 때 비로소 안도의 한숨을 내쉬며 감사 인사를 수백 번도 더 하게 만드는 악몽……. 이번에는 절대 깨어날 수 없는 악몽이라는 점이 달랐다. 노라는 공포에 떨면서도 끝까지 들어가 볼 생각이었다. 끝, 끝, 끝, 끝까지……. 갑자기 머릿속에서 끝이라는 단어밖에 떠오르지 않았다.

노라는 잡다하고 복잡한 생각을 하며 걸어가다가 갑작스럽게 멈춰선 데비와 살짝 몸을 부딪쳤다.

"비로소 통로가 끝났어요."

데비가 비추는 손전등 불빛 속에서 비교적 넓은 공간이 보였다. 동굴은 통로보다 높이가 약간 낮았다. 노라는 자신의 키를 기준으로 동굴의 높이를 어림짐작해보았다. 통로는 머리 위로 공간이 조금 남았던 만큼 약 175센티미터쯤 된다고 보면 되었다. 그 반면 동굴의 높이는 약 165센티미터쯤 될 것 같았다.

노라는 키 작고 모험심 많은 소년의 모습을 떠올렸다. 어른이 된 라이언이 이 동굴을 무슨 목적으로 사용했는지 떠올리고 싶지 않았기 때문이다. 다시 현기증이 일며 속이 울렁거렸다. 현기증은 살아 있는 한 앞으로도 계속될 것 같았다. 궤도를 이탈한 생을 다시 제자리로 돌려놓을 수 없을 것 같은 예감이 들었다.

데비가 동굴 벽을 따라가며 손전등을 비췄다. 정체를 알 수 없는 물체에 불빛이 닿았을 때 두 여자는 화들짝 놀랐지만 곧 나무뿌리라는 걸 깨닫고 안도의 숨을 내쉬었다.

데비는 손전등을 동굴 안쪽으로 깊숙이 비추며 가급적 불빛이 동굴 바닥 쪽으로 향하지 않도록 애쓰고 있었다. 아직 마음의 준비가 덜 되었기 때문이었다. 다 부질없는 짓이었다. 목표를 눈앞에 두고 포기하기에는 이미 너무 깊이 들어와 있었다.

마침내 데비가 손전등으로 동굴바닥을 비췄다. 거기에 라이언이 말한 나무상자가 놓여 있었다. 노라의 입에서 자기도 모르게 비명이 터져 나왔다. 마음속으로 나무상자를 열어볼 준비를 하고 있었지만 소용없었다.

노라는 곧장 뒤돌아서 통로를 향해 달리기 시작했다. 팔과 어깨를 여러 번 통로 벽에 부딪히는 바람에 살갗이 찢어져 피가 났지만 밖으로 나가야 한다는 생각에 사로잡혀 아픈 줄도 몰랐다. 정신없이 달리다가 이번에는 발목을 삐끗하는 바람에 찌릿한 통증이 밀려왔지만 신경 쓸 여력이 없었다. 어두운 통로를 빠져나와 환한 바깥으로 나오는 순간 상쾌한 비바람이 그녀를 맞았다.

노라는 무릎을 꿇고 엎드려 구토를 하기 시작했다. 마치 구토가 영원히 멎지 않을 듯했다. 마음을 진정시키는 효과가 있다던 그 빌어먹을 차, 겨우 입속으로 집어넣었던 얼마간의 음식들, 저절로 이를 맞부딪치게 만드는 공포, 그녀의 생을 정상궤도에서 이탈하게 만든 라이언과의 만남까지 전부 다 토해내고 싶었다. 먹은 게 별로 없어서인지 가래와 담즙만이 계속해서 넘어왔다.

노라는 더 이상 토해낼 게 없어지자 비에 젖은 풀밭에 웅크리고 앉아 재킷 소매로 입을 닦았다. 아무리 참아보려 애써도 계속해서 온몸이 부들부들 떨려왔다. 두 팔로 다리를 감싸 안았지만 여전히 온몸이 떨리며 식은땀이 솟았다. 그사이 빗줄기가 더욱 강해졌지만 아무런 상관이 없었다. 고개를 들어 먹구름이 잔뜩 낀 하늘을 올려다본 다음 계곡을 천천히 둘러보았다. 이끼 낀 바닥, 물기를 잔뜩 머금은 나무와 잡초로 뒤덮인 계곡은 공포에 사로잡혀 몸을 떨고 있는 그녀와 아무런 상관이 없다는 듯 한없이 평화로워 보였다.

폭스 밸리의 여우는 바로 라이언 자신이었다.

데비는 동굴 안에 혼자 남아 비밀의 흔적을 확인하고 있었다.

그 무시무시한 공포를 홀로 감당해낼 수 있다니? 도대체 얼마나 강한 정신력인가?

노라는 비로소 라이언이 왜 데비의 곁을 떠날 수 없었는지 그 이유를 알 수 있을 듯했다. 데비는 어느 한 곳에 정착하지 못하고 떠도는 삶을 살았던 라이언이 마음의 안식과 평화를 얻을 수 있는 유일한 닻이자 희망이 아니었을까? 데비는 신념과 의지가 약해 혼자서는 단 한 순간도 버티기 힘들었던 라이언에게 언제나 지친 몸을 기대게 해준 든든한 언덕이 아니었을까?

노라는 공포에 질려 동굴에서 뛰어나온 이후 시간감각을 상실했다. 도대체 얼마나 많은 시간이 흘렀을까? 천 년쯤 된 것 같기도 했고, 겨우 30분쯤 흐른 것 같기도 했다. 동굴 안쪽에서 뭔가 이상한 소리가 들려왔다. 비명소리 같았지만 정확하지는 않았다. 곧이어 급한 발자국 소리가 들리더니 데비가 하얗게 질린 얼굴로 밖으로 달려 나왔다. 손전등은 아직 손에 들려져 있었지만 충전드라이버는 동굴 안에 두고 온 듯 보이지 않았다. 데비는 살아 있는 사람의 얼굴이라고는 믿기지 않을 만큼 안색이 파리했다. 마치 사람이 아니라 창백하고 푸르스름한 밀랍인형 같았다.

데비가 비틀거리며 뛰어나오더니 풀밭에 털썩 주저앉았다. 비에 젖은 금발머리가 심하게 출렁거렸다. 마치 금박을 입힌 천사 같았다. 죽은 자의 안색을 한 금박천사.

"바네사는 아직 동굴 안 상자 속에 있어요."

한참 후 데비가 그렇게 말했다.

"상자 뚜껑을 열어 봤어요?"

"네."

"분명 바네사였죠?"

"시신이 누군지 알아볼 수 없을 만큼 부패했지만 바네사가 아니면 누구겠어요? 나무상자 안에는 손전등이 하나 놓여 있었어요. 빈 물병과 음식물을 담았던 용기도 있었죠."

"맙소사."

"나무상자 안 여기저기에 시커먼 얼룩들이 묻어 있더군요. 내 생각에는 핏자국 같았어요. 상자 벽면은 온통 손톱으로 긁힌 자국투성이였어요. 바네사는 아마도 죽을힘을 다해 상자의 벽면을 긁었을 거예요."

데비의 목소리가 차츰 작아지더니 한숨으로 변했다가 세찬 비바람 소리와 섞여 버렸다. 어디선가 갑자기 새소리가 크게 들려왔다. 이전보다 더 크게 운 것도 아닐 텐데 그냥 그렇게 들렸다.

데비가 갑자기 자리에서 벌떡 일어서는 바람에 노라는 화들짝 놀랐다. 데비가 바지주머니에서 휴대폰을 꺼내더니 한참동안 화면을 응시했다.

"지금 당장 자동차로 돌아가요. 당장 경찰에 신고해야겠어요. 빌어먹을! 여긴 깊은 산중이라 휴대폰이 터지지 않아요."

"데비, 우리가 경찰에 신고하면 라이언은 어떻게 될까요?"

"아직도 망설일 일이 남아 있어요? 저 빌어먹을 동굴 안으로 다시 한 번 들어가 당신 눈으로 분명하게 확인해 봐요. 라이언이 바네사에게 무슨 짓을 저질렀는지 한번 보란 말이에요. 그러고 나면 그 가엾은 겁쟁이를 감싸주고 싶은 생각이 싹 가실 테니까."

데비가 뒤돌아서서 걸어가기 시작했다. 손전등은 아직도 불이 켜진 채 바닥에 내팽개쳐져 있었다.

노라는 겨우 정신을 차리고 자리에서 일어섰다. 아까 겹질린 발목의 통증이 신경을 타고 위로 올라왔다. 발을 내딛었다가 떼는 게 몹시 힘들었다. 게다가 무릎이 마치 녹아내린 버터처럼 후들거렸다.

"데비, 기다려요. 같이 가요."

노라가 부르는 목소리를 듣지 못한 듯 데비는 어깨를 웅크리고 계속해서 걸어갔다. 데비의 등이 마치 널빤지처럼 뻣뻣했다.

"여전히 라이언을 동정한다면 당신도 범법자가 되는 거예요. 라이언은 끔찍한 범죄를 저질렀고, 반드시 대가를 치러야 해요."

데비가 말했다.

7

라이언은 화요일에 처음으로 자신이 지명수배 되었다는 뉴스를 접했다. 해리의 집에 머문 지 나흘째였다. 이제 대책을 강구해야 할 때였다. 노라의 병원 동료들도 뉴스를 보았을 테고, 누군가 해리에게 전화해 따끈따끈한 소식을 전해주는 건 시간 문제였다. 마냥 이 집에 머물러 있다가 경찰에 체포되긴 싫었지만 어디로 가야 할지 막막하기만 했다.

해리와 함께 지내는 건 싫었지만 잠자리 문제가 해결된다는 점은 버리기 힘든 유혹이었다. 매일 아침 따뜻한 물로 샤워할 수 있었고, 면도하고 옷을 빨아 입을 수도 있었다. 해리에게서 얼마간 돈을 빌려 열 개들이 팬티 한 박스와 갈아 신을 양말도 몇 켤레 사두었다.

해리의 집에는 먹고 마실 음식이 충분했다. 이 집에서 며칠 지내다 보니 마치 다시 정상적인 생활로 돌아간 것 같은 착각이 일었다. 다만 언제 깨질지 모르는 살얼음판 위를 걸을 때처럼 마음이 조마조마했다. 게다가 해리의 형편도 감안해줘야 했다. 해리의 심리상담센터는 환자가 거의 없었다. 월요일에는 단 한 명의 환자도 찾아오지 않았다. 그나마 해리가 궁핍하지 않은 생활을 유지해나갈 수 있었던 건 전적으로 할머니가 물려준 유산 덕분이었다. 이 집 또한 할머니가 물려준 유산이라고 했다.

라이언이 생각하기에 이런 집에 심리상담센터를 차린 해리의 발상은 미친 짓이나 다름없어 보였다. 이 지역은 도시 외곽이라 지나가던 사람이 우연히 간판을 발견하고 들를 만한 곳이 아니었다. 설령 이 동네에 꽤 괜찮은 심리상담센터가 있다는 이야기를 들었다고 하더라도 이 먼 곳까지 오려면 적어도 세 번은 고민해야 할 듯했다. 게다가 이 동네는 가난한 사람들이 주로 사는 낙후된 지역이었다. 이런 곳에 유능한 심리치료사가 운영하는 심리상담센터가 있으리라 상상하기 쉽지 않은 곳이었다. 해리의 심리상담센터는 조만간 문을 닫게 될 게 뻔했다.

해리는 장을 보러 갈 때 넌지시 돈을 좀 보탰으면 좋겠다는 암시를 했다. 라이언은 그 말에 가타부타 대답하지 않고 이제 노라에게 돌아갈 때가 된 것 같다고 말했다. 그러자 혼자 지내는 게 끔찍하게 싫었던 해리는 즉시 한 발 뒤로 물러섰다.

"돌아가기에는 아직 너무 일러요. 노라가 당신에게 한 짓을 생각해봐요. 이번 기회에 따끔한 맛을 보여줘야 해요. 당신이 원하는 만큼 이 집에 있어도 돼요."

오늘 아침, 라이언은 주방 의자에 앉아 커피를 마시며 구름이 낮게 드리운 창밖을 내다보았다. 맞은편에 해리의 집과 마찬가지로 낡고 허름한 집이 보였다. 찬장 위에 올려놓은 작은 텔레비전에서 아침 뉴스가 흘러나오고 있었다. 그냥 무심코 뉴스를 흘려듣고 있었는데 '라이언'이라는 이름이 나오는 바람에 화들짝 놀랐다.

'무려 3년 동안 실종 상태로 있던 바네사 윌라드의 시신이 펨브로크셔해안국립공원 인근에서 발견됐습니다. 2009년 8월, 스완지 멈블스에 살던 당시 37세의 대학 강사 바네사 윌라드 박사를 납치 살해한 범인으로 추정되는 유력한 용의자는 바로 라이언 리입니다.'

라이언은 의자를 돌려 텔레비전을 응시했다. 그의 얼굴이 화면을 가득 채우고 있었다. 감옥에 있을 당시 찍은 증명사진으로 불행하고 쓸쓸한 표정을 짓고 있었다.

"라이언 리는 스완지에 거주하는 35세의 편집인 알렉시아 리스의 실종과도 관련이 있는 것으로 추정되고 있습니다. 알렉시아 리스가 마지막으로······."

라이언은 자리에서 벌떡 일어나 재빨리 텔레비전을 끄고 나서 황급히 해리의 동정을 살폈다.

해리가 텔레비전에서 흘러나오는 소리를 들었을까?

다행히 2층에서는 드라이어가 윙윙거리는 소리가 들려왔다. 라이언은 안도의 한숨을 내쉬었다. 해리는 아직 욕실에 있는 게 분명했다.

라이언은 현관문 안쪽의 우편물 투입구 아래쪽에 붙어 있는 은색 철제바구니를 쳐다보았다. 바구니 안에 조간신문이 들어 있었다. 라이언은 신문을 꺼내와 휴지통 맨 아래쪽에 쑤셔 넣은 다음 임시방편으로 감자껍질, 빈 요구르트 병, 포장을 뜯은 작은 콘플레이크 상자로 덮어두었다. 바깥 쓰레기통에 내다버려야 좀 더 안전하겠지만 당장은 그럴 여유가 없었다.

해리의 집도 이제 더 이상 안전지대가 아니었다. 아침마다 조간신문을 빼돌릴 수도 없을뿐더러 해리의 뉴스 시청을 완벽하게 차단한다는 건 불가능한 일이었다. 경찰이 언제 들이닥칠지 알 수 없는 상황에서 해리의 집에 더 머무는 건 미련한 짓이 분명했다.

라이언은 다시 의자에 털썩 주저앉아 커피 잔을 감싸 쥐었다. 손가락으로 전달되는 따스한 온기가 그나마 조금 위로가 됐다. 방금 전에 들은 뉴스 내용이 떠올랐다. 바네사는 동굴을 빠져나오지 못하고 생을 마감했다. 결국 그녀를 구해준 사람은 없었다. 경찰은 마침내 바네사의 시신을 찾아냈고, 그는 살인자로 수배를 받는 처지가 되었다.

라이언은 머릿속이 하얗게 될 정도로 절망했다. 지금 이 상황에서 자신이 저지른 죄를 생각하고 앞으로 닥칠 일들을 생각하는 건 그다지 도움 될 게 없었다. 우선 정신을 바짝 차리는 게 중요했다.

왜 이제야 바네사가 죽었다는 게 밝혀졌을까?

노라가 지난주 수요일에 경찰을 찾아갔다면 일주일 전에 뉴스가 보도되었어야 마땅했다. 경찰이 폭스 밸리의 동굴을 찾아내느라 어려움을 겪었을 거라는 생각이 들었다. 노라에게 폭스 밸리로 가는 길을 설명했지만 정확하게 기억하지 못했을 수도 있었다. 그 결과 시간이 지체된 듯했다.

라이언이 생각에 잠겨 있을 때 해리가 불쑥 주방으로 들어섰다. 해리는 비쩍 말라 남성다운 매력이라곤 없었다. 그의 몸에서 바디로션 냄새가 진하게 풍겼고, 기분이 좋아 보였다.

"좋은 아침이에요. 라이언, 혹시 조간신문 못 봤어요?"

"나도 보려고 했는데 아직 안 온 것 같은데요."

"아, 오늘은 신문배달이 좀 늦어지나 보네요."

해리가 식탁에 앉아 빵에 버터를 바르고, 그 위에 잼을 잔뜩 덧발랐다. 그가 커피만 홀짝거리고 있는 라이언을 쳐다봤다.

"왜 커피만 마셔요? 배 안 고파요?"

"아직은 배가 안 고프네요. 나중에 먹을게요."

"방금 전 일정표를 봤는데 오늘 아침 10시에 환자가 예약돼 있더군요."

라이언은 그 말을 듣는 순간 코웃음이 나오는 걸 간신히 참았다. 며칠 전부터 해리가 일주일에 단 한 명밖에 없는 예약환자를 목을 길게 빼고 기다려왔다는 걸 잘 알고 있었다.

"잘됐군요. 제발 그 환자가 단골이 되기를 바랄게요."

"단골이 되어준다면 정말 좋겠죠. 그래서 말인데 기분 나쁘게 생각하지 말고 내 말을 들어주었으면 해요. 무슨 말인고 하니……."

해리가 선뜻 말을 하지 못하고 한참이나 뜸을 들였다.

나를 내쫓으려는 건가?

"환자가 와 있는 동안 불편하겠지만 2층에만 머물러줘요. 남자 둘이 한 집에서 산다고 하면 혹시 사람들에게 불필요한 오해를 불러일으킬 수도 있으니까요. 내 말이 무슨 뜻인지 알겠죠?"

해리가 간청하는 눈빛으로 라이언을 쳐다보았다.

"혹시 누군가 우리들을 연인 사이로 오해할 수도 있다는 뜻인가요? 좋아요, 나는 상관없어요. 환자가 와 있는 동안 2층에만 있을게요."

차라리 잘된 일이었다. 누군지는 모르지만 환자가 텔레비전 뉴스를 봤을 수도 있었다. 지금은 가급적 사람들과 얼굴을 마주치지 않는 게 최선이었다.

해리는 할머니에게서 유산으로 물려받은 집을 개조해 심리상담센터로 활용하고 있었다. 상담실에는 접이식 침대와 몇 가지 비품들을 들여놓았다. 그 비품들을 구입하느라 약간의 대출을 받았다고 했다. 해리는 거실에 붙어 있는 작은 식당을 환자 대기실로 개조했다. 지금 껏 의자 여섯 개가 다닥다닥 비치되어 있고, 몇 권의 잡지가 비치돼 있는 환자 대기실에 머물렀던 환자는 없었다. 2층에는 욕실 한 개와 방이 두 개 있었다. 방 한 개는 해리의 침실로 사용하고 있었고, 다른 방하나는 거실로 사용했다. 가뜩이나 협소한 거실에 소파와 책상, 두 개의 안락의자를 들여놓는 바람에 창가로 다가가려면 가구들 사이를 마치 곡예 하듯이 빠져나가야만 했다. 좁은 거실에 비치된 소파가 요즘 라이언의 잠자리였다.

"라이언, 이해해줘서 고마워요."

"그 정도는 당연히 협조해야죠."

해리가 환자를 만나는 동안 라이언은 이 집에서 영원히 달아나야 할지 말지를 고민했다.

빌어먹을! 대체 어디로 간단 말인가?

두 시간 뒤, 라이언은 현관문에서 초인종 소리가 들릴 때까지 여전히 그 문제를 고민하고 있었다. 마침내 1층 현관문이 열리더니 이번 주에 유일한 해리의 예약환자가 들어서는 소리가 들려왔다.

"안녕, 어서 와요. 자, 안으로 들어가시죠."

"내비게이션이 고장 나는 바람에 한참 동안 헤맸어요. 당신이 설명해준 길 안내는 도움이 안 되던데요. 정말이지 한참이나 이 근처 골목을 빙빙 돌았죠."

여자의 목소리가 왠지 익숙했다. 라이언은 안락의자에서 일어나 문쪽으로 다가가 1층에서 들려오는 목소리에 귀를 기울였다.

"자, 이제 상담을 시작할까요?"

"먼저 당신 집부터 구경하고 싶어요. 제법 쾌적해 보이네요."

해리와 여자는 오랜 친구 사이인 듯했다. 라이언은 비로소 해리가 자신을 2층에 잡아두려고 한 의도를 간파할 수 있었다. 해리는 이번 주 유일한 환자가 평소 알고 지내던 사이라는 걸 들키고 싶지 않았던 게 분명했다.

목소리를 어디서 들었더라?

갑자기 라이언의 심장이 두근거리기 시작했다. 1층에 있는 여자가 혹시 얼굴을 알아볼 경우 그야말로 큰 낭패가 아닐 수 없었다.

"괜히 시간을 낭비할 필요는 없잖아요. 상담이 끝나면 곧바로 다시 일하러 가야 하지 않아요?"

"사실은 오늘 하루 휴가를 냈어요. 그동안 미뤄두고 못했던 일들을 한꺼번에 다 처리하려고요. 미용실에도 가고 얼굴 마사지도 받고 쇼핑도 해야죠."

"심리상담도 받고요."

해리가 그 말을 덧붙인 뒤 바보처럼 웃었다.

"심리상담을 받는다는 걸 알면 동료들이 날 놀려먹을 거예요. 우리 병원에도 정신과의사가 있는데 굳이 당신을 찾아왔으니까요."

병원 동료들?

라이언은 이맛살을 찌푸렸다.

"발목의 부기가 아직 가라앉지 않았어요?"

"네, 의사는 림프드레니지(마사지를 통해 림프의 흐름을 원활히 하는 방법 : 옮긴이)를 한 번 받아보라더군요."

그 말을 듣는 순간 라이언은 비로소 1층에 와 있는 여자가 누군지 알 수 있었다. 비비안, 해리의 전 직장동료이자 노라와 가장 절친한 친구. 몇 주 전, 노라로부터 비비안이 러닝머신에서 뛰다가 넘어졌다는 말을 들었던 기억이 났다. 비비안이 뉴스를 보았을 테고, 모든 사실을 알고 있다고 봐야 했다. 위기 상황이 아닐 수 없었다.

"해리, 혹시 그 거짓말 같은 이야기 들었어요?"

"무슨 이야기요?"

"라이언 리 말이에요. 노라의 남자친구 있잖아요. 설마 아직 그 이야기를 모르고 있었어요? 라이언 리가 납치살인 혐의로 지명수배를 받고 있어요."

라이언은 그 순간 심장이 멎는 줄 알았다. 1층에서 몇 초 동안 정적이 흘렀다.

"뭐라고요?"

잠시 뒤 해리가 떨리는 목소리로 물었다. 그런 다음 즉시 속삭이는 목소리로 덧붙였다.

"일단 상담실 안으로 들어가서 이야기해요."

라이언은 쫓기는 짐승처럼 주변을 둘러보았다. 당장 이 집에서 나가야만 했다. 도망치는 것 말고는 방법이 없었다. 비비안이 해리에게 모든 이야기를 털어놓을 테고, 곧바로 경찰에 신고할 게 뻔했다.

맨 처음 떠오른 생각은 거실 창문을 통해 베란다로 나가 빗물받이를 타고 아래쪽으로 내려가는 방법이었다. 그럴 경우 1층 상담실에 있는 두 사람의 눈에 띌 위험성이 있었다. 게다가 이웃집 마당들과 연결돼 있는 안뜰로 내려설 수밖에 없었다. 굳이 끝없이 이어지는 안마당들과 도로들을 다 통과하며 헤맬 필요는 없었다. 해리의 집에서 너무 오래 머뭇거린 게 실수였다. 텔레비전 뉴스에 얼굴이 나온 직후 곧바로 떠났어야 했다.

이제부터는 차가 절실하게 필요했다. 해리의 차가 집 앞에 주차되어 있었다. 해리는 차 키를 대부분 주방에 놓아두었지만 매번 일정하지는 않았다. 그는 그때그때 기분 내키는 대로 아무 데나 차 키를 던져 놓는 버릇이 있었다. 라이언은 몇 번이나 해리가 주방에서 차 키를 찾는 모습을 보았다.

이제는 모험을 할 수밖에 없었다. 차도 없이 걸어서 도망친다는 건 말이 되지 않았다. 일단 차를 타고 좀 더 멀리 달아나야만 했다. 물론 어느 정도 멀어진 다음 차를 버리고 다른 차를 구해야 할 것이다. 그사이 차량번호가 경찰에 통보될 테니까.

라이언은 발소리를 죽이고 계단을 살금살금 걸어 내려갔다. 빠른 속도로 내려가고 싶었지만 널빤지가 삐걱거리지 않도록 조심했다. 마침내 1층 주방에 도착했다. 상담실에서 비비안의 흥분한 목소리가 흘러나왔다.

"라이언이 이 집에 와 있다는 거예요? 오, 맙소사! 해리, 그 사람은 위험인물이에요. 바네사 윌라드를 납치감금한 인물이란 말이에요. 해리, 어서 경찰에 신고해야 해요."

라이언은 주방을 둘러보았다. 차 키가 보이지 않았다. 찬장 위에도 없고, 싱크대 옆에도 없었다. 그와 해리가 두 시간 전에 아침을 먹었던 식탁 위에도 없었다.

"제발 목소리 좀 낮춰요. 라이언이 우리 이야기를 다 듣고 있을 수도 있어요."

"난 당장 이 집에서 나갈래요. 라이언이 어떤 해코지를 할지 몰라요."

"잠깐만 기다려 봐요. 아직 라이언이 눈치 채지 못했어요. 아마 라이언은 내가 환자와 상담 중이라고 생각할 거예요. 우선 경찰에 신고부터 해요."

라이언은 차 키를 찾지 못해 미쳐버릴 것 같았다. 해리가 평소와 달리 차 키를 주방에 던져놓지 않은 게 분명했다. 그렇다면 바지주머니에 넣어두었을 공산이 컸다.

상담실 문이 활짝 열리더니 짧은 꽃무늬 원피스를 입은 비비안이 다리를 절뚝거리며 밖으로 걸어 나왔다. 한 손에는 핸드백이, 다른 손에는 청재킷이 들려 있었다. 주방 안쪽에 서 있는 라이언을 발견한 비비안이 발걸음을 멈추며 놀란 토끼눈으로 쳐다보았다. 몹시 경악한 표정이었지만 다행히 비명이 터져 나오지는 않았다. 아마도 뱀을 발견하고 쇼크 상태에 빠진 토끼의 표정이 그러할 듯했다.

해리가 손에 전화기를 든 채 바짝 뒤따라오고 있었다.

"당장 경찰에 전화할 테니까 잠시만 기다려 봐요."

해리는 아직 라이언이 주방에 있다는 사실을 알지 못했다.

라이언은 몸이 마비된 것처럼 뻣뻣하게 서 있는 비비안의 곁을 지나 해리에게로 달려가 당장 휴대폰을 낚아챘다. 그런 다음 해리의 얼굴에 강펀치를 날렸다. 해리가 앞으로 푹 고꾸라지더니 바닥에 널브러진 채 꼼짝도 하지 않았다.

그제야 비비안이 비명을 지르며 현관문을 향해 달려갔다. 그녀는 현관문에 도착하기 직전 라이언에게 뒷덜미를 붙잡혔다. 라이언은 그녀를 상담실 안으로 밀어 넣었다. 몸싸움을 벌이는 와중에 비비안의 손에서 핸드백이 떨어져 복도에 나뒹굴었다.

"너도 해리처럼 한 대 얻어터지고 기절하기 전에 입을 닥치는 게 좋을 거야."

라이언이 비비안의 얼굴을 노려보며 위협적으로 말했다.

비비안이 완전히 겁먹은 표정으로 고개를 끄덕였다. 한동안 고분고분 말을 잘 들을 거라는 확신이 들었다. 말을 잘 들으면 굳이 주먹을 사용해 몸에 상처를 입힐 필요는 없다고 생각했다.

라이언은 급히 주위를 둘러보았다. 창문턱에 해리의 차 키가 놓여 있었다. 그 옆에 치료용 붕대들이 놓여 있었다. 라이언은 비비안의 팔을 뒤로 돌려 붕대로 묶고 나서 바닥으로 쓰러뜨렸다. 그 다음 새로 조립한 선반에 기대 앉히고 몸통과 발목을 묶었다. 실수로 다친 발을 건드리는 바람에 비비안의 입에서 신음 소리가 터져 나왔다.

라이언은 마지막으로 신발을 벗고 양말을 벗어 돌돌 말았다.

"미안하지만 이럴 수밖에 없어!"

라이언이 돌돌 만 양말을 비비안의 입 속으로 우겨 넣었다. 그런 다음 테이프로 입술을 봉했다.

그 다음은 해리 차례였다. 비비안과 마찬가지로 해리도 몸통을 묶고 나서 입에 재갈을 물렸다. 라이언은 바깥에서 두 사람을 볼 수 없도록 문과 창문의 셔터를 내렸다.

라이언은 자동차 키와 전화기를 챙겨들고 상담실을 빠져나온 다음 문을 닫았다. 그는 복도에 떨어져 있는 비비안의 핸드백을 집어 들고 계단 맨 아래 칸에 내려놓은 다음 주방으로 가 식탁 앞 의자에 앉았다. 몸이 부들부들 떨리고 마음이 진정되지 않았다.

이제부터 어떻게 해야 하지? 차분하게 생각해보란 말이야. 꼼꼼하게 생각해보고 내린 결론이 아니면 절대로 움직이려고 하지 마.

라이언은 식기건조대에서 컵을 집어 들고 수돗물을 가득 받아 단숨

에 들이켰다. 창밖을 보니 이 시간이면 늘 그랬듯이 맞은편 집 여자가
쇼핑을 하러 가기 위해 집밖으로 걸어 나오고 있었다.

생각을 집중해!

8

경찰은 토요일 오후 매튜에게 바네사의 유해를 찾았다는 소식을 전했다. 펨브로크셔해안국립공원 인근 동굴에서 형태를 알아보기 힘든 유해가 한 구 발견됐는데 모든 정황으로 미루어볼 때 바네사의 것으로 추정된다는 내용이었다.

일요일에 모건 경감과 젠킨스 경사 그리고 심리상담사가 집으로 나를 찾아왔다. 그때 나는 매튜와 함께 집에서 주말을 보내고 있었다. 그들은 유해에서 발견한 반지와 손목시계를 보여주었고, 매튜는 그 물건들이 바네사의 것이라고 확인해주었다. 경찰은 사건내용을 자세하게 정리해 전해주었다. 바네사의 시신은 나무상자에 갇힌 채 동굴 속에 방치돼 있었다고 했다.

우린 그날 처음으로 라이언 리라는 이름을 들었다. 오래 전부터 자질구레한 범법행위를 저지르며 살아온 불량배인데, 그 남자가 3년 전 바네사를 납치해 동굴에 가둬놓은 범인이라고 했다. 처음에는 돈을 갈취할 목적이었는데 몸값 협상을 시작하기도 전에 다른 사건으로 경찰에 체포되는 바람에 2년 반 동안 감옥에 갇혀 지냈다고 했다. 라이언은 체포된 직후 미결구금(범죄의 혐의를 받는 사람을 재판이 확정될 때까지 가두는 일 : 옮긴이) 상태에 놓여 있었기 때문에 바네사에 대한 이야기를 변호사를 포함해 어느 누구에게도 털어 놓을 용기가 없었다는 것이었다.

바네사가 어떤 경위로 죽음을 맞게 되었는지 전해들은 매튜는 참담한 기분으로 내 아파트를 나섰고, 맥스가 그 뒤를 따랐다. 범죄피해자 지원센터에서 나온 심리상담가가 매튜를 뒤따라가려고 했지만 내가 말렸다. 매튜가 혼자 있고 싶어 한다는 걸 느낌으로 알 수 있었기 때문이다.

"그냥 내버려두는 게 좋겠어요. 그는 지금 혼자 있고 싶을 거예요."

월요일에 과학수사대는 치아구조를 통해 동굴에서 발견된 유해의 신원을 최종적으로 확인했다. 예상대로 바네사의 유해라는 게 밝혀졌다.

오늘은 6월 12일 화요일이자 내 생일이었지만 아무도 기억하지 못했다. 매튜 역시 내 생일을 기억할 경황이 없었다. 매튜는 지금 큰 충격에 빠져 있었다. 솔직히 말하면 나도 내 생일을 잊고 있었다.《헬스케어》지 편집실에 출근해 동료들의 축하인사를 받고 나서야 비로소 내 생일이라는 걸 알았다. 다들 신문기사를 통해 내게 무슨 일이 있었는지 알고 있었기 때문에 아예 파티는 기대조차 하지 않았다. 사람들은 마치 날계란을 다루듯 나를 조심스럽게 대했다. 책상에 앉아 있었지만 일이 손에 잡히지 않아 오후에 편집장대리를 찾아가 주말까지 휴가를 신청했다.

"도무지 정신을 집중할 수 없어요. 아무래도 내가 매튜 옆에 있어줘야 할 것 같아요."

"당연히 그래야죠. 걱정하지 말고 다녀와요."

알렉시아가 실종된 이후 《헬스케어》지 업무는 엉망이 되었다. 알렉시아는 조직을 효율적으로 이끌며 비교적 일을 빈틈없이 처리했는데 지금은 여기저기서 펑크가 나고 있었다. 로널드 회장이 뒤늦게나마 이런 사실을 알 수 있기를 바랐다. 그가 알렉시아에게 얼마나 부당한 짓을 했는지 깨닫기를 바랐다.

집에 잠깐 동안 들렀다가 매튜의 집에 가볼 생각이었다. 매튜 역시 당분간은 회사에 출근하지 않기로 했다. 집에 도착해보니 주방싱크대 위에 쪽지가 하나 붙어 있었다.

난 집에 있어요. 이 메모를 보면 전화 줘요. 사랑을 모아서, 매튜.

난 전화통화가 아니라 매튜를 직접 만나고 싶었다.

재빨리 샤워를 한 다음 옷을 갈아입었다. 외출준비를 다 끝냈을 때 현관문에서 초인종이 울렸다. 모건 경감이었다. 매튜가 잘 지내는지 확인하기 위해 찾아왔다고 했다. 매튜는 지금 멈블스에 있는 그의 집에 있다고 말해주었다.

"지금 막 매튜에게 가려던 참이었어요. 혼자 내버려두면 안 될 것 같아서요."

"괜찮다면 내가 멈블스까지 태워다드리죠."

나는 모건 경감의 차에 올라 알렉시아 실종사건과 관련해 새로운 소식이 없는지 물었다.

"유감스럽게도 아직 라이언 리를 체포하지 못했어요. 일단 전국에 지명수배령을 내렸으니까 조만간 잡히겠죠. 하지만……."

"······알렉시아의 목숨이 살아있을 거라는 기대는 버려야 한다는 뜻인가요?

"지금 우린 라이언 리를 돌봐주었던 젊은 여자를 심문하고 있어요. 라이언으로부터 고백을 듣고 동굴을 찾아 나섰던 여자 말입니다. 그녀가 기억해내는 일들이 매우 중요한 의미를 가질 수 있어요. 그 여자는 지금도 라이언 리를 사랑하고 있지만 우리 일에는 비교적 잘 협조하고 있어요. 그 여자 말로는 라이언 리가 알렉시아 실종사건과는 아무런 관련이 없다고 했대요. 알렉시아 실종사건이 왜 바네사 실종사건을 그대로 모방했는지 모르겠다는 말도 했다더군요."

무엇보다 충격적인 사실은 바네사가 우연히 범죄의 대상이 됐다는 것이었다. 모건 경감의 말에 따르면 고리대금업자의 협박에 시달리다 못해 목돈이 필요했던 라이언 리가 주차장 근처를 맴돌다가 우연히 바네사 혼자 있는 걸 발견하고 범행대상으로 삼았다고 했다. 바네사가 고급 차를 타고 왔다는 점과 세련된 옷차림을 하고 있었던 게 범행대상으로 지목된 이유였다. 끔찍한 비극 뒤에 숨어 있는 진실이라고 믿기에는 너무나 어처구니가 없었다.

"라이언 리가 알렉시아의 실종과는 연관이 없다는 뜻인가요?"

모건 경감이 한숨을 내쉬었다.

"과거 여자 친구나 어머니와는 달리 알렉시아는 라이언 리의 주변 인물이 아니잖아요. 라이언 리는 데비와 어머니에게 린치를 가했던 자들이 바네사 실종사건에 대해 뭔가 알고 있을 거라 생각했대요. 정황상으로는 절대로 불가한 일이었지만 혹시 바네사가 동굴을 탈출해 복수를 하고 있을지도 모른다고 생각했다더군요. 유감스럽게도 그 추측은 완전히 빗나갔지만요."

"경찰은 라이언 리에게 돈을 빌려준 고리대금업자가 누군지 알고 있나요?"

모건 경감의 표정이 순간적으로 일그러졌다.

"사채업계에서는 아주 유명한 인물이죠. 놈은 수많은 악행을 저지르고도 전혀 꼬리를 잡히지 않고 있죠."

"수많은 악행을 저질렀다면 적어도 한 가지 증거 정도는 확보했어야 마땅한 것 아닌가요?"

모건 경감이 내 팔에 손을 올려놓으며 말했다.

"우린 녀석을 수없이 체포했지만 번번이 증거불충분으로 풀어줘야 했어요. 이번에도 정황상 그가 라이언 리를 협박했다는 진술이 나와 그 사실을 근거로 체포영장을 발부받았죠. 녀석은 지금 묵비권을 행사하고 있어요. 게다가 아주 유능한 변호사를 고용해 오히려 우리를 압박하고 있죠. 우리는 라이언 리의 과거 여자 친구와 어머니 습격사건의 범인으로 놈을 지목하고 범죄를 입증하려 애쓰고 있어요. 조금이나마 길게 놈을 붙잡아둘 필요가 있으니까요. 일이 잘못될 경우 오늘 저녁에 당장 녀석을 풀어줘야 할지도 모릅니다. 설령 어쩔 수 없이 녀석을 풀어줘야 한다고 해도 경찰은 당분간 녀석의 일거수일투족을 감시해야겠죠. 우린 지금 알렉시아가 갇혀 있을 만한 은신처를 찾기 위해 경찰관 수백 명을 동원해 펨브로크셔해안국립공원 일대를 샅샅이 뒤지고 있어요. 가렛 와일더의 행방도 찾고 있는 중이죠. 많은 사실들이 드러났지만 우리는 아직 바네사 실종사건과 알렉시아 실종사건이 서로 별개의 사건이라 단정 짓지는 않았죠. 물론 라이언 리를 체포하면 보다 분명한 사실들이 드러날 거예요. 요크셔 경찰이 24시간 라이언 리의 어머니 집을 지키고 있습니다. 라이언 리는 현재 무일푼으로 지내고 있고, 신분증이나 자동차도 없죠. 조만간 우리 손에 잡히게 될 겁니다."

"라이언 리는 폭력전과자 아닌가요? 돈이나 차 정도는 얼마든지 손수 마련할 수 있을 텐데요. 지나가는 사람 중에서 아무나 붙잡고 두들겨 팬 다음 돈과 차를 강탈하면 될 테니까요."

"훔친 차를 타고 다닐 경우 그리 멀리 도주하지는 못하죠."

우리는 이야기를 나누는 동안 멈블스의 매튜 집에 도착했다.

"매튜를 만나보고 심리상담사가 필요하다고 판단될 경우 연락주세요."

모건 경감이 차를 세우며 말했다.

"그렇게 하죠. 태워다줘서 고마웠어요. 알렉시아와 관련해 새로운 소식이 있으면 알려주실 거죠?"

"당연히 알려드려야죠. 아, 참 생일 축하합니다. 아무리 경황이 없더라도 생일은 축하해야죠."

모건 경감은 어느새 내 신상에 대해 완벽하게 꿰고 있었다.

매튜는 주방 의자에 앉아 정원을 내다보고 있었다. 정원의 잔디가 무성하게 자라 있었다. 주로 내 아파트에서 머물렀던 지난 몇 주 동안 잔디를 제대로 관리하지 못한 탓이었다. 식탁 위에는 우편물들이 잔뜩 쌓여 있었다. 그가 집을 비운 사이 답지한 우편물이었다. 마치 사람이 살지 않는 집처럼 썰렁한 느낌이 들었다. 집안이 대체로 어두컴컴한데다가 어디선가 죽음의 냄새가 나는 듯했다.

매튜 옆에 누워 있던 맥스가 벌떡 일어나 반갑게 꼬리를 흔들었다. 나는 맥스의 기다란 털 속에 얼굴을 파묻었다. 맥스가 있어 그나마 다행이었다. 매튜에게 맥스가 얼마나 중요한 존재인지 새삼 느낄 수 있었다.

매튜가 다가와 나를 포옹했다. 우린 서로를 껴안은 채 한참동안 말없이 서 있었다. 매튜의 심장박동이 그대로 느껴졌다. 내가 그에게 위로가 되어주기를 바랐다.

매튜가 포옹을 풀고 한 걸음 뒤로 물러섰다. 몹시 피곤해 보일 뿐 절망의 기색은 보이지 않아 그나마 한시름 놓을 수 있었다.

"스완지대학에서 연락이 왔어요. 다음 주에 바네사의 추도식을 열 계획이라면서 사진을 몇 장 보내달라고 하더군요. 바네사의 어린 시절 사진, 대학시절 사진, 결혼식 사진이 각각 한 장씩 필요하다면서요. 사진을 찾아보려고 집으로 돌아왔는데 갑자기 맥이 탁 풀려 아무것도 하지 못하고 여기에 가만히 앉아 있었죠. 당신이 오기 전까지 계속 이 자리에서 꼼짝도 하지 않았어요."

"그 사람들은 당신의 입장을 전혀 고려하지 않는군요. 지금 당신이 처한 입장을 조금이라도 이해한다면 사진을 보내달라고 요구하지는 않았을 거예요. 추도식은 사진 없이도 충분히 진행할 수 있잖아요."

나는 무리한 요구를 한 스완지대학 측에 화가 났다.

"그러게요. 나에게 연락한 여자 말로는 스완지 시민 절반 정도가 바네사의 추도식에 참가할 거라더군요. 스완지 사람들 전체가 이 사건에 경악하고 있다면서요."

나 역시 동료들로부터 그런 이야기를 전해 들어 알고 있었다. 사람들은 사건 전모를 전해 듣고 큰 충격을 받았다. 이 사건에는 매우 끔찍한 진실 한 가지가 숨어 있었다. 누구든 범죄의 피해자가 될 수 있다는 사실이었다. 돈이 엄청나게 많은 대부호가 아니라 평범한 삶을 살아가던 대학 강사가 납치됐다. 멈블스에 아름다운 주택을 소유한 중산

층이지만 상류층과는 거리가 먼 여자가 납치범에게 희생되었다는 점은 스완지 시민들에게 큰 충격을 안겨 주었다.

"과연 추도식에 참석할 수 있을지 모르겠어요. 지금 심정으로는 참석할 수 없을 것 같아요."

"당신이 추도식에 참석하지 않아도 비난할 사람은 아무도 없어요. 사람들도 당신이 얼마나 큰 충격을 받았을지 알 테니까요. 아무튼 참석여부는 추도식 당일에 결정해도 늦지 않아요."

매튜는 아침식사 이후 아무것도 먹지 않은 게 분명했다. 나는 주방으로 가 주전자에 물을 올려놓은 다음 싱크대를 뒤져 과자를 찾아냈다. 그나마 과자로 요기라도 하는 게 아무것도 안 먹는 것보다는 나을 듯했다. 과자를 접시에 담고 방금 끓인 차를 쟁반에 담아 거실로 나왔다.

매튜는 내가 권하는 차를 마셨을 뿐 과자에는 손도 대지 않았다. 매튜의 눈빛을 보니 이제부터 그가 하는 말에 대해 논쟁을 벌일 생각은 단념해야 하리란 걸 깨달았다. 매튜는 한 가지 계획을 세웠고, 말려도 소용없을 듯했다.

"맥스를 데리고 사건현장에 한 번 가보고 싶어요."

"그다지 좋은 생각은 아닌 것 같아요."

"그럴지는 모르지만 마지막으로 한 번 가보고 싶어요. 바네사가 생을 마감한 현장이잖아요. 그곳에서 바네사와 작별인사를 하려고요."

매튜의 심정을 충분히 이해할 수 있었지만 그 현장에서 충격을 받고 쓰러질까봐 걱정되었다.

매튜는 대체 그곳에서 무엇을 보고 싶은 것일까?

"아마 현장 출입이 원천적으로 차단됐을지도 몰라요. 폴리스라인이 설치돼 안으로 들어가지 못할 거라는 뜻이에요."

"상관없어요. 아무튼 나는 그 현장에 가보기로 결심했어요."

"그럼 나도 데려가 줘요. 당신 혼자 가게 내버려둘 수 없어요."

내 입장에서는 그야말로 통 큰 결심이었다. 생각만 해도 오싹한 공포에 휩싸이게 만드는 현장이었으니까.

"내 옆에 맥스가 있잖아요."

"이야기를 나눌 사람이 필요할지도 몰라요."

"지나, 당신에게 더 이상 큰 상처를 주고 싶지 않아요. 바네사와의 작별, 그녀와 함께 했던 내 반생과의 작별은 반드시 나 혼자 치러야 하는 숙제죠. 바네사는 내 과거였고, 안타깝지만 이번 기회에 정리하고 넘어가려고요. 지나, 당신은 내 미래죠."

지금처럼 힘들기 그지없는 상황 속에서도 나에게 배려의 말을 해주는 매튜가 고마웠다. 나는 더 이상 고집을 부릴 수 없었다.

"알았어요. 그 대신 건강하게 잘 다녀와야 해요."

나는 쟁반을 주방으로 가져가 설거지했고, 매튜는 2층으로 올라가 필요한 짐을 꾸렸다. 매튜가 나를 집까지 태워다주겠다고 했지만 길을 돌아가게 만드는 수고를 덜어주고 싶어 거절했다.

"버스를 타고 가도 충분해요. 내 걱정은 하지 말아요. 지금부터는 당신이 처리해야 할 일에만 집중해요."

집 안에 있을 때는 몰랐는데 밝은 햇살이 비치는 바깥으로 나와 보니 매튜의 얼굴이 유난히 창백해보였다. 지치고 절망한 심정이 얼굴에 그대로 드러나 있었다. 아무쪼록 그가 계획한 일을 무사히 마무리하고 돌아오기를 간절히 빌었다.

매튜와 헤어지고 나서 곧장 집으로 돌아가지 않고 집에서 몇 정거장 앞에서 버스를 내렸다. 해안을 따라 이어지는 길을 걷고 싶었다. 사람들이 일을 하는 한낮인데다 구름이 잔뜩 낀 탓인지 바닷가에는 인적이 드물었다. 그 덕분에 나는 바닷가를 거의 독점하다시피 사용했다. 신발과 양말을 벗어들고 물속으로 걸어갔다. 파도가 거품을 일으키며 발등 위에서 찰랑거렸다. 조개껍데기와 돌멩이를 몇 개 주워들고 바다를 향해 던졌다. 한참동안 바다에서 시간을 보내다 시계를 보니 거의 7시가 다 되어 있었다.

모래 위에 누워 발이 마르기를 기다렸다가 다시 신발을 신었다. 해안 도로 건너편에 작은 선술집이 보였다. 나는 그 술집으로 들어가 카운터테이블에 앉았다. 술집에도 역시 손님이 별로 없었다. 셰리주를 한 잔 주문해 마시고 나서 연속으로 한 잔 더 마시자 취기가 올라왔다.

"이제 운전을 하시면 안 됩니다, 손님."

부드러운 금발에 콧수염을 기른 바텐더가 걱정스런 목소리로 말했다. 나는 그 말을 듣고도 세 번째 잔을 단숨에 비웠다.

"당연히 그래야겠지만 오늘은 내 생일이라 기분을 내고 싶어요."

"축하드립니다!"

바텐더가 내게 서비스로 술을 한 잔 내준 뒤 나와 건배하기 위해 자신도 한 잔 마셨다. 생일날 바닷가 선술집에서 혼자 술을 마시는 젊은 여자가 불쌍해 보인 듯했다.

나는 외로웠고, 울적했고, 새삼 엄마의 얼굴이 떠올랐다. 집을 나온 뒤 단 한 번도 엄마에게 주소나 전화번호를 알려주지 않았다.

만약 전화번호를 알려줬다면 오늘 같은 날 엄마가 나에게 전화했을까?

전화했을 거라는 확신이 들지 않았고, 그래서 더 눈물이 나오려고 했다.

"나중에 혹시 친구가 필요하면 말씀하세요. 열 시까지 여기서 일하고 그 다음부터는 자유니까요."

바텐더는 뭔가 기대하는 눈빛으로 나를 쳐다보았다. 그리 나쁜 남자 같지는 않았다. 과거 한때 남자들의 원 나이트 스탠드 제안을 별 고민 없이 받아들였던 적이 있었다. 다음 날, 이름조차 기억나지 않는 낯선 남자가 옆에 누워 있는 침대에서 눈을 뜰 때마다 한심한 생각이 들었지만 그런 습관을 쉽게 떨쳐버리지 못했다. 핑계라면 그 당시 나는 너무나 외로웠다. 이제 그런 시절은 지나갔다. 내 옆에는 매튜와 맥스가 있었다. 대학에도 진학할 결심이었고, 그 전에 알렉시아를 찾을 수 있기를 간절히 바랐다.

알렉시아가 떠오르는 순간 입에서 비명이 터져 나올 뻔했지만 겨우 참았다. 내가 지금 심리적으로 얼마나 허약한 상태인지 알아차리면 바텐더가 아마도 내가 술집에서 나설 수 없게 앞을 막아설지도 몰랐다.

나는 서둘러 술집을 나왔다. 셰리주를 몇 잔 더 마시는 바람에 머리가 어질어질했다. 오늘 하루온종일 먹은 음식이라고는 매튜의 집에서 집어먹은 과자 몇 개가 전부였다. 쫄쫄 굶은 배에 셰리주를 들이부었으니 취할 만도 했다. 집으로 돌아가는 길에 두 번이나 벤치에 앉아 쉬어야만 했다. 그때마다 벤치에서 잠이 들 뻔했다.

9시 반이 넘어서야 집에 도착했다. 평소보다 내 아파트로 올라가는 계단이 훨씬 가파르게 느껴졌다. 간신히 꼭대기 층에 도착했을 때는 다리가 납덩이처럼 무겁고 뻣뻣했다. 술에 만취한 탓에 환각을 보았는지 꼭대기 층에 올라서는 순간 가장 먼저 커다란 장미꽃다발이 보였다. 장미꽃을 색깔별로 묶은 꽃다발이었다. 어림짐작으로도 백 송이는 족히 넘을 듯했다.

"매튜?"

그럴 리 없었다. 매튜는 바네사와 마지막 작별을 위해 먼 길을 떠나지 않았던가?

그 순간, 현관문에 몸을 기댄 채 웅크리고 앉아 있던 한 남자가 몸을 일으켰다. 처음에는 어두컴컴한 그림자만 보였다.

"지나, 내가 몇 시간이나 기다렸는지 알아? 대체 어디 갔다 이제 나타난 거야?"

"가렛?"

가렛이 주석 꽃병 뒤에서 모습을 드러냈다.

"생일 축하해, 내 사랑!"

가렛이 나를 앞으로 끌어당겼다가 다시 뒤로 밀쳤다.

"이런! 어디서 술독에 빠져 있다 이제야 나타난 거야?"

"대체 여기서 뭐해?"

내가 퉁명스럽게 물었다.

"프로방스에서 휴가를 즐기다가 당신 생일을 축하해주려고 부랴부랴 달려왔어. 무려 여섯 시부터 기다린 거 알아? 아래층 여자가 나를 건물 안으로 들여보내주었으니 망정이지 크게 낭패를 볼 뻔했지 뭐야. 이 우아한 꽃병도 아래층 여자가 빌려줬어."

가렛이 마치 수조처럼 보이는 커다란 꽃병을 가리켰다.

"이 꽃병이 없었다면 장미꽃들이 죄다 시들어버렸을 거야."

"맙소사!"

지금 이 순간 가렛은 내가 가장 만나고 싶지 않은 남자였다. 나는 침대에 눕고 싶은 생각밖에 없었다. 꿈도 없는 단잠에 빠져 세상일을 완전히 잊어버리고 싶었다.

"빨리 옷 갈아입고 밖으로 나가자. 근사한 식당에 가서 맛있는 저녁 식사도 하고, 예쁜 바에 가서 제대로 한잔 해야지. 라이브로 피아노연 주를 하는 곳에 가서 춤도 추는 거야. 당신 생일이잖아."

가렛은 물 만난 생선처럼 활력이 넘쳤다. 그는 전혀 신문을 보지 않은 듯 내게 무슨 일이 생겼는지 아무것도 모르는 눈치였다.

"난 지금 쓰러지기 일보직전이라 잠을 자야만 해. 당신 역시 술집이나 기웃거리고 다닐 여유가 없을걸. 경찰이 당신을 납치 혐의로 추적하고 있으니까. 어쩌면 살인 혐의가 추가될 수도 있어. 당신은 내일 아침 당장 경찰에 출두해야만 할 거야."

내가 기억하기로 가렛은 지금껏 단 한 번도 말문이 막힌 적이 없는 사람이었다. 그 어떤 위기의 순간에도 여유 있게 너스레를 떨며 상대를 제압했던 그가 내 말을 듣는 즉시 넋이 나간 표정을 지으며 나를 쳐다봤다.

가렛에게서 이런 모습을 보게 될 줄 꿈에도 몰랐다.

9

라이언은 한 가지 계획을 세웠다. 위험한 계획이었지만 지금은 찬밥 더운밥 가릴 때가 아니었다. 주방에 앉아 머리를 쥐어짜며 모든 가능성을 검토한 끝에 영국을 뜨는 수밖에 없다는 결론에 도달했다. 경찰이 전국에 지명수배령을 내리고 추적해오고 있었다. 바네사 실종사건의 범인으로 지목된 탓이었지만 실종된 알렉시아를 찾으려는 목적이 더 크다고 할 수 있었다.

라이언은 알렉시아 실종사건에도 개입되었다는 의심을 받고 있었다. 경찰은 라이언을 체포해 알렉시아 실종사건을 마무리 짓겠다는 의지를 표명하고 있었다. 오늘 아침에는 전국 일간지에 라이언의 사진이 게재되었고, 텔레비전에도 대대적으로 공개되었다.

라이언은 쓰레기통에 구겨 넣은 조간신문을 꺼내 기사 내용을 샅샅이 살펴보았다. 조간신문 2면에 그의 사진이 실려 있었다. 사진 아래쪽에 '라이언 리, 바네사 윌라드를 납치감금해 죽음에 이르게 한 위험 인물'이라는 캡션이 달려 있었다.

기사 내용을 보니 두 명의 여자가 펨브로크셔해안국립공원 인근에 있는 동굴에 들어가 나사못으로 조여 놓은 나무상자 안에서 바네사의 유해를 찾아냈다고 되어 있었다. 라이언은 이미 일주일 전 노라가 경찰을 찾아가 신고했다고 추측하고 있었다. 노라의 신고를 접수한 경찰이 마침내 동굴을 찾아내 바네사의 시신을 수습했을 거라 확신했는데 뭔가 착오가 있는 듯했다. 두 여자가 동굴에 들어가 바네사의 유해를 확인했다는 기사 내용이 언뜻 이해되지 않았다. 고개를 갸웃거리며 고민하던 그는 결국 그 문제는 무시하고 넘어가기로 했다. 지금은 그런 문제로 고민할 시간이 없었다. 지금 당장은 해리의 집에 이대로 머물며 사태를 예의주시할 필요가 있을 듯했다. 그가 해리의 집에 머물고 있다는 걸 아는 사람은 없었다. 상황이 나아질 때까지 해리의 집에서 기다리는 게 가장 현명한 방법일 듯했다. 해리의 집 냉장고에는 식료품이 가득 차 있었고, 싱크대 선반에는 인스턴트식품들도 잔뜩 쌓여 있었다.

라이언은 해리의 침실로 올라갔다. 그 방 책상에 있는 해리의 일정표를 살펴보니 오늘 말고는 단 한 건의 예약도 기록돼 있지 않았다. 일주일동안 상담예약이 전무했고, 다음 주에도 마찬가지였다. 화요일인 오늘 날짜에 'V.'라는 표시가 되어 있었고, 그 밑에 '10시'라고 적혀 있는 걸 빼면 하품이 나올 정도로 일정표가 텅 비어 있었다.

'V.'는 비비안을 뜻했다. 당분간 해리의 집에 머문다고 가정했을 때 비비안이 가장 껄끄러운 존재였다. 그녀가 아무런 연락도 없이 결근할 경우 병원 동료들이 이상하게 생각해 경찰에 신고할 가능성이 컸다. 그나마 다행인 건 그녀 스스로 밝혔듯이 어느 누구에게도 해리의 심리상담센터를 방문한다는 말을 하지 않았다는 것이었다.

또 다른 위험도 있었다. 비비안과 동거하는 남자가 문제였다. 그가 비비안의 행방에 대해 의문을 품고 찾아 나설 가능성이 컸다. 책상 위에 해리의 여권이 나뒹굴고 있었다. 여권을 보는 순간 라이언은 아이디어가 한 가지 떠올랐다. 이 나라를 떠나려면 새로운 신분증이 필요한데 라이언 리라는 이름으로는 절대 국경을 통과할 수 없었다. 그렇지만 해리 빈스라면 이야기가 달라질 수도 있었다.

해리의 여권을 집어 들고 주방으로 내려온 라이언은 여권사진을 뚫어지게 쳐다보았다. 여권사진 속 해리는 수염을 기른 데다 머리카락이 짧았다. 나이는 한 살 어렸지만 문제될 게 전혀 없었다. 여권 속 사진은 상당히 오래 전에 찍은 것으로 정작 현재의 해리와 많이 달라보였다.

라이언은 외모에 변화를 줄 필요가 있다고 생각했다.

머리를 짧게 자르고 수염을 기르면 어떨까?

일단 변장을 위해서도 성급하게 이 집을 떠나지 않는 게 좋을 듯했다. 라이언은 며칠 동안 여유를 갖고 외모에 변화를 준 다음 유로터널을 통해 영국을 빠져나가기로 결심했다. 비행기를 타기 위해 공항검색대를 통과하자면 위험요소가 너무 많았다. 선박을 이용하는 경우도 마찬가지였다. 공항검색대를 통과하려면 여행객들과 섞여 있어야 하는데 그다지 좋은 방법이 아닐 듯했다. 바다 밑을 통과하는 기차라면 그냥 차 안에 머물러 있어도 된다는 점이 일단 마음에 들었다. 해리의 차를 이용해 떠날 생각이었다.

라이언은 1990년대 중반에 대서양 연안에서 휴가를 보내기 위해 코린과 함께 유로터널을 통해 프랑스를 방문한 적이 있었다. 그때 통관 절차가 어떤 식으로 이루어졌는지 자세히 기억하고 있었다. 공항보다는 비교적 허술하게 진행되었다. 유로터널을 통해 영국을 빠져나갈 경우 비교적 큰돈이 필요했다. 일단 해리를 협박해 돈을 빼앗을 생각이었다. 약간 겁만 줘도 해리는 계좌 비밀번호를 순순히 털어놓을 게 뻔했다.

라이언은 인질들이 죽는 걸 원치 않았기 때문에 칼레에 도착하자마자 경찰에 전화를 걸어 풀어주게 할 생각이었다.

두 번이나 사람을 죽음으로 몰아넣을 수야 없지 않은가?

경찰은 인터폴에 수사를 요청할 가능성이 컸다. 그 문제에 대한 고민은 일단 뒤로 미루기로 했다. 현재 가장 중요한 건 심리적인 안정을 유지하는 것이었다.

계단 위에 놓아둔 비비안의 핸드백에서 휴대폰 벨이 울렸다. 라이언은 전화를 받지 않았지만 혹시 그녀의 행방을 알고 있는 사람이 있는지 확인하기 위해 메시지보관함을 열었다. 첫 번째 메시지는 펨브로크의 어느 미용실에서 비비안이 예약시간에 나타나지 않자 보낸 메시지였다. 아드리안이라는 남자로부터 메시지가 들어와 있었다. 그가 바로 비비안의 새 애인인 듯했다. 아드리안은 두 통의 메시지를 보냈고, 첫 번째 메시지는 왜 아직 집에 돌아오지 않는지 궁금해 하는 내용이었다. 두 번째 메시지는 연락이 안 돼 초조하고 걱정된다는 내용이었다.

'비비안, 당신 지금 어디야? 미용실에도 안 가고, 병원동료들도 어디에 있는지 모르고 있던데, 제발 전화해줘.'

아드리안이 아직 애인의 행방을 모르고 있다는 건 일단 환영할 만한 일이었다. 비비안이 오늘밤에도 나타나지 않을 경우 그는 여기저기 들쑤시고 다니다가 해리와의 약속을 알고 있는 사람을 만날 수도 있었다. 끝내 비비안의 행방을 알 수 없을 경우 경찰에 신고할 가능성이 컸다.

라이언은 주방 창문을 통해 집 앞 도로상황을 살펴보았다. 비비안의 차는 해리의 집 대문 앞에 그대로 세워져 있었다. 문득 비비안의 차를 몰고 도주하는 게 좋을 것 같다는 생각이 들었다.

해리의 집은 더 이상 안전지대가 아닐 수도 있었다. 서두를 필요는 없었지만 무한정 뭉개고 있다가는 꼬리를 잡힐 위험이 컸다. 혹시라도 있을지 모를 경찰의 위치추적을 피하려면 잠을 자기 전에 비비안의 휴대폰을 꺼두는 게 바람직할 거라는 생각이 들었다. 일단 휴대폰을 끌 경우 비비안이 비밀번호를 가르쳐주지 않는 이상 다시 켤 수 없다는 게 문제였다. 비비안의 휴대폰 메시지를 통해 알아내야 하는 정보도 중요해 당장 끌 수는 없었지만 무작정 시간을 미룰 수도 없어 난감했다.

라이언은 어두컴컴한 심리상담실로 들어갔다. 전등스위치를 올리는 순간 두 사람이 눈이 부신지 동시에 눈을 껌뻑거렸다. 그사이 정신이 돌아온 해리의 바지가 젖어 있었다. 그들이 화장실에 가야 한다는 생각을 미처 하지 못한 탓이었다.

라이언은 잠시 고민했지만 그냥 방치해둘 수밖에 없다고 결론 내렸다. 달리 선택의 여지가 없었다. 변기통을 가져다주고 일을 보게 한 다음 뒤처리를 해줄까 고민했지만 생각만으로도 역겨워 눈살이 찌푸려졌다. 그렇다고 해리의 결박을 풀어주고 위층으로 올라가 볼일을 보게 하는 건 너무 위험했다. 해리는 아침부터 저녁까지 환자들의 몸을 마사지해 주는 물리치료사 출신으로 보기보다는 튼튼한 팔을 갖고 있었다. 비록 최근에는 마사지를 그만두었지만 힘이 형편없이 약해지지는 않았을 것이다.

비비안의 경우 재갈을 물린 상태로 화장실까지 동행하면 큰 문제가 없을 듯했다. 비비안이 뭔가 원하는 게 있다는 듯 눈알을 부라렸다. 터진 입술이 많이 부풀어 올라 있었다.

재갈을 풀어주자 비비안이 말했다.

"제발 물 좀 마시게 해줘요."

라이언이 주방에서 생수를 한 병 가져다가 입에 대주자 비비안은 숨도 쉬지 않고 꿀꺽꿀꺽 마셨다.

"화장실이 급해요."

물을 다 마신 비비안이 말했다.

"혹시 엉뚱한 생각을 했다가는 당장 끝장이라는 걸 명심해. 만약 이상한 짓을 하면 해리처럼 옷을 입은 채 싸게 내버려둘 거야. 알았어?"

"네, 잘 알았어요."

비비안은 완전히 겁에 질린 표정이었다.

라이언이 비비안의 결박을 풀어주고, 손목에 둘렀던 붕대도 풀어주고 나서 자리에서 일어서도록 도와주었다. 비비안은 제대로 서 있지도 못하고 몸을 비척거렸다. 다친 발목이 심하게 부어올라 있었다. 비비안은 몹시 인상을 찌푸리며 겨우 발걸음을 뗐다.

라이언은 욕실 안까지 비비안을 따라 들어섰다.

"나는 누가 옆에 있으면 용변을 못 봐요."

욕실 문 안쪽에 고리가 달려 있었고, 도로 쪽으로 창문이 나 있었기 때문에 안에서 문을 잠그고 현관문 위쪽의 작은 처마 쪽으로 뛰어내릴 가능성을 배제할 수 없었다. 창밖으로 몸을 내밀고 지나가는 이웃 주민에게 구조요청을 할 수도 있었다.

비비안은 울음을 터뜨리며 고집을 부리다가 결국 포기했다. 그녀는 훌쩍거리며 변기에 걸터앉았고, 라이언은 몇 걸음 떨어진 위치에서 몸을 반쯤 옆으로 돌리고 있었다. 비비안은 마치 라이언이 오줌 누는 여자 모습을 보고 싶어 안달난 관음증 환자처럼 대했지만 큰 오산이었다. 라이언은 사실 비비안에 대해 아무런 성적 관심이 없었다. 그가 그녀에 대해 갖고 있는 유일한 감정은 혐오감 그 이상도 이하도 아니었다.

비비안은 볼일을 마치고 나서도 여전히 훌쩍거리며 계단을 내려왔다.

"왜 나에게 이런 짓을 하죠?"

"나는 당신들을 해칠 생각이 없으니까 안심해. 이 집에 당신들을 가둬놓고 도망칠 생각이야. 안전한 곳에 도착하면 곧바로 경찰에 전화해 당신들을 풀어달라고 할 테니까 너무 걱정하지 마."

비비안은 계속 울음을 멈추지 않았다.

"발이 너무 아파요."

"그렇지만 다른 방법이 없잖아."

"해리를 찾아오지 말았어야 해요. 내가 사람들에게 너무 잘해주는 게 병이죠. 사실은 해리의 심리상담센터에 환자들이 전혀 찾아오지 않는다는 이야기를 들었어요. 해리에게 인심을 한 번 쓰려다가 결국 이런 꼴을 당하고 말았죠."

"아무 일 없을 테니까 걱정하지 마."

비비안이 눈물을 훔치고 나서 라이언을 쳐다봤다.

"당신은 바네사 월라드를 납치해 죽였잖아요."

"처음부터 죽일 생각은 없었어. 어쩌다가 일이 꼬여 그렇게 된 것뿐이야."

"알렉시아 리스는 어떻게 된 거죠? 경찰은 지금 그 여자를 찾고 있어요."

"나는 알렉시아 리스가 누군지도 몰라. 누군가 내가 저지른 사건을 모방하고 있을 뿐이야."

라이언이 격렬하게 고개를 흔들며 말했다.

비비안의 눈빛에 깊은 의혹이 떠올랐다. 노라한테서도 본 적이 있는 눈빛이었다.

"단연코 맹세할 수 있어."

라이언이 격한 목소리로 말했다. 라이언은 그런 변명까지 해야 하는 자기 자신의 처지에 문득 화가 치밀었다.

무슨 말을 해도 믿어줄 것 같지 않은 여자 앞에서 도대체 뭘 맹세한단 말인가?

상담실로 들어서자 해리가 고개를 들고 거칠게 으르렁거렸다.

"해리도 목이 타 미칠 지경일 거예요."

비비안이 그렇게 말하면서 자신의 발을 안쓰럽다는 듯 내려다봤다.

"나를 꼭 이렇게 묶어둬야겠어요?"

"미안하지만 어쩔 수 없어."

비비안이 고개를 끄덕이고 나서 방안을 둘러보았다.

"상담용 의자에 눕는 건 괜찮지 않을까요? 다리를 쭉 뻗어 받침대에 올려놓을 경우 그나마 다친 발목에 무리가 가지 않을 텐데요."

라이언이 보기에도 의자 발치에 받침대가 달려 있어 다친 발을 받쳐줄 수 있을 듯했다. 비비안이 무슨 음모라도 꾸미는 건 아닌지 생각해봤지만 그럴싸한 함정이 있을 것 같지는 않았다.

"좋아, 그렇게 해주지."

라이언이 마침내 동의했다.

비비안은 물을 마시고 나서 자발적으로 상담용 의자로 기어 올라갔다. 라이언은 다른 사람의 도움 없이는 절대 풀 수 없도록 비비안의 팔다리를 꽁꽁 묶었다. 입에 재갈을 물리려 하자 비비안이 다시 울음을 터뜨렸다.

"조용히 있을 테니까 제발 이러지 말아요."

라이언은 마음이 약해지려는 걸 가까스로 참아내며 비비안의 입속에 양말을 쑤셔 넣고 테이프로 봉했다. 이 지역은 집들이 다닥다닥 붙어 있어 비비안이 비명을 지를 경우 옆집에서 들을 수 있을 테고, 그다음은 걷잡을 수 없이 곤란한 문제가 발생할 수도 있었다.

라이언은 해리에게로 다가가 입에서 재갈을 빼내준 다음 물을 마시게 해주었다. 해리는 완전히 진이 빠져 있었다.

"라이언, 나는 당신 친구잖아요. 당신을 도와주고 싶어요. 그러니까 제발 나를 풀어줘요. 약속할게요, 난 절대……."

라이언은 해리의 입에 다시 양말을 쑤셔 넣고 테이프로 봉했다. 징징거리는 소리를 듣고 있자니 갑자기 짜증이 몰려왔기 때문이었다.

라이언은 인질들을 상담실에 남겨두고 밖으로 나왔다. 주방에서 핫소스 미트볼 통조림을 따 레인지에 데운 다음 맥주를 마시며 먹었다. 혼자만 먹자니 미안한 생각이 들었지만 다시 상담실로 돌아가 음식을 나눠 주면 성가신 일이 너무 많이 발생할 것 같아 포기했다. 그들의 눈물과 신음소리 그리고 하소연을 들어줄 자신이 없었다.

하루쯤 굶는다고 해서 큰일 날 건 아니니까. 내일 아침이면 저들도 음식을 먹 수 있을 거야.

라이언은 해리의 전기면도기로 삐죽삐죽 자란 수염을 말끔하게 밀었다. 그런 다음 해리의 애프터셰이브를 바르고 체크무늬 바지와 코발트블루 빛깔 폴로셔츠를 입었다. 옷이 작아 몸에 꽉 끼었다. 해리의 체격이 호리호리한 탓이었다. 셔츠가 어깨를 꽉 조였지만 견딜 만했다.

라이언은 완전히 다른 사람이 된 기분이었다. 누가 봐도 수배전단에 나온 사람과 동일인으로 보지 않을 듯했다. 그럼에도 밖으로 나가 도망칠 생각을 하자 머리가 하얗게 될 정도로 두려웠다. 지금은 그 어떤 시도를 하든지 다 위험한 상황이었다. 무사히 도망칠 가능성보다는 경찰에 체포될 확률이 훨씬 더 높았다.

잠자리에 들기 전 라이언은 다시 한 번 상담실로 내려갔다. 상담실 안은 아주 조용했다. 두 사람 다 잠이 든 것 같았다.

라이언은 마지막으로 비비안의 휴대폰을 집어 들었다. 혹시 누군가 그녀가 이곳에 왔다는 사실을 알고 있는지 확인하기 위해서였다. 아드리안은 그 후 다섯 통의 메시지를 더 남겼다. 그는 점점 더 불안해하고 있지만 비비안이 해리의 집에 왔다는 건 아직 모르는 눈치였다.

아드리안은 비비안의 지인들에게 전부 연락을 해본 듯했다. 비비안은 해리의 상담실에 간다는 말을 아무에게도 하지 않은 게 분명했다. 인생낙오자를 방문한다는 사실을 굳이 사람들에게 이야기하고 싶지 않았을 것이다.

라이언은 비비안의 휴대폰을 끈 다음 조심스럽게 배터리를 분리했다. 그래야만 완벽하게 위험요소를 제거할 수 있을 테니까. 2층 거실에 있는 소파로 돌아와 시계를 보니 열한 시가 조금 넘어 있었다. 누군가에게 방망이로 마구 두들겨 맞은 것처럼 온몸에 진이 빠졌지만 몸속에서 아드레날린이 마구 치솟는 바람에 가만히 누워 있을 수가 없었다.

라이언은 자리에서 일어나 혹시 두 사람이 이상한 짓을 꾸미는 건 아닌지, 집 앞 도로에서 수상쩍은 일이 벌어지고 있는 건 아닌지 귀를 기울였다. 문득 검정색 방탄복을 입은 무장경찰들이 자동화기로 무장하고 집을 포위하고 있는 건 아닌지 의심이 들었다. 물론 현실성이 결여된 생각이었다. 아무도 그가 이 집에 있다는 사실을 아는 사람은 없었다.

라이언은 잠을 청하기로 했다. 앞으로 적어도 2,3일 동안은 잠을 설쳐야 할 텐데 에너지를 미리 충전해둘 필요가 있었다. 라이언은 열두시 반이 넘어서야 겨우 잠이 들었다.

라이언은 자신이 왜 도중에 잠을 깼는지 이유를 알 수 없었다. 아무튼 저절로 눈이 떠지는 바람에 자리에서 일어나 어둠 속을 응시했다. 그의 눈길이 가 있는 곳은 정원 쪽이었다. 그쪽은 가로등이 없어 깜깜했다. 스탠드를 켜고 손목시계를 확인했다. 3시 15분이었다. 이제 잠은 완전히 달아나버렸다. 잠을 깨기 전에 무슨 악몽을 꾸었는지 전혀 기억나지 않았다. 꿈을 꾸었는지 여부도 불확실했다.

대체 무엇 때문에 화들짝 놀라 잠을 깼을까?

라이언은 숨을 멈추고 귀를 기울였지만 적막만이 감돌 뿐 전혀 이상한 낌새는 없었다.

대체 무슨 일이 있었지?

그제야 문득 잠결에 들은 소리가 떠올랐다. 어디선가 뭔가 넘어지는 소리를 들었다. 분명 집 안에서 난 소리였다. 책이나 사진틀 같은 게 떨어진 소리 같기도 했다.

혹시 내가 신경이 예민해 환청을 들은 건가?

일단 환청인지 아닌지 확인해볼 필요가 있었다. 아래층에 있는 두 사람이 아까는 머릿속으로 도망칠 방법을 궁리하며 잠든 척했을 가능성도 있었다. 비비안과 해리가 결박을 풀고 계단을 걸어 올라오고 있는 듯한 생각이 들었다.

라이언은 소파에서 내려와 청바지와 티셔츠를 입고 운동화를 신었다. 그런 다음 열려 있는 거실 문으로 다가가 계단 쪽을 향해 귀를 기울였다. 아무런 소리도 들려오지 않았다. 상담실을 나올 때 문을 잠갔는지 곰곰이 생각했다. 정확하게 기억나지 않았다. 만약 문을 잠갔다면 두 사람은 상담실에서 집 안으로 들어올 수 없었다. 그 경우 정원으로 나가는 수밖에 없었지만 너무 낡아 살짝 건드리기만 해도 삐걱거리는 셔터를 발각되지 않게 올리기란 불가능했다.

라이언의 눈은 점차 어둠에 익숙해져 갔다. 해리의 침실로 통하는 문이 열려 있었다. 침실 창문 바로 앞에 가로등이 하나 있었고, 그 불빛이 층계참까지 비쳐들었다.

라이언은 아래층 쪽을 내려다보았지만 그다지 이상한 조짐이 느껴지지 않았다. 계단 입구 맞은편 주방 쪽에서 냉장고 모터가 윙윙거리며 돌아가는 소리만이 들려왔다.

내가 괜한 상상을 한 건가?

마지막으로 두 사람이 어떤 상태로 있는지 확인해둘 필요가 있었다. 라이언은 계단이 삐걱거리는 소리가 나지 않도록 조심하며 재빨리 1층으로 내려갔다. 살금살금 상담실 문을 향해 다가가 귀를 기울였다.

"라이언 리가 백퍼센트 맞아요. 여기는 모리스턴 플레전트 가에 있는 집이에요. 라이언 리는 지금 잠들어 있어요. 제발 서둘러 와주세요."

목소리의 주인공은 비비안이었다.

비비안이 방금 경찰에 신고한 게 분명했다. 어떻게 결박을 풀고 휴대폰을 손에 넣었는지 알 수 없었지만 지금은 그런 걸 따지고 있을 계제가 아니었다. 10분 안에 경찰이 들이닥칠 수도 있었다.

라이언은 상담실 문을 밀치고 들어서면서 불을 켜고 방 안을 둘러보았다. 해리는 여전히 결박된 상태로 누워 있었지만 비비안은 방 한가운데에 서 있었다. 재갈은 물론이고 손목과 발목의 결박이 모두 풀려 있었고, 손에는 휴대폰이 들려 있었다.

비비안이 이글거리는 눈빛으로 라이언을 바라보았다. 승리감에 도취된 표정이었다. 라이언은 그녀를 향해 달려가 손에서 휴대폰을 쳐냈다. 휴대폰이 빙그르르 날아가 바닥에 부딪치고 나서 구석에 놓인 의자 밑으로 데굴데굴 굴러 들어갔다.

"이미 늦었어요, 라이언! 이런다고 달라질 건 없어요."

라이언은 비비안의 얼굴을 한 대 후려치고 싶은 충동을 가까스로 억눌러 참았다. 그제야 그녀의 손에 들려 있던 휴대폰의 주인이 해리라는 게 생각났다.

오, 맙소사. 이렇게 멍청할 수가?

해리의 휴대폰을 까맣게 잊고 있었다. 기가 막힐 노릇이었다. 이제야 모든 상황이 파악되었다. 비비안이 누워있던 상담용 의자의 머리 쪽 하단부에는 높낮이를 조절할 수 있는 톱니 모양 조절장치가 부착돼 있었다. 바로 거기에 비비안의 손목을 묶은 붕대가 매어져 있었다. 비비안은 몸을 최대한 비틀어 톱니 모양 조절장치 모서리에 붕대를 가져다대고 끊어질 때까지 문질렀을 가능성이 컸다. 물론 쉽지 않은 작업이었겠지만 비비안은 인내심을 갖고 마침내 붕대를 끊어낸 다음 자유를 찾은 게 분명했다. 그 다음에 일이 어떻게 진척됐을지는 불 보듯 뻔했다. 입에서 재갈을 빼내고 발목을 묶었던 붕대를 풀고, 해리의 바지주머니를 뒤져 휴대폰을 손에 넣었을 것이다. 휴대폰을 확보하고 나서 어두컴컴한 방에서 급히 움직이다 사이드보드에 몸을 부딪쳤고, 그 바람에 위에 놓여 있던 해리 할머니의 사진틀이 바닥으로 떨어지며 요란한 소리를 낸 듯했다. 바로 그 소리에 놀라 잠을 깬 것이다.

원래대로 선반에 결박해 놓았더라면 벌어지지 않았을 일이었다. 비비안을 과소평가한 게 실수였다. 여자라는 이유로 편안하게 생각했다. 정작 해리는 경찰서가 눈앞에 보여도 안으로 들어가 신고도 못할 만큼 겁이 많았지만 비비안은 대담하고 영악한 여자였다.

어쩌면 이렇게 바보 같은 실수를 저지를 수 있을까?

이제는 비상 상황이었다. 비비안의 팔을 꽉 움켜쥐자 입에서 비명 소리가 터져 나왔다.

"이제야 상황파악이 되나?"

비비안은 몸을 뒤틀며 저항했지만 라이언의 힘을 감당해 내지 못하고 이내 포기했다.

라이언은 그녀를 상담실 밖으로 끌고나온 다음 아직 계단 위에 그대로 놓여 있는 핸드백을 내밀었다.

"어서 차 키를 꺼내."

"도주하기에는 이미 늦었어요. 그만 자수해요."

라이언은 직접 핸드백을 뒤져 차 키를 찾아낸 다음 비비안을 주방으로 끌고 들어가 싱크대에서 식칼을 꺼내 들었다.

"제발 멍청한 짓은 하지 말아요."

라이언은 살아 있는 사람을 칼로 찌를 만큼 대담하지 못했다. 걸핏하면 주먹을 휘두르며 살아왔지만 주먹질과 칼을 사용하는 건 하늘과

땅 차이였다. 비비안이 칼을 보고 겁을 집어먹길 바랄 뿐이었다. 예상대로 그녀는 눈에 띄게 고분고분해졌다. 얼굴에도 공포에 질린 기색이 그대로 드러나 있었다.

바깥은 아직 어둠속에 잠겨 있었다. 재빨리 주변을 둘러보았지만 경찰은 보이지 않았다. 신고가 접수된 지 4, 5분쯤 지났으니 최대한 빨리 이 지역을 벗어나야 했다.

라이언이 비비안을 운전석으로 밀어 넣고, 재빨리 조수석에 올라탔다. 비비안의 늑골에 식칼을 가져다대자 몸을 바들바들 떨었다.

"어서 출발해!"

비비안이 차 키를 꽂고 몇 번 시동을 걸었으나 실패했다. 일부러 지연작전을 쓰는 게 분명했다. 라이언이 식칼로 늑골을 세게 누르자 즉시 시동이 걸렸다.

"어디로 가죠?"

"일단 모리스턴 가를 벗어나. M4 고속도로 쪽 말고 다른 길을 이용해."

경찰이 고속도로 진입로를 봉쇄했을 가능성이 높았다.

"그 다음은?"

"때가 되면 알려줄 테니까 입 닥치고 운전이나 해!"

라이언은 앞일을 아무것도 예측할 수 없었다.

10

택시에서 내린 가렛은 차 문을 닫았다. 순간적으로 열이 오르는 바람에 잠시 길가에 서서 심호흡을 하며 마음을 진정시켰다. 지금쯤 구름 한 점 없이 화창한 프로방스의 어느 작은 카페에서 크루아상을 먹으며 주변의 아름다운 풍경을 감상하고 있었더라면 정말 좋았을 거라는 생각이 문득 뇌리를 스쳤다.

잔뜩 흐린데다 춥고 바람까지 불어대는 전형적인 영국 날씨에 경찰서에 출두해 한 시간 넘게 조사를 받아야만 했다. 가렛은 전혀 예상하지 못했던 상황에 기가 찰 노릇이었다. 모두가 지나의 생일을 챙겨주려다 벌어진 일이었다. 정성들여 장미꽃 이벤트를 준비했건만 지나는 감동하기는커녕 시큰둥한 반응을 보였을 뿐이었다. 근사한 저녁식사를 끝내고 바에서 함께 춤을 추며 즐거운 시간을 보내려고 했던 가렛은 잔뜩 실망하지 않을 수 없었다. 운이 좋으면 모처럼 함께 침대로 들어가 열정적인 밤을 보낼 수 있을 거라 기대했는데 보기 좋게 딱지를 맞은 셈이었다.

만취돼 돌아온 지나는 아스피린을 먹고 나서야 겨우 정신을 차리더니 그동안 무슨 일이 벌어졌는지 이야기해주었다. 무엇보다 기가 막힌 건 그 역시 사건에 연루되었다는 것이었다. 심지어 스완지경찰의 수배자명단에까지 올라 있었다.

말도 안 돼. 어떻게 이런 일이 일어날 수 있지?

이 모든 일의 발단은 지나가 매튜 월라드라는 남자를 만났기 때문이라는 생각이 들었다. 그를 만나고 난 후 계속 일이 꼬이고 있었다. 가렛은 소파에 누워 한숨도 잠을 자지 못하고 꼬박 새웠다. 날이 밝는 대로 경찰서에 출두해 결백을 밝힐 작정이었다. 3주 전, 방랑벽이 도져 무작정 프로방스로 떠났다. 언제나 가보고 싶은 곳이었고, 아무에게도 이야기하지 않고 떠났다. 어디로 갈지 행선지를 알리지 않는다는 게 그의 방식이었다. 마침 회사도 그만둘 때가 됐다고 생각하고 있었기에 재고 따지고 망설일 까닭이 없었다.

가렛은 경찰서에 출두해 모건 경감을 만났다. 그가 마치 산책 나온 사람처럼 출두하자 모건 경감은 깜짝 놀란 눈치였다. 그는 알리바이를 입증해줄 수 있는 전세버스 티켓을 소지하고 있었다. 전세버스를 이용해 프랑스로 건너갔다가 영국으로 돌아왔다. 서류가방 속에 왕복 티켓이 그대로 남아 있었다. 지갑 속에는 아직 파운드화로 환전하지 않은 유로화도 들어 있었다. 프랑스 고속도로의 톨게이트 영수증도 몇 장 찾아냈다. 영국에서는 햇볕에 그을린 구릿빛 피부를 만드는 게 불가능했다. 지금 그의 피부색은 지중해에서 비교적 오랜 시간 공을 들여야만 얻을 수 있는 구릿빛이었다.

모건 경감도 그가 프랑스에 체류하고 있었다는 걸 순순히 인정했다. 그렇다고 모든 의심을 거두어들인 건 아닌 듯했다. 모건 경감은 그에게 지나가 다른 남자를 만나는 것에 비위가 상해 프랑스로 떠난 건 아닌지 물었다. 너무나 어처구니없는 생각이었다. 지나가 매튜 윌라드와 사귀는 게 마음에 들지는 않았지만 그런 일로 비위가 상할 정도는 아니었다.

"당신은 알렉시아에 대해 알고 있었나요?"

모건 경감이 물었다.

"네, 조금은 알고 있었습니다."

알렉시아에 대해 대강은 알고 있었다. 대부분 지나에게서 들은 이야기 때문이었고, 몇 년 전 함께 식사했던 기억이 났다. 켄 리스 부부가 브링튼의 지나를 방문했을 때였다. 그 당시 알렉시아는 셋째 아이를 임신 중이었고, 출산이 임박해 있었다. 가렛은 만삭의 몸으로 친구 집을 방문하는 건 그리 현명한 선택이 아니라고 생각했다. 갑작스럽게 진통이 시작돼 친구 집 거실 양탄자에 아이를 낳아놓으면 큰 낭패가 아닐 수 없을 테니까. 켄이 아이들을 전담해 돌보고 있다는 것도 언뜻 이해되지 않았다. 아무리 세상이 바뀌었다지만 육아는 엄마가 맡아야 제격이라고 믿어왔기 때문이었다. 그렇게 보자면 켄은 세상에서 가장 모범적인 아빠가 분명했다. 켄이 스스로 육아를 전담하기로 결정한 건 어느 모로 보나 자기희생적인 선택이 아닐 수 없으니까.

가렛은 알렉시아가 스스로 어딘가로 떠나버린 거라 확신했다. 그녀의 최근 상황을 이해한다면 충분히 가능한 추론이었다.

알렉시아는 더 이상 버틸 수 없었던 거야. 하루하루가 끔찍한 악몽의 연속이었을 테니까. 악몽에서 벗어나기 위해 몸부림치는 건 인간의 본능이니까.

알렉시아가 납치상황을 연출한 건 도피시간을 벌기 위한 일종의 트릭일 수도 있었다. 사람들의 관심을 엉뚱한 방향으로 돌리기 위한 눈속임…….

브링튼에서 함께 저녁식사를 했던 날, 가렛은 언젠가 알렉시아가 스스로 무너져 내릴 거라는 예감을 받았다. 그녀는 끊임없이 추월선을 넘나들며 질주를 계속하는 폭주차량이자 다 타버린 양초였다. 그날 가렛이 알렉시아에게서 받은 인상이었다.

그 당시만 해도 알렉시아는 《헬스케어》지가 아니라 다른 잡지에 몸담고 있었다. 그녀는 언젠가 유능한 편집장이 되어 잡지를 보란 듯이 이끌고 싶다는 포부를 내비쳤다. 성공과 신분상승에 대한 욕망에 광적일 만큼 집착하고 있다는 느낌을 받았다. 일단 목표를 세우면 불도저처럼 밀어붙이는 스타일이었지만 그녀가 가진 야망에 비해 제반 여건이나 실력은 형편없어 보였다. 게다가 실패의 충격을 완화시키는 방법을 몰랐다. 위를 보고 사다리를 올라가는 동안에는 겁이 나지 않는 법이다. 사다리를 내려와야 할 때 아래쪽을 내려다보면 비로소 현기증이 느껴지게 마련이었다.

어떤 일을 하든 일시적인 추락을 피할 수 없었다. 알렉시아는 위기에 대처하는 유연성이 결여돼 보였다. 이를테면 회장이 해고통지서를 건넬 경우 마치 세상이 붕괴돼버린 것처럼 크게 절망할 스타일이었다. 그런 그녀가 회장의 압박에 시달리고 있었고, 곧 해고될 위기에 봉착해 있었다.

가렛은 지나에게서 그 말을 듣는 순간 알렉시아가 스스로 꾸민 자작극일 가능성이 높다고 확신했다.

"알렉시아는 아이들을 버리고 떠날 만큼 매정하지 않아."

지나가 지친 얼굴로 가렛의 말에 반박했다.

가렛은 적어도 심리적인 문제에 관한 한 자신이 지나보다 한 수 위라고 생각했다. 지나의 말대로 알렉시아는 모성애가 결여된 여자는 결코 아니었다. 오히려 아이에 대한 욕심이 지나치게 많은 여자였다. 리스 부부가 아이를 넷씩이나 낳은 것도 알렉시아의 의견이 반영된 결과일 가능성이 높았다. 커리어우먼과 슈퍼맘 역할을 동시에 다 해내고 싶었던 여자에게 한두 명의 아이는 성에 차지 않았을 테니까.

알렉시아는 일이든 가정이든 어느 한쪽의 성공만으로는 만족할 수 없는 여자였다. 일과 가정 모두 성공한 슈퍼우먼이 되고 싶어 했으니까.

"알렉시아가 자작극을 벌인 거라고? 말도 안 돼."

"알렉시아는 바라던 편집장이 되었지만 상황은 오히려 꼬이기만 했어. 《헬스케어》지는 발행부수가 계속 줄어들었고, 쥐꼬리만 한 월급을 받으면서 밤낮없이 일했음에도 회장은 심한 닦달을 해대며 해고시킬 궁리에 몰두했지. 성공한 커리어우먼을 꿈꾸었던 알렉시아로서는 그야말로 벼랑 끝에 선 심정이었을 거야. 그녀가 그나마 일에 집중할 수 있었던 건 켄이 아이들을 맡아 키워주었기 때문이야. 그녀는 아이들을 보살필 여력이 없었지. 단란한 가정을 갖길 원했던 소망은 이제 꿈조차 꿀 수 없게 된 거야. 내기를 해도 좋아. 아이들은 지금도 엄마의 부재에 대해 아쉬움이 크지 않을 거야. 어차피 엄마 얼굴을 보고 산 적이 거의 없었을 테니까."

가렛의 주장을 반박해주고 싶었지만 딱히 좋은 생각이 떠오르지 않아 입만 크게 벌리고 있었을 뿐이었다.

"알렉시아는 새삼 자신의 생을 돌아보자니 암담했겠지. 열심히 일한 죄밖에 없는데 사람들로부터 배척 대상이 되어 있을 뿐만 아니라 세상이 온통 자신을 조롱하는 느낌이었을 거야. 알렉시아 스스로 자작극을 꾸밀 이유가 충분하다고 생각해."

모건 경감도 매우 흥미로운 견해라며 귀담아 들어주었다. 보아하니 어느 누구도 알렉시아가 어떤 문제를 겪고 있고, 어떤 심리상태에 처해 있었는지 모건 경감에게 이야기해준 사람이 없나 보았다. 사람들은 알렉시아가 누군가에게 납치되었다는 환상에서 벗어나지 못하고 있는지도 모를 일이었다.

이제부터 뭘 해야 하지?

지나에게 차를 빌려주는 바람에 발이 묶여버렸다. 스완지 방문은 처음부터 끝까지 실패였다. 지나의 환심을 사려고 방문했는데 경찰서에 출두해 납치혐의를 푸느라 시간을 다 허비했다. 다양한 색깔의 장미꽃다발을 구입해가며 공을 쏟았지만 지나는 제대로 거들떠보지도 않았다. 가렛은 자신이 바보가 된 느낌이었고, 그 역할이 영 마음에 들지 않았다.

지나는 알렉시아의 집에 가면서 아파트 열쇠를 맡기고 갔다. 아파트로 올라가 가방을 꾸리며 이제는 미련 없이 돌아가야 할 때라고 생각했다. 모건 경감은 스완지를 떠나면 안 된다고 말했지만 부당하고 무리한 요구였다.

브링튼 주소를 경찰에 남겨두고 왔으니 필요하면 연락하겠지?

지나의 집은 장미꽃에 파묻혀 있다시피 했다. 장미를 꽂기 위해 집에 있는 꽃병과 수반이 총동원됐다. 심지어 주전자에도 장미꽃이 꽂혀 있었다. 장미를 보고 있자니 이유를 알 수 없는 슬픔이 밀려왔다.

가렛은 자신이 지나를 사랑했는지 아닌지 정확하게 알 수 없었다.

진정으로 사랑할 능력이 있는지에 대해서도 의구심을 느꼈지만 지나와 인생을 함께할 수 있기를 간절히 원했다. 그는 이 세상에서 지나보다 매력적이고 섹시한 여자는 없다고 생각해왔다. 그럼에도 지나가 결별을 선언했을 때 잠시나마 안도의 한숨을 내쉴 수 있었던 건 당분간 둘 사이 다툼을 멈출 수 있었기 때문이다.

가렛은 단 한 순간도 지나가 영원히 떠났다고 생각한 적이 없었다. 언젠가는 다시 돌아오리란 걸 의심하지 않았다. 스완지를 방문해 숨돌릴 틈 없이 애정공세를 퍼붓고, 다시 시작할 기회를 만들고 싶었다. 그 동안 많은 남자들이 지나에게 유혹의 눈길을 보냈으리라는 건 보지 않아도 알았다. 세상 남자들이 지나처럼 매력적인 여자를 가만히 놔둘 리 없으니까.

가렛은 이번에도 다른 경쟁자들을 물리치고 지나의 마음을 사로잡을 자신이 있었다. 결과는 실패로 돌아갔다. 이제야 지나를 완전히 잃게 되었다는 사실을 실감할 수 있었다. 매튜 윌라드와의 관계가 공고하게 유지되든지 여부에 관계없이 지나는 이제 그의 여자가 아니라는 걸 느낌으로 알 수 있었다. 어젯밤, 눈앞에 있던 여자는 그 옛날 알았던 지나가 아니었다. 지나는 앞으로 한 발 더 전진해 있었고, 다시는 돌아오지 않으리란 걸 알 수 있었다.

지나는 알렉시아의 집으로 가면서 집주소를 적어주었다. 가렛은 택시를 타고 그 집으로 가며 차를 돌려받는 즉시 브링튼으로 돌아가기로 결심했다. 그의 자존심이 더 이상 스완지에서 어슬렁거리는 걸 용납하지 않았다. 적어도 사랑을 구걸하는 남자가 될 수는 없었다. 일이든 사랑이든 패배자가 된다는 건 언제나 씁쓸하기 그지없었지만 적어도 품위를 지키며 물러서기로 결심했다. 고개를 빳빳이 치켜들고 당당하게.

30분 후, 가렛은 알렉시아의 집 앞에 도착했다. 대체로 가난하고 허름한 동네였다. 알렉시아가 가난한 동네에 있는 이 작은 집을 얻기 위해 휴일도 반납하고 죽기 살기로 일했다는 게 너무나 안쓰러웠다. 그녀가 인생을 수정하기 위해 어디론가 숨어버렸다고 해도 전혀 비난받아야 할 일이 아닐 듯했다.

알렉시아는 자신이 실패했다는 사실을 받아들이기 힘들었던 거야.

알렉시아는 바람과 달리 일과 가정 모두에서 실패했다. 베이비시터를 오래도록 고용했더라면 아이들은 그녀를 '마미'라고 부르며 엄마보다 더 따랐을지도 모른다. 베이비시터를 고용할 수 없는 형편이었던 게 오히려 다행일 수도 있었다.

가렛은 집 주위를 둘러보았지만 그 어디에서도 자신의 차는 보이지 않았다. 켄과 지나가 차를 타고 외출을 나간 듯했다. 제발 빨리 돌아오길 기대하며 초인종을 눌러보았다. 예상대로 집 안에서는 아무런 인기척이 없었다.

가렛은 집 밖에서 어슬렁거리고 있을 기분이 아니어서 혹시 안뜰로 들어가는 통로가 있는지 둘러보았다. 주방 옆쪽에 안뜰로 들어가는 통로가 있었다. 문이 잠겨 있지 않아 그 통로를 이용해 안뜰로 들어갔다. 안뜰 테라스에는 아이들 장난감, 정원용 도구, 다양한 화초, 이름을 알 수 없는 테라코타 화분들이 잔뜩 널려 있었다. 테이블과 꽃무늬 방석을 깐 의자도 있었는데 방석은 몇 년 동안 한 번도 빨지 않은 듯 음식물찌꺼기가 덕지덕지 묻어 있었다. 아마도 아이들이 음식물을 먹을 때마다 절반쯤 흘린 듯했다, 지난날, 출산 문제로 지나와 허다한 논쟁을 벌였던 게 떠올랐다. 가렛은 자신이 왜 아이를 갖는 문제에 대해 그토록 강한 거부감을 갖고 있었는지 이제야 알 수 있을 듯했다. 아이들은 어른이 되기 전까지 누군가 돌봐주어야 할 사람이 필요했다. 그당시 그는 그 어디에도 얽매이고 싶지 않았다.

가렛은 음식물찌꺼기가 잔뜩 묻어 있는 방석을 치우고 의자에 앉아 등받이에 깊숙이 몸을 기댔다. 날씨가 제법 쌀쌀했지만 바람이 테라스와 반대 방향에서 부는데다 풀오버까지 입고 있어 그럭저럭 견딜 만했다. 커피 한 잔만 있었더라면 전혀 아쉬울 게 없을 듯했다.

11

나는 꼭두새벽에 켄의 집을 찾아갔다. 아직 해가 뜨기 전이었다. 사실은 가렛과 함께 집에 있는 게 불편해 한시라도 빨리 벗어나고 싶었다. 가렛과 논쟁을 벌이고 싶지도 않았고, 예전으로 돌아가고 싶지도 않았다. 그의 갑작스런 출현과 장미꽃다발 선물이 부담감만 가중시켰을 뿐이었다.

나는 켄을 핑계 삼아 집을 나섰고, 가렛은 경찰서에 출두하기로 했다. 그는 시급히 경찰서에 출두해 혐의를 푸는 게 급선무였다. 그는 나에게 자기 차를 타고 가라고 강요하다시피 했다.

나는 어쩔 수 없이 가렛의 제안을 받아들였지만 차를 타고 가는 도중 나 자신에게 무척이나 화가 났다. 가렛의 작전에 당한 느낌이었다. 차를 핑계로 내 옆에 눌러앉으려 할 경우 낭패가 아닐 수 없었다. 오늘 집에 돌아갔을 때 장미꽃다발 말고는 나를 기다리는 게 없길 바랐는데, 이미 허사가 된 셈이었다. 가렛이 경찰서의 볼일을 끝내고 켄의 집에 나타날 테고, 나에게 찰거머리처럼 들러붙을 가능성이 농후했다. 매튜와 두 번 통화를 시도했지만 곧장 메시지보관함으로 연결되었다. 아무에게도 방해받고 싶지 않아 휴대폰을 꺼둔 듯했다.

너무나 초췌한 켄의 모습에 깜짝 놀랐다. 마치 심한 고문을 당한 사람 같았다. 알렉시아 때문에 끔찍한 상상에 시달린 듯했다. 한참 동안 면도를 하지 않아 덥수룩하게 자란 수염, 최소한 사흘 넘게 갈아입지 않아 후줄근해진 옷차림으로 보아 최근 며칠 동안 단 하루도 침대에 누워보지 못한 듯했다. 나는 켄을 한동안 찾아보지 못한 것에 대해 마음속으로 자책했다. 바네사의 유해가 발견된 이후 한동안 매튜에게만 마음이 가 있었다. 매튜에게 신경 쓰느라 켄을 돌아볼 여력이 없었다.

켄은 엉거주춤한 자세로 나와 포옹했다. 적당한 위로의 말이 생각나지 않아 켄을 안은 채 현관에 그대로 서 있었다. 잠시 후, 켄이 포옹을 풀고 한 걸음 뒤로 물러섰다.

"매튜는 어떻게 지내요?"

"바네사와 작별의 시간을 갖고 있어요. 매튜 혼자 바네사의 유해가 발견된 현장에 가보겠다고 하더군요."

"마지막 용기를 냈군요."

집안은 온통 조용했다.

첫째와 둘째는 학교에 갔다고 해도 꼬맹이들은 대체 어디 있지? 아직 유치원생도 아닌 시애나는 집에 있어야 하잖아?

"아이들은 어디에 있죠?"

"아이들은 넷 다 어머니에게 보냈어요. 혼자서는 아이들을 돌볼 수 있는 여건이 되지 않았어요. 나마저 무너지면 아이들에게는 정말 큰

일이잖아요."

켄은 그 말을 하며 어깨를 축 늘어뜨렸다. 그가 얼마나 끔찍한 부담감에 시달리고 있는지 알 수 있을 듯했다.

"큰아이들은 당분간 재택학습을 해도 좋다는 허락을 받았어요. 학교에서도 상황이 특수하니까 이해하더군요."

켄이 무슨 큰 잘못이라도 저지른 사람처럼 무안한 표정을 지었다.

"켄, 그 심정 충분히 이해해요. 그래요, 아이들을 위해서도 그렇게 하는 편이 나았겠어요."

나는 그렇게 말했지만 정말로 잘한 결정인지는 알 수 없었다. 켄은 아이들 때문에 힘들었던 게 분명했다. 아무리 그렇더라도 아이들을 떠나보낸 건 잘한 일이 아닌 듯했다. 음식을 만들고 빨래를 하고 숙제를 챙겨주고 설거지도 하다보면 아이들을 위해서라도 반드시 다시 살아야겠다는 의지가 샘솟을 텐데 정말 아쉬운 부분이었다. 지금은 일을 모두 중단한 상태였고, 정상적인 생활을 찾기가 점점 더 힘겨워질 듯했다. 켄은 아무것도 먹지 않고 샤워도 하지 않고 잠도 자지 못하는 게 분명했다.

"켄, 내 말 좀 들어봐요. 당신은 잠깐이라도 이 집에서 벗어나야 할 것 같아요. 하루온종일 집 안에만 틀어박혀 있는 건 좋지 않아요. 나와 함께 바닷가에 나가 산책이라도 하고 돌아와요."

켄이 의심스런 눈초리로 나를 쳐다보았다.

"그러다가 경찰에서 연락이 올 경우 어떡하죠? 새로운 소식이 올 수도 있으니까요."

"경찰이 휴대폰번호를 알고 있잖아요. 어디에 있든 연락이 가능하니까 걱정하지 말아요. 계속 집안에 틀어박혀 전화기만 눈이 빠지게 처다보고 있다가는 건강을 크게 해칠 수도 있어요."

"차도 없이 어떻게 바닷가까지 가려고요?"

내가 차 키를 흔들어보였다.

"가렛의 차를 가져왔어요. 어젯밤, 가렛이 나를 찾아왔죠."

"가렛이 왔다고요? 경찰은 그 사람이 범인일지도 모른다고 의심하고 있잖아요?"

"가렛은 지금 경찰서에 출두해 있어요. 아마 지금쯤 모건 경감에게 잠적기간 동안 어디서 무얼 하며 지냈는지 자세히 이야기하고 있을 거예요. 가렛은 프로방스에 가 있었나 봐요. 그 사실을 입증해줄 명백한 증거도 있더군요. 가렛은 이번 사건과 전혀 관련이 없어요."

나는 켄에게 외출하기 전에 샤워를 하고 옷을 갈아입으라고 제안하고 싶어 입술이 근질근질했지만 입을 꾹 다물었다. 켄을 2층으로 올려 보냈다가는 생각을 바꿀 수도 있었기 때문이다.

스완지를 빠져나와 서쪽으로 방향을 잡았다. 스완지보다 더 아름다운 해변이 떠올랐기 때문이었다. 수요일 오전인 만큼 랭랜드나 캐스웰베이에 사람이 그다지 많지는 않으리라 짐작되었다. 한적한 바닷가에서 파도와 갈매기를 보며 바다 냄새를 맡고 싶었다.

켄을 집에서 데리고 나온 게 잘한 일인지 못한 일인지 알 수 없었다. 켄은 계속 혼자만의 생각에 사로잡힌 채 무덤덤하게 앉아 있었다. 산책보다는 차라리 잠시라도 눈을 붙이게 침실로 올려 보내는 편이 나았을 거라는 후회가 일었다.

꼼짝도 하지 않고 가만히 앉아 있던 켄이 갑자기 고개를 돌려 창밖을 내다보았다.

"M4 고속도로 쪽으로 방향을 바꿔도 될까요? 사실은 당신에게 보여주고 싶은 곳이 있거든요."

"당연하죠. 어디로 가고 싶은데요?"

"카디건."

매튜와 함께 카디건으로 여행 갔던 기억이 떠올랐다. 3주 전 일인데 까마득히 오래된 일처럼 여겨졌다.

"거긴 여기서 제법 거리가 먼 곳이잖아요?"

"당신만 괜찮다면 카디건에 한 번 가보고 싶어요."

"물론 난 괜찮아요."

사실 나는 시간이 그리 넉넉하지 않았다. 일단 가렛의 차를 가져온 게 문제였다. 가렛은 내게 그렇게 멀리까지 다녀오라고 차를 빌려준 게 아니었다. 어쩌면 가렛은 이미 경찰서에서 진술을 마치고 켄의 집 문 앞에서 내가 돌아오기를 기다리고 있을지도 몰랐다. 그렇다고 바닷가로 산책을 다녀오자고 제안해놓고 거리가 멀다는 이유로 가지 않겠다고 할 수도 없었다. 어차피 이렇게 된 일, 망설이지 않기로 했다.

두 시간 동안 달린 끝에 카디건에 도착했다. 매튜와 내가 거리를 구경하다 카페에서 차를 마셨던 그 날과 달리 주변 모든 게 잿빛 일색이었다. 날씨가 마치 가을처럼 스산했다. 강한 바람이 불었고, 낮게 드리워진 회색 구름이 사방에서 몰려왔다.

문득 매튜가 생각났다. 그는 아마도 지금쯤 바네사가 고통스런 죽음을 맞이한 동굴에 가 있을 것이다. 차라리 고집을 부려서라도 매튜를 따라갈 걸 그랬다는 생각이 들었다. 켄과 함께 있는 자리가 왠지 어색했다. 켄은 지금 몹시 비참한 상황에 처해 있었다. 그는 내 가장 친한 친구의 남편이니까 보살펴줄 의무가 있었다.

카디건 시내를 통과해 좁고 구불구불한 지방도로를 따라가다 계곡을 향해 내려갔다. 카디건 시내를 관통해 흘러온 강물이 육지 안쪽까지 깊숙이 들어와 있는 넓은 만으로 흘러들었다. 켄은 차를 타고 오는 내내 절망에 휩싸여 있던 사람이 맞나 싶을 만큼 흥분하기 시작했다.

"여기서부터는 차를 천천히 몰아요. 잠시 후에는 왼쪽 길로 차를 꺾어줘요."

차가 울퉁불퉁한 들길로 접어들었다. 바다로 이어지는 길이었는데, 그 길 끝에 헛간처럼 보이는 건물이 한 채 서 있었다. 가까이 다가가 보니 목재를 사용해 지은 공장이었다. 공장 옆에 자그마한 집이 한 채 붙어 있었다.

"조선소인가요?"

"여기에 차를 세워요."

켄이 그 말을 한 뒤 미처 브레이크를 밟기도 전에 차에서 내려섰다. 그런 다음 눈길이 닿는 곳에 있는 모든 걸 자기 쪽으로 끌어당기려는 듯 깊게 숨을 들이쉬었다.

"맞아요, 내가 운영했던 조선소."

"아, 여기가 바로 당신이 있었던 곳이군요."

"나는 여기서 살았고, 여기서 일했어요."

이 지역 풍경은 알렉시아가 보내준 편지들을 통해 어렴풋이 알고 있었다. 배를 만드는 공장과 그 옆에 딸린 작은 집……. 작은집에는 천장이 낮은 방들과 허름한 부엌, 너무 비좁아 몸을 돌릴 때마다 파란 얼룩이 묻어나는 욕실이 있다고 했었다. 집 안에서는 창문을 통해 조선소에서 만든 보트들을 시험운행해보는 만을 내다볼 수 있었다고 했다.

알렉시아는 4년간 이곳에 살았다. 처음에는 활기찼던 알렉시아의 편지는 점차 우울한 느낌으로 바뀌었다. 그 당시 나는 매일아침 보트

제작자 남편의 품에서 빠져나와 수려한 경치를 마주하며 해안 길을 따라 달린다는 알렉시아를 몹시 부러워했었다. 그러다가 차츰 알렉시아의 편지에서 외로움이 느껴지기 시작했다. 알렉시아는 아침에 해안가를 달리는 대신 침대에 누워 이불을 머리 위까지 끌어올렸고, 작업장에 커피를 내가야하는 처지를 증오했다. 하루온종일 바다만 바라보며 켄이 집으로 돌아오길 기다리는 날들도 증오스러웠다. 켄의 몸에 밴 나무 냄새, 아교 냄새, 셔츠에 묻어 있는 페인트 얼룩도 갈수록 혐오스러웠다. 켄이 요트를 만들 계획을 세우고 있을 때 알렉시아는 깊은 절망의 늪으로 빠져들었다. 바닷가에서 갈매기 울음소리만 들려도 귀를 틀어막았다.

그들 부부는 결국 스완지로 이사했고, 그 후 알렉시아는 《헬스케어》지의 편집장이 되었다.

알렉시아가 보낸 편지와 전화통화를 통해 스완지로 이사할 수밖에 없었던 과정을 처음부터 끝까지 잘 알고 있었지만 그 결정이 켄에게 얼마나 비감한 선택이었는지에 대해서는 잘 몰랐다. 낮게 내려앉은 잿빛하늘 아래 폐허가 되어버린 조선소가 있었고, 꿈이 좌초되어버린 현장을 바라보는 켄의 눈빛에는 억누를 수 없는 고통이 어려 있었다. 이 적막한 바닷가에서 5년 동안이나 앞날이 보이지 않는 생활을 하다 결국 켄을 설득해 스완지로 이사한 알렉시아의 심정도 충분히 이해할 수 있었다. 한편으로는 아내의 압박을 견디다 못해 꿈을 버리고 떠나야 했던 켄의 심정이 얼마나 쓰라렸을지 짐작되었다.

우리는 켄의 조선소를 향해 걸어갔다. 켄이 문을 흔들어 봤지만 공장 문은 굳게 잠겨 있었다. 그가 창문을 통해 공장 안을 들여다보았지만 불투명유리라 아무것도 보이지 않았다.

"당신 친구는 어떻게 됐죠? 조선소를 함께 일했던 친구에게 넘기고 떠났다고 들었어요."

"그 친구는 얼마 못가 파산했어요. 2년 전쯤이었는데 땅을 팔았는지 그대로 갖고 있는지는 잘 모르겠어요. 그 친구는 지금 런던의 선박 제조 회사에서 엔지니어로 일하고 있죠."

"당신은 왜 그렇게 안 했죠? 스완지에서도 당신의 전문성을 살릴 수 있는 일자리를 구할 수 있었을 텐데?"

"그 당시 우리에게는 아이가 두 명이나 있었죠. 스완지로 이주하면서 알렉시아는 집안일에서 완전히 손을 뗐고, 내가 집안 살림과 아이들 양육을 떠맡을 수밖에 없었어요. 나는 원래부터 내 고집대로 일을 밀고 나가는 데 서투른 사람이니까."

우리는 천천히 바닷가 쪽을 향해 걸어갔다. 켄이 허리를 숙여 납작한 돌멩이를 하나 집어 들더니 파도가 일렁이는 바다를 향해 집어던졌다. 거센 파도가 바위를 넘어 우리 발밑까지 다가와 찰랑거렸다.

"당신도 물론 꿈을 꾸어본 적이 있겠죠? 반드시 실현해야만 행복해질 것 같은 꿈……."

켄은 아마도 배를 축조하는 게 평생의 꿈이었을 것이다. 그 반면 내 꿈은 모호하고 불확실해 반드시 이루어야겠다는 생각이 없었다.

"자라서 되고 싶은 게 많았어요. 연극배우도 되고 싶었고, 가수도 되고 싶었죠. 세계일주를 해보고 싶은 소망도 있었어요. 그 중에서 내가 가장 절실히 소망했던 건 엄마를 떠나 독립하는 것이었죠. 짜증과 불만에 사로잡혀 있는 엄마, 답답한 현실, 속물적인 욕망의 세계로부터 달아나고 싶었어요. 늘 달아날 궁리만 하느라 아직 아무것도 이루지 못했나 봐요."

고개를 돌리다 무심코 반대쪽 해안에 눈길이 닿았다. 백사장이 있고, 그 뒤쪽으로 풀이 무성하게 자란 언덕이 있었다.

"다시 말해 진정한 꿈이나 인생목표가 없었던 셈이죠. 엄마로부터 달아나는 게 인생목표였다니 말 다했죠. 그 문제 말고 다른 것들은 죄다 부수적인 문제였어요."

"슬픈 이야기네요."

나는 그 말에 어깨를 으쓱했지만 지나친 감상에 빠지는 걸 스스로 경계했다.

"할머니가 살아 계실 때 종종 내 계획에 대해 이야기를 나누곤 했어요. 할머니는 내가 안정적인 일자리를 갖게 된 연후에 독립해도 늦지 않을 거라 충고했었죠. 대학을 졸업하고 혼자 힘으로 설 수 있는 능력을 키워야 한다고도 했었죠. 요즘 들어 할머니 생각이 자주 나요. 늦었지만 지금이라도 대학에 가볼까 생각하고 있어요. 내가 대학에 가면 오래 전에 영면한 할머니가 어느 누구보다 기뻐할 거예요."

"대학에 가는 건 좋은 선택 같아요."

켄이 다시 돌멩이를 집어 들고 물 위로 집어던졌다. 나는 할머니가 내게 얼마나 소중했는지 새삼 느꼈다. 할머니 덕분에 그나마 내 어린 시절이 우울한 빛깔 일색으로 채색되지 않을 수 있었으니까.

바닷가에 오니 조금이나마 마음이 차분해졌다. 나는 할머니 생각에 깊이 빠져 있었다. 그러다가 무슨 이유 때문인지 몰라도 차츰 마음이 불안해지기 시작했다. 뭔가 앞뒤가 맞지 않는 기억이 한 가지 있었는데 잘 떠오르지 않았다. 할머니 이야기를 꺼낸 뒤 갑자기 내 머리를 휙 스치고 지나간 기억이었다.

내 나이 열여섯 살 때 영면한 할머니가 대체 알렉시아의 실종과 무슨 관계가 있지? 흉가처럼 변한 조선소 앞에서 켄과 함께 서 있는 게 내 할머니와 무슨 연관이 있는 걸까?

"이제 그만 돌아가요. 가렛에게 차를 돌려줘야 하잖아요."

가렛은 화가 머리끝까지 올라 노발대발할 테지만 개의치 않았다. 그 대신 계속 할머니와 연관된 문제를 생각했다.

"할머니!"

내 말에 켄이 깜짝 놀란 눈으로 나를 쳐다보았다.

"뭐라고요?"

나는 켄의 가족관계를 잘 알지 못해 금세 생각이 떠오르지 않았지만 이제 분명하게 기억났다. 4월 어느 날, 이른 아침부터 신경이 곤두선 알렉시아가 내게 이렇게 말했다.

"베이비시터가 일을 그만뒀어. 정말이지 우리 부부는 지지리도 운이 없지 뭐야. 이럴 때 도움을 요청할 수 있는 할머니라도 있었으면 얼마나 좋았을까?"

알렉시아의 어머니는 아주 오래 전에 돌아가셨다는 걸 잘 알고 있었다. 그렇다면 그 당시 알렉시아가 말한 할머니는 켄의 어머니가 분명했다.

나는 마른침을 꿀꺽 삼켰다. 켄은 아까 아이들을 할머니에게 보냈다고 했다.

어떻게 된 일일까?

멍청한 오해로 밝혀지길 바랐지만 자꾸만 마음이 불안했다. 마치 위험이 목전에 임박한 듯 불길한 예감이 들었다. 갑자기 목구멍에 돌이 걸린 것 같은 기분이었다.

"켄, 아이들은 어디에 있죠? 당신 어머니는 돌아가신 지 오래된 걸로 아는데 아이들을 어디에 맡겼죠?"

켄이 내 얼굴을 빤히 쳐다보았다. 그의 얼굴에 어두운 그림자가 드리워졌다. 나는 그가 대답할 말이 없다는 걸 알 수 있었다.

뒤이어, 극심한 공포가 밀려왔지만 나는 어쩔 수 없이 다음 질문을 던졌다.

"알렉시아는 어디 있죠?"

12

라이언은 현재 위치가 어딘지 정확하게 알 수 없었다. 아직 스완지에서 많이 벗어나지 못한 곳이었다. 라이언은 운전대를 잡고 있는 비비안에게 가급적 경찰과 마주치지 않도록 큰길을 피하는 대신 우회로를 찾아 돌아가라고 명령했다. 그들은 몇 시간째 숲속 길을 달리고 있었다. 라이언이 샛길만 고집했기 때문이었다.

라이언은 거의 넋이 나간 상태였다. 비비안의 신고를 받고 출동한 경찰은 결박돼 있는 해리를 발견했을 테고, 비비안을 인질삼아 도주했다는 이야기를 들었을 것이다. 경찰이 비비안의 차종과 차량번호를 파악하는 건 시간문제인 만큼 모리스턴 인근 주요도로를 차단하고 검문검색을 펼치고 있다고 봐야 했다.

경찰이 라이언을 공식적으로 지명수배하고 있는 이유는 바네사 실종사건의 범인이기 때문이었지만 알렉시아의 실종과도 관련이 있을 거라 판단하고 있기 때문이었다.

이 중차대한 사건의 용의자를 체포하기 위해 경찰은 총력전을 펼칠 거라고 봐야 했다. 경찰을 피해 모리스턴을 무사히 빠져나올 수 있었던 건 천만다행이 아닐 수 없었다.

라이언은 어디로 가야할지 판단이 서지 않았다. 게다가 이 지역 지리에 어두웠다. 비비안의 도움을 기대할 수도 없었다. 그녀는 운전하는 내내 흐느꼈다. 늑골에 대고 있는 식칼 때문에 잔뜩 겁을 집어먹고 시키는 대로 따르고 있었지만 호시탐탐 도주의 기회를 노리고 있었다. 언젠가는 잠시라도 눈을 붙여야 할 테고, 주유소에 들러 기름도 넣어야 했다. 게다가 어떤 식으로든 먹고 마실 음식을 조달해야 했다.

날이 밝아올 무렵 라이언은 완전히 녹초 상태가 되었다. 에너지가 완전히 바닥난 상태였지만 라이언은 비비안에게 계속 차를 운행하라고 재촉했다. 비비안은 이미 몇 번이나 갈증과 피로감 때문에 도저히 운전대를 잡을 수 없다고 호소했지만 식칼로 위협해 간신히 무마시켰다.

"징징대지 말고 계속 운전해. 당신이 경찰에 신고하는 바람에 외국으로 도망치려던 내 계획이 어긋나게 되었어. 당신들은 집에 묶어둔 채로 내버려두었다가 경찰에 알려줄 작정이었단 말이야. 만약 그랬다면 아무 일 없이 끝났을 텐데 당신이 멍청하게 신고하는 바람에 일이 힘들어지게 되었어."

비비안이 또다시 훌쩍거리기 시작했다.

"당신은 바네사 윌라드를 납치해 죽였어요. 당신이 우리에게 무슨 짓을 저지를지 어떻게 알 수 있었겠어요."

"그 일은 내가 전혀 의도하지 않은 방향으로 진행된 실수였어. 나는 불운했을 뿐 양심을 져버린 살인자는 아니야."

비비안이 그 말을 믿지 못한다는 걸 알 수 있었다. 비비안의 시각으로 보자면 그는 비정한 살인자일 뿐인 듯했다. 아마도 비비안은 마음속으로 이런 끔찍한 악몽에 빠져들게 된 것에 대해 한탄하고 있을 게 뻔했다.

날이 밝아올 무렵 유량계 눈금이 밑바닥에 다다랐다. 게다가 비비안은 한 시간 전부터 용변이 급하다고 하소연하고 있었다. 라이언은 일단 갈 때까지 가보기로 했다. 옆에서 위협을 가하지 않을 경우 비비안이 무슨 짓을 저지를지 알 수 없었다. 다만 목적지도 정하지 않고 계속 차를 모는 건 어차피 불가능해지고 있었다. 조만간 기름이 다 떨어져 엔진이 동작을 멈출 것이기 때문이었다.

차는 한적한 지방도로 위를 달리고 있었다. 대강 짐작하기로 브레콘비콘 국립공원 일대를 빙빙 돌고 있는 중이었다. 웨일즈에 위치한 세 개의 국립공원 중 가장 최근에 제정된 곳이었다. 이 공원의 장점은 숨을 곳이 아주 많다는 것이었지만 단점이라면 잠적할 때 필요한 물품을 구입할 수 없다는 것이었다.

이제 배가 너무 고파 뭘 좀 먹어야할 때가 되었다. 브레콘비콘 국립공원은 공군특수부대 교육장으로도 활용되는 곳이었다. 최정예 군인들이 훈련을 받기 위해 모여드는 곳이었고, 그들의 임무 중에는 영국 내에서 발생하는 각종 테러와의 전쟁도 포함돼 있었다. 인질구출작전도 그들의 업무에 해당되었다. 모든 정황을 고려해볼 때 더 이상 이 근처에 머무는 건 위험했다. 그렇지만 당장은 이곳을 찾는 인적이 없어 다행이었다.

비비안에게 좁은 들길로 방향을 꺾으라고 지시했다. 그 길은 목장 울타리에 막혀 금세 끝났다. 그들은 차에서 내렸다. 비비안이 눈을 크게 뜨고 사방을 두리번거렸다. 틈만 나면 언제든지 달아날 생각을 하고 있다는 걸 알 수 있었다. 마음을 놓을 수 없는 이유였다.

비비안은 울타리에 몸을 바짝 붙이고 앉아 소변을 보았다. 그가 바로 옆에 서 있었지만 이번에는 전혀 개의치 않았다.

"목이 말라 미치겠어요."

"제발 그만 징징대고 어서 차에 타."

라이언은 보조석 문을 열고 비비안을 운전석까지 밀어 넣고 자신도 잽싸게 올라탔다. 비비안이 차에 시동을 걸려고 하자 그가 갑자기 중단시켰다.

"잠깐 일단 어디로 갈지 생각 좀 해봐야겠어."

비비안은 의자에 등을 기대고 눈을 감았다.

"라이언, 당신은 절대로 도주할 수 없어요. 경찰이 추격해오고 있고, 이제는 더 이상 몸을 숨길 곳이 없어요. 기름도 보충해야 하고, 음료수와 먹을 음식도 필요해요. 우리 수중에는 돈이 한 푼도 없고, 주유소나 슈퍼마켓에 들어갈 경우 발각될 위험이 커요. 결국 체포는 시간문제라는 뜻이에요. 이러다 자동차사고가 날 수도 있어요."

비비안이 또다시 울음을 터뜨렸다. 그동안 얼마나 울었는지 눈은 퉁퉁 부어 있었고, 피부는 얼룩덜룩했고, 코는 딸기코가 되어 있었다. 그 아름답던 얼굴은 그 어디서도 찾아보기 힘들었다.

"난 다시는 감옥에 들어가고 싶지 않아."

비비안이 코를 훌쩍이며 손목으로 눈물을 훔쳐냈다.

"바네사 월라드를 죽인 게 의도적인 게 아니었다면 생각보다 짧은 형을 살게 될 수도 있어요."

"당신은 내 말을 믿을 수 없겠지만 그 사건은 단지 운이 나빠서 그렇게 됐던 거야."

"당신 말을 믿어요."

라이언은 하마터면 헛웃음이 터져 나올 뻔했다. 믿는다는 말과 비비안의 얼굴 표정이 너무나 상반돼 보였기 때문이었다.

"판사는 내 말을 믿어주지 않을 거야."

"당신을 위해 법정에 나가 증언해줄 용의가 있어요. 당신이 도피 과정에서 매우 신사답게 처신했고, 아무런 해코지도 하지 않았다고 할게요. 당신은 나쁜 사람이 아니라는 걸 믿어요. 만약 당신이 정말 나쁜 사람이었다면 노라는 당신과 인연을 맺지 않았을 거예요. 노라도 그 사실을 분명하게 증언해줄 거예요."

비비안은 지금 이 상황에서 보여줄 수 있는 가장 진실한 눈빛으로 라이언에게 말했다.

"이제부터 제발 입을 꾹 다물고 있어. 생각할 게 많으니까."

가장 시급한 문제는 차를 구하는 것이었다. 그 다음은 돈이었고, 그 다음은 최대한 북쪽으로 달아나는 것이었다. 가능하면 스코틀랜드까지 달아날 생각이었다. 상황에 따라 두어 번 차량을 바꿔야 할지 모르지만 차를 훔치는 일은 그다지 어려울 것 같지 않았다. 과거 한때 차를 훔쳐본 경험이 있었다. 다만 상황이 허락되지 않으면 당장 멈춰도 되는 경우와 경찰의 지명수배를 받고 있고 인질까지 달고 다니는 입장에서 반드시 훔쳐야만 하는 경우는 차원이 달랐다. 경찰의 추적을 따돌리고 나면 비비안을 풀어줄 생각이었지만 웨일즈를 벗어나지 못하는 한 인질이 필요했다.

라이언은 비비안이 다치는 걸 원하지 않았다. 그녀를 싫어하는 스타일이었지만 비정한 살인자가 되고 싶지는 않았다. 바네사 윌라드의 가족에게는 파렴치한 살인범으로 기억되겠지만 라이언은 여전히 그녀가 불운했던 거라고 생각했다.

비비안이 다시 시동을 걸고 유량계를 쳐다보았다.

"앞으로 길어야 40마일밖에 못가요. 예비용 기름까지 바닥났으니까."

"곧 다른 자동차를 구하면 돼. 그건 내가 알아서 할 테니까 당신은 잠자코 운전이나 해."

큰소리는 쳤지만 자신감은 이미 한풀 꺾여 있었다. 비교적 큰 주차장이 어디에 있을지 생각해보았다. 기차역 근처 주차장이 차를 훔치기에 용이할 듯했다. 주로 교외지역에 사는 통근자들이 열차를 갈아타기 위해 차를 세워두는 곳이라 낮 시간에 차 주인이 나타날 가능성이 없다는 게 큰 장점이었다. 게다가 차량들이 빽빽하게 주차되어 있을 테니 사람들의 눈길을 피해 일을 할 수 있다는 장점이 있었다.

라이언은 아직 단안을 내리지 못하고 머뭇거렸다. 까딱 잘못 결정했다가는 자칫 일이 꼬일 수도 있었고, 모든 계획이 물거품으로 돌아갈 수도 있을 테니까.

차는 다시 지방도로로 나왔고, 라이언은 비비안의 옆모습을 살펴보았다. 얼굴은 많이 초췌해졌지만 처음보다는 긴장이 많이 풀려 보였다. 그녀의 얼굴에서 극심한 절망과 공포의 기운이 사라져있다는 건 결국 좋은 조짐이라고 할 수 없었다. 그가 얼마나 곤란한 상황에 처했는지 훤히 알고 있다는 뜻이었다. 좋은 기회를 잡을 수도 있다는 희망을 갖게 되었다는 뜻이었다.

비비안은 차를 훔치려는 틈을 타 탈출을 시도할 게 뻔했다. 라이언은 벌써 몇 시간째 비비안처럼 울고 싶었다. 울고 나면 극도로 곤두선 신경이 조금이나마 진정되겠지만 비비안의 눈에 한심한 남자로 비칠 게 뻔했다. 인질의 눈에는 강인한 남자로 보여야할 필요가 있었다.

라이언은 다시는 감옥에 들어가고 싶지 않았다. 지금 그에게 중요한 건 단지 그 한 가지뿐이었다.

13

마음속에서 어떤 목소리가 계속 나에게 켄과 함께 자동차에 올라타면 안 된다고, 운전대까지 넘겨주면 정말 큰 실수를 범하는 거라고 속삭였다. 그 목소리는 나에게 어서 도망치라고, 아주 멀리 달아나라고 애원했지만 나는 그럴 수 없었다. 알렉시아에게 무슨 일이 있었는지 알아내야만 한다고 생각했다.

"이제부터 나와 같이 가야할 데가 있어."

켄은 내 질문에 대답하지 않고 그렇게 말했다. 켄의 표정으로 보아 그 말은 부탁이 아니라 명령에 가까웠다. 내가 거절할 경우 당장 무슨 일이 벌어질지 알 수 없었지만 내게 선택의 여지는 없었다. 차는 점점 더 외진 곳으로 들어갔다. 내가 지금 심각한 위험에 빠져 있다는 게 더욱 뚜렷하게 느껴졌다. 그렇지만 딱히 벗어날 방법이 없었다.

차에서 뛰어내릴까?

그 경우 부상을 당하게 될 테고, 얼마 도망가지 못해 켄에게 붙잡힐 가능성이 컸다. 좀 전, 조선소 근처에서도 상황은 마찬가지였다. 조선소 옆 바닷가에 우리 둘밖에 없었다. 설사 내가 차에 타라는 켄의 말을 거부하고 도와달라고 소리쳐도 나를 구하러 와줄 사람은 그 어디에도 보이지 않았다.

　길은 점점 울퉁불퉁해지다가 마침내 흔적조차 알아볼 수 없는 지점에 이르렀다. 켄이 차를 세우고 주위를 둘러보았다. 사방이 온통 초원이었고, 담장들과 목장 울타리가 보였다. 양들이 목초지에서 한가로이 풀을 뜯고 있었다. 초원이 끝나는 먼 앞쪽에 평평한 바위 절벽이 이어져 있었다. 우린 지금 주거지에서 아주 멀리 떨어진 바다 위쪽 절벽에 와 있었다.

　"젠장맞을! 당신은 오늘 우리 집에 들르지 말았어야 했어. 당신이 모든 걸 망쳐버리고 말았지."

　문득 공포가 밀려왔지만 최대한 티내지 않으려고 애썼다.

　"켄, 나는 당신을 도와주고 싶었어요. 당신이 몹시 괴로워하고 있을 거라 생각했으니까요."

　"당신은 나를 내버려두었어야 해."

　"당신이 몹시 힘들 거라 생각했고, 기분전환이라도 시켜주고 싶었어요."

　말을 하고 보니 지금 이 상황에는 어울리지 않는다는 느낌이 들었다.

　"그래, 당신 말대로 나는 지금 몹시 힘들어. 오늘만 특별히 힘들었던 게 아니야. 이미 몇 년 전부터 늘 힘들었지. 당신들은 아무도 내가 힘들어한다는 걸 눈치 채지 못했어."

　켄이 신경질적인 분노에 휩싸여 손으로 운전대를 마구 쳤다.

나는 켄의 말이 무슨 뜻인지 알 듯했다. 켄은 성공에 대한 집착으로 슈퍼우먼이 되고자 했던 알렉시아의 야망 때문에 조선소를 포기하고 스완지로 이사했다. 그때부터 그는 아이들을 돌보고 집안 살림을 도맡아 챙길 수밖에 없게 되었다. 게다가 아이들은 네 명으로 늘어났다.

나는 켄이 아내를 위해 집안 살림을 도맡아 꾸려가는 걸 보고 멋지다고 생각했다. 그 이야기를 들은 사람은 누구나 다 나처럼 생각했다. 모두들 말로만 남녀평등을 외치는 게 아니라 몸소 실천해 보이는 남편이라며 박수를 보냈다. 알렉시아가 바깥일에 전념하는 동안 정성을 다해 아이들 기저귀를 갈아주고 이유식을 만들고 젖병을 따뜻하게 데우고 장난감을 치우고 도시락을 싸주고 아이들의 싸움을 말려주는 남자라니, 그 얼마나 멋진가?

켄이 그렇게 할 수 있었던 건 아내에 대한 깊은 사랑 때문이라고 여겼다. 그 모든 선택이 오로지 아내를 뒷바라지하기 위해서라 생각하니 뭉클한 감동이 일 정도였다. 켄의 인생에 오직 하나뿐인 사랑, 알렉시아를 위해.

"당신이 그렇게 힘든 상황인 줄 몰랐어요. 모두들 당신이 아름다운 결심을 했다며 감탄을 금치 못했죠. 그 누구도 당신의 헌신적인 노력을 당연하다고 생각하지는 않았으니까요. 당신은 모든 여자들이 꿈꾸는 이상적인 남편이었죠."

켄의 얼굴에 냉소적인 미소가 스치고 지나갔다.

"계속 그렇게 꿈꾸라지. 다들 말로는 나 같은 남자를 선호한다고 주장하지만 현실은 달라. 아무도 나 같은 남자를 매력적이라 생각하지 않지. 여자들은 자신들이 자아를 실현할 수 있도록 뒷바라지해주는 남자를 필요로 한다고 말하지만 막상 침대로 들어갈 때는 다른 선택을 하지. 재력이 많은 남자, 밤새도록 사랑해줄 수 있는 마초 같은 남자의 손을 붙잡는 법이야. 세상 이치란 늘 그러니까."

켄의 말투에서 쓸쓸한 자조의 느낌이 묻어났다. 예전에는 한 번도 본 적 없는 모습이었다. 그는 늘 다정하고 이해심 많고 친절하고 긍정적인 사람이었다. 쓸쓸한 표정을 지으며 시니컬한 말들을 내뱉는 모습은 감히 상상도 할 수 없었다.

지금 내 눈앞에 있는 켄은 일찍이 내가 알던 사람이 아니었다.

"혹시 알렉시아에게 다른 남자가 있었나요?"

내가 조심스럽게 물었다. 말도 안 되는 질문이라는 걸 알았다. 내가 아는 알렉시아는 아이들을 켄에게 맡긴 채 일에만 매달렸으니까.

그렇지만 혹시라도 다른 남자와 어울릴 수도 있지 않을까? 알렉시아가 전에 혹시 그런 암시를 한 적이 있었던가?

"알렉시아에게 남자는 없었어. 내가 한사코 말렸지만 아이를 넷이나 낳은 게 문제였어. 알렉시아는 일과 가정 모두에서 성공한 슈퍼맘이 되고자 했지. 사실상 육아는 나에게 떠맡긴 채 오로지 성공하고 싶은 욕망에 사로잡혀 집안일은 나 몰라라 했던 거야. 《헬스케어》지 사장자리에 오르겠다는 일념 하나로 박봉에 시달리면서도 밤낮없이 일했지. 그렇게 열심히 일했는데 잡지 매출은 나날이 하락세를 면치 못했고, 결국 기다리고 있는 건 해고통지서였어. 정말 미치고 환장할 일 아니야? 그렇게 폭삭 망할 줄 알았으면 진작 말렸어야 했어. 그깟 하찮은 욕망을 위해 우리 가족 모두를 희생시키지 말았어야 해."

"그 마음, 이해할 수 있어요."

"아니, 당신은 내 마음을 이해하지 못해. 당신도 다른 사람들과 전혀 다를 바 없었지. 우리 모두는 알렉시아의 빌어먹을 쇼에 홀딱 넘어갔던 거야."

알렉시아에 대한 이야기라면 전적으로 사실과 달랐다. 적어도 《헬스케어》지에 입사한 이래 나는 알렉시아의 문제점이 뭔지 제대로 인식하고 있었다. 알렉시아는 성공한 커리어우먼이 되고 싶은 목표에 도달하기는커녕 늘 심각한 고뇌에 빠져 있었다. 알렉시아는 자신의 보잘것없는 급여로는 가정을 제대로 꾸려갈 수 없다는 것에 대해서도 잘 알고 있었다.

"알렉시아는 성공하기 위해 몸부림치며 일했어요. 수시로 좌절과 공포를 느끼면서도 절대로 포기하지 않았죠."

"알렉시아도 많이 괴롭긴 했을 거야."

켄이 그렇게 음울한 표정을 짓는 걸 한 번도 본 적이 없었다. 그 음울함 뒤에 예상치 못한 단호함이 숨어 있다는 것 또한 몰랐다. 문득 한 가지 생각이 머리를 스쳐지나갔다. 그 사실을 깨닫는 순간 갑자기 공포감이 밀려왔다. 그는 이제 더 이상 잃을 게 없는 남자였다.

알렉시아가 온갖 스트레스와 압박감에 시달리는 동안 나는 늘 켄이 든든한 버팀목이 되어줄 거라 믿었다. 켄의 넉넉한 마음과 배려, 가족으로서의 결속력이 지친 알렉시아를 끝까지 붙잡아줄 거라 믿었다. 켄이 무슨 일이 있어도 알렉시아를 영원히 지지해 줄 거라 믿었다. 그당시 내 눈에 비친 켄은 알렉시아를 위해 그 어떤 희생도 치를 준비가 되어 있는 남자였으니까.

나는 이제 켄의 입에서 무슨 말이 나올지 알았다. 그는 자신이 느꼈던 분노와 좌절에 대해 털어놓고 싶어 하는 듯했다. 그는 알렉시아를 위해 평생의 꿈을 포기하며 헌신했지만 결국 아무런 대가 없이 추락하는 모습을 힘없이 지켜봐야 했다. 알렉시아는 꿈꾸던 성공을 이루지도 못했고, 가정 살림을 튼튼한 반석 위에 올려놓지도 못했다. 날이 갈수록 궁핍해지는 살림을 보며 그는 점차 절망의 구렁텅이로 빠져든 듯했다. 빚이 점점 늘어가고, 알렉시아의 해고 위험이 점점 임박해오자 심리적으로 엄청난 부담을 갖게 되었을 것이다. 카디건에 살 때만 해도 상황이 그 정도로 나쁘지는 않았을 테고, 그냥 거기에 있었더라면 살림을 어떻게 꾸려갈지에 대한 걱정은 하지 않아도 되었을 테니까.

나는 왜 이제야 켄의 절망을 알아차렸을까? 왜 그렇게 까막눈으로 지냈을까? 리스 가족의 주변사람들은 어쩜 그리 바보 같았을까?

매튜 역시 나처럼 아무것도 알지 못했다. 우리 모두는 리스 가족의 비극을 좀 더 일찍 눈치 챘어야만 했다.

켄은 초인이 아니었다. 최악의 상황에서 끝까지 여유를 가질 수 있는 사람은 드물었다. 사람들 앞에서 언제나 다정한 친구, 사랑이 넘치는 아빠, 성실한 남편 역할을 연기했지만 가면 뒤에서 뿌리 깊은 절망이 자리잡아가고 있었다는 걸 아무도 몰랐다. 그의 연기가 너무나 완벽해 숨은 진실을 눈치 채지 못했을 수도 있었다.

"켄, 이제야 당신의 고통이 무엇이었는지 이해했어요. 하지만……."

나는 손을 뻗어 잠시 켄의 팔을 만졌다.

켄이 나를 쳐다보았고, 그 눈빛이 너무나 낯설어 놀랐다.

"아니, 당신은 아무것도 이해할 수 없어."

켄이 내 팔을 움켜쥐고 먼저 차에서 내리더니 나를 바깥으로 끌어당겼다. 내 발목이 브레이크 페달에 걸려 피부가 까지고 피가 났지만 눈 하나 깜짝 하지 않았다.

"켄?"

내가 숨을 헐떡이며 이름을 불렀지만 켄은 아무런 대꾸도 하지 않았고, 한 번도 본 적 없는 단호한 표정으로 나를 사정없이 끌어당겼다. 그는 앞장서서 나를 잡아끌며 초원길 끝에 있는 가파른 구릉을 향해 정신없이 걸어 올라갔다.

나는 마음속으로 기도했다. 제발 이 한적한 길로 여행객을 한 명만 보내주세요. 단체여행객이라면 더욱 좋아요. 백주대낮에 여자를 강제로 절벽으로 끌고 가는 남자를 보고 의문을 가질 만한 사람 말이에요. 제발 부탁드려요. 저를 도와줄 수 있는 사람을 보내주세요.

아무리 주위를 둘러봐도 양 서너 마리만 호기심 어린 눈길로 우리를 쳐다볼 뿐 사람의 자취는 보이지 않았다. 구릉과 바위, 하늘 그리고 바다 이외에는 아무 것도 없는 곳이었다. 다만 바람이 있을 뿐이었다. 바람이 어찌나 세게 부는지 마치 몸이 훌쩍 날아갈 것 같았다.

나를 괴롭히고 있는 생각이 한 가지 더 있었다.

알렉시아!

대체 알렉시아에게 무슨 일이 일어났을까? 아직 살아 있기는 할까? 아이들은 대체 어디에 있는 걸까?

끊임없는 의문들이 내 머릿속에서 맴돌았다.

절벽 끝에 도달했을 때 켄이 숨을 헉헉거리며 걸음을 멈췄다. 그 지점부터는 가파른 내리막길이 바다로 이어져 있었다. 길이라고는 해도 절벽이나 다름없었다. 절벽 맨 아래쪽에 반원 형태의 백사장이 보였다. 해안을 따라 군데군데 작은 궁형의 백사장들이 형성돼 있었다. 밀물 때는 바닷물에 잠기고, 썰물 때는 근사한 풍광을 자랑하지만 때에 따라서는 매우 위험한 곳이 될 수도 있을 듯했다. 밀물이 밀려오기 시작하면 미처 절벽 위쪽으로 피신하기 전에 금세 바닷물이 들어찰 듯했다. 그런 곳에서 시간을 망각하는 건 금물이었다. 황금빛 백사장에서 깜빡 잠이라도 드는 날에는 커다란 위험에 처할 수도 있었다. 그런 종류의 백사장에서는 익사사고가 끊이지 않았다. 사람들이 바다와 해안의 간극을 과소평가한 탓이었다.

"우린 이제 저 밑으로 내려갈 거야."

"밑으로 내려가는 길이 없잖아요."

켄이 조롱기를 담은 눈빛으로 나를 쳐다보았다.

"이 지역 지리라면 내가 아주 잘 알아. 저쪽을 보면 계단이 보일 거야. 사다리계단. 저 계단을 이용해 아래쪽으로 내려가면 돼."

켄이 손가락으로 가리키는 곳을 쳐다보았다. 계단인지 사다리인지 잘 구별되지 않는 시설물이 설치돼 있었는데 언뜻 보기에도 매우 위험해 보였다. 다만 깎아지른 절벽이 아니라 비교적 완만한 경사를 이루며 백사장까지 이어지고 있다는 게 자그마한 위안이었다. 바위 곳곳에 움푹 파이거나 툭 튀어나온 부분이 있어 계단을 오르내릴 때 필요에 따라 지지대로 이용할 수도 있을 듯했다.

켄은 어린 시절부터 이곳에 살며 친구들과 수없이 계단을 오르내리며 놀았을 테니 딱히 위험을 느끼지 않을 수도 있었다. 내 눈에 그 계단은 마치 바위에 파리 한 마리가 붙어 있는 것처럼 미미해 보였다. 계단을 따라 절벽을 내려가는 내 모습을 떠올리자 공포가 밀려오며 머리카락이 쭈뼛 곤두섰다. 자칫 발이라도 헛디디는 날에는 백사장에 떨어져 뼈가 으스러질 게 틀림없었다. 백사장이 아니라 바닷물로 떨어질 경우에도 물 위로 삐죽삐죽 솟아 있는 바위에 부딪쳐 온몸이 박살나버릴 듯했다.

공포에 질려 백사장을 내려다보고 있는데 바닷물이 밀려오고 있었다. 백사장이 점차 줄어들고 있는 게 뚜렷이 보였다. 바닷물이 서서히 만을 채우고 있었다. 얼마 안 있어 백사장이 모두 바닷물에 잠기게 되리란 걸 알 수 있었다.

"켄, 밀물이 들어오고 있어요. 우린 저 밑으로 내려가면 안 돼요."

"잔말 말고 따라와."

켄이 냉정하게 말했다.

"왜 저 위험스런 곳으로 내려가려는 거죠?"

나는 그 자리에 우뚝 멈춰 서며 물었다.

"당신은 오늘 우리 집에 들르지 말았어야 했어. 당신은 오지랖이 지나치게 넓은 게 문제야."

"나는 내려가지 않을래요."

켄이 내 옆으로 바짝 다가섰다. 내가 켄을 위험한 사람으로 느끼는 날이 있으리라고는 단 한 번도 상상해본 적이 없었다.

"당신은 나와 함께 저 밑으로 내려가야만 돼. 말을 안 들으면 절벽 끝으로 끌고 가 아래쪽으로 밀어버릴 테니까 그리 알아. 자, 어느 쪽이든 당신 마음대로 선택해."

"켄, 대체 나에게 왜 이러죠?"

"어서 내려가라니까."

켄의 말은 단순한 위협이 아닌 듯했다. 나는 이를 악 물고 위험스런 계단을 내려가기 시작했다. 다행히 미끄럼방지 기능이 있는 운동화를 신은 덕분에 몇 번인가 아슬아슬한 위기를 모면할 수 있었다. 나는 몸을 최대한 바위에 바짝 밀착시키고 가능한 한 시선이 아래쪽으로 향하지 않도록 애썼다.

나는 현기증이 심한 편이라 고층건물 발코니에도 나가지 못하는 사람이었다. 마음을 단단히 먹고 눈앞에 있는 암벽만 쳐다보며 가까스로 아래쪽으로 내려갔다. 켄이 뒤에서 너무 바짝 붙어 내려오는 바람에 그의 신발이 불쑥 내 눈앞에 나타나곤 했다. 켄은 청색과 흰색 무늬가 섞인 운동화를 신고 있었다. 그 역시 초조한 기색이 역력했다. 그에게는 내 행동이 지나치게 느리게 느껴질 수도 있었다. 그는 내가 내려서길 기다렸다가 망설이거나 더듬거리지도 않고 성큼성큼 발을 내디뎠다. 발밑의 돌들이 안전한지 미리 내디뎌보지도 않고 발을 뻗는 걸보면 이곳 지리를 훤히 꿰고 있는 게 분명했다. 다만 내가 앞길을 가로막고 있어 먼저 내려갈 수는 없었다. 나는 유감스럽게도 몸을 살짝 비켜 그를 아래쪽으로 먼저 내려 보낼 실력이 없었다. 나는 오로지 밑으로 내려가는 것밖에 몰랐다. 어찌나 무서웠던지 바닷물이 밀려들어오고 있어 잠시 후면 완전히 물에 잠길 걸 뻔히 알면서도 차라리 백사장에 한시라도 빨리 내려서고 싶었다. 세상 그 어떤 위험도 이 가파른 암벽보다는 덜할 듯했다.

마침내 발밑에서 모래의 느낌이 묻어났다. 이미 물에 젖어 질척거렸기 때문에 모래바닥은 결코 단단하지 않았다. 가파른 계단을 올려다보노라니 그나마 추락하지 않고 백사장까지 내려온 게 신기할 지경이었다.

켄이 마지막 계단을 껑충 뛰어내려와 내 곁으로 다가왔다. 어찌나 입술을 꼭 깨물고 있는지 마치 얼굴에 얇고 하얀 선을 하나 그린 것처럼 보였다. 켄이 그토록 긴장한 모습을 보는 건 처음이었다. 신경이 곤두서 있었고, 간신히 감정을 제어하고 있는 듯했다. 몹시 위급한 상황이었지만 그토록 오랜 세월동안 리스 가족의 비극에 눈과 귀가 멀었던 걸 한심하게 생각했다. 내가 좀 더 생각을 깊이 했더라면 켄의 모습에서 분명 뭔가 이상한 점을 발견했어야 마땅했다. 늘 다정다감하고, 친절하고, 배려심 많고, 침착하고, 신중하고, 기분 좋은 사람이 세상 어디에 있을까? 켄이 사람들 앞에서 절대로 감정을 드러내지 않고 가면을 쓰고 있다는 사실을 진작 알아차렸어야만 했다.

아마 그의 집 정원에서 나와 키스했던 순간이 그가 그나마 솔직하게 감정을 표출했던 때가 아니었을까?

켄이 쓰고 있는 가면은 너무나 완벽해 어느 누구도 그 이면에 어떤 얼굴이 숨어 있는지 눈치 채지 못했다.

가면을 쓰고 있는 켄과 지내는 게 편하고 좋아 그 이면을 들여다볼 때 느낄 낭패감을 두려워했던 건 아니었을까?

"이제야 겨우 내려왔군."

켄은 목소리부터 달라져 있었다. 그의 목소리는 그 어떤 반박도 허용하지 않을 만큼 완강했다. 나는 비틀거리는 걸음으로 그의 뒤를 따를 수밖에 없었다. 바닷물이 밀려와 발등 위에서 찰랑거렸다. 파도가 모래와 함께 다시 밀려갈 때 다리에 힘이 없어 하마터면 쓰러질 뻔했다. 파도가 바위에서 부서질 때마다 마치 천둥치듯 엄청난 굉음이 들려왔다. 아직은 발목을 스치는 정도였지만 곧 큰물이 밀려오리란 걸 알 수 있었다.

나는 켄이 어디로 가고 있는지 깨달았다. 눈앞에 보이는 암벽 위에 그리 크지도 길지도 않은 동굴 형태의 공간이 있었다. 실은 동굴이라기보다 바다와 면해 있는 지형에서 흔히 나타나는 만입(灣入, 해안선이 완만하게 육지 쪽으로 휘어든 곳 : 옮긴이)이었다. 동굴 바닥에는 모래가 깔려 있었는데, 역시 바닷물이 찰박거릴 정도로 유입돼 있었다. 암벽에는 납작한 판 모양 암반들이 천연 돌층계를 이루고 있었다. 켄이 암반 위로 영양처럼 민첩하게 뛰어오르더니 나를 위쪽으로 끌어당겼다. 신발은 바닷물에 푹 젖어 버렸지만 암반 바닥은 말라 있었다.

나는 더 이상 어떤 기대도 할 수 없었다. 바닷물이 밀려들 경우 동굴 천장 바로 아래까지 돌출된 암반 위로 올라가며 목숨을 부지할 수 있겠지만 동굴 전체가 잠겨버릴 경우에는 대책이 없었다. 나는 암반 위에 웅크리고 앉아 몸을 떨었다.

대체 무슨 속셈일까? 둘이 함께 바닷물 속으로 뛰어들어 익사라도 하자는 건가?

켄은 어둡고 음산한 표정으로 계속 눈앞을 응시했다. 폐허가 된 조선소 앞에서 내가 알렉시아에 대해 물었을 때 그가 아무런 대답도 하지 않았다는 기억이 떠올랐다.

"알렉시아는 어디에 있죠? 당신의 아내를 어떻게 한 거죠?"

켄이 고개를 푹 숙였다.

"알렉시아는 죽었어."

이미 어느 정도 예상했던 대답이었지만 나는 담담한 켄의 태도에 다시 한 번 큰 충격을 받았다. 마치 알렉시아의 시신이 이 동굴 안 어딘가에 숨겨져 있기라도 하듯 나도 모르게 재빨리 동굴을 둘러보았다. 물론 이 동굴에 알렉시아의 시신이 있을 리 없었다. 만약 있었더라도 이미 바닷물에 휩쓸려갔을 테니까. 만약 여기에 알렉시아의 시신을 버렸다면 조만간 파도에 휩쓸려 다시 해안가로 떠오를 수도 있었다.

켄은 고개를 푹 숙이고 바다만 바라보고 있었지만 내가 동굴을 둘러보는 걸 알아차렸다.

"알렉시아는 여기에 없어."

켄이 그렇게 말해 놓고 갑자기 헛웃음을 터뜨렸다. 병들고 역겨운 억지웃음이었다.

"그래, 나는 그런 놈이야. 당신은 몰랐겠지만 끔찍한 인생 패배자가 바로 나야."

켄이 그 말끝에 다시 낄낄거리며 웃어댔다. 그제야 나는 병적으로 미친 남자와 빌어먹을 동굴에 갇혔다는 사실을 절감했다.

바닷물의 수위가 조금씩 높아지고 있었다.

14

라이언은 상황을 완벽하게 통제하지 못했다. 가뜩이나 신경이 예민 해져 오른쪽 눈썹이 계속 움찔거렸고, 손목이 자꾸만 간지러웠다. 그들은 벌써 40분 가까이 목적지도 없이 떠돌고 있는 중이었다. 유량계 눈금은 이제 거의 바닥에 닿을 지경이었다. 차를 바꿀 수 있는 기회도 점차 줄어들고 있었다. 라이언은 완벽한 고독 속을 통과하고 있는 느낌이었다. 그사이 두 개의 마을을 지나쳐왔지만 대로변에 주차된 서너 대의 차를 봤을 뿐이었다. 게다가 행인들이 많아 눈에 띄지 않고 차문을 따기란 불가능했다. 경찰 검문을 피해 외곽도로에서만 맴돈 게 화근이었다. 이 근처에 다수의 차가 세워진 주차장은 없었다. 좀 더 큰 도시로 나가야만 했지만 어느 쪽으로 가야 할지 알 수 없었다.

비비안의 차에는 내비게이션이 달려 있지 않았다. 운전자용 도로지 도조차 없었다. 라이언은 그 말을 믿을 수 없어 글로브박스와 콘솔박스, 문 옆 수납공간까지 샅샅이 뒤져봤지만 소용없었다. 심지어 뒷좌석 바닥매트 밑까지 들여다보았지만 허사였다.

비비안은 어느새 울음을 그치고 단호한 표정으로 운전에 열중해 있었다. 더 이상 징징거리지도 않았고, 풀어달라고 애원하지도 않았다. 차가 멈춰 설 경우 라이언에게 아무런 대책이 없다는 사실을 간파하고 있는 듯했다. 그녀는 차가 멈추고 걸어서 도주하는 사태가 발생하기 전에 라이언이 포기하기를 바라는 눈치였다.

"다음 교차로에서 북쪽으로 방향을 바꿔. 줄곧 서쪽으로만 달렸잖아. 우선 이 국립공원을 벗어나야해."

차는 숲을 관통하는 좁은 국도를 따라 계속 달렸다. 도로 양 옆으로 가로수들이 빽빽하게 들어차 있어 길이 어두컴컴했다. 간혹 도보여행자들을 위해 인도를 따로 구비해놓은 곳도 있었지만 대부분 야생동물들이 지나다니며 자연스레 생긴 길 말고는 정말이지 아무런 길도 없었다. 이 길을 곧장 따라갈 경우 도시로 이어지는 길이 나타날 가능성은 전혀 없어 보였다.

라이언은 점점 위기감이 고조되면서 식은땀이 흐르기 시작했다. 손으로 머리카락을 헝클어뜨릴 때마다 짧게 자른 머리 밑동이 느껴지며 순간적으로 짜증이 일었다. 아직 만 하루도 지나지 않았는데 해리의 욕실에서 머리카락을 짧게 정리했다는 사실을 까맣게 잊은 자신에게 화가 났다. 사실 머리를 자를 때만 해도 그럴 듯한 계획을 갖고 있었고, 그대로 실천할 수 있으리라 믿었다. 애초 계획했던 일들이 차츰 어그러지면서 이제는 자꾸만 초조감이 밀려왔다.

숲길은 이제 오르막길로 돌변했다.

오르막길을 올라가면 도시가 보일까?

라이언은 제발 그렇게 되기를 간절히 바랐다.

"앞으로 10분이 지나면 차를 멈춰 세울 수밖에 없어요. 기름이 바닥났어요."

"차가 멈춰 선다고 당신을 풀어줄 거라 생각하면 오산이야. 걸어서라도 도망칠 테니까 섣부른 기대는 하지 않는 게 좋아."

"나는 걸을 수 없어요. 발이……."

"발이 아파 걸을 수 없어? 누구 맘대로? 과연 걸을 수 없는지 두고보면 알게 돼. 그러니까 당신도 내가 다른 차를 구할 수 있도록 기도해야 할 거야."

비비안은 아무런 대꾸도 하지 않았다. 살짝 표정을 보아 하니 괜한 기대를 했다가 잔뜩 실망한 눈치였다. 비비안이 차츰 여유를 찾아가는 게 잔뜩 신경에 거슬렸는데 마침 잘됐다는 생각이 들었다.

마침내 차가 언덕 꼭대기에 도달했다. 비비안이 화들짝 놀라며 갑자기 급브레이크를 밟았다. 차가 끼이익 소리를 내며 한참동안 미끄러졌다. 그나마 안전띠를 매고 있어 무사했지 하마터면 큰일 날 뻔한 순간이었다. 그들을 기다리는 건 도시도 아니었고, 단조롭게 이어지던 시골길도 아니었다. 언덕에서 그들을 맞이하고 있는 건 바로 경찰의 바리케이드였다.

경찰차 네댓 대가 언덕 바로 아래 도로변에 세워져 있었다. 경찰숫자가 많은 것으로 보아 단순히 과속운행을 단속하기 위해 나온 게 아니라는 걸 알 수 있었다. 라이언을 체포하기 위해 바리케이드를 쳐놓은 게 분명했다. 경찰이 폭주족을 잡겠다고 열 명씩이나 되는 인원을 한꺼번에 배치시킬 리 없었다.

절망적인 생각이 라이언의 머리를 번개처럼 스치고 지나갔다. 경찰이 시골의 한적한 도로에까지 많은 인원을 배치한 걸 보면 도시에서는 대로는 물론이고 골목길까지 물샐 틈 없는 경계망을 펼치고 있으리라는 의미였다.

비비안은 안전띠를 풀고 도망치려고 몇 번이나 망설였지만 자꾸만 손이 떨려오는 바람에 실패했다. 라이언이 칼을 쥔 손에 힘을 주고 비비안의 옆구리에 위협을 가했다.

"섣부른 짓은 하지 않는 게 좋아."

비비안은 다시 겁에 질려 울음을 터뜨렸다.

"경찰이 총을 쏠지도 몰라요. 무장경찰도 출동했을 테니까요. 그러니까 제발……."

"경찰은 함부로 총을 쏘지 못해. 당신이 함께 타고 있다는 걸 알고 있을 테니까."

라이언은 재빨리 머리를 굴렸다. 경찰은 급브레이크를 밟는 차를 보았고, 이미 두 명이 차에 올라 타고 있었다.

"어서 차를 돌려!"

"차를 돌려봐야 소용없어요."

"차를 돌리라니까!"

비비안이 어쩔 수 없다는 듯 차를 돌렸다. 뒤돌아보니 경찰차 두 대가 벌써 따라올 채비를 갖추고 있었다.

나는 다시는 감옥에 들어가기 싫어!

"속도를 최대한 높여!"

라이언이 다시 비비안의 옆구리를 칼로 위협하며 다그쳤다. 공포에 질린 비비안은 액셀러레이터를 꾹 밟았다. 차가 갑자기 빠른 속도로 튕겨 나가며 중앙선을 넘어 반대편 차선으로 넘어가려는 순간 맞은편에서 달려오던 차가 다급하게 경적을 울려댔다. 비비안은 가까스로 운전대를 바로 잡았다. 백미러로 경찰이 사이렌을 요란하게 울리며 뒤쫓아 오고 있는 모습이 보였다. 갈수록 거리가 좁혀지고 있었고, 추월을 허용하는 건 시간문제였다. 이제 유일하게 남은 도주로는 나무들이 울창하게 들어찬 어두컴컴한 숲밖에 없었다.

다시는 감옥에 들어가기 싫어!

"앞쪽 샛길에서 숲으로 방향을 틀어."

라이언은 차에서 뛰어내려 숲으로 도망칠 작정이었다. 비비안과 경찰은 그가 숲속으로 사라지는 모습을 지켜보게 될 것이다.

경찰이 인간 띠를 만들어 숲을 샅샅이 수색하겠지? 경찰이 포위망을 좁혀오기 전에 가능한 한 멀리 달아나야만 해.

"지금 바로 핸들을 꺾어!"

웃자란 풀로 뒤덮인 오솔길이었다. 몇 미터 안쪽부터 나무들과 풀이 빼곡하게 들어차 있었다. 라이언이 다그치는 소리에 깜짝 놀란 비비안이 급브레이크를 밟는 동시에 급히 핸들을 꺾는 바람에 차가 중심을 잃고 기우뚱했다. 차는 라이언이 절망의 끝에서 유일하게 남은 도주로라고 생각했던 오솔길을 지나쳐 나무와 충돌했다. 요란한 소리와 함께 보닛이 찌그러들며 안쪽으로 밀려들었다.

라이언은 몸이 급격히 앞으로 기울었다가 뒤로 젖혀지며 목받이에 머리를 심하게 부딪쳤다. 그가 기억하는 마지막 순간이었다. 그 순간에도 그의 머릿속에서는 단 한 가지 생각밖에 없었다.

달아나야 해!

라이언은 의식을 잃지는 않았지만 순간적으로 몸의 감각을 모두 잃어버렸다. 살아 있는지 죽었는지 가늠할 수 없었다. 차라리 죽었으면 좋겠다는 생각이 들었다.

차라리 죽었다면 감옥에 들어가지는 않을 텐데!

15

　동굴 안까지 물이 차오르기 시작한 가운데 켄은 자신의 인생에 대해 이야기했다. 거칠고 병적인 웃음은 터뜨리지 않았지만 켄의 창백한 얼굴은 마치 유령을 보듯 섬뜩했다. 켄은 얼마나 위험한 상황인지 전혀 인지하지 못하는 듯했다. 백사장은 이미 물에 잠겨 보이지 않았다. 만약 절벽 위에서 내려다보면 과연 그곳에 백사장이 있었는지 헷갈릴 정도로 바닷물이 출렁대고 있었다. 동굴 안 첫 번째 암반에까지 물이 차올랐다. 우리는 두 번째 암반 위에 앉아 있었고, 그곳 역시 곧 물에 잠기게 되리란 걸 알 수 있었다. 물속에 그대로 앉아 있을 생각이 아니라면 위쪽 암반으로 몸을 옮겨놓아야 할 때였다.

　나는 계속 바깥쪽을 살펴보면서 좀 전에 내려온 그 허술한 사다리계단까지 닿을 수 있을지 가늠해보았다. 사다리계단에 닿으려면 허리 높이까지 차오른 물을 헤치고 걸어가야 할 듯했다.

켄은 전혀 걱정되지 않는 듯 손가락으로 주변해 널려 있는 조개껍질을 주워 장난을 치고 있었다. 그는 자신을 인생패배자라고 고백했다. 그가 모든 이야기를 털어놓았다는 건 나를 이 동굴에서 빠져나가게 할 생각이 없다는 뜻이나 다름없었다. 그럴 생각이 아니라면 그가 굳이 비밀을 털어놓을 이유는 없을 테니까. 결국 내 목숨이 이 동굴 안에서 끝나게 될지도 모른다는 뜻이었다.

"성공한 커리어우먼이 되고 싶어 하는 아내를 뒷바라지하는 남자, 자상한 아빠이자 착한 남편, 남녀평등을 몸소 행동으로 실천해보인 남자, 광적일 만큼 성공에 집착하는 아내를 위해 기꺼이 꿈을 포기한 남자가 바로 나였단 말이지? 말을 해놓고 보니 내가 정말 멋있는 놈처럼 보이네. 당신들은 내게 승리의 월계관을 씌워줘도 되겠어. 지나, 내가 정말 그 정도로 감탄스러웠어?"

켄이 가증스럽다는 듯 입가에 조소를 머금고 물었다.

"그렇다니까요."

솔직히 그 순간 나는 그의 말 따위에는 관심이 없었다. 머릿속으로 오로지 바닷물에 잠기기 전에 어떻게 동굴을 빠져나갈 수 있을지 궁리하느라 여념이 없었다.

켄의 눈빛에서 불안한 불꽃이 일렁거렸다.

"당신도 내가 운영했던 조선소를 봤지?"

"당신이 보여주었잖아요."

"아까 내가 했던 말은 일부 사실과 달라. 이제부터 진실을 말해 줄까? 내가 조선소를 운영하고 있을 때 우리는 이미 파산 상태였어. 잘하려고 무던히 애썼는데 왜 파산하게 됐는지는 나도 몰라. 내가 만든 보트는 정말 기가 막혔는데 판매루트를 찾아내는 데 실패했어. 난 5년 만에 직원들 급여조차 줄 수 없는 형편이 되었지. 눈물을 머금고 직원들을 전부 내보내야 했어. 조선소를 폐업하고 우린 스완지로 거처를 옮겼지. 그때부터 알렉시아는 가족을 부양하기 위해 직업전선에 뛰어들었던 거야. 우리에게는 아이가 두 명이나 되었고, 어떻게든 살아가야만 했으니까."

"정말 그 정도로 절박한 입장인줄 몰랐어요."

나는 당혹감을 감추지 못하며 그렇게 말했다. 여태껏 알고 있던 이야기와는 완전히 다른 내용이었다. 나는 켄의 표정을 보는 순간 그 말이 진실이라는 걸 알 수 있었다.

"우린 주변사람들에게 속사정을 이야기하지 않기로 했어. 나는 누구든 속사정을 알아도 상관없다는 입장이었지만 알렉시아는 아니었어. 알렉시아는 언제나 성공한 사람, 빛나는 사람이 되고 싶어 했으니까. 알렉시아는 영원한 승자이기를 원했고, 자존심이 무너지는 걸 원치 않았던 거야. 알렉시아가 나를 선택한 건 인생 최대의 실수였지. 하필이면 인생패배자를 남편으로 선택해 엄청난 곤란을 겪게 될 줄은 몰랐을 거야. 알렉시아는 자신의 실수가 세상에 알려지지 않기를 바랐어."

알렉시아가 남편을 인생패배자로 몰아붙이는 광경이 눈에 선했다. 알렉시아는 대놓고 잔인한 말을 퍼부을 수 있는 여자였다.

"당신이 아까 내게 왜 선박제조회사에서 일자리를 찾아보지 않았는지 물었지? 조선공학을 전공한 엔지니어라면 얼마든지 일자리를 구할 수 있을 테니까."

"아이들 때문이었다고 했잖아요."

그렇게 말했지만 나는 아이들 양육이 진짜 이유는 아닐 거라고 짐작했다.

켄이 또다시 헛웃음을 터뜨렸다.

"당신도 짐작하다시피 그건 진실이 아니야. 나는 선박제조엔지니어 자격증이 없어. 그러니까 엔지니어가 아니란 뜻이야."

"선박제조엔지니어가 아니라고요?"

그사이 바닷물이 벌써 우리가 앉아 있는 암반까지 밀려올라왔다. 바닥에는 이미 물결이 찰랑거렸지만 아직 등을 기대고 있는 암벽까지 는 도달하지 못했다.

"대학을 졸업하지 못했어. 공부가 버거웠기 때문인지 성적이 날이 갈수록 떨어졌지. 결국 대학을 중도에 그만둘 수밖에 없었어. 대학졸업장이 없다 보니 일자리를 구하기 힘들어 궁여지책으로 사업을 시작했는데 결국 파산하고 말았어. 그야말로 나는 최악의 남자였던 거야."

"알렉시아는 당신이 대학을 졸업하지 못했다는 게 주변사람들에게 알려지는 걸 원하지 않았겠군요. 진실이 알려지면 창피하니까 무덤에 들어갈 때까지 비밀로 하자던가요?"

내가 어림짐작으로 말했다.

"알렉시아는 그런 사실이 알려지는 걸 죽기보다 싫어했으니까."

바닷물이 벌써 몸에 닿기 시작했지만 켄은 신경 쓰지 않았다.

"알렉시아는 사람들에게 나를 끝까지 선박제조엔지니어로 소개했어. 진실보다는 헛된 자존심에 집착했던 거야. 나는 그 후 가족을 위해 살아가는 슈퍼맨이 되어야만 했어. 그 대신 알렉시아는 성공한 커리어우먼이 되기 위해 밤낮없이 일에 매달려야 했지!"

성공한 커리어우먼이라는 말을 할 때 켄이 경멸하듯 입을 씰룩거렸다.

나는 자리에서 일어나 다음 암반 위로 올라갔다. 갈수록 암반 간의 간격이 커 오르기가 점점 힘들어졌다.

"켄, 우리 이제 여기서……."

켄이 내 말을 중도에서 잘랐다.

"한 마디로 우린 인생패배자들끼리 만났던 거야. 스완지로 이주해 집을 구하느라 대출을 했어. 우리에게는 그깟 허름한 집을 구할 돈도 없었던 거야. 알렉시아의 성공에 대한 집착도 우리를 갈수록 힘들게 했어. 우린 자주 다투었지. 우리를 둘러 싼 모든 게 거짓이었듯 결혼생활도 전부 가면일 뿐이었어. 처음부터 끝까지 진실이라고는 없었던 거야. 우리는 거짓 세계에서 빠져나오지 못하고 마냥 세월을 흘려보냈어. 그나마 우리가 네 아이를 키우고 가정을 유지할 수 있었던 건 내가 돈 한 푼 받지 않고 헌신적으로 애쓴 덕분이었을 거야. 우리는 맘대로 이혼조차 할 수 없었어. 아이가 넷이나 되는데 어떻게 이혼이 가능하겠어."

끔찍한 재앙을 그린 드라마 한 편이 눈앞에 펼쳐졌다. 단 한 번도 건강하고 단란한 가정을 이룬 적 없으면서 죽을힘을 다해 쇼를 벌이며 살아가는 리스 가족 이야기. 비밀을 유지해가느라 쌓인 극도의 피로감이 언제 분노로 바뀔지 모르는 일촉즉발의 상황……. 그럼에도 그들의 연기는 너무나 완벽했다. 나는 그들의 연기에 감쪽같이 속아 넘어가 아무것도 눈치 채지 못했다.

"우리는 날이 갈수록 더 두터운 가면이 필요했어."

켄은 이제 거의 물웅덩이 속에 앉아 있다시피 한 데도 전혀 신경 쓰지 않았다.

"당신이 문자메시지를 보냈던 그 금요일 저녁에……."

나는 마른침을 꿀꺽 삼켰다. 제발 켄이 이 궁극적 비극의 시발점이

나였다고 말하지 않기를 바랐다.

켄은 내가 무슨 생각을 하는지 알아차린 듯했다.

"그래, 당신 탓은 아니야. 그때 이미 우리는 대판 싸움을 벌이고 있었으니까. 사실 우린 매일 저녁 싸웠지. 알렉시아는 퇴근해 돌아오면 술을 마시기 시작했어. 안팎으로 가중되는 압박감을 견디기 힘들었겠지. 나 역시 내 처지가 너무나 한심하고 기가 막혀 술을 마셨고, 그러다가 결국 부부싸움으로 번지기 일쑤였어. 우리는 서로 상대방에게 책임을 미루었지. 서로 배우자를 잘못 만나는 바람에 쪽박을 차게 되었다며 악을 바락바락 써댔어. 우리는 말이 부부였지 사실은 서로를 몹시 증오했으니까. 하필이면 그때 당신이 보낸 문자메시지가 도착했던 거야. 알렉시아는 그걸 소리 내어 읽더니 독설을 쏟아내기 시작하더군. '지나가 일요일에 이 집에 나타나면 내 손에 장을 지져도 좋아. 나만큼 지나를 잘 아는 사람은 없어. 지나가 맘에 드는 상대와 섹스를 시작하면 절대로 쉽게 끝내지 않는 체질이지.'라고 하더군. 나는 그 말을 듣고 알렉시아에게 괜히 당신을 질투하지 말라고 했어. 솔직히 알렉시아는 당신을 많이 질투하고 있었지."

"알렉시아가 나를 질투해요?"

나는 황당하다는 듯 되물었다.

알렉시아의 가정을 보고 늘 감탄하고 부러워한 사람은 바로 나였으니까.

사실은 알렉시아가 나를 부러워했다는 말인가? 왜?

"당신은 알렉시아가 누리지 못하는 것들을 갖고 있었으니까. 자유, 부양가족 없이 홀가분한 몸, 젊음, 아름다움, 게다가 멋진 남자친구까지 있었으니 얼마나 부러웠겠어!"

"매튜를 내게 소개시켜 준 사람이 바로 알렉시아였어요."

"그건 사실이지만 막상 두 사람이 잘되어가는 양상을 보이기 시작하자 질투하기 시작했어. 알렉시아는 자기보다 행복해 보이는 사람을 미워하지."

그 말의 진실 여부는 영원히 확인할 수 없게 되었지만 진실일 가능성이 아주 조금은 있다는 의심이 나를 서글프게 했다.

"알렉시아는 당신에게 문자메시지를 보내고 나서 나를 몰아붙이기 시작했어. 새삼 나에게 왜 매튜처럼 근사한 회사에서 일자리를 얻지 못하는지 따져 묻더군. 한때 눈이 삐어 나와 결혼한 게 지금은 얼마나 후회되는지 모른다며 갖은 독설을 퍼붓는 거야. 우리의 부부싸움은 늘 그런 식이었어. 서로 상대방을 심하게 비방하고 모욕하고 마음에 큰 상처를 입혀야 이긴다는 듯 언제나 험한 말들이 오갔지. 그런 와중에도 나는 아이들에게 저녁을 만들어 먹인 다음 잠을 재우기 위해 2층으로 올라갔어. 내가 아이들을 돌보는 동안 알렉시아는 혼자 술을 퍼마시고 흠씬 취해 있었던 거야. 내가 내려오자 알렉시아는 나를 더욱 공격적으로 몰아붙였어. 싸움은 전에 없이 걷잡을 수 없는 지경에 이르렀고, 급기야 알렉시아는 주먹을 치켜들고 달려들더군. 따귀를 시작으로 마구 휘두르는 주먹에 몇 번이나 얼굴을 맞았지만 가능한 한 참으려고 했어. 그냥 주먹을 피하며 어떻게든 달래보려 애를 쓰다가 어느 순간 갑자기 분노가 끓어오르며 한꺼번에 폭발했지. 무슨 말인지 이해하겠어? 끝없는 추락, 우울한 일상, 바닥으로 곤두박질친 자존심을 무릅쓰며 수 년 동안 마음속에 쌓아온 해묵은 감정들이 한꺼번에 폭발한 거야. 알렉시아는 아직 대출금을 다 갚지 못한 우리 집 거실 한가운데에서 가뜩이나 혼돈의 도가니에 휩싸여 있는 나를 향해 주먹을 마구 휘둘렀고, 세상에서 가장 끔찍한 말로 마지막 남은 내 자존심을 짓밟아버렸지. 그때 그녀가 한 말이 바로 인생패배자였어. 그 말을 듣는 순간 내 머릿속에서 퓨즈가 나가 버렸지."

켄의 목소리가 작아졌다. 그의 눈빛은 깊이를 알 수 없는 절망감에 휩싸여 있었다. 그날 벌어진 일들을 다시금 돌이켜보고 있는 게 분명했다.

"그 말을 듣는 순간 알렉시아가 휘두르는 주먹을 피하며 힘껏 맞받아쳤어. 내 주먹으로 알렉시아의 정수리를 정통으로 가격한 거야. 알렉시아가 앞으로 푹 고꾸라지더니 조용해지더군. 그야말로 요란한 음악을 듣다가 갑자기 꺼버린 것처럼 완벽하게 조용해졌어."

목소리가 아주 작았지만 켄의 입에서 흘러나온 말들이 바위에 부딪치는 커다란 파도소리를 압도하고도 남았다.

알렉시아가 앞으로 푹 고꾸라지더니 조용해지더군. 그야말로 요란한 음악을 듣다가 갑자기 꺼버린 것처럼 완벽하게 조용해졌어.

알렉시아가 설령 나를 질투했더라도 내 친구라는 사실은 변함없었다. 나에 대해 아주 많은 걸 알고 있는 친구……. 우리는 사는 동안 즐거운 경험들과 가슴 아픈 일들을 함께 나누었다. 실연의 아픔을 겪을 때는 서로 위로해주었고, 멋진 남자를 만나 데이트를 할 때는 온갖 이야기들을 주고받으며 함께 웃었다. 우리는 심지어 외모에 대한 콤플렉스까지도 스스럼없이 털어놓는 사이였다. 유행, 남자문제, 섹스, 성공과 실패, 은밀한 꿈, 잠재적인 공포에 대해서도 속내를 드러내놓고 이야기를 주고받는 사이였다.

이제 알렉시아는 죽었다. 나는 지금 나와 가장 절친했던 친구를 죽인 남자와 함께 있었다. 저절로 눈물이 났지만 마냥 슬픔에 빠져 있을 때가 아니었다. 곰곰이 생각에 잠겨 있을 때가 아니었다.

"켄, 우린 당장 여기서 빠져 나가야 해요."

"알렉시아가 맥박도 뛰지 않고 심장박동도 멎은 채 바닥에 쓰러져 있는 걸 보고 나서야 나는 큰 충격에 휩싸였어. 그제야 내가 무슨 짓을 저질렀는지 깨달았지. 비록 의도하지는 않았지만 그 순간 나는 주먹으로 아내를 때려죽인 살인자가 되어 있었던 거야. 어떤 식으로든 이 끔찍한 사태를 해결해야겠다고 생각했어. 내일의 태양이 떠오르기 전에, 아이들이 1층으로 내려오기 전에 완벽하게 일을 마무리 지어야 했어. 그때가 저녁 9시쯤이었는데 아이들은 자고 있었지. 문득 에반이 망가뜨린 간이 수영풀이 생각났어. 언젠가 바람이 빠져버린 그 비닐 뭉치를 치워버려야겠다고 생각하고 있었거든. 나는 바람 빠진 수영풀로 알렉시아의 시신을 둘둘 말았어. 그런 다음 마침 주차장 안에 세워둔 차로 질질 끌고 갔어. 차 안으로 옮기는데 어찌나 무겁던지 온몸에 땀이 줄줄 흘러내렸어. 내 오토바이도 함께 차에 실었지. 이미 내 머릿속에는 하나의 아이디어가 들어 있었어. 경찰수사를 엉뚱한 방향으로 유도하기 위해 바네사 실종사건을 모방하기로 작정한 거야. 그렇게 하려면 나중에 집으로 돌아올 때 차를 가져와서는 안 되기 때문에 오토바이를 차에 실었지."

내가 생각하기에도 상당히 치밀한 계획이었다. 충격에 사로잡혀 있었던 사람이 어떻게 그런 발상을 할 수 있었는지 정말이지 놀라울 따름이었다.

켄은 그런 끔찍한 일을 벌이고도 어쩜 그렇게 침착하게 행동할 수 있었을까?

"당신을 이해해요."

그 말이 입에서 나오는 순간 너무나 어리석은 코멘트라는 걸 깨달 았지만 딱히 다른 말이 떠오르지 않았다.

바닷물이 차오르는 상황에서 내가 어떻게 제정신일 수 있겠는가?

"주위가 어둠에 잠길 때까지 기다렸다가 11시쯤 집을 떠났어. 수영 풀 비닐에 둘둘 말려 있는 알렉시아의 시신을 정확히 어디에 버렸는 지는 기억나지 않아. 들판 한가운데에 있는 어느 채석장 가장자리였 어. 아무튼 시신은 비닐에 싸인 채 채석장으로 굴러 떨어졌고, 바닥을 뒤덮고 있는 잡초와 쐐기풀들 사이로 사라져버렸지. 내가 본 알렉시 아의 마지막 모습이야. 그런 다음 나는 바네사 윌라드가 사라진 주차 장을 찾아갔어. 2년 전, 매튜와 우리 부부가 같이 가본 적이 있었거든. 그 주차장 위치를 어렴풋이 알고 있었는데 길을 잘못 드는 바람에 한 참동안 헤매다 겨우 찾았지. 날이 밝기 전까지 반드시 집에 돌아와 있 어야 했어. 요즘은 밤이 아주 짧은 편이니까."

"정말이지 완벽하게 해냈군요."

켄의 말은 앞뒤가 착착 들어맞았다. 알렉시아는 흔적도 없이 사라 졌고, 자동차는 주차장에서 발견됐다. 켄은 계산된 시간 안에 집에 도 착했다. 켄이 혼다 오토바이를 타고 한밤중에 어둠을 가로질러 질주 하는 모습이 눈앞에 떠올랐다. 집에 도착했을 때 아마도 그의 몸은 완 전히 녹초가 되었을 테지만 날이 밝자마자 아이들을 깨워 아침식사를 만들어 먹이며 엄마는 답사여행을 떠났다고 세뇌시켰으리라. 그는 저 녁 늦게 내게 전화해 알렉시아가 연락도 없이 집으로 돌아오지 않는 다며 짐짓 걱정해주는 치밀한 면모를 과시하기도 했다.

문득 한 가지 생각이 내 머리를 스쳤다.

"그 차, 말인데요. 이웃집 노파가 경찰에게 말하길 토요일 아침에 알렉시아가 그 차를 타고 출발하는 걸 봤다고 했잖아요."

"모르긴 해도 그런 경우를 하늘이 도왔다고 할 수 있겠지. 그 노파의 증언 덕분에 경찰은 알렉시아가 토요일 아침 7시에 집에서 답사 현장으로 떠났다고 믿게 됐고, 나는 완벽한 알리바이를 확보하게 되었으니까. 아이들은 그 시간에 내가 집에 있었다는 사실을 확인해주었고, 식료품점 주인도 나를 봤다고 증언해주더군. 결국 나는 운 좋게도 혐의를 벗을 수 있게 되었지."

"어떻게 그럴 수가……."

"우리 동네 골목 끝집의 차가 바로 복스홀 모바노였어. 사람들은 그 차를 우리 집 베드포드와 자주 혼동하지. 나로서는 도무지 이해할 수 없는 일이지만 아무튼 둘 다 탑차인데다 흰색이라는 공통점이 있거든. 이웃집 노파는 우리 차를 봤다고 진술했지만 사실은 골목 끝집의 복스홀 모바노를 본 거야. 내가 했던 진술과 노파의 말이 정확하게 일치하니까 아무도 의문을 품지는 않았지."

문득 한 가지 기억이 떠올랐다. 4월의 어느 날 저녁, 나는 매튜의 집에 들렀다가 돌아가는 길에 알렉시아의 집을 찾아갔었다. 현관문 앞에서 초인종을 눌렀지만 집 안에서는 아무런 인기척이 없었다. 그냥 돌아갈까 하다가 잠시 기다리고 있는데 탑차 한 대가 모퉁이를 돌아왔다. 그 차를 보는 순간 알렉시아의 차로 생각했지만 나는 금세 착각이라는 걸 깨달았다. 그 차는 골목 끝집 대문 안으로 사라졌다. 이웃집 노파는 분명 시력이 나보다 훨씬 나쁠 뿐만 아니라 차종에 대한 변별력이 없으리라 생각되었다. 그럴 경우 어느 차인지 혼동할 가능성이 컸다.

"빌어먹을! 당신 때문에……."

켄이 말을 꺼내려다 중단했다.

"뭐라고요?"

"바로 당신 때문에 일을 망쳐버리게 되었어. 오늘, 나는 모든 준비를 완벽하게 해놓았거든. 차고에는 내가 타고 떠날 렌터카가 준비돼 있었는데 당신이 느닷없이 우리 집에 들이닥친 거야. 젠장맞을! 날 좀 가만히 내버려두지 그랬어?"

켄의 목소리가 더욱 차갑고 어색하게 들렸다.

"달아나려고 했다고요?"

"당신도 한번 생각해봐. 골목에 비슷한 차가 두 대 있어. 경찰이 그날 아침 7시에 알렉시아가 차를 타고 집을 떠나는 장면을 보았다고 진술한 노파의 말을 끝까지 신뢰할 수 있을까? 사건이 미궁에 빠지게 되면 경찰은 처음부터 차분하게 수사상황을 되짚어보려 할 테고, 결국 그 노파의 증언이 그다지 믿을 만하지 않다는 걸 간파하고 재수사에 착수하게 되겠지. 재수사에 들어가게 되기까지 어느 정도의 시간이 필요할까? 또, 알렉시아의 시신이 발견되기까지 어느 정도 시간이 걸릴까? 사실 3주 동안이나 시신을 발견하지 못한 것만 해도 기적이라고 할 수 있지. 시신을 버린 곳에 쐐기풀이 무성하게 자라 있었기에 가능했던 거야. 가을이 되면 상황은 달라져. 풀이 마르면 알렉시아의 시신이 밖으로 드러나게 될 테고, 사람들 눈에 띄게 되겠지. 우리 집에서 사용하던 간이 수영풀도 마찬가지야. 거기에 내 지문이 엄청나게 많이 묻어 있어. 이대로 집에 머물러 있다가는 경찰에 체포되기에 딱 좋을 거야. 지금 스완지경찰은 바네사를 납치한 녀석을 추격하느라 정신이 없어. 그 덕분에 알렉시아 건은 상대적으로 소홀히 다루어지고 있지. 만약 그 녀석을 체포했는데 알리바이가 완벽할 경우 경찰은 어떤 의심을 품게 될까? 경찰은 다른 용의자에게 관심을 돌리겠지. 우리 차에 대한 탐문을 재개할 테고, 결국 우리 집으로 들이닥쳐 나를 체포할 거야. 나는 그 전에 달아나야 한다고 생각했어."

절망과 공포가 나를 거의 패닉상태로 몰아넣었다. 어떻게든 위기 상황에서 벗어나고 싶었지만 현실적으로 따져보면 불가능에 가까운 일이었다. 켄은 나를 살려두지 않을 생각이 분명해보였다. 켄의 도피계획을 망친 장본인이니까.

"아이들은 어떻게 했죠?"

"집에서 자고 있어."

켄이 태연하게 대답했다.

나는 거의 숨이 멎는 듯했다.

"아이들도 죽였어요?"

"자고 있다고 했잖아!"

켄이 퉁명스럽게 대꾸한 다음 자리에서 벌떡 일어섰다. 이제 그의 바지는 바닷물에 완전히 젖어 있었다.

"이제 이곳을 떠날 시간이야."

켄은 그렇게 말하고 나서 놀랄 만큼 유연한 동작으로 바위 위로 한 칸 더 올라가더니 내 옆 암반 위로 껑충 뛰어내렸다. 그는 이 해안과 절벽 그리고 동굴을 손바닥 들여다보듯 훤히 꿰고 있었다. 바닷물의 수위가 계속 높아지고 있는데도 그가 끝까지 침착성을 유지할 수 있는 이유였다. 그는 언제 이곳에서 벗어나야 하는지 정확히 알고 있었다.

"유감스럽지만 당신은 그냥 여기 남아줘야겠어."

켄이 무방비상태에 놓여 있는 나를 향해 팔을 힘껏 뻗었다. 그 짧은 순간 알렉시아의 모습이 떠올랐다. 배 만드는 일을 하던 남자의 주먹은 사람을 단번에 죽일 수도 있었다.

반사적으로 재빨리 고개를 젖혔지만 허사였다. 그의 주먹이 나의 왼쪽 뺨에 꽂혔다. 그 순간, 나는 어두운 바다로 빠져들며 파도에 휩싸였다. 추위와 어둠이 내 몸을 감쌌다. 나는 이제 곧 죽게 되리란 걸 직감했다.

16

의사의 태도는 단호했다.

"라이언 리는 당장 수술에 착수해야 하기 때문에 지금은 어느 누구와도 이야기를 나눌 수 없습니다."

"그냥 몇 마디만 물어보면 됩니다. 한 여자의 목숨이 달려 있는 문제일 수도 있어요."

모건 경감이 애원하듯 말했다.

"정말 협조해드리지 못해 죄송합니다만 환자가 마취에서 깨어나 안정을 찾게 되면 만나게 해드리죠. 그 전에는 절대로 만날 수 없습니다."

모건 경감은 라이언이 도주 중 교통사고를 당해 병원으로 이송됐다는 보고를 받자마자 젠킨스 경사를 대동하고 즉시 모리스턴 병원으로 달려온 길이었다.

"아쉽지만 할 수 없군요. 라이언 리에게 인질로 잡혀 있던 비비안

콜의 상태는 어떤가요?"

"5분 정도 시간을 드릴 테니까 비비안을 직접 만나 이야기해 보세요. 단 환자에게 충격적인 말은 삼가야 합니다. 아직 쇼크 상태에서 벗어나지 못했거든요."

모건 경감은 비비안이 입원해 있는 작은 병실로 들어갔다. 비비안은 침대에 앉아 젊은 남자의 손을 부여잡고 있었다. 침대 옆 간이의자에 앉아 있는 젊은 남자는 적어도 24시간 동안 잠을 이루지 못한 듯 얼굴이 초췌했다.

비비안은 짧은 꽃무늬원피스를 입고 있었는데 여기저기 얼룩이 묻어 있었다. 왼쪽 무릎과 손목에 붕대가 감겨 있었고, 이마에는 커다란 반창고가 붙어 있었다. 가벼운 찰과상을 입은 듯했지만 심리적으로 큰 충격을 받은 듯 눈동자가 매우 경직돼 보였다.

"비비안? 난 모건 경감이에요. 이쪽은 내 동료 젠킨스 경사입니다."

"안녕하세요."

"당신은 비비안과 어떤 사이죠?"

젊은 남자가 자리에서 일어나며 악수를 청했다.

"저는 아드리안 뉴랜드입니다. 비비안의 애인이죠. 비비안이 병원에 도착하자마자 전화를 해 펨브로크 독에서 이곳까지 정신없이 달려왔습니다. 그동안 비비안과 연락이 안 돼 미치는 줄 알았죠."

"두 분에게는 정말 끔찍한 시간이었을 거예요. 한시바삐 충격에서 벗어날 수 있기를 바랍니다."

"해리는 어떻게 됐나요?"

비비안이 물었다.

"해리는 무사히 풀려나 병원에서 간단한 치료를 받고 퇴원했습니다. 아직 충격이 가시지 않은 듯했지만 대체로 건강한 편이죠."

"라이언은요?"

비비안이 작은 소리로 물었다.

"라이언은 곧 수술을 받게 될 거예요. 전신에 골절상을 입었지만 생명이 위태로운 정도는 아닙니다."

"차가 나무와 충돌했어요. 핸들을 갑자기 꺾는 바람에 그렇게 됐죠. 라이언이 경찰의 추격을 뿌리치기 위해 숲속 길로 방향을 꺾으라고 말했는데 속도가 너무 빨라 차가 중심을 잡지 못하고 나무와 충돌했어요."

비비안이 그때의 다급한 순간이 떠오른 듯 울먹이며 말했다.

"당신은 대단히 큰일을 해냈어요. 납치살인범을 잡는 데 혁혁한 공을 세웠죠. 라이언은 생명에는 지장이 없고, 곧 건강을 회복할 수 있을 거예요. 당신은 매우 어려운 상황 속에서도 끝까지 냉정을 유지하며 침착하게 처신한 것에 대해 자부심을 가져도 좋아요."

"그 녀석은 죽어야 마땅해요. 최소한 반신불수 정도는 됐으면 좋겠어요."

아드리안이 분노한 목소리로 말했다.

"아드리안! 진정해요. 어찌됐든 내가 살아 돌아왔잖아요."

"우리는 당신이 충분한 휴식을 취할 수 있길 바라지만 아직 해결하지 못한 당면과제가 있어요. 당신도 알다시피 라이언은 알렉시아 실종사건의 용의자로 지목받고 있어요. 바네사 실종사건과 진행 과정이 아주 유사하죠. 알렉시아는 아직 살아 있을 가능성이 있어요. 우린 알렉시아가 바네사와 같은 운명을 맞이하기 전에 반드시 찾아내야만 해요."

"당연히 그래야죠."

비비안이 고개를 끄덕였다.

"지금은 당신도 알다시피 라이언을 직접 심문할 수 없는 상황입니다. 혹시 함께 도주하는 동안 라이언이 알렉시아를 납치해둔 장소에 대해 암시한 적이 있나요? 지나가는 말로라도 슬쩍 언급했을 수도 있잖아요."

"라이언은 알렉시아 실종사건과 무관하다고 주장했어요. 바네사를 납치한 건 맞지만 그녀가 죽기를 바라지는 않았다고도 말했죠. 라이언은 자신이 냉혹한 살인자가 아니라는 점을 인정받고 싶어 했어요."

"그건 거짓말이야."

아드리안이 말도 안 된다는 반응을 보였다.

"아니, 거짓말이 아닌 듯했어."

"그럼 당신은 라이언의 말이 진실이라고 생각합니까?"

모건 경감이 흥미롭다는 듯 물었다.

"내 생각에는 진실로 생각됐어요. 노라에게도 몇 번이나 간곡하게 충고했어요. 라이언을 집으로 끌어들여서는 안 된다고요. 결과적으로 내 말이 옳다는 게 입증되긴 했지만……."

"입증되긴 했지만, 뭐죠?"

"라이언이 바네사를 납치해 죽음에 이르게 한 건 분명한 사실이지만 고의성은 없었다고 봐요. 그가 양심의 가책 없이 살인을 저지를 만큼 파렴치한 사람은 아니라는 생각이 들었어요."

비비안은 그 말을 할 때 애인의 얼굴을 제대로 쳐다보지 않았다.

"스톡홀름 신드롬이에요."

아드리안이 모건 경감 쪽을 바라보며 속삭였다.

"그러니까 당신은 라이언이 알렉시아 실종사건과 무관하다고 믿고 있겠군요?"

"적어도 그가 바네사에게 저지른 잘못을 또다시 반복하지는 않았으리라 믿어요."

"비비안, 나무상자에 갇혀 누군가 구하러 와 주기만 애타게 기다리고 있을 알렉시아를 커다란 위험에 빠뜨리는 진술이 될 수도 있다는 걸 명심해."

아드리안이 마침내 화를 벌컥 내며 말했다.

"그럼 라이언이 당신에게 전혀 위협이 되지 않았습니까?"

모건 경감이 물었다.

비비안은 최대한 진실에 근접한 답변을 하기 위해 신중을 기했다.

"물론 위협이 되긴 했지만 죽이지는 않을 거라 믿었어요. 바네사를 납치해 죽게 한 건 사실이지만 의도하지 않은 일이 벌어진 거라고 몇 번이나 말하더군요. 알렉시아 실종사건에 대해서도 완강하게 관련성을 부인했죠. 처음에는 모두 새빨간 거짓말이라 생각했는데 차츰 그럴 수도 있다고 생각하게 되었어요. 하지만……."

"하지만 뭐죠?"

비비안이 당황해하며 어깨를 으쓱했다.

"아무튼 지금 제가 말씀드릴 수 있는 건 한정적일 수밖에 없겠죠. 제법 긴 시간을 라이언에게 인질로 잡혀 있으면서 받은 인상을 솔직하게 털어놓자면 그가 적어도 흉악범은 아닐 거라는 생각이 들었어요. 결과만 놓고 보자면 바네사를 살해한 게 되지만 그역시 일이 이토록 잘못될 줄은 전혀 짐작하지 못했다더군요."

"당신도 노라처럼 살인범에게 홀딱 빠진 거야? 그 녀석은 도대체 무슨 재주를 타고났기에 여자들의 혼을 저렇게 쏙 빼놓을 수 있지? 그 방법이 뭔지 알아보고 싶어지는군!"

아드리안이 분통을 터뜨리며 말했다. 얼마나 화가 났는지 얼굴이 시뻘겋게 달아올라 있었다.

비비안이 다시 훌쩍거리기 시작했다. 심신이 극도로 피곤해 보였다.

"저는 단지 느낌을 솔직하게 이야기했을 뿐이에요."

"걱정하지 말아요. 당신의 진술이 수사에 많은 도움이 됐으니까."

모건 경감은 그렇게 말했지만 비비안의 어깨 너머로 젠킨스 경사를 바라보는 눈빛에는 낙담과 좌절이 깃들어 있었다. 라이언을 검거했지만 알렉시아 실종사건에 대한 수사는 답보 상태를 면하지 못하고 있었다. 라이언은 수술을 받아야 하기 때문에 당분간 만나서 이야기를 나눌 수도 없었다.

비비안은 알렉시아 실종사건과 라이언이 무관한 것 같다고 진술했다. 만약 그 말이 사실이라면 처음부터 수사를 다시 시작해야 한다는 뜻이었다.

라이언을 용의선상에서 제외할 경우 누가 가장 강력한 용의자라고 할 수 있을까?

그때 젠킨스 경사의 휴대폰이 울렸고, 그는 전화를 받기 위해 병실을 빠져나갔다. 밖으로 나갔던 젠킨스 경사가 다시 병실 문을 열고 고개를 디밀었다.

"경감님! 밖에서 잠깐 이야기 좀 나누시겠습니까?"

모건 경감이 비비안과 아드리안에게 고개를 끄덕여 인사하고는 병실 문을 닫고 복도로 나왔다.

"무슨 일이야?"

"가렛 와일더가 경찰서에 신고했답니다. 아시잖아요? 지나 로빈슨의 과거 남자친구 말입니다."

"나도 가렛 와일더가 누군지는 알아."

"그가 이상한 이야기를 했답니다. 켄 리스 집에 갔는데, 아무래도 아이들에게 끔찍한 일이 벌어진 것 같다는 겁니다. 가렛 와일더는 지나 로빈슨에 대해서 몹시 걱정하고 있던데요."

17

깜빡 졸다가 눈을 뜬 가렛은 자신이 지금 어디에 있는지 언뜻 인지하지 못했다. 온몸이 욱신거려 신음소리가 터져 나오려는 걸 겨우 참았다. 정원에 있는 철제의자였다. 가렛은 이렇게 불편한 곳에서 잠들었다는 게 수수께끼처럼 여겨졌다. 어젯밤 지나의 비좁은 소파에서 밤새 한숨도 못잔 탓일 수도 있었다.

가렛은 정신을 차리며 의자에서 일어나 앉았다. 그제야 어디에 와 있는지 생각났다. 켄의 집 베란다에 있는 벤치였다. 지나와 관계를 회복하고자 스완지를 방문했다가 일이 꼬이는 바람에 전혀 예상하지 못한 고생을 치르고 있었다.

이런 바보멍청이!

가렛은 발을 내딛다가 의자에 걸리는 바람에 자갈 위로 넘어졌다.

시계를 보니 12시가 거의 다 되어 있었다. 9시쯤 도착해 줄곧 베란다에 앉아 있었는데 그사이 세 시간이나 흘러 있었다. 아직 사람이라고는 얼씬도 하지 않았다. 문득 이상하다는 생각이 들었다.

가렛은 간이통로를 이용해 켄의 집 정원을 빠져나와 집 앞 골목을 샅샅이 살펴보았다. 그의 차는 어디에도 보이지 않았다. 지나는 허락도 받지 않고 남의 차를 이렇게 오래 운행할 만큼 뻔뻔하지 않았다. 물론 갑자기 예상하지 못한 일이 발생했을 수도 있지만 그럴 때 쓰라고 있는 게 휴대폰이 아니던가?

가렛이 바지주머니에서 휴대폰을 꺼내 확인해봤지만 그사이 걸려온 전화는 없었다. 지나의 전화번호를 누르자 곧바로 메시지보관함으로 연결되었다.

'지나, 어디 있는 거야? 차를 가져가 이렇게 오래 기다리게 하면 어떡해? 이 메시지를 듣는 대로 연락해줘!'

짐짓 화가 난 투로 이야기했지만 상관없었다. 그가 지금 어떤 기분일지 지나는 충분히 짐작하고 있을 테니까.

가렛은 어떻게 해야 할지 잠시 고민했다.

지나의 집으로 돌아가서 기다릴까? 지나가 언제 돌아올지 모르잖은가? 게다가 매튜 윌라드가 찾아올 가능성도 있잖은가?

가렛은 그 재수 없는 남자와 마주치고 싶은 생각이 없었다. 지나를 빼앗긴 것만으로도 자존심 상하는데 그녀의 집에서 매튜를 보게 될 경우 덧난 상처에 소금을 뿌리듯 마음이 쓰릴 듯했다.

혹시 집 안으로 들어갈 수 있지 않을까? 집 안으로 들어가면 책도 있고 텔레비전도 있겠지? 냉장고에는 먹고 마실 음료수와 음식도 있겠지?

가렛은 혹시나 하는 마음으로 차고 문을 흔들었다. 뜻밖에도 문이 너무 쉽게 열렸다. 더욱 그를 놀라게 한 건 차고 안에 흰색 푸조가 세워져 있다는 사실이었다.

빌어먹을! 켄은 이렇게 좋은 차가 있는데 왜 하필 내 차를 타고 나간 거야?

차고에서 집 안으로 통하는 중간 문이 있었는데 유감스럽게도 잠겨 있었다. 차고 밖으로 나온 가렛은 통로를 통해 다시 정원으로 들어갔다. 이제는 정말 너무 화가 나 미칠 지경이었다. 기분 내키는 대로 하자면 당장 택시를 타고 브링튼으로 돌아가고 싶었다. 차는 손해배상 청구서를 첨부해 지나에게 알아서 보내달라고 하면 그만이었다. 그는 홧김에 정원 의자를 걷어찼다. 바로 그때 어디선가 이상한 소리가 들려왔다. 분명 집 안에서 나는 소리였다.

아이가 우는 소리인가?

울음소리인지 신음소리인 헷갈렸다. 어찌 들으면 새끼고양이가 우는 소리처럼 들리기도 했다. 그러다가 갑자기 아무런 소리도 들리지 않았다.

가렛은 자신이 착각한 거라 생각했지만 잠시 후 다시 이상한 소리가 들려왔다. 마치 부상자의 신음소리 같았다. 사람이 전혀 없는 집 안에서 신음소리가 나는 게 이상했다. 바람이 가끔 이상한 소리를 낼 때가 있긴 했다. 그때 다시 이상한 소리가 들려왔다. 자세히 귀를 기울여본 결과 어린아이의 신음소리라는 걸 알 수 있었다. 애써 고통을 참고 있는 소리……. 목소리의 주인공이 몹시 고통스러워하고 있는 게 분명했다.

켄이 아이들을 집안에 가둬두고 외출한 건가? 이 집 아이들이 몇 살이더라? 맏이는 일곱 살이고, 막내는 아직 두 돌도 안 지냈을 거야. 지나가 아이들을 집안에 두고 외출을 하게 내버려두지는 않았을 텐데, 무슨 일이지? 뭔가 대단히 수상쩍은 일이 벌어지고 있는 것 같은데?

가렛은 문득 지나가 걱정되기 시작했다. 지나는 아이들을 내팽개쳐 두고 켄과 바람을 쐬러 갈 만큼 생각이 없는 여자가 아니었다. 아무런 연락도 하지 않고 남의 차를 마음대로 끌고 다닐 여자도 아니었다.

신음소리는 잠시 멎었다가 곧 다시 이어졌다.

이런 경우 경찰에 신고하는 게 가장 바람직했지만 확실한 근거도 없이 전화했다가 자칫 웃음거리가 될 수도 있었다. 모든 게 망상으로 밝혀질 경우 망신살이 뻗치게 될 테니까.

가렛은 다시 형사를 만나고 싶은 생각이 없었다. 오늘 아침 경찰에 자진 출두해 조사를 받았다. 어제까지만 해도 용의자로 지목됐던 사람이 알렉시아 집 앞에서 어슬렁거리다가 이상한 소리를 들었다고 신고하면 괜한 의심을 사게 될 수도 있었다. 다시 알렉시아 실종사건의 용의자로 부각될 수도 있었다. 그런 일이 있어서는 안 되겠지만 이대로 떠날 수는 없었다. 비록 아이들을 썩 좋아하지는 않았지만 그는 평소 아동학대 만큼은 결코 용납할 수 없는 범죄라는 지론을 갖고 있었다. 아이들이 도움을 요청할 경우 도와줘야 한다고 생각했다. 어떻게 든 집안으로 들어가 무슨 일이 있는지 두 눈으로 확인해봐야 했다. 일단 그 다음 문제는 생각하지 않기로 했다.

가렛은 베란다 문을 통해 집 안으로 들어가려다가 포기했다. 이웃사람들의 눈에 띄면 의심을 받게 될 게 뻔했다. 어떤 수상한 남자가 실종된 여자 집에 들어가려 한다는 신고가 접수될 경우 곤란한 문제가 발생할 수도 있었다. 그 경우는 직접 경찰에 신고하는 것보다 더 나빴다.

모른 척 집으로 돌아갈까?

괜히 오지랖 넓게 남의 일에 끼어들었다가 된통 당하지 말고 빨리 이곳을 떠나라는 목소리가 마음 한구석에서 들려왔다.

만약 아이들이 큰 위험에 처해 있다면 어떡하지?

가렛은 통로를 통해 다시 정원으로 들어갔다. 주방 창문을 통해 집 안을 들여다보았다. 정말 사람이 사는 집이 맞는지 의심스러웠다. 돼지우리보다 나을 게 없었다.

개수대에는 설거지거리가 산더미처럼 쌓여 있었고, 의자 위에는 책과 잡지, 카탈로그, DVD 등이 여기저기 나뒹굴고 있었다. 바닥에는 장난감들이 곳곳에 널려 있었다. 그중 가장 이해하기 힘든 건 빨랫감이 가득 담긴 빨래바구니가 레인지 위에 놓여 있다는 것이었다.

가렛은 잔뜩 이맛살을 찌푸렸다.

외조를 잘한다고 알려진 켄이 어떻게 집안 살림을 이렇게 될 때까지 방치할 수 있지? 모든 게 헛소문에 불과했었나?

가렛은 풀오버를 벗어 오른손 주먹에 감싼 다음 유리창을 내리쳤다. 유리창이 깨지며 주방 바닥 여기저기 파편이 튀었다. 생각보다 소리가 컸다. 이웃사람들이 소리를 듣고 달려오면 어쩌나 걱정될 지경이었다.

가렛은 깨진 유리창 사이로 손을 집어넣어 문고리를 풀고 주방 안으로 들어섰다. 지독한 악취가 코를 찔렀다. 예전부터 왠지 리스 부부가 마음에 들지 않았다. 딱히 마음에 들지 않는 이유가 있었던 건 아니었다. 지나는 언제나 리스 부부를 부러워했다. 그들 부부가 서로 돕고 사랑하며 살아가는 모습을 이상적이라 여겼다. 바닷가 집에서 아이들을 여럿 낳아 키우며 오순도순 행복하게 사는 게 지나의 꿈이었다.

가렛은 생각만 해도 끔찍한 일이었다. 지나와 관계가 틀어진 것도 돌이켜 보면 리스 부부 때문이었다. 지나는 리스 부부를 가장 이상적인 모델로 생각하며 동경해 마지않았다. 이 비좁고 지저분한 집에서 여러 가족들이 복닥거리며 살아가는 게 뭐 그리 부럽다는 건지 도무지 이해되지 않았다.

가렛은 설거지거리를 잔뜩 쌓아 방치해둔 데다 음식을 만들고 나서 제대로 환기를 시키지 않아 온갖 악취를 풍기는 주방에 서 있는 동안 괜히 리스 부부를 싫어한 게 아니었다는 사실을 깨달았다. 이미 오래전, 가렛은 직감적으로 리스 부부에게서 뭔가 병적인 냄새를 맡았다. 리스 부부는 경제적으로 어려움을 겪고 있긴 해도 서로 돕고 의지하며 즐겁게 살아가는 듯 보였지만 실상은 그렇지 않다는 느낌을 받았다. 왠지 주변사람들에게 보여주기 위해 가면을 쓰고 있는 듯했다.

가렛은 리스 부부의 집에 들어와 있는 지금 이 순간 자신의 의심이 나름 정당했었다는 걸 확인했다. 지나는 왜 진작 그런 사실을 눈치 채지 못했는지 의아할 따름이었다.

가렛은 주방을 지나 현관 쪽으로 다가갔다. 옷장에 코트와 재킷, 비옷들이 어찌나 많이 걸려 있는지 복도를 지나가기가 힘들 지경이었다. 바닥에 신발들이 아무렇게나 내팽개쳐져 있어 하마터면 발에 걸려 넘어질 뻔했다.

가렛은 계단 앞에서 일단 걸음을 멈추고 2층을 향해 귀를 기울였다. 아무런 소리도 들리지 않았다. 보다 확실하게 해두기 위해 1층 거실을 살펴보았지만 아무도 없었다.

"지나?"

작은 소리로 지나의 이름을 불렀다. 대답을 기대하고 불러본 건 아니었다. 이제 2층에 올라가 어떤 문제가 있는지 직접 확인해보는 수밖에 없었다. 사실은 이제라도 그만두고 싶은 생각뿐이었지만 돌아서기에는 이미 너무 깊이 들어와 있었다.

가렛은 천천히 2층으로 향하는 계단을 올라갔다. 2층에도 좁은 복도가 하나 있고, 복도 양편으로 네 개의 방문이 있었다. 그 중 두 개의 방문이 열려 있어 안쪽을 들여다보았다. 하나는 욕실이었는데 1950년대에나 유행했을 법한 구조로 되어 있었고, 더럽기 짝이 없었다. 욕실 바로 옆방이 부부 침실이었다. 커튼이 드리워져 있었지만 어슴푸레한 햇빛이 비쳐들었다. 바닥에 빨간색 카펫이 깔려 있었는데 역시 맨발로는 절대 걷고 싶지 않을 만큼 지저분했다. 엄마가 실종된 이후 아이들이 부부 침대를 점령한 듯 봉제인형들이 어지럽게 널려 있었다. 창문턱에 올려놓은 소형 텔레비전, 창문 밑에 놓인 세 개의 바구니가 눈에 들어왔다. 바구니마다 옷가지들이 가득 들어 있는 걸 보면 평소 빨래한 옷을 수납장에 넣어 보관하지 않고 바구니에 담아 두는 듯했다. 제대로 옷을 분류할 시간도 없었겠지만 의지도 없어 보였다. 켄이 여섯 명이나 되는 가족들이 날마다 벗어놓는 빨랫감에 항복한 게 분명했다.

가렛은 문득 이 집을 상징하는 단어가 혹시 '항복'이 아니었을까 생각되었다. 그 다음은 '절망'이 아니었을까?

침대 옆에는 다리미판이 펼쳐져 있었다. 알렉시아가 입고 나갈 옷을 바구니에서 찾아내 잽싸게 다림질하는 광경이 떠올랐다.

이런 혼잡스런 집에 살며 성공적인 커리어우먼의 모습을 보여주기 위해 안간힘을 다하느라 얼마나 힘들었을까?

어디선가 다시 작은 신음소리가 들려왔다. 움찔 놀라 있는 동안 다시 한 번 어린아이의 신음소리가 터져 나왔다. 소리는 아주 가까운 곳에서 흘러나오고 있었다. 부부 침실 옆방 문은 잠겨 있었지만 열쇠가 꽂혀 있었다.

가렛은 마음의 준비를 단단히 한 다음 문을 열어젖혔다. 어둠이 가장 먼저 그를 맞이했다. 창문을 가리고 있는 두터운 블라인드가 방 안으로 유입되는 맑은 공기와 빛을 차단하고 있었다. 방에서 코를 찌를 듯 악취가 났다. 대부분 지린내와 토사물 냄새였다. 바깥 날씨는 그리 무덥지 않은데 방 안의 공기는 텁텁하고 퀴퀴했다. 방에서 작은 숨소리가 들려왔다. 두려운 마음을 진정시키며 전기스위치를 올렸다.

아이들 방이었다. 이 방 역시 정신이 없을 지경이었다. 장난감들이 여기저기 산더미처럼 쌓여 있었고, 빨래바구니마다 아이들의 옷가지가 흘러넘칠 듯 가득 쌓여 있었다. 유아용 침대가 눈에 들어왔다. 열린 방문을 통해 들어온 바람이 침대 위쪽에 매달린 모빌을 돌리기 시작했다. 그 순간 한쪽 침대에서 누군가 몸을 일으켰다. 잔뜩 겁에 질려 있는 아이 얼굴이 보였다. 커다란 두 눈과 마구 헝클어진 금발머리도 보였다.

"안녕."

아이가 드디어 침대에서 일어섰다. 일곱 살 정도 돼 보이는 작은 여자아이였다. 켄의 장녀처럼 보였다.

이 아이 이름이 뭐였더라?

가렛은 머릿속으로 리스 부부의 장녀 이름을 떠올리려고 했지만 생각나지 않았다. 켈트식 이름이었는데? 그래, 맞아. 케일라야.

"케일라?"

여자아이가 고개를 끄덕이며 작은 소리로 말했다.

"속이 자꾸만 울렁거려 토했어요."

가렛이 침대로 다가갔다. 케일라가 입고 있는 잠옷이 온통 토사물로 덮여 있었다. 침대에 다른 아이가 또 있었다. 이제 겨우 두 살짜리인 막내였는데 미동도 하지 않는 걸 보면 뭔가 심각한 문제가 있는 듯했다.

"아빠!"

케일라가 신음소리를 내뱉듯 아빠를 불렀다.

"너희 아빠는 어디 있니?"

악취가 너무 심해 숨을 쉬기 힘들 정도였다.

"아빠는 떠났어요."

가렛은 구토가 나는 걸 가까스로 참아내며 오물로 뒤덮인 침대 위로 몸을 숙였다. 막내의 몸을 흔들어봤지만 역시 미동도 하지 않았다. 그는 재빨리 다른 쪽 침대로 고개를 돌렸다. 거기에도 두 아이가 누워 있었다. 침대 매트가 오줌으로 흠씬 젖어 있었다. 가렛이 조심스럽게 아이들의 몸을 흔들었지만 역시 아무런 반응이 없었다. 그나마 숨을 쉬고 있어 다행이었다.

"화장실에 가고 싶어요."

케일라가 그렇게 말하며 침대에서 빠져나오려고 했지만 몸을 덜덜 떠는 바람에 다리를 침대 난간 위로 올리지 못했다. 지독한 악취 때문에 가렛은 당장 방에서 나가고 싶은 충동을 느꼈지만 이를 악 물고 참아내며 케일라를 침대 밖으로 꺼내주었다. 패닉상태에 빠진 케일라가 마치 작은 원숭이처럼 가렛에게 매달렸다. 케일라의 잠옷에 묻어 있던 토사물이 가렛의 셔츠와 청바지에도 묻었다.

가렛은 순간적으로 케일라를 몸에서 떼어내려 하다가 단념했다. 케일라는 아직 그에게서 떨어질 마음의 준비가 되어 있지 않은 듯했다.

케일라를 일단 오줌이 흥건한 침대에 내려놓고 잠옷을 벗기고 화장실로 데려가는 동안 가렛은 지금 눈앞에서 벌어지고 있는 일보다 더욱 끔찍한 상황이 어딘가에서 빚어지고 있는 건 아닌지 의심스러웠다.

"지나 아줌마는 어디 있니?"

케일라가 고개를 저었다.

"우리 아빠는 어디 있어요?"

"너희 아빠는 곧 집으로 돌아올 거야."

가렛은 자신의 확신과는 반대로 대답하고 나서 청바지 주머니에서 휴대폰을 꺼내 전화를 걸었다. 이제 더 이상 다른 방법은 없었다. 경찰에 신고하고, 구급차를 불러야했다.

지금 이 집에서 벌어진 일과 어디선가 빚어지고 있을 불상사가 모두 다 켄과 관련이 있을 거라고 생각되었다. 켄과 동행한 지나는 몇 시간째 연락두절 상태였다. 지나를 오래도록 알아왔지만 이렇게까지 걱정을 끼친 적은 단 한 번도 없었다.

18

나를 가만히 내버려두지 않은 건 나의 무의식이었다. 무의식이 끊임없이 나에게 눈을 뜨라고, 깨어나라고, 정신을 차리라고 압박을 가했다. 나는 끈질기게 무의식의 지시에 저항했다. 나는 극심한 통증을 느꼈고, 숨쉬기가 불편했고, 머릿속에서 계속 굉음이 울렸다. 얼굴은 마치 불길에 휩싸인 듯 화끈거렸다. 나는 잠이 들어 모든 걸 잊고 싶었다. 온몸이 마비되다시피 한 지경이었지만 지금 잠을 깬다면 출구를 알 수 없는 위협적이고 위험한 상황에 방치돼 있는 현실로 돌아가야 한다는 걸 분명하게 인지하고 있었다. 나는 현실로 돌아가고 싶지 않았다. 이 모든 상황이 현실인지 꿈인지 제대로 분간하지 못하는 몽롱한 상태를 그대로 유지하고 싶었다.

내 몸은 물에 흥건하게 젖어 있었다. 물이 내 무릎에서 출렁거렸고, 계속해서 이가 맞부딪칠 만큼 추웠다. 입가에서도 물이 출렁거렸다.

여전히 의식이 몽롱했지만 나는 머리가 물에 잠기지 않도록 하기 위해 팔을 괴어 머리를 지탱했다.

다 식어버린 물이 가득 찬 초대형 욕조에 누워 있는 느낌이었다. 나는 욕조에서 빠져나올 수 없었다. 욕조의 가장자리가 너무 높았기 때문이다. 정신을 잃고 욕조에서 잠이 든다면 더없이 편안할 거라는 생각이 들었다.

다시 물이 얼굴에 닿았다. 더 이상 욕조에 누워 있다는 환상에 빠져 있을 수 없었다. 물이 입과 코로 한꺼번에 밀려들었다. 얼음장처럼 차고 짭짤한 물이었다. 캑캑거리며 물을 내뱉었지만 금세 다시 물이 밀려들었다.

어서 일어나서 살 길을 찾아!

무의식이 화가 나 식식거리며 나를 재촉했다.

나는 더 이상 무의식에게 나를 잠자코 내버려두라고 명령할 수 없었다. 무의식의 명령이 옳다는 걸 깨달았기 때문이었다.

마치 누군가 망치로 두들기는 것처럼 머리가 쿡쿡 쑤셨다. 왼쪽 눈두덩이 퉁퉁 부어올라 눈을 뜰 수 없었다. 얼마나 부어올랐는지 위아래가 완전히 밀착되어 버린 듯했다. 왼쪽 얼굴은 완전히 마비상태였다. 피부 아래쪽 뼈들이 전부 제각기 따로 노는 느낌이었다. 켄이 내게 주먹질을 했던 순간이 떠올랐다. 나는 충격을 완화시키려고 무의식중에 몸을 뒤로 젖혔다. 어쩌면 그 덕분에 그나마 아직 목숨이 붙어 있는 건지도 몰랐다.

조심스레 손을 들어 올려 혹시 부러진 곳은 없는지 어루만져보았다. 얼굴이 몹시 부어 있었고, 몸 여기저기에 상처가 나 있었고, 군데군데 피가 말라붙어 있었다. 지금 내 얼굴을 본다면 얼마나 끔찍할지 충분히 짐작되고도 남았다.

지금은 한가하게 얼굴이나 걱정하고 있을 때가 아니었다. 동굴은 거의 다 물에 잠긴 상태였고, 꼭대기에 아주 약간의 공간만이 남아 있었다. 바람이 어찌나 세게 부는지 파도가 빠른 속도로 돌진하며 절벽에 부딪쳤다. 수영을 해 동굴을 빠져나가야겠다는 생각은 아예 자살행위나 다름없다는 걸 깨달았다. 파도가 맹렬하게 밀려오는 가운데 바닷물에 몸을 던졌다가는 동굴에서 멀리 벗어나지도 못한 채 절벽에 부딪쳐 몸이 산산조각 날 게 틀림없었다. 파도의 힘은 무시무시했고, 나는 막아낼 자신이 없었다.

나는 동굴 맨 꼭대기 암반 위까지 올라와 몸을 웅크린 채 덜덜 떨고 있었다. 맨 꼭대기에 있는 암반이었지만 벌써 물이 허리까지 차올랐다. 게다가 일어서 있을 수가 없었다. 동굴 천장까지 공간이 얼마 남지 않은데다 삐죽삐죽한 석순이 돌출되어 있었기 때문이었다. 동굴이 바닷물에 완전히 잠기게 될 시간이 점점 다가오고 있었다.

고개를 빨리 돌리면 골이 흔들리는 듯해 아주 천천히 주위를 둘러보았다. 요란한 소리를 내며 밀려오는 시커먼 바닷물 너머 동굴입구에서 햇살이 비쳐들고 있었다. 순간적으로 눈이 부셔 잠시 눈을 감은 채 마치 눈먼 두더지처럼 암반 위로 몸을 웅크렸다. 수위가 점점 높아지고 있는 게 느껴졌다. 감당할 수 없는 절망감이 나를 집어삼켰다. 동굴을 살아서 빠져나간다는 건 도저히 불가능해보였다. 바위 위에 웅크리고 앉아 있다가 물에 잠겨 익사하는 게 나에게 주어진 운명인 듯했다. 의식이 남아 있는 채로 고통스럽게 죽음을 맞이할 운명…….

차라리 켄이 나를 죽였더라면 좋았을 거라는 생각이 문득 머리를 스쳤다. 그럼 지금쯤 고통의 시간이 마감되었을 텐데……. 주먹의 강도를 완화시키려고 몸을 뒤로 젖힌 게 잘못이었다.

다시 마음속에서 어떤 목소리가 들려왔다.

켄은 여길 무사히 빠져나갔어. 그 시간이 그리 오래 흐르지 않았으니 분명 뭔가 방법이 있을 거야. 켄이 했는데 너라고 못할 이유가 없잖아.

켄은 이곳 지리를 속속들이 알고 있는 반면 나는 전혀 몰랐다. 게다가 수위도 엄청나게 높아졌다. 지금 같은 상황이었다면 켄도 빠져나가지 못했을 수도 있었다. 그렇다고 마냥 웅크리고 앉아 죽음을 맞이할 수는 없다고 생각했다.

나는 다시 출구가 있는지 찾아보기 위해 눈을 두리번거렸다. 파도가 칠 때마다 얼굴까지 물이 튀었고, 흥건하게 젖은 탓에 온몸이 덜덜 떨렸다. 파도가 밀려간 틈을 이용해 나는 재빨리 몸을 꿈틀거리며 앞으로 엉금엉금 기어갔다. 다시 파도가 밀어닥치면 몸을 최대한 웅크린 채 동굴 벽에 바짝 붙어 앉아 두 손으로 머리를 감쌌다. 자칫 파도에 휩쓸릴 경우 암반 위에서 미끄러질 수도 있었다. 왼쪽 눈이 보이지 않고, 어지럼증도 있는 상황에서 바닷물로 고꾸라지면 끝장이었다.

나는 천천히 몸을 움직여 동굴입구까지 나왔다. 눈앞에는 이제 바다 말고는 아무것도 보이지 않았다. 우리가 지나왔던 백사장은 어디론가 사라지고 없었다. 원래 거기에 백사장이 있었는지 의문이 들 정도였다. 백사장을 집어삼킨 바닷물이 이제는 동굴과 나를 집어삼키려 하고 있었다. 바닷물이 나를 마음대로 집어삼키도록 내버려둘 수는 없었다.

나는 조심스럽게 동굴 밖을 내다보았다. 아주 멀리까지 둘러봤지만 켄의 모습은 보이지 않았다. 그리 놀랄 일도 아니었다. 아마 켄은 이미 안전한 곳에 다다라 있을 테니까. 어쩌면 지금쯤 이미 차를 타고 어딘가로 도주하고 있을지도 몰랐다.

켄은 영국을 떠나 외국으로 도주하겠지? 아이들은 어떻게 됐을까?

켄이 며칠 전부터 도주계획을 세웠다면 집을 떠나기 전 충분히 시간을 확보할 필요가 있었을 거야. 배가 고프거나 겁에 질린 아이들이 이웃사람들에게 도움을 요청하기 전에 최대한 멀리 달아나야 했을 테니까. 켄은 어떤 식으로든 아이들의 입을 막고 몸을 움직이지 못하게 해둔 게 분명해.

켄은 아이들이 자고 있다고 말했다. 나는 제발 그 말이 맞기를 바랐다. '자고 있다.'는 말은 간혹 더 나쁜 의미로 쓰이기도 한다는 걸 알고 있었지만 일단 켄의 말을 있는 그대로 받아들이고 싶었다.

지나, 만약 네가 여기서 죽으면 영영 아이들을 도와줄 수 없어. 너는 반드시 저 빌어먹을 절벽 위로 올라가야만 해.

그러자면 아까 타고 내려왔던 사다리계단까지 가야만 했다. 물론 그 계단은 몹시 가팔라 안전이 확보되어 있지 않았지만 다시 단단한 땅바닥에 발을 내디딜 수 있으려면 그 방법밖에 없었다. 아무리 생각해도 계단까지 가는 건 불가능해 보였다. 계단은 바로 동굴 맞은편에 있었지만 그 사이 절벽에 바닷물이 닿아 많이 미끄러워져 있었다. 게다가 그 절벽에는 발을 올려놓거나 몸을 지탱할 수 있는 돌부리나 움푹 파인 구멍이 없었다.

나는 후들거리는 다리로 몸을 일으켰다. 머리가 바위 천장에 닿는 바람에 똑바로 일어설 수가 없었다. 나는 몸을 부들부들 떨며 울퉁불퉁한 절벽에 몸을 최대한 밀착시켰다. 그 다음은 발밑 바다 쪽으로 시선이 향하지 않도록 주의했다. 평생 현기증과 고소공포증에 시달려온 사람에게 지금보다 더 끔찍한 상황은 없었다. 혹시 살아나 누군가 나에게 가장 무서웠던 순간이 언제였는지 묻는다면 지금 이 상황이었다고 대답할 듯했다. 나는 무릎까지 물이 차오른 상태에서 좁다란 암반 위에서 간신히 버티고 서 있었다. 계속해서 거센 파도가 밀려오고 있었고, 머리 위에서는 폭풍우가 몰아치고 있었고, 눈앞에 가파른 절벽이 가로놓여 있는 상황이라면 어느 모로 보나 최악이 분명했다.

설령 몸 상태가 최정상이라 해도 살아서 빠져나간다는 건 불가능해 보였는데 나는 지금 온몸이 상처투성이였고, 한쪽 눈까지 보이지 않았다. 게다가 수시로 밀어닥치는 두통과 안면 통증 때문에 거의 미칠 지경이었다. 연신 속이 울렁거렸고, 다리는 발을 떼어놓을 수 없을 만큼 후들거렸다. 지금껏 이렇게까지 육체적으로 고통스러웠던 적은 없었다.

하필 이런 최악의 상태에서 가파른 절벽을 기어 올라가야 한다니? 구명밧줄도, 안전을 책임져 줄 그 어떤 보호 장비도 없이……

다시 밀려온 파도의 새하얀 거품이 머리 위로 튀어 올랐다가 부서졌다. 서른세 번째 생일 다음 날 이곳에서 죽을 운명이라고 생각하니 왈칵 뜨거운 눈물이 솟구쳤다. 정확히 말하자면 왼쪽 눈은 맘대로 울 수조차 없었다. 눈물이 흐르다 막힌 탓인지 왼쪽 눈두덩이 몹시 따끔거리더니 비명소리조차 나오지 않을 정도로 쓰라렸다.

나는 눈물을 꾹 눌러 참고, 고개를 들어 절벽 위쪽을 쳐다보았다. 머리 위쪽 절벽은 아주 가파른 반면 그다지 미끄럽지는 않았다. 오래 세월 거센 파도에 시달린 탓에 표면이 울퉁불퉁할 뿐만 아니라 군데군데 파여 있기도 했다. 물론 발을 안전하게 디딜 수 있을 정도로 큰 구멍이 아니라 발끝을 약간 받쳐주거나 손가락으로 움켜쥘 수 있을 정도의 틈새였다. 잠시 물러났던 파도가 다시 내 온몸을 삼켜버릴 듯 무서운 기세로 밀어닥쳤다. 여기 이대로 계속 머무는 건 자살 행위나 다름없었다. 파도에 휩쓸려 바닷물 속으로 내동댕이쳐질 경우 온몸이 박살날 게 뻔했다. 나는 머리 위 절벽을 기어오르기로 결심했다. 애당초 길은 어디에도 없었다. 매 순간 나는 정신을 집중하며 절벽의 자그마한 돌출 부위를 손가락으로 부여잡고, 약간 들어간 구멍을 발로 디디며 조금씩 위쪽을 향해 올라가기 시작했다.

18년 전, 한밤중에 집을 뛰쳐나온 이후 1년에 두 번씩 엄마에게 카드를 보냈다. 내 주소나 전화번호는 절대로 노출시키지 않았다. 카드를 보내는 목적은 딱 한 가지로 아직 내가 살아 있다는 걸 알려주기 위해서였다. 엄마가 나에게 나쁜 일이 생겼거나 죽었을 거라고 생각하는 것만큼은 피하고 싶었다. 카드에 쓴 말은 늘 비슷했다.

엄마, 나는 잘 지내고 있으니 걱정하지 말아요.

한 장은 크리스마스 무렵인 12월, 다른 한 장은 엄마의 생일인 7월에 맞춰 보냈다. 작년에는 끔찍한 사건들이 연속해서 터지는 바람에 카드를 보내는 걸 깜빡 잊고 말았다.

암벽을 손으로 더듬어가며 위로 올라가는 동안 작년에는 내가 카드를 보내지 않았다는 걸 엄마가 알아차렸을지 자문해보았다. 내가 보낸 카드가 오지 않자 크게 낙담해 엄마의 신경이 극도로 날카로워져 있을지 궁금했다. 엄마를 몇 마디 말로 표현하자면 언제나 듣기 껄끄러운 말밖에 떠오르지 않았다.

감성이 부족하고, 매사 불만이 많고, 차갑고 인정머리 없는 사람……

엄마는 내가 살아 있다는 증표를 보내지 않았다고 낙담하거나 절망에 빠질 사람이 아니었다.

발을 헛디뎌 바다로 떨어져 죽을지도 모를 상황에 직면해있는 지금, 문득 나는 지금껏 엄마의 겉모습만 보고 살아온 건 아닌지 의구심이 들었다.

내가 미처 보지 못한 엄마의 내면에는 혹시 다른 사람이 들어 있지는 않을까? 다정다감하고, 친절하고, 따스한 사람……

엄마는 딸 하나만 바라보며 살아가기에는 너무 젊었을지도 모른다. 엄마는 늘 속내를 감추려고 애썼기 때문에 딸인 나조차 도대체 무슨 생각을 품고 있는지 알 수 없었다. 집을 나온 이후 엄마가 어떻게 지내는지 확인해본 적이 없었다. 오래 전에 영면했을 수도 있고, 중병에 걸려 겨우 목숨만 부지하며 살아갈 수도 있었다. 내가 보내는 카드들이 유일한 위안일 수도 있었고, 아무런 의미 없는 일일 수도 있었다.

만약 살아 돌아갈 수 있다면 엄마에게 처음으로 장문의 편지를 써보내리라 결심했다. 엄마에게 보낼 편지를 쓰기 위해서라도 반드시 살아야만 한다고 생각했다. 엄마에게 그동안 내가 어떻게 살았는지 이야기하고, 한 번 만날 수 있는지 물어볼 생각이었다. 극심한 통증이 밀려와 기운이 갈수록 떨어지는 상황 속에서도 나는 아래쪽을 내려다보지 않으려고 안간힘을 썼다. 이를 악물고 절벽 위로 올라가는 동안 신기하게도 나를 지탱해준 건 바로 엄마에 대한 생각이었다.

지난 15년 동안 나는 엄마를 떠올리지 않으려고 애썼다. 엄마를 생각할 때마다 나쁜 기억들이 줄줄이 떠올라 결국 분노의 감정에서 벗어날 수 없었기 때문이다. 엄마를 생각할 때마다 나에게 퍼부은 온갖 모욕적인 언사들, 나를 외면했던 순간, 나에 대한 무지와 몰이해에 대한 기억이 떠올라 괴로웠다. 나는 엄마 생각이 날 때마다 즉시 생각을 떨쳐버리기 위해 애썼고, 엄마에게 일 년에 두 번 카드를 보내는 것으로 양심의 가책을 덜려고 했다.

부상을 당한 몸에 기력까지 다해 절벽 끝까지 올라갈 가망은 거의 없었다. 그럼에도 본능적으로 무슨 생각이든 계속해야 한다는 걸 알고 있었다. 암울한 현실 앞에서 낙담하는 순간 절벽 아래로 추락하게 되어 있었다. 발밑에서는 계속 파도가 천둥 치듯 부서지고 있었고, 세찬 바람이 나를 계속 잡아당기고 있었다. 만약 이처럼 암담한 현실이 내 머릿속을 지배하도록 내버려두었다면 아마 곧바로 발을 헛딛고 말았을 것이다. 끔찍하고 암담한 현실상황을 떨쳐버리기 위해 찾아낸 도피처가 내가 그토록 떠나오려고 애썼던 엄마라는 사실이 아이러니했다. 엄마가 싫어 집을 뛰쳐나왔지만 내 마음 한구석에는 늘 엄마가 자리하고 있었던 셈이었다. 엄마는 냉랭하고 무정한 듯 보였지만 사실 나름의 방식으로 나를 걱정하고 보살펴주었다는 걸 알고 있었다. 엄마는 우리 두 사람의 생계를 위해, 가끔은 내 소망을 채워주기 위해 손이 거칠어지도록 일했다. 색연필이나 책, 좀 더 자라서는 내가 원하는 청바지나 신발을 사주기 위해 힘든 일을 마다하지 않았다.

어렵사리 벌긴 했지만 어차피 돈을 줄 생각이라면 흔쾌히 줘야 서로 기분이 좋았을 텐데, 엄마는 반드시 가시 돋친 말로 내 낭비벽과 허영심을 질타하고 나서 돈을 책상에 집어던지고 방을 나가곤 했다. 엄마가 그런 식으로 돈을 주고 가는 바람에 나는 고마운 마음을 조금도 느끼지 못했다. 절체절명의 위기 속에서 나는 오래 전 집을 나오면서 남남처럼 되어버린 엄마를 생각했고, 나름의 독특한 방식으로 나를 사랑해주었다는 걸 깨달았다.

엄마는 늘 내가 친구들에게 기죽는 일이 없게 우리의 가난을 비밀로 하고 싶어 했다. 엄마는 자주 차가운 표정을 짓고 있었지만 내 눈이 반짝거리는 모습을 볼 때마다 내심 어느 누구보다 기뻐했다는 걸 알았다.

나는 일생일대의 위기를 맞아 비로소 엄마와 화해했고, 살아서 돌아갈 경우 엄마를 찾아보기로 마음먹었다. 엄마와 어떤 식으로 재회할지에 대해서는 차츰 생각해보기로 했다. 지난날 수없이 다투고 불화하다 헤어졌지만 엄마는 여전히 내 마음 한편에 오롯이 남아 있었다. 나는 엄마를 잃지 않았고, 엄마가 나를 절벽 위로 올라가게 해줄 힘을 줄 거라 믿었다

가끔 내 발이 닿은 암벽에서 돌조각들이 아래로 굴러 떨어졌다. 그럴 때마다 심장이 두방망이질 쳤고, 온몸이 흥건해지도록 식은땀이 솟았다. 나는 몸을 암벽에 최대한 밀착시켰다. 손바닥이 땀으로 축축해지는 바람에 땀이 마를 때까지 잠시 기다리다가 발을 옮겨놓을 받침대를 찾았다. 다행스럽게도 툭 튀어나온 돌부리가 계속 눈에 띄어 손가락으로 움켜쥐거나 발을 디딜 수 있었다.

마침내 나는 바닥이 제법 넓게 파여 있는 공간까지 올라섰다. 절벽 상단부에 그런 쉴 자리가 있을 줄은 몰랐다. 신기하게도 바닥에는 이끼까지 덮여 있었다. 그제야 나는 아래쪽을 내려다볼 용기를 냈다. 내가 얼마나 높이 올라왔는지 알고 싶었다. 절벽 아래를 내려다보는 순간 나는 금세 현기증을 느끼며 눈을 감았다. 내가 어떻게 여기까지 올라왔는지 믿어지지 않을 지경이었다.

바닷물은 한참 아래쪽에 있었지만 계속 그 자리에 머물러 있을 수는 없었다. 가장 심각한 걱정거리는 내 체력이 완전히 고갈되다시피 했다는 점이었다. 그야말로 탈진 일보직전이었다. 켄에게 맞은 상처

부위도 여전히 욱신거렸다. 썰물이 될 때까지 기다렸다가 다시 백사장 쪽으로 내려가 계단을 타고 절벽 위로 올라가는 게 어떨지 잠시 생각해봤다. 백사장에서 바닷물이 빠져 사람이 걸어 다닐 정도가 되려면 앞으로 족히 몇 시간은 더 기다려야 했다. 차가운 바닷물에 푹 젖어버린 내 몸이 그때까지 버텨줄지 자신이 없었다.

내가 있는 자리에서 불과 몇 미터만 더 올라가면 절벽의 정상이었지만 마지막 구간이 가장 난코스라는 게 문제였다. 절벽의 정상부는 아치모양으로 파였다가 끝부분은 다시 앞쪽으로 툭 튀어나와 있는 형태였다. 갈라진 틈새도 많고 암반도 단단해 발을 디디거나 손으로 잡기에 더 용이했지만 마지막 돌출부가 문제였다. 절벽 위에 손으로 잡고 올라설 매개물이 없을 경우 내 등은 바닥을 향한 채 암벽을 붙잡고 한참 동안 매달려 있어야 한다는 뜻이었다. 절벽 위에 과연 손으로 잡을 수 있는 매개물이 있을지 자신할 수 없었다. 기껏해야 풀밖에 없을 가능성이 컸다. 풀은 내 몸무게를 지탱해내지 못할 듯했다.

얼굴 위로 땀이 비 오듯 흘러 얇은 막처럼 피부를 뒤덮었다.

나는 해낼 수 없을 거야.

이번에는 계단 쪽을 건너다보았다. 지금 위치에서 계단까지 건너갈 수만 있다면 비교적 안전하게 절벽의 정상까지 올라갈 수 있을 듯했다. 어차피 나에게는 모든 게 다 힘겨운 모험이었지만 비교적 덜 위험해 보였다.

좋아, 지금까지 넌 아주 놀라울 만큼 잘해냈어. 이제 남은 구간이 얼마 안 되니까 마지막까지 잘해낼 수 있을 거야.

그 순간, 나는 담배냄새를 맡았다. 너무 순식간에 사라졌기 때문에 내가 착각한 건 아닌지 따져 보았다. 그때 다시 담배냄새가 났다. 분명 바닷물과 해조류, 어패류 따위에서 나는 냄새와는 구별되었다.

말도 안 돼. 분명 착각일 거야.

바로 그때 뭔가가 내 눈앞을 휙 스쳐 지나갔다. 분명 담배꽁초였다. 아직 불이 꺼지지도 않은 담배꽁초가 하마터면 내 몸을 스칠 뻔하며 바다를 향해 떨어졌다.

절벽 위에 누군가 있다는 뜻이었다.

담배를 피운 사람은 누구일까?

맨 처음 머리를 스친 생각은 이제 살았구나, 하는 것이었다. 절벽 위쪽에 나를 도와줄 수 있는 사람이 있었다. 이 죽음의 바다에서, 이 끔찍한 절벽에서 나는 이제 더 이상 혼자가 아니었다. 나를 구해주거나 경찰이나 구조대를 불러줄 사람……

나는 큰 소리로 구조요청을 하려고 입을 벌렸다가 순간적으로 황급히 다물었다. 갑작스런 위험에 대한 본능적 직감이 내가 소리치려는 걸 황급히 제지했다.

절벽 위에 있는 사람이 켄일 수도 있다는 사실을 잠시 망각했다. 켄은 일이 확실하게 마무리되었는지 확인하기 위해 아직 이곳을 떠나지 않았을 수도 있었다. 실신한 나를 동굴 속에 버려두고 혼자 빠져나간 것만으로는 안심할 수 없었을 테니까. 마지막까지 내가 더는 위험한 존재가 아니라는 걸 확인해둘 필요가 있을 테니까.

켄은 절벽 위에서 동굴이 바닷물에 잠길 때까지 기다리며 혹시 내가 계단을 오르는 건 아닌지 지켜보고 있는 게 분명했다. 동굴에서 계단 쪽으로 올라가는 출구가 바닷물로 막혀 있었던 게 내게는 오히려 호재가 된 셈이었다. 만약 그곳으로 올라갔다면 꼼짝없이 켄의 눈에 띄었을 테고, 결국 최후를 맞게 되었을 테니까. 켄은 한달음에 달려와 계단을 오르는 나에게 발길질을 가해 절벽 아래로 떨어뜨렸을 테니까. 이미 기력이 바닥난 나는 아무런 저항도 하지 못 하고 아래로 추락했으리라.

일단 구조 요청을 하지 않기로 마음먹었다. 무작정 위로 올라갔다가 켄과 마주칠 수도 있었다는 생각이 들자 등골이 오싹했다. 위에서는 지금 내가 있는 지점이 보이지 않았다. 절벽 가장자리에서 고개를 앞으로 푹 숙여야만 볼 수 있는 곳이었다. 켄은 내가 절벽을 타고 올라오리라고는 차마 생각하지 못하고, 줄곧 계단 쪽을 주시하고 있을 게 뻔했다.

켄이 언제까지 저 자리에 있을까?

마냥 자리를 지키고 있을 시간이 없으리라는 건 분명했다. 켄은 떠나야 했다. 당장 뒤쫓는 사람은 없었지만 가렛이 내가 그의 집에 갔다가 돌아오지 않고 있다는 사실을 알고 있었다. 아마도 가렛은 내가 너무 오랫동안 차를 가져오지 않는 것에 대해 분통을 터뜨리고 있으리라.

켄의 집에는 아이들이 남아 있었다. 켄은 아이들을 도대체 어떻게 한 걸까? 설마 아이들까지 죽이지는 않았겠지? 제발 아이들한테 아무 일이 없게 해달라고 기도했다.

켄은 담배꽁초를 버린 다음 절벽을 떠났을 수도 있었고, 아직 그 자리를 지키고 있을 가능성도 남아 있었다. 절벽에 부딪치는 파도 소리가 어찌나 큰지 다른 소리는 전혀 들리지 않았다. 설령 켄이 재채기나 기침을 한다고 해도 들을 수 없을 듯했다. 켄이 자동차 엔진을 켜는 소리도 들을 수 없을 듯했다. 게다가 현재 위치에서 차를 세워둔 곳까지 거리가 제법 멀었다.

공포와 두려움에 질려 온몸이 뻣뻣해진 나는 이끼 위에 웅크리고 앉았다. 공포와 추위가 겹치며 온몸이 덜덜 떨렸다.

나는 여기서 얼마나 더 기다려야 할까?

켄은 저 위에서 얼마나 더 머물까?

19

브랜 데이비스는 카디건 만을 찾아와 사방을 휘젓고 다니며 시끌벅적하게 떠들어대는 관광객들이 늘 못마땅했다. 그중 가장 꼴불견인 사람들은 콜라 캔이나 담배꽁초를 함부로 휙휙 내던지는 자들이었다. 브랜의 아내는 이 지역 사람들 다수가 그나마 관광객들 덕분에 먹고 살고 있다며 쓸데없이 불평하거나 투덜대지 말라고 핀잔을 주었다. 이 지역에는 호텔에서 일하거나 여관을 운영하는 사람들이 많았다.

아내로부터 핀잔을 들었지만 브랜은 여전히 관광객들을 삐딱한 눈으로 바라보고 있었다. 옷차림도 가관인데다 예의범절이라고는 약에 쓰려고 찾아봐도 없는 인간들이었다. 브랜은 아내가 핀잔을 주든 말든 관광객들에 대한 불만을 거둘 생각이 없었다.

남자는 아주 멀리서부터 브랜의 눈에 띄었다. 브랜은 왠지 남자가 마음에 들지 않았다. 하긴 그의 마음에 드는 게 결코 쉬운 일은 아니었다.

브랜은 남자가 자꾸만 수상했다.

저 남자는 뭔가 위험해 보여. 온몸에서 음산한 기운이 퍼져 나오고 있어.

남자는 아주 오랫동안 절벽 끝에 서서 연신 담배를 피워댔다. 앙상하다고 표현할 수 있을 만큼 깡마른 체격이었다. 옷차림은 약간 불결해 보일 만큼 후줄근했다. 남자는 아까부터 계속 절벽 아래쪽을 응시하고 있었다. 그의 행동과 태도를 보건대 뭔가 수상쩍은 점이 있긴 한데 정확히 뭔지 알 수 없었다.

가끔 절벽 끝에 서 있는 사람들이 있었다. 썰물 때가 되어 바닷물이 빠지면 백사장으로 내려가 수영하기 위해 절벽 위에서 대기하는 사람들이었다. 혹시 먼 바다를 지나는 고래를 볼 수 있지 않을까 하는 기대를 품고 그 자리에 서 있는 사람들도 종종 있었다.

브랜은 아까 피크닉을 나온 한 무리의 사람들을 보았다. 그 사람들이 그 자리를 떠났을 때 브랜은 한껏 의심을 품고 그들이 머물렀던 곳으로 가보았다. 우려했던 대로 음식찌꺼기, 비닐포장지, 맥주캔, 종이접시 따위가 잔디밭 위에 그대로 버려져 있었다. 그런 일은 이 지역에서 비일비재했다. 브랜은 도대체 그들이 살아오는 동안 뭘 배웠는지 이해할 수 없었다.

지금 절벽 위에 서 있는 남자는 관광객이 아니었다. 고래를 보기 위해 온 사람도 아니었다. 그는 요란한 소리를 내며 밀려오는 파도나 수시로 색깔이 바뀌는 바다, 주변의 자연경관에는 일체 관심이 없어 보였다. 브랜은 비록 멀리 떨어져 있었지만 남자가 몹시 긴장한데다 신경이 날카롭게 곤두서 있다는 걸 느낌으로 알 수 있었다. 금방이라도 절벽 아래로 뛰어내릴 것처럼 위태로운 분위기였다. 꽤 먼 곳이었지만 남자가 몸을 떨고 있다는 것도 알 수 있었다.

남자는 왜 추위에 떨며 절벽 아래쪽을 하염없이 내려다보고 있을까?

절벽 아래로 담배꽁초를 내던진 남자는 이미 여러 차례 그랬듯이 다시 새 담배에 불을 붙여 물었다. 바람이 거세게 불었고, 봄 날씨치고는 제법 쌀쌀했다.

"아무리 봐도 뭔가 수상쩍어."

브랜이 로비에게 말했다. 흰색과 갈색 반점이 있는 사냥개 로비가 그의 옆에 앉아 앞쪽을 의심어린 눈길로 쳐다보고 있었다.

"제발 절벽 밑으로 몸을 던지는 일은 없어야 할 텐데!"

로비가 꼬리를 흔들었다.

브랜은 절벽에서 뛰어내려 자살하는 사람을 단 한 번도 본 적이 없었다. 그런 까닭에 자살을 결심하고 절벽 위에 선 사람이 몸을 날리기 직전 어떤 태도를 취하는지 알지 못했다. 다만 남자처럼 왠지 모르게 수상쩍은 태도를 보일 수도 있다고 생각했다.

브랜은 용기를 내 남자가 있는 곳으로 다가가보기로 결심했다.

절벽으로 향하는 초원길 옆에 자동차 한 대가 주차되어 있었다. 남자가 타고 온 차가 분명했다.

로비가 고개를 바짝 치켜들고 컹컹 짖어대기 시작했다. 그 순간 남자가 화들짝 놀라며 주위를 둘러보았다. 남자는 누군가 자신을 지켜보고 있다는 사실을 까마득히 몰랐던 게 분명했다. 브랜과 로비를 발견한 남자는 방금 입에 물었던 담배를 절벽 아래로 휙 던져버리고는 차가 세워진 곳을 향해 부지런히 걸어갔다. 뭔가 구린 부분이 있는 사람일 거라는 브랜의 직감은 이제 확신으로 바뀌었다. 만약 아무것도 켕기는 일이 없다면 늙은이가 개를 데리고 있는 모습을 보자마자 도망치듯 절벽을 떠날 이유가 없을 테니까.

남자는 절벽 끝에 30분쯤 서서 마치 뭔가에 홀리기라도 한 사람처럼 아래쪽을 내려다보며 담배를 피워댔었다. 고작 바다를 바라보며 담배를 피우기 위해 여기까지 차를 끌고 오지는 않았을 듯했다. 분명 남자를 절벽 끝에 있게 만든 이유가 있을 거라 생각되었다.

브랜은 차가 방향을 돌려 출발할 때까지 한동안 유심히 지켜보았다. 차는 빠른 속도로 달리기 시작했다. 왠지 서두르는 듯한 기색이 역력했다.

브랜은 남자가 서 있던 장소에 가보기로 마음먹었다. 남자에 대한 호기심을 억누를 수가 없었다. 태어나서 지금껏 카디건 만에서만 살았기에 이 지역 지리를 손금 들여다보듯 훤히 꿰고 있었다. 브랜은 아무리 날씨가 사나워도 날마다 개를 데리고 이곳 고원지대를 산책했다. 그는 절벽에서 밑으로 내려가는 계단이 설치되어 있고, 수영을 할 수 있는 작은 백사장이 있다는 걸 알고 있었다. 어릴 때는 종종 백사장으로 내려가 수영을 즐기곤 했다. 아쉽게도 지금은 관절염을 앓고 있어 가파른 절벽을 오르내릴 수 없었다.

로비가 절벽 가장자리로 다가가는 주인 곁에 바짝 붙어 섰다. 그러다가 갑자기 목덜미 털을 곤두세우더니 작은 소리로 으르렁거리기 시작했다.

"진정해, 로비? 대체 뭘 보고 그러는 거야?"

이곳에 있던 수상쩍은 남자의 체취가 로비의 기분을 상하게 만든 듯했다. 정말이지 이래저래 마음에 안 드는 녀석이었다.

브랜은 백사장으로 이어지는 돌계단을 내려다보았다. 남자의 시선을 붙들어둘 만한 거라고는 아무것도 없었다. 절벽, 바위들 사이에 피어 있는 꽃, 바위를 덮고 있는 이끼들 그리고 아래쪽에 드넓게 펼쳐져 있는 바다가 전부였다. 현재 바닷물 수위는 최고조에 달해 있었다. 바위를 때린 파도가 분수처럼 위로 솟구쳤다. 잔뜩 구름이 낀 하늘처럼 바다 역시 잿빛이었다. 브랜은 몸을 좀 더 앞으로 숙이고 아래쪽을 내려다보았다. 평소와 전혀 다를 바 없는 바닷물만이 거세게 출렁이며 파도를 만들어 보내고 있었다.

로비가 다시 으르렁거리더니 마침내 컹컹 짖어대기 시작했다. 그는 로비를 오랫동안 봐왔기에 아무런 이유도 없이 짖어대지 않는다는 걸 잘 알고 있었다.

"로비, 여기 어딘가에 네 신경을 건드리는 무엇인가가 있다는 뜻이지?"

로비는 거의 흥분 상태로 크게 짖어대며 꼬리를 마구 흔들었다.

브랜은 절벽 가장자리에 서서 최대한 몸을 앞으로 내밀어 아래쪽을 살폈다. 절벽 가장자리 바로 아래쪽은 암벽이 툭 튀어나온 돌출부였고, 그 아래로 아치 형태로 움푹 파인 곳이 있었다. 현재 위치에서 암벽이 움푹 들어간 곳까지 내려가려 했다가는 절벽 아래로 추락해 목숨을 잃을 위험이 컸다.

브랜은 문득 뭔가를 본 듯했다. 빨간색이었다. 뭔지 정확하게 확인하지는 못했지만 아무튼 빨간색이었다. 브랜은 납작 엎드린 자세로 다시 절벽 아래쪽을 살펴봐야겠다고 생각했다. 바닥에 납작 엎드리면서 있을 때보다 훨씬 더 앞으로 몸을 내밀어 아래쪽을 살필 수 있을 듯했다. 로비는 여전히 컹컹 짖어대고 있었다.

"말도 안 돼!"

브랜은 자신의 눈을 의심하지 않을 수 없었다. 청바지에 빨간색 티셔츠를 입은 여자가 암벽이 아치모양으로 움푹 들어간 곳에 웅크리고 앉아 있었다. 여자가 암벽에 몸을 바짝 붙인 채 그를 올려다보았다.

대체 저곳까지 어떻게 올라왔담?

"이봐요? 괜찮아요?"

브랜은 몹시 놀란 나머지 다른 말이 떠오르지 않아 일단 그렇게 물었다.

잠시 기다렸지만 아무런 대답이 없었다. 다만 여자가 고개를 끄덕이는 모습이 보였다.

좀 전에 본 수상쩍은 녀석이 여자를 절벽 아래로 밀어 떨어뜨린 건가?

설령 그런 일이 벌어졌더라도 여자가 어떻게 저기까지 다시 올라올 수 있었는지 도무지 이해할 수 없었다.

브랜은 조심스럽게 고개를 돌려 뒤쪽을 살펴보았다. 좀 전에 여기에 있던 녀석이 느닷없이 나타난 걸 보고 깜짝 놀라고 싶지 않았기 때문이었다. 녀석은 매우 위험한 작자가 분명했다. 다행히 사방 어디에도 녀석의 자취는 보이지 않았다.

브랜은 다시 여자 쪽으로 고개를 돌렸다.

"내가 위로 올라올 수 있도록 도와주겠소!"

그렇게 소리치긴 했지만 아직 어떻게 할지 방법을 준비하지는 못했다. 브랜은 휴대폰이 없었다. 최신 기기들을 '쓰레기'라 치부하며 멀리했기 때문이었다. 따라서 당장 구조대에 연락을 취할 방법이 없었다.

"내가 당신을 도와줄 사람들을 데려오겠소. 카디건 시내까지 다녀오려면 약 삼십 분쯤 걸릴 거요. 그때까지 버틸 수 있겠소?"

"안 돼요, 시간이 없어요. 저는 지금 기력이 다 떨어졌어요."

처음으로 여자의 목소리를 들을 수 있었다.

"알았어요! 내가 방법을 생각해 보겠소."

브랜은 잠깐 뒤로 물러나 이마에 솟은 땀을 닦아냈다. 로비가 마침내 짖어대는 걸 멈추고 풀밭에 쭈그리고 앉아 잔뜩 기대어린 표정으로 브랜을 올려다보고 있었다.

브랜은 자리에서 일어나 계단이 있는 곳으로 걸어갔다. 여자와 같은 높이가 될 때까지 계단을 내려간 다음 손을 내밀어 건너올 수 있도록 잡아주는 방법밖에 없을 듯했다. 물론 위험이 따르는 일이었지만 여자에게 암벽이 돌출되어 있는 곳까지 올라오게 한 다음 위로 끌어올리는 것보다는 그나마 안전해 보였다.

브랜은 생각보다 수월하게 계단을 내려갔다. 수많은 세월 동안 숱하게 오르내린 경험 덕분이었다. 그는 그나마 넓고 단단한 계단 위에 멈춰 섰다. 여자가 있는 곳과 높이가 일치하는 곳이었다. 여자가 브랜의 계획을 알아차리고 몸을 일으켰다. 그제야 여자의 모습이 제대로 보였다. 여자는 온몸을 부들부들 떨고 있었고, 옷은 물에 흠뻑 젖어 몸에 찰싹 달라붙어 있었다. 왼쪽 눈은 감겨 보이지 않을 정도로 퉁퉁 부어 있었고, 뺨은 잔뜩 부풀어 올라 있었고, 코에는 피딱지가 말라붙어 있었다.

"밑에서부터 절벽을 기어 올라온 거요?"

여자가 고개를 끄덕였다.

여자가 절벽을 타고 올라온 거리를 가늠해보던 브랜은 온몸에 찌르르 전율이 흘렀다. 생명을 관장하는 수호천사가 여자를 지켜준 게 아니라면 정말이지 쉽게 납득하기 힘든 거리였다.

"자, 침착하게 이쪽으로 다가와요. 천천히 몇 걸음만 다가오면 돼요. 그럼 내가 당신의 손을 붙잡아 주겠소."

여자가 절벽 위쪽을 불안한 시선으로 올려다보았다.

"그는 떠났나요?"

그 수상쩍은 녀석을 가리키는 게 분명했다.

"녀석은 차를 타고 떠났으니 걱정하지 말아요. 절벽 위에 내 용맹한 사냥개가 있소. 로비가 당신을 발견한 거나 다름없다오. 만약 그 녀석이 다시 나타날 경우 로비가 잘 알려줄 테니 안심해요."

"정말 감사합니다."

여자가 배를 암벽에 바짝 밀착시키고 나서 조심스럽게 발을 떼어놓았다. 그나마 안전을 보장해주던 장소를 떠나는 게 두려운 듯했다. 여자는 곧 발을 올려놓을 수 있는 받침대를 찾아 조심스럽게 움직였다. 여자와의 거리가 차츰 줄어들고 있었다.

"내 손을 붙잡고 나서도 계속 암벽에 몸을 밀착시키고 천천히 걸음을 떼어놓아야 해요. 자칫 잘못했다가는 둘 다 절벽 아래로 떨어질 수도 있으니 명심해요, 알겠소?"

여자가 고개를 끄덕였다. 여자는 이제 손을 잡아줄 수 있는 위치까지 다가왔다. 브랜은 다시 한 번 여자의 얼굴에 난 상처를 보고 경악했다.

실수로 얼굴을 암벽에 부딪친 건가? 그런 경우가 아니라면 아까 그 녀석이 여자를 죽일 작정으로 마구 두들겨 팬 게 분명했다. 여자는 잠시 쉬었다가 다시 용기를 내 왼손을 암벽에서 떼어놓으며 그가 내민 손을 잡았다. 물론 오른손으로는 계속 암벽을 꽉 움켜쥐고 있었다.

"아주 잘했어요. 조금만 더 다가오면 돼요. 당신은 이제 혼자가 아니오. 내가 당신의 손을 꼭 붙잡아주고 있으니 안심해도 좋아요."

여자가 마침내 브랜이 서 있는 계단으로 발을 내디뎠다. 몸이 계단으로 완전히 건너온 순간 여자는 몸을 부들부들 떨며 무릎을 꿇었다. 브랜은 지금껏 그렇게 심하게 몸을 떠는 사람을 한 번도 본 적이 없었다.

브랜이 조금 어색해하면서 여자의 머리를 쓰다듬어주었다.

"정말 잘했어요. 이제 당신은 안전해요. 우린 여기서 조금만 더 위로 올라가면 되는 거요. 그 정도는 절벽을 타는 것에 비해 식은 죽 먹기니까 걱정할 필요 없어요."

여자는 뭔가 말하려 했지만 입에서 아무런 소리도 흘러나오지 않았다. 다만 부끄러운 듯 상처투성이 얼굴을 두 손으로 가렸고, 여전히 몸을 부들부들 떨었다.

"자, 시간은 구애받지 않아도 되니까 천천히 올라갑시다."

브랜이 그렇게 말한 다음 재킷을 벗어 여자의 어깨를 덮어주었다. 여자에게 당장 필요한 건 따뜻한 담요와 뜨거운 차 그리고 상처를 치료해줄 의사였다. 그전에 우선 몸을 일으켜 세우고 위로 올라가야 했다.

브랜이 여자 옆에 웅크리고 앉았다.

"이름이 뭐요?"

"지나."

"그래요, 지나. 당신은 그야말로 엄청난 일을 해냈으니 이제부터 마음을 진정시켜요. 당신이 몸을 떠는 걸 멈추면 우린 곧장 계단을 올라갈 거요."

브랜은 여자를 안심시키려고 애썼다. 지금 여자에게 가장 시급하게 필요한 건 마음의 안정이었다.

로비가 그들을 내려다보며 꼬리를 흔들었다.

로비가 맹렬하게 짖어대지 않았더라면 여자를 발견하지 못했으리라. 브랜은 사람에 대한 직관과 판단력이 아직 녹슬지 않은 자신이 자랑스러웠다.

아까 그 녀석은 정말이지 수상하기 그지없었다.

20

우리는 다함께 내 아파트로 갔다. 매튜가 이웃사람들의 지나친 관심에서 벗어나고 싶어 했기 때문이었다. 매튜와 가렛 그리고 나는 정말이지 이상한 트리오였다. 남자들은 검정색 양복을 입고 있었고, 나는 그 자리에 어울리지 않는 검정색 원피스를 입고 있었다. 애도의 자리에 벌써 두 번째 입고 나간 옷이었다. 다만 이번에는 원피스 위에 산뜻한 재킷을 걸치고 있어 크게 이상해 보이지는 않았다.

우리는 스완지대학에서 열린 바네사의 추도식에 참석했다가 공식적인 절차가 모두 마무리되기도 전에 행사장을 빠져나왔다. 매튜는 미사에 이어 수많은 인사들의 추도사까지 그럭저럭 참아내며 들었지만 참석자들과 편안하게 이야기를 나눌 기분이 아니었다고 했다.

지난 며칠 동안 매튜에게 관음증적 시선을 보내는 사람들이 더러 있어 불쾌한 나날을 보내야만 했다. 대부분의 사람들은 매튜에게 진심어린 위로를 보내주었지만 일부는 끔찍하게 목숨을 잃은 여자의 남편에 대한 호기심을 충족시키기 위해 치기어린 질문들을 던져 그를 곤혹스럽게 만들었다. 개중에는 납치부터 유해로 돌아오기까지 일련의 과정을 구체적으로 이야기해달라는 사람도 있었다. 물론 대부분의 사람들은 바네사 실종사건으로 큰 충격을 받았고, 매튜에게 진심어린 애정과 관심을 보여주었다.

일단은 사람들을 피하는 게 최선일 듯해 추도식이 거행된 다음날 무작정 어디론가 떠나 휴식을 취하기로 했다. 세상에서 가장 한적하고 조용한 곳으로 가 열흘 정도 머물다가 돌아올 작정이었다.

그 계획을 실행에 옮기려고 매튜는 휴가를 얻었고, 나는 병가를 연장했다. 여행에서 돌아와 《헬스케어》지를 그만둘 계획이었다. 알렉시아도 없어 더 이상 미련을 둘 필요를 느끼지 못했다. 가을에 대학에 진학하겠다는 결심도 확고했다.

가렛은 브링튼으로 돌아가지 않았다. 바네사의 추도식에 참석하고 싶다는 핑계 말고는 딱히 이유도 없이 한동안 스완지에 머물러 있었다. 짐작컨대 유명세를 좀 더 누리고 싶어 하는 듯했다. 가렛은 아이들을 구한 영웅 대접을 받고 있었다. 용감하게 창문을 깨고 들어가 죽음 근처까지 갔던 네 아이를 구해낸 영웅…… 가렛의 허풍 섞인 묘사에 따르자면 아이들은 죽음 직전까지 갔었다고 하는데 의사의 말을 빌리자면 그 중 위의 세 아이들은 그 정도로 심각한 상태는 아니었다고 했다.

사람들은 시간이 갈수록 가렛의 허풍을 곧이곧대로 믿었다. 켄은 도주 시간을 벌기 위해 음식에 수면제를 섞어 아이들에게 먹였다고 했다. 이제 두 살인 막내 시애나는 시간이 조금만 더 지체됐더라면 목숨을 잃을 뻔했다.

신문지면에 가렛의 인터뷰 기사와 함께 사진이 대문짝만하게 실렸다. 나와 매튜는 지난 몇 주 동안 연속해서 벌어진 충격적인 사건들을 겪느라 받았던 충격을 극복하기 위해 안간힘을 써야 했다. 우리들 중 가렛 혼자만이 구름을 타고 날아갈 것처럼 유쾌한 나날을 보냈다. 비록 감추려고 했지만 얼굴 가득 어려 있는 희색을 숨기지는 못했다. 가렛은 원래 그런 사람이었고, 나는 그 정도 일로 그를 비난할 수 없었다. 그는 어떤 상황에서도 결코 진심을 감추지 못하는 사람이었으니까.

"지나, 나는 위스키더블을 한 잔 마셔야겠어."

가렛이 내 아파트에 들어서자마자 말했다. 아침부터 계속 혼자 집을 지키고 있던 맥스가 우리를 발견하고 마치 몇 달 만에 처음 만나는 것처럼 반갑게 꼬리를 흔들며 다가왔다.

매튜와 나도 반대하지 않았다. 우리는 추도식 때문에 모두 지쳐 있었다. 매튜의 얼굴은 특히 창백했다. 나는 위스키가 매튜의 혈색을 조금이나마 복구해주길 기대했다.

나는 추도식에서도 커다란 선글라스를 벗지 않았다. 아직 퉁퉁 부어 있는 얼굴과 피멍이 든 눈을 가리기 위해서였다. 사실 나는 절벽에서 구조된 이후 일주일간 건강 상태가 좋지 않았다. 다행히 왼쪽 눈의 상처는 생각보다 깊지 않았다. 대부분의 찰과상들은 시간이 지나면 아물게 될 테니 걱정할 게 없었다. 나는 절체절명의 위기상황을 단단한 의지로 극복하고 살아남았다. 우려했던 것보다 건강상태도 양호했다. 그야말로 기적이 아닐 수 없었다. 나를 구조해 준 브랜 데이비스도 그날 계속 말했듯이 내가 살아난 건 수호천사의 보살핌이 있었기 때문이었고, 한 마디로 기적이었다.

나는 주방으로 가 술잔을 세 개 꺼내 얼음을 몇 조각 집어넣고 위스

키를 잔마다 가득 따랐다. 바로 그때 매튜의 휴대폰이 울렸다. 매튜는 전화를 받으며 침실로 들어갔다. 그는 다른 사람들이 있는 곳에서 통화하는 걸 꺼려하는 스타일이었다.

가렛이 주방으로 다가와 위스키와 얼음이 가득 담긴 잔을 집어 들고 흔들었다.

"남은 인생을 매튜와 함께하기로 결정한 거야? 정말 그 결심에 한 치의 망설임도 없는 거지?"

가렛은 아직 나를 포기하지 않았다는 듯 자신 있는 미소를 지었다.

"매튜와 내가 앞으로 어떤 사이가 될지는 아무도 몰라. 하지만 현재 우리가 좋은 만남을 이어가고 있다는 건 분명한 사실이야. 나는 가을에 대학에 진학하기로 했어. 그럼 일단 저렴한 숙소를 구해야겠지. 매튜는 바네사와 살았던 집을 팔기로 했어. 우리 두 사람이 어떤 사이가 될지는 그때가 돼봐야 정확하게 알 수 있겠지."

나는 그다지 이성적이고 냉철한 사람이 아니었지만 가렛 앞에서는 언제나 솔직한 감정을 내보일 수 있었다. 내 말대로 매튜와 나는 언젠가 헤어질 수도 있을 만큼 가변적인 사이였다. 매튜가 수년 동안 해답을 찾지 못해 답답해하던 의문들은 모두 풀렸다. 그 해답이 너무나 잔인해 극복하기 쉽지 않다는 게 문제였다. 매튜는 정신적으로 큰 충격을 받은 듯 바네사의 시신이 발견된 곳에 갔던 이야기를 내게 한 번도 들려주지 않았다. 바네사에 관한 한 물어봐서도 안 되고, 이야기해 달라고 졸라서도 안 된다는 걸 알았다. 다만 나는 매튜가 충격을 극복하지 못해 영원히 마음의 문을 닫아버리게 될까봐 걱정이었다.

매튜는 지금껏 모든 문제를 혼자서 해결하려고 애써왔다. 물론 언젠가는 그가 모든 문제를 내려놓고 마음의 안정을 찾게 될 수도 있었다. 다만 트라우마를 극복하기란 쉽지 않은 일이어서 사람들, 특히 나에게서 멀어질 수도 있었다.

"매튜는 극복하기 힘든 트라우마를 갖고 있어. 어쩌면 한동안 대인 관계에 문제가 생길 수도 있다는 뜻이야. 특히 당신과……."

"가렛, 설사 그렇게 되더라도 그건 내 문제니까 걱정하지 마. 당신이 왈가왈부할 문제는 아니야."

가렛이 발뺌하듯 두 손을 들어올렸다.

"그래, 알았어."

알싸한 술기운이 온몸으로 번져가면서 정신이 몽롱해졌다. 긴장이 풀리며 심각한 문제들이 뒤로 밀려났다. 너무 많은 것들, 그중에서도 알렉시아의 아이들 문제가 계속해서 내 마음을 무겁게 짓눌러 왔다. 엄마는 죽었고, 아빠는 앞으로 오랜 시간 옥고를 치르게 되어 있었다. 알렉시아와 켄은 친척도 없었다. 따라서 아이들은 사회복지시설로 보내질 가능성이 컸다. 물론 운이 좋으면 원만한 가정에 입양될 수도 있었다. 나는 그렇게 되기를 간절히 기원했다.

켄은 도망친 다음 날 웨이머스에서 건지 섬으로 가는 페리호에 탑승하려다가 경찰에 체포됐다. 건지 섬을 거쳐 프랑스로 도주할 작정이었다고 했다. 켄은 체포에 순순히 응했고, 현재 구속 상태로 수사가 진행 중이었다. 최소 15년 형 이상을 선고받게 되리라는 게 일반적인 관측이었다. 모범수가 될 경우 조금 일찍 석방될 수도 있었다. 내 친구 알렉시아를 죽이고, 나를 죽이려 했던 사람이 경찰에 체포돼 중형을 받게 되었지만 내 기분은 오히려 착잡하기 짝이 없었다. 단란했던 가정이 이토록 허망하게 무너진 배경이 무엇인지 알 수 없었다.

"나는 일단 브링튼으로 돌아가야겠어. 앞으로 계속 연락해도 되지?"

"물론이야."

매튜가 침실에서 나왔다.

"모건 경감이 전화했어요. 알렉시아의 시신을 찾았대요."

나는 마른침을 꼴깍 삼켰다.

"채석장에서요?"

매튜가 고개를 끄덕였다.

"켄이 시신을 유기한 장소를 말해 경찰이 현장으로 출동했고, 마침 내 어제 알렉시아의 시신이 버려진 채석장을 찾아냈다더군요."

"알렉시아를 위해."

가렛이 술잔을 들어 올리며 말했다.

나는 알렉시아를 언제나 가장 친했던 친구로 기억할 것이다. 켄의 말에 따르자면 나를 일시적으로 질투하고 증오했더라도 알렉시아가 친구였다는 사실은 영원히 달라질 수 없었다.

알렉시아는 성공에 매달렸지만 끝내 실패했다. 그녀가 감당하기에 는 야망이 너무 컸는지도 모른다.

"라이언에 대한 소식은 없나요?"

매튜가 고개를 저었다.

"라이언은 아직 병원에 있대요. 수술 성과가 좋아 이제 곧 걸을 수 있게 됐다고 하더군요. 라이언의 재판이 열리게 되면 모건 경감이 즉 시 알려주기로 했어요."

매튜는 라이언의 재판에 가보고 싶어 했다. 라이언의 얼굴을 직접 보고 싶어 하기도 했고, 무슨 말을 하는지 직접 들어보고 싶어 하기도 했다. 매튜의 심정을 충분히 이해할 수 있었지만 감당하기 힘든 시간 이 될지도 모른다고 생각했다.

가렛이 술을 한 잔 더 따라 단숨에 비웠다.

"나는 이제 돌아가 볼게."

가렛은 운전을 해서는 안 될 만큼 취했지만 유난히 고집이 센 그가 내 만류를 받아들일 사람이 아니란 걸 잘 알고 있었다.

"당신은 위스키를 너무 많이 마셨어. 당장 운전하는 건 곤란해."

가렛은 내 말을 웃음으로 얼버무렸다. 신문에 대문짝만한 사진이 날 만큼 영웅이 된 후 가뜩이나 우쭐해있는 그가 내 충고를 받아들일 리 만무했다.

"당신들은 내일부터 한동안 세상일을 떠나 잠수를 타는 건가요?"

"그렇다고 봐야죠."

매튜가 며칠 만에 처음으로 밝게 웃으며 대답했다. 다시 위스키를 따른 그가 술잔을 내 쪽으로 쭉 내밀었다.

"지나처럼 매력적인 여자와 함께라면 세상에서 가장 깊은 고독 속으로 달아날 만하지 않을까요?"

그 말에 웃음이 나왔지만 얼굴 근육이 제대로 움직여주지 않았다. 아직은 표정을 지을 때마다 고통이 뒤따랐다.

우리는 가렛을 배웅하기 위해 차가 있는 곳까지 따라 나갔다. 작별 인사를 마친 가렛이 내 팔을 잡았다. 그도 이전과는 정말 많이 달라졌다는 걸 느낄 수 있었다.

사실 나는 가렛을 좋아했다. 그는 좋은 친구였고, 죽을 때까지 친구 관계를 유지할 수 있었으면 좋겠다는 생각이 들었다. 이제 우리 사이에서 벌어졌던 고통스런 일들은 모두 허공으로 날려 보냈다. 이제 우리 사이에 더 이상의 앙금은 남아 있지 않았다. 나는 가렛을 용서했고, 정말 편안한 마음으로 친구가 될 수 있었다.

매튜와 가렛은 다소 건조한 작별인사를 나누었다. 마침내 가렛이 차에 올랐다. 그가 다음 번 길모퉁이로 사라질 때까지 나는 계속 손을 흔들었다. 매튜는 출입문 앞에서 나를 기다렸고, 맥스는 앞마당에서 흙을 파내고 있었다.

"이제 들어갈까요?"

나는 고개를 끄덕였다. 그러다가 우연히 출입문 옆에 달려 있는 내 우편함에 눈길이 닿았다. 나는 우편함에서 편지를 한 통 꺼냈다. 얇고 파란 봉투에 삐뚤삐뚤 서투른 글씨가 적혀 있었다.

봉투를 뜯는 동안 울음이 터져 나왔다. 나는 아파트 출입문 앞 충계참에서 한낮의 햇볕을 받으며 서 있었다. 도저히 울음을 멈출 수 없었다. 눈물이 줄줄 쏟아져 내렸고, 소리 내어 엉엉 울었다. 마음속에 켜켜이 쌓여 있던 설움이 봇물 터지듯 한꺼번에 터져 나왔다.

"지나, 왜 울어요? 대체 무슨 일이에요?"

매튜의 목소리가 아주 멀리서 들리는 듯했다. 그가 두 팔로 나를 감싸 안았다.

"지나, 대체 무슨 일인데 그래요?"

내 입에서는 말이 제대로 나오지 않았다.

"엄마한테서 편지가 왔어요."

나는 겨우 입을 열어 그렇게 말했다. 절벽을 오르며 맹세했듯이 구조된 다음날 나는 곧바로 엄마에게 편지를 써 보냈다.

"당신이 쓴 편지에 대한 답장인가 봐요?"

"엄마가 즉시 답장을 보내왔어요. 내가 많이 보고 싶대요. 엄마는 내가 찾아와주기를 바라고 있어요."

매튜가 당황한 표정으로 나를 쳐다보았다.

"매튜, 세상에서 몸을 숨기기 전에 한 가지 일을 해줄 수 있을까요? 나와 함께 코벤트리에 가 우리 엄마를 만나주었으면 해요."

"당연히 그래야지요. 우린 딱히 정해진 시간이나 목적지도 없잖아요. 떠나는 길에 당신 어머니한테 들르도록 해요."

매튜는 조금 혼란스러워 보였다. 아직 매튜에게 단 한 번도 엄마 이야기를 꺼낸 적이 없었다. 왜 내가 엄마와 헤어지게 됐는지, 왜 수 년 동안 엄마와 연락 없이 지냈는지 매튜는 알지 못했다. 하긴 매튜는 나에 대해 아는 게 거의 없었다.

"일단 집으로 올라가요. 맥스가 마당을 파헤쳐놓는 바람에 다른 집을 구하기도 전에 여기서 쫓겨나게 생겼어요."

대학에 진학하게 되면 기숙사에서 지내거나 대학생공동숙소에서 방을 한 칸 얻어 살 생각이었다. 엄마를 만나게 되면 해줄 이야기가 너무 많았다. 가장 먼저 해주고 싶은 말은 대학에 진학하기로 결심했다는 것이었다. 지금 내게 가장 중요한 일이었다.

엄마와 하루아침에 사이가 좋아지리라 생각하지는 않았다. 어쩌면 우린 만나자마자 서로 불쾌해하다가 대판 싸우게 될지도 모른다. 오랜 세월 만나지 않았다는 이유만으로 우리 관계에 획기적인 변화가 생길 가능성은 희박했다. 처음에는 서로 조심스럽게 말을 가려서 하고, 상대를 존중해줄지 모르지만 추후 어떤 일이 생길지 자신할 수 없었다. 이제 겨우 닫힌 문 하나가 열렸을 뿐이었다. 일단은 좋은 조짐으로 받아들일 만했다. 솔직히 나는 당장 엄마에게로 달려가고 싶었다. 가서, 이제야 내가 제대로 균형 잡힌 인생을 살아가기로 결심했다고 말하면 엄마의 표정이 어떻게 변할지 보고 싶었다.

21

노라는 엘리베이터에서 내려 모리스턴 병원 로비를 향해 몰려나오는 사람들 가운데서 코린의 얼굴을 금세 알아보았다. 사진으로 본 적이 있었기 때문이었다. 아담한 키에 갈색머리 그리고 친절해 보이는 인상이었다. 예전에 본 사진 속에서는 활짝 웃고 있었지만 지금은 조심스럽고 걱정스러운 표정이었다. 구부정하게 앞으로 숙인 어깨, 굼뜬 고갯짓, 무거운 발걸음, 꽉 다문 입술을 보건대 얼마나 커다란 절망감에 시달리고 있는지 알 수 있었다.

노라는 자리에서 일어나 코린을 향해 걸어갔다.

"코린 비크로프트 부인?"

코린이 걸음을 멈췄다.

"네, 그런데요?"

한눈에 라이언과 눈이 닮았다는 걸 알 수 있었다. 맑고 파란 눈…….

"저는 노라 프랭클린이라고 합니다."

코린이 보일 듯 말듯 뒤로 살짝 물러섰다.

"프랭클린 양, 당신에 대한 이야기를 들어 누군지 알아요. 그런데 여긴 웬일이죠?"

코린의 입에서 예상대로 냉랭한 목소리가 흘러나왔다.

노라의 입에서 저절로 한숨이 새어나왔다. 그녀는 요즘 하루하루를 어떻게 보내야 할지 모를 만큼 절망이 깊었다. 퇴근하면 라이언을 만날 수 있을까 하는 기대를 품고 곧장 펨브로크 독에서 모리스턴까지 차를 몰고 달려왔다.

라이언이 입원한 병실 문 앞에는 항상 경찰이 경계를 서고 있었다. 라이언을 면회할 경우 경찰이 어떤 대화를 나누는지 다 듣게 되리라. 라이언을 만나 저간의 사정을 설명할 기회를 가질 수 있다면 상관없었다. 병실 안으로 들어가게 해달라고 했지만 경찰은 검사에게 면회 허락을 받아야만 가능하다고 했다.

"이봐요, 아가씨, 라이언 리는 중죄인입니다. 만약 내가 당신이라면 라이언 리와 인연을 끊겠어요."

노라가 한 번만 만나게 해달라고 간청하자 경찰은 동정하는 눈빛을 보이며 그렇게 말했다.

노라는 어쩔 수 없이 모건 경감을 통해 라이언을 면회해도 좋다는 허락을 받아냈다. 병실에 들어갔다 나온 경찰은 라이언이 면회를 거부했다는 말을 전했다.

"유감스럽지만 당신을 만나고 싶지 않답니다."

노라는 눈물이 쏟아지려는 걸 겨우 참았다.

"혹시 라이언을 면회 온 사람이 있었나요?"

"아론 변호사가 자주 들릅니다. 라이언 리의 어머니도 종종 찾아오죠. 두 사람 말고는 면회 오는 사람이 없었습니다."

데비가 침상 옆에 바짝 붙어 앉아 라이언의 손을 붙잡고 있지는 않다는 걸 확인한 게 그나마 작은 위안이었지만 이미 충분히 예상했던 일이었다. 데비는 동굴에 들어가 나무상자를 직접 열어보고 바네사의 유해를 확인했다. 그녀는 이번 생에서는 라이언을 다시는 보고 싶지 않다고 했다.

"라이언은 좀 어떤가요?"

코린이 손으로 이마를 문질렀다. 완전히 진이 다 빠진 사람 같았다.

"뼈가 부러져 아직 거동을 못하지만 예후는 안정적이라고 하더군요. 의사 말이 후유증은 전혀 없을 거래요."

"정말 다행이에요."

"20년 이상 감옥에서 썩어야 할 텐데 예후가 좋으면 뭐하겠어요. 아마 쉰 살은 넘어야 출소할 텐데요. 그 나이에 출소한들 무슨 소용이 있겠어요. 인생패배자가 되어 있을 텐데요."

코린은 입술을 깨물며 눈물을 쏟지 않으려고 안간힘을 썼다.

"라이언을 만나보고 싶은데 면회를 거부하고 있어요."

"그거야 전혀 놀랄 일이 아니잖아요."

"제발 부탁이에요, 제발 한 번만 만나게 해주세요."

코린은 대답 대신 대기실 의자로 걸어가 두 손으로 턱을 괴며 털썩 주저앉았다.

"나에게 그런 부탁일랑 하지 말아요. 나도 그 아이를 보러 오는 게 너무 힘들어 더는 못할 지경이니까."

"커피 한 잔 드시겠어요?"

코린이 살짝 고개를 끄덕였다.

노라가 커피자판기로 가 커피를 두 잔 빼들고 의자로 돌아왔다.

"커피를 드시면 기분이 좀 나아질 거예요."

"너무 끔찍하고 절망적이에요. 라이언은 근본적으로 나쁜 아이는 아니었어요. 다른 사람은 다 몰라도 나는 알아요."

"저는 지금도 라이언을 나쁜 사람이라고 생각하지 않아요."

코린이 고개를 들어 노라를 쳐다보았다.

"라이언은 당신을 믿고 모든 비밀을 털어놓았는데 왜 경찰에 신고했죠?"

노라는 밤에 자려고 침대에 누울 때마다 오직 그 생각 때문에 잠을 설치곤 했다.

"라이언이 복사가게에 찾아 온 경찰을 보고 도망친 건 제 탓이 아니었어요. 라이언이 제 차를 타고 수상쩍은 행동을 하다가 사람들 눈에 띄었던 거예요. 결국 경찰이 복사가게로 라이언을 찾아오게 되었죠."

"하지만 당신과 데비가……."

"저는 사실 데비가 경찰에 찾아가고자 했을 때 말리고 싶었어요. 혹시 다른 방법이 있지는 않은지 끝까지 고민해보고 싶었죠. 결국 데비의 선택을 따를 수밖에 없었어요. 그 상황에서 다른 해결책이란 없었으니까요. 바네사의 남편도 진실을 알아야 할 권리가 있다고 생각했어요. 그 남자에게 부인이 어떻게 됐는지도 모르고 살아가게 한다는 건 그야말로 너무나 잔인한 짓일 테니까요. 그 남자는 이제 겨우 아내의 장례식을 치르고 평범한 삶을 찾을 수 있게 됐어요."

"그런 이유 때문이었다면 굳이 라이언의 이름을 밝힐 필요는 없었잖아요."

"알렉시아 실종사건 때문에 어쩔 수 없었어요. 어쩌면 그 여자도 라이언이……."

그때까지 잠자코 슬픔에 잠겨 있던 코린의 눈에서 불꽃이 튀었다.

"당신은 혹시 라이언이 그 사건과도 밀접한 연관이 있을 거라고 믿었나요? 바네사 건만 해도 애초 일이 그렇게까지 되리라는 걸 모르고 저지른 짓이라더군요. 정말이지 끔찍한 일이었고, 그 아이 역시 밤마다 악몽에 시달릴 만큼 양심의 가책을 받았답니다. 그 아이가 중대한 실수를 저질러 사람을 죽게 만든 건 분명한 사실이지만 의도적으로 그런 짓을 되풀이할 만큼 흉악한 사람이 아니라는 건 내가 증명할 수 있어요."

"그래요, 저도 알아요. 그 당시 라이언은 절박한 궁지에 몰려 있었어요. 급히 목돈을 마련해야 할 입장이었죠."

"돈을 구하는 게 아무리 절박했어도 그 아이가 또다시 여자를 납치해 가둘 만큼 철면피는 아니죠. 알렉시아 실종사건은 남편이 저지른 짓이라는 게 밝혀졌잖아요."

"저도 알아요. 그 당시만 해도 데비와 저는 라이언의 비밀을 지켜주기 위해 한 여자에게 바네사와 똑같은 운명을 맞게 할 수는 없었어요. 부인은 동굴에 직접 가보지 않아 모를 거예요. 우리가 눈으로 확인한 현장이 얼마나 끔찍했는지 부인은 상상할 수도……."

"굳이 상상하고 싶지 않아요. 이제 그 일에 대해서는 더 이상 아무 말도 듣고 싶지 않아요."

코린이 듣기에는 너무나 가혹한 이야기가 분명했다.

라이언이 잘못된 길로 빠져든 이후 오랜 세월 얼마나 마음고생이 심했을까?

코린에게 지난 며칠은 아마도 생지옥이나 다름없었을 것이다.

살인자의 어머니가 된 기분이 어떤지 당사자 말고 어느 누가 알 수 있겠는가?

코린이 사사건건 방어적인 태도를 취하는 건 당연한 일이었다. 아무리 끔찍한 죄를 저질렀어도 어머니에게 아들은 가슴으로 품어 안아야만 하는 존재일 테니까.

두 사람은 잠시 아무 말 없이 커피를 마셨다. 병원은 퇴근 후 찾아오는 가족과 친지들이 몰리는 시간이라 무척이나 북적거렸다.

"데몬에 대해서는 뭐 좀 새롭게 밝혀진 게 있나요? 경찰이 데몬의 죄를 입증할 증거를 찾았답니까?"

"데몬이 나와 데비를 습격했다는 증거 말인가요? 그런 악당은 절대로 꼬리를 잡히지 않는 법이죠. 경찰은 그 두 사건의 배후가 데몬이었을 거라 확신하고 있지만 증거를 전혀 찾아내지 못했어요. 결국 경찰은 데몬을 무혐의로 풀어줄 수밖에 없었죠. 모건 경감은 수사를 계속 진행할 거라고 약속했지만 어떤 결과가 나올지 전혀 알 수 없는 일이죠. 나는 그 천하의 악당이 법망을 교묘히 빠져나갈 거라고 확신했어요. 무죄를 입증해 줄 목격자와 알리바이도 미리 준비해두었을 테니까요. 결국 힘없는 라이언만 감옥에 들어가게 되겠죠. 부당하지만 세상 일이란 늘 그렇게 돌아가니까요."

결국 코린의 눈에 참고 있던 눈물이 그렁그렁 맺혔다.

"언젠가는 경찰이 그 악당을 잡아넣을 수 있을 거예요."

말은 그렇게 했지만 자신할 수 없는 일이었다. 데몬은 건재할 테고, 오랜 세월이 흘러 라이언이 출소할 때도 여전히 건재할 가능성이 컸다.

데몬은 시간이 많이 흘렀다는 이유만으로 돈을 포기할 사람이 아니었다. 그때가 되면 라이언에게 엄청나게 불어난 이자까지 포함해 천문학적인 돈을 요구할지도 모른다. 순전히 재미삼아 라이언을 뒤쫓아 다니며 협박을 가할 수도 있었다. 어쩌면 지난번처럼 사악한 게임을 진행하며 라이언의 주변사람들한테 굴욕과 상처를 주려 할지도 모른다. 처음부터 게임은 다시 시작될지 모르지만 일단 유예기간을 얻은 셈이었다. 공교롭게도 라이언은 두 번째로 감방에 들어가게 되었고, 또다시 마지막 순간에 다다라 데몬의 손아귀에서 벗어날 수 있게 되었다.

"라이언이 감옥에서 출소했을 때 데몬의 손아귀에서 벗어나게 하려면 최대한 빨리 5만 파운드를 마련해 빚을 갚는 수밖에 없어요."

"데몬은 경찰서에 불려갔을 때 라이언을 협박한 사실을 완강하게 부인했어요."

"말도 안 되는 일이에요. 협박은 분명히 존재했으니까. 지금은 수중에 큰돈이 없지만 어떻게든 마련해볼 생각이에요."

코린이 생각에 잠겨 노라를 쳐다보았다.

"당신은 진심으로 그 아이를 돕고 싶어 하는군요."

노라는 아직 라이언에게조차 한 번도 고백하지 못한 말을 코린에게 할 생각이었다.

"저는 라이언을 사랑해요. 라이언이 지금 당장은 제 얼굴을 보고 싶어 하지 않는다고 해도 제 마음은 달라지지 않아요. 라이언을 위해서라면 무슨 일이든 할 수 있어요. 허락만 해준다면 감옥에 면회도 가고, 출소할 때까지 뒷바라지를 하며 기다릴 거예요."

"당신은 아직 젊은데 굳이 그렇게까지 하려는 이유가 뭐죠?"

"방금 전에 이미 말씀드렸잖아요."

코린은 모처럼 환하게 미소 지으며 고개를 끄덕였다. 노라에 대해 갖고 있던 적대감이 일시에 사라진 듯했다.

"라이언에게 당신을 만나보라고 이야기해볼게요. 필요하다면 당신이 왜 경찰을 찾아갔는지에 대해서도 대신 해명해 줄게요. 라이언이 당신의 진심을 받아들였으면 좋겠어요. 지금은 아무런 약속도 할 수 없지만 최선을 다해 볼게요."

"정말 고맙습니다."

코린이 커피를 마저 마신 다음 자리에서 일어났다.

"잘 가요, 노라 프랭클린 양."

노라도 자리에서 일어났다.

"부인, 혹시 이 근처 호텔에 묵으시나요?"

코린이 고개를 끄덕였다.

"그럼 이번 주말에 저를 만나 주세요. 둘이 만나 이런 저런 이야기라도 나누면 혼자 무료하게 지내는 것보다는 좋지 않을까요?"

"그렇군요. 나도 좋아요."

코린이 그렇게 말한 다음 병원 출입문을 향해 걸어갔다. 노부인에게는 이제 자그마한 희망이 생긴 셈이었다.

노라는 다시 자리에 주저앉았다. 그녀는 잠시 더 병원에 있다가 집으로 돌아갈 생각이었다. 이런 식으로라도 라이언의 가까이에 좀 더 머물고 싶었다.

주말에 코린을 만나면 브래들리의 집을 담보로 잡혀 돈을 대출하자고 말하고 끈질기게 설득하면 불가능할 것도 없었다. 그 대신 대출금은 병원에서 일해 번 돈으로 조금씩 갚아나갈 작정이었다. 물론 쉬운 일은 아니겠지만 다 잘될 수 있을 거라고 생각했다. 사악한 고리대금업자의 아가리에 그렇게 큰돈을 밀어 넣는 건 억울하기 그지없는 일이었지만 미리 대책을 마련해둘 필요가 있었다. 그녀에게 중요한 건 라이언뿐이었으니까. 라이언과 함께 하는 미래…….

코린이 조만간 라이언을 만나게 해줄 것이다. 노라 때문이라기보다는 라이언을 생각해서라도……. 라이언이 형기를 마치고 세상으로 돌아왔을 때 옆에 있어줄 사람이 필요하다는 걸 누구보다 잘 알고 있을 테니까. 코린의 입장에서 보자면 노라는 하늘이 내려준 선물이나 다름없으리라. 그녀가 세상을 떠나도 아들을 곁에서 보살펴줄 수 있는 유일한 여자가 바로 노라이니까.

터널 끝에서 마침내 빛이 보이기 시작했다. 노라의 얼굴에 미소가 떠올랐다. 어쨌거나 그녀는 라이언을 차지했다. 온전히 그녀 혼자서.

〈끝〉

옮긴이의 말

현재 독일에서 최고의 인기를 누리고 있는 샤를로테 링크의 최신장편소설 《폭스 밸리》를 소개할 수 있는 기회를 갖게 되어 몹시 기쁘다. 지금까지 독일 내에서만 2,400만 권이 넘는 책이 판매되고 새 작품을 발표할 때마다 항상 베스트셀러 목록에 올려놓는 샤를로테 링크는 명실상부한 독일 최고의 작가일 뿐만 아니라 다양한 언어로 작품이 번역된 세계적인 베스트셀러 작가이다.

작가였던 어머니의 영향으로 10대 때 이미 소설가의 길로 들어선 샤를로테 링크 소설의 매력을 꼽자면 우선 탁월한 심리묘사를 들 수 있다. 사회소설, 역사소설, 가족소설, 추리소설 등 다양한 장르의 작품들을 썼지만 특히 심리스릴러 장르에서 최고의 기량을 발휘했다. 이는 사회와 인간의 이면에 감추어진 허위와 모순을 간파하는 뛰어난 통찰력을 바탕으로 인간의 내면에서 일어나는 미세한 변화와 움직임

들을 정확히 포착해 세밀하게 묘사함으로써 작중인물들을 살아 있는 입체적 인물로 형상화시키기 때문이다. 그 결과 독자들은 작중인물들의 감정선을 따라가다 보면 어느 순간 작품 속으로 빨려 들어와 긴장의 끈을 놓지 못하고 있는 자신을 깨닫게 된다.

두 번째로 언급할 수 있는 샤를로테 링크 소설의 매력은 역시 소설 본연의 읽는 재미를 놓치지 않는다는 점이다. 지나치게 무겁지도 않지만, 반면에 지나치게 가볍지도 않은 샤를로테 링크의 유려한 문체는 이야기꾼으로서의 뛰어난 솜씨를 입증해준다. 재미와 깊이, 어느 쪽도 놓치지 않으면서 독자를 흡인력 있게 작품 속으로 끌어들이는 힘이 있다는 뜻이다. 그녀의 소설은 마치 한 편의 영화를 보는 것처럼 매우 긴박하고 흥미진진하게 진행된다. 따라서 일단 한 번 책을 집어 든 독자라면 엔딩크레딧이 올라갈 때까지 화면에서 눈을 못 떼는 영화관객처럼 마지막 페이지를 넘길 때까지 손에서 책을 내려놓을 수 없을 것이다. 그녀의 작품들 중 상당수가 독일에서 TV 영화로 제작되어 높은 시청률을 거둔 이유도 아마 이 때문일 것이다.

《폭스 밸리》는 앞에서 언급한 샤를로테 링크 작품의 전형적인 특징들과 장점들이 잘 살아 있는 작품으로 '설득력 있는 인물들과 탁월한 구성을 지닌 소름 끼치는 범죄소설'이라는 평을 들은 바 있다. 독일 작가임에도 특이하게 영국과 영국인을 작품의 배경과 인물로 자주 설정하는 샤를로테 링크는 이번 작품 역시 영국을 작품의 무대로 선택했다.

화창한 8월의 어느 일요일, 영국 웨일즈 지방의 드넓은 해안공원 안에 있는 어느 외진 주차장에서 한 여자가 흔적도 없이 사라진다. 자동차 키도 그대로 꽂혀 있고 핸드백을 비롯한 소지품도 그대로 놓아둔 채로. 사실 여자는 누군가에게 납치된 것이다. 범인은 혼자만 아는 어느 계곡에 있는 동굴로 여자를 데려간 뒤 숨구멍만 뚫어놓은 상자 속에 여자를 가둬놓는다. 그사이에 여자의 가족과 협상을 벌여 돈을 받아낸 뒤 풀어줄 계획으로 상자 속에는 미리 일주일 치 식량과 물 그리고 손전등을 준비해 놓았다. 하지만 애초의 계획과 달리 일이 엉뚱하게 꼬여버린다. 미처 몸값협상을 벌이기도 전에 범인이 예전에 저질렀던 폭행죄로 경찰에 구속되는 불상사가 벌어진 것이다. 여자를 납치해 동굴에 가둬놓았다는 사실을 고백하지 않으면 백퍼센트 죽음에 이를 것이라는 사실을 잘 알면서도, 비겁한 겁쟁이인 범인은 사실을 털어놓았을 때 받을 가중처벌이 두려워 갈등 끝에 결국 그 일을 비밀에 붙인 채 감옥에 수감된다.

그로부터 2년 반의 시간이 흐른 뒤, 범인이 출소하면서 본격적인 이야기가 시작된다. 끔찍한 비밀을 가슴에 묻은 채 죄책감에 시달리는 납치범, 생사여부는 물론이고 납치된 것인지 자발적으로 모습을 감춘 것인지도 모른 채 아직도 고통 속에서 사건의 진상을 알아내기 위해 애쓰는 실종된 여자의 남편 그리고 그 주변 인물들의 이야기가 씨줄과 날줄로 서로 얽히면서 스토리가 전개된다.

그때부터 납치범과 함께 독자들의 의문이 시작된다. 과연 동굴 속 상자에 갇혀 있던 여자는 어떻게 됐을까? 그곳에서 속수무책으로 죽음을 맞이했을까, 아니면 누군가의 도움으로, 혹은 자신의 힘으로 그곳에서 빠져나왔을까? 공교롭게도 그 무렵 마치 범인이 출소하기만을 기다렸다는 듯이 그 실종사건과 아주 흡사한 사건이 연달아 발생한다. 과연 이게 어떻게 된 일인가? 모방범일까, 아니면 동굴에서 살아

나온 여자가 범인에게 복수를 가하려는 걸까? 독자들도 이제부터 추리하기 시작한다. 추리 과정에서 샤를로테 링크가 아주 촘촘하고 세밀하게 묘사하는 작중인물들의 감정선을 따라가다 보면 그들이 느끼는 공포와 불안, 죄책감과 상실감 등을 고스란히 느끼면서 심리스릴러 소설의 진수를 맛보게 될 것이다.

그리고 그 끝에서 놀라운 반전이 우리를 기다리고 있다. 어쩌면 반전이 아닐 수도 있다. 하지만 너무나 뜻밖의 반전이라고 생각되면 소설을 다시 한 번 차근차근 읽어볼 일이다. 그럼 아름다운 겉모습 뒤에 어떤 진실이 숨어 있었는지, 또한 무심코 지나쳤던 문장이 샤를로테 링크가 얼마나 치밀하게 깔아놓은 복선이었는지 깨닫게 될 것이다.

끝으로 《폭스 밸리》를 시작으로 앞으로 샤를로테 링크의 소설이 한국 독자들에게도 많은 사랑을 받기 바라며, 번역으로 새로운 작가와 좋은 인연을 맺게 해준 밝은세상 출판사 여러분에게도 감사의 인사를 드린다.

강명순